O COMPLEXO
DE ATLAS

OLIVIE BLAKE

O COMPLEXO DE ATLAS

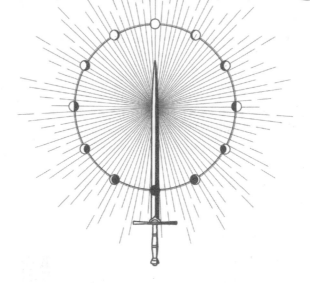

Tradução de Karine Ribeiro

Copyright © 2023 by Alexene Farol Follmuth
Publicado mediante acordo com Tom Doherty Associates, LLC.
Todos os direitos reservados.

Trecho do livro *A queda*, de Albert Camus, na página 190, retirado da edição de bolso da editora Best Seller, publicada em 2015 e traduzida por Valerie Rumjanek.

TÍTULO ORIGINAL
The Atlas Complex

PREPARAÇÃO
Gabriela Peres

REVISÃO
João Rodrigues

DIAGRAMAÇÃO E ADAPTAÇÃO DE PROJETO GRÁFICO
Ilustrarte Design e Produção Editorial

PROJETO GRÁFICO ORIGINAL
Heather Saunders

ILUSTRAÇÕES DE MIOLO
Little Chmura

DESIGN DE CAPA
Neil Lang (departamento de arte Pan Macmillan), com base no design original de Jamie Stafford-Hill

ARTE DE CAPA
Jamie Stafford-Hill

CIP-BRASIL. CATALOGAÇÃO NA PUBLICAÇÃO
SINDICATO NACIONAL DOS EDITORES DE LIVROS, RJ

B568c

    Blake, Olivie, 1989-
      O complexo de Atlas / Olivie Blake ; tradução Karine Ribeiro. - 1. ed. - Rio de Janeiro : Intrínseca, 2024.
      512 p. ; 23 cm. (A sociedade de Atlas ; 3)

      Tradução de: The Atlas complex
      Sequência de: O paradoxo de Atlas
      ISBN 978-85-510-1380-9

      1. Ficção americana. I. Ribeiro, Karine. II. Título. III. Série.

24-94102
                                          CDD: 813
                                          CDU: 82-3(73)

Meri Gleice Rodrigues de Souza - Bibliotecária - CRB-7/6439

[2024]
Todos os direitos desta edição reservados à
EDITORA INTRÍNSECA LTDA.
Av. das Américas, 500, bloco 12, sala 303
22640-904 – Barra da Tijuca
Rio de Janeiro – RJ
Tel./Fax: (21) 3206-7400
www.intrinseca.com.br

*Para Garrett, minha inspiração.
Sem você, nada disto.*

COMEÇO
I: EXISTENCIALISMO
II: HEDONISMO
III: ESTOICISMO
IV: NIILISMO
V: RACIONALISMO
VI: DETERMINISMO
VII: RELATIVISMO
VIII: NATURALISMO
IX: VIDA
FIM

OS SEIS

CAINE, TRISTAN
Tristan Caine é filho de Adrian Caine, líder do sindicato de crime mágico. Ele ficaria ressentido de ser associado ao pai nesta apresentação, mas há poucas coisas das quais Tristan não se ressinta. Nascido em Londres e educado na Escola de Magia de Londres, é um ex-investidor de risco da Corporação Wessex, além de antigo pupilo do bilionário James Wessex e ex-noivo de Eden Wessex. Treinado na faculdade de ilusão, a verdadeira especialidade de Tristan é física; além de enxergar através das ilusões, ele é físico quântico, ou seja, pode alterar componentes físicos em nível quântico. (Ver também: *teoria quântica; tempo; ilusões — enxergar através de ilusões; componentes — componentes mágicos.*) De acordo com os termos de eliminação da Sociedade Alexandrina, Tristan recebeu a tarefa de matar Callum Nova. Por motivos que parecem envolver sua consciência, Tristan não obteve sucesso. Quer essa decisão voltará para assombrá-lo ou não, ainda não se sabe.

FERRER DE VARONA, NICOLÁS (PODENDO SER REFERIDO COMO DE VARONA, NICOLÁS OU DE VARONA, NICO)
Nicolás Ferrer de Varona, comumente chamado de Nico, nasceu em Havana, em Cuba, e se mudou para os Estados Unidos quando criança, a mando dos pais abastados, onde viria a se graduar na prestigiosa Universidade de Artes Mágicas de Nova York, a UAMNY. Nico é um físico excepcional e possui diversas habilidades fora de sua especialidade. (Ver também: *propensões litosféricas, sismologia — tectônica; transformação — humano para animal; alquimia; correntes de ar — alquímica.*) Nico tem uma amizade próxima com os colegas da UAMNY Gideon Drake e Maximilian Wolfe, e, apesar do antagonismo de longa data, também mantém uma aliança com Elizabeth "Libby" Rhodes. Nico é muito habilidoso no combate mano a mano e é conhecido por ter morrido pelo menos uma vez. (Ver também: *Arquivos Alexandrinos — rastreamento.*) Embora não seja totalmente invulnerável, o corpo dele está acostumado às altas demandas da sobrevivência do dono.

KAMALI, PARISA

Embora grande parte do passado e da verdadeira identidade de Parisa Kamali não passe de especulação, sabe-se que ela nasceu em Teerã, no Irã, a mais nova de três filhos, e frequentou a École Magique de Paris um tempo depois de se afastar do marido, um casamento forçado que aconteceu quando era adolescente. Parisa é uma telepata habilidosa com uma variedade de associações conhecidas (ver também: *Tristan Caine; Libby Rhodes*) e experimentos (*tempo — cronometria mental; subconsciência — sonhos; Dalton Ellery*). Em uma simulação no plano astral contra outro membro de seu grupo, Parisa caiu do telhado da mansão da Sociedade e morreu, uma decisão que foi um plano tático ou algo particularmente mais sinistro. (Ver também: *beleza, maldição da — Callum Nova.*)

MORI, REINA

Nascida em Tóquio, no Japão, com impressionantes habilidades naturalistas, Reina Mori é filha ilegítima de um pai desconhecido com uma mãe mortal rica. Antes de sofrer uma morte prematura, a mãe, que nunca reconheceu Reina como filha, foi casada com um homem (mencionado por Reina apenas como o Empresário) que fez fortunas com tecnologia de armamento medeiano. (Ver também: *Corporação Wessex, patente da fusão perfeita, #31/298-396-Maio de 1990.*) Reina foi criada em segredo pela avó e frequentou o Instituto de Magia de Osaka, optando por estudos clássicos com foco em mitologia em vez de seguir um programa de estudos naturalista. Apenas para Reina, a terra oferece frutos, e apenas com Reina, a natureza fala. É importante ressaltar, no entanto, que Reina acredita ter outros talentos. (Ver também: *mitologia — geracional; Antropoceno — divindade.*)

NOVA, CALLUM

Callum Nova, do conglomerado de mídia Nova, sediado na África do Sul, é um manipulador bilionário cujos poderes se estendem ao campo metafísico. Ou seja, em termos leigos, um empata. Nascido na Cidade do Cabo, Callum estudou com bastante conforto na Universidade Helenística de Atenas antes de ingressar nos negócios lucrativos da família: a venda de produtos de beleza e ilusões medeianos. Apenas uma pessoa no mundo conhece a verdadeira aparência dele. Infelizmente para Callum, essa pessoa o queria morto. E infelizmente para Tristan, ele não queria isso com tanto afinco. (Ver também: *traição, não há destino tão final quanto.*) A falta de inspiração de Callum foi previamente condenada por Atlas Blakely, que criticou o amplo poder não utilizado, mas recentemente Callum ficou bastante inspirado. (Ver também: *Reina Mori*.)

RHODES, ELIZABETH (PODENDO SER REFERIDA COMO RHODES, LIBBY)
Elizabeth "Libby" Rhodes é uma física talentosa. Nascida em Pittsburgh, na Pensilvânia, EUA, a infância de Libby foi marcada pela doença prolongada e morte da irmã mais velha, Katherine. Libby frequentou a Universidade de Artes Mágicas de Nova York, onde conheceu seu rival-que-se-tornou-aliado, Nicolás "Nico" de Varona, e seu outrora namorado, Ezra Fowler. Como recruta da Sociedade, Libby conduziu vários experimentos notáveis (ver também: *tempo — quarta dimensão; teoria quântica — tempo; Tristan Caine*) e dilemas morais (*Parisa Kamali; Tristan Caine*) antes de desaparecer, o que, num primeiro momento, levou o restante de seu grupo a dá-la como morta (*Ezra Fowler*). Depois de descobrir que tinha sido deixada no ano de 1989, Libby escolheu reunir a energia de uma arma nuclear para criar um buraco de minhoca através do tempo (ver também: *Corporação Wessex – patente da fusão perfeita, #31/298-396-Maio de 1990*), assim retornando ao seu grupo da Sociedade Alexandrina com um aviso profético.

LEITURAS COMPLEMENTARES

SOCIEDADE ALEXANDRINA, A
Arquivos — conhecimento perdido
Biblioteca (Ver também: *Alexandria, Babilônia, Cartago, bibliotecas antigas – islâmicas; bibliotecas antigas – asiáticas*)
Rituais — iniciação (Ver também: *magia — sacrifício; magia — morte*)

BLAKELY, ATLAS
Sociedade Alexandrina, a (Ver também: *Sociedade Alexandrina — iniciados; Sociedade Alexandrina — Guardiões*)
Início da vida — Londres, Inglaterra
Telepatia

DRAKE, GIDEON
Habilidades — desconhecidas (Ver também: *mente humana — subconsciente*)
Criatura — subespécie (Ver também: *taxonomia — criatura; espécie — desconhecida*)
Afiliações criminosas (Ver também: *Eilif*)
Início da vida — Cape Breton, Nova Escócia, Canadá
Educação — Universidade de Artes Mágicas de Nova York
Especialidade — Viajante (Ver também: *reino dos sonhos — navegação*)

EILIF
Alianças — desconhecidas
Filhos (Ver também: *Gideon Drake*)
Criatura — metamorfa (Ver também: *taxonomia — criatura; metamorfa — sereia*)

ELLERY, DALTON
Sociedade Alexandrina, a (Ver também: *Sociedade Alexandrina — iniciados; Sociedade Alexandrina — pesquisadores*)
Animação
Afiliações conhecidas (Ver também: *Parisa Kamali*)

FOWLER, EZRA
Habilidades (Ver também: *viagens — quarta dimensão; físico — quântico*)
Sociedade Alexandrina, a (Ver também: *Sociedade Alexandrina — não iniciado; Sociedade Alexandrina — eliminação*)
Início da vida — Los Angeles, Califórnia
Educação — Universidade de Artes Mágicas de Nova York
Alianças conhecidas (Ver também: *Atlas Blakely*)
Emprego anterior (Ver também: *UAMNY — conselheiros residentes*)
Relacionamentos pessoais (Ver também: *Libby Rhodes*)
Especialidade — Viajante (Ver também: *tempo*)

HASSAN, SEF
Alianças conhecidas (Ver também: *Fórum, o; Ezra Fowler*)
Especialidade — Naturalista (mineral)

JIMÉNEZ, BELEN (PODENDO SER REFERIDA COMO ARAÑA, DRA. J. BELEN)
Início da vida — Manila, Filipinas
Educação — Faculdade Regional de Artes Medeianas de Los Angeles
Alianças conhecidas (Ver também: *Fórum, o; Nothazai; Ezra Fowler*)
Relacionamentos pessoais (Ver também: *Libby Rhodes*)

LI
Identidade (Ver também: *identidade — desconhecida*)
Alianças conhecidas (Ver também: *Fórum, o; Ezra Fowler*)

NOTHAZAI
Alianças conhecidas (Ver também: *Fórum, o*)

PÉREZ, JULIAN RIVERA
Alianças conhecidas (Ver também: *Fórum, o; Ezra Fowler*)
Especialidade — Tecnomante

PRÍNCIPE, O
Animação — geral
Identidade (Ver também: *identidade — desconhecida*)
Afiliações conhecidas (Ver também: *Ezra Fowler, Eilif*)

WESSEX, EDEN
Relacionamentos pessoais (Ver também: *Tristan Caine*)
Alianças conhecidas (Ver também: *Corporação Wessex*)

WESSEX, JAMES
Alianças conhecidas (Ver também: *Fórum, o; Ezra Fowler*)

· COMEÇO ·

Atlas Blakely nasceu enquanto a terra morria. Isso é fato.
Assim como isto: dor foi a primeira coisa que Atlas Blakely entendeu de verdade.
E isto: Atlas Blakely é um homem que criava armas. Que mantinha segredos.
E isto também: Atlas Blakely é alguém disposto a arriscar a vida de todos sob seu cuidado e a trair todos aqueles que são tolos ou desesperados o bastante para confiar nele.
Atlas Blakely é um compêndio de cicatrizes e falhas, um mentiroso de formação e de nascença. É um homem com os traços de um vilão.
Mas, acima de tudo, Atlas Blakely é apenas um homem.

A história dele começou onde a sua começa. De maneira um pouco diferente — nenhum grã-fino puxa-saco usando tweed, nenhum terno bem engomado intragável —, embora tenha começado com um convite. Afinal de contas, esta é a Sociedade Alexandrina, e todos devem ser convidados. Até Atlas.
Até você.
O convite destinado a Atlas Blakely havia criado uma camada fina e pegajosa devido a fosse lá em que substância o objeto tivera o azar de tocar. O documento foi deixado de qualquer jeito ao lado da lixeira no apartamento decrépito da mãe dele. O monumento dos delitos de uma quinta-feira qualquer (ou seja, a lixeira e o lixo dentro dela) ocupava seu lugar lamentável no chão de linóleo detonado, posicionada abaixo de uma pilha cambaleante de Nietzsche, Beauvoir e Descartes. Como de costume, o lixo transbordava perigosamente, jornais velhos e embalagens de delivery e cabeças de nabo descartadas e mofadas comungando com pilhas intocadas de jornais literários, poesias inacabadas e um vaso de porcelana cheio de lenços de papel cuidadosamente dobrados em forma de cisnes, de modo que, ao lado disso, um papel-cartão pegajoso, elegante e cor de marfim passava quase despercebido.
Quase, é claro. Mas não totalmente.
Atlas Blakely, à época com vinte e três anos, recolheu o papel do chão no intervalo dos turnos angustiantes no pub das redondezas, trabalho pelo qual

tivera que se humilhar apesar de ter não um, mas dois diplomas, e potencial para um terceiro. O jovem olhou para seu nome em uma caligrafia elaborada e determinou que o papel devia ter viajado até ali dentro de uma garrafa. A mãe ainda demoraria horas para acordar, então Atlas enfiou a carta no bolso e se levantou, olhando para a imagem do pai, ou fosse lá qual palavra deveria usar para se referir ao homem cujo retrato ainda pegava poeira na estante. Ele não pretendia perguntar isso à mãe. Nem isso nem a outra coisa.

A princípio, o que Atlas sentiu ao receber a convocação alexandrina poderia ser descrito como simples repulsa. Estava bem familiarizado com medeianos e acadêmicos, já que ele mesmo tinha habilidades mágicas e uma mãe intelectual, e a essa altura sabia que era melhor desconfiar de ambos. Estava prestes a jogar o cartão fora, mas a viscosidade do gin e do que devia ser o molho picante de tamarindo que a mãe encomendava por telefone do mercadinho asiático do bairro ("Tem o cheiro do meu pai", costumava dizer a mãe, quando estava lúcida) logo grudou o papel ao revestimento do bolso de Atlas.

O Guardião Alexandrino dele, William Astor Huntington, tinha o que Atlas chamaria de um apreço excessivo por quebra-cabeças, tão profundo a ponto de comprometer coisas como sanidade e tempo. Foi mais tarde naquela noite, ao tocar sem perceber no cartão em seu bolso — tendo acabado de expulsar do pub um homem pelo crime comum de ter mais uísque nos miolos do que juízo —, que Atlas determinou que o feitiço contido ali era uma mensagem cifrada, algo para o qual ele não teria tempo nem sanidade se não estivesse com uma dor de cotovelo brutal (ou fosse lá o que afetara principalmente seu pênis) cerca de vinte e quatro horas antes. Mais tarde, Atlas Blakely julgou a metodologia de sequestro de Huntington uma perda de tempo narcisista. Quando se tratava da Sociedade, a maioria das pessoas só precisava de cinco minutos para ser convencida.

Mas essa foi uma opinião que veio depois. Na época, Atlas tinha um coração destroçado e um excesso de qualificações. A verdade, no entanto, é que ele estava entediado. Com o tempo, passaria a entender que a maioria das pessoas estava entediada, em especial aquelas que eram cotadas para a Sociedade. Era uma crueldade pequena e gentil da vida que quase todos aqueles com um propósito verdadeiro não tivessem o talento necessário para alcançá-lo. Quem tem talento em geral vive sem rumo, uma ironia estranha mas inevitável. (Na experiência de Atlas Blakely, o melhor método para arruinar a vida de alguém é lhe entregar exatamente o que quer e sair de fininho.)

A cifra o levou ao banheiro de uma capela do século XVI, depois ao telhado de um arranha-céu novinho em folha, depois a um campo de ovelhas. Por fim, ele chegou à sede da Sociedade Alexandrina, uma versão mais antiga do lugar onde mais tarde encontraria seis de seus próprios recrutas — uma reforma futura que, como Atlas descobriria com o tempo, havia sido bancada por alguém que nem sequer estava na Sociedade, alguém que nunca fora iniciado, que provavelmente nunca, nunquinha, havia matado uma pessoa, o que era ótimo para o tal doador. Ele devia dormir muito bem à noite. Mas, óbvio, essa não é a questão.

Então, qual *é*? A questão é que um homem, um gênio chamado dr. Blakely, teve um caso com uma de suas alunas no fim dos anos 1970, o que resultou em uma criança. A questão é que há materiais inadequados para a saúde mental. A questão é que a esquizofrenia é latente até deixar de ser, até amadurecer e florir, até você olhar para a criança que arruinou sua vida e entender que estaria disposto a morrer por ela, que provavelmente morrerá por ela, quer a decisão seja deixada a seu cargo ou não. A questão é que ninguém chamará de abuso porque, para todos os efeitos, foi consensual. A questão é que não há nada a ser feito a não ser imaginar se as coisas poderiam ter sido diferentes se ela não tivesse usado aquela saia ou olhado daquele jeito para o professor. A questão é que a carreira, o sustento, a família de um homem estão em jogo! A questão é que Atlas Blakely terá três anos de idade quando ouvir pela primeira vez as vozes na cabeça da mãe — a dualidade de quem ela é, a forma como sua genialidade se fratura, mergulhando em algo mais sombrio do que qualquer um deles poderia entender. A questão é que a camisinha furou, ou talvez nem houvesse camisinha.

A questão é que não há vilões nesta história, ou talvez não haja heróis.

A questão é: alguém oferece poder a Atlas Blakely, e ele o aceita, sem pestanejar.

Mais tarde, ele descobre que outro recruta de seu grupo, Ezra Fowler, encontrou sua mensagem cifrada na sola do sapato. Sem fazer a menor ideia de como foi parar lá. Quase a jogou fora, não estava nem aí para aquela bobajada, mas, como não tinha outros planos, deu no que deu.

Ivy Breton, aluna da UAMNY que estudou um ano em Madri, encontra a dela em uma antiga casinha de bonecas, empoleirada na réplica da poltrona estilo Queen Anne que sua tia-avó, que adorava aquele tipo de coisa, havia envernizado à mão.

Folade Ilori, nascida na Nigéria, educada na Università Medeia, encontra a dela na asa de um beija-flor nas vinícolas da propriedade do tio.

Alexis Lai, de Hong Kong, educada na Universidade Nacional de Magia em Singapura, encontra a dela escondida nos ossos escavados do que sua equipe acreditava ser um esqueleto neolítico em Portugal. (Não era, mas trata-se de outra escuridão, para outro momento.)

Neel Mishra, o outro britânico, que na verdade é indiano, encontra seu convite no telescópio — *literalmente* escrito nas estrelas.

E por fim há Atlas com a lixeira e Ezra com a sola de sapato. Eles estavam destinados a se encarar, a reconhecer a imensidão dessa revelação e a lidar com ela com a ajuda de um pouco de maconha.

Depois que Alexis morre e Atlas pensa em uma versão mais sombria de... bem, deixa pra lá, vamos continuar... ele descobre exatamente como cada um foi selecionado. (Isso acontece depois que Atlas conhece Dalton Ellery, mas antes que seu Guardião, Huntington, decida, "espontaneamente", se aposentar.) Ao que parece, a Sociedade pode rastrear a produção de magia de qualquer pessoa no mundo. Só isso. Essa é a principal coisa que levam em consideração e é... decepcionante. Quase frustrante de tão simples. Apenas buscam quem é que está fazendo um montão de magia e determinam se ela vem com um preço que outra pessoa já pagou, e, se não for o caso, pensam oh!, parece promissor. É um pouco mais refinado do que isso, mas você entendeu.

(Essa não é a versão detalhada da história, porque você não tem interesse nela. Você já sabe o que Atlas é, ou tem alguma ideia do que está acontecendo com ele. Já sabe que essa história não termina bem. Está evidente — o que, verdade seja dita, significa que Atlas também consegue ver. Ele não é idiota. Só está ferrado, de um jeito ou de outro.)

A questão é que Ezra Fowler é muito, muito mágico. Assim como qualquer um que passar por aquela porta, mas em termos de produção bruta de magia, Ezra está no topo da lista.

— Posso abrir buracos de minhoca — explica Ezra uma noite, no meio de indecência e conversa fiada. (Ele leva bem mais tempo para falar do que despertou essa especialidade mágica em particular, isto é, a morte de sua mãe, no que mais tarde seria chamado de crime de ódio, como se tratar um vírus como uma coalizão de sintomas separados e não relacionados pudesse levar à cura.) — Pequenininhos, mas mesmo assim.

— Pequenos quanto? — pergunta Atlas.

— Do meu tamanho.

— Ah, pensei que envolvesse um pouco de encolhimento — comenta Atlas, com um suspiro. — Você sabe. Tipo *Alice no País das Maravilhas* ou alguma merda assim.

— Não — diz Ezra —, eles têm um tamanho bem normal. Tipo, se buracos de minhoca fossem normais.

— Como sabe que são buracos de minhoca?

— Não sei o que mais poderiam ser.

— Legal, legal.

As drogas tornaram essa conversa mais fácil. Bem, as drogas tornavam todas as conversas de Atlas mais fáceis. É meio impossível de explicar, mas ouvir os pensamentos alheios deixa qualquer relação um milhão de vezes mais difícil. Atlas pensa demais. Ele foi uma criança cuidadosa, sempre preocupado em não expor suas origens, suas feridas, seu apartamento, sua desnutrição, sua imitação perfeita da assinatura da mãe, sempre cuidadoso, tão cuidadoso, quieto e discreto, mas... ele é quieto *demais*? devemos nos preocupar? devemos falar com os pais dele? não, não, é um ótimo aluno, tão prestativo, talvez seja apenas tímido, será que ele é encantador *demais*? nem sequer é natural ser *encantador assim* aos cinco, seis, seteoitonove anos? mas ele é tão comportadinho para a idade, tão maduro, tão experiente, nem faz pirraça, aí nos perguntamos se...? não é melhor conferir se...? Ah, falei cedo demais, lá vamos nós, um ataque de rebeldia bem agora, um defeito, graças aos céus.

Graças aos céus. No fim das contas, ele é uma criança normal.

— O quê? — pergunta Atlas, ao perceber que Ezra ainda está falando.

— Nunca contei a ninguém. Sobre as portas.

Ele está com o olhar voltado para a estante da sala pintada, para a disposição dos livros que o Futuro Atlas nunca reorganiza.

— Portas? — repete Atlas, apático.

— Eu as chamo de portas — explica Ezra.

No geral, Atlas conhece portas. Sabe que não deve abri-las. Algumas estão fechadas por um motivo.

— Para onde vão suas portas?

— Passado. Futuro. — Ezra cutuca uma pelinha do dedo. — O que for.

— Você pode levar alguém junto? — questiona Atlas, pensando: *Só quero ver. Só quero ver o que acontece.* (Será que ele recebe o castigo que merece? Será que ela melhora?) *Só quero saber.* Mas está ciente de que quer demais para perguntar em voz alta, porque o cérebro de Ezra se alarma de um jeito que só Atlas vê. — Só estou curioso — explica, através de um anel de fumaça. — Nunca ouvi falar de alguém que consegue fazer os próprios buracos de minhoca.

Silêncio.

— Você consegue ler mentes — comenta Ezra depois de um momento, o que é tanto uma observação quanto uma ameaça.

Atlas não se dá ao trabalho de confirmar, já que tecnicamente não é verdade. Ler é muito básico e mentes são quase sempre ilegíveis. Ele faz outra coisa com mentes, algo mais complexo do que as pessoas conseguem compreender, mais invasivo do que aquilo que conseguem aceitar. Por uma questão de autopreservação, Atlas omite os detalhes. Mesmo assim, há um motivo para ele sempre cair nas graças dos outros, se assim o quiser, porque se encontrar com Atlas Blakely é quase como corrigir a própria identidade. Ou pode ser, se você deixar.

(Um dia, anos mais tarde, depois que Neel morreu várias vezes, mas Folade apenas duas, quando estão decidindo se deixam ou não Ivy em sua tumba — se, talvez, isso for satisfazer temporariamente os arquivos...? —, Alexis dirá a Atlas que gosta disso, da leitura de mentes. Ela não apenas não se importa, como pensa que é ideal. Assim os dois podem passar dias sem conversar, o que é perfeito. Ela não gosta de falar. Nas palavras dela, crianças que veem mortos não gostam de falar. É sério, insiste. Atlas pergunta se existe um grupo de apoio, sabe, para as crianças que veem mortos e se tornaram adultos muito, muito quietos, e ela ri na banheira e sopra algumas bolhas em sua direção. Pare de falar, diz ela, e estende a mão. Ele responde tá, e entra.)

— Como é? — pergunta Ezra.

Atlas sopra outro anel de fumaça perfeito e abre o sorriso estúpido daqueles que realmente passam da conta. Em algum outro lugar, pela primeira vez, a mãe dele está fazendo algo de que Atlas não faz ideia. Ele não conferiu. Não planeja conferir. No fim, porém, é inevitável que o fará, pois é assim que as coisas são. A onda sempre volta.

— O quê, ler mentes?

— Saber o que dizer — corrige Ezra.

— Bizarro — responde Atlas.

Os dois compreendem muito bem isso. Ler a mente de alguém que você não pode mudar é tão inútil quanto viajar no tempo até um final que você não pode reescrever.

A moral da história é: cuidado com o homem que o enfrenta desarmado. Mas a moral da história também é: cuidado com os momentos de vulnerabilidade compartilhados entre dois homens adultos cujas mães partiram. Seja lá o que foi forjado entre Ezra e Atlas é a base de toda a podridão que se segue. É o palco de cada catástrofe que emerge. Chame de história de origem, de sobreposição. De uma segunda chance em algo como a vida, que é, obviamente, o começo do fim, porque a existência é muito fútil.

Isso não quer dizer, porém, que o grupo da Sociedade é desagradável. Folade, Ade quando se sente atrevida, é a mais velha e não dá a mínima para nenhum deles, o que, verdade seja dita, é justo. Ela acha que é poeta, é muito supersticiosa e a única deles que também é religiosa, o que é ao mesmo tempo estranho e impressionante, porque significa que pode ter instantes de paz que o resto deles não tem. É física, atomista, a melhor que Atlas tinha visto até conhecer Nico de Varona e Libby Rhodes. Ivy é uma garotinha rica e alegre que porventura é uma biomante poderosa capaz de provocar extinção em massa em torno de cinco, seis dias. (Mais tarde, Atlas vai pensar: ah, era ela quem a gente deveria ter matado. O que ele faz, de certa forma. Mas não da forma como deveria ter feito, ou de qualquer forma capaz de provocar uma mudança.)

Neel é o mais jovem, alegre, tagarela e o epítome de alguém de vinte e um anos. Estudou com Atlas em Londres, embora os dois nunca tenham trocado uma palavra, porque Neel vivia ocupado com as estrelas e Atlas vivia ocupado limpando o vômito da mãe ou, às escondidas, desmanchando os pensamentos dela. (Também há muito lixo físico na casa da mãe, não apenas os detritos de sua psique. A princípio, Atlas tenta reorganizar as coisas na cabeça dela, ressignificando as ansiedades acerca do desconhecido, porque uma mente organizada parece um pouco mais útil para uma casa limpa, ou talvez seja o contrário e ele tenha entendido tudo errado. Numa dessas faxinas ele consegue limpar a gaveta e tirar a podridão de pesadelo não identificável por uma semana, mas depois só piora a situação, torna a paranoia mais forte — como se de alguma forma ela soubesse que houve um roubo, que alguém mais esteve lá dentro. Por meio segundo, as coisas ficam tão ruins que Atlas pensa que o fim está próximo. Mas não está. E isso o deixa feliz. Mas não muda o fato de ele estar totalmente ferrado.) Neel é um adivinho e sempre diz coisas como não toque nos morangos hoje, Blakely, estão ruins. É irritante, mas Atlas sabe — pode ver com muita clareza — que Neel fala sério, que ele jamais teve um pensamento impuro na vida, exceto por talvez um ou dois sobre Ivy. Que é muito bonita. Mesmo que seja um arauto ambulante da morte.

Além disso, há Alexis. Ela tem vinte e oito anos e está cansada dos vivos.

— Ela me assusta — admite Ezra, comendo torta de frango à meia-noite.

— É — concorda Atlas, com sinceridade.

(Mais tarde, Alexis vai segurá-lo pela mão logo antes de dizer que não é culpa dele, embora seja, o que Atlas saberá porque ela estará pensando seu completo idiota, seu babaquinha burro. Não há importância nisso, porque Alexis não é de remoer as coisas por muito tempo, e em voz alta ela apenas dirá não ponha tudo a perder, ouviu, Blakely? Você plantou, tá, não adianta chorar, mas pelo amor de Deus, não ponha tudo a perder. Mas ele vai fazer isso, é claro. Claro que vai.)

— É só a coisa da necromancia? Os ossos? — Ezra encara o vazio. — Ossos são assustadores? Me conte a verdade.

— Almas são mais assustadoras que ossos — confidencia Atlas. — Fantasmas. Ele estremece.

— Fantasmas pensam? — pergunta Ezra, empurrando as palavras para fora.

— Pensam — confirma Atlas.

Fantasmas não são tão comuns assim. A maioria das coisas morre e permanece morta.

(Alexis, por exemplo.)

— No que eles pensam? — insiste Ezra.

— Na mesma coisa, geralmente. Que se repete sem parar. — Transtorno obsessivo-compulsivo, esse é um dos primeiros diagnósticos que Atlas recebe quando tenta ver se alguém consegue consertá-lo. Deve estar errado, pensa. Sabe que está em algum ponto do espectro, todos estão, essa é a ideia do espectro, afinal, mas compulsão? Não parece certo. — Aqueles que permanecem neste mundo costumam estar atrás de algo específico.

— É? — pergunta Ezra. — Tipo o quê?

Atlas mordisca o cantinho do polegar. A mãe dele tem dezessete frascos repetidos de creme para as mãos, e de repente ele deseja, com desespero, ter um também. Por meio segundo, chega a pensar que deveria ir para casa.

Mas logo passa. Ele suspira.

— Quem se importa com o que os mortos querem? — devolve Atlas.

Ele não é burro. Se fosse morrer, sabia que permaneceria morto.

A Sociedade não costuma escolher o Guardião entre seus membros. Você ainda não sabe disso porque não chegou a essa parte, mas, na verdade, a Sociedade não é operada por seus próprios iniciados. Eles são valiosos demais, estão ocupados, e, bem, seria incrivelmente cruel matar alguém e ser obrigado a conviver com isso enquanto trabalha em um escritório e atende ligações. Não, a Sociedade é quase toda operada por pessoas muito normais que passam por entrevistas de emprego muito normais e têm currículos muito normais. Elas não têm acesso a quase nada digno de nota, então não importa o que sabem.

William Astor Huntington era professor de clássicos na UAMNY antes de se tornar Guardião. Quando o conselho da Sociedade, que *é* composto de iniciados, sondou a escolha de sucessor pouco convencional e um tanto preocupante de Huntington, todos começaram a ouvir um zumbido baixo e insistente. Era incômodo o bastante — e o sorriso de Atlas Blakely era tão estonteante; seu histórico, tão irretocável — que eles votaram com unanimidade para encerrar a reunião mais cedo e ir para casa.

Tudo isso para dizer que Atlas estar ali, naquele escritório, naquela posição, não foi fácil. Não que você tenha que admirá-lo por isso, mas se quisesse, poderia. Guardião é uma posição política e ele fazia política bem, fazia política com gosto, depois de uma vida de prática. Você poderia argumentar que Atlas Blakely nunca deixou uma palavra honesta escapar de seus lábios? Poderia. Ninguém repreenderia você. Nem mesmo o próprio Atlas.

Enfim, sobre esse grupo. Atlas é o primeiro a perceber os requisitos de iniciação da Sociedade. O pesquisador deles é um iniciado que não consegue parar de pensar no assunto. Uma arma antiga, de alcance curto, o gatilho puxado antes que ele esteja pronto, merda merda mãos tremendo, puxe de novo, desta vez é ruim mas não letal, merdamerdamerda seu idiota, *alguém me ajuda...*

No fim, foram necessários quatro deles para resolver o assunto. Atlas, ao testemunhar as lembranças em segunda mão, ficou meio puta merda, tô fora.

— Mas os livros — argumenta Ezra.

Atlas já estava juntando as coisas quando Ezra entrou no quarto, enchendo o saco ou apenas o relembrando do fato. As mãos de Atlas estavam secas e ele não tinha ouvido uma palavra sequer do dono do pub lá embaixo, que deveria ligar se algo desse errado, ou talvez as proteções não permitissem ligações de vizinhos...? A casa queria que ele matasse alguém, então, sinceramente, quem é que sabia se os telefones funcionavam ou não?

— A droga dos livros. — Ezra soltou um suspiro profundo.

Ainda não discutimos o amor de Atlas pelos livros. Como os livros salvaram a vida dele. Não *neste* ponto da vida, porque já estava a caminho da ruína. Mas antes. Os livros o salvaram.

(O que ele não havia percebido era que na verdade uma *pessoa* o salvara, porque *pessoas* escreviam livros, e os livros em si eram apenas fantoches, cabos de segurança que o puxavam de volta. Mas na época ele trabalhava num pub xexelento e achava que odiava pessoas. E odiava. Todo mundo faz isso de vez em quando. Enfim, esse foi um erro breve mas crítico.)

Em uma época em que Atlas estava amadurecendo e descobrindo como a vida seria difícil — em termos clínicos, esses seriam os períodos de inutilidade e vazio, a raiva enfadonha associada a uma falta de concentração caótica e confusa, os picos de atividade antissocial, todo o isolamento e autossabotagem —, ele teve a sorte de, pelo menos, ficar preso em um palácio de acumulação intelectual, cercado por pilhas e mais pilhas de livros que um dia ajudaram a moldar a mente em frangalhos de sua mãe. Ele só a conhecera para valer ali, nas linhas e passagens que ela sublinhara ou marcara. Os livros eram sua única forma de conhecer a mãe enquanto pessoa que nutria uma ânsia amarga e descomunal, uma mulher que esperara ser devorada viva pelo amor, que desejava desesperadamente, mais que qualquer coisa, ser vista. Os livros nos quais a mãe ainda mantinha uma carta, um bilhete que provava que isso nunca esteve apenas na cabeça dela — o local labiríntico que sua mente viria a se tornar —, a desculpa conveniente de um homem que certo dia decidiu que aquele casinho não havia sido nada além da ilusão solitária dela. Os livros nos quais ela encontrou conforto, antes e depois de ter a vida dividida em duas pelo nascimento de um filho indesejado.

— Você não devia ter se dado ao trabalho — murmurou Atlas para a mãe uma vez, pensando que tudo não passava de uma armadilha.

A coisa toda. Começar a contagem em um timer invisível para um fim que você não poderá ver. Nem sabe como termina, você só... *faz* e *tenta* e inevitavelmente fracassa, inevitavelmente sofre, e para quê? Era melhor que ela tivesse ficado lá, na faculdade, na qual talvez seu intelecto tivesse para onde crescer, algum recipiente para preencher, algo para se tornar. Uma alternativa melhor que esta, ele limpando a baba do rosto dela, seus olhos abatidos e escuros quando encontram os dele.

— Quando um ecossistema morre, a natureza cria um novo — disse ela, o que poderia não ter significado nada. Talvez nada mesmo.

A princípio, Atlas não a ouviu. Perguntou o quê?, então ela repetiu: "Quando um ecossistema morre, a natureza cria um novo", e ele pensou do que você tá falando, mas então entendeu mais tarde, naquele momento crítico, o momento em que não consegue decidir de quem partiu a ideia. De Ezra, talvez, ou, quem sabe, Atlas a colocou ali. Talvez as duas coisas.

Quando um ecossistema morre, a natureza cria um novo. Você não entende? O mundo não acaba. Só nós acabamos.

Mas talvez... talvez possamos ser maiores que isso. Talvez seja isso que ela quis dizer. Talvez a gente seja feito para ser maior que isso.

(Aos poucos, Atlas se convence. Sim, deve ser isso que ela quis dizer.)

Não importa onde começou. Não importa onde termina. Somos parte do ciclo, quer a gente queira ou não, então não desperdice nada.

Seja o gafanhoto. Seja a praga.

— Vamos ser deuses — declara Atlas em voz alta, e é importante lembrar que ele está drogado, que sente saudades da mãe, que se odeia.

É fundamental recordar que, naquele exato momento, Atlas Blakely é um serzinho assustado, triste e solitário, uma pinta no traseiro do mais recente apocalipse vindouro da humanidade. Atlas Blakely não se importa se chegará ao amanhã, ou amanhã, ou amanhã. Não se importa se for atingido por um raio, se morrer esta noite. Atlas Blakely é um cara de vinte e poucos anos (vinte e cinco, nessa época) neurótico, desesperado por sentido, sob a influência de pelo menos três substâncias que alteram a mente e na presença de, talvez, seu primeiro amigo de verdade, e, a princípio, ao dizer isso, não está pensando nas consequências. Ainda nem *entende* as consequências! Não passa de uma criança, um idiota funcional, que viu a menor lasca de experiência humana e ainda não percebeu que ele é poeira, um grão de areia, apenas um verme. Ele não vai entender até que Alexis Lai bata à porta e diga oi, desculpe incomodar, mas Neel está morto e dentro do telescópio dele tinha um bilhete dizendo que você o matou.

E é quando, mais tarde, Atlas Blakely percebe que ferrou tudo. Leva pelo menos mais duas mortes de Neel para admitir em voz alta, mas sabe muito bem, naquele momento, embora não diga a ninguém o que está pensando, que é isto: *Eu não devia ter pedido poder quando o que eu queria mesmo era significado.*

Mas agora ele tem as duas coisas, então... Dá para ver como estamos em um impasse.

— O que quer dizer? — pergunta Libby Rhodes, cujas mãos ainda fumegam. Há canais pálidos riscando suas bochechas, sal misturado com fuligem em suas têmporas. O cabelo dela está cheio de cinzas, e Ezra Fowler está caído a seus pés. O último suspiro de Ezra foi há não mais que dez, quinze minutos, suas últimas palavras alguns segundos antes disso, e essa parte também ficará implícita: embora Atlas esteja com raiva, embora não saiba o que esperava sentir com a perda de um homem que amou um dia e hoje odeia, ele ainda sente. Sente demais.

Mas fez uma escolha há muito tempo, porque em algum lugar existe um universo em que ele não precisou fazer. Em algum lugar, existe pelo menos um mundo em que Atlas Blakely cometeu um assassinato que salvou quatro vidas, e agora o único caminho é encontrá-lo. Ou fazê-lo.

De um jeito ou de outro, só há uma forma de essa história terminar.

— Quer dizer — responde Atlas, erguendo o olhar do chão — o que mais você está disposta a quebrar, srta. Rhodes, e quem você trairá para isso?

O COMPLEXO

como uma
Anedota Sobre a Humanidade

Um lado da moeda é uma história que você já conhece. Genocídio. Escravidão. Colonialismo. Guerra. Injustiça. Pobreza. Despotismo. Assassinato, adultério, roubo. Asqueroso, brutal, abrupto. Abandonados à própria sorte, os humanos inevitavelmente recorrerão a impulsos mais básicos, à violência da autodestruição. Dentro de cada ser humano está o poder de ver o mundo como é e ainda ser levado a destruí-lo.

O outro lado da moeda é Romito 2. Dez mil anos antes, quando o resto da espécie sobrevivia apenas graças à habilidade como caçadores, um homem com um tipo grave de nanismo foi criado da infância à vida adulta sem qualquer — abre aspas-fecha aspas — benefício concebível ao restante de seu grupo. Apesar da ameaça de escassez comunitária, foi fornecida a ele uma forma inata de dignidade: teve permissão de viver porque era deles, porque estava vivo. Abandonados à própria sorte, os humanos inevitavelmente cuidarão uns dos outros em detrimento de si mesmos. Dentro de cada ser humano está o poder de ver o mundo como é e ainda ser levado a salvá-lo.

Não é um lado ou outro. Os dois são verdade.

Jogue a moeda e veja como ela cai.

I

EXISTENCIALISMO

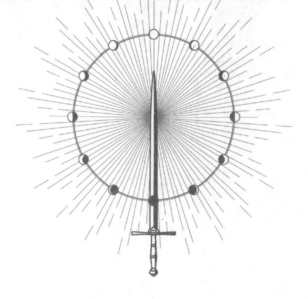

· EILIF ·

O homem loiro saindo do transporte medeiano na Grand Central Station usava óculos de sol chamativos, além de várias camadas de feitiço de ilusão. Algumas eram recém-aplicadas, mas a maioria tinha anos, talvez décadas. Aquilo, então, não era um disfarce de última hora; estava mais para uma reconstrução cosmética permanente. Os óculos modelo aviador tinham efeito prismático nas lentes, com um dourado que se transformava em prata nas hastes. Fizeram Eilif pensar em uma pérola envolta em iridescência, um tesouro ao léu em um oceano impiedoso. Talvez tenham sido os óculos que chamaram a atenção dela, ou a sensação sinistra de que o homem havia, de alguma forma, encontrado seu olhar.

Aquele não era Nico de Varona, o que era perturbador, até desastroso. Mas Eilif sabia o bastante para arriscar o que muito provavelmente seria sua última tentativa.

— Ali — disse com urgência para o agente ao seu lado, que não era daquele tipo adorável que latia, nem sequer uma pessoa-foca útil. Em resposta, o ser fez uma careta, como se algo tivesse ferido seus ouvidos, mas Eilif não conseguia pensar no quê. — Aquele ali. Está coberto de sangue.

A névoa persistente das proteções de onde ele viera continuava ali, marcante, emanando da pele do homem loiro em ondas, como uma aura de fumaça tóxica ou perfume vagabundo, embora Eilif duvidasse que o perfume desse homem custasse menos que uma fortuna.

— Aquele é Ferrer de Varona? Ele está usando algum tipo de feitiço de ilusão? — perguntou o agente, não para Eilif, e sim para o dispositivo que usava no ouvido. Não era verde, muito menos camuflado. Eilif ficou com medo de, sem querer, ter se associado a amadores. — A ordem diz que o alvo deveria ser mais baixo, latino, de cabelos escuros...

Eilif observou a multidão se afastar graciosamente para dar passagem ao homem loiro. Não. Aquilo não acontecia em Nova York. Ela puxou a manga do agente ao lado, que fazia parte de um grupo de três, mas era o mais próximo.

— Ele. Vá.

O sujeito puxou o cotovelo e se afastou dela.

— Acho que o rastreador pode ter falhado.

Mais uma vez, não se dirigia a Eilif, o que era uma pena. Ela teria explicado que algo mágico o fizera dizer aquilo; que o rastreador jamais funcionaria direito porque ele era um humano bem normal, e esse era o preço da normalidade. O agente tinha muitos músculos, sim, e talvez até uma rapidez adequada, o que de certa forma representava algum tipo de preponderância do mérito, ainda que o mérito de uma conquista irrelevante. O homem era uma ótima máquina de matar, mas Eilif já conhecera várias dessas. E até então nenhuma a impressionara.

Ela não esperou que o comandante medeiano do agente o informasse do óbvio. Disparou no espaço deixado pela saída exibicionista do homem loiro, desencadeando o movimento dos outros dois agentes que se esgueiravam ali perto. Ótimo, eles a seguiriam, ela encontraria o homem loiro, e rapidinho ficaria óbvio que nada estava bem, que Nicolás Ferrer de Varona os fizera de trouxa mais uma vez e que em seu lugar havia isto: um homem loiro que também não era comum, que sem dúvida viera da mesma casa. Aquela com sangue nas proteções.

Houve um sibilo atrás dela, em algum ponto acima de seu ombro. Eilif seguiu a cabeça dourada através dos arcos baixos e correu para alcançá-la.

— Ela está fugindo! — disse um.

— Bom, ele avisou que isso poderia acontecer, só corram atrás dela... — disse outro.

Eilif os ignorou e continuou a perseguir sua salvação ou sua condenação.

— *Pare* — chamou ela das portas da estação, a voz a deixando incandescente.

Foi bom usar de novo, essa coisa nascida em seu peito que alguns poderiam chamar de magia e que Eilif chamava de si mesma. Sobrevivência significava esconder isso, seu *eu*, seu *sim* — a coisa que a fazia sentir que havia um amanhã. Não como os acordos. Esses a faziam sentir que havia um agora, um dia, um hoje.

A multidão tomou conta da rua, com sua ambição desenfreada, suas bicicletas e sua raiva fervilhante e ininterrupta. Um homem com protetores auditivos prateados não percebeu, continuou andando. Eilif se maravilhou, por um breve momento, com a eficiência da cera de marinheiro moderna. No entanto, mais importante, o homem loiro havia parado, os ombros imóveis na camisa branca de linho. A princípio, não pareceu muito afetado pela ameaça pantanosa do verão que se aproximava, mas Eilif viu a magia se dissipar dele em enxames. Quando o homem se virou, ela percebeu as gotículas de suor em sua testa pouco antes que desaparecessem por trás do vazio pontudo de sua armação de metal.

— Olá — disse ele. Sua voz era caramelo. — Meus pêsames.

— Pelo quê? — perguntou Eilif, que ordenou que ele parasse, e não estava morta. Ainda.

— Receio que você vá se arrepender de ter me encontrado. Quase todo mundo se arrepende.

A boca magicamente alterada do homem loiro abriu um sorriso nem um pouco pesaroso assim que os dois agentes se livraram do efeito persistente do comando de Eilif, aproximando-se de uma forma que ela esperou que logo se tornasse útil.

— Ele — avisou Eilif, empurrando os homens na direção do alvo.

Os dois agentes se voltaram para o homem loiro, as mãos sincronizadas alcançando armas que não errariam.

As instruções foram *capturar*. O comando, como ditavam os termos do acordo de Eilif, era *subjugar*, como um animal fora de confinamento. Ela entendia que, na vida real, longe das idealizações de estrategistas e teóricos, muitas palavras assumiam significados diferentes. As dela também. O combinado fora o seguinte: uma chave para a casa com sangue nas proteções. Vivo ou morto, o alvo ideal dela ou não, o homem loiro era agora a única salvação de Eilif. Pegá-lo e cortá-lo em estrelinhas, trancar seu corpo alquebrado em uma caixa, não importava. A promessa de entrega não dependia do estado em que a oferta seria entregue. Depois de tantos anos, de tantos acordos, ela aprendera a não ignorar as letras miúdas.

Eviscerar alguém não exigia uso de magia. Eilif sabia disso. Mas, em certas ocasiões, não fazia mal, então ela fez o que podia para mantê-lo ali. Não conhecia esse homem loiro, não podia odiá-lo. Podia, no entanto, escolher a própria vida em vez da dele.

Para sua infelicidade, as coisas deram errado logo de cara. Eilif percebia coisas silenciosas, movimentos sutis, como a diferença entre uma necessidade e um desejo. A fratura finíssima na hesitação de um atirador. O agente à esquerda dela teve um pensamento, ou algo muito parecido com um. Foi algo mais como um ímpeto de desejo, ou uma pontada de arrependimento.

Alguém estava revidando, percebeu Eilif, intrigada.

Outra gota de suor surgiu e desapareceu na testa do homem loiro, escondendo-se atrás das lentes cromáticas. O agente à direita de Eilif tremeluziu, o movimento da chama de uma vela. Raiva, talvez, ou desejo. Eilif conhecia bem o sacolejo de inspiração do qual tanto de sua habilidade dependia. O truque de luz que podia, sob certas circunstâncias, ser lido como uma mudança de atitude. Atrás dela, o movimento havia desacelerado, sem outros agentes em vista. Fosse lá qual mudança na atmosfera havia lançado os dois homens em perigosa suspensão, eles estavam se fundindo agora, se reunindo sob algum chamado mais leve e mais alto. Como nuvens finas *cirrus* se mesclando a um cobertor de nuvens *cumulus*, mais densas, ou um acorde menor se acomodando em um acorde maior.

— O problema é que você está desesperada — disse o homem loiro.

Só depois que os tiros já tinham soado Eilif percebeu que o homem falava diretamente com ela. Um silêncio estranho e performático se espalhara dos agentes para a multidão, como a quietude que precede uma salva de palmas, a expectativa do aplauso unânime.

— Você precisa entender que não é nada pessoal — acrescentou o homem loiro, observando o cálculo atrasado dela.

Um quarteirão inteiro reduzido a uma paralisia silenciosa. No fim das contas, os agentes designados para acabar com Nico de Varona não serviriam para nada. Então talvez fosse isso. O fim.

Não. Hoje não, agora não.

— Isto também não — respondeu Eilif, com coragem, e tentou pensar em apenas uma coisa: *Você é meu*.

Acontece que outro elemento perigoso escapuliu da intensidade de seus pensamentos; não hesitação, mas algo pior. Como a gota de suor do homem loiro: um pouco de dor, nascida de uma imprudência impetuosa. A emoção da caçada. O êxtase da vitória. O balançar da cauda dela. As fendas esticadas em sua panturrilha — os acordos firmados para reconstruir sua vida, para restabelecer seu destino. E então, bem no fundo, como o quebrar de uma onda, o lampejo particular do filho dela, Gideon.

Era insensato deixar tanto de si sangrar através do esforço de dobrar a vontade do homem loiro; rachaduras que sem dúvidas se transfeririam para ele, impurezas como manchas de corrosão, lugares de onde um pensamento divergente solto poderia inadvertidamente escapar. Mesmo assim, ela sentiu a boca do homem loiro se encher de um desejo antigo e familiar, o gosto azedo do querer. Em geral, isso era suficiente para que ela conseguisse uma janela de oportunidade, se preciso fosse. Nesse caso, o suficiente para que arrancasse o rifle da mão do agente mais próximo.

O suficiente para que pudesse escolher caçar em vez de ser caçada, ao menos dessa vez.

Ela virou o cano para o homem loiro, dedo no gatilho, maldições antigas fluindo de sua mente.

— Venha comigo — chamou, a voz doce como o canto da sereia, a cadência de uma promessa nova e antiga.

Eilif conseguia sentir o suficiente dele para saber que nutria os desejos mortais comuns, dores esperadas do não correspondido e do não realizado. Ele só precisava fazer o que todos faziam: ceder.

O homem loiro baixou os óculos de sol, apenas o suficiente para que ela pudesse encontrar seus olhos. Azuis como o céu. Como as ondas berilo de um mar convidativo. Na visão periférica de Eilif, um agente chorava, as lágrimas escorrendo em um êxtase estranho, dominador e alegre. O outro caíra de joelhos. Um taxista cantava algo, talvez um hino. Vários pedestres beijavam o chão. O homem loiro resistia a ela e os incapacitava com uma simultaneidade impossível, como se segurasse duas metades do universo juntas ou costurasse uma onda na areia.

Só depois que tal epifania se tornou imperativa Eilif entendeu que a magia que jorrava do homem loiro não era fruto do desperdício. Muitos humanos esbanjavam sua magia por relativa ignorância de seus limites, fadados a esgotar um recurso que tomavam como garantido. O homem loiro, no entanto, estava acostumado a ser esvaziado. Ele sabia exatamente o quanto de si podia e não podia ficar sem.

— O que você está fazendo com eles? — perguntou Eilif, incapaz de resistir ao ímpeto imprudente da curiosidade, incapaz de evitar o deslumbre. Um artesão falando com outro artesão.

— Ah, é uma coisinha fantástica que aprendi faz pouco tempo — respondeu o homem loiro, parecendo satisfeito com a atenção dela. — Incapacitação por ausência de dor. Legal, né? Descobri isso em um livro mês passado. Enfim, não me leve a mal, mas preciso ir. Tenho que lidar com uma biblioteca vingativa e decidir uma punição justa. Tenho certeza de que você entende.

Ele deu um passo na direção de Eilif, com certa arrogância no caminhar. Seus olhos, vistos mais de perto, estavam inesperadamente vermelhos, uma das íris tão ampla que parecia infinita, quase preta. Então, no fim das contas, a sobrevivência dele não era assim tão fácil. Eilif estendeu a mão e tocou na opacidade pegajosa de seu rosto. De uma sereia para outra, ela conhecia o chamado de um naufrágio iminente. Sabia que o final seria uma colisão, um redemoinho de penumbra.

— Aquela pessoa que você sempre tenta proteger — Eilif o ouviu dizer com seus botões —, por que ela parece tão familiar?

E Eilif soube, com uma certeza vaga, que a arma estava no chão, que sua última chance estava perdida, que logo a oração terminaria, que o homem loiro a colocara diretamente nas mãos de seu destino, mesmo sem se dar conta. Percebeu que ele sabia, de alguma forma, quem, mas não o quê, Gideon era.

Ao lado dela, os agentes se remexiam, e o olhar do homem loiro se afastou, ainda que por meio segundo Eilif tivesse conseguido capturá-lo de volta. Logo entendeu que ele partiria antes que os efeitos da magia se dissipassem por completo, mas havia algo nele que Eilif precisava ver, entender.

— Olhe para mim — disse ela.

Os olhos dele estavam azuis, proféticos, pesarosos. Escurecidos de raiva, de determinação, de fúria, como sangue espirrado de qualquer jeito por um conjunto de proteções antigas.

A pulsação de um relógio tiquetaqueante; o fim dele como o dela, materializado, à espera.

— Quanto tempo você tem? — ela conseguiu perguntar.

Ele riu.

— Seis meses, se eu acreditar na história que me contaram. E, infelizmente, acredito.

O brilho de uma faca, os dentes dele na escuridão.

— Eu amo a ruína — declarou o homem loiro, os olhos pretos. — Não é romântico?

— É — sussurrou ela.

Entalhe a entalhe, esta vida é uma âncora, liberdade trocada por sobrevivência,

Os olhos dele,

A escuridão,

Os olhos dele,

— Eilif — chamou uma nova voz. Familiar e mais velha. Menos cansada; menos açucarada. — Seu tempo acabou.

A mesma vermelhidão piscou nas profundezas infinitas do oceano. O mesmo livro contábil vermelho com seu brilho impossível nas fissuras do tempo e dos sonhos.

Ela tentara fugir, em vão. O Contador a encontrara de novo.

Pela primeira vez, a sereia não tinha mais apostas. Não tinha mais nada a oferecer, nenhuma promessa com a qual barganhar, nenhuma mentira benéfica para entoar em seu canto de sereia. Os entalhes na panturrilha marcando as dívidas dela cintilavam na escuridão como escamas, ancorando-a ao seu resultado inevitável. Depois de tudo, ela estava prestes a encontrar o fim.

O Príncipe, o animador, estava à solta. O filho dela estava desaparecido. O homem loiro, a última tentativa dela de limpar seu livro contábil, tinha dado muitíssimo errado. Aquele lugar com os livros, com sangue nas proteções, aquele que ela prometera para o Contador, obviamente criava monstros. Eilif, de todas as criaturas, saberia.

Não importava. Tudo estava acabado agora, então ela decidiu aproveitar o pouco que lhe restara. Tempo suficiente para uma maldição ou duas, ou quem sabe apenas um aviso.

Eu amo a ruína, pensou Eilif. *Não é romântico?*

— Pode ficar com a minha dívida — ofereceu ao Contador, generosa, dando-lhe um sorriso. — Aproveite, tem um preço. Você tem sua própria dívida agora. Algum dia seu fim há de chegar, e você não terá o benefício da ignorância. Saberá que está a caminho e será incapaz de detê-lo.

Talvez porque havia mesmo cedido ao medo, pela primeira vez ela detectou o brilho de algo na sombra disforme costumeira do Contador — um reluzir de ouro, alguma fagulha decorativa. Uma pequena runa ou símbolo no que parecia um par de óculos, com formato de pássaros em revoada.

Ah, não, não um símbolo. Era uma letra. *W.*

Eilif sentiu os lábios formarem um sorriso enquanto a escuridão gerava um turbilhão ainda mais intenso ao redor de seus ombros, a envolvendo como uma onda e enchendo seus pulmões antes de ela despencar em silêncio no nada.

· NICO ·

A convocação devia ter chegado durante a noite, pois estava enfiada debaixo da porta do apartamento de Nico em Nova York quando ele acordou — ou, melhor, se levantou, sem ter dormido nem um pouco —, nas primeiras horas da manhã. Que convocação organizada. Uma aura distinta de esmero no envelope branco, que estava, sem cerimônias, endereçado a Nicolás Ferrer de Varona. Não havia um lacre estranho de cera, nenhum brasão, nenhuma pretensão óbvia digna de nota. Ao que parecia, esse tipo de pompa era reservado para a mansão que Nico deixara no dia anterior, e tudo que restou foi um chamado às armas vagamente institucional.

(O que exatamente ele esperara da Sociedade Alexandrina? Difícil dizer. Ela o recrutara em segredo, pedira que matasse alguém e lhe oferecera respostas para alguns dos maiores mistérios do universo, tudo a serviço de algo onisciente, antigo e misterioso. Mas também anunciava os jantares com um gongo, então no geral a estética permanecia um tanto bagunçada, sua versão mais verdadeira encontrando-se em algum ponto entre pureza ideológica e prova de fogo.)

O mais curioso, no entanto, era a presença de uma segunda convocação, uma vez que foi endereçada de forma um tanto mais alarmante a Gideon Sem Nome do Meio Drake.

— Então. — A mulher à mesa, quarenta e poucos, Muito Britânica, clicou em algo em seu computador e se virou cheia de expectativa para Nico, que se remexeu, trêmulo, na cadeira de couro na qual suas coxas estavam grudadas. — Temos vários assuntos de rotina para discutir, sr. de Varona, como seu Guardião deve ter lhe informado. Receio, porém, que tivemos que convocá-lo com um pouco mais de… urgência — observou ela com uma olhadela para Gideon, ao lado de Nico. — Dadas as circunstâncias, suponho que você entenda.

Abaixo deles, o piso estremeceu. Por sorte, era Gideon quem o acompanhava, não certas pessoas que o repreenderiam pelas menores indiscrições mágicas. Portanto, tudo que aconteceu foi um breve olhar compartilhado para a luminária à esquerda de Nico.

— Bem, você sabe o que dizem sobre suposições — respondeu Nico.

A cabeça de Gideon se mexeu apenas o suficiente para que Nico percebesse que estava sendo abençoado com um raro (mas nunca impossível) olhar de esguelha drakeano.

— Desculpe — pediu Nico. — Prossiga.

— Bem, sr. de Varona, acho que posso afirmar que estamos diante de um recorde — observou a mulher, que pelo jeito se chamava Sharon.

A placa colocada bem reta sobre a mesa (na mesma fonte que outrora mostrara as palavras ATLAS BLAKELY, GUARDIÃO) dizia SHARON WARD, OFICIAL DE LOGÍSTICA, embora a oficial de logística em questão não tenha se dado ao trabalho de uma apresentação formal. Quase não dissera nada, na verdade, desde a chegada de Nico.

— Não é a primeira vez que temos algum tipo de problema legal com um iniciado — explicou Sharon. — Mas é a primeira vez que acontece nas vinte e quatro horas após a saída dos arquivos, então...

— Espere, desculpe — interrompeu Nico, e Gideon franziu a testa com um ar bem questionador, um aviso. — Problema legal?

Sharon clicou em algo no computador, examinando a tela, e então lançando um olhar desinteressado para Nico.

— Por acaso você não destruiu milhares de euros em propriedade governamental diante da vista do público?

— Eu... — Aquilo era objetivamente verdade, mas em um nível espiritual Nico achava a acusação um tanto quanto imprecisa. — Bom, quer dizer...

— Por acaso não causou a morte de três medeianos — insistiu Sharon —, dois dos quais eram agentes da CIA?

— Tá — cedeu Nico —, vou concordar hipoteticamente, mas eu fui a causa *direta* das mortes? Porque eles vieram atrás de mim primeiro — observou —, então, se analisar direitinho, vai ver que tudo não passa de legítima...

— Perdão. — Sharon se virou para Gideon com soberba. — Acredito que você foi responsável por um desses.

— O quê? — Nico sentiu o ar ao redor se encher de uma preocupação que ele não vislumbrara cinco minutos antes, mas deveria. — Gideon não estava...

— Isso — confirmou Gideon, determinado. — Um desses fui eu que matei.

— Você é Gideon Drake — disse Sharon, a oficial de logística de quem Nico já não gostava tanto, apenas com base em seu tom de voz.

Ele estivera disposto a elogiar o suéter imaculado dela, provavelmente durante o chá, convencido de que seria um jeito agradável de encerrar a conversa, mas agora estava reconsiderando.

— E você não é um iniciado alexandrino — acrescentou Sharon.

— Nem você — comentou Gideon.

— Sim, bem. — Os lábios de Sharon se contraíram. — Acredito que uma dessas declarações é relevante, ao passo que a outra com certeza não é.

— Espere, você não é uma iniciada? — perguntou Nico, se virando para Gideon, confuso. — Como é que você sabia? Como é que ele sabia? — repetiu com mais firmeza para Sharon, ao ver que Gideon adotara uma de suas abordagens muito características, em que escolhia o silêncio como tática. — Claro que você é iniciada... Estes são os escritórios da Sociedade, *não são*?

Houve um momento, passado completamente despercebido por Nico, em que Sharon pareceu considerar uma grande profusão de maldades em resposta ao olhar de tranquilidade um tanto hostil de Gideon. Em geral, Gideon era a educação em pessoa, o que tornava tudo ainda mais atordoante.

— A Sociedade Alexandrina não está nem um pouco interessada nas complicações legais que podem surgir de um evento desta natureza, é claro. — Sharon passou a se dirigir exclusivamente a Gideon, não a Nico, o que era estranho e um tanto alarmante. — Os iniciados são protegidos. Pessoas de fora, não.

— Opa, espera aí — disse Nico, se inclinando à frente na cadeira. O couro rangeu com o movimento. Devia ser um couro com pouco uso ou novo, ou talvez nem verdadeiro fosse. Mas isso não vinha ao caso, embora aumentasse certa sensação de que tudo aquilo era muito esquisito e falso. — Você sabe que eu fui *atacado*, não sabe? — observou Nico. — Eu era o alvo e Gideon salvou minha vida, o que acho que deve ser levado em consideração...

— Claro. Sabemos disso, ou ele não estaria sentado aqui — respondeu Sharon.

— Onde mais ele estaria sentado? Esquece, nem precisa responder — acrescentou Nico às pressas, e tanto Sharon quanto Gideon o encararam com a sugestão de que ele deveria ser capaz de compreender aquilo sozinho. — Pensei que você tinha chamado a gente aqui para ajudar!

Os olhos verdes e inexpressivos de Sharon encontraram os dele. Quase não tinham cor, o que não era uma coisa pouco lisonjeira que Nico estava pensando só porque não gostava mais da mulher. (Provavelmente.)

— Bem, sr. de Varona, por acaso você está em uma prisão parisiense?

— Eu... Não, mas...

— Recebeu uma intimação da Metropolitan Police?

— Não, mas mesmo assim, eu estava...

— Alguma parte sua se sente ameaçada ou então em risco de indiciamento legal ou de perigo iminente?

— Isso não é justo — devolveu Nico, sentindo que a conversa havia ganhado um tom passivo-agressivo. — Estou sob ameaça de perigo constante. Pergunte a qualquer um!

— Então pronto — disse Gideon, sem esperar a resposta de Sharon, com os braços cruzados. — Nico vai embora com uma advertência, e eu vou embora... sem ser preso, o que suponho ser uma vitória — observou Gideon.

Ele não estava sendo mal-educado, percebeu Nico, um tanto tarde. Só estava negociando. Gideon percebera que estava entrando em uma negociação, enquanto Nico pensara que aquela interação não passava de uma oferta ou de um puxão de orelha amigável.

Céus, não era de se admirar que o resto do mundo sempre dissesse a Nico que ele se comportava como uma criança.

— Haverá algum tipo de dano à memória, imagino? — conjecturou Gideon.

Antes que Sharon pudesse abrir a boca, Nico interveio:

— Você não vai foder o cérebro do meu amigo. Desculpa, mas não vai mesmo.

Sharon pareceu atônita com o palavreado.

— Sr. de Varona, como é...

— Olha só, se *você* não é iniciada e *mesmo assim* está por dentro dos negócios da Sociedade, então com certeza Gideon pode ter algum tipo de passe livre. — Nico nem precisou virar a cabeça para ver a expressão de descrença extrema de Gideon, provavelmente uma tentativa de fazê-lo fechar o bico. Mas nunca funcionara antes, e não seria daquela vez que ia funcionar. — Tá, não um *passe livre*, mas... alguma solução alternativa. Que tal um trabalho? — sugeriu Nico, endireitando com muita firmeza a haste da luminária. — Nos arquivos. Um arquivista. Ou algo assim. Me deixe falar com Atlas — acrescentou. — Ou Tristan. — Bem, isso seria inútil, mas talvez Tristan Caine resolvesse chocá-los e concordasse. (E, falando em choque, Tristan *devia* isso a Nico.) — Tenho certeza de que um deles pode pensar em algo útil. Além disso, Gideon tem referências da UAMNY. Se você ligar para o reitor de...

— Sr. de Varona. — Sharon pousou o olhar na luminária, que estava à beira de deixar de ser uma luminária para se tornar uma pilha de cacos de vidro e ruína. — Se não se importa...

— Alguém tentou *me matar* — reforçou Nico, apreensivo, levantando-se de supetão. — E não sei se você percebeu, Sharon — (desdenhoso sem querer) —, mas a Sociedade não interveio para me proteger. Achei que era por isso que estávamos aqui! — grunhiu, as luzes no teto piscando enquanto o piso ondulava uma, duas vezes, derrubando os livros ordenados com perfeição em uma prateleira ali perto. — Vocês me prometeram fortuna! — vociferou Nico. — Vocês me prometeram poder... me pediram para abrir mão de tudo por isso — (os livros caíram da estante um por um, seguidos por um balanço perigoso do lustre no teto) —, e estou falando de *tudo*, e no fim apenas Gideon apareceu para salvar minha vida, então a esta altura — (descanse em paz, retrato pendurado na parede) — acho que tenho o direito de fazer uma ou duas exigências!

A luminária enfim caiu no chão com um baque, a lâmpada se partindo em três grandes cacos entre uma fina camada de partículas. Um ou dois tremores secundários causados pelo temperamento de Nico sacudiram o restante da estrutura da mesa.

Por um momento, depois que o piso parou de chacoalhar, houve um silêncio sinistro e indecifrável. Em seguida Sharon arfou com impaciência e digitou algo no teclado, esperando.

— Está bem — disse, e lançou um olhar para Gideon. — Posição temporária. Você não receberá privilégios de arquivo além daqueles solicitados pelo Guardião. Que pode muito bem ser nenhum.

Por um momento, Gideon não falou. Nico também não, encontrando-se inclusive um pouco atordoado. Estava acostumado a conseguir o que queria, mas até para ele isso parecia improvável.

— E então? — incentivou Sharon, o cabelo meticulosamente penteado um pouco salpicado com pedacinhos do teto.

— Posso garantir que nunca esperei privilégios — afirmou Gideon, com uma pontinha de divertimento, observando a chuva de lascas de tinta branca.

— Você será rastreado. — Sharon, sem se abalar, o encarava. Um pouco irritada, talvez, supôs Nico, mas de uma forma bem burocrática que sugeria que ela estava cansada e que sua vontade de ir para casa era maior do que a de vê-lo sofrer. — Cada tico de magia que usar. Cada pensamento na sua cabeça.

— Ah, deixa disso — interveio Nico, se virando para Gideon com uma careta. — Ninguém vai rastrear você. E se rastrearem, Atlas não vai ligar, acredite em mim.

— O Guardião não é seu amigo — disse Sharon, ou avisou. Ainda se dirigia apenas a Gideon, até que se virou com uma glacialidade inimaginável para Nico. — E quanto a você...

— Pois não?

Nico não conseguia acreditar como tudo havia corrido bem. Mais ou menos. Chegou a pensar que teria que lidar com um monte de puxa-saquismo — partindo *deles*, da Sociedade, no caso, não dele. Algumas promessas bonitas sobre como a Sociedade o ajudaria, como Atlas Blakely falara bem dele, como tinha um futuro brilhante pela frente, o tipo de coisas que Nico estava acostumado a ouvir e que havia passado a esperar, ao menos em parte. Mas, por um momento, tudo pareceu muito incerto, então, depois de uma boa dose de mudanças bruscas, Nico enfim se convenceu de que tudo tinha ido de vento em popa. Até melhor do que ele esperava, o que não era pouca coisa.

Tá louco, Varona?, uma voz insuportável na cabeça dele fez a serenata familiar. *Eles não vão deixar Gideon se mudar para a merda da Sociedade como se fosse uma festa do pijama idiota. Você ao menos ouviu o que eu falei?*

— Tente não se meter em confusão pelo menos até o fim da semana, sr. de Varona. — O olhar de Sharon foi até o chão e voltou. — E vê se conserta a porra da minha luminária.

Ora, ora, ora, pensou Nico, todo presunçoso.

Então ele era mesmo um idiota sortudo, no fim das contas.

Ontem. Tinha sido ontem mesmo? Ele sentira o cheiro de fumaça na brisa antes de vê-la, mas por estar desacostumado a existir em um mundo onde ela também vivia, não se permitiu prever com exatidão o que poderia vir em seguida. Por um ano procurara por ela, questionando sua ausência, sofrendo de algum vazio interno crescente ao perceber que talvez, quem sabe, se fosse muito azarado e não, como ela tão irritantemente suspeitava, alguém que nunca encontrara uma dificuldade da qual não conseguisse se livrar na base do charme, então talvez ela não retornasse, e se não retornasse, então talvez, quem sabe, uma parte dele também partiria; uma parte que ele ainda não sabia se conseguiria recuperar.

O potencial assassino — um dos três que o haviam atacado ao sair da proteção de transporte da Sociedade em Paris — estava caído a seus pés, recém-morto. Nico ainda sentia o gosto de suor e sangue e os tremores de ter beijado o melhor amigo. Os batimentos dele ainda estavam acelerados, o sangue ainda bombeando ao som de *Gideon, Gideon, Gideon*, e então ele sentira o cheiro de fumaça, e tudo voltou de uma vez. O medo. A esperança. O último ano de sua vida como o balanço de um pêndulo.

Varona, a gente precisa conversar.

Foi Gideon quem a segurou quando ela caiu; Gideon quem pulou para se colocar entre Nico e o perigo mais uma vez; Gideon quem lhe ofereceu uma das cinco melhores frases que Nico já ouvira (e as outras quatro eram de Nico, entregues com sucesso para outras pessoas) depois de dar nele um dos cinco melhores beijos. O melhor de todos, era provável, o que não era pouca coisa para um homem que beijara Parisa Kamali. Gideon estava com gosto de vitaminas de goma e suor frio de pânico, e *ainda assim* era um devaneio tranquilo, um canto de pássaros rapsódico, uma névoa envolta em calmaria. Já Nico não fora capaz de ter qualquer pensamento relevante. Era um idiota mesmo.

— Bem, ela está respirando — dissera Gideon, sempre tão pragmático, seguido por: — E está usando um cardigã masculino.

Na cabeça de Nico, as coisas desaceleraram, viraram pudim, se transformaram em algo tão viscoso quanto lama. A voz de Gideon se tornou um som agudo e distante, mas inconfundível, enquanto Nico mais uma vez catalogava as características da Pior Pessoa do Mundo: cabelo castanho, unhas roídas, roupas largas demais, largas além da conta, sem dúvida emprestadas, e também um leve cheiro de sarcasmo e problemas com o pai. E uma antiga mansão inglesa.

— Além disso — acrescentara Gideon —, a gente devia estar preocupado com… a polícia?

— Ah, merda — tinha sido a resposta de Nico, o tempo se retorcendo ao redor enquanto ele piscava e tentava entender o que estava acontecendo. A ponte de pedestres parisiense havia colapsado em partes, as pedras despencando nas águas do Sena lá embaixo como migalhas de biscoito no queixo de um monstro gigante. — A gente devia ir embora, né? A gente devia ir embora.

Todo o sangue necessário para seu cérebro funcionar corretamente estava em outro lugar, nada muito promissor no que dizia respeito ao desempenho exigido pela situação.

— Tendo a concordar — disse Gideon —, mas a garota inconsciente e os cadáveres…?

— Preocupante, sim, ótimo ponto. — Nico só estava em posse de dois neurônios funcionais, sendo que um gritava sobre Libby enquanto o outro soltava berros pubescentes sobre o beijo muito talentoso de Gideon. — A gente devia só… fugir?

— Maravilha, por mim tudo bem — respondeu Gideon, com pouquíssima hesitação, com uma mancha rosada florescendo nas bochechas ao olhar de novo para Nico.

Deus, quando Nico começara a se sentir assim? Não conseguia se lembrar de nada mudando, não mesmo, incapaz de identificar qualquer fonte cronológica para a onda de euforia em seu peito, que era igualada apenas pela confusão mental ao ver o pulso de Libby balançando abaixo do ombro de Gideon, que a jogara nas costas e no momento caminhava com passos cuidadosos mas apressados.

Caminhar? Eles não eram mortais. O transporte dele via casa da Sociedade era só de ida, verdade, mas isso não significava que tinham que fazer algo tão banal quanto *caminhar*.

— Espere aí — murmurou Nico, então agarrou Gideon pelo ombro e deu uma guinada repentina à esquerda.

Em retrospecto, dizia muito sobre o estado mental de Gideon o fato de ele ter se permitido mergulhar, sem aviso, da lateral da ponte. Estava com o julgamento prejudicado, tinha beijado Nico, eles eram idiotas. Nico, tendo ajustado a gravidade abaixo deles para fornecer a melhor fuga que podia conjurar no momento, olhou para Gideon e – Deus o ajude – sorriu.

Libby acordou minutos depois, bem quando estavam se aproximando dos transportes públicos de Paris. Um desmaiozinho breve, puro drama. Nico lhe disse isso assim que ela despertou, sem sequer esperar que Gideon a colocasse de pé. Sério, suas primeiras palavras para Libby foram "Sabe, dava para ter feito tudo isso com metade desse teatrinho", as quais ela respondeu com um semicerrar dos olhos cinza-escuros, uma pausa, e então, bem quando devia estar com uma resposta sagaz (*mais ou menos* sagaz) na ponta da língua, uma ânsia abrupta e total que resultou em uma poça de vômito aos pés de Nico.

— É, você bem que mereceu — comentou Gideon, sereno, o que lhe rendeu um tapa na barriga quando Nico cambaleou para trás e trombou em um poste.

— Você está bem? — perguntou Nico a Libby, sem saber exatamente o que dizer para a mulher cujo reaparecimento inesperado o atingiu como o súbito despertar de um terceiro olho, ou uma oitava de canto adicional.

Ela estava curvada e agarrava o braço de Gideon para se equilibrar. (Dois dos melhores braços de Gideon, com certeza.)

— Tô. Tô, sim. — Ela não parecia nem um pouco bem, embora Nico pelo menos tivesse conseguido manter essa frase para si. — A gente precisa conversar.

— Sim, você comentou. Dá para esperar ou tem que ser agora? Conversar — repetiu Nico. A imensidão do constrangimento era inescapável. Ele tinha mais ou menos um zilhão de perguntas, e mesmo assim, de alguma forma, a primeira coisa que lhe veio à mente foi: — Isso aí é do Tristan?

— O quê? — Libby o encarou, com os olhos marejados, depois de limpar a boca na manga do que Gideon já observara ser um cardigã masculino.

— Nada. Você… você veio da Sociedade. Da casa.

Sim, claramente viera, ótimo, excelente dedução feita por Nico. Devagar, mas ele estava cansado. Um tantinho de lógica. Brilhante. Libby lhe lançou um olhar esquisito, e depois para Gideon.

— Ah, Gideon sabe — explicou Nico, e ela abriu um sorrisinho convencido. — Quê? Qual é, Rhodes. Alguém *acabou* de tentar me matar, então acho que tenho permissão de...

— Quem? — Os olhos dela se tornaram fendas estreitas e concentradas.

Nico deu de ombros.

— Impossível saber.

Enfim.

— A casa — relembrou ele. — Devemos... devemos voltar para lá, ou...?

— Não. Ainda não. — Libby negou com a cabeça e engoliu em seco, fazendo uma careta. — Cacete — murmurou para a palma da mão, na qual Nico tinha certeza de que ela ia vomitar outra vez. — Preciso de café.

Nico empurrou Gideon para uma rua lateral estreita pouco antes de uma viatura de polícia dobrar a esquina.

— Rhodes — retomou ele, agarrando-a pelo cotovelo e a puxando —, acho difícil termos tempo para um café...

— Cala a boca. Vamos e pronto. Para algum lugar seguro. — Libby saiu correndo, ou fosse lá como era correr para alguém com músculos com cãibras severas e com mais ou menos três décadas de viagens no tempo de experiência. — Nova York. Seu apartamento.

— Você pagou o aluguel? — perguntou Nico a Gideon enquanto os dois disparavam atrás dela.

— Sim? Eu moro lá — respondeu ele.

— Você é um príncipe entre os homens — comentou Nico conforme eles corriam por Paris, um trisalzinho esquisito flutuando entre uma nuvem de fumaça. — Rhodes — chamou, quando chegaram, sem fôlego, se camuflando entre os turistas que lotavam o transporte perto do Louvre. — Tem certeza de que está bem?

Era uma pergunta que ele repetiria inúmeras vezes durante o trajeto de volta a Nova York — algo estranho estava acontecendo na Grand Central; a saída costumeira havia sido bloqueada devido a uma falha de segurança que, mais tarde, Nico lembrou que devia ter algo a ver com Callum, conduzindo-os em vez disso através de um posto de controle policial que exigiu uma dose de ilusão e quase toda a destreza de Gideon em jogar conversa fora —, embora estivesse claro que não haveria resposta significativa até que pudessem ter certeza de que ninguém os seguira.

Na verdade, foi só depois de passarem pela porta do antigo apartamento dele (Nico sentiu o aroma revigorante de *aloo bhaja* frito que vinha do andar de baixo e foi tomado por uma sensação avassaladora de certeza, como se o mundo jamais pudesse feri-lo outra vez, apesar dos supostos agentes do governo em busca de seu sangue) que Libby respondeu. Melhor, meio que respondeu.

Depois de perguntar duas vezes se Max estava em casa (não estava) e fuzilar Nico com o olhar enquanto devorava o prato de húmus que ele insistira que comesse, Libby enfim começou a parecer interessada na conversa.

— Tem proteções aqui?

Tantas que Nico quase morrera no processo de criá-las, mas nem ela nem Gideon precisavam ouvir isso.

— Tem.

— E você tem certeza de que elas aguentam?

A sobrancelha dela se arqueou quando uma sirene de polícia ressoou pela rua, mas ali era Manhattan. Coisas assim aconteciam.

— Obrigado pela parte que me toca, Rhodes, mas sim.

— Temos um problema — anunciou Libby por fim, com um ligeiro franzir de testa para Gideon, parado ali perto, e então baixou o tom de voz: — Com a Sociedade. Com… os termos e condições — especificou, com um ar de mistério — que nós seis não cumprimos.

— Primeiramente, Gideon está te ouvindo — disse Nico, e Gideon, muito prestativo, fingiu não ouvir —, e, além do mais, como assim? Atlas te disse alguma coisa?

— Esqueça Atlas. — Libby mordiscou a unha do polegar. — A gente nunca devia ter confiado nele.

Ela lançou outro olhar para Gideon, que foi para a cozinha, assoviando alto.

Cedendo ao ar conspiratório dela, Nico se aproximou.

— A gente nunca devia ter confiado nele porque…?

— Porque ele está tentando acabar com o mundo, para começo de conversa! — explodiu Libby. — E, pelo jeito, foi por isso que nos recrutou. Porque precisa da gente para fazer algo que vai destruir tudo. Mas não é disso que quero falar. — Então cutucou a cutícula de novo e observou o dedão com um súbito olhar de repulsa, voltando a atenção para Nico. — Temos duas escolhas. Podemos matar um dos outros antes que os arquivos nos matem, o que pode acontecer a qualquer momento, ou podemos voltar para a casa da Sociedade e ficar lá. Até, de novo, os arquivos decidirem nos matar. A não ser que Atlas destrua o mundo primeiro — murmurou.

— Eu... — Não eram opções muito favoráveis. Nico olhou para Gideon, que começara a cantarolar para si mesmo. — Tem certeza? Sobre matar um dos outros, quer dizer.

Ele havia se permitido a alegria de acreditar que tinham se safado até, bem, aquele momento. Enquanto considerava as alternativas oferecidas por Libby, parecia cada vez mais problemático que os seis estivessem vivos e existindo em um universo. Em retrospecto, o *détente* que tiveram com os arquivos (um membro do grupo *fora* eliminado, embora por acaso) parecia nebuloso e preocupante.

Nico com certeza sentira algo o drenando durante todo o ano de estudo independente, tendo identificado a fonte de seu desconforto ou não. Quer fosse o tratamento costumeiro que a biblioteca dispensava a seus habitantes ou o resultado de uma promessa não cumprida, quanta liberdade ele esperara receber? Sabia, de uma maneira puramente teórica, que nada similar ao que haviam criado poderia ser alcançado sem que alguma coisa — muitas coisas — fosse destruída.

Havia um preço para tudo que tinham ganhado ao serem recrutados pela Sociedade, e Nico de Varona não estava alheio ao fato de que, cedo ou tarde, alguém teria que pagar por isso.

— Bem, talvez não seja verdade — retomou Libby, como quem repete uma historinha para boi dormir ou uma mentira deslavada. — Atlas me contou, e não é como se a gente pudesse confiar nele. — Ela encarou Nico. — Mas, a essa altura, não sei se estou disposta a arriscar. Você está?

Nico estava perdido em pensamentos, a mente vagando para a discussão inútil que tivera com Reina e que parecia ter acontecido meses antes. Ela já devia ter suspeitado disso, decidiu Nico com um aperto no peito, como o resfolegar de um motor. Quando o acusou de não estar disposto a matar um dos outros para salvar a vida dela — ou a dele próprio — ela já devia saber.

— Bom, acho que não, mas...

— E falando em Atlas... você não parece nem um pouco preocupado. — Libby o observava com uma irritação palpável. — Já entendeu que ele nos *usou*, né? Escutou quando eu disse que ele planejou que fizéssemos um experimento que literalmente destruiria o universo?

— Sim, Rhodes, ouvi muito bem...

(Se ela o tivesse deixado terminar a frase, Nico poderia ter acrescentado um ou dois comentários sobre os tons melosos que Libby sempre usava.)

— E você não está nem um pouco preocupado com esse probleminha minúsculo que é a possibilidade de o mundo acabar?

Libby parecia furiosa com ele, o que, considerando o tempo desde seu retorno, aconteceu incrivelmente rápido. Apenas um punhado de horas e já parecia desejar que Nico estivesse morto.

— O que você quer que eu diga, Rhodes? Não é ideal. — Nico pensou mais, considerando o que ela queria ouvir. — Se bem que... — retomou, tão imprudente que, da cozinha, o cantarolar de Gideon adquiriu um tom frenético de alerta. — Não sei se, na verdade, conta como nos usar. Atlas teria que recrutar pessoas para a Sociedade mesmo se não tivesse segundas intenções, concorda?

— *Sério*? — sibilou Libby.

Nico sentiu uma pontada de nostalgia, quase afeto.

— Bem...

Ela ainda não havia listado os termos da destruição, isso se soubesse quais eram, o que não devia ser o caso. Libby Rhodes parecia exatamente o tipo de pessoa que bolaria um plano de fuga completo à menor possibilidade de uma catástrofe não especificada. Mas Nico tinha a sensação de que sabia muito bem quais eram os riscos do fim do mundo em questão. A menos que aquele último ano não tivesse passado de uma série de coincidências muito improváveis, ele tinha certeza de que sabia com exatidão do que se tratava a pesquisa de Atlas: o multiverso. A possibilidade de muitos mundos, para a qual o próprio Nico havia contribuído em segredo por todo o ano anterior.

A existência do multiverso, ou qualquer prova dessa existência, significaria de fato o fim do mundo? Nico vasculhou seu código moral recém-alterado e voltou de mãos abanando, tomado pelo desejo irracional de discutir o assunto com Tristan, ou Parisa, ou Reina. De repente, até uma conversa com Callum não lhe pareceu tão desagradável.

— Acho que sei de qual experimento você está falando. Tem a ver com muitos mundos — explicou Nico por fim, e viu a testa de Libby se franzir com algo mais próximo de aborrecimento do que confusão. — Mas Atlas só quer descobrir se é possível, não é? É um experimento, não uma missão sanguinária pela dominação cósmica.

Por um momento, tão breve que poderia ter sido fruto de sua imaginação, Nico viu no olhar de Libby que ela *sabia* os pormenores do experimento de Atlas; que talvez até tivesse feito as mesmas perguntas que Atlas, sentido o despertar daquele mesmo interesse fundamental. Nico a conhecia muito bem — tão bem quanto conhecia as leis fundamentais do movimento —, e Libby era uma acadêmica por natureza, uma curiosa compulsiva, determinada a conseguir respostas para suas muitas perguntas. Era uma característica que Nico conhecia muito bem porque também a tinha. Porque, assim como Libby, ele também era definido por muitas coisas que queria tão instintivamente entender, uma fome que vinha de algum lugar bem lá no fundo, arraigada.

Em um momento que jamais poderia provar que existira de verdade, Nico teve uma certeza absoluta e inabalável: Libby Rhodes sem dúvidas conhecia o plano sinistro que Atlas Blakely estava tão desesperado para botar em prática, e também queria respostas.

Mas então ela o fuzilou com os olhos, e por um tempo as suspeitas de Nico foram deixadas de lado.

— Obviamente é mais que um experimento, se tem algo a ver com muitos mundos, Varona. Ninguém abre o multiverso como se não fosse nada.

— Tem certeza? — devolveu ele. — Porque, se bem me lembro, a gente criou um buraco de minhoca e um buraco negro como se não fossem nada, e passei o último ano cometendo homicídio contra Tristan como se não...

— Homicídio culposo — interveio Gideon, da cozinha.

— Não, definitivamente foi premeditado — respondeu Nico antes de voltar sua atenção para Libby. — Tá, então espera. Você veio até aqui só para me dizer que acha que Atlas é o vilão?

— Eu não *acho*, Varona, eu sei — sibilou ela. — Porque, sim, agora que você mencionou, eu só vim até aqui para te dizer isso. Foi por isso que passei o último ano quase me matando para voltar, e *o único motivo* de eu ter... — Libby comprimiu os lábios, o olhar deslizando para outro lugar, impaciente, e Nico a viu considerar uma verdade mais sombria, mais vulnerável, antes de se afastar depressa. — Deixa pra lá.

Não, de jeito nenhum. Ela não tinha vindo de tão longe só para fugir de uma *conversa*. (Essa, pensou Nico com inegável presunção, era a tática dele.)

— Esse é o único motivo de você ter o quê? — insistiu Nico. — Foi por isso que Ezra te sequestrou?

O olhar de Libby encontrou o dele.

— Quem te falou isso?

De longe, Nico percebeu que Gideon parara de se mexer.

— Há, Rhodes? Odeio ter que revelar isso logo agora, mas na verdade não sou burro, sabe? — retrucou Nico, com irritação evidente, acima de tudo porque ela fizera a pergunta, mas também porque isso o obrigava a responder. — Ou esqueceu que eu ajudei você a voltar para cá?

Nico ainda tinha várias dúvidas em relação ao assunto, na verdade. As perguntas dele — nenhuma das quais tinha a ver com a possibilidade do fim do mundo, e sim com a natureza do mundo *dela*, e portanto do dele — se acumulavam a cada minuto, em especial porque estava claro que Libby não queria respondê-las. Parecia inquieta, um tanto febril e, sem sombra de dúvidas, necessitada de várias semanas de reposição de líquidos e sono. Mas a mãe de Nico o ensinara a não interrogar uma dama, ainda mais levando em conta como ela parecia abatida com a viagem no tempo e com o sequestro, e então ele não cedeu ao ímpeto de pressioná-la. Mesmo que uma voz interna com cabelo cor de areia e bom senso sugerisse fortemente que ele deveria.

— Rhodes — arriscou Nico em vez disso, já que parecia importante se certificar de que ele enterraria o impulso de questioná-la. — Eu senti sua falta, sabe.

Só então Libby lhe ofereceu um momento de atenção. Seus olhares se encontraram, a cautela aos poucos se derretendo em algo quase cálido, e era amistoso, sincero. Verdadeiro.

Entre o relutante armistício, Nico imaginou, com expectativa, qual dos dois recuaria primeiro. De algum ponto da escadaria do terceiro andar, o chihuahua infernal da *señora* Santana deu um latido existencial.

— Acho... — começou Libby, e engoliu em seco, o movimento carregado de alguma coisa. Talvez saudade. Talvez medo. — Acho que devemos escolher a segunda opção. Se você estiver disposto.

— Segunda opção? — Nico nem estivera prestando atenção, ou talvez só tivesse esquecido.

— Isso. Aquela em que continuamos trabalhando para os arquivos em vez de matar um dos outros.

De repente Libby parecia cansada e um pouco perdida. Nico percebeu que ela não mencionara mais a possibilidade de matá-lo, ou de ele matá-la. Talvez a aliança dos dois estivesse enfim garantida.

— Isso vai funcionar? — perguntou Nico, que de fato não sabia a resposta.

— Atlas continuou vivo durante esse tempo todo ao se manter perto dos arquivos, então... sim? — Libby deu de ombros. — Vamos ganhar algum tempo, pelo menos. Não teremos que nos preocupar com outras pessoas dominando o mundo enquanto formos nós a usar a biblioteca. E será seguro lá, acho. — Mais uma vez, a atenção dela foi atraída para a janela, para os sinais de vida e a ruína inevitável lá embaixo. — Mais seguro que tentar sobreviver aqui.

Havia algo preocupante nas entrelinhas, e Nico conseguia sentir, fosse lá o que fosse. Havia muitas coisas que Libby Rhodes escolhera não mencionar, e ele duvidava muito que fossem tão voltadas para a missão quanto os apelos iniciais dela pareciam ser.

Nico se perguntou qual era o verdadeiro plano de Libby, ou se isso ao menos importava. Não estava lá muito disposto a voltar para uma casa que parecia determinada a matá-lo, mas também não tinha para onde ir, nada mais a fazer. Passara o ano anterior desesperado para se libertar de sua gaiola aristocrática, mas, uma vez fora dela, já não sabia o que queria. Talvez essa fosse a pegadinha, o motivo de não conseguir odiar Atlas Blakely por completo; o motivo de ainda sentir curiosidade em vez de medo. Talvez Atlas tenha percebido desde o princípio que sem um projeto, sem uma missão, Nico era incompleto. Se não tivesse o passo seguinte a dar ou a teoria seguinte a provar, Nico nunca sabia de verdade o que queria da vida, ou do trabalho, ou do propósito. Ele tinha todo esse poder, tudo bem, mas para quê? Em um sentido mais amplo, era Nico quem sempre estivera sem direção, um pouco perdido.

Bem, exceto por uma coisa.

O sol estava se pondo. Parecia impossível que tanto tivesse mudado em tão pouco tempo. Naquela mesma manhã, Nico fizera as malas e se despedira de Atlas Blakely, o mentor que ele jamais percebera ser alguém em quem queria confiar de olhos fechados. Mas Libby estava de volta, uma peça fundamental de Nico fora consertada, e logo ele estaria um dia mais velho. Um pouco mais sábio, um pouco mais próximo do fim.

O sol estava se pondo, algo que parecia impossível. De esguelha, Nico teve um vislumbre da cena.

Tá, ele pensou para o universo; para os muitos outros mundos.

Tá, mensagem recebida.

— Não sem o Gideon — disse, então.

Os escritórios administrativos da Sociedade aos quais Nico e Gideon (menos Libby, que depois de muitos resmungos e queixas havia enfim adormecido no sofá deles, um dilema ético sobre o qual Nico e Gideon tinham discutido em silêncio antes que os protestos ferrenhos do físico sobre a segurança de suas proteções profissionais inevitavelmente levassem a melhor) compareceram com diligência mais tarde naquela manhã ficavam no mesmo prédio em que Nico entrara a mando de Atlas Blakely dois anos antes, sem a menor suspeita, poucas horas depois de se formar na UAMNY. Só que dessa vez, ao retornar, ele se lembrou do brilho polido do mármore e do ar de benevolência institucional, diferente da sensação que a mansão e os arquivos sempre lhe transmitiam. Isso, os escritórios, ou seja lá o que fossem, pareciam tão clínicos em comparação com a Sociedade. Tinham a esterilidade de uma sala de espera ou do saguão de um banco.

Nico esquecera completamente a sensação — o sentimento indescritível de ter sido enganado — até aquele momento, após a fatídica reunião dele e de Gideon com a todo-poderosa oficial de logística Sharon, que em nada se assemelhava ao que Nico esperara existir por trás da máscara onisciente da Sociedade. Sharon o fazia se sentir um menininho intrometido que levou bronca e foi mandado para a cama sem sobremesa, isso era inegável, bem parecido com o que o reitor da UAMNY, Breckenridge, sempre fizera, mas testemunhar o funcionamento administrativo da Sociedade era o mesmo que descobrir como uma salsicha distópica era feita.

Então era isso que o aguardava depois de (possivelmente) conquistar o impossível; era isso que levara Gideon a perguntar a Nico quem pagava as contas que sustentavam o estilo de vida assassino que ele levava. Para encerrar a reunião, Sharon perguntara quais eram os planos de Nico, como se fosse uma conselheira vocacional para pessoas que sofriam de sucesso crônico.

— Tenho escolha? — Fora a resposta exaltada de Nico, esperando que lhe dissessem para onde ir, quem se tornar.

— Tem — declarara Sharon, sem conseguir disfarçar o desgosto. — Tem, sr. de Varona, isso é exatamente o que significa ser um alexandrino. Pelo resto da sua vida, você terá esta e todas as escolhas.

Era óbvio que ela esperava uma resposta. Que as consequências de ser um suposto alexandrino não eram apenas a liberdade de conquistar, mas a necessidade de fazer o tempo de todos valer a pena. O que significava que a resposta de Sharon era, no mínimo... reveladora. Ela não se importava se Nico destruísse o mundo para criar um novo. Parecia se importar apenas que ele e sua magia prodigiosa — o conhecimento insubstituível e inigualável que ele fizera o inimaginável para reivindicar — não se lançassem de um prédio qualquer em doce rendição ao abismo acolhedor, pois seria um péssimo retorno do investimento da Sociedade. Significaria muita papelada, um desperdício imperdoável e infrutífero.

Então, a reunião era ao mesmo tempo uma promessa mantida e uma expectativa alcançada, que agora pareciam apenas realçar o brilho sinistro do mármore da Sociedade. Vendo tudo através dos olhos mais incisivos de Gideon, Nico se perguntou se deveria ter levantado mais questionamentos desde o início. Se deveria ter adivinhado que a Sociedade, os arquivos e Atlas Blakely poderiam se mostrar três entidades separadas, cada qual com as próprias intenções. Uma instituição, uma biblioteca senciente e um homem, todos compartilhando uma riqueza de recursos sob um desejo por algo que era intrinsecamente de Nico.

Por acaso tinha cometido um erro irreparável dois anos antes, ao não puxar Atlas Blakely de lado e perguntar seja sincero, me conte a verdade: o que você realmente quer de mim?

De nós?

Com um suspiro, Nico pressionou o cotovelo no botão de chamar o transporte de volta a Nova York, pensando outra vez se um único homem seria capaz de destruir o mundo. Não parecia muito realista. A bem da verdade, até onde sabia, vários homens haviam tentado e falhado. (Mulheres também, talvez. Igualdade e tal.) No entendimento de Nico, era muito fácil destruir o mundo, pelo menos no sentido metafórico. A cada eleição, parecia que o destino da humanidade estava mais uma vez em risco. Ele sentia que a lei marcial ainda existia em algum lugar, que muitas pessoas ainda conseguiam se safar de assassinatos ou coisa pior. Tinham acabado de dar um jeito na camada de ozônio, e, mesmo assim, foi por um triz. Então, de certa forma, o mundo não estava acabando todos os dias?

Assim, não, disse Libby, cansada, na cabeça dele. *Somos diferentes, nós dois, e Atlas sabe disso. Você com certeza também sabe.*

Houve um estrondo de arrogância sob os pés dele, deturpando sua verdadeira resposta. *Se somos o que é diferente, Rhodes, então talvez a gente possa ser diferente. Ainda temos o direito de escolher.*

— Você chegou a cogitar que talvez eu não quisesse te acompanhar? — perguntou Gideon, baixinho, interrompendo o monólogo interno cada vez mais exagerado de Nico.

Ele piscou para sair de seu devaneio temporário e encarou Gideon, sem saber se deveria ficar alarmado com a pergunta.

— Sendo bem sincero? Não.

Gideon riu a contragosto.

— Certo. Claro.

— Além do mais, você vai ficar mais seguro assim — observou Nico, o que, para a sorte dele, era verdade. — Eu mesmo fiz as proteções contra criaturas na mansão. Você não precisa se preocupar com a sua mãe.

Gideon encolheu os ombros. Não dava para saber por quê.

— E quanto ao Max?

— Verdade — brincou Nico —, como é que ele vai pagar o aluguel?

De acordo com Gideon, Max fora convocado à propriedade de verão de seus pais, chamado que era impossível de ignorar. Nico e Gideon tentavam não tocar tanto no assunto, mas os três sabiam que ser devasso daquele jeito vinha com algumas condições. (Envolvia quantidades gigantescas de fortuna institucional.)

— Enfim, nós não ficaremos lá por muito tempo.

— *Você* — corrigiu Gideon, balançando a cabeça. — Você não ficará lá por muito tempo. Porque, em termos contratuais, ainda pode ir e vir, se quiser. Sou eu quem vai ter que ficar preso na casa, pelas condições da sua Sociedade.

Nico pensou em discutir. Cogitou mencionar que, na verdade, ele mesmo poderia muito bem morrer se deixasse a mansão por muito tempo, ou pelo menos Libby pensava que sim, então que tal isso para contratos de emprego feitos sob pressão? Mas, quando as portas do transporte se abriram, Nico limitou-se a olhar fixamente para Gideon. Procurou algum traço de ressentimento ou amargura, sem sucesso, mas também não encontrou muito que o tranquilizasse.

— Você precisa parar de me seguir nessa confusões — determinou Nico por fim, entrando no elevador.

Gideon olhou para o cartão que segurava, aninhado na palma de sua mão como se fosse um passarinho ferido. Uma coisa muito familiar, aquele cartão.

ATLAS BLAKELY, GUARDIÃO.

— Eu devia ter deixado eles fazerem lavagem cerebral em você, então? — perguntou Nico, como quem não queria nada, apertando outra vez o botão para a *Grand Central Station, Nova York, Nova York.*

Gideon teria vinte e quatro horas para pegar suas coisas antes de se apresentar na mansão no dia seguinte, bem parecido com as instruções que o próprio Nico recebera um dia. Mas, verdade seja dita, o que esperava Nico enquanto alexandrino sempre fora conhecimento, poder e glória. O que aguardava Gideon, no entanto, parecia mais um programa de proteção à testemunha com deveres de arquivista, ou ser o assistente mal remunerado de Atlas Blakely.

— Não sei o que você deveria ter feito — comentou Gideon, com aparente sinceridade. — Mas, seja lá o que está acontecendo agora, parece que Libby precisa de você.

— De nós — corrigiu Nico.

As portas apitaram de novo com a chegada deles.

— De você — repetiu Gideon, uma onda de passageiros embaçando a entrada do famoso restaurante de frutos do mar do lugar.

Apesar de o sol ter se posto e nascido outra vez naquela mudança inesperada de circunstâncias, Nico e Gideon ainda não haviam conversado sobre o que acontecera entre os dois no dia anterior, fosse lá o que tinha sido. A princípio, por causa de Libby, mas, depois que ela adormecera, foi porque nenhum dos dois pareceu ver a necessidade de uma conversa. De uma perspectiva otimista, havia um esplendor, uma névoa embevecida de satisfação, como pedir pizza quando se sabe muito bem que é exatamente isso que você quer. A pergunta tácita que eles não se deram ao trabalho de fazer era mais irracional — algo tipo *tá, mas você quer comer pizza todo dia?*, o que era, é claro, impossível de responder.

Para uma pessoa normal.

— Olha — começou Nico assim que saíram pelas portas da estação, o perigo do dia anterior esquecido como que por mágica. — Da última vez você desapareceu porque eu não te incluí na minha palhaçada. Então agora vou te incluir contra a sua vontade, porque você está proibido de desaparecer. Entendeu?

— Acho que deveria haver mais nuances envolvidas — observou Gideon, a atenção momentaneamente voltada para as câmeras de segurança no teto antes de conduzir Nico por um caminho mais discreto. — Tipo, por exemplo, você pretende perguntar minha opinião sobre o assunto? Ou vai tomar decisões sobre o que faço e para onde vou pelo resto da minha vida errática?

— Nunca falei que eu não era egoísta. — Nico lançou um olhar para Gideon, os dedos tamborilando na coxa em uma mistura de apreensão relacionada a assassinato e convicção pessoal franca. — E, só para constar, foi você quem decidiu dizer que era *assim*. Se ainda não entendi direito o que isso significa, convenhamos que a culpa é toda sua.

Nico se perguntou se estava exagerando, se não estava fazendo exatamente o que Libby o acusava de fazer ao traçar um plano de ação imprudente sem se preocupar com os outros envolvidos. Bem, era isso mesmo que estava fazendo, claro, sem dúvidas, e não era incapaz de reconhecer os aspectos falhos e preocupantes de sua personalidade. Talvez seu plano de ação — e a verdadeira motivação por trás dele — tenha sido bastante cruel, porque girava em torno das particularidades de seus desejos pessoais. Na primeira vez que insistira com Libby que deveriam incluir Gideon no plano para contornar a morte relacionada aos arquivos, Nico lhe dissera que Gideon poderia ser necessário de uma perspectiva mágica — o que, sim, era em parte verdade. A volta dela servira como prova de que Gideon era ao mesmo tempo muitíssimo esperto, confiável e útil. Mas o resto, a verdade mais sombria, era que ao longo de um ano Nico havia sofrido de um coração partido e preferiria confinar Gideon a contragosto em uma mansão inglesa a repetir a experiência.

O silêncio reinou até que eles chegassem ao quarteirão do prédio.

— Bem, é meu último dia de liberdade — observou Gideon. — O que devemos fazer?

— Dar um jeito de fazer a querida Elizabeth nos contar o que diabos aconteceu com Fowler — respondeu Nico. — Talvez jogar um pouquinho de *Go Fish*, se tivermos tempo.

Ele esperava que seu tom brincalhão fosse aceito como moeda valiosa, mas já não conhecia as regras, então não tinha certeza. A reorganização de seus sentimentos era algo semelhante a algum tipo de inflação econômica severa.

— Está bem — concordou Gideon.

Nico hesitou quando chegaram à porta do prédio, depois contornou o grupo costumeiro de jovens fora da bodega e lançou um olhar sério para Gideon.

— Você me odeia? — exigiu saber.

— Não.

— Você deve ter *algum* sentimento negativo.

— Um ou dois — concordou Gideon. — Aqui e ali.

— E? Diga. *Te odio tanto. Je te déteste tellement.* — Inesperadamente, Nico engoliu em seco. Com força. — Só fale de uma vez.

Gideon o olhou, parecendo achar aquilo divertido.

— Anda, Gideon, eu sei que você quer...

— Está tudo bem, sabe — comentou Gideon. — Você pode me dizer. Eu não me importo.

O peito de Nico apertou.

— Não se importa com o quê?

Gideon o encarou, o irritante leitor de mentes que não era e nunca fora telepata, o que significava que vinha de um local que Nico não conseguia ver, mas que Gideon sem dúvida via.

— Você *quer* voltar para lá — observou Gideon —, para um lugar que me disse mil vezes que odeia.

— Disse? Tecnicamente, eu não diria que *odeio*...

— E não é só a casa. — Uma olhadela rápida e atenta para o outro. — Sei que você quer fazer isso, Nico. O experimento que nenhum de vocês quer dizer em voz alta. Sei que já começou a trabalhar nele mentalmente... sei pela forma como toca no assunto, e sei que você não faz as coisas pela metade. Ou se joga de cabeça ou nem começa.

Uma sirenezinha disparou na cabeça de Nico, uma sensação ecoante de cautela que ele ignorou, assim como todos os sinais de alerta que já se tornara praxe deixar pra lá. Ele piscou para afastar as luzes neon, o desastre iminente, como se navegasse sem rumo em direção à tempestade, guiado apenas por algo que, em seu egoísmo, sabia ser fé.

— Você... — Nico pigarreou. — Você acha que estou errado em querer tentar?

Gideon ficou em silêncio por mais alguns segundos enquanto Nico pensava nas projeções. Nas muitas formas pelas quais isso poderia dar errado. Cálculos infinitos e intermináveis que ele simplificou para fins de clareza estatística. Noventa e oito de cem, talvez até noventa e nove, todos terminavam mal.

Para uma pessoa normal.

— Não, claro que não — respondeu Gideon. — E mesmo se eu achasse, se você me quiser, Nicolás... — Um dar de ombros. — *Je suis à toi*. Eu e meu relógio tiquetaqueante.

Você e seu relógio tiquetaqueante, Gideon, são meus...

— Tem certeza?

— Sei quem você é. Sei como você ama. Mansões, ideias. Pessoas. Não importa. — Outro dar de ombros. — Seja lá o que você tiver para mim, é suficiente.

A garganta de Nico fechou com a indecência da coisa.

— Mas não é assim. Não é como se fosse... não é pequeno. Não são os restos, entende? É... é mais que isso, mais profundo, como para você eu sou...

— Eu sei. Já disse, eu sei. — Gideon riu. — Acha mesmo que eu poderia passar tanto tempo com você e não entender?

— Sei lá — reclamou Nico —, mas não é... com qualquer outra pessoa, não é como... — Sentiu-se agitado, ofendido. — Gideon, você... você é a minha razão — tentou explicar, e desistiu quase de imediato. — Você é meu... meu talismã, eu não sei...

Nico sentiu, então, a presença da magia de outra pessoa. A ameaça de Gideon tocar a vida sem saber, sem que nenhum dos dois dissesse as palavras em voz alta, havia subjugado a mais recente constância do perigo mortal, e Nico tinha ignorado sua retaguarda por tempo demais. Ele se deteve com um grunhido para conter a súbita força ao seu redor, interrompendo um movimento quase imperceptível. Ao inspecionar melhor, identificou o mais leve tremeluzir — de mais um dedo assassino em mais um gatilho, vindo, ao que parecia, de uma sentinela parada do lado de fora do prédio. A mais recente ameaça à vida de Nico, cortesia do Fórum ou de qualquer outro que o quisesse filantropicamente morto, estava disfarçada de trabalhador, carregando e descarregando caixas de macarrão e batatinha na adorada bodega do andar de baixo.

Nico segurou um rosnado de fúria, a mente inutilizando a arma antes que disparasse. (Isto é, na teoria. Na prática, ele apenas a transformou em uma casquinha de sorvete. Depois pegou Gideon e os transportou escada acima, para dentro do apartamento, no lado seguro da porta habilmente protegida.)

Então a vida seria assim, foi a conclusão sombria a que Nico chegou, se ele ignorasse os avisos de Libby e escolhesse ficar ali, ou tentasse. Quer os arquivos viessem atrás dele ou não, era quase certo que seria assim. Viver assustado com a própria sombra, espiar por sobre o ombro para ver quem poderia estar em seu rastro. Que escolha era essa? Seria como ter a vida de *Gideon*, como a vida sempre fora com a mãe de Gideon — o que lembrou a Nico que a ameaça de Eilif nunca deveria ser desconsiderada, mesmo com tudo que estava acontecendo, e ela sabia onde encontrá-los. Se ele não podia confiar na bodega lá embaixo, de que adiantava fazer qualquer coisa?

Nico se virou para dizer isso a Gideon, já alheio ao que estivera explicando antes.

— O quê? — perguntou ele.

O sorriso de Gideon irradiava afeto.

— Hm? Nada.

— Nada?

— Nada.

Nico teve a vaga lembrança de que estivera no meio de uma confissão e decidiu que essa era a forma de Gideon de demonstrar reciprocidade. De verdade, nunca houve uma pessoa pior.

Nem uma melhor.

— Idiota — disse Nico, com desespero, agarrando o queixo de Gideon com a mão e o punindo com alguma coisa. Um beijo ou algo assim. Tanto faz. — Seu merdinha.

Quando Gideon arfou, Nico cobiçou o suspiro pelo esplendor que era, e quando enfim abriu os olhos, sentiu uma euforia tão horrenda que quase vomitou.

E por falar em vômito, ele se afastou da porta, procurando a princesa idiota.

— Rhodes, como alguns de nós estavam certos em prever, mais uma vez retornei como herói — anunciou Nico, enfiando a cabeça na sala de estar. — E você disse que não seria...

Não havia nada no sofá em que Libby estivera, exceto por um bilhete deixado em seu lugar.

— ... possível — concluiu Nico, pisando duro até o cobertor dobrado com perfeição.

Com um grunhido, pegou o garrancho que ela deixara em sua ausência.
Eu já te falei exatamente o que está acontecendo. Venha ou não, tô nem aí.
— Merda! — praguejou Nico, se virando para ver Gideon dar um leve aceno de cabeça. — Bem? Faça as malas, Sandman. Vou ficar muito furioso se a gente perder o gongo.

· TRISTAN ·

Ele não acreditava que nunca havia reparado no telefone fixo idiota no escritório de Atlas Blakely, Guardião dos arquivos do conhecimento perdido da Sociedade Alexandrina, pelos quais milhares de pessoas estavam dispostas a matar. Mas ali estava o aparelho, tocando, um fato tão brutal e absurdo que quase servia de epifania. *Lembra quando você pensou que era capaz de grandeza? Lembra quando concordou em abrir um portal para outro mundo a mando de alguém que fez pouco mais que observar corretamente que vocês eram ambos homens adultos um pouco tristes e patéticos? Que tolice a sua, pobre coitado. Sente-se, por favor, coma um biscoitinho.*

Tristan levou o telefone à orelha com uma insolência que tentou muito (mas nem tanto) reprimir.

— Alô?

— Dr. Blakely — respondeu a voz masculina categórica do outro lado da linha —, é Ford, do Recursos Humanos. Desculpe incomodá-lo, mas você não retornou nosso contato mais recente. Você sabe que...

Tristan interrompeu a pessoa, irritado com alguma coisa. Talvez com a ideia de atender uma ligação do RH. Talvez com a ideia de uma ligação. Tinha passado um ano, dois anos sem muito contato com o mundo exterior, e as pessoas com quem de fato conversara estavam todas muito dispostas a matá-lo.

— Não sou o dr. Blakely.

(Além disso, *doutor*? Desde quando? A não ser que todos eles tivessem se tornado doutores e ninguém tivesse se dado ao trabalho de contar a Tristan, o que parecia muito plausível.)

Tristan pigarreou e explicou:

— Aqui é Tristan Caine, o novo pesquisador.

Houve uma longa pausa.

— Devo presumir que o sr. Ellery não está mais trabalhando com o dr. Blakely, então?

— Não, o sr. Ellery está... — Misteriosamente escondido. — Ele cumpriu suas obrigações com os arquivos.

— Ah. — Um breve som de irritação, com o qual Tristan se identificou. — Teremos que anotar isso no arquivo. Deveríamos ter sido informados de imediato, mas suponho que o Guardião tem muito o que fazer.

Sarcasmo! Que revigorante perceber que, ao contrário de Tristan, nem todos estavam presos nos próprios pensamentos, perguntando-se se teriam cometido um erro terrível ao sucumbir à mais recente busca incessante do homem por significado.

— Recebeu a devida papelada, então? — continuou o atendente.

— Desculpe, você disse que é do Recursos Humanos? — perguntou Tristan, confuso.

Ele se lembrava disto — a burocracia de formulários de emprego e a logística geral de impostos e descontos — apenas vagamente, como se pertencesse a um sonho distante ou a outra vida. Ainda não havia considerado que a Sociedade poderia ter um departamento encarregado dos contratos de trabalho, ou que ele próprio era tecnicamente um funcionário.

— Isso — respondeu Ford, como se desejasse que Tristan fizesse um favor a ambos e morresse bem ali. (Também dava para se identificar com isso.) — O dr. Blakely está?

— No momento, não. — Obviamente. — Gostaria de... — Tristan rangeu os dentes, indignado com a situação — ... deixar um recado?

Tristan nutria a esperança de que os afazeres diários de Dalton para Atlas Blakely não consistissem nisso, embora talvez devesse ter perguntado antes de misteriosamente concordar em assumir o cargo de pesquisador para um homem que tendia a não deixar instruções.

— É um assunto confidencial. — Do outro lado da linha, Ford soou incomodado e então distraído. — Tem certeza de que ele não está disponível?

— No momento, não. E não sei muito bem quando ele retornará.

O Guardião deles era uma pessoa volúvel, o que Tristan sabia e suspeitava fazia tempo. Mas, quando se tratava de qualidades humanas, ele já encontrara coisa bem pior.

O celular de Tristan vibrou no bolso da calça. Ele o pegou e leu a mensagem, irritado. Depois enfiou o telefone de volta no lugar.

— É melhor você me dizer. Vou descobrir de qualquer jeito.

Por um breve momento, o representante do RH pareceu travar uma batalha britânica com o protocolo.

— Há um novo contratado — cedeu Ford. Vitória, o pulso de Tristan comemorou, taciturno. — Um arquivista.

— Arquivista? Aqui? Nos... — (suspiro interno com a redundância) — ... arquivos?

— Ele terá tanto acesso aos arquivos quanto qualquer membro não iniciado, senhor... Desculpe, como você se chama mesmo?

— Caine. Tristan Caine. Então ele não é iniciado?

— Deixarei que você discuta os pormenores com o dr. Blakely. Por favor, contate os escritórios se ele tiver mais alguma dúvida.

— Mas...

— Tenha uma ótima noite, sr. Caine.

E então, com um crispar de lábios reprovador, Ford do Recursos Humanos desligou.

Tristan baixou o telefone e franziu a testa, enquanto o som de passos suaves se materializava na soleira da porta do escritório de Atlas.

— Quem era?

Ao se virar, Tristan deu de cara com Libby, com uma caneca de chá nas mãos, grossas meias de lã amontoadas nos tornozelos das pernas expostas. Vestia o suéter dele, um par das cuecas dele. Tristan não se lembrava do que fora feito com os pertences dela, ou se ainda permaneciam guardados no quarto. Libby ainda não entrara no antigo aposento, e parecia não pretender fazer isso, como se sentisse que havia trancado uma versão mais antiga de si mesma lá dentro e talvez não a quisesse deixar sair.

— Recursos Humanos — respondeu Tristan, e ela revirou os olhos.

— Muito engraçado. Sério, quem era?

— Não estou brincando, era mesmo do RH. Pelo jeito, a Sociedade Alexandrina não está isenta das trivialidades de uma corporação normal.

Ele se apoiou na mesa de Atlas, esperando para ver se Libby se aventuraria a chegar mais perto. Ainda não o fizera. Havia uma inquietação nela, ou talvez algo mais sombrio. Passava a impressão de que, fosse o que fosse, não queria que Tristan adivinhasse.

— Deus, vai saber. — Ela deu um suspiro exasperado. Uma camada nova. Libby carregava por aí uma agitação que Tristan atribuía mais intimamente a si mesmo. — Você contou a eles sobre Atlas?

— Achei que você não ia querer que eu contasse.

Por um momento, ela se deteve à porta, então deu um passo à frente, os olhos recaindo no espaço vazio no chão e subindo outra vez.

— Sabe onde os outros estão?

— Só sei aonde eles foram depois que saíram daqui ontem. — O celular de Tristan parecia pesado no bolso. — Se forem espertos, já terão dado no pé a essa altura.

— E Dalton?

— Foi com Parisa, imagino.

A atenção de Libby saiu do chão de repente.

— Você contou a ela que voltei?

Ele poderia. Em teoria, todos poderiam se comunicar entre si a qualquer momento, incluindo Reina, que estivera relutante em ser incluída, mas não se isentara de ser contatada. Tristan só descobriu que ela tinha celular quando a viu anotar, em silêncio, o número.

Tinha sido Nico, como esperado, quem insistira que criassem algo à prova de falhas entre os cinco.

— Já sabemos que estamos sendo caçados, e se também estivermos sendo rastreados, vamos precisar de um método mais seguro de comunicação — explicara Nico antes de detalhar o buraco de tecnomancia em que havia mergulhado às duas da manhã da noite anterior. — Vocês sabiam que agora quase todas as comunicações acontecem pelo mesmo sinal medeiano? — (Parisa se intrometera bem nessa hora, em grande parte para alfinetar Reina, que havia comentado em pensamentos que energia eletromagnética era um dos princípios básicos da tecnomancia.) — Alguns canais de comunicação medeianos pertencem ao governo, o que obviamente é problemático, e a maioria dos privatizados pertencem à Corporação Wessex ou aos Nova — observara Nico, com uma olhada para Callum, que o saudara com um palitinho de queijo —, então, sabem como é. Por motivos óbvios, configurei um só para nós.

Mesmo assim, a possibilidade de comunicação com alguém não trazia a vontade de comunicar.

— Parisa e eu... não estamos nos falando muito. — Tristan massageou a nuca, sem saber como explicar o afastamento para Libby, ou se sequer valia a pena explicar como duas pessoas que quase só tinham sexo em comum tendiam inevitavelmente a tomar rumos separados. — As coisas mudaram muito enquanto você não estava.

Algo se escureceu nos olhos de Libby.

— É — disse ela, e se virou, voltando em silêncio para o corredor como se de repente tivesse se lembrado de que não queria estar ali.

Tristan a viu se afastar, se perguntando se deveria insistir no assunto. Era provável que Nico o faria, mas Tristan não era Nico. Era uma das coisas de que mais gostava a seu respeito, na verdade, o fato de não ser Nico, ou pelo menos era isso o que dizia a si mesmo na maior parte dos dias. Em momentos assim, ele se ressentia do impulso de se perguntar o que Nico faria.

Em seguida, tirou o celular do bolso outra vez e abriu a mensagem mais recente. Outra imagem na tela, um donut gigante e um chão de paralelepípedos ao fundo. Tristan deslizou até a primeira foto de uma série sádica de atualizações do cotidiano que recebera no dia anterior.

A cabeleira dourada se destacou no céu cinzento e nebuloso, um sorrisinho despontando no canto de uma boca impossivelmente perfeita. Havia uma placa à direita do sujeito em que se lia GALLOWS HILL num bronze desbotado, e ao lado disso um vulto de moletom preto, como se alguém estivesse passando bem na hora em que a foto foi tirada.

Então era assim que Callum Nova parecia diante do pub do pai de Tristan.

Tristan encarou a selfie — de todas as coisas, *a merda de uma selfie* —, o dedo pairando sobre a opção de responder. Ficou ali em silêncio, contemplando a melhor forma de agir. Deletar e esquecer, jamais perdoar. Sem dúvidas uma ótima escolha. Todas as respostas plausíveis não chegariam nem perto, embora tivesse várias na ponta da língua.

Então é assim que os outros veem seu nariz? Interessante.

Parabéns, está na cara que você ainda é obcecado por mim.

Vou abrir um mundo onde você jamais nasceu e depois vou voltar para este e te matar. Kkkk

Tristan soltou o ar com força e colocou o celular no bolso, saindo apressado do escritório. Fechou a porta com calma atrás de si e subiu a escada, apertando o passo a cada degrau.

— Rhodes?

Como previsto, encontrou a porta de seu quarto entreaberta e, da soleira, teve um vislumbre de Libby lá dentro. Não era seu antigo quarto na ala oeste, onde Tristan nem dormia mais. Aquele seria preenchido dali a oito anos com a rodada seguinte de potenciais iniciados da Sociedade, as pessoas que inevitavelmente ficariam onde Tristan ficara e ouviriam, como ele próprio ouvira, como eram impressionantes.

O aposento em que Tristan se encontrava, por sua vez, era o antigo quarto de Dalton, na ala leste da casa.

Era um pouco maior, com uma sala de visitas quase vazia, que outrora — ao menos segundo Atlas — estivera cheia de livros, pilhas e mais pilhas de décadas de pesquisa. Parecia esquelético e estranho naquele momento, e Tristan parou para contemplar o vazio.

— Não imaginei que ele fosse mesmo ficar — dissera Atlas para Tristan no dia anterior. — Mas, se os livros sumiram, Dalton com certeza também se foi.

Havia algo na voz do Guardião. Exaustão, talvez. Passara a impressão de estar muitas coisas: decepcionado, ou quem sabe até triste — afinal de contas, tinha convivido com Dalton naquela casa por mais de uma década —, mas algo dizia a Tristan que Atlas não estava tão aturdido quanto fingia estar. Às vezes, a dor era fácil, descomplicada. Traição era uma merda. O momento de se afundar em doces e se dissolver na derrota, na melancolia egoísta. Decerto até o grande Atlas Blakely conhecia a sensação de perda.

— Achei que você precisava dele — comentara Tristan, observando Atlas de soslaio.

Não estava acostumado com isso, com a ideia de confiar em Atlas Blakely. Nem sabia se um dia conseguiria, embora aquilo, empatia, ou fosse lá o que era, decerto transmitisse a mesma sensação. Se não era confiança, só podia ser um tipo crítico e inevitável de aliança.

Tinha colocado seu destino nas mãos de Atlas. Era seu dever impedir que o Guardião o destruísse.

E Atlas parecia saber disso.

— Preciso dele, sim. Mas tenho a pesquisa dele, que é parte do que preciso — explicara, exaurido. — O suficiente para saber que a resposta à minha pergunta é sim, então Dalton talvez retorne, se minhas suspeitas sobre a natureza dele se provarem corretas. Suponho que seja otimista da minha parte, mas ainda não me enganei a respeito dele.

— Você não acha que Parisa pode ter outras intenções para a pesquisa de Dalton?

Tristan achava difícil acreditar que Parisa partira rumo ao pôr do sol com Dalton em busca de outra coisa senão a dominação global. Como deixara claro para Tristan tantas vezes, ela não fazia o tipo romântica. Se Parisa Kamali tinha um desfecho em mente, não era para Dalton, o homem. Talvez Dalton, o acadêmico, oferecesse algo mais de seu agrado.

— Não posso dizer que a julgaria por tentar — respondeu Atlas, seco. — Ela é bem mais esperta que eu, embora, infelizmente, eu talvez ainda saiba uma ou outra coisinha a mais.

— Você pretende ir atrás dela? — perguntou Tristan.

A expressão de Atlas encheu-se de um vazio notável.

— Sinto muito — disse ele, hesitante, brincando com algo não dito. Talvez o que ambos sabiam que seria a traição de Parisa no final. — Se você tiver que absorver apenas uma coisa do seu tempo aqui, Tristan, que seja isto: eu nunca quis que chegasse a este ponto, com todos vocês separados. Fiz tudo em meu poder para evitar isso.

— O que mais você esperava que acontecesse? — perguntou Tristan, sério.

— Parisa é o que é. Não tem como mudar. E Callum é... — Ele se detém, pensando que era melhor deixar a frase inacabada. — Apenas Reina está sendo de fato imprevisível, creio eu, o que era bem previsível.

Ao ouvir isso, Atlas inclinara a cabeça; afetação elegante em vez de uma risada amarga.

— Acho que esperei que, um dia, tudo isso pudesse ser útil para vocês. Toda a pesquisa, as discussões, a potência de seu potencial, a convivência com o conhecimento dentro dessas paredes. A magia que acreditei que cada um de vocês seria capaz de criar. Achei que as coisas que vocês seis poderiam alcançar seriam significativas. Que poderiam... mudar tudo, no fim. — Atlas meneou a cabeça. — A culpa é minha — acrescentou, com gravidade comedida. — Foi tudo um erro terrível.

— Qual parte?

Tristan perguntara em tom de brincadeira, mas estava óbvio que Atlas tinha levado a sério. Demorou um momento, depois vários outros, para o olhar dele se fixar no de Tristan com certa convicção.

— Não sei ao certo — respondera. Atlas não parecera ter pena de si mesmo logo de cara, embora fosse difícil descartar tal possibilidade. — Fico repetindo tudo, de novo e de novo. Concordei com várias coisas que deveria ter negado. Mas, também, quando eu poderia ter parado?

Tristan ficara sem saber o que dizer, e Atlas rira, como se adivinhasse.

— Não se preocupe com os meus equívocos, Tristan. O erro é meu, mas tenho toda a intenção de consertá-lo.

Depois abrira a boca e então parara, sacudindo a cabeça como se para dispensar casualmente sua própria vontade.

Por fim, Atlas dera a Tristan um sorriso vazio e distraído e saíra da sala para retornar ao escritório, como se não houvesse mais nada a ser dito.

Mas devia haver mais. Muito mais, na forma de tudo que veio depois, no tempo entre Atlas estar ali e partir, na diferença entre Atlas ser sincero e não estar por perto. Porque Tristan entraria no escritório de Atlas apenas horas, minutos depois, e descobriria que tudo estava mudado, um súbito inclinar no eixo de seu mundo.

Ele afastou a lembrança e entrou no quarto, apreensivo. Libby continuava sentada na cama dele, virada de costas.

Ela estava com o olhar perdido, sem encará-lo.

— Acho que matei pessoas — observou, num tom inexpressivo. — Talvez não naquele dia. Talvez não na explosão. Mas pessoas morreram, ou estão morrendo agora, ou vão morrer. E ao menos parte disso é culpa minha.

A explosão que a levara para casa, era a isso que se referia. A arma de pura fusão, a explosão nuclear que abrira um buraco de minhoca através do tempo, que apenas Libby Rhodes poderia ter criado sozinha. Aquele que a Corporação Wessex estivera tentando recriar desde 1990, o mesmo ano em que uma Elizabeth Rhodes abduzida se viu presa, uma informação que Tristan — graças a Parisa e, pelo jeito, a Reina — havia enquadrado com o propósito específico de convencer Libby Rhodes a fazer a única coisa que uma versão anterior dela jamais teria feito. A explosão que Tristan sabia que levara a problemas médicos, radiação no solo, anomalias genéticas, redução da expectativa de vida e elevação da mortalidade em uma região onde a saúde privatizada significava que apenas o dinheiro decidia quem recebia o direito de viver. Pessoas morreram, e foi por causa dela, por causa de algo que Tristan lhe dissera. Mas as consequências, a possibilidade de morte, eram apenas uma ideia. Um conceito sem qualquer comprovação.

As sardas perto dos olhos dela. O som de sua voz. Isso era real. Mesmo então, tinham sido tão reais para Tristan que o levaram a acreditar que, fosse lá qual decisão ela tomasse, seria a certa. Integridade moral e bondade tinham certa qualidade inequívoca.

Ou pelo menos tiveram um dia.

— Você acha que eu era uma assassina antes mesmo de entrar naquele escritório? — perguntou Libby em um fiapo de voz.

Tristan se apoiou no batente da porta e pensou na possibilidade de confortá-la. Infelizmente, nenhum deles era burro o suficiente para esse tipo de prática. Ele desejou poder ter sido só um pouco mais ignorante, um pouquinho mais bobo. Talvez tão burro quanto tinha sido um mês antes, quando a encontrara pela primeira vez, antes de passar pelo tempo para vê-la. Talvez a mensagem que transmitira a ela devesse ter sido diferente.

— Você me culpa? — perguntou Tristan, em vez disso.

Libby o encarou e desviou o olhar tão rápido que foi quase uma recusa, como se Tristan tivesse feito o inimaginável ao tornar isso, mesmo que um pouquinho, algo relacionado a ele.

— Fui eu quem deu a você um motivo para fazer isso — explicou ele, já na defensiva. — Se eu não tivesse explicado naqueles termos, como uma conclusão óbvia...

Libby coçou a nuca e enfim se virou para ele.

— Eu teria feito de qualquer forma. Cedo ou tarde, eu não teria outra escolha. — Ela balançou a cabeça. — Você apenas me deu a opção de ignorar as consequências.

— Eu queria você de volta — relembrou Tristan, sem rodeios, avançando e se sentando ao lado dela na cama.

A princípio, Libby ficou imóvel, depois se mexeu, aos poucos abrindo espaço.

— E não menti para você — acrescentou ele, baixinho. Ainda mais baixinho.

Em seguida observou o movimento da garganta dela ao engolir em seco e entreabrir os lábios. Tristan se perguntou o que sairia dali — quer um pedido de desculpas ou alguma confissão de culpa. Quer Libby estivesse arrependida ou triste, ou talvez, num desejo egoísta dele, prestes a dizer algo que combinava com a chama que ainda ardia no peito de Tristan.

Ela viera até ele, afinal. Tinha sido Tristan a murmurar *Está tudo bem, Rhodes, você está segura agora. Está tudo bem agora, Rhodes, você está em casa.*

Tristan também se livrara do corpo por ela.

Esse tipo de coisa tinha se tornado fácil, graças a Nico de Varona. Graças ao último ano dedicado a testar e ampliar cada instinto de Tristan, tudo e todos que já haviam respirado ou rido ou mentido ou traído agora não passavam de *quanta* insignificante, algum amálgama de movimento composto de partículas à mercê da liberdade dele. E depois de Libby ter saído correndo para encontrar o que quer que estivesse lá fora, tinha voltado para a mansão — para ele. Naquela manhã, ela tinha aparecido à porta do quarto de Tristan, que estava acordado e sozinho e não exigira nada dela, não fizera nenhuma promessa. Apenas lhe servira uma caneca de chá. Dissera a ela para tirar uma soneca, tomar um banho. Fosse lá que nódoa a maculasse agora, também era dele por associação, pela proximidade com a qual consentira plena e totalmente.

Deveria ter sido fácil. Direto. Não deveria? Tristan tinha sentido falta de Libby, e lá estava ela de volta. O que na vida havia sido mais simples? Quer o erro dele tenha sido não forçá-la, como Nico teria feito, ou então algo que acontecera muito, muito antes, mas já não era mais uma opção. Atlas tinha razão: Tristan também cometera um erro terrível, mas que agora cabia a ele consertar, ou com o qual deveria aprender a conviver. Conflito, hesitação, era tarde demais para o cinismo evasivo que era a marca registrada de Tristan Caine. O ímpeto mesquinho de estar certo quando os outros estavam errados não era mais um privilégio só dele. Tristan havia entregado o manual de instrução para Libby, escrito o final para ela, acendido o fósforo e se afastado. Apesar de ter unido seu futuro com Atlas, sua fé teria que ser igual à de Libby. De um jeito ou de outro, dúvida já não era algo que ele tinha o luxo de sentir.

Tristan se inclinou para mais perto e colocou uma mecha de cabelo atrás da orelha de Libby, observando o rubor tingir as bochechas dela. Uma antiga denúncia. Então acariciou toda a extensão do maxilar, até que ela virou a cabeça para que seus lábios encontrassem a ponta dos dedos dele.

Tristan sentiu o quarto pulsar como o tique-taque de um relógio, uma contagem regressiva para algo que se aproximava. Algo que assomava. Seus dedos dançaram pelo rosto de Libby, que segurou a mão dele, rápida, tomada por uma súbita certeza. Quando os olhares se encontraram, Tristan soube, entendeu o que estava acontecendo entre os dois, viu o que ela queria.

Ela nem precisou pedir.

Dessa vez, parar o tempo foi fácil, como apontar para onde os pulmões ficavam no peito, onde estava o tamborilar constante de seu coração. Libby não conseguia ver a nova forma que o quarto assumia — não conseguia ver a maneira como Tristan o moldava, ou como eles mudavam, até que a energia entre os dois se tornasse a única realidade verdadeira. Eles eram como estrelas no céu infinito, como grãos de uma areia distante, como galáxias ardentes em algum espelho eterno de parque de diversões. Do tamanho de um lampejo visto de soslaio — e mesmo assim, de alguma forma, a única coisa com significado.

Mesmo assim, de alguma forma, a única coisa.

Libby não conseguia ver tudo que ele via. O fulgor das possibilidades como as auroras sob as quais uma vez ele a encontrara. Ela conseguia sentir o modo como o tempo se dissolvia sob a língua deles como fios de açúcar, como as mentiras omissas que compartilhavam — mas, para Libby, o poder em si ainda era incompreensível. A magia imaginável apenas como uma sensação, ou talvez um sonho.

Talvez esse fosse o motivo de Tristan não saber como contar a ela. Como convencê-la, assim como Cassandra testemunhando a queda de Troia, de que de alguma forma Atlas estava certo — que juntos eles ainda significavam alguma coisa. Que a magia que faziam era significativa, e que o que ainda não tinham feito ainda importava. Era uma verdade fundamental que todos eles, só de se juntarem à Sociedade, só de entrarem naquela casa, haviam, em silêncio, confessado.

Fins, começos, ali era tudo um nada imaterial; partes inúteis e inexistentes de uma resposta eterna, um eternalismo em si. O que era o tempo sem um local para começar, um local para terminar? Não era nada. Ou era tudo, o que também não era nada. Era uma pergunta que apenas Tristan poderia responder. Uma pergunta que, àquela altura, Tristan não podia deixar de fazer.

Mantê-los ali era como manter uma pose, o movimento de uma saudação ao sol. Cedo ou tarde, o tempo corria de novo; desacelerava. Existia outra vez, chamando-o de volta ao mundo, à versão da realidade criada pelo som do respirar de Libby, inspirando, expirando e impossível — impossível de resistir. Não com a proximidade dela. A forma como quase fora tirada dele, mas ainda não, não para valer. Não exatamente.

— Você se preocupa muito com sua alma, Caine?

A voz de Libby estava inebriada com alguma coisa. Estava com as mãos no peito de Tristan, fixada no martelar do coração dele, como se pudesse vê-lo batendo. Como se soubesse a sensação, pudesse traçar seus movimentos.

O momento se arrastou demais. Ele deveria dizer algo, fazer algo, mas o que poderia ter sido uma piada o atingiu em cheio no peito.

— Não tanto quanto deveria.

Tristan sentiu de novo, o velho gosto do desejo, deixando sua boca seca. Aninhou a cabeça dela outra vez, erguendo seu queixo e expirando no pescoço dela. Libby deixou escapar um suspiro baixinho, os lábios se suavizando para formar algo que ele sabia que poderia ser seu nome.

Tristan. Os olhos vidrados dela. Sua respiração irregular. A calmaria da cena que ele encontrara no escritório de Atlas Blakely, a clara falta de movimento do corpo no chão. O homem que ele um dia conhecera. A explicação que ele não havia exigido. As coisas que tinha ignorado com tanta obediência porque ela ainda não estava pronta, não naquele momento, mas ela teria que contar a alguém cedo ou tarde. Teria que contar a alguém, e teria que ser a ele. Libby já era uma assassina antes mesmo de entrar naquela sala?

Tristan, me ajude, por favor.

Ele sentiu a hesitação sob os lábios dela, os tremores da necessidade em guerra com a proximidade de seus medos. *Você pode confiar em mim*, ele canalizou em seu toque, e pôde senti-la relaxando. Pôde sentir a capitulação, um pouco mais a cada respirar. *Eu era seu antes. Sou seu agora.*

Você pode confiar em mim.

Libby virou a cabeça, roçando os lábios nos dele.

— Tristan — disse para a tensão entre os dois.

Ele sentiu as possibilidades estalando como estática, a dissonância de um acorde menor.

— Rhodes — respondeu, numa voz rouca —, preciso que me diga por que voltou para mim.

Nem se deu ao trabalho de perguntar por que ela fugira, pois entendia isso; não havia necessidade de explicar. O sangue que estivera nas mãos dela também estava nas dele; as feridas eram recentes demais, abertas demais. Eles não poderiam ter passado a noite anterior juntos. Teria havido culpa demais para compartilhar a cama.

Mas naquele momento...

Libby engoliu em seco, olhando para os lábios dele.

— Você sabe por quê.

As palavras eram doces, gentis. Frágeis.
Inadequadas.
— Me diga.
— *Tristan*. — Um suspiro. — Eu quero...
— Eu sei o que você quer. Não foi isso que perguntei.
Era primoroso o tormento que existia entre eles. Essa coisa a que resistiam em vão, que negavam tanto e com tanto desespero.
— Rhodes — sussurrou, tão perto que podia sentir o gosto dela, a tentação queimando, imóvel, em sua língua. — Apenas diga.
— Eu queria você — murmurou ela.
A espera excruciante.
— Por quê?
— Porque você me conhece. Porque você me vê. — As palavras eram ásperas, duras, arrematadas por um suspiro carregado de significado, de promessas não cumpridas. — E porque eu...
Tristan ergueu o queixo dela, os dedos se enrolando com firmeza em seu cabelo.
— Sim?
Os olhos de Libby buscaram os dele, enevoados com alguma coisa.
— Porque... — Ela hesitou, hipnotizada, perdida. — *Merda*, Tristan, eu...
Então ele ouviu, a confissão não dita. Sentiu o gosto, impossível, em algum ponto da língua. Vertiginoso, atordoante. O que jazia no peito dele, fosse lá o que fosse, ganhou vida, desvairado; a totalidade da coisa era rápida, violenta. Se um dos dois escolhesse ceder, ele sabia que seria um êxtase. Se um deles respirasse, seria agonia, júbilo em si.
Só quando o momento estava retesado como a corda de um arco, ambos ansiando, Tristan enfim cedeu.
Sem fôlego, tocou o rosto dela.
— Rhodes...
Ele a viu outra vez, dessa vez inflamada de raiva, partículas de cinzas voando no ar em chamas para coroá-la. O brilho dela, tão intenso, escurecido.
O rosto de Atlas, um borrão. A despedida silenciosa dela, o peso de sua súbita ausência.
O erro é meu, sou eu que devo consertar...
— Rhodes...
Me conte. Confie em mim.
A pergunta que Tristan ainda não conseguia fazer.
O que realmente aconteceu naquela sala ontem?

O beijo dela, o toque. Derretido, metamórfico. Perigoso, à espera. Tristan contou as respirações entre eles; o pulso de um relógio.

Tique...

Taque...

Tique...

— Tristan. — Não um sussurro. Não dessa vez. Impossível dizer o que poderia vir a seguir. — Tristan, eu...

— EI, babaca! — soou de repente escada abaixo. — Papai chegou. — Foi o anúncio indesejado, seguido, absurdamente, por: — De nada.

A proximidade, se é que um dia existira, desapareceu. Morta. Explodida. Libby havia se fechado outra vez, longe o bastante para que nenhuma dobra no tempo ou no espaço pudesse alcançá-la, e Tristan, xingando baixinho, se sentiu arremessado para longe.

— Você só pode estar de brincadeira. Isso foi mesmo...

— Foi. — Libby cruzou os braços com firmeza, a plausibilidade do momento perdida. — Pelo jeito, Varona chegou.

· PARISA ·

Parisa Kamali entrou no cálido saguão de bronze de seu elegante hotel em Manhattan cercada por uma nuvem de euforia, com pássaros cantando e sem dúvidas vacas tossindo pela Quinta Avenida, e em algum lugar (decerto Atlas Blakely sabia onde) o inferno estava ameno, com uns vinte graus. Ou seja: Parisa estava de mau humor, pairando em um reino de tédio e desgosto que podia ser associado à fome ou a homens que não chegavam aonde deveriam. Nesse caso, um pouquinho das duas coisas.

Fazia um mês que Parisa deixara os muros da mansão da Sociedade Alexandrina. De alguma forma, apesar desse período muito razoável, ainda não tinham lhe pedido desculpas de joelhos, nem dispensado o tratamento que ela considerava merecer, mesmo que um pouco. Talvez tenha sido por isso que, ao sentir a presença de três ou quatro assassinos altamente ambiciosos escondidos no hotel que ela escolhera por sua elegância, as veias de Parisa se inundaram com algo semelhante à excitação.

Ela tinha se comportado direitinho, afinal de contas. Tão boazinha, tão silenciosa, se esgueirando nas sombras, evitando fazer pessoas chorarem só para se divertir um pouco — o que era exatamente o tipo de sutileza que, pouco antes, ela fora acusada de não ter.

— Você vai ficar entediada, sabe — tinha sido a última tentativa de Atlas Blakely no pugilismo psicológico dias antes de Parisa abandonar as proteções de transporte da Sociedade (destino: Osaka, de acordo com os termos de defesa estratégica do grupo deles, propostos por Reina Mori).

Atlas tinha abordado Parisa enquanto ela cruzava a biblioteca até os jardins, preenchendo seu tempo com ociosidade até que o período contratual de estudo independente terminasse.

A essa altura, dois dias antes de partir, as malas da telepata estavam prontas havia quase uma semana.

— Caso ainda não tenha percebido, lá fora é apenas mais do mesmo — Atlas a relembrou, sempre muito polido. — O mundo continua sendo uma série de decepções, como era antes de eu trazê-la aqui.

A ordem na qual ele pronunciou aquelas palavras chamou a atenção de Parisa. A implicação de que Parisa era uma de suas ovelhas escolhidas, e não, numa constatação mais lisonjeira, uma pessoa com livre-arbítrio e/ou com relevante valor institucional.

— Sou plenamente capaz de me manter entretida — respondeu Parisa. — Ou acha mesmo que voltarei ao mundo sem um plano muito, muito interessante?

Ao vê-lo hesitar por um momento, Parisa se perguntou se Atlas já sabia quais bugigangas ela planejava roubar, como saquear a prataria da casa. Será que sequer imaginava que Dalton planejava ir junto, apesar das objeções dela?

Talvez imaginasse.

— Você sabe que sou capaz de encontrá-la — murmurou Atlas.

— Que fascinante — respondeu Parisa, com um toque elegante de sarcasmo —, porque para mim seria *impossível* te encontrar.

Em seguida apontou para as paredes da casa que ambos sabiam que ele era incapaz de abandonar. Se não por motivos profissionais, ao menos pessoais.

— Não é uma ameaça — disse Atlas.

(Tinha um talento nato para fazer uma mentira descarada soar tão cortês quanto um pedido de café da manhã.)

— Com certeza não — concordou Parisa, e Atlas arqueou a sobrancelha. — Você não conseguiu encontrar Rhodes — acrescentou, para explicar. — Ou a fonte de seu… probleminha. Ezra, acho que era o nome dele? — Muito habilmente, Atlas não esboçou reação. — Então queira me perdoar por não ceder às suas ameaças.

— Você me interpretou mal. Não é uma ameaça, srta. Kamali, porque é um convite. — Atlas inclinou a cabeça da forma mais dissimulada que ela já o vira fazer, escondendo algo tão mesquinho e satisfeito que, a princípio, Parisa não conseguiu identificar. — Afinal de contas, o que será de você sem poder brigar comigo? — perguntou ele. (Alegria, decidiu Parisa. Com certeza era alegria.) — Dou seis meses antes de você aparecer à minha porta outra vez.

Um lampejo de imagens irrompeu diante dos olhos dela, como um turbilhão de *déjà-vu*. Os doces de outra pessoa enchendo os armários; joias de que ela nem gostava; dois conjuntos de xícaras na pia da cozinha. O tédio de uma velha briga, uma história recontada vezes demais, desculpas vazias para manter a paz. Ela nunca conseguiria provar se vinha da mente de Atlas ou da dela.

— Isso — disse Parisa, sentindo o coração apertar de repente — foi zombaria.

— Ou uma promessa — respondeu Atlas, cujos lábios se curvaram em um sorriso que ela nunca considerara belo porque beleza, como a maioria das coisas, não era nada. — Eu a verei muito em breve, srta. Kamali. Até lá, desejo-lhe toda a satisfação. — Uma bênção de despedida de Atlas Blakely era como um desafio. — Infelizmente, não acho que você faça ideia de como é isso.

— Atlas, está sugerindo que eu não sei me divertir? — tinha sido a resposta de Parisa, com um choque fingido. — Ora, mas que insulto.

E era mesmo. Embora, talvez, diversão fosse algo de que Parisa realmente carecera nas últimas semanas.

Ali no saguão do hotel, com a voz comovente de Sam Cooke ecoando pelo ar, uma Parisa sublime, comportada e nem um pouquinho entediada sentiu a necessidade repentina e urgente de dar uma guinada em seu dia.

Darling, you send me, cantou Sam com vontade enquanto Parisa se permitia um momento de observação, absorvendo a cena em busca de um pouco de... como Atlas chamara?

Ah, sim. Satisfação.

Olhou ao redor, reconsiderando a paisagem do saguão como se fosse um campo de batalha. Ah, Parisa não era física — não era uma lutadora. Não tinha treinamento em combate, embora tivesse o dom do teatro. E que palco! O hotel era uma bela conversão de sua antiga forma como uma usina pré-medeiana, com uma grandeza excessiva, o brutalismo expressado em opulência. Esplendor e devoção arquitetônica dignos da Era de Ouro. O teto alto ficava exposto, com vigas emoldurando a cereja do bolo: um bar construído com primor a partir de um único pedaço de madeira e coroado por uma camada brilhante de latão luminoso. Sem dúvidas um ponto de destaque, e gerenciado por um bartender tão estiloso que parecia ter nascido para o papel. Prateleiras de mogno emolduravam a parede espelhada dos fundos, atrás das cortinas pretas drapeadas; luzes instáveis brilhavam, como joias, da seleção louvável de bebidas destiladas. O lustre era grandioso sem ser antiquado, uma espiral sinuosa de lâmpadas expostas que pendiam como lágrimas. As paredes eram cavernosas, concreto cru embrulhado em veludo. Conferiam ao espaço a sensação de estar nas profundezas da terra, como se os convidados descessem a rua principal por horas em vez de segundos.

Uma tumba adorável, por assim dizer. Para alguém com menos *joie de vivre* que Parisa.

Ela sentiu o perigo às costas, inclinando a cabeça com um ar sedutor para ter um vislumbre do agressor que se aproximava. O primeiro de seus assassinos usava um uniforme de mensageiro de hotel tão antiquado que beirava o exagero; ele começou a tirar uma pistola de dentro da jaqueta. Duas pessoas estavam olhando para os seios dela. Não, três. Fascinante. Isso a levou a se perguntar por quanto tempo deixaria as coisas acontecerem; se arruinaria o vestido, que era de seda. Apenas lavagem a seco, mas quem é que tinha tempo?

Sam cantava com ternura nos alto-falantes do saguão, distraindo-a por um instante. Parisa se virou para a esquerda, e seu olhar encontrou o do atendente atrás da recepção (o funcionário, que doçura, não tirava os olhos das pernas dela).

— Seja bonzinho — pediu Parisa, graciosa, estendendo a mão para deter o mensageiro assassino tão logo sentiu os pensamentos dele bombardeando sua nuca. — Dá uma acelerada nisso, ok? — solicitou, referindo-se à música que tocava. — Ah — acrescentou, mudando de ideia, calculando a intensidade do momento enquanto o dedo do mensageiro resvalava no gatilho —, e apague as luzes.

Darling, you s…
S-send…
Darling, you s-send…

O saguão ficou escuro assim que o tiro ecoou.

Em seguida veio a batida da música.

Para o grande prazer de Parisa, o canto de Sam encontrou uma pesada e sintética batida de hip-hop, a junção ideal de soul e funk. A mudança na atmosfera contrabalanceou o súbito punhado de gritos apavorados e se tornou — para a *imensa* satisfação de Parisa — algo adequado para ela dançar.

As luzes tremeluziram e acenderam bem quando Parisa remexeu os ombros para a esquerda, seduzindo o mensageiro, chamando-o para a dança com um aceno de cabeça. Recusando-se a cooperar, ele ficou atrás dela, atordoado, contemplando com grande perplexidade o risco daquela empreitada, cortesia de algum subterfúgio telepático aplicado com habilidade. No bar, o champanhe fluía livre da garrafa na prateleira de cima, formando um espelho d'água no topo do balcão.

— Ah, deixa disso — ronronou Parisa, fisgando-o com o dedo, mesmo de longe. — Não me faça dançar sozinha.

O mensageiro semicerrou os olhos, e seu quadril começou a balançar por conta própria. Desajeitado, o corpo dele se remexeu ao som da batida, e Parisa dançava para a direita, aproveitando a sensação da música pulsando em seu peito.

Apenas três figuras não tinham seguido o disparo do mensageiro, profissionais demais para sequer piscarem ao som de um tiro. Os outros assassinos, então, haviam revelado suas exatas posições no cômodo, ainda que sem querer. (Fácil dizer que a jovem que se escondera debaixo de um banquinho e o empresário que havia se mijado sob o fluir do champanhe não passavam de espectadores azarados. Punição cósmica, pensou Parisa, por ter um casinho sórdido sob o teto de tal obra impressionante.)

Quando ela havia começado a de fato sentir a batida, o segundo de seus assassinos — o bartender, cujo bigode se enrolava nas pontas e lhe conferia um estilo um tanto caricato — saltou sobre o balcão, a pistola brandida na direção dela. Parisa, cansada das limitações de seu parceiro de dança (que parecia, fosse lá por qual motivo, não gostar dela), girou em uma graciosa pirueta para a esquerda do palco, a bala roçando o local onde sua bochecha estaria, se ela não estivesse executando uma coreografia tão perfeita. Com um comando vagaroso — *largue, muito bem, bom garoto* —, a pistola caiu no chão, deslizando convenientemente na direção dela. Com um movimento deslumbrante, Parisa alcançou a arma um mero segundo antes de o mensageiro se livrar do transe no meio da dança e se abaixar de súbito, despencando, atordoado, aos pés dela.

— Alguém vai gostar dessa vista — informou-lhe Parisa, usando o pé direito para pressionar a bochecha dele contra o chão de concreto polido.

Em seguida virou o corpo ao som constante da batida de hip-hop, balançando no ritmo sob o arco da faca do bartender.

Ela afundou o salto com mais força na bochecha do mensageiro e agarrou a gravata do bartender enquanto chamava o recepcionista, que havia acabado de reunir as várias partes do rifle que estivera escondendo atrás da mesa.

— *Darling, you thrill me...* — cantarolou Parisa, um pouco desafinada, e então deu uma puxada rápida na gravata do bartender, os quadris dele se chocando contra os dela bem na hora em que uma saraivada de balas passou zunindo como uma fanfarra.

Depois da triste interrupção do tango, Parisa deslizou sob o braço golpeante do bartender, forçando o salto até sentir a bochecha do mensageiro ceder sob o sapato. O peito do bartender, enquanto isso, estremeceu com o impacto das balas destinadas a ela, salpicando o brilho cálido do bar com uma mancha de sangue fresco.

A mulher não gritava mais, então devia ter somado dois mais dois e dado no pé. A pessoa na recepção tentava, em pânico, evacuar o restante dos hóspedes e funcionários. Cinco estrelas, pensou Parisa, impressionada. Era tão difícil encontrar lugares com boa hospitalidade.

Outra saraivada de tiros, as cortinas de veludo do bar despencando enquanto Parisa se escondia atrás de um dos pilares de concreto, lamentando tamanho desperdício. Era uma pena, de verdade, danificar peças escolhidas com tanto bom gosto. Enquanto o estampido da guerra continuava a aumentar no saguão, cortesia do rifle do recepcionista, Parisa decidiu que uma pequena dose de aturdimento telepático não violaria as regras cerimoniais de combate. Afinal, o que era uma arma automática contra uma pessoinha desarmada? Injusto, e nada mais. Então ela deu ao recepcionista algo mais útil em que pensar, tal como a natureza da fusão perfeita e, como um bônus, a tarefa de resolver o problema de pessoas em situação de rua com fosse lá que orçamento o governo destinava para tal tipo de ação social.

A mente do recepcionista passou a funcionar com mais nuances, mas outros obstáculos ainda permaneciam. O mensageiro, que havia se afastado engatinhando sob a chuva de disparos descuidados, estava pronto para atacar de novo. Parisa balançou um pouco mais o quadril enquanto o homem lutava para ficar de pé e corria até ela ao mesmo tempo que o quarto assassino — um zelador em toda a sua magnitude, que, ajuizado, estivera desviando-se dos tiros mais letais de seus cúmplices — pegou uma chave inglesa de seu kit de ferramentas e a arremessou de qualquer jeito, sem pensar. Parisa, menos enraivecida que, digamos, decepcionada, parou para pegar a faca que o bartender deixara cair muito antes (ele estava ocupado morrendo uma morte horrorosa) e se virou, com a intenção de que a lâmina encontrasse um lar entre os olhos do zelador que se aproximava. O sujeito, porém, era um tanto mais rápido que os outros. Desviou-se da faca e agarrou o pulso dela, saliva voando enquanto a empurrava para trás, em direção ao pilar de concreto.

Parisa sibilou de surpresa e irritação, as costas desnudas encontrando a pedra fria. Deixou cair a faca com a força do impacto, a lâmina retinindo no chão e saindo de alcance. Dizer que o assassino a prendia com certa força era eufemismo. Estava difícil se mexer ou respirar, a torção súbita do assassino em seu braço aumentando a necessidade de ânimos menos acalorados. O estilo de combate de Parisa era teatral, afinal de contas, mas não burro. Era melhor não descobrir o que um homem na posição dele poderia fazer em seguida.

Ela cuspiu na cara do zelador e atraiu o mensageiro com um puxãozinho mental. O homem enrijeceu, primeiro em recusa, depois em submissão à força daquela ordem dominante. Com uma careta, o mensageiro marchou com firmeza para a frente e ergueu a bota pesada, pisando com tudo no tendão da coxa do zelador, deixando-o colapsar ao redor das pernas dela.

Parisa deu uma joelhada no queixo do zelador, lançando o pescoço dele para trás com o impacto, e sentiu o súbito fluxo de sangue em seus ouvidos se mesclar ao baixo pulsante que ainda tocava nos alto-falantes do hotel. Enquanto o zelador caía de joelhos, a faca deslizou do chão para as mãos dela, não menos recalcitrante que o mensageiro. Parisa fez uma careta, aliviada, por um instante, por Nico não estar ali para testemunhar os limites de sua magia física. Percebeu que odiaria perder qualquer brilho aos olhos dele, o que, francamente, era uma constatação repugnante.

Em seguida, correu a lâmina pela clavícula do zelador, com nojo de si mesma. O homem desabou no tapete art déco que ela tanto admirara, convulsionando uma vez antes de jazer imóvel ao lado do magnífico bar salpicado de sangue.

O vestido também estava arruinado. Que decepção.

Três derrotados, faltavam dois. Atrás do balcão da recepção, o assassino mais disposto a atirar continuava ocupado com os orçamentos municipais, a mão agarrada com desespero ao rifle como uma criança que se recusa a largar o brinquedo. O mensageiro, enquanto isso, se livrou dos efeitos do comando telepático, um olho visivelmente tampado pelo inchaço da bochecha. Parisa com certeza quebrara a cara dele.

— Por que eu deveria deixar você se curar? — perguntou ao maleiro.

(Depois não venham dizer que ela era uma valentona.)

— Vai à merda — cuspiu ele em resposta, ou pelo menos foi o que Parisa foi forçada a presumir, porque as palavras dele não eram em inglês.

Ela não reconheceu o idioma, o que nem fazia diferença. Qualquer um poderia ser comprado. Apesar disso, o "piranha" que se seguiu teve uma entonação tão óbvia que não precisava de tradução, muito menos de debate.

— É, foi bom enquanto durou — lamentou Parisa, com um suspiro, se inclinando para pegar a faca da garganta gorgolejante do zelador.

Acima, Sam Cooke aos poucos desaparecia em um silêncio metálico e incerto. Um leve zumbido encheu os ouvidos de Parisa, acompanhado da náusea. O começo de uma enxaqueca. Ela sentiu a presença do mensageiro às suas costas enquanto se abaixava para recuperar a faca, e, inferno, as coisas que cruzaram a mente dele. Como se fizesse diferença ela ter a merda dos glúteos de Afrodite. Para aquele cara, Parisa não passava de um objeto, algo para ser usado ou fodido ou destruído.

O mundo era assim mesmo, ela se lembrou. Atlas tinha razão.

De repente, tudo pareceu muito menos festivo.

Parisa se levantou e passou a lâmina pela garganta do maleiro; um corte certeiro na carótida. Ele cambaleou e atingiu o chão com um baque. Depois de passar por cima dele, arfante, ela usou as costas da mão para afastar uma mecha pegajosa de cabelo da própria testa. Em seguida passou pelo bartender imóvel e parou diante do recepcionista.

O homem ainda estava perdido em pensamentos — ou, melhor dizendo, preso neles. Pareceu perplexo quando ela tirou o rifle automático com cuidado, quase com delicadeza, das mãos dele. Ao que parecia, tinha achado complicado demais o quebra-cabeça que Parisa lhe dera.

— Vou acabar com seu sofrimento — sugeriu ela, lambendo sangue do canto da boca.

O coice do disparo foi impressionante. Mas ele devia saber que aquela não era uma arma para ser usada à queima-roupa.

Alguns minutos depois, o bipe anunciou a chegada do elevador ao andar dela. Parisa passou pelo scanner de retina necessário para entrar no quarto (pensando bem, essa provavelmente tinha sido a fonte dos visitantes da tarde no saguão) e sentiu o trinco ceder sob os dedos. A porta se abriu, convidando-a a cruzar a soleira, sem pressa, até a tranquilidade do quarto.

— Você voltou cedo — veio uma voz do banheiro. — Imagino que as coisas tenham ido bem no consulado?

A porta se fechou atrás de Parisa, que respirou fundo para se acalmar. Os quartos, assim como o saguão lá embaixo, eram obra de alguém com gosto refinado, embora a espreguiçadeira azul-petróleo, escolhida a dedo para combinar com os painéis de mogno, tivesse sido soterrada por dois dias de roupas acumuladas. Pelo espelho dourado na parede, todo feito à mão, ela viu que a umidade não fora gentil com seu cabelo. Nem o sangue de quatro homens recém-assassinados.

— Defina "bem" — respondeu Parisa, a barriga roncando ao ver o que restara das guloseimas da manhã.

Sobre a mesa, ao lado de uma página aberta de anotações rabiscadas, havia um único *pain au chocolat*. Ela estendeu a mão e o abocanhou bem quando Dalton emergiu do banheiro, cercado por uma convidativa nuvem de vapor.

Ele usava uma toalha ao redor dos quadris e nada mais. Pérolas de água ainda se agarravam ao peito dele; o cabelo escuro estava lambido para trás, enfatizando a fineza de suas bochechas principescas.

Ainda era estranho Dalton ser duas pessoas ao mesmo tempo: a mistura de sua animação interior, a fração de sua ambição que fora forçada a retornar à forma corpórea, junto à versão suave dele que Parisa desejara no início. Os pensamentos de Dalton ainda eram os mesmos desde que a telepata havia interferido com a consciência dele no ano anterior; uma mistura de coisas incompletas, ininteligíveis e às vezes distorcidas, como estática de rádio. De resto, Dalton permanecia uma visão tão agradável quanto sempre, embora tivesse começado a fazer pequenas mudanças. Já não se barbeava tão bem. Tinha menos devoção aos detalhes de sua aparência no geral. As anotações na mesa estavam cada vez mais ilegíveis, desordenadas.

Sem dizer nada, o olhar dele viajou pelas manchas de sangue no vestido de Parisa.

— Você o matou? — perguntou Dalton por fim, com certo fascínio.

Quem dera. Mas, não, a tarde pretendida nem chegara perto de acontecer.

— Ele não estava lá. Tive um conflito com uma companhia desagradável — respondeu ela, lambendo o chocolate do polegar.

Dalton fez um som que soou como *hum*, aparentemente uma reprimenda.

— Acho que mencionei que eu estava disponível como acompanhante — observou.

— E, como acho que mencionei também, sou uma negociadora muito talentosa — rebateu Parisa. Então lançou outro olhar para as anotações dele, apontando para a mesa. — Descobriu algo novo sobre o universo enquanto eu estava fora?

O turbilhão de pensamentos de Dalton encontrou os de Parisa, que analisou o que pôde e bloqueou o restante. Os últimos estágios de sua dor de cabeça eram iminentes.

— Nada que não possa esperar até depois — respondeu Dalton, e se aproximou para tocar a alça do vestido dela, um ato com implicações leves como uma pluma. — Isto será um problema? — acrescentou, com um gesto implícito para os corpos lá embaixo.

— Vou colocar um cartaz na porta — respondeu Parisa. — No geral, acho os funcionários daqui bastante imparciais.

Eles teriam que se realocar por um tempo, mas Dalton parecia entender que não fazia muito sentido tocar no assunto.

— Quer conversar sobre isso?

— O que mais há a ser dito? Nothazai não estava no consulado e mais um grupo de homens tentou me matar.

As mãos de Dalton emolduraram os quadris dela com delicadeza, as palmas deslizando pela seda enquanto ele se inclinava para beijar o pescoço de Parisa.

— Mas não estou nem um pouco entediada — acrescentou Parisa, com uma alegria autoindulgente —, então as profecias de Atlas Blakely se provaram erradas.

Dalton riu baixinho no pescoço de Parisa enquanto ela levava a guloseima aos lábios, dando outra mordida.

— Ah, aliás. Chegou outra convocação enquanto você estava fora — informou-lhe Dalton, largando Parisa por um momento para pegar o cartão branco que ela não havia percebido na ponta da cama desfeita.

Algumas peças de roupa íntima haviam sido jogadas ao lado do cobertor, uma camisa amassada e um par de meias aleatórias permanecendo em seu rastro como sombras vigilantes. Parisa foi tomada por um súbito desejo de arrumar tudo, o que foi muito irritante. Apenas ignorou o impulso e deu outra mordida no doce, derrubando algumas migalhas no chão.

O cartão que se materializou diante de seus olhos entre os dedos do hábil acadêmico foi a terceira tentativa de uma série de correspondências, de modo que ela nem precisava saber o teor da mensagem.

— Ele falou que conseguiria me encontrar — murmurou Parisa com seus botões, sem pegar o cartão.

Dalton entendeu o recado e afastou o papel, embora o rosto continuasse tomado por um divertimento juvenil.

— Garanto que isto não é coisa de Atlas — comentou. — E imagino que você não tenha a intenção de responder?

— Precisa de resposta? — Parisa arqueou a sobrancelha. — Você me fez acreditar que a logística dos trabalhos institucionais da Sociedade não era digna de preocupação.

— O que falei — explicou Dalton — foi que a Sociedade funcionava de forma tão tediosa quanto qualquer órgão administrativo. Mas nem por isso acho que você deveria ignorá-los por completo, já que vai precisar ter acesso aos arquivos outra vez.

O olhar de Parisa voltou às anotações dele, às páginas cheias até as margens com rabiscos sobre a criação de mundos.

— Acha que eles fazem ideia do que estamos aprontando?

— Não. — Dalton no geral vinha soando como si mesmo até então, mas de repente soltou uma risada amarga, tão nova à sua recente transformação quanto a expressão que cruzou seu rosto. — Garanto, Parisa, que essa convocação não passa de protocolo padrão. A Sociedade não tem a imaginação necessária para adivinhar que você poderia escolher qualquer coisa em vez dela.

— Mas poderia ser uma armadilha de Atlas — observou ela. — Um método para me atrair.

Dalton deu de ombros.

— A Sociedade pode seguir seus rastros mágicos o quanto quiser — declarou, sem rodeios, confirmando dois anos das suspeitas de Parisa ao balançar a convocação que segurava. — Mas duvido muito que Atlas usaria qualquer canal oficial da Sociedade para encontrá-la. Para isso, ele precisaria de comprovação por escrito, relatórios, aprovação administrativa. O que — acrescentou Dalton — iria contrariar décadas de subterfúgios calculados para manter a posição dele sem trair a natureza de sua pesquisa. E posso garantir que Atlas ainda não está desesperado a esse ponto.

— Ainda — repetiu Parisa, erguendo o queixo para encará-lo.

Lá estava de novo, a onda indecifrável de caos nos pensamentos dele.

Um tempo depois, no entanto, o turbilhão se acalmou, e os lábios de Dalton se curvaram em um sorriso.

— Em algum momento, sim, é possível que Atlas considere interferir de outras formas. Ou pode simplesmente tentar se livrar de você. Como ele bem sabe, você é uma oponente excepcional.

— Oponente, não — corrigiu Parisa, pensativa. — Diria que estou mais para nêmesis. Eu e ele jogamos o mesmo jogo.

O experimento era a força motriz de Atlas, seu senso de propósito. Ele vivia e respirava pela possibilidade de abrir o multiverso. Parisa era notavelmente mais inventiva.

— Acho que, com o passar do tempo, ele passou a acreditar no contrário. — Dalton acariciou o ombro dela, a ponta de um dedo deslizando sob a alça do vestido. — Ele não errou ao dizer, Parisa, que até que um de vocês se livre do outro, nenhum dos dois conseguirá vencer. E você poderia muito bem substituí-lo como Guardiã — sugeriu Dalton, não pela primeira vez. — O conselho sempre se reúne. O que Atlas fez foi conquistá-los, e você pode replicar isso com grande efeito. Aí, os arquivos e o conteúdo deles podem ser seus, os outros podem ser convocados e o experimento pode enfim começar.

Dalton se inclinou à frente, os lábios roçando na bochecha dela, depois na orelha.

— Posso criar um mundo novo para você — disse, a boca colada na mandíbula dela. — Você só precisa pedir, Parisa, e tudo pode ser nosso.

Tudo. Homens que encaravam os peitos dela e atiravam em seu coração.

Tudo.

Em troca, bastava entregar o Guardião que escolhera usá-la em benefício próprio.

Parisa estremeceu quando Dalton tocou as gotas de sangue seco em seus ombros. Ele tinha cheiro de xampu de hotel e loção de gardênia. A névoa persistente de café fresquinho veio no rastro do beijo dele. O coração de Parisa disparou como uma metralhadora, pulsando de adrenalina e fome.

— Tentador.

A telepata estava com a boca seca. Precisava de um banho, de um copo d'água. A dor de cabeça apenas pioraria. Dalton arrancou o vestido dela, e Parisa deixou, o doce caindo no chão enquanto ele a beijava no peito e descia pelo abdômen, pelas finas camadas de renda enroladas ao redor de seu quadril.

Depois, ele afastou os joelhos dela com delicadeza e encontrou seu olhar, com os lábios pressionados às coxas dela. De alguma forma, a toalha dele desaparecera.

— Você está decidido pela vilania, então? — Parisa tentou soar indiferente, mas havia uma pontinha inegável de algo menos produtivo, mais urgente.

— Estou — respondeu Dalton, com um sorriso principesco. — Gosto de você com um pouquinho de carnificina.

Os pensamentos dele rugiam com incongruência, poder e suavidade, capitulação e controle. Emitiam um calor intimidante, cada vez mais perigoso de se ter por perto.

Parisa estava dolorida pelo esforço excessivo, desidratada, assustada, o estômago ainda roncando. Todos os sinais costumeiros que indicavam que ela deveria fugir estavam presentes e justificados. Por que, então, ela sentia que Dalton Ellery era uma constante necessária depois de uma década de solidão conquistada a duras penas? Resumia-se a uma mistura de coisas: defesa. Vingança. Desejo. Ele era o brinquedinho favorito de Atlas Blakely; a única chance de o Guardião ter um poder real e significativo. Um criador, um destruidor de mundos. A enormidade daquela empreitada era suficiente para reorientar o desejo dela por companhia.

Com base apenas no poder, Parisa sem dúvidas poderia louvar a lógica de Dalton de que precisaria desistir de suas tentativas mundanas de sobrevivência em prol do controle total e dominador do mundo — e com isso, talvez, finalmente conquistar a liberdade. Um tipo de liberdade real que parecia muito com uma vida.

Dois problemas. Primeiro: Parisa não tinha as peças necessárias para completar o experimento como Dalton o propôs. O próprio Dalton era necessário para convocar o que precisava ser convocado; Tristan era necessário para ver o que precisava ser visto. Por motivos óbvios a qualquer estudante de psicologia, Tristan pertencia a Atlas tanto quanto Dalton pertencia a Parisa, o que, naquela conjuntura, deixava os jogadores parados no tabuleiro. Libby, metade da fonte de poder deles, era uma incógnita. Nico, a outra metade, era maleável, mas ainda assim apenas uma metade. Reina — a idiota da Reina — era um obstáculo, na melhor das hipóteses; um gerador que se ressentia de ser o que era, e cuja hostilidade era irracional demais para ser prevista. Vencer a corrida armamentista para o multiverso contra Atlas Blakely significaria, então, um cenário tático de guerra altamente político e profundamente pessoal — para o qual, claro, Parisa era ao mesmo tempo inapta e magistral.

O segundo problema era mais urgente, e também mais sutil, pois não era bem um problema. Para simplificar: se Parisa vencesse e Atlas perdesse, o jogo estaria acabado. A perspectiva de vitória, por mais garantida que fosse, trazia um vazio que Parisa não gostava de questionar, por medo de que a resposta fosse freudiana. Ou maçante.

Ela venceria. Não havia dúvidas. Mas havia tanto com o que ocupar seu tempo até lá, uma lista de tarefas que nenhuma mente sensata chamaria de irresponsável. Os problemas eram abundantes, tanto na forma das organizações que visavam o grupo dela quanto na dos assassinos que sangravam em suas sedas. E, claro, havia a Sociedade em si, que até então falhara em entregar a glória prometida.

Negócios antes de prazer, ela lembrou com um baque em sua cabeça, agarrando as raízes do cabelo grosso de Dalton e dando-lhes uma leve puxada.

— O que acontece se eu não responder? — perguntou Parisa, e apontou para o cartão que havia caído, esquecido, no chão.

— Quer saber o que a Sociedade fará com você, é isso?

Dalton roçou a curva da coxa dela com os lábios e, apesar da dor de cabeça, Parisa se sentiu mais à vontade. No momento, ele lhe parecia familiar, ou quase isso. O mesmo não podia ser dito dos outros dias. (Mas ela não estava, pensou Parisa em silêncio, entediada.)

— Eles vão continuar a seguir o protocolo, imagino. Eu mesmo espero receber uma convocação em breve — comentou Dalton. — Recebi uma dez anos atrás. Assim que perceberem que não sou mais um pesquisador nos arquivos, devem me enviar outra.

Parisa refletiu sobre o assunto, analisando-o de todos os ângulos em seus pensamentos.

— O que eles querem de nós?

— Exatamente o que prometeram a você. Fortuna. Poder. Prestígio. Achou mesmo que essas coisas beneficiariam apenas você? — Ele a encarou, os lábios ainda pairando preguiçosos sobre o tecido da calcinha enquanto as mãos viajavam pelos arcos das panturrilhas dela. — Vão perguntar seus objetivos, colocar você em contato com outros membros da Sociedade, criar para você seja lá qual privilégio não puderem roubar ou comprar. E se você não souber o que gostaria de fazer como alexandrina, então vão te enviar para outro departamento.

— Qual?

Dalton deu de ombros, descendo a calcinha pelas pernas de Parisa, que roçava os dedos pela nuca dele, traçando os padrões de suas vértebras.

— Nunca cheguei tão longe assim — respondeu Dalton. — Quando recebi a convocação, eu já sabia o que queria.

Isso, ou Atlas já havia decidido por ele, tendo sequestrado o suficiente de Dalton para garantir sua colaboração. De fato, um jogo muito diferente.

— Hm. — Parisa permitiu que ele a empurrasse com delicadeza em direção à cama, caindo sobre o cobertor amarfanhado e estendendo a mão para recolher uma meia perdida sob seu quadril antes de jogá-la no chão, onde ele se ajoelhava. — Então faz diferença se eu responder ou não?

— Faz. — Dalton riu de repente, embora não tenha erguido a cabeça da curva da coxa dela. — A Sociedade só é o que é se os membros derem continuidade a seu legado de prestígio. Você não tem a opção — reforçou ele, umedecendo os lábios com uma lambida cuidadosa — de ser medíocre.

— É de se pensar que, com esse tipo de mentalidade, eles seriam mais proativos em proteger seu investimento — murmurou Parisa.

Obviamente, era difícil chegar ao auge da raiva com a língua de Dalton executando um trabalho tão árduo, mas os acontecimentos no saguão do hotel naquela tarde não haviam sido os primeiros aborrecimentos. Um mês antes, quando Parisa e Dalton chegaram a Osaka depois de saírem da Sociedade, havia medeianos de tocaia em todos os transportes e polícia secreta patrulhando os trens, todos pensando tanto no nome Reina Mori que Parisa se sentiu pessoalmente ofendida. A essa altura, claro, *alguém* — Nothazai, o verdadeiro líder do Fórum, sendo o melhor palpite de Parisa — com certeza havia ligado os pontos e percebido que Reina não teria se aventurado longe de seus preciosos livros, e decerto não teria retornado a Osaka, um lugar com o qual não sentia nenhuma conexão. Quando os ataques começaram a ficar mais frequentes, ficou claro que a caçada havia mesmo começado.

A essa altura, seria justo dizer que Parisa esperava mais que uma carta de convocação para ajudá-la. Do contrário, de que tinham servido os últimos dois anos?

— Não é diferente do que Atlas disse ao seu grupo na instalação — comentou Dalton, interrompendo as ministrações para encará-la. — Para a Sociedade, mesmo que as pessoas tentem matar vocês, suas vidas não estão em perigo. Sempre serão mais perigosos que qualquer um que se atreva a caçá-los. Vocês sempre serão as pessoas mais perigosas em qualquer ambiente. Eles sabem disso e não vão protegê-los. Então usam vocês e esperam que fiquem tão satisfeitos com tal estupor que resistam ao desejo de se tornarem um perigo para eles. Porque você, srta. Kamali — prometeu Dalton, com um movimento da língua —, é a coisa mais perigosa em todos os mundos, incluindo este.

Parisa estremeceu sem querer, gemendo quando Dalton lhe ofereceu um sorriso astuto.

— Já fugi com você, Dalton. Para de flertar comigo e me chupa logo.

Dalton riu e obedeceu, e Parisa gozou rápido, quase atordoada. A força do orgasmo a fez contrair o quadril, e Dalton riu baixinho outra vez, massageando-a com uma expressão divertida.

— Você quer...?

— Depois. — A dor de cabeça se tornou mais presente, a fadiga muscular começando a enraizar como veneno. — Dalton, estou coberta de sangue.

— Fica bem em você.

— Claro. Mas não significa que eu goste.

O celular dela vibrou na cômoda, uma distração oportuna. Parisa se virou com um suspiro e se levantou com dificuldade, alcançando o aparelho apenas quando já parara de tocar.

— Alguém importante? — perguntou Dalton.

Depois de se levantar, tinha ido nu até o guarda-roupa para pegar uma camisa limpa. Admirável, pensou Parisa, contemplando os contornos dos glúteos dele, a gota de seus quadríceps, as fendas da parte posterior das coxas. Visualmente falando, ele devia ter feito bem mais que ler durante seu período sabático como pesquisador. Mesmo a recreação costumeira não explicaria aquele corpo tão atlético.

— Quem seria considerado importante? — perguntou Parisa, bufando.

Não tivera contato com ninguém durante dois anos. Mal tinha motivo para ter um celular. Para fins logísticos, no entanto, ela tocou no ícone de chamada perdida.

Número desconhecido.

A pele de Parisa se arrepiou. Não era qualquer um que tinha esse número.

— Atlas — disse Dalton de imediato. — Ou a naturalista. Você disse que poderia convencê-la.

Uma mensagem de voz apareceu na tela. Agora que estava de pé, a dor de cabeça havia piorado. Parisa lutou contra o desejo de tirar conclusões precipitadas, mal prestando atenção a Dalton.

— Hum.

— O físico mandou uma mensagem enquanto você não estava — contou ele. — Mais especulações de que os arquivos estão tentando te matar, o que você provavelmente não deveria ignorar. Eu sugiro o empata.

Parisa considerou escutar a mensagem de voz, mas se deteve. Se fosse quem ela achava que era, seria melhor ouvir em particular. Em seguida, olhou ao redor em busca de suas roupas, de repente tomada de irritação pela bagunça. A toalha de Dalton ainda estava jogada no chão. *Darling, you thrill me.*

Com a cabeça latejando, ela abriu o frigobar do hotel e pegou uma garrafa de água, bebendo direto do gargalo.

— Tá — respondeu um tempo depois.

Provavelmente não era quem ela pensava.

No entanto, Nico havia prometido que a rede tecnomântica que construíra para proteger os dispositivos era segura. E, embora odiasse admitir, Parisa confiava plenamente nele para coisas estúpidas mas impressionantes.

— Tá, você vai matar o empata? — repetiu Dalton, soando entretido com ela outra vez. — Pelas minhas contas, isso resolveria vários de seus problemas. Ele parecia ser a escolha da naturalista apenas com base na complacência com a escolha dos outros, não devido à aptidão mágica. Você é a melhor medeiana, então talvez haja alguma troca que você possa fazer para garantir a participação dela no experimento. Embora eu saiba que não é muito fã de concessões.

— Eu... — Parisa ergueu o olhar da tela, ainda perdida em pensamentos. O coração estava um tanto disparado, como se ela tivesse corrido até ali. Como se não tivesse feito nada além de correr e correr a vida toda. — O quê?

Dalton havia se aproximado, o hálito quente em seu ombro. Ela tentou se lembrar de que Dalton não conseguia verdadeiramente vê-la, ouvi-la, ou sentir a forma como seu pulso havia acelerado, ou os lugares por onde sua mente viajara enquanto a mensagem de voz permanecia sem reprodução. Esse tipo de infiltração telepática era sua especialidade, não a dele, e Parisa se acalmou com a lembrança afortunada de que nunca conhecera alguém tão habilidoso quanto si mesma.

Sem contar Atlas Blakely. Ou Callum Nova. Que não estavam naquele quarto e, portanto, podiam dar o fora dos pensamentos dela.

— Então... — começou Dalton. — Existe alguém importante para você, no fim das contas.

De repente, Parisa decidiu que queria ficar sozinha.

— Vou tomar banho.

Dalton hesitou por um momento, como se fosse discutir ou, pior, zombar dela.

Em seguida, apenas deu de ombros.

— Tá.

Parisa entrou no banheiro e ligou o chuveiro, deixando a água correr enquanto ouvia os dois segundos da mensagem de voz. Depois, fez a ligação.

Tocou uma, duas vezes.

— Alô?

— Nasser. — Ela pigarreou. — Oi.

— Oi, amor. Espera só um minutinho, está barulhento aqui...

— Claro, tudo bem.

Parisa abriu uma fresta da porta, olhando para o quarto de hotel. Dalton estava deitado na cama, explorando os canais na televisão. Ele passou por desenhos animados e séries de comédia, depois se deteve em um dos noticiários vinte e quatro horas. Parisa reconheceu o exterior de Haia na tela e buscou a legenda para entender do que se tratava. Um julgamento de diretos humanos. Dalton não entenderia o farsi que ela falava, mas saberia o que o ato de falar por si só significava.

— Parisa — chamou Nasser, a voz ressurgindo baixinho no ouvido dela.

— Desculpe, eu não imaginei que você iria retornar a ligação tão cedo. Foi besteira minha — acrescentou depois de um instante. — Ter ligado.

Ela nem entrou nesse mérito.

— Que horas são aí? — Ela ainda não havia se ajustado ao horário local; no geral, nunca ficava a mais de dois fusos de Teerã.

— Tarde, quase meia-noite. Só estou me atualizando com alguns dos parceiros antes da reunião do conselho, logo pela manhã.

— Entendi. Os negócios estão bem, então? — perguntou ela, observando o piso do banheiro em busca de algo para tornar aquilo menos... o que quer que fosse.

Era uma adorável escolha de azulejos, de um magenta profundo. Diferente e vibrante. Sanguíneo, como as gotas que ainda pontilhavam sua pele nua.

— Você me conhece, os negócios estão sempre bem. — A voz dele estava leve, cuidadosamente contida. Parisa imaginou que a sua deveria estar igual.

— Mas você sabe que eu não ligaria só para falar de dinheiro.

Ela não respondeu, percebendo que o sangue havia manchado suas cutículas. Apoiou o celular na orelha e abriu a torneira, esfregando a unha do polegar.

Nasser pigarreou alto.

— Não tive notícias suas nos últimos tempos.

— Você nunca tem notícias minhas, Nas. É o nosso lance. — Ela tentou soar indiferente e ficou alarmada com a facilidade com que fez isso, como se fosse mesmo uma ligação qualquer. Apenas uma tarde normal, limpando sangue debaixo das unhas, admirando azulejo caro. — Melhor ir direto ao ponto.

— Verdade. — Uma breve pausa. — Você está com problemas? — perguntou ele, por fim.

Parisa contemplou o próprio reflexo e viu o sangue em seu cabelo, em seu couro cabeludo, com vontade de rir. Como ele poderia saber? Respostas dedutivas despontaram em seu cérebro, mas ela não gostou de nenhuma e as ignorou. Depois pensou em uma resposta falsa, em nenhuma resposta, na verdade. *Por que você quer saber? Alguém te encontrou? Quem era?*

Ele estava usando uma quantidade sobrenatural de tweed?

— Nas, você me conhece — respondeu Parisa, com tranquilidade. — Nunca estou com mais problemas do que consigo lidar.

Em seguida voltou a espiar pela fresta da porta, observando o movimento dos ombros de Dalton quando ele cruzou os braços e apoiou o queixo na mão. O julgamento na tela era sobre as ações de um ditador, provavelmente uma mescla de verdade com oportunismo ocidental, além de uma pitada de racismo e hipocrisia. Parisa sentiu uma vontade repentina de comer waffles, de ver um mundo diferente.

Ela também teve a sensação de que sabia onde Nothazai, autoproclamado defensor dos direitos humanos, havia ido naquela tarde em vez de comparecer à reunião no consulado tcheco.

— Tem certeza de que está tudo bem? — perguntou Nasser, embora não tivesse esperado por uma resposta antes de acrescentar: — Eu queria te ver, se for possível.

Parisa voltou a atenção para seu reflexo no espelho, se perguntando o que aconteceria se as manchas de sangue permanecessem. Será que ainda seria considerada bonita? Provavelmente sim.

— Está planejando vir a Paris? — perguntou a ele, em dúvida, escolhendo alimentar a ideia de que não havia saído de onde ele a deixara.

— Posso ir aonde quer que você esteja — respondeu Nasser.

Parisa mordiscou o interior da bochecha, reflexiva, espiando pela porta outra vez. Tinha um novo destino em mente, com base no que acabara de ver no noticiário, mas isso não significava que não poderia fazer uma viagem alternativa rápida, se necessário. Estava cansada de ficar presa, academicamente ou não. Queria ser livre para fazer o que quisesse, ser quem quisesse, ir aonde desejasse. Uma liberdade conquistada a duras penas que, com exceção desse momento em particular, ela fez de tudo para garantir e esquecer.

— Acho que eu poderia ir até você. Sabe, por incrível que pareça — continuou Parisa, adotando um tom insinuante que lhe veio com extrema naturalidade —, fiquei com vontade de comer *bamieh* desde que...

— Não — interrompeu Nasser, seu tom firme antes que o suavizasse. — Aqui não. Desculpe, querida.

Parisa devia ter suspirado alto com a reprimenda inesperada, porque Dalton tirou os olhos do noticiário (a essa altura apenas um estadunidense idiota falando das eleições) para encará-la. Ela se virou, lutando contra o instinto de baixar o tom de voz, e fechou a porta do banheiro, olhando outra vez para o próprio reflexo.

— Nas, está preocupado comigo ou com você?

— Nunca comigo, sempre com você. — O tom dele permaneceu alegre, inalterado. — Ainda está em Paris, então? Posso te encontrar no hotel, se quiser. Aquele chique.

Ela desviou o olhar do logotipo no robe caído no chão, uma pilha opulenta de algodão turco.

— Não, lá não.

— Na cafeteria, então? Aquela onde eu costumava te encontrar?

— Isso faz anos, Nas. Nem sei se ainda existe.

— Eu lembro. Vou encontrar.

Não, ela pensou em dizer.

Por um momento, pareceu fácil.

— Que horas?

— Talvez às oito da manhã? Pode ser?

— Mas você não tem uma reunião?

— Sim, bem, agora tenho uma com você. — Ele abandonou o farsi para calar alguém do outro lado da linha em um árabe apressado antes de voltar sua atenção para Parisa. — *Eshgh*?

Ela engoliu em seco ao ouvir o termo carinhoso.

— Sim?

— Preciso ir. Te vejo de manhã, certo?

— Nas. — Parisa sentiu frio de repente e cruzou os braços. Pensou em fazer uma pergunta, talvez duas, e por fim decidiu deixá-las de lado. — Pode ser mais tarde? Talvez às onze.

Ele ficou em silêncio por um momento.

— Está bem, às onze. Mas me prometa que vai estar lá.

Parisa piscou. Uma, duas vezes.

— Está bem.

— Prometa.

— Sim, Nasser, prometo.

— Eu te amo. Não responda. Saberei que está mentindo.

Nasser riu e desligou, e Parisa ficou em silêncio no meio do banheiro, sem perceber que encarava fixamente o próprio reflexo até que a porta se abriu.

Ela colocou o celular na bancada, e os braços de Dalton a envolveram por trás.

— Eu não sabia que você ainda mantinha contato com seu marido.

A voz de Dalton estava comedida, paciente, vinda da versão dele que Parisa já sabia ser capaz de manter um segredo.

— Só de vez em quando. — Ela olhou para a água que ainda jorrava do chuveiro. — Vou me limpar. E depois vamos para Paris.

Em resposta, o rosto de Dalton voltou a se obscurecer com uma expressão juvenil. Divertimento, outra vez, como se risse dela por algum motivo.

— Pensei que estivéssemos caçando Nothazai — refletiu ele em voz alta. — Apesar dos meus muitos protestos, devo acrescentar.

Parisa sentiu um tremor de irritação.

— Então não vai ser um problema darmos um pulo em Paris, certo? Se acha que é uma perda de tempo tão grande.

Dalton deu de ombros.

— Nunca falei que era perda de tempo. Só que não é provável que Nothazai sirva mais aos seus interesses do que qualquer outro inimigo. O Fórum não tem o que você precisa de verdade, que são os arquivos.

Parisa entrou no chuveiro e deixou a água empapar seu couro cabeludo, de repente irritada consigo mesma. A bagunça no quarto, o sangue em suas mãos, o tempo que levaria para fazer as malas. Por que tinha sido tão descuidada? Apenas dois anos e ela já havia esquecido que não era o tipo de pessoa que podia se dar ao luxo de fazer bagunça.

— Parisa.

Dalton ainda esperava uma resposta.

Com um suspiro, ela pegou o xampu.

— Não tenho que encontrar o Fórum hoje, Dalton. Posso encontrá-los em qualquer lugar, a qualquer momento. — Nothazai logo estaria doutrinando na Holanda. Ou, se não fosse o caso, cedo ou tarde ele voltaria à sede do Fórum, e depois iriam todos para Londres. — E não há motivo para tomarmos os arquivos até termos as outras peças de que precisamos.

A fragrância do xampu foi um alívio temporário até Dalton falar de novo.

— Você o deixou.

— O quê? — perguntou ela, distraída.

— Você o deixou — repetiu Dalton. — Mas agora está à disposição dele?

— Quem, Nothazai?

— Não, seu marido.

A repetição da frase pareceu uma provocação, então Parisa o ignorou por um momento, enxaguando o xampu do cabelo. Sentia-se nauseada, um pouco enjoada. A cabeça latejava de novo. De novo. De novo.

Em seguida, aplicou o condicionador, deslizando-o até as pontas do cabelo.

— Nasser e eu nunca conversamos — declarou, uma constatação óbvia para si, senão para Dalton, significando: *Ele não me pediria isso se não fosse muito, muito importante.*

Parisa limpou o sangue de seus pretensos assassinos com uma barra de sabonete francês, esfregando os braços até que a água a seus pés adquirisse um tom rosado saudável e feminino.

— Ele machucou você — observou Dalton, e Parisa se sentiu um pouco consciente da tensão em sua mandíbula, da posição de seus dentes.

— Eu nunca disse que ele...

Mas as palavras ficaram entaladas na garganta. Ela ouviu a voz de Callum. *Quem machucou você?*

Todos.

E a de Reina.

Você não é capaz de amar ninguém de verdade, não é?

E a de Dalton.

Não me importo com quem ou o que você ama...

— É complicado — murmurou Parisa por fim, desligando o chuveiro.

Permaneceu ali no vapor, em silêncio, por mais um minuto. E outro. A porta do banheiro se abriu, e então se fechou.

Quando ela saiu do boxe, Dalton não estava mais lá. Com um suspiro que disse a si mesma não ser de alívio, ela acendeu as luzes, aquelas intensas ao redor do espelho.

O celular não estava na bancada onde o deixara. Mas Parisa decidiu deixar o assunto de lado, por ora.

Começou a se secar com a toalha, vendo a si mesma em retalhos no espelho embaçado. O que ela realmente era?, perguntou-se outra vez. Já sabia o que as outras pessoas viam. O que Dalton via, o que os assassinos viam. Algum tipo de proporção bonita, matemática refinada, estatística auspiciosa, as indulgências que ela recusava religiosamente (exceto por aquele dia — sangue e doces).

O que Atlas vira?

Não importava. Parisa balançou o cabelo, lançando-o para a frente e para trás, as bochechas coradas com o esforço, e passou os dedos pelas ondas úmidas, domando-as, deixando-as cair onde caíam naturalmente, em uma perfeição delicada e involuntária.

Por que Atlas a *escolhera*?

De repente, como punição cósmica para aqueles pensamentos irracionais e sem sentido, foi a voz dela que começou a ecoar em sua própria cabeça.

Nas, como eu poderia ser feliz aqui? Eu nunca quis ser esposa, nunca quis ser mãe, você quer que eu passe o resto da vida acorrentada porque fui grata a você por uma *coisa, por* uma *chance...*

Parisa bagunçou o cabelo, repartindo-o para o outro lado. Ela não tinha um lado ruim.

... mas já cansei de ser grata! Cansei de tentar me adequar a esta família, a esse Deus, a esta vida. Estou cansada de ser pequena, eu me livrei da pessoa que precisava de você para ser salva, nem sei mais quem ela é...

Ela fez um biquinho para o espelho e recomeçou, apertando as bochechas para ver a cor surgir e desaparecer.

... e eu quero mais, bem mais...

Hidratante labial. Rímel. Lábios mais macios, olhos maiores, ser algo diferente, ser outra coisa.

Eu só quero viver, Nas! Só me deixe viver!

Para que reviver o passado? Ela estava caçando inimigos invisíveis, lutando por poder, encontrando novos métodos de controle. Deveria estar ocupada, muito ocupada, sendo a pessoa mais perigosa deste ou de qualquer outro mundo para sequer questionar por que tinha sido um alvo tão fácil para Atlas Blakely, um homem que precisava de armas só para criar um universo que pudesse suportar. Mas lá estava...

Lá estava ela, pensando em Nasser, como se fizesse diferença que tipo de pessoa ela tinha sido mais de uma década antes.

Só uma hora do seu tempo, de vez em quando. É tudo que peço. Eu sei, eu sei, estou pedindo bem mais de você dentro da minha cabeça, mas isso não é justo — o que escolho te mostrar não é mais importante? Um dia talvez você entenda que existe uma diferença entre o que uma pessoa pensa e quem ela escolhe ser...

Um brilho chamou a atenção dela no espelho. Uma centelha breve e artificial no lago plácido de sua aparência, na consistência de sua beleza, na graça fácil que sempre ostentava. Ela se inclinou à frente, se esquecendo de seu monólogo interno, deixando-o desmoronar.

Um dia, a vista será diferente, eshgh, *e eu espero que você me veja sob uma luz mais suave...*

— Parisa?

Dalton estava apoiado no batente da porta do banheiro. Na mão esquerda, um vestido. Na direita, o celular dela.

— Não me importo se você quiser ver seu marido. Desculpe... Nasser. Se preferir que eu o chame assim, chamarei. Acho que você está certa, de qualquer forma. Precisará vê-lo, porque, se a Sociedade conseguiu encontrar vestígios dele em seu passado, então o Fórum também consegue, assim como Atlas. E todos que querem você morta. — Outra pausa enquanto Dalton colocava o celular de volta na bancada da pia. — Respondi o físico por você. Acho que você precisará descobrir o que ele planeja fazer com os arquivos, ou pelo menos acompanhar o que Atlas anda fazendo na casa. Atlas vai conquistar os dois físicos a menos que você possa convencer um deles a agir de outra maneira. O que foi? — perguntou, franzindo a testa para o silêncio de Parisa.

Com os olhos, traçou a posição dos dedos dela, que estiveram percorrendo o cabelo.

— Eu... — Parisa estava presa em algum ponto entre o riso e choro. — Encontrei um cabelo branco.

— E?

Riso, definitivamente riso. Escapou dela em algo que parecia um relincho deplorável. Pouco atraente, como uma mulher egoísta. Feio, como uma mulher ambiciosa. Como aquela que escolhe punir um bom homem por não ser o tipo certo de homem, como aquela que partiu porque ficar era enfadonho demais, doloroso demais, difícil demais. Como uma mulher que tinha que ser uma arma porque não podia ser outra coisa.

— Nada. — Apenas a futura perda da sensualidade que exalava, o colapso de sua personalidade. O primeiro vislumbre de um império caindo com firmeza em ruínas não vistas. O destino que ela já sabia que viria, a punição que sempre soubera merecer. Que sincronia! — Perdão — disse, então repetiu: — Nada, não é nada. O que você estava dizendo?

... se a Sociedade conseguiu encontrar vestígios dele em seu passado, então o Fórum também consegue, assim como Atlas...

Isso confirmava o pensamento que Parisa não queria ter. Que se Nasser sabia que ela estava com problemas, só podia significar que ele também estava.

Egoísta. Ela sempre fora egoísta.

Não quero ser esposa, não quero ser mãe.

Reina outra vez, inútil como sempre.

Você não é capaz de amar ninguém, não é?

Uma Parisa mais jovem, sem quaisquer sinais da decadência vindoura, gritou *Eu mereço o direito de escolher como amar!*, enquanto esta Parisa, entrando em sua era decrépita, sussurrou *Talvez não, talvez você esteja certa.*

Talvez eu não seja capaz mesmo, talvez nem saiba como fazer isso.

(*O mundo continua sendo uma série de decepções, como era antes de eu trazê--la aqui*, disse a reaparição oportuna de Atlas Blakely nos pensamentos dela.)
— Atlas — repetiu Dalton, impaciente. — E a outra física...
— Está falando da Rhodes?
Parisa pegou o vestido que Dalton lhe trouxera, um simples de tricô. Ela o deslizou com facilidade sobre os ombros e se virou para encará-lo, dizendo a si mesma que nada mudara.
Tinha um fio de cabelo branco, grande coisa. Também tinha assassinos e um marido, um jogo ainda em andamento, uma infinidade de mundos e pecados. Um dia ela morreria, com ou sem arrependimentos. Aconteceria independentemente da cor de seu cabelo ou do quanto as pessoas ainda queriam trepar com ela. Sem que pudesse explicar como ou onde doía. Parisa nascera com um fim determinado, assim como qualquer pessoa. Ela sempre soubera que o desejo era temporário, que a vida era passageira, que o amor era uma armadilha.
Que a beleza dela era uma maldição.
— Sim, ela voltou, o que significa que logo Atlas a fará conduzir o experimento. Provavelmente. — Dalton ainda a encarava de testa franzida. — Você está estranha.
Parisa meneou a cabeça.
— Estou bem. Só... só vaidade. — Só mortalidade, nada mais. — Nada dura para sempre. O que importa é...
A cabeça dela latejava como um tambor. Algo lhe sussurrava como um fantasma.
(Eshgh. Minha vida. *Fuja se tiver que fugir.*)
(*Eu só quero viver, Nas! Só me deixe viver!*)
Era uma vozinha minúscula, mas inevitável. Fazia uma pergunta a que ela não podia responder.
(Essa era mesmo a vida que ela almejara, ou não passava de outra forma de fugir?)
Mas não, algumas vozes tinham que ser silenciadas. Algumas vozes jamais se calariam, a menos que ela as calasse. Porque se Parisa aprendera a lutar por si mesma, se escolhera satisfação acima de compromisso e poder acima de mortalidade — se era alguém com as mãos sujas de sangue —, era porque ela tinha que ser assim. Porque este mundo exigira isso. Porque ela precisava de uma proteção que mais ninguém estava disposto a oferecer. Porque este era um mundo que encararia os seios dela e ainda a consideraria inferior, se ela permitisse; um mundo que teria prazer em determinar o que ela valia e o que não valia.

Então, o que importava neste mundo? Apenas que ela permanecesse a coisa mais perigosa nele.

— O importante — repetiu Parisa, mais alto — é chegarmos a Rhodes antes de Atlas. — Sim, era isso. O jogo ainda precisava ser jogado. — Posso lidar com Rhodes. Sei que ela verá a lógica: que mesmo se Atlas conseguir convencer Reina, ainda vai precisar de você. — Sim, aí estava. Parisa sempre tivera o trunfo nas mãos. — Você é o único que pode criar vida espontaneamente, então...

— Não há evidência de que é espontâneo.

— O quê?

Os pensamentos de Dalton estavam espiralando outra vez, distraindo a mente já em frangalhos de Parisa. Ela ouvia o interior da mente dele em explosões, em tabloides e manchetes, a mídia misturada daqueles pensamentos desconexos. A eleição dos Estados Unidos, Haia, aparentemente ele entendia árabe bem o suficiente para adivinhar uma ou duas coisas que a ouvira dizer, embora não o suficiente para entender farsi. E longe de ser o suficiente para entendê-la.

— Mas se você quiser mesmo ir...

— Sim. — Ela piscou. — Sim, vamos...

O transporte na Grand Central estava cheio, tão lotado que Parisa conseguiria evitar as armadilhas caso se concentrasse o bastante. Uma pocinha de esforço na lombar, uma mecha grisalha em seu cabelo impecável, tudo para lembrar a ela que nem a perfeição, nem o desejo de mil empresários a caminho do trabalho bastariam para salvá-la da morte. Ela chegou à cafeteria em Paris trinta minutos mais cedo, uma antecipação nada elegante para combinar com a deselegância de seu vestido amassado, as pontas dos dedos ainda manchadas de sangue.

Não que isso importasse.

Nasser nem deu as caras.

A SOCIEDADE DE EZRA

UM

Julian

Julian Rivera Pérez *também* nasceu quando a Terra estava morrendo porque todos estavam, merda! Atlas Blakely não era especial e, francamente, você também não. Nem Julian. Esse era um sentimento que a *abuela* de Julian costumava expressar de várias formas, com muita frequência. Era uma mulher trabalhadora e muitíssimo religiosa, por conta da fé, não do medo. *Tudo é difícil,* mi hijo, *viver é um desafio.* Coma seu mofongo, *vai esfriar.*

O pai de Julian era cidadão dos Estados Unidos, o que era bom, porque embora ninguém jamais tivesse dito, sua mãe, salvadorenha, provavelmente não era. Ela tinha uma inquietude, uma apreensão em sua existência metafísica, que Julian carregava consigo, embora ele executasse essa paranoia interna de tal maneira que incentivava os brancos de sua gangue de delinquentes a se referirem a ele, com zombaria (e de forma incorreta, mas sempre o confundiam com outra pessoa, em geral Bryan Hernández, que saíra para jogar nas grandes ligas), como o *bandito* mais foda do quarteirão. Julian era o mais velho de três irmãos, um verdadeiro escroto, ou pelo menos assim pensava, até conhecer uma garota com um pai aterrorizante que o convenceu de que ele nem era lá grandes coisas.

— Qualquer um sabe socar — disse-lhe o pai de Jenny Novak.

Na época, Julian estava com o braço quebrado (mas ele garante que o outro cara ficou pior). O Grande Nicky Novak deu uma tragada no charuto, algo que mais tarde pareceria ridículo, porque estavam nos anos 1980, afinal, e não na década de 1950. (Julian nunca descobriu se o fato de haver um Grande Nicky implicava a existência de um Pequeno Nicky em algum lugar por aí.)

— Sabe o que é grande coisa, garoto? — perguntou Grande Nicky. — Todo mundo calar a boca assim que você entra em algum lugar.

— Como? — quis saber Julian, que queria muito ser descolado a ponto de nem precisar perguntar isso, mas não era. Nem um pouco.

Em resposta, Grande Nicky jogou para ele uma nota de vinte.

— Descarregue a caixa — ordenou a Julian, apontando para o fardo de refrigerantes no canto da loja. — E não faça perguntas.

Dinheiro deveria ser a resposta, provavelmente, e se Julian tivesse menos fanatismo religioso em seu sangue, talvez pudesse ter entendido desse modo. Em vez disso, a lição que ele tirou disso foram os gostos refinados de um excêntrico gângster do Bronx e a importância do *trabalho*.

Devido à criação de Julian e à natureza de sua vizinhança, ele levaria um tempo para descobrir sua especialidade mágica, e ainda mais para saber que tinha algum tipo de magia. Nunca tivera muito contato com criptografia, sendo jovem demais para ter vivido a fase da máquina Enigma e tendo passado a se importar com a internet apenas quando os Novak compraram um computador, e a essa altura Julian se preocupava mais em explorar o que havia por baixo da blusa de Jenny. Mas ele fez um ou dois favores ao patriarca dos Novak, o que levou à observação de que as coisas funcionavam de maneira diferente ao redor de Julian, e não apenas por ser jovem. Alguém, talvez o pai de Jenny, pagou para que Julian fosse descoberto por um olheiro medeiano, redirecionando seu futuro bem quando o mundo oscilava à beira da era da tecnomancia. (Ao que parecia, a intenção era estabelecer algum tipo de dívida duradoura por parte de Julian, até que o Grande Nicky Novak foi pego no fogo cruzado de algum outro mundo enquanto vagava pela rua.)

Julian ter chegado ao topo da CIA era, como a maioria das coisas, uma ideia que começou como uma semente minúscula e insignificante. A família dele ficou satisfeita em saber que o cargo governamental desconhecido que Julian assumira provavelmente viria acompanhado de plano de saúde e aposentadoria. Acreditaram quando ele lhes disse que era criptógrafo, afinal, que alternativa tinham? Ele foi promovido várias vezes, de gerente de projetos a chefe de departamento, de presidências a cargos de diretoria, até assumir a cabeceira da mesa, o lugar do chefe da família Pérez. Parecia algo natural para os membros mais velhos do clã, como a herança pela qual vinham ansiando desde que deixaram San Juan. A geração da *abuela* ainda acreditava no Sonho Americano, afinal de contas, mesmo que os irmãos de Julian não acreditassem. Eles não ficavam impressionados com os ternos de governo dele, com seu corte de cabelo perfeito, com a forma como esticava o sobrenome ao redor de sua boca americanizada com linhas duras e irregulares, como Jones ou Smith. Eles tinham visto, disseram os irmãos, tinham visto o que Julian estava disposto a fazer por um *aê garoto*, sabiam as bolas de quem ele estava disposto a lamber.

Como esperado, os irmãos de Julian não deram em nada. E, de todo modo, não sabiam do aborto de Jenny, o último prego em um caixão malfadado, nem sabiam o que Julian fizera em nome da liberdade, aquilo em que ele e a *abuela* acreditavam com tanto fervor. (Do contrário, o que tinham ido fazer ali?)

Mas alguém sabia, claro. Ezra Fowler. Por isso, Julian aceitou participar de uma reunião com ele. Mas, na verdade, teria ido de qualquer forma, porque quem desperdiçaria a chance de arrombar os arquivos da Sociedade Alexandrina? Julian havia se tornado um engravatado, sem dúvidas, mas antes disso tinha sido um tecnomante para o governo dos Estados Unidos por tempo suficiente para saber que, cedo ou tarde, tudo poderia ser roubado. Que alguns segredos foram feitos para serem descobertos.

Quanto ao conveniente desaparecimento de Ezra Fowler nas últimas três ou quatro semanas, dane-se. Que bom que ele não estava por perto. Já sabia mais do que devia a respeito de Julian, e, de todo modo, eles podiam se virar sem ele. Com tudo o que acontecera depois do fracasso em capturar os iniciados quando retornassem ao mundo, a verdade era que Ezra Fowler já os havia deixado na mão uma vez.

— Ali, aquele ali. — Julian tocou na tela, congelando-a na aparição de uma cabeça loira na multidão diante de Haia, ao lado da silhueta silenciosa e curvada de uma mulher asiática. — Ele está sabotando a fonte. Dá para ver aqui.

Em seguida apontou para o programa que o próprio Julian desenvolvera, uma forma de medir a descarga mágica em ondas medeianas — que eram mais nítidas, mais caras —, como se elas pudessem ser captadas em alta definição.

Nothazai se inclinou para a frente, como se isso fosse ajudar. Como se pudesse entender o trabalho da vida de Julian, que, aliás, decidiu ignorar a tentativa por ora, pois entendia a importância da hierarquia. Entendia o conceito do trabalho.

— Por que ele não foi detido na hora? — perguntou Nothazai, olhos escuros vidrados no homem que só podia ser Callum Nova. (Que, aliás, deveria estar morto, então mais um bola fora na lista de Ezra Fowler. Um terceiro não seria tolerado mesmo se Fowler tivesse a decência de reaparecer.) — Está na cara que ele usou descargas incrivelmente potentes de magia. Por que não o prenderam em flagrante?

— Dois motivos. Primeiro, ele é a merda de um empata. Armou a maior confusão na Grand Central, e olhe que havia uma equipe inteira de fuzileiros navais e a idiota de uma sereia envolvida. Segundo, a família Nova é mais que um império de beleza.

A Corporação Nova original, que teve início com o lançamento oportuno de ilusões favoráveis ao consumidor na segunda metade do século XX, havia se expandido ao longo do tempo até dominar a chamada indústria do bem-estar nos mais variados tipos de e-commerce de estilo de vida, streaming digital e mídia popular. Por fim, passaram a ser donos de seus próprios canais de comunicação.

— Não é ilegal se ele estiver agindo em nome de uma corporação — retomou Julian, com um olhar inexpressivo para a filha de Wessex, sentada ao lado de Nothazai, que deveria saber uma coisinha ou outra sobre privilégio corporativo. — O julgamento recebeu uma cobertura gigantesca... Os Nova não seriam os únicos a ver essa oportunidade de atrair muitos olhos e ouvidos. Com uma permissão, não é diferente de pagar por conteúdo patrocinado na internet ou sabotar o algoritmo de uma fonte de notícias de uma corporação. Esta filmagem ou outras similares foram ao ar em diversos canais de notícias, incluindo o que pertence e é operado pelo conglomerado Nova. — Julian descartou um material comparando o perfil do loiro ao retrato sério do único filho de Dimis Nova. — Até onde sabemos, o empata poderia estar vendendo a droga de um batom.

— Mas você sabe a verdade.

Nothazai estava calmo. Não parecia ver o motivo de acrescentar as perguntas óbvias, então Julian respondeu por ele.

— Você quer mesmo questionar um Nova na frente de vinte grandes redes internacionais? Não, precisamos ter certeza antes de tomarmos alguma atitude em público. Só sabemos que ele está influenciando a multidão, a equipe de segurança, todo mundo. Mas ainda não há como dizer qual é o objetivo por trás disso, apenas que ele está usando magia para alcançá-lo. E...

Ao ouvir o toque, Julian olhou para o celular.

— Com licença.

Ele gesticulou para os outros, se desculpando — Eden Wessex franziu os lábios, impaciente, como se estivesse atrasada para a manicure —, e se afastou para atender a ligação.

— Pois não?

— Ele ficou hostil. — A voz do agente era sombria. — Começou a fazer ameaças.

Não. Não naquele dia, quando Julian já estava com a merda até os joelhos.

— Não me diga que vocês...

— Nós não tivemos escolha — interrompeu Smith, o que sem dúvidas era uma desculpa, embora de fato fosse uma resposta. — Com todo o respeito, senhor, mas havia quatro homens competentes naquela sala. E não é como se o cara fosse um anjo.

Julian reprimiu um grunhido. A raiva não ajudaria em nada, embora isso fosse extremamente lamentável. Pior que isso. Ou assustaria a telepata ou a levaria a se vingar, e até então ela não havia se mostrado imprudente a ponto de a situação beneficiar Julian e os outros. Talvez ela e o marido se odiassem o bastante para que a mulher visse isso como algo bom, embora Julian duvidasse muito. Os registros de ligações entre Parisa Kamali e o marido datavam de anos. Nasser Aslani foi o único contato que ela manteve por mais de um ou dois meses. Pelo menos até desaparecer na rede da Sociedade, onde ficou em silêncio total por dois anos, silêncio que ainda não havia sido quebrado.

— Quero ver a fita — declarou Julian depois de pôr os pensamentos em ordem. — Talvez exista uma forma de consertar a situação, fazer funcionar a nosso favor em vez de contra nós.

Talvez o marido tivesse dito o nome dela de maneira depreciativa. Talvez parecesse estar prestes a ceder, a revelar o paradeiro dela. Talvez alguma coisa, talvez outra.

Silêncio do outro lado da linha. Então, tarde demais:

— Senhor, não tivemos tempo suficiente para...

Não.

— Cacete, Smith. — Inacreditável. — Não tem fita? Como você acha que isso vai ser visto quando a história vazar? — Julian contraiu a mandíbula, incapaz de pensar sem cair em pelo menos *um pouco* de reprimenda infrutífera. — Ele não é um civil qualquer — sibilou para o celular —, é a *porra* do Nasser Aslani, vice-presidente da maior corporação de energia medeiana do Oriente Médio...

— Lidaremos com isso, senhor.

— *Vocês* não vão fazer nada. *Eu* vou lidar com isso.

Julian encerrou a ligação, respirando fundo várias vezes. A esposa era uma grande defensora da ioga e do poder da afirmação positiva. Em seguida, tentou pensar que as coisas poderiam ser tão simples para ele quanto para uma mulher que compartilhava o sobrenome de solteira com dois presidentes mortos e um senador empossado. Às vezes, bem raramente, funcionava.

Respire. Filmagens podiam ser alteradas. *Respire.* Códigos davam defeito o tempo todo. Além disso, não era *Julian* quem estava influenciando civis com ondas de transmissão medeianas, então não era como se ele fosse o criminoso ali. Era tudo obra da Sociedade, e, quando isso fosse provado, traria a derrocada dela a reboque. Ninguém queria viver dentro de uma simulação distópica e, de todo modo, poderia ter sido bem pior. O sobrenome de Nasser Aslani poderia ter sido Nova ou Wessex, uma realidade ao mesmo tempo atroz e verdadeira. Da mesma forma que, se todos os envolvidos fossem pegos, o descendente de porto-riquenhos que havia forjado com perfeição os documentos de sua *mami* levaria a culpa, enquanto seu subordinado, Paul Smith, nascido em Idaho, graciosamente receberia uma generosa promoção.

Julian nasceu em um mundo de merda, assim como todo mundo, e o que tinham feito a respeito disso? Ele estava ocupado tentando torná-lo melhor da única forma que sabia, por isso retornou à sala e deu outro toque na tela, selecionando o vídeo da câmera de segurança.

Eles observaram Callum Nova fazer contato visual com a câmera, os cantos de sua boca se curvando em um sorrisinho como o acender descuidado de um isqueiro.

— Aí está a prova de que precisamos de que os seis candidatos da Sociedade estão interferindo na política internacional. O que vem depois? Eleições livres e justas? — perguntou Julian, sua certeza inflexível. — E se esse *aí* está agindo assim à vista do mundo inteiro, quem sabe o que os outros podem estar fazendo por trás das câmeras? Um ataque direto às liberdades civis pode estar em jogo. O MI6 não estaria interessado em saber disso, ou até mesmo Li? — acrescentou, esquecendo no último segundo que a iniciada alexandrina asiática ao lado de Nova era japonesa, não chinesa.

Julian percebeu que Nothazai o observava com atenção. Com atenção até *demais*. Isso o lembrou de alterar as frequências da sala, bloqueando qualquer potencial dispositivo de gravação. Só para o caso de falharem outra vez, o que renderia a Smith o cargo de Julian, o escritório de Julian. Se acontecesse, Julian se tornaria uma clara advertência contra as contratações de diversidade. A merda de uma falha com pele marrom.

Se Nothazai diagnosticou o silêncio de Julian como maligno, não demonstrou. Limitou-se a dar de ombros, trocando um olhar cordial com a filha de Wessex ao lado dele.

— Com certeza podemos informá-los. Quanto à situação em Paris — disse Nothazai, como se tentasse forçar uma mudança de assunto —, já sabemos o nome do civil?

Certo, ainda tinha isso. Julian abriu o arquivo *Ferrer de Varona*.

— O outro medeiano é Gideon Drake — respondeu, mostrando uma edição de um jornal estudantil da UAMNY, uma das poucas fotos de Gideon Drake que conseguiu encontrar. — Ele tem antecedentes criminais juvenis no Canadá, que meus agentes vão desvendar, mas eu tive um palpite, então distribuí essa foto para alguns de nossos informantes. Pelo que parece — contou Julian, se afastando da tela do notebook —, Gideon Drake é um ladrão telepático, ou algo do tipo. Faz trabalhos de baixo nível nos planos astrais, ou pelo menos costumava fazer. Há uma boa chance de ter alguma coisa nos registros dele da UAMNY, mas o reitor não quer colaborar. — Um dar de ombros. — Ainda.

Nothazai franziu as sobrancelhas.

— Tem certeza de que ele é telepata, e não um viajante?

Julian sentiu a postura de Eden Wessex se endireitar com um interesse disfarçado com muito cuidado, bem quando o celular dele tornou a tocar, dessa vez exibindo o nome de seu vice-diretor na tela. *Ai, meu cacete.*

— Qual é a diferença? — perguntou Julian, querendo dizer *por que eu deveria me importar*, embora não fosse receber uma resposta relevante.

Ele tinha uma bagunça para limpar, que não seria irrisória.

(Quer saber qual é a sensação do poder? Julian não sabia, nunca soubera, mas imaginava que era o desleixo de "esquecer" a gravação de um vídeo. Ou talvez fosse Atlas Blakely o cumprimentando da porta da mansão, astuto como uma raposa, esquivo como um fantasma. Se as suspeitas de Julian estivessem certas, a senciência dos arquivos funcionaria como um algoritmo, então alguém que falasse a linguagem certa seria capaz de desvendar as respostas de qualquer pergunta imaginável. Existe um céu? Quantas armas nucleares Wessex — e sua filha — não estavam mencionando? Se Julian tivesse levado Jenny à clínica, como ela pedira, em vez de deixá-la ir sozinha, será que os filhos dele teriam o sorriso dela?)

— Deixa pra lá — disse Julian para os outros. — Podem fazer uma pausa.

· GIDEON ·

Sempre havia um momento em que parecia apropriado externar as próprias preocupações e, uma vez que a oportunidade era perdida, fazer tal coisa só se mostraria cada vez mais inútil. Uma amolação, de certa forma. Para Gideon, esse momento em específico passara um mês antes, tempo suficiente para que as preocupações perdessem a força.

Em teoria, claro.

— ... Enfim, esses são os arquivos, blá-blá-blá — dissera Nico na época, encerrando seu passeio pela mansão alexandrina ao fechar as portas da sala de leitura atrás de si. — Sei que você não recebeu permissão para acessar certas coisas, mas posso pegar o que você quiser. Ou você pode pedir a Tristan. Que, sem dúvidas, é O Pior — um revirar de olhos, as letras maiúsculas bem implícitas —, mas ele te deve uma por trazer a Rhodes de volta e é particularmente dado a esse tipo de transações, então pode confiar. E você vai gostar de Atlas, acho. Talvez. Sei lá. — Uma careta. — Não sei se existe um motivo para *não* gostar de Atlas... a não ser que você, como Rhodes, pense que ele é uma espécie de tirano, e nesse caso... Bem, tanto faz, você não precisa se casar com ele nem trabalhar para ele. Verdade, obviamente você está trabalhando para Atlas, mas isso é culpa minha, não dele. A não ser que Rhodes também esteja certa sobre o plano sinistro dele para nos recrutar, mas não sei, ela não está exatamente equilibrada no momento. Talvez você possa conversar com ela? Toda vez que eu tento falar do — aqui, uma queda no tom de voz — *Fowler*, ela faz uma cara de que talvez eu devesse ter anunciado um alerta de gatilho, e enfim, você é muito mais palatável para ela no geral, então...

Nico enfim fez uma pausa para respirar, lançando um olhar preocupado para Gideon.

— O que você acha? — perguntou, se preparando.

O que Gideon achava? Ótima pergunta.

Naquele exato momento, estes eram os pensamentos dele, em ordem:

Havia alguma coisa errada com Libby Rhodes. Não que Gideon esperasse algo diferente, considerando tudo pelo que ela havia passado no ano anterior, mas ele tivera a nítida impressão de que Nico ou não conseguia ver exatamente o que era ou apenas não queria. Nico ainda conversava com Libby como sempre fizera e trocava farpas com ela como de costume, parecendo despreocupado com a presença de... algo. Gideon ainda precisava desvendar o que era. Libby estava mais quieta do que ele se lembrava, mas quem não estaria assim, nessas circunstâncias? Mas havia outra coisa errada; algo familiar, mas difícil de discernir. Gideon estivera quebrando a cabeça em busca de uma resposta, mas ela continuava presa na ponta de sua língua, inútil. Como um sonho quase esquecido.

Tristan Caine, o pesquisador, aquele com quem Nico tinha uma história complicada e uma rivalidade um tanto pífia, era outra peça solta no grande quebra-cabeça aristocrático. Era um sujeito educado, ou talvez apenas britânico. Não dava para saber qual se aplicava mais. À primeira vista, nada nele destoava da descrição que Nico fizera. Nada do que Tristan dizia era tão incomum assim. Havia tensão entre ele e Libby, sem dúvidas uma questão sexual não resolvida (ambos sempre pareciam muito conscientes da distância exata entre eles), mas Nico já havia reparado nisso e avisado Gideon de que era isso que estava acontecendo mesmo, então ao que tudo indicava não era aquilo. Tristan não parecia ter nada contra Gideon, talvez porque Libby não tivesse, e as pessoas no geral não tinham nada contra ele, exceto por...

Ah, era *isso*. O elemento desconcertante na nova persona externa de Libby... lembrava Gideon da própria mãe. O que não parecia muito certo, porque Eilif era uma criminosa, uma sereia, e não tinha quaisquer qualidades que Gideon associaria aos amigos. Ele sempre fora cauteloso em relação à mãe, mas não... se sentia totalmente *ameaçado* por ela. Era Nico quem achava Eilif perigosa. Gideon estava ciente dos defeitos da sereia — a mãe era narcisista, negligente, em geral um tanto psicopata —, mas para ele isso era mais um padrão de escamas do que uma arma. Aquelas características eram parte dela, e Gideon não poderia odiá-la mais por isso do que a um espelho. Ela estava fazendo o melhor que podia com o que tinha, o que era... bem, um vício. Eilif era uma apostadora compulsiva e, para piorar, era dotada de certa tendência egoísta de acreditar que toda aposta era boa desde que houvesse uma remota chance de vitória. Na última vez que Gideon a vira, parecia mais compulsiva que o normal, mais segura, o que também significava mais desesperada. Quanto mais perto da ruína Eilif chegava, mais inspirada tendia a ficar.

Gideon não tacharia Libby de apostadora, mas via algo semelhante no olhar dela. Não havia escuridão ali, não havia perda. Libby parecia tão assombrada por traumas quanto qualquer um. Era o brilho que o incomodava. A sensação de que ela viera atrás de algo, e daria um jeito de conseguir, a qualquer custo.

O que lembrou Gideon de que o sumiço recente de sua mãe era... perceptível. Às vezes, a ausência de notícias era uma boa notícia em si, mas às vezes essa ausência só podia significar uma péssima, péssima notícia. Àquela altura, era impossível saber a diferença. Impossível saber o que, sob circunstâncias normais, ele sequer consideraria bom. Gideon imaginava que não teria notícias dela tão cedo, se Nico estivesse certo sobre as proteções contra criaturas. Ao contrário dele, porém, Gideon tinha a sensação de que, cedo ou tarde, os ataques orquestrados contra o grupo da Sociedade atrairiam Eilif — isso se não partissem dela, oportunista como era. Gideon esperava que não fosse o caso, que a mãe não estivesse disposta a colocar Nico ou ele próprio em perigo por puro interesse, mas talvez ela nem tivesse escolha? Estava com problemas, mais do que de costume, fazendo comentários desconexos sobre sonhos e NFTs e dívidas. E, bem, Gideon a conhecia. Mesmo que não a odiasse por sua essência, ele era apenas otimista, não idiota.

Por falar em otimismo. Gideon se perguntou o que pensar de Atlas Blakely, em quem Nico depositava uma confiança imprudente e por quem Tristan parecia nutrir um respeito mais digno. Libby guardava sua opinião sobre o Guardião para si, exceto ao observar repetidas vezes que Atlas poderia, nas palavras dela, destruir o mundo. Para Gideon, aquela era uma afirmação vã, a ideia de que o mundo poderia ser destruído. Afinal de contas, o que isso de fato queria dizer?

Mas, tecnicamente, essa não era a pergunta que Gideon tinha em mente. Na verdade, era uma bem mais simples. Não tão simples quanto o *paradeiro* de Atlas Blakely, embora isso representasse uma ponderação relevante. Nico não estranhava a ausência de Atlas, o que talvez não fosse tão suspeito assim, e ok, tudo bem, Gideon não sabia o que um Guardião fazia ou deveria fazer, mas era óbvio que a Sociedade também não sabia, o que era um desleixo institucional que Gideon duvidava muito estar dentro do esperado. Aquele não era um lugar qualquer sem recursos. Tinham deixado claro, com todas as letras, que ele estava sendo rastreado, assim como todos os outros. Se Gideon fugisse, o encontrariam. Se Atlas Blakely tivesse fugido, com certeza seria detido em breve. Mas Atlas Blakely não parecia ser do tipo que fugia, então provavelmente não era o caso. E, ainda mais importante, Tristan e Libby pareciam saber algo que Nico não sabia.

Outros pensamentos? Se o processo de sair das proteções da Sociedade através do reino dos sonhos fosse parecido com o de entrar nelas, as crises periódicas de narcolepsia de Gideon estavam prestes a se tornar extremamente limitadas e muito, muito enfadonhas. Será que sempre que perdesse a consciência ele ficaria confinado naquela mesma cela na qual falara com Nico? Além disso, queria saber se a casa dava muita importância a restrições alimentares. Ele era um pouco intolerante a lactose — não o suficiente para abdicar de queijos por completo, mas o bastante para que fosse necessário tomar algumas decisões internas. Já estivera em casas como aquela, de esplendor e tamanho similares. Max morava em uma casa assim. Algo que Nico não sabia (ou talvez soubesse mas escolhera ignorar) era que Max quase não havia recebido o status de medeiano porque sua descarga como metamorfo era mínima, exatamente no limite entre qualificação medeiana e mera bruxaria. Essa revelação tinha vindo durante um discurso embriagado meio "não se sinta mal" de Max para Gideon em algum momento do segundo ano, quando Max confessara que, na verdade, a família Wolfe tinha feito uma doação generosa para o gabinete político do registro municipal medeiano, porque uma coisa era ter um filho sem qualquer ambição corporativa, mas ter um medíocre em termos de magia já era demais.

Dinheiro, essa era outra coisa com que Gideon se preocupava (no sentido de: quem controlava o dinheiro da Sociedade? Porque, fosse quem fosse, controlava a Sociedade e, portanto, derrubando uma peça de dominó por vez, controlava o próprio Nico), mas Nico nem pensava no assunto porque tinha dinheiro, estava acostumado a tê-lo. Por isso, não entendia a forma como o dinheiro tomava decisões, a forma como, em uma escala inevitável e iminente, o dinheiro determinava o que era certo ou errado com mais apuro que a escola dominical ou a preponderância filosófica do pensamento. O dinheiro era uma dádiva, um fardo, uma versão de um custo. Não muito tempo antes, Gideon tivera um sonho sobre um homem com olhos vermelhos, uma caneta vermelha. Um contador fazendo perguntas sobre um príncipe. Não havia como escapar disso, das ameaças, da ganância. Um contador, porque dinheiro era uma arma. Um contador, porque ser dono da dívida de alguém era ser dono desse *alguém*, ponto-final. A mãe dele nunca tinha sido livre. Não que Nico precisasse se importar com tais coisas, pois Gideon se preocupava pelos dois, mas talvez houvesse um motivo para as duas coisas estarem tão conectadas na mente de Gideon.

Nico não entendia a pobreza do modo como Gideon a entendia, nem a fome, e não conhecia o medo como Gideon o conhecia. Não medo por sua vida em si — isso Nico entendia (apenas ignorava). Medo de seu estilo de vida estar ameaçado. Medo de que a mudança pudesse, por exemplo, destruir o mundo que eles conheciam, o que era, para todos os fins, destruir o mundo em si. Nico sabia, mas não sabia *como* era simples (não fácil, mas simples) alguém ter a alma comprada, vendida ou comprometida, e embora isso não fosse necessariamente algo com que se preocupar de imediato, seria um dia.

Seria um dia, e poderia muito bem acontecer dentro daquela casa. Atlas e, portanto, Tristan ou Libby, já poderiam saber algo sobre o assunto.

Algo havia acontecido com Atlas Blakely, isso estava óbvio. Gideon ouviu o som de cascos e tentou não pensar em zebras, mas em cavalos. Afinal de contas, os iniciados de Atlas Blakely estavam sendo caçados. Um já fora sequestrado, e o silêncio carregado de Libby a respeito de Ezra Fowler era ensurdecedor, com consequências bem implícitas. Atlas Blakely havia cometido um erro terrível e não queria que a Sociedade soubesse, e fosse lá o que estava fazendo a essa altura, com certeza as duas únicas pessoas presentes no último local onde Atlas estivera tinham todos os motivos para acobertar. Onde quer que ele estivesse, era relevante e impossível de ignorar, e algo estava muito errado.

Mas, em essência, a resposta final de Gideon para a pergunta de Nico sobre o que achava da Sociedade e dos arquivos aos quais estava contratualmente vinculado era muito simples: ele já passara muito mais tempo em prisões piores. Prisões em que Nico não aparecia para pressioná-lo contra o papel de parede eduardiano de algum aposento privado com ventilação inadequada — e se não houvesse nada disso, então nem havia motivos para existir.

Então, sim, decerto era possível que a Sociedade estivesse com problemas e que Libby tivesse razão, e os riscos do fim do mundo que a curiosidade de Nico (ou arrogância, ou ambição) parecia disposta a ignorar estavam com certeza na reta. Mas, se a vida fora daquela casa era apenas uma questão de morte certa e rendição incansável às normas sociais, então que diferença fazia para Gideon se Atlas Blakely tentasse acabar com o mundo de algum lugar dentro dela ou não?

Por esse motivo, a resposta final de Gideon fora:

— É legal. Bem pitoresca. Talvez possa se beneficiar de uma boa limpeza.

Ao ouvir isso, o sorriso de Nico se alargara, satisfeito. Como era fácil fazê-lo feliz, tanto antes quanto naquele momento. E como, sem dúvidas, valia o esforço. Então Nico queria fazer um experimento de multiverso maluco que só poderia terminar em desastre pessoal, senão em aniquilação completa? Pois bem, Gideon poderia ser persuadido. Já era um milagre ter passado todo esse tempo acordado — e era um milagre que alguém que ele amava pudesse amá-lo de volta com a mesma urgência, ou ao menos um pouquinho dela —, então, se fosse morrer ali, se a linha no livro contábil dele era vermelha, aquele era um lugar tão bom quanto qualquer outro para encontrar a morte.

E, além disso, o buraco de minhoca na cozinha era engraçado mesmo.

Claro, quanto mais os dias passavam, mais Gideon se perguntava se tinha sido negligente não mencionar o verdadeiro bufê de problemas potencialmente relevantes. Se uma versão futura dele gritava, a profecia ainda parecia insignificante diante do prazer singular de sua ruína pessoal.

— Quais são as chances de a gente invocar uma torta com magia? — perguntou Gideon para Nico em voz alta, decidido a não se preocupar com as outras coisas potencialmente preocupantes.

Porque o fim do mundo seria muito melhor com um pouco de torta. Ele não era chato para comer. Torta de fruta. Torta salgada. Torta de creme seria indigesta, mas valeria a pena.

— Ah, *avec plaisir* — respondeu Nico, com alegria. — Tenho que mandar outra mensagem para a Reina, o que provavelmente vai terminar em lágrimas. Minhas, óbvio. Mas me dá uns cinco minutos?

Cinco minutos, uma vida inteira. Tanto fazia.

— *Con mucho gusto*, Nicolás — disse Gideon, pensando, sonolento, no melhor lugar para uma soneca. — Sem pressa.

HEDONIZM

II

HEDONISMO

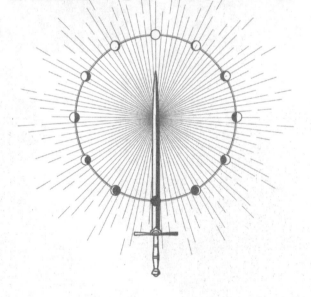

· REINA ·

Ela acordou de um cochilo acidental com um cheiro distante de fumaça nas narinas, a vaga imagem de um vestido preto desaparecendo no cantinho de sua mente. Engasgou-se com a própria língua, dando um pulo na cama ao perceber que a coisa que perturbara seu sono era o celular tocando.

Tratou de silenciar a ligação de Nico — *Reina! Eu de novo, sua vez, ei, nunca te perguntei isso, mas você já brincou de pega-pega? Pega-pega de verdade, não pega-pega por telefone, foi mal por tagarelar, só já não sei mais como te pedir para me ligar de volta, e, para ser sincero, eu pensei mesmo que toda essa história de "Atlas Blakely pode acabar destruindo o mundo" ou pelo menos "os arquivos estão tentando nos matar" despertaria seu interesse, mas, enfim, quero me desculpar de novo por seja lá o que eu fiz, o que Parisa se recusa a me explicar (daquele jeito sensual dela, óbvio). Ah, falando em Parisa, ela também parou de atender o telefone, então tudo bem... bem bem bem enfim vou tentar de novo amanhã te amo tchau* — e viu que horas eram.

Quase três da tarde. Ela se levantou e foi ao banheiro.

Jogou água no rosto, secou-o com a toalha. Ajeitou o piercing no nariz. Calçou os sapatos. Então, ao ver que seu compatriota não fizera nenhuma menção de se mexer, bateu o pé com impaciência, da porta.

— Já ouvi, Mori — foi a única resposta de Callum, todo esparramado na cama do hotel.

(Havia duas camas, óbvio, porque Reina preferiria morrer a compartilhar uma com Callum, cuja sexualidade ela não entendia. Não ficou claro se ele se atraía por homens, mulheres, ambos ou, ainda mais singular, pela fúria hipotética de Tristan Caine.)

— De qual você gosta mais? — perguntou Callum, acenando com o queixo para ela, um pedido para que se aproximasse.

Reina, exausta até os ossos depois de trinta e um dias consecutivos com Callum Nova, voltou sua atenção para o teto e suspirou.

— Não tem ninguém lá em cima — relembrou Callum. — De acordo com você, pelo menos.

Francamente.

— Pela última vez, eu não sou *o* deus, sou apenas...

Callum sorriu, e Reina se perguntou, mais uma vez, se não podia se virar sozinha. Mas, infelizmente, o empata havia se provado útil até então.

— Tá. — Ela foi até Callum pisando duro e arrancou o celular de suas mãos. — O que é isso? Uma foto com a irmã de Tristan?

— Meia-irmã — explicou Callum, sem necessidade, tocando na tela entre uma foto e outra. — Meu cabelo está melhor nesta ou naquela? Estou querendo transmitir um ar de desleixo elegante.

Reina analisou as duas fotos.

— Ele respondeu a alguma coisa que você mandou até agora?

— Não — disse Callum. — Daí a necessidade de fazer direito. Sabe, com um nível bem preciso de espontaneidade.

— Você sabe que Rhodes voltou.

Nico havia contado a ela em uma de suas mensagens de voz confusas e em pelo menos sete de suas mensagens de texto diárias. (Por um breve período, ele também tentara emplacar um grupo de mensagens chamado *Inimigos para Amantes*, até que Tristan sabiamente o aconselhou a, por favor, pelo amor de deus, parar.)

— Não sei se Tristan dá a mínima para você — afirmou Reina.

— Isso é o que você pensa — rebateu Callum, apoiando os braços atrás da cabeça. — Você está lendo as mensagens do Varona, não está?

— Cala a boca.

Por alguma razão, Reina estava levando a análise das fotos muito a sério. Conseguia sentir seu cérebro derreter, porque, por mais que não ligasse para o plano de vingança sem nexo de Callum ou o que quer que fosse, ela tinha certeza de que uma das fotos estava melhor e não queria escolher a errada.

— É mesmo uma boa ideia bater de frente com Adrian Caine? — perguntou ela.

Não, pensou Reina, em silêncio. A resposta era não. Além de apontar uma arma para eles assim que se conheceram, Adrian Caine havia demonstrado, em múltiplas ocasiões, ser o tipo de homem que faria qualquer coisa para cobrar suas dívidas, olho por olho, dente por dente. Reina estava convencida de que o negócio principal dele era tráfico de armas, uma rotação constante de violência, e de que as pessoas que o irritavam não sobreviviam para contar a história — inclusive os próprios comparsas dele. Callum havia declarado que a maioria dessas ideias não passava de paranoia dela (era verdade que Reina não conseguia *provar* que havia um corpo no freezer que os capangas de Adrian transportavam, embora uma bruxa muito bem-vestida estivesse desaparecida havia semanas), mas Reina havia testemunhado com os próprios olhos o que acontecia quando alguém desagradava o líder do clã. Estava virando a esquina do pub Gallows Hill, em plena luz do dia, quando viu Adrian estender a mão para uma bruxa visitante no que parecia um cumprimento amigável. Antes de Reina conseguir processar o que via, Adrian havia atravessado a garganta da bruxa com uma lâmina fina, do tamanho de sua palma. A bruxa caíra; uma faia jovem gritara. Reina ficara imóvel, parando tão de repente que o som de suas botas no pavimento fora impossível de ignorar. Adrian erguera o olhar para ela, indiferente. Depois limpara a lâmina na lapela da jaqueta de sua compatriota antes de voltar ao pub em silêncio, como se ela o tivesse flagrado no meio de uma caminhada.

Callum, claro, parecia incapaz de registrar o perigo como uma consequência plausível, ou mesmo uma mudança de atmosfera convincente. Para Reina, essa aceitação obstinada do caos era ao mesmo tempo previsível e ridícula. Talvez a sensação de segurança de Callum residisse, como ele mesmo alegava com frequência, no conforto de sua esperteza elevada. Ou talvez ele sempre tivesse sido rico, branco e homem o suficiente a ponto de a ideia de perigo se tornar algo risível. Talvez fosse pior, na verdade, que ele provavelmente tivesse razão.

De qualquer forma, Reina não achava que seria capaz de convencê-lo naquele dia, mas parecia irresponsável não tocar no assunto.

— É que Adrian parece mesmo se importar com as filhas. — Até então, Reina só tinha visto Adrian desarmado (para ele, o equivalente de um sorriso) quando estava acompanhado das filhas e do cachorro, uma raça caçadora de porte médio que pareceu a ela a definição do dicionário para a palavra "cachorro". — E você... — ela o olhou, franzindo a testa — ... não tem uma aura exatamente inofensiva.

— Pois é, né? — respondeu Callum.

— Eu quis dizer que você é velho demais para elas.

Bella Caine tinha dezessete anos. A garota na foto, Alys, tinha apenas dezenove. Callum era pelo menos uma década mais velho, talvez mais, e embora não estivesse fazendo nada na foto, apenas preparando uma salada juntos — o que não era um eufemismo, era apenas... uma salada mesmo —, Alys olhava toda sorridente para Callum, o que, para Reina, era um sinal claro de *epa*. Para coroar, se Reina já achava a atitude e o comportamento padrão de Callum desaconselháveis, então os capangas de Adrian Caine — sendo o mais grandalhão deles um sujeito conhecido como Wyn Pauqueimado, que Callum parecia determinado a bajular até a morte — o consideravam uma ofensa punível.

— Você é tão... — Reina tentou explicar. — Você sabe. *Você*.

— Devasso, você quer dizer? — sugeriu Callum. — Narcisista? Manipulador? Sociopata borderline?

— Isso — confirmou Reina. — E, sinceramente, só uma pessoa horrível no geral.

— Entendi — disse Callum, sem aparentar ter perdido o entusiasmo. — E se isso for aliviar sua consciência, Mori, saiba que não tenho planos de me envolver com nenhuma dessas garotas. Elas são crianças, e não da maneira do Varona, e sim para valer.

— Estou satisfeita de verdade por você ter entendido — murmurou Reina, devolvendo-lhe o celular. Ela duvidava que qualquer descendente de Adrian Caine pudesse ser de todo inocente, mas Callum era a prova viva de que pelo menos um membro do clã Caine não podia ser considerado cruel, mesmo quando a crueldade era, sem sombra de dúvidas, o melhor caminho. — Eu prefiro a primeira. Você parece menos desonesto.

— Ah.

Callum estreitou os olhos para a foto, e Reina deu um suspiro profundo.

— Mantenha certo mistério — aconselhou ela. — E se levante. Vamos. A coletiva de imprensa começa em dez minutos.

— Argh, tá.

Ele enviou a foto — sem legenda, observou Reina, apenas uma foto, que havia se tornado uma série de mensagens com fotos sem palavras para as quais Tristan não dera resposta — e deslizou o celular no bolso do blazer ao lado da cama antes de pendurá-lo no ombro. Em seguida, deu a ela uma olhada rápida e desaprovadora.

— Acha mesmo que um membro da imprensa britânica se veste assim para cobrir um anúncio na Downing Street?

— Minhas roupas não importam — declarou Reina. — Ninguém vai olhar para mim. — Jeans preto era comum. Não era como se ela tivesse vestido um quimono para a ocasião. — E nem vem me culpar, aliás, por suspeitar que você tinha algum plano nojento para seduzir as irmãs do Tristan por conta de seu senso equivocado de vingança.

— Mori, assim você me ofende. Posso não ter moral, mas tenho um ou dois escrúpulos.

Callum refrescou um de seus feitiços de ilusão, o equivalente a passar gel no cabelo, e Reina fez uma careta. Todas as ilusões Nova tinham uma qualidade distintamente reconhecível, como um aroma característico, mas parecido com um glitter efervescente. Algo perolado, por falta de uma palavra melhor.

— Não tenho o menor interesse em sedução de qualquer tipo — decretou Callum.

— Achei que você tinha dito que estar no mundo significava que poderia retomar um de seus outros vícios? Sabe, pagar impostos, transar, flertar com o alcoolismo e morrer — comentou ela, resumindo os planos pós-Sociedade dele e deixando de fora a parte sobre comprar outro iate, que por algum motivo parecia insuportável demais para ser repetida em voz alta.

— Tsc, tsc, Mori — respondeu Callum, colocando um par de óculos estilo aviador, cromáticos e escandalosos, que o tornava terrivelmente mais atraente para alguém que gostava desse tipo de coisa. — Em primeiro lugar, até onde sei, a Corporação Nova não pretende pagar quaisquer impostos, e estou chocado por você já não ter suspeitado disso. Em segundo lugar — continuou, abrindo a porta, deixando que Reina passasse —, achei que você, de todas as pessoas, entenderia minha opinião sobre carnalidades.

— Eu? — perguntou Reina conforme seguiam pelos corredores serpenteantes do hotel.

(Era um hotel bom, mas não bom *demais*, não bom o bastante para *Callum*, o que era obsceno. Um meio-termo.)

— É, você mesma — confirmou Callum, abrindo a porta do corredor para ela, pois ficou óbvio mais uma vez que o cavalheirismo era parte de seu joguinho sádico de poder para se entreter. — Você deixou bem claro que acha outros seres humanos nojentos.

— Não nojentos. — Ela venceu a corrida para chamar o elevador diminuto, um pequeno *toma essa* em nome das ativistas feministas do mundo inteiro, mas se arrependeu quando ele entrou primeiro, tirando vantagem do espaço limitado para ficar cara a cara com Reina. — Só... não tão interessantes.

Ele manteve o olhar fixo no logotipo adesivado na porta enquanto o elevador rangia para descer.

Mesmo assim, o sorrisinho dele era inevitável.

— Certo. Exatamente.

— Mas você... — Ela o encarou com a testa franzida, mas logo se arrependeu. Callum se deleitou com o desconforto dela. — Você transa.

— Transo? — brincou Callum.

Reina fez uma careta, e então viu o esboço de uma risada nos cantinhos dos lábios dele.

— Tá, sim, eu transo — confirmou ele. — Em teoria. Mas mesmo na teoria eu não faço sexo casual.

De vez em quando, Callum a surpreendia, e nessas horas era um pouco menos horrível tê-lo por perto.

— Sério? — perguntou ela.

O elevador chegou ao térreo.

— Sou um empata — disse ele, no mesmo tom em que teria apontado para uma placa de *pare*.

— E?

Reina não via a relação.

— E vampiros desejam carne — disse ele.

— Quer dizer sangue?

— Ah, eu amo nossos papos, Reina. — Callum deu um tapinha no ombro dela, e a naturalista se afastou, desconfortável, fuzilando-o com os olhos. — Enfim, estamos no mundo agora, então vamos tentar manter o foco, sim? A não ser que você precise da minha experiência em combate mais uma vez.

Como se Callum algum dia tivesse sujado as mãos, que dirá bagunçado o cabelo. (Uma videira ali perto deu uma risadinha, concordando.)

— Ah, até parece. Eu precisei da sua ajuda *uma* vez...

— Por essa lógica, eu só matei Parisa *uma* vez — ponderou Callum em voz alta —, e mesmo assim vocês vivem suspeitando de mim. Quando minhas boas ações vão valer de alguma coisa, hein?

Reina escolheu ignorar essa resposta, abrindo o celular e rolando pela rede social, uma coisa que só começara a fazer porque era a forma mais rápida de identificar e sabotar o vilão do dia. Ela não sabia o que responder, tanto por estar ciente de que Callum a irritava por diversão (ou, talvez, por esporte) quanto porque não queria pensar em Parisa, que quase certamente armara para Reina ser assassinada ao dividir os locais de transporte pós-Sociedade, por acaso se esquecendo de mencionar a gangue de bruxas sedentas pelo sangue de Tristan Caine. Verdade, Reina poderia ter desvendado isso sozinha se tivesse prestado atenção na busca hiperativa de Tristan e Nico por Libby, mas Parisa já saberia que não era o caso. Escolher Londres como o local de chegada de Reina era seu jeitinho meigo de dizer, talvez, que Reina a havia irritado e Parisa estava satisfeita em se juntar ao jogo, o que deveria ser, sem dúvidas, a versão dela de um elogio. Afinal de contas, Parisa era apenas três coisas: linda, babaca e sadicamente desequilibrada.

Após um momento de calmaria, Reina guardou o celular no bolso. Callum não estava errado ao dizer que ela precisava prestar atenção, porque desde que haviam se instalado em Londres, a possibilidade de serem capturados por alguém (embora não mais pela gangue de bruxas do pai de Tristan, felizmente) nunca esteve totalmente fora de cogitação.

Reina e Callum haviam recebido algum tipo de convocação da Sociedade, e a ignorado. Bem, Reina ignorou. Callum foi à reunião conforme solicitado, ao que parecia honrando seu impulso costumeiro de pensar que seria engraçado, ou talvez na esperança de arruinar o dia de alguém. Ao retornar, porém, ele apenas dera de ombros e seguira a vida, acrescentando que Reina não estaria interessada no que ele descobrira sobre a Sociedade, uma completa perda de tempo ao qual ele estranhamente tinha se dedicado.

— A verdadeira pergunta é o que a *Sociedade* realmente é, porque já sabemos o que precisamos sobre ela — dissera Callum, interrompendo Reina antes que ela pudesse observar que, na verdade, não sabia de nada, e será que ele podia parar de ser tão convencido, sem motivo, o tempo todo? — Olha, é bem simples — explicou ele, com seu jeito irritante de sempre. — Sabemos que a Sociedade nos rastreia de alguma forma, talvez usando os arquivos, talvez não. Podemos supor que eles provavelmente nos recrutaram com base em algo que nossos assassinos estão usando agora para nos rastrear, então meu palpite é nossa descarga mágica. — Ele fez uma pausa para ver se Reina diria algo, o que ela *não* estava fazendo de propósito só para irritá-lo. — Eles produzem pessoas importantes ao escolher pessoas que já estão destinadas a serem importantes. É um ciclo que se retroalimenta. Então — concluiu —, a única pergunta que resta é qual de nós vai matar qual dos outros.

— O quê? — indagou Reina, a pergunta escapando de sua boca.

Estivera se saindo tão bem em não ceder às provocações dele, mas aquela parecia especialmente inesperada.

— Eu já falei. — Callum parecia mesmo irritado com ela, não era só teatro. — Tenho noventa e nove por cento de certeza de que Atlas Blakely não matou o iniciado que deveria matar, e com isso o resto do grupo morreu. Varona já não te contou isso?

Sim, mas Reina vinha se esforçando muito para não pensar em Nico, nem em Atlas. Estava desesperada para ignorar sua decepção por Atlas não ter feito nada para impedi-la de ir embora; nada para sequer conhecer os planos dela.

E, além do mais, se a situação estava tão ruim assim, por que Parisa também não voltara à casa? Se a suposta evidência era vista apenas pela ansiedade de Libby Rhodes ou pela imaginação fértil de Callum Nova, quão real a ameaça poderia ser?

— E daí?

— E daí que, agora que Rhodes voltou, ou talvez mesmo se ela não tivesse voltado, o que é um exercício mental divertido mas inútil...

— Você acha que havia uma chance disso? — perguntou Reina, que, apesar de ter bom senso, tendia a se dedicar a exercícios mentais, mesmo os que partiam da concepção distorcida de Callum.

— O quê, de Rhodes ficar no passado? Tecnicamente, era uma opção viável — respondeu Callum, dando de ombros. — Você sabe o custo de fazer o contrário. Ela também.

— Eu não teria ficado. — Reina estremeceu diante da indecência disso, uma armadilha que se tornou uma escolha, portanto uma armadilha pior e mais penosa. — Teria voltado para casa. A qualquer custo.

— Ah, é? — comentou Callum, parecendo radiante com a possibilidade de julgar a resposta e, com isso, a essência de Reina. — Para ser sincero, não posso dizer que eu teria me dado ao trabalho. Mas, por outro lado, posso me adaptar a quase qualquer situação.

Ele torceu um bigode imaginário.

— Sério? Incluindo aquela em que Tristan morre? — incentivou Reina, duvidando.

Callum fez um gesto vago para indicar aqui e agora.

— Contemple minha adaptação — anunciou, mas, antes que Reina pudesse apontar os muitos furos nessa afirmação, ele tratou de acrescentar: — Além disso, homens brancos sempre estão na moda. Eu me daria tão bem lá quanto em qualquer outra situação.

O tom dele era alegre ao extremo, a autossabotagem disfarçada de autoconhecimento, então Reina decidiu deixá-lo se flagelar como bem entendesse.

— E as mulheres brancas? — perguntou ela, um vislumbre de Libby em um de seus muitos cardigãs despontando com inocência em seus pensamentos.

— Me diz você — respondeu Callum. — Coloque-se na franja herege de Rhodes e me diga como você é tratada. Melhor? Pior?

Parecia manipulação, de alguma forma. Reina fechou a cara.

— A questão — prosseguiu Callum, talvez satisfeito até demais — é que ainda temos que matar alguém. Ainda devemos o sacrifício aos arquivos. Ou todos voltamos aos arquivos para viver em uma paranoia confinada como sempre fizemos, ou alguém tem que morrer — concluiu, ao tom de uma canção alegre, como a cantoria de marujos perturbados. — E não seremos eu nem você, então...

— Quem disse que não será você? — murmurou Reina. — Escolhemos você da última vez.

— Eu... eu digo que não serei o escolhido — respondeu Callum. Já nem se dava mais ao trabalho de comentar a disposição dela em considerar a inevitabilidade da morte dele. — Vocês já ferraram tudo uma vez. Hora de outra pessoa tentar.

Reina recordou a insistência de Callum em ter algum plano privado de vingança.

— Está dizendo que tudo isto... — as mensagens vagas, o acordo com Adrian Caine, a proximidade aparentemente inútil com a família distante de Tristan — ... faz parte de seu plano para matar Tristan?

— Bem, não precisa partir de mim, mas, pensando bem, eu não me importaria com esse resultado. — Callum sorriu para ela, cheio de dentes, de um jeito que levou um carvalho ali perto a fazer o equivalente a revirar os olhos. — Está bem, está bem, não precisa ser Tristan. Estou disposto a considerar Rhodes — declarou Callum, com um ar solene.

— Que generoso da sua parte — ironizou Reina.

— Eu sei, e pensar que vocês ignoraram isso todo dia...

— E Parisa? — interrompeu Reina, com o cenho franzido, e Callum a encarou.

— O que tem ela?

— Varona disse que ela está com Dalton.

Por sorte, Callum ignorou a rara menção dela ao nome de Nico.

— Sim, e?

— E Dalton tem as mesmas peças que Atlas. Além disso, é ele quem pode, você sabe... — Ela gesticulou. — *Invocar o vazio*.

Ou fosse lá o que Dalton pudesse fazer, de acordo com o que Reina entendera ao observar (afetar) a pesquisa dele ao longo de seu ano de estudo independente. Ela sabia que o objetivo da pesquisa de Dalton era criar ou despertar um portal de algum tipo a partir do não vazio da matéria escura, uma tarefa que Reina suspeitava não poder ser feita sem Tristan. Ou Libby Rhodes. Ambos já tinham sido armas nas mãos de Parisa e provavelmente seriam de novo, tornando Parisa o alvo natural, se toda a questão ética do assassinato não fosse algo digno de consideração.

— Não posso fingir ter qualquer interesse no vazio ou em qualquer um de seus cúmplices indispensáveis — informara Callum na época.

Era quase deprimente, porque ela sabia de fato que Nico fingiria. Que Nico *fingia*. Reina podia ouvir, em suas mensagens de voz, o quanto ele queria fazer o experimento, ao qual se referia como o Plano Sinistro de Atlas Blakely. O fato de Nico conseguir fazer graça da situação não era uma surpresa, mas Reina o conhecia bem o bastante para saber que estava curioso, até ansioso para completá-lo, e, agora que Libby tinha voltado, suas limitações haviam se dissolvido o suficiente para ele se considerar a salvo da ira de Reina. Ele queria a misericórdia dela, pelo menos em parte, porque precisava de seus poderes.

Mas Reina estava ocupada com isso.

Passara as últimas semanas orquestrando um plano, algo muito simples. Queria provocar mudanças, então estava procurando os lugares certos para implementá-las. Dia desses, ela (acompanhada de, e aqui um suspiro pesado, Callum) havia conseguido rastrear um proeminente fabricante sediado em Londres e alterar os planos de construção que teriam perturbado o ecossistema da floresta amazônica. Pouco antes disso, tinham ido a uma manifestação pelos direitos dos trabalhadores e persuadido uma grande corporação a permitir que os funcionários se sindicalizassem. Era uma tarefa fácil descobrir qual era a resposta certa para qualquer situação, exceto pelo fato de que, como Callum sempre salientava, mudar uma decisão não resolvia a totalidade do problema. Reina não tinha todo o tempo do mundo e, por falar nisso, havia muitos problemas dignos de nota. Por isso, achou que estava na hora de traçar um plano maior.

A situação em Haia tinha sido fácil, talvez nem digna de seu tempo, mas servira como a área de testes perfeita para descobrir que o poder de Callum não se limitava às pessoas em sua presença imediata — com a ajuda dela, a influência dele podia ser estendida a qualquer coisa que usasse uma rede mágica de ondas para a transmissão. Foi a pesquisa de tecnomancia de Nico, aplicada à comunicação privada deles, que lhe deu a ideia de tentar sabotar a de outra pessoa, e quando isso se mostrou eficaz e promissor, Reina decidiu que estava na hora de pensar mais alto, de tentar algo interno. De desintoxicar o sistema de dentro para fora.

— Isso não vai funcionar — dissera-lhe Callum, na lata, quando Reina compartilhara sua visão para os meses seguintes.

Para ela, no entanto, era simples. Sim, os dois poderiam colocar uns remendos aqui e ali, tal como convencer um bilionário como James Wessex a resolver o problema da fome no mundo, o que mal arranharia a superfície de sua fortuna anual, mas Reina precisava de algo abrangente, algo que não poderia ser desfeito. Precisava mudar *ativamente* a mentalidade das pessoas, para garantir que, quando terminasse de remendar, o mundo pudesse fazer o resto funcionar por conta própria.

Ao que Callum respondeu:

— Não seja burra. Não que eu ligue para como você escolhe desperdiçar seus últimos meses de vida até que os arquivos inevitavelmente venham atrás de nós — acrescentou de qualquer jeito, e ela ignorou —, mas, deixando de lado o despotismo do seu complexozinho de deus...

— Progressismo ideologicamente benéfico — corrigiu Reina.

— Complexo de Deus — repetiu Callum —, mas, deixando isso de lado, seu plano inteiro é burro, e com certeza não vai funcionar.

Não que ela precisasse da aprovação dele, mas aquela rejeição não foi nem um pouco bem-vinda.

— Por que não? Se as pessoas apenas *entendessem* que...

— Deixa eu te interromper um segundo. Você não está falando sobre uma única geração digna de consertos. Tá? Não existe um número mágico de pessoas a convencer ou qualquer outro valor quantitativo que daria aos seus esforços um significado maleável ou mesmo duradouro. Pode fazer quantos planos quiser, mas não vai adiantar. Eu sou apenas uma influência, entende isso? Um de muitos. — Não era do feitio de Callum admitir fraquezas, e Reina estava prestes a comentar isso quando ele a interrompeu de novo. — O mundo funciona da seguinte forma, Mori: há muitos influenciadores lá fora, mesmo que minha influência seja mais difícil de negar porque estou usando você para alimentá-la. A potência não importa, porque o que faço não é permanente. Não pode ser. Por definição, as pessoas mudam. — Callum a encarou, como se estivesse decepcionado por ela não ter chegado a essa conclusão sozinha. — Uma coisa é aproveitar o que as pessoas já querem. Não posso redesenhar uma espécie, não nessa escala. Se você quiser que uma ideia pegue, vai precisar de um telepata, não de mim. E, mesmo então, não dá para garantir a natureza exata do resultado.

Reina desistiu da conversa assim que ficou implícito que Parisa era a pessoa certa para o trabalho, porque, entre outras coisas, Reina não queria ver Parisa nunca mais, muito menos falar ou ouvir falar dela. Por nenhum motivo em particular, na verdade. Apenas as razões habituais de não gostar da telepata, que Reina sempre tivera. Se Nico fazia questão de saber o que Parisa andava fazendo, ele que resolvesse. Reina tinha planos maiores.

Ela queria sair de Londres em breve, o que significaria arrastar Callum a reboque, o que também sabia que ele não queria fazer, porque estava ocupado assombrando Tristan. Mas a influência do Reino Unido era antiga, minguante, apaixonados demais por sua história de domínio para entender que seu tempo ao sol global já havia chegado ao fim. Se o problema fosse estrutural, ela teria que quebrar a base.

Se Reina estava brincando de ser deus, que assim fosse. Hora de bancar a deusa.

MãeMãe, sussurrou uma bétula distante. Não havia muitas perto da Downing Street, mas, como sempre, a natureza dava um jeito. *Mãe benevolente, Ser magnífico!*

— O que você quer alcançar hoje? — perguntou Callum, com sua fala morosa mais irritante, observando Reina por cima dos óculos escuros. — Alguma doce ilusãozinha de paz mundial, aposto?

Não. Não desta vez. Estava na hora da autonomia reprodutiva — o direito à privacidade que, em silêncio, realçava todo o resto. A paz mundial não estava fora de questão, mas eles tinham que começar de algum lugar. Além do mais, Reina estava apenas se aquecendo.

— Cala a boca — disse ela, colocando a mão no ombro de Callum.

Estava parecendo (com exceção dos óculos de sol) um político, o que deu uma ideia a Reina. Várias ideias. Ela sabia exatamente que tipo de pessoa procurar assim que voltasse a pegar o celular — dessa vez um herói, não um vilão.

Havia, afinal de contas, vários desse último espalhados por aí. O celular dela vibrou no bolso, e mais tarde Reina se perguntaria se o momento tivera algum significado cósmico. Se, de alguma forma, o universo sabia.

Mas isso era assunto para outra hora.

— Qual é a forma mais fácil de entrar? — perguntou Reina, estreitando os olhos para observar o primeiro-ministro.

— Medo — respondeu Callum. — Às vezes, ganância; às vezes, vergonha, e em ocasiões muito raras, mas notáveis, às vezes o amor. Mas sempre medo.

Reina se sentiu se agarrar a Callum, seu poder se derramando sobre o dele.

— Ótimo — concluiu ela. Perfeito. — Então, pode aumentar.

· LIBBY ·

Ela estava sentada sozinha na sala de leitura quando Nico entrou correndo e desabou com um estrondo na cadeira ao lado.
— Então — disse ele. — Estive pensando...
— Melhor nem se dar ao trabalho — murmurou ela.
— Calma lá, Rhodes, você não está no seu melhor — cantarolou Nico, sem se abalar. — Enfim, escuta... espera — acrescentou, logo se interrompendo para esquadrinhar o cômodo como se alguém pudesse aparecer de repente. — Atlas não está aqui, está?

Libby releu a frase que estivera tentando ler havia dez minutos.
— Tristan disse que ele estava aqui ontem à tarde. Você deveria conferir o cronograma.
— Temos um cronograma? Enfim, tanto faz. Tive que ver como Max estava ontem, então, bem, vai saber. Enfim, quanto ao plano sinistro...
— Pare de chamar assim.

Libby manteve a cabeça baixa, em mais uma tentativa vã de ler, mas Nico cutucou seu ombro.
— Será que dá para me ouvir? Sei que você acha que o mundo vai acabar ou coisa parecida...
— Não acho, Varona. Tenho *certeza*.
— Certo, por motivos que você não vai explicar — concordou Nico, tranquilo, com planos óbvios de dispensar tais motivos por inteiro, mas Libby nada respondeu. — Sei que você está sendo bem misteriosa com a coisa toda, e tudo bem, embora isso não combine muito com você...

Libby virou a página do livro da forma mais exagerada possível para um manuscrito milenar que pré-descobrira a constante de Planck.
— ... mas, só para você saber, acho que estou conseguindo fazer contato com Reina.

Libby ergueu a mão para cobrir um bocejo.
— É mesmo?
— Eu vi três pontinhos aparecerem na conversa dia desses.
— E?
— E obviamente ela estava pensando em responder.

— Ou foi apenas um acidente — observou Libby.

Nico fez um movimento estranho, como se tivesse cogitado fazer um *high--five* consigo mesmo e, no último minuto, decidido bater na mesa.

— Ela *abriu a mensagem*, Rhodes! — gabou-se em seguida. — Isso já é relevante por si só. Eu a conheço bem o bastante para saber no que ela estava pensando. Em mim. Nisso tudo — explicou, enquanto Libby lhe lançava sua pior expressão de impaciência. — Só precisamos de mais alguns pontinhos e tenho noventa por cento de certeza de que posso convencê-la a fazer o experimento.

— O que exatamente aconteceu entre vocês dois ano passado? — perguntou Libby, irritada, abandonando a leitura que fingia fazer. — Consigo entender Tristan e Callum. Tristan e Parisa também, até certo nível. Mas você e Reina?

Nico deu de ombros.

— Reina é uma pessoa complexa. Tenho grande respeito por aquela mente labiríntica.

— Tanto faz. — Libby massageou as têmporas latejantes. — Já falei, Reina aceitar ou não destruir o mundo com você não fará a menor diferença se você tiver apenas meses de vida. Sua preocupação deveria ser terminar o ritual.

— A questão do assassinato, você quer dizer? — perguntou Nico, mais como uma distinção entre aquele e o outro plano, mais mundano e sinistro.

— Isso, a questão do assassinato.

Que maravilhoso para ele poder fazer piada com o assunto. Que *louvável*, na verdade, que Nico fosse se provar o melhor deles mais uma vez, sempre destemido, intocável, como se tudo permanecesse igual.

Mas as coisas estavam mudadas, mesmo se Nico não estivesse. Era perceptível a assimetria que de repente parecia rasgar o tecido da realidade entre eles, o que Nico poderia estar disposto a ignorar, mas era um luxo a que Libby não podia se permitir. Eles haviam encontrado sincronicidade uma vez, lados reflexivos de algum jogo de espelhos cósmico, até que ela matara alguém. Depois disso, tudo que ela fazia precisava ter um motivo. Libby havia alterado as regras de sua moralidade, se reorganizando até o âmago, alterando a base de seu código. Depois disso, tudo que fazia tinha que servir a um propósito. Tinha que ter significado. Tinha que ser um fim para justificar um meio.

Olhos sem vida apareceram em um borrão diante dela, a calmaria de mãos familiares, a profecia incorpórea ainda a seguindo como um fantasma. *Ele destruirá o mundo...*

(*O que mais você está disposta a quebrar, srta. Rhodes, e quem você trairá para isso?*)

Libby fechou o livro do nada e se reclinou na cadeira.

— Olha — vociferou para Nico —, também não gosto disso, mas está cada vez mais nítido que cedo ou tarde teremos que completar o ritual. É isso ou ficaremos presos aqui até a morte.

De todas as coisas que ela havia aprendido com seu retorno, essa era a mais inescapável. Isso, e o fato de que tinham sido condenados no momento em que aceitaram o cartão de Atlas Blakely. A essa altura já era tarde demais, claro, e havia apenas uma quantidade limitada de recurso; uma fresta estreita de aceitabilidade entre o assassinato sacrificial e o apocalipse alterador de mundos em que Libby deveria conduzir os outros e tentar sobreviver.

— Mas achei que tínhamos concordado com a segunda opção, sabe, aquela em que ficamos aqui e continuamos a contribuir com os arquivos — observou Nico. — É *isso* que você está fazendo aqui, não é? — perguntou, em um tom de voz que Libby reconheceu.

Era o máximo de astúcia que vinha de Nico, o que significava que ele estava no improvável limite da prudência.

— É — respondeu Libby, querendo concordar, mas isso tinha sido antes de perceber que, talvez, os arquivos não lhe fornecessem os materiais de que ela precisava para se salvar.

Uma resposta alternativa seria *não, mas me deixe em paz*.

Nico não leu nada nas entrelinhas.

— Bem, então odeio chamar sua atenção para esse detalhe desagradável, mas acho que só *morar* aqui não é suficiente. — Libby concedeu um tico de sua atenção à colocação dele. — Atlas morou aqui todo esse tempo, claro, mas tenho certeza de que os outros membros do grupo dele também devem ter pensado nisso, não concorda? *E* ele consegue ir e vir quando necessário, então a questão deve ir além da localização física. Qual é, Rhodes, pensa nisso, é pura conservação de energia. O que recebemos dos arquivos depende de como contribuímos com eles, o que, mesmo morando aqui, você tecnicamente ainda não fez.

Ah, sim, como ela amava ser relembrada de seu ano sabático, algo que fizera puramente por escolha e nem um pouco contra sua vontade.

— Estou pesquisando, Varona. — Libby mostrou o manuscrito e o livro abaixo dele, um tratado sobre naturalismo. — Tá vendo? Você deve lembrar como é, tenho certeza.

— Sim, mas sério, Rhodes. Naturalismo? Elementos de mecânica quântica que já foram provados e definidos? Você está pesquisando coisas que já foram feitas — declarou Nico, com uma pontinha de fatalidade — e provavelmente não são motivo suficiente para a biblioteca manter você viva. Por sua própria lógica, pelo menos.

Que Nico porventura estivesse certo — ou que Libby já houvesse chegado a essa conclusão sozinha — não parecia digno de nota. Nem o fato de que aquilo era tudo que os arquivos tinham oferecido a ela, recusando até mesmo a menor demonstração de ambição acadêmica com seu familiar, amigável e decepcionante PEDIDO NEGADO. Um enorme *vamos ser só amigos* para a mais intensa sedução de Libby.

Uma imagem repentina de Nico acariciando as paredes dos arquivos, pedindo aos sussurros que a biblioteca fosse uma boa garota e lhe produzisse algum novo fenômeno, quase levou Libby à beira da loucura temporária.

— Então é você quem dita as regras agora, Varona?

— Tecnicamente não, já que, para começo de conversa, nem sei se acredito nos seus motivos para evitar o experimento que Atlas nos escolheu para fazer.

Libby se sentiu galgar os degraus costumeiros de fúria que só apareciam quando Nico falava.

— Então quando eu disse que detonei uma bomba nuclear apenas para te alertar de que Atlas poderia destruir o mundo, você entendeu como... o quê, um mero capricho? — sibilou ela, as bochechas quentes com a raiva nova-antiga.

— Foi isso que você fez? — perguntou Nico, desestabilizando-a por um momento.

— Eu... fiz o quê? — gaguejou Libby.

— Você detonou mesmo uma bomba nuclear só para dar um aviso? — declarou ele, e Libby ficou tão atordoada com a pergunta que nem deu uma resposta. — Viu, acho que nem você mesma acredita nisso — acrescentou, sem rodeios. — E acho que também não acredita nessa profecia obscura do juízo final. Então, por mais que eu ame minha servidão atual a um bando de livros que podem ou não estar me rastreando, me usando ou até planejando me matar... e eu amo, Rhodes, amo *mesmo* — declarou Nico, com entusiasmo —, também não sei o que você quer que eu faça a respeito disso. Já matei Tristan várias vezes, até. — Um dar de ombros. — Tenho certeza de que os arquivos estão de acordo.

— Você está regredindo, juro — murmurou Libby com seus botões, fechando os olhos.

Ela deveria estar mais satisfeita, talvez, por Nico enfim ter reunido a capacidade de ser mais que um mero rival desrespeitoso. Na prática, no entanto, essa mudança de temperamento desde a volta dela era como ficar presa no lado baixo de uma gangorra. Sem um toma lá dá cá equilibrado entre os dois, Libby estava apenas sentada no chão.

— A questão é a seguinte — prosseguiu Nico. — Ou você está certa e precisamos matar alguém, ou os arquivos virão até cada um de nós para decretar nossa brutal morte coletiva — resumiu ele, uma óbvia dramatização do que Libby lhe contara —, e nesse caso você precisa fazer algo grande, como abrir um portal para outra variante do multiverso…

— O que não farei — interrompeu ela, categórica.

— Tá, então você vai continuar aqui e escolher não fazer nada para se salvar porque está triste e odeia o mundo — conjecturou Nico. — *Ou*.

Libby decidiu, com firmeza, não olhar para ele.

— Ou talvez, como um subconjunto da misantropia — refletiu Nico em voz alta —, você queira, sim, tudo que somos capazes de fazer aqui. Talvez, mesmo sendo errado, ou imoral, ou antiético, ou apenas egoísta, você ainda queira tudo que podemos fazer *porque* estamos aqui. Talvez, na verdade, tenha voltado justamente por isto: nós. Por tudo que ainda podemos fazer, tudo que ainda podemos produzir. Talvez tenha voltado pelo poder que nos prometeram. O poder que, por bem ou por mal, *nós escolhemos*. — A voz dele estava estranhamente sincera. — E acha que eu não consigo entender isso, Rhodes?

Ela não disse nada.

— Olha, entendo que você acha que é errado ou sei lá. Entendo mesmo, sei que você sempre se preocupa com as consequências. Sei que parte disso, a parte que você se recusa a me contar sobre o ano passado, e seja lá o que aconteceu com Fowler… — Nico hesitou. — Sei que você acha que o sangue em suas mãos é imperdoável. — Seu olhar era suave e piedoso, como se já compreendesse. — Mas talvez você possa aceitar que tudo que aconteceu, a situação impossível em que estava… não foi culpa sua. Você fez o que tinha que fazer para se salvar, então talvez possa se permitir seguir em frente. E talvez — acrescentou, como se estivesse prestes a soltar a parte hilária de uma piada perfeita —, talvez você pudesse, sei lá… confiar em mim. Para valer.

Confiar nele. Uma voz baixa, joelhos em oração. *Seus segredos estão seguros comigo, Libby Rhodes.*

Libby estremeceu. Sentiu-se compreendida. Virou-se de costas para ele, depois ficou de pé, incomodada com alguma coisa. Talvez fosse o fato de Nico estar sendo gentil em vez de irritante, uma camada da personalidade dele com a qual Libby não sabia lidar. Talvez fosse o fato de ele estar lhe dando o benefício da dúvida, presumindo, ao menos uma vez, que as coisas que Libby não estava dizendo ou demonstrando na verdade eram a melhor parte dela.

Ou talvez fosse porque ele estivesse errado.

— Podemos falar disso depois?

Ela se virou para pegar os livros, e bem nesse momento Nico a segurou pelo cotovelo com força, na curva do braço, desencadeando um arrepio involuntário no corpo de Libby.

— Não, Rhodes. Vamos conversar agora.

O impacto da magia dele tentando alcançar a dela era explosivo, de zero a sessenta em uma batida do coração. Libby sentiu-o como uma laçada, a chicotada de uma força repentina, com a respiração entalada na garganta a ponto de fazê-la engasgar.

Quando tentou se afastar, já era tarde demais. Os tijolos de fosse lá o que estavam construindo se fundiram em uma partida de Jenga impossível de perder, peças se empilhando na base compartilhada de poder. Libby recordou outra vez, com tristeza, que, naquele ano sozinha, descobrira com uma certeza confusa e passageira que precisava de Nico; que, se Nico estivesse lá, não teria ficado presa, nem por um segundo; que, sob circunstâncias bem diferentes, se ela tivesse se perdido com *Nico*, não teria se perdido de jeito nenhum.

Uma vertigem emergiu da junção de seus poderes, uma hiperatividade que Libby associara ao próprio Nico muito antes. Não uma energia que pulsava, como acontecia com Tristan, mas que irrompia num frenesi, como fogos de artifício — uma combustão que acontecia naturalmente, como estrelas colidindo no ar. O espaço entre eles era ao mesmo tempo necessário e imaterial, como se, caso tivessem *mesmo* colidido, nenhum deles teria percebido. Era, como sempre fora, pedaços dela e pedaços dele, a rede emaranhada daquilo, e dos dois, a coisa da qual Libby sentira falta, por mais que tentasse negar.

Vamos, anda logo. Ela sentiu a magia de Nico se sobrepor à dela com uma insistência febril e infantil. *Vamos. Cede logo.*

Insuportável. Céus. Mas ela conseguia sentir que se esticava para fora de novo, preenchendo a casa, se expandindo além dela, como se ultrapassasse os limites das barras de contenção do lugar.

Que idiotice. *Tá.*

A temperatura já estava alta, a pressão já estava lá, o caminho do circuito já estava liberado. Tudo que faltava — e o que Nico poderia oferecer se assumisse o comando, o que não faria, na esperança de que Libby o fizesse, porque, vai saber, talvez ele estivesse entediado, ou tentando provar um ponto, ou apenas sendo irritante como sempre — era força. Algo para converter a instabilidade da explosão irresponsável de magia dele na energia cinética que poderia ser de uso mútuo.

O que Nico queria que ela fizesse, começasse um incêndio? Criasse outra maldita bomba? Não, mas ao menos uma coisa havia mudado entre os dois. Porque já não se tratava do que Nico queria que Libby fizesse.

Tratava-se do que *ela* queria.

(E, ah, eis o segredo: Libby *queria*. Esse era o problema, o perigo de ter retornado. De tudo que ela sacrificara para estar ali, porque já não importava o que aprendera ou quem tinha sido. A Libby Rhodes que Nico alegava conhecer era exatamente, secretamente, o problema. A existência dela e a da Libby do presente eram opostas, em essência. Elas compartilhavam um corpo, um potencial e um conjunto de poderes, mas não um estado de espírito.

A antiga Libby era quem negava. Mais um paradoxo: que Nico pudesse olhar para Libby e ainda vê-la pelo que era — ainda acreditar que ela precisava de um empurrãozinho desesperado — quando ela estava mudada, algo impossível de descrever ou de reverter. Havia se tornado a Libby que ardera pelo tempo e espaço, que se preocupava cada vez menos com a catástrofe pela qual Ezra estivera disposto a morrer — a *matar* — só para impedir que acontecesse, e esse era o problema. Porque ela havia confiado em Ezra um dia. Porque acreditara nele, mesmo o odiando. Porque quem poderia ser avisado da queda do império e ainda seguir como antes?

Apenas quem tivesse pagado o custo mais alto só para ficar ali. Alguém que havia atravessado o próprio inferno só para pertencer a este lugar.

E de repente, quando tudo que ela queria estava ali, tão *ao alcance*, tão tentador...)

Foi quase instantâneo, como o riscar de um fósforo, e quando a visão de Libby clareou — quando os dois se desenrolaram, Nico soltando o braço dela com o júbilo de uma oração —, Libby sentiu o aroma inconfundível de rosas. Sentiu o arbusto de corniso logo acima, um gesto afetuoso, uma reverência. Libby ainda tinha traços de calor na boca, como a borracha queimada no asfalto. Uma gota do suor de Nico escorreu pela testa, pousando na grama a seus pés com um sibilo delicado e sussurrado.

O sol estava alto no céu; o calor de julho, dotado de uma súbita incandescência. A magia ondulava a grama em anéis de consequência que se espalhavam para fora.

Os dois tinham conseguido se transportar da sala de leitura para os jardins. Nada mal. Mais distante que da sala pintada até a cozinha, o que, dois anos antes, tinham precisado de Reina para fazer.

Interessante.

Nico a observava, à espera. Irradiando, com um ar de triunfo tão absoluto que Libby temeu pelas falhas geológicas pastoris sob os pés. (Não que Londres fosse conhecida por terremotos, mas, com esse tipo de magia incompreensível sendo passada de um lado a outro aos caprichos de um homem louco, quem poderia ter certeza?)

— Pensa nisso — retomou Nico, e a expressão em seu rosto merecia um soco.

Libby se esforçava muito para odiá-lo e era fácil, como respirar. Como se convencer de que havia qualquer diferença significativa entre coincidência e destino.

— Sim, Varona, estou pensando.

Com um grunhido, ela se virou e saiu pisando duro de perto dos cornisos, fazendo uma curva fechada dos jardins em direção à casa.

Por um lado, Nico tinha razão. Por outro, ainda mais crítico, ele estava errado. Libby se preocupava, sim, e era cautelosa, tanto quanto sempre fora, mas não era o medo de falhar que a segurava, não era a ansiedade — não era a paranoia de sempre sobre as consequências, não da forma que costumava ser. Foi Ezra quem lhe disse que o mundo ia acabar, mas Ezra era um mentiroso, e tudo que dissera já não tinha importância. Ezra era passado, assim como o domínio que exercia sobre as ações dela. Libby vira com os próprios olhos. O que restou dele foi a profecia, o aviso, junto à sensação de que ela já havia chegado tão longe — já aprendera como era de fato estar no controle —, e não era como se gostasse disso. Claro que ela não *gostava*.

Era outro sentimento, mais próximo da convicção. Como se ela estivesse perto de alcançar algo que buscava. Algo que não poderia descansar até encontrar.

Libby quase esbarrou em Gideon, que estava a caminho da sala de leitura. Ao vê-lo, algo dentro de seu peito se agitou, deixando-a apreensiva, o que era ridículo, porque ela não tinha medo de Gideon. Ele era educado, engraçado de um modo gentil e um bom colega de casa. Era limpo e amigável, não um estranho, não uma ameaça, e mesmo assim...

— Aconteceu alguma coisa? — perguntou Gideon, que a encarava de um jeito esquisito.

Como se tivesse visto o conteúdo dos sonhos de Libby, chegando ao âmago liquefeito dela.

Olhos sem vida. A calmaria de uma mão estendida.

(*O que mais você está disposta a quebrar, srta. Rhodes...*)

— Não. — Libby negou com a cabeça. — Só... Varona. Não de uma maneira ruim — acrescentou, depressa. — Só...

— Ah. — O sorriso de Gideon era agradável e compreensivo. — Ele está bem-comportado esses dias, então estamos todos um pouco receosos.

— Certo. — Ela colocou uma mecha de cabelo atrás da orelha. — O que é isto? — perguntou, indicando os papéis na mão dele.

— Hm? — Gideon olhou para baixo como se tivesse esquecido que os segurava. — Ah, bom, parece difícil de acreditar, mas o acesso aos arquivos é registrado com um sistema em papel. — Depois lançou a ela um olhar de dor, impotência e impaciência. — Sei que só me colocaram aqui para me manter fora do caminho da sua Sociedade por um tempo — observou —, mas, mesmo assim, o trabalho em si chega a ser impressionante de tão mundano.

— Não é...

Não é a *minha* Sociedade, Libby estivera prestes a dizer, mas entendia a que ele se referia. Ela sentia que aquele lugar era parte dela, e, por isso, a presença de Gideon era um tanto invasiva — uma flora bonita, mas forasteira.

Como jacarandás em Los Angeles. Libby estremeceu e disse:

— Parece irritante. Você teve algum tipo de treinamento?

Gideon fez que não.

— Não, tudo isso veio de um memorando interno. Estou começando a achar que posso ter superestimado a natureza traiçoeira dos Illuminati.

— Quê?

— Nada, estou brincando. — Gideon abriu um sorriso tranquilizador, hesitando antes de acrescentar: — A propósito, não sei se você sabia disso, mas, há... seu celular, ele... alguém o usou para se comunicar com seus pais. Eu... — Gideon se deteve, e Libby sentiu a boca ficar seca. — Faz um tempo que quero te contar e nunca parecia o momento certo, mas sinto que se eu deixar quieto por tempo demais...

As palavras dele foram perdendo a força, e Libby percebeu que era sua vez de falar.

— Não, eu... Obrigada. Obrigada, Gideon, isso... É bom saber disso. Você tem ideia de onde está agora?

Olhos sem vida. Um par de pés estranhamente imóveis no piso do escritório. Libby Rhodes, antiga e nova, desfeita ao redor da rigidez de um corpo. Gideon a observou como se ambos soubessem a resposta.

— Não — respondeu. — Enfim — acrescentou, apontando para a papelada em sua mão —, preciso ir, então...

— Ei, Sandman, aí está você — chamou a voz de Nico do outro lado do corredor, e Libby logo avançou na direção contrária, subindo a escada às pressas.

Em seguida, virou à direita com a qual estava se acostumando, o coração acelerado quando chegou à sala de visitas do quarto e trancou a porta em silêncio atrás de si.

— Rhodes, é você?

Ela soltou o ar devagar, apreensiva por um momento. Um ou dois instantes.

— Sim, sou eu.

— Me dá só um minuto — pediu Tristan, e ela assentiu, mas não respondeu.

De onde estava na sala de visitas, Libby viu a sombra de Tristan se mover pelo quarto, debruçada sobre as pilhas de livro que tinham feito morada sob o parapeito da janela. O sol entrava no quarto, as janelas abertas, o cheiro de rosas do jardim sendo soprado pela brisa da manhã como uma convocação sonolenta e inebriante.

Ela entrou no quarto em silêncio. Tristan estava revirando o guarda-roupa em busca de uma camisa limpa e, quando a viu, algo enrugou sua testa com preocupação, mas então Libby se aproximou sem dizer nada, e aquilo se transformou em outra coisa. Tristan a encarava enquanto ela continuava avançando até alcançá-lo, o coração batendo alto e inequívoco — como se perguntasse, ou talvez cantasse, *isso-isso-isso*. Em seguida, estendeu a mão e deslizou a ponta dos dedos pelo peito dele, traçando a cicatriz que já sabia estar ali, refazendo seus passos por um terreno que conhecia muito bem.

Libby sentiu as mãos dele em seus cotovelos, delicadas, o cheiro marcante e limpo da loção pós-barba, como se nada tivesse mudado. Como se, para Tristan, todos os dias começassem da mesma forma, apesar de toda a distância que se colocara e se findara entre eles.

O que Nico parecia não entender era que Libby não era a mesma. Não que fosse justo esperar que ele a conhecesse ou compreendesse, e talvez fosse injusto acusá-lo de coisas apenas em sua cabeça, pois assim ele não podia responder pelos próprios crimes. Mas Libby Rhodes estava cansada de justiça, enjoada disso, de equilibrar as balanças o tempo todo, certo e errado. Cada escolha feita viera acompanhada de uma dúvida paralisante, mas ela ainda sabia que era a correta. O que Nico não entendia era que a nova Libby sabia algo que não soubera antes: que não havia resposta certa, não existiam escolhas fáceis. Ser boa, ou mesmo reconhecer a bondade, pertencia a uma antiga versão dela que acreditava que essas coisas eram possíveis, e a nova versão era a que entendia a verdade: que, no fim, por mais simples que uma escolha parecesse, tudo era complicado.

Fazer a coisa certa, a coisa necessária, sempre doeria.

Nico ainda não entendia isso, mas Tristan, sim. Ela sentia isso na forma como ele se inclinava para beijá-la, na forma como se segurara até o último momento, até enfim poder ceder. Rendição. Isso era algo que Libby passara a entender; a dissonância que se tornou certeza inescapável justamente no momento em que deveria. Ela fincou as unhas no peito dele, e Tristan reagiu de imediato, por reflexo, conduzindo-a com facilidade até ambos caírem na cama, o livro na mão dela largado no chão havia muito. Tristan enganchou os dedos no cós da cueca boxer que ela ainda usava, aquela que pegara emprestada dele e não devolvera, e provavelmente nem iria. Libby expirou com força quando Tristan deslizou a peça por suas pernas e se deteve apenas para acariciar a viscosidade entre as coxas dela.

Ele sabia o que ela era. Ele a conhecia. Libby sentia isso, não podia mais ignorar. Tristan a via pelo que era e ainda lhe permitia que se transformasse — devagar, mas sempre, como trocar de pele. A pessoa que ela tinha sido, ele quisera. A pessoa que ela fora forçada a ser, ele protegera. A pessoa que ela havia se tornado, desconhecida para ambos, estava recebendo permissão para desabrochar, se abrindo mais e mais a cada dia até que nenhum dos dois pudesse negar. Tristan a tocou, e Libby floriu sob seu toque.

Em seguida ergueu o queixo para receber o beijo dele, ofegante, murmurando com impaciência quando ele se afastou para despir a calça, completando uma sequência cujos movimentos eles vinham executando em silêncio, adiando o inevitável até que não pudesse mais ser evitado. Isso, deus, sim, ela queria, queria um pouco de satisfação, de exatidão. De absolvição, de total convicção. Ela queria isso, queria tudo, ela *queria*.

Isso, tudo isso. A casa e tudo que havia dentro. As possibilidades. As carnalidades, o tipo de final trágico que ela sabia estar reservado para todos eles. Sacrifício ela compreendia; nada nesse mundo vinha sem seu igual e seu oposto. Fosse lá o que tivesse colocado isso em movimento, quer fosse Atlas Blakely, ou a natureza humana, ou o destino que ela mesma construíra para si, já havia começado, e o que foi colocado em movimento não parou. As origens da vida. A possibilidade do multiverso. A potência do poder — do poder *dela*. O tempo parando ao seu comando enquanto Tristan a segurava, enquanto prendia as mãos dela acima da cabeça.

Foi rápido e forte, rítmico como uma pulsação, construção abrupta e angústia extraordinária. Uma camada de suor cobria a barriga de ambos quando Tristan desabou ao lado dela na cama. O movimento do peito dele, o retumbar nos ouvidos dela, de novo. De novo. De novo.

Mas primeiro...

— Hipoteticamente falando, você acha mesmo que o mundo pode acabar?

Você não poderia me culpar, se tivesse visto, lhe dissera Ezra uma vez enquanto ela estava grogue, meio acordada, obcecado com a confissão de seus pecados. *Não sei como explicar a você como é a carnificina. O cheiro da aniquilação. Esse tipo de escuridão... e os corpos, a forma como estavam... não tenho remédio para esse tipo de fracasso. Acredita em mim: se soubesse como é a sensação de estar em um lugar sem vida, você encontraria uma forma de interromper isso se precisasse. Se visse o que vi, também escolheria a traição.*

Tristan riu, com a respiração irregular, e balançou a cabeça.

— Não consegui capturar sua atenção, Rhodes?

— Eu só quero saber.

Ela se permitiu ficar mole, tomada por uma onda lânguida de satisfação.

— Eu não... — Ele expirou. — Não sei. Não sei mesmo.

— Você também esteve pensando nisso — comentou Libby, baixinho, se perguntando se deveria se sentir traída.

Pois não se sentia.

Tristan, pelo menos, não parecia se importar.

— Atlas disse que Dalton seria o responsável por invocar o vazio. Eu o veria, e você e Varona seriam a chave da porta que eu poderia destrancar. — Uma pausa cuidadosa. — Mas, para convencer Dalton, precisaríamos de Parisa. — Tristan disse isso como se já tivesse considerado essa possibilidade. Como se talvez já tivesse deixado os pensamentos pairarem sobre o nome da telepata. — E Reina também, para lidar com a geração dessa quantidade de energia. Sem Reina, vários outros aspectos podem falhar.

Libby fez que não.

— Reina é só uma bateria. Um apoio. — Então fechou os olhos e os abriu. — Se eu tiver Varona, posso fazer sozinha. — Virou a cabeça. — E você.

Tristan umedeceu os lábios, ainda ofegante.

— Por definição, Rhodes, isso não é fazer sozinha.

— Só estou dizendo que, quanto menos coisas puderem dar errado, melhor. Envolver Reina pode significar Callum. E supondo que Atlas já não tenha colocado uma bomba telepática na cabeça de cada um, a causa mais provável do apocalipse é Callum ter decidido interferir.

Tristan fez um som baixo de concordância.

— Isso, ou Dalton é um megalomaníaco enrustido. Uma reviravolta divertida, eu diria, o objeto das afeições de Parisa ser, no fim das contas, seriamente perturbado.

Os colarinhos engomados de Dalton e suas aulas acadêmicas desajeitadas pareciam pertencer a um passado distante, inimaginável como uma canção de ninar.

— Callum sempre foi um problema — prosseguiu Libby, pensativa. — A diferença entre o perigo insignificante em teoria e o perigo de verdade parecia mais intensa daquele lado da cláusula de eliminação. — E não é como se ele estivesse influenciando Reina para fazer algo útil. Nós poderíamos apenas...

Ela se interrompeu antes de dizer em voz alta.

Você acha que eu era uma assassina antes mesmo de entrar naquele escritório?

Talvez tivesse se tornado uma assim que concordou que Callum morresse.

Tristan se mexeu ao lado.

— Mudou de ideia, Rhodes? Pensei que escolher ficar confinada na casa fosse seu paliativo para a mortalidade.

— Claro que não. Eu não quis dizer... — Uma pausa. — Não importa. É só hipotético. E, enfim, a questão é que não poderíamos fazer o experimento *sabendo* que está fadado ao fracasso. — Depois se virou de lado para encará-lo. — Certo?

Tristan a olhou por um bom tempo, sua expressão ilegível.

— É só uma porta — disse ele por fim, e Libby bufou.

— É a mesma coisa de dizer que a caixa de Pandora é só uma caixa.

— Mas *é* só uma caixa. Será que Ezra sequer entende o que viu, ou a sequência para produzi-lo?

(*O mundo pode acabar de duas formas*, dissera Ezra a ela. *Fogo ou gelo. Ou o sol explode ou apaga.* Ele estava com os joelhos junto ao peito; Libby sabia que tinha sido um dia ruim porque, outrora, o conhecera. Ela o conhecera. *E eu vi ambos.*)

— O tempo é fluido — prosseguiu Tristan. — A realidade está aberta à interpretação. Do contrário, eu sirvo de quê? Tem que haver vários passos entre descobrir a presença de outros mundos e explodir tudo que existe. — Tristan cantarolou baixinho, pensativo. — O experimento é só a caixa — repetiu. — O problema é o que tem dentro dela.

Dentro da caixa, ou dentro da pessoa desesperada para abri-la.

Libby se mexeu com um suspiro e Tristan abriu um dos braços, aconchegando-a com firmeza enquanto ela se encolhia para deitar a cabeça em seu peito. Ela contou as respirações entre os dois, então ergueu o olhar, apoiando o queixo nas costelas dele.

Tristan estava de olhos fechados, com a cabeça apoiada no braço. Libby passou o dedo sobre a cicatriz dele outra vez, imaginando coisas.

Eles ficaram ali deitados em silêncio por tanto tempo que o ritmo da respiração de Tristan desacelerou e se aprofundou. Tornou-se sossegado. Quase adormecido.

— Tristan. — Uma hesitação. — Você confia em mim?

Ela sentiu o corpo dele se tensionar, a veia na lateral do bíceps saltando um pouco no braço junto à cabeça.

— Você sabe a resposta.

— Sei. Estou só perguntando.

— Você não devia ter que perguntar.

— Eu sei, eu sei, mas...

— Está feito — declarou ele. — Você não precisa mais se sentir culpada. Pode deixar isso para trás. A não ser que não confie em mim?

— Eu nunca disse isso. Não foi minha intenção, eu só...

O braço que a envolvia se retesou mais, e ela percebeu que estava se apoiando em Tristan. Ou se afastando, ou empurrando. Não tinha certeza, mas, fosse como fosse, sabia que ele a ancorava por um motivo. Como se entendesse as coisas que a mantinham acordada à noite e não fosse rejeitá-la pelas escolhas que ela já sabia que teria que fazer. A bondade que ela comprometeria pela excelência, se tivesse a chance, porque a versão imaculada dela já não existia mais.

Ela sentiu que Tristan a observava e respirou fundo antes de retribuir o olhar.

Os olhos dele eram lindos. Cheios de sentimento. O rosto trazia uma expressão cuidadosamente contida e, mais uma vez, Libby pensou no que ele dissera. *Pode deixar isso para trás.*

No que ele não dissera. *Eu te perdoo.*

— Eu sinto muito. — As palavras sangraram dela com tanta tranquilidade.

Tristan a envolveu em seus braços, com cuidado, e disse a única coisa que a levara àquele quarto, àquela cama.

A coisa que Belen Jiménez já sabia; que Nico de Varona jamais compreenderia.

— Não, você não sente — disse Tristan, e Libby fechou os olhos.

Não, ela suspirou em silêncio.

Ela não sentia.

· CALLUM ·

T
Terça-feira, 19 de julho às 14:16

Fique longe das minhas irmãs.
> Ah! Ele fala!
> E estou sentindo um "senão" implícito?

Não preciso deixar implícito. Você já sabe o que eu quero dizer.
> Me fala mesmo assim, só pra me agradar.

Tá. Fique longe delas ou vou te matar.
> Sério? Por causa de meias-irmãs com as quais você não fala há anos?
> Considerando seu histórico, parece improvável.

Não preciso de um motivo, Nova. Faz tempo que você tá merecendo.

Callum ergueu o olhar da tela do celular para uma tragada luxuosa de suor rançoso e comida de pub, saboreando sua cerveja inglesa com um ar satisfeito.

— Lindo dia, não acha? — perguntou Callum para um dos capanguinhas de Adrian Caine, que o olhava feio detrás do bar.

("Capanguinha" sendo um termo extremamente inapropriado, pois Adrian Caine preferia seus associados com mais músculos que juízo. Aquele, que fazia questão de mostrar sua pistola ilegal toda vez que Callum chegava ao pub Gallows Hill, se chamava Wyn Pauqueimado. Um bruxo muito cheio de si para alguém com pau no nome, ali, todo flácido e desencapado.)

— Ah, Callum. — Alys Caine emergiu no salão vinda da cozinha, avistando-o bem na hora em que algo relacionado a rúgbi aconteceu na televisão, arrancando um rugido de uma mesa de bruxos. — Não percebi que você já tinha voltado. Está procurando meu pai? — perguntou ela, aproximando-se da mesa de canto à qual Callum se sentava sozinho.

— Só tomando uma cerveja, srta. Caine, não se preocupe. — Callum colocou o celular na mesa e abriu um sorriso, sentindo-se particularmente alegre por seu recente sucesso conversacional. — Como estão as coisas com aquela vizinha? — perguntou, baixando a voz de propósito.

(O amigo de pau queimado, Wyn, o encarou com um ar possessivo, como se Callum tivesse cometido a imprudência de brincar com um de seus brinquedinhos.)

— Apesar de seu conselho revolucionário para, abre aspas, "apenas ser eu mesma", ela ainda nem sabe que eu existo. Então, sabe. O de sempre. — Alys se sentou ao lado de Callum com um resmungo aborrecido, com a confiança de uma adolescente e o mesmo sotaque que Tristan fazia de tudo para esconder. (O que era engraçado, porque era um deleite ouvi-lo.) — Você provavelmente não devia estar aqui — acrescentou Alys, apontando na direção de Wyn antes de dar um gole da cerveja de Callum.

Callum riu baixinho, deixando o celular de lado na mesa e empurrando o copo na direção dela, um ato de coragem. Alys era maior de idade, óbvio, mas o pai dela (ou, mais especificamente, os capangas do pai dela) tinham expectativas um tanto puritanas para o comportamento da garota. Algumas, inclusive, ela não teve o menor problema em compartilhar.

A franqueza de Alys em relação à própria vida sugeria a Callum que a criação dela tinha sido bem diferente daquela de seu meio-irmão mais velho. Ao contrário de Tristan, Alys tinha o ar de alguém que não se sentia sempre ameaçado, que não precisava manter as coisas em segredo. (Callum apostaria que ela também tinha menos feridas.)

— Wyn não é muito seu fã — alertou Alys, levando o copo aos lábios, e Callum se deleitava em segredo com os traumas do único filho homem de Caine. — E não sei se meu pai é tão paciente com você quanto diz ser.

Ah, Callum sabia. Era impossível não estar ciente dos sentimentos de Adrian Caine quanto à questão, pois ele era muito parecido com outra pessoa que Callum conhecia e, portanto, incapaz de disfarçar a natureza perene de sua desconfiança. Infelizmente, havia poucas formas de aterrorizar os filhos adultos brigados de Adrian Caine. Se Tristan tivesse sentimentos mais intensos por seus ex-amigos e ex-noiva, a essa altura Callum teria adotado outro estilo de vida — mas, por sorte, era por seu passado familiar que Tristan nutria os sentimentos mais complexos, e que nunca se diga que Callum era incapaz de uma pesquisa meticulosa.

— Eu não consigo imaginar por que o Camarada Pauqueimado se oporia tanto à minha presença — comentou Callum, dando uma piscadela para Wyn e mordendo o lábio com lascívia. Uma provocação irresponsável, mas Callum reservava tão pouco tempo para brincadeiras naqueles dias. — Afinal, estou fazendo um favor ao seu pai ao atrair o filho que ele tem caçado com tanta veemência.

— É — respondeu Alys, ignorando o olhar de fúria assassina de Wyn e dando outro gole despreocupado no copo de Callum —, mas meu pai tem o costume de separar as pessoas de quem ele não gosta daquelas que lhe fazem favores... até decidir que não tem mais necessidade de fazer essa distinção. — Ela lambeu a cerveja dos lábios e deslizou o copo de volta para Callum. — Você não acha que ele quer mesmo matar Tris quando encontrá-lo, acha?

Muitas vezes, os interesses das pessoas podiam mudar, não muito diferente do líquido cor de bronze no copo dele. Quer Tristan vivesse ou morresse pelas mãos do pai, dependeria de como se mostraria quando Adrian o "encontrasse". Callum, que tinha as próprias suspeitas sobre o assunto, deu de ombros.

— Me diz você. O pai é seu.

Ela fez uma careta.

— Bom, ele não tem muito senso de humor, então não deve ser piada. Mesmo assim — continuou Alys, tentando pescar alguma informação —, ele nunca diz exatamente o que Tris fez para irritá-lo. Tipo, ele roubou ou algo assim? — perguntou, como se tal coisa pudesse ser interessante e, portanto, condizente com o afastamento misterioso do irmão.

Nas últimas semanas, ela vinha fazendo variantes dessa pergunta em intervalos cada vez maiores.

— Isso é entre Tristan e seu pai — respondeu Callum. — Não tenho permissão para dizer.

— Hum. — Alys pareceu refletir por um momento, e então chutou a canela de Callum. — Bem, vá embora — disse. Do outro lado do cômodo, Wyn havia se inclinado sobre um dos outros, os olhos nunca deixando os vários pontos em que Callum poderia ser alvejado por um tiro. — E digo isso como sua amiga.

Havia um toque de cravo e canela em seu tom, uma especiaria que deturpava o afeto da frase, como se estivesse muito satisfeita em convencer Callum de que falava sério. Naquela idade, as pessoas tendiam a ser muito seguras quanto à qualidade de sua dissimulação, quase sempre pelos motivos errados.

Mesmo assim, ele embarcou na onda.

— Não conte ao seu pai que somos amigos — aconselhou Callum. — Acho que pegaria mal para você.

— É, Bella também não gosta — contou Alys. — Acha que você é bonito demais.

— Ela está totalmente correta — confirmou Callum.

— Tá, então... tchau.

Alys se levantou, dando a ele um olhar anárquico de sofrimento, e voltou ao corredor da cozinha, por onde Callum imaginou que ela passaria para os escritórios de operação de Adrian Caine e cumpriria seu destino diário como filha adorada.

Isso, ou lamentar em silêncio pela vizinha, que Callum estava ciente de que *sabia, sim* que Alys existia, mas contar a ela isso seria como arruinar metade da diversão da adolescência.

Ah, a juventude.

— *Aí* está você. — Como se combinado, Reina entrou no pub pisando duro, olhando feio para enfatizar que não estava ali para brincadeiras. — Sério, aqui de novo? Quer morrer? — perguntou, apontando para Wyn com o que era, para Reina, uma careta quase inofensiva.

— Vai saber — concordou Callum enquanto Reina preenchia o espaço vazio deixado por Alys. Algo ruim se passara na partida de rúgbi, percebeu Callum, o que interrompeu por um momento o telégrafo de ameaças de Wyn do outro lado do cômodo. — Então, o que aconteceu?

— Nada — respondeu Reina, com outra careta, mais refinada.

— Ah, claro, dá para ver que seu humor está ótimo. — Callum tomou o último gole da cerveja, tirando o celular da mesa e colocando-o no bolso. Ainda não estava inspirado a ponto de responder. — O que foi? Alguém tentou te matar de novo?

— Sim, isso mesmo. Outro engravatado. Eu o despistei a alguns quarteirões daqui. — Ela fitou os arredores com um desprezo descarado. — Nós temos mesmo que sair de Londres.

Callum negou com a cabeça.

— Mas não podemos, podemos? Estamos à mercê de Adrian Caine até eu cumprir minha parte do acordo.

— O que você nem está tentando fazer. — Reina o fulminou com o olhar. — Você prometeu entregar *Tristan* para ele, o que é o mesmo que tentar vender algo que você nem tem mais. E, aliás, tenho certeza de que é justamente isso que eles fazem por aqui — acrescentou, com ar de desaprovação, quase como se isso contrariasse sua moral. Uma escola de pensamento bem rhodesiana.

— Eu sei — concordou Callum. — Sou um gênio. — Ele se levantou, deixando um punhado de notas variadas na mesa. Não entendia a moeda britânica e não planejava aprender. — Então — prosseguiu —, o que temos hoje? Outro bando que precisa de um sacode?

Reina não estava ouvindo, pois percebera o ressurgimento da atenção implacável de Wyn. Infelizmente, o olhar dele não matava, embora Callum o tenha convidado a tentar.

— Tristan chegou a responder? — murmurou Reina, olhando para o bolso no qual Callum, esperto, escondera o celular. — Imagino que depois de tanto pentelhar o cara, você mais uma vez encontrará a energia necessária para uma hostilidade mais produtiva.

— Claro que não — repreendeu-a Callum. — Como você bem sabe, não pode haver fim para a hostilidade até que nossos juramentos à biblioteca homicida sejam adequadamente resolvidos.

— Então, só para recapitular: você pretende irritá-lo a ponto de ele vir tentar te matar? — quis saber Reina.

— Não, pois desta vez serei menos caridoso e o matarei primeiro. — E a resposta para a verdadeira pergunta dela era não, Tristan não respondera. Não de forma satisfatória, pelo menos. Ainda não. Enquanto isso, Callum ainda pensava no que diria a ele. — E você já respondeu ao seu benfeitor misterioso, aliás?

Reina recebera uma mensagem de um remetente desconhecido alguns dias antes. Por mais que ela não tivesse comentado a respeito do assunto, Callum estava intimamente a par de suas emoções (além disso, Reina tinha a tendência a largar o celular jogado pelos cantos). Ele a deixou manter o segredo por um tempo em prol da paz, mas a verdade era que não havia tantas coisas com as quais se distrair enquanto esperava Tristan ceder à tentação e entrar no jogo.

— Eu... — Reina o fuzilou com os olhos de novo, dessa vez com indignação. — Como você sabe disso?

— Não acredito que vou ter que te contar isso, Mori, mas... — Callum chegou mais perto e se inclinou em direção à porta. — Na verdade, sou um membro de elite de uma sociedade secreta.

Ela o afastou com um empurrão, tomando a dianteira.

— Não consigo decidir se te odeio mais quando você está deprimido ou quando está de bom humor — murmurou ao saírem do pub.

— Ah, que amor. — Callum acenou para Wyn, soprando um beijo antes de colocar os óculos de sol e dar outra espiada em Reina. Ao que parecia, ela estava se sentindo obstinada de novo. — Então, pensou em uma resposta?

Os lábios dela se contraíram.

— Não adianta. Primeiro, pensei que era... — Reina se interrompeu, desviando o olhar enquanto uma mistura de coisas com cheiro paternal flutuava ao redor de sua aura; livros de couro antigos, ofertas misteriosas, a natureza inalcançável da validação pessoal. A impressão digital patológica característica de Atlas Blakely. — Mas não era.

Claro que não era. Callum já sabia disso, tendo salvado o número de Parisa no caso de ser contatado por ela na encolha, mas estava num humor tão prestativo que decidiu ignorar os protocolos básicos da comunicação pessoal.

— Você não deveria estar satisfeita? — perguntou, curioso de verdade. — Você queria que Varona te valorizasse e agora ele valoriza. Você queria que Parisa te reconhecesse e agora ela reconhece. Me parece que tudo está dando certo, Reina.

— Eu não disse que não estava... — Então lançou um olhar raivoso para ele, quase a confirmação perfeita. — Olha, não estou interessada em voltar — resmungou. — Não vou voltar para aquela casa. E quanto a Parisa... — Reina tinha uma expressão, Callum começou a perceber, que parecia reservada para ranger os dentes à menção do nome de Parisa Kamali. — Ela nem disse o que queria. Só está esperando que eu obedeça, sem questionar.

O que era visivelmente tolerável, observou Callum, quando Reina havia pensado que o remetente poderia ser Atlas. Mas, outra vez, ele fez a gentileza de não tocar no assunto.

— Não parece coisa dela — observou Callum.

— O quê? É *exatamente* o que ela faria...

— Não — corrigiu ele —, quero dizer que parece estranho ela insistir em algo que já sabe que não funcionaria, como tentar te obrigar a fazer as vontades dela. O que ela disse?

Apesar de observar a existência das mensagens que Reina recebia, Callum decidiu que não leria nenhuma. (Além disso, não conseguira adivinhar a senha dela.)

Reina, como esperado, começou a murmurar suas falácias.

— Sou perfeitamente capaz de ler nas entrelinhas...

— Não é, não — corrigiu Callum, estendendo a mão. — Me dá o celular.

— Já falei — argumentou Reina, se virando para encará-lo. — Seja lá o que ela quer, não importa.

— Veja como pura curiosidade profissional, então. — Ele agitou a mão estendida. — Passa para cá.

Assim que disse isso, Callum sentiu a presença de uma inconveniência; um momento de distração. Uma mudança no cenário, que estivera ocupado pela mistura sem sal e costumeira da fraqueza humana até ser dominada por uma coisa em particular. Um gosto metálico, como o de sangue.

— Por quê? — grunhiu Reina. — Só para você poder provar que eu...

Lá estava, de uniforme. A polícia outra vez. Que lugar inconveniente para alocar um complexo de inferioridade e uma inclinação a seguir ordens. Sem querer, Callum levou a mão ao que era a boca de Reina, que o mordeu.

— Ai, *porra*, Mori...

Mesmo com a palma dolorida, ele conseguiu reunir um pouco de energia. Bastou para mandar o policial para longe, claro — e deu até para convencê-lo a aceitar Jesus ou fosse lá a que Callum queria atribuir sua boa ação do dia —, embora, nos últimos tempos, ele estivesse gostando da habilidade de ignorar a natureza fundamental que por vezes usava como ferramenta, ou como um mero ponto de partida. Com Reina, com a mesma quantidade de tempo e sem esforço substancial, ele poderia reescrever o código moral de uma pessoa do zero. De repente, esse policial em particular ficou livre de propósitos, facilmente preenchido. Callum fez uma ou duas sugestões: interessar-se por trabalhos manuais, se comprometendo a esfregar privadas ou bater uma laje, para variar. E também, por diversão, parar de votar em candidatos conservadores, sair das redes sociais e ligar para a mãe.

Callum sempre fora sincero com Reina a respeito das limitações de seus poderes. O empata os tinha visto em ação e sabia que tudo que ele colocasse em movimento não pararia, necessariamente, mas quase com certeza *distorceria*. As pessoas viviam em um estado constante de autocorreção ou autoafirmação, mudando ou se tornando mais imutáveis a depender do quanto eram flexíveis. O que Reina queria era forçar todos a uma única nota harmoniosa de sincronicidade; queria que todos passassem a se importar, e, para o crédito de ambos, Callum poderia fazer isso. Em uma escala gigantesca. Poderia anular a natureza humana por um tempo — até certo ponto. Poderia salvar vidas ou acabar com elas; poderia levantar as cordas e fazer seus fantoches dançarem a seu bel-prazer.

Ele *poderia*.

Mas também compreendia a falsidade das ilusões, a fina fachada de camuflagem com ares de compaixão que podia fazer uma pessoa *parecer* se importar. Não era a mesma coisa de ter a habilidade de fazer para valer. Ele poderia dar um sentimento a uma pessoa, mas como ela agia estava fora de seu controle, a não ser que ele permanecesse ali, monitorando cada movimento.

A mãe dele, por exemplo. Callum poderia fazê-la ter vontade de permanecer viva no momento. Não poderia fazê-la querer isso em *todos* os momentos plausíveis precedendo sua morte natural. Não era assim que as emoções funcionavam, ou como as pessoas viviam. A vida não era uma questão de dizer sim uma vez, em uma ocasião significativa mas solitária. A vida era uma série de difíceis levantes que se seguiam a golpes impossíveis. Viver era experimentar um amplo espectro de coisas terríveis e destrutivas, mas apenas com uma frequência tal que o desejo de fazer escolhas benéficas pudesse prevalecer com mais constância.

Reina podia não entender a diferença entre essas duas coisas, mas Callum entendia, assim como entendia que mudar as afiliações políticas de um homem que usava um distintivo para ocultar a natureza homicida era, no fim das contas, tratar um pequeno sintoma de uma infecção incurável. Não importava como Callum jogasse esse jogo, ele sempre perderia. Se não fosse esse policial, seria outro. Alguém sempre o iria querer morto por sua magia, ou por sua personalidade, sendo esta pelo menos um motivo bastante justo. Havia muitas pessoas que os outros matariam com prazer só pela ótica. Só para moldar o mundo de certa forma. O que não significava que Callum especificamente sentisse algo além de ambivalência a esse respeito — tinha se beneficiado desse tipo de atitude ao longo da vida e não cabia a ele questioná-la, muito menos alterá-la.

Não dava para escolher quem odiava você, quem amava você. Callum sabia melhor que ninguém quão pouco uma pessoa podia de fato controlar.

— Me dá o celular — repetiu quando o policial se afastou, depois de ter sido persuadido.

Reina entregou o aparelho, tão aborrecida quanto Alys estivera minutos antes, apesar de ser quase dez anos mais velha.

Callum abriu as mensagens dela, que eram esparsas, nem sequer preenchendo a tela. No topo, uma conversa com um contato sem nome que sem dúvida era Nico de Varona. Em seguida, outro contato desconhecido, reconhecível pelo código de área do país de Parisa, que Callum selecionou.

As primeiras duas mensagens eram de dias antes, do começo da semana.

Vi você no noticiário.
Tenho uma ideia melhor.

Então mais duas, de horas antes.

Atlas provavelmente vai atrás de você em breve. Mas, confie em mim, a Sociedade e todos os outros podem muito bem ir à merda.
Temos cinco meses, no máximo. É pegar ou largar, Mori. Venha me encontrar quando estiver pronta para uma conversa.

— Parisa está no limite — julgou Callum, devolvendo o celular para Reina. — É uma oferta de paz. Você sabe que ela não estenderia a bandeira branca a menos que a situação estivesse péssima de verdade.

Algo previsível, mas ainda assim decepcionante: Reina não deu o braço a torcer.

— Ela poderia vir se arrastando de joelhos e ainda não faria diferença. Não preciso que ela me diga o que acha que estou fazendo errado. — Reina colocou o celular no bolso e olhou para a multidão se dispersando ao redor. — O policial estava sozinho?

— Estamos bem por enquanto.

Por algum motivo, o bom humor de Callum havia evaporado. Teria sido a mensagem de Parisa? Em geral, ele precisava da presença física da pessoa para discernir o que ela sentia, mas de alguma forma percebera a imensidão de perda que transbordava daquela mensagem. *A Sociedade e todos os outros podem muito bem ir à merda.*

Algo havia mudado para Parisa Kamali.

Há algo específico que você tem em mente para mim?, perguntara Callum à burocrata da Sociedade, Sharon alguma-coisa, aquela que o convocara aos escritórios alexandrinos para falar das perspectivas dele. Não era diferente dos pedidos de doação que ele ainda recebia da Universidade Helenística, que ligava para os ex-alunos com frequência em busca de notícias, coletando honrarias para sua renomada estante. Nesse caso, a Sociedade queria saber: ele tinha algum interesse em política ou diplomacia? Estaria disposto a expandir o império da família? Com tudo que ele aprendera — o privilégio do conhecimento que lhe fora concedido —, o que faria a seguir?

Com suas habilidades, sr. Nova, recomendamos que você ocupe cargos públicos, dissera ela.

Fascinante. Preocupante.

Qual cargo?

Ela não respondera.

Podemos agilizar seu visto, se preferir continuar no Reino Unido.

Você sabe do que sou capaz, respondeu ele. *Você submeteria a população a isso? Seu próprio país?*

Callum sentira várias coisas na resposta dela. Responsabilidade. Amargura. Todo mundo tinha, acima de tudo, uma coisa importante, e a de Sharon era tão distante dele, tão afastada, que a tornava uma das poucas pessoas que poderiam encará-lo e genuinamente não dar a mínima.

Senhor Nova, quero deixar uma coisa bem clara. Tenho um emprego. E sua opinião sobre minha performance não é relevante para meu empregador.

Uma criança doente, era o palpite de Callum. A coisa mais importante do mundo para Sharon, fosse quem fosse. Ele soube que era caro. Ruim o bastante para que ela lesse o arquivo dele e ainda sim decidisse ignorar as consequências. O cargo dela devia ser lucrativo, pelas habilidades que requeria — comparado a posições similares, talvez oferecesse benefícios excelentes e um ótimo plano de aposentadoria. Era bem provável que Sharon tivesse assinado um acordo de confidencialidade, e sem dúvidas devia usar um feitiço silenciador permanente... Depois de um momento de concentração, Callum o encontrou; havia uma coceirinha perto da borda da camisa dela, uma pequena tatuagem. Sharon não odiava guardar os segredos da Sociedade. Era o que lhe permitia voltar para casa, para uma... filha? Sim, uma filha que ainda estava viva. Por enquanto.

A Sociedade e todos os outros podem muito bem ir à merda.

— Está pronto? — perguntou Reina, impaciente.

Uma eleição parlamentar parcial. Até então, a maior tentativa deles de manipular os resultados e oferecer à humanidade uma chance de fazer algo humano. Reina queria conceder a vitória ao partido que amava crianças doentes, provavelmente, então seria uma vitória para Sharon. *De nada,* pensou Callum.

— Um segundo.

Ele pegou seu celular e abriu as mensagens de Tristan.

> Não preciso de um motivo, Nova.
> Faz tempo que você tá merecendo.

Essa tinha chegado alguns dias antes. Callum havia tirado algumas selfies desde então, incluindo uma dele no pub, mas ainda não as enviara. E decidiu continuar assim. Ele digitou rápido e apertou o botão de enviar, embora só fosse receber a resposta dali a várias horas. Talvez a distância estivesse *de fato* aumentando seus poderes, porque tinha certeza de que conseguia sentir a tensão — nas vezes em que ele sabia que Tristan estava abrindo suas mensagens apenas para encarar o nome dele até que, depois de pelo menos uma dúzia de rodadas de retórica sapiossexual, ele enfim se permitiu ceder.

> Que bom que está começando a entender

> 03:34

> Entender o quê?
> Que sempre foi para terminar com um de nós.

· PARISA ·

Havia um zumbido baixo em seus ouvidos, que ela percebeu vir das luzes brancas intensas no teto. Os pensamentos ali não eram nada fora do comum para um ambiente de trabalho. Alguém havia comido a salada de Denise, talvez Frank. Evelyn estava de mau humor e Terrence precisava muito transar. Será que Stephen acreditaria que a sogra de Maria ainda não tinha morrido? Venha assistir a essa propaganda afrontosa e específica. (A tecnomancia medeiana era tão maravilhosa que poderia muito bem ser telepatia.)

— Srta. Kamali?

Da sala de espera, Parisa havia escutado a aproximação da mulher, mas ergueu a cabeça com educação como se tivesse acabado de ser informada de sua presença. Porque, sim, ela era capaz de ser educada.

— Pois não?

— Por aqui, por favor.

A mulher estava terrivelmente distraída e tivera três enxaquecas seguidas em uma única semana. (Parisa entendia.) Maggie, a mais velha dos filhos, era sua favorita, mas o filho problemático a tinha mantido acordada a semana toda. Rosie vivia com infecções no ouvido, Georgie se comportava mal na escola e adorava morder os outros. Mesmo assim, não havia motivo para fazer mais desejos, então a mulher desejou apenas a saúde de Maggie e nada mais.

— Desculpe te fazer esperar. Que bom que você pôde vir.

Parisa sentou-se à mesa da mulher. Sharon era o nome dela. A atenção de Sharon passou, cautelosa, de Parisa para a luminária no canto da mesa, e Parisa calculou que Nico estivera ali semanas, ou melhor, meses antes.

— Certo — retomou Sharon, abrindo uma versão impressa da ficha de Parisa. — Como já mencionei, a intenção é que isso seja um processo colaborativo. — Aquela não era a primeira reunião de Sharon com um membro do grupo de Parisa. Callum com certeza estivera ali. Reina e Tristan, não. — Entendemos que você deve ter alguns objetivos profissionais e pessoais aos quais se dedicar, e a pergunta é como podemos ajudá-la a elevar seu...

— Não quero aconselhamento profissional — interrompeu Parisa. — Você está com dor de cabeça. Não desperdice seu fôlego. Só estou aqui porque quero saber o que aconteceu com Nasser Aslani.

Sharon lhe lançou um olhar vazio.

— Quem?

Parisa sentiu a boca franzir, mas tentou não deixar tão na cara. Ter Sharon como inimiga só dificultaria as coisas.

— Nasser Aslani. Meu... — Ela pigarreou. — Meu marido.

O muxoxo desinteressado de Sharon foi logo afogado por um mar de pensamentos raivosos, incluindo, entre outros, esfaquear Parisa com os próprios saltos altos que usava. Justo.

— Este escritório não lida com conflitos domésticos, srta. Kamali. Se você tem um problema com seu marido...

— Duas semanas atrás, Nasser me pediu para encontrá-lo. Estava preocupado, achando que eu talvez estivesse em apuros. Ele sabia que havia pessoas atrás de mim, o que suponho que você também saiba. Então ele nunca apareceu. — Parisa cruzou as pernas. — E ele sempre aparece. Aconteceu alguma coisa com ele, e sei que tem a ver com a recompensa que o Fórum colocou pela minha cabeça.

Ou talvez fosse até pior, mas Parisa não mencionaria o nome de Atlas. Ainda não, quando talvez ainda precisasse que ele perdesse feio. Ou ganhasse.

Ela podia sentir a dor latejante da enxaqueca de Sharon como se fosse sua.

— Srta. Kamali...

— Você está com dor de cabeça — repetiu Parisa, a voz contida. — Sua filha está morrendo. Não vamos desperdiçar o tempo que você não tem.

Sharon a encarou.

— Sei que vocês nos rastreiam — declarou Parisa, sem rodeios. — Tenho quase certeza de que o rastreamento vai além dos iniciados. Nasser é medeiano, estudou na universidade mágica em Amã. Sei que vocês sabem como encontrá-lo.

Parisa conseguia sentir as ondas de ódio instáveis de Sharon, seu desdém pela soberba de Parisa, pela perfeição da pele dela — mas havia também um pouco de respeito ali, uma mera sementinha. Não grande o bastante para se qualificar como compaixão, claro, mas o suficiente para reconhecer que as duas eram vítimas de um relógio tiquetaqueando.

Isso era o máximo que Parisa havia falado sobre Nasser em anos, e talvez não fosse necessário ler mentes para perceber.

— Só me diga onde ele está — continuou Parisa —, e eu lhe darei a resposta necessária para dar o caso como encerrado. Trabalho feito.

Sharon decerto recebia menos do que deveria. A profissional perfeita. Ela não suspirou nem piscou antes de se voltar para a tela do computador, que nem sequer era top de linha. Clicou em algumas coisas, franziu a testa — inicialmente, teve o acesso negado; mesmo sem ler a mente dela, Parisa pôde ver o brilho vermelho nos óculos de Sharon —, então lhe lançou um olhar antes de digitar a senha (o aniversário de Maggie) e clicar em outra coisa.

Parisa viu — a resposta que queria — antes que Sharon a anunciasse em voz alta.

— Merda — praguejou Parisa no mesmo momento em que Sharon disse:
— Sinto muito.

Parisa se levantou, desejando ser Nico de Varona. Desejando poder quebrar algo e rir, se afastar.

— Você sabia onde procurar — observou depois de um instante de reflexão. O arrependimento começou a pesar em seu peito, mas teria que esperar.
— Você sabia onde procurar quando o banco de dados negou seu acesso.

— Sabemos das ameaças contra a vida de vocês — respondeu Sharon para a acusação tática de Parisa. Outra coisa cruzou sua mente, talvez empatia, do tipo que beirava a pena. Ela não desgostava de Parisa. Que maravilha para ambas. — Temos arquivos abertos sobre seus familiares e associados conhecidos.

Parisa pensou na família de Libby, a mãe, o pai e o fantasma de uma irmã. Na mãe de Nico, que o ensinara a dançar, no tio que o ensinara a lutar. A família de Callum podia se defender sozinha e bem que merecia ser investigada, e qualquer pessoa com bom senso sabia que ir atrás da família de Tristan era desperdício. Reina provavelmente esfaquearia os próprios pais, isso se já não tivesse feito isso.

— O de mais alguém...?

Outro clique do mouse de Sharon.

— Houve uma possível violação envolvendo uma criatura, mas não conseguimos rastrear. O pai e as irmãs de Tristan Caine garantem a própria proteção. A família Ferrer de Varona é amiga do governo de seu país e reservada por natureza. Os Nova...

A voz de Sharon morreu, se dissolvendo no fluxo de sangue nos ouvidos de Parisa. Ela não sabia o que fazer com toda aquela tristeza alojada em suas entranhas, com toda a raiva crescendo em seu peito. Em geral, não se permitia sentir esse tipo de amargura, esse salpicar de fúria. Era improdutiva, infrutífera, inútil — e ela não era o tipo de pessoa que podia se dar ao luxo do desperdício. Cada pensamento na cabeça de Parisa era poderoso; cada minuto de seu tempo, algo que os outros matariam para ter. O que era a raiva senão incendiar a possibilidade de clareza? O que a fúria faria além de turvar seu julgamento?

Mas naquele momento, ah, naquele momento. Parisa Kamali estava *transtornada*.

— Como eles sabiam? Sobre mim. Sobre Nas. — *Não importa*, disse o cérebro de Parisa em uma vozinha inútil. *Não importa como sabiam*. — Foi o Fórum?

— Sim, achamos que sim. Uma força-tarefa, talvez, algo organizado de maneira particular, mas decerto o Fórum em um nível operacional.

Atlas, pensou Parisa de imediato. Esta foi a cagada de Atlas. Era culpa dele, ele mesmo admitira. Aquele desgraçado. Mesmo se ele não fosse atrás de Dalton, mesmo se não fosse atrás de Parisa por conta própria, ela com certeza o mataria primeiro.

— Isso parece uma estratégia — prosseguiu Sharon. — Ao que tudo indica, uma operação de inteligência. Devo presumir que seu marido escolheu não cooperar.

Ah, claro. Algo desbotou na mente de Parisa, ou irrompeu. Não, não era isso. Jamais poderia ter sido Atlas. Ele a conhecia bem demais, saberia que ferir Nasser não lhe traria nada remotamente benéfico. Claro que era alguém mais burro, por um motivo risível, sem sentido. Absurdo. Porque *claro* que era algum estadunidense ou britânico decidindo sozinho que Nasser era perigoso — claro que era isso.

Um tanto irônico, mas a raiva era grande demais para suportar naquele momento, cerebral demais. As pontas dos dedos de Parisa ficaram dormentes.

— Sempre achei que haveria tempo — comentou, tentada a rir. — Achei que chegaria o momento em que eu enfim descobriria como dizer a ele o que fez comigo. Explicar de uma forma que ele entendesse. Eu era tão jovem, ele *não tinha direito…*

Em seguida desviou o olhar, percebendo que ainda estava no meio do escritório.

Voltou a falar mesmo assim, porque quando começava, não conseguia parar:

— Eu precisava de ajuda e sabia que ele ia me ajudar, eu precisava dele e sabia que ele ia concordar. Mas não era certo, o que ele queria de mim, o que me fez sentir que eu devia a ele. Sei que era um homem bom, sei que era gentil, mas ainda não era igualitário, ainda não era certo. Não era, *não poderia* ter sido, amor.

Parisa respirava com dificuldade, como se estivesse correndo. Ou chorando.

Sharon tirou os óculos e encarou as lentes antes de começar a polir uma delas. Parisa queria agradecer a ela pela indignidade da cena. O lembrete necessário de que o mundo não girava ao redor da dor que sentia.

— Enfim. — Parisa voltou para a cadeira com cuidado, alisando o vestido. — Agora, nada mais justo. Você me deu o que eu precisava. Então, o que quer de mim?

Sharon observou o par de óculos em sua mão por mais um bom tempo antes de levar os dedos às pálpebras e pressioná-las. Ah, verdade, a dor de cabeça.

— Desculpe — disse Parisa, se inclinando à frente. — Me deixe só...

Em seguida, estendeu a mão. Sharon pareceu hesitante, mas Parisa ignorou. Primeiro pressionou a mão suada contra a testa da mulher e então a arrombou como uma fechadura. Os receptores de dor eram fáceis de enganar. A enxaqueca voltaria se Sharon não dormisse direito, o que ela não faria, mas era melhor assim. A mulher julgaria ser uma perda de tempo, considerando o pouco tempo que restava à filha.

— Não há esperança? — perguntou Parisa, baixinho. — Para Maggie.

Se Sharon ficou incomodada por ter os pensamentos invadidos, não demonstrou. Apenas meneou a cabeça.

— Há um novo tratamento mágico — respondeu, de olhos fechados. — Lá nos Estados Unidos. Mas ela foi recusada.

— Deve ser bem difícil escolher quais pacientes podem ser ajudados. — Parisa ainda não removera a mão. Era bom ser útil. Era algo temporário, irrelevante, e mesmo assim estranhamente relaxante. Era como ter algum lugar onde escoar a raiva e descansar. — Câncer é imprevisível. Biomancia não é bem uma ciência, está mais para uma arte. Mutações assim são...

— Nothazai é biomante — disse Sharon, pegando Parisa de surpresa. Ela supôs que não estivera prestando atenção. Usava, em vez disso, um órgão inexperiente em seu peito no lugar de sua magia ou de seus pensamentos. — Ele é o presidente do quadro de diretores do Fórum — acrescentou Sharon, embora Parisa soubesse muito bem quem era Nothazai e, a princípio, não tivesse visto a relevância. — Ele foi considerado para o recrutamento alexandrino, mas não deu certo. Em vez dele, escolheram alguém que podia espalhar doenças.

A mulher abriu os olhos.

Aquilo era... amargura? Contra o Fórum, ou contra a Sociedade? Parisa percebeu a precariedade de sua própria posição, a expectativa plausível para esse momento de vulnerabilidade compartilhada. Estava muito consciente das transações sociais, da expectativa de se doar que se seguia a cada momento. Era disso que se tratavam os sentimentos, que sempre foram um desperdício.

— Se você está achando que existe uma cura em algum lugar dos arquivos... — Parisa hesitou. — O problema é institucional. É ganância — pontuou, sem rodeios. — A incapacidade de separar a existência humana da necessidade de lucro. Mesmo se existisse uma cura para Maggie na biblioteca...

— Acha que eu culpo a Sociedade? Ou você? Não culpo. — Sharon se afastou, fuzilando Parisa com um olhar duro de ódio repentino. — Acha que estou com raiva do *capitalismo*? — perguntou, em um tom condescendente que Parisa não conseguiu analisar, entrando em um curto-circuito momentâneo. — Acha que não estou disposta a ir à falência, a vender meus órgãos, se isso significar que minha filha pode ter mais um dia nesta Terra? Não se trata do que a magia não pode fazer por mim, ou do que Nothazai não fará. A questão nem tem a ver com o que *eu faria* no lugar deles. Não é a injustiça, srta. Kamali, ou Aslani, ou seja lá quem diabos você é... É o absurdo. — O discurso era preciso, como um feitiço bem articulado. — É o privilégio que recebi só de conhecer minha filha, coisa que você jamais terá. O fato de que vou ser uma das pouquíssimas testemunhas da risada dela é... criminoso. E eu sinto pena de todos vocês — concluiu Sharon, com uma sinceridade tão direta, tão livre de segundas intenções, que Parisa nem sabia como se sentir, além de pequena. — Porque nenhum de vocês jamais saberá.

Parisa não entendia os pensamentos de Sharon. Conseguia vê-los, senti-los, provar o gosto das lágrimas quentes abrindo um buraco na garganta de Sharon, mas não conseguia entendê-los. Era demais; era tudo ao mesmo tempo.

A pessoa mais perigosa do cômodo. Vazia, Parisa quase riu.

— Vou colocar na sua ficha que você está disposta a considerar um empreendimento — disse Sharon de repente, o barulho de seus pensamentos atingindo um nível aguçado de lucidez produtiva. Depois de digitar algo com rapidez no teclado, voltou sua atenção para Parisa, fechando o arquivo dela. — Entraremos em contato daqui a mais ou menos um ano. Boa sorte até lá.

Parisa saiu do escritório pouco depois. Foi até uma cafeteria e se sentou sozinha, com o celular ainda na mão. Discou um número e ouviu em silêncio enquanto tocava, tocava e tocava.

— Está ligando para quem?

Dalton apareceu e se sentou diante dela.

— Ninguém. — Parisa guardou o celular. — Nas está morto. O Fórum o matou.

Ela se perguntou até que ponto isso seria noticiado, como divulgariam. Se Nas seria considerado um criminoso por se associar com ela.

— Ele não era naturalista? — Dalton pediu as bebidas, um cappuccino para ela e um chá para ele. Era tão pitoresco, os dois. Um par de amantes clandestinos em cadeiras de bistrô, sentados perto o bastante para os tornozelos dela roçarem na perna dele. — Que desperdício.

Que desperdício.

— É.

Alguém ali perto olhava para as pernas dela. Parisa tomou um gole do cappuccino e observou Dalton. Parecia tão descansado, depois de um banho e um pouco de sono. Ele enfrentava o mundo com um senso de propósito. Ela invejava isso; precisava disso.

— O que Atlas faria? — perguntou Parisa.

Se Dalton ficou surpreso, não demonstrou. Apenas deu de ombros.

— Você sabe o que ele faria.

Destruiria o mundo.

Não, mas não era isso, era? Não para valer. Era o mundo que já estava morrendo, ou talvez já estivesse morto. Talvez fosse parecido com Maggie — os sinais claros, a dor e a perda inevitáveis, e então o que Atlas fizera era muito mais proativo.

Juntar todas as peças. Montar um plano. A resposta não era destruir o mundo. Era criar um novo.

— Do que você precisa? — perguntou Parisa.

— Eu já disse. Os dois físicos e a bateria. E o outro para navegar.

— É muito perturbador quando você não os chama pelo nome.

Parisa suspirou.

— Está bem, desculpe. — Dalton deu uma risadinha que parecia um latido. — Tristan Caine — acrescentou, didático — é inevitável. É ele quem pode tocar o barco, por assim dizer.

Parisa assentiu, nem um pouco surpresa.

— Tem certeza de que não precisa de Atlas?

— Atlas precisa de vocês — respondeu Dalton. — Ele não confia em si mesmo.

Dalton havia evitado o mesmo assunto antes, mas, como de costume, Parisa não viu nada alarmante ou enigmático em seu turbilhão de pensamentos. Parecia tão clínico quanto tudo que ele fazia ou dizia, mais do que outras coisas que tinham discutido nos últimos tempos.

— Não confia em si mesmo para quê?

— Para... avaliar a situação. Lê-la, entendê-la.

— O que há para entender? Não sou física.

— Não é isso. Ele não precisa de você para a magia. Precisa de você para... para ter certeza, para... — Dalton franziu o cenho com uma frustração distorcida e repentina. Parisa reconheceu uma versão mais antiga dele no gesto; um Dalton mais jovem socando a parede de um castelo. — Atlas Blakely criou o código — retomou, se esforçando para encontrar as palavras certas. — Ele encontrou as peças e construiu o computador. Mas já não pode ir além, pois perdeu sua objetividade. Ele tem medo de que o algoritmo esteja errado.

Os pensamentos de Dalton ficaram confusos. Era uma metáfora, isso era óbvio, mas Parisa não entendeu muito bem o propósito. Ela não estava em seus melhores dias, de um ponto de vista intelectual. Nada parecia fazer sentido.

— Como assim?

— Ele está usando muitos programas ao mesmo tempo. Então precisa de alguém que possa testar e acabar com os bugs. Alguém para desempenhar o papel de humano.

Talvez fosse a morte do marido, ou a conversa com Sharon, ou os fragmentos inúteis de inveja vindos de sete mesas de distância por conta de seus sapatos estupidamente caros e que lhe apertavam os pés. Talvez Parisa sempre tivesse sentido essa raiva; talvez, consciente de que estava ali, jamais seria capaz de esquecê-la. Talvez fosse ficar burra assim para sempre, o que, sinceramente, ela bem que merecia.

Parisa sentiu uma onda de irritação que a fez deixar de lado sua incapacidade de entender o discurso de Dalton e responder, com rispidez:

— Então você está dizendo que não precisamos de Atlas. É isso?

— Não, não precisamos dele. — Dalton pareceu aliviado por abandonar seus esforços anteriores. — Não, no máximo Atlas é a fraqueza do sistema.

— Certo. Está bem.

Parisa hesitou e digitou uma mensagem no celular, depois outra, e mais outra, tentando decidir qual, no fim das contas, seria o projeto mais longo. (Nico estava feliz em ter notícias dela, claro que sim — mas estava muito ocupado convalescendo à beira-mar, então ligaria de volta mais tarde, beijos. Parisa não esperava uma resposta de Reina e, quatro dias depois, ainda não recebera uma. Mas tudo bem por enquanto, ela tinha tempo; foi Dalton quem avistou Callum no fundo de duas coletivas de imprensa distintas, ao lado da mesma silhueta vestindo botas pretas e moletom com capuz, então não era preciso ser um gênio para entender o que Reina estivera planejando fazer no último ano. Se Parisa sabia uma coisa sobre pessoas, era que elas eram decepcionantes, e logo Reina seria decepcionada. E, quando acontecesse, Parisa saberia como encontrá-la.)

A resposta de Tristan, no entanto, foi instantânea e surpreendente.

Tristan está tomando banho, aqui é a Libby. Onde você quer nos encontrar?

· INTERLÚDIO ·
DÍVIDAS

Para deixar perfeitamente claro, Atlas Blakely não quer destruir o universo. Ele só não quer existir neste.

A questão não é se o mundo pode acabar. Não há dúvidas de que pode, de que com certeza faz isso todos os dias, em uma infinidade de maneiras altamente individualizadas que vão do comum ao bíblico. A questão também não é se um homem é capaz de acabar com o mundo, mas se é *este* homem, e se tal destruição é tão inevitável quanto pode parecer. Qual é o problema? A constância do destino. A liquidez da profecia. O problema é a teoria da relatividade de Einstein. O problema é a viagem no tempo em circuito fechado. O problema é Atlas Blakely. O problema é Ezra Fowler. O problema é a invariabilidade da linha específica do multiverso na qual Ezra e Atlas se conheceram.

O problema é que Ezra Fowler gostava de doces, tinha um problema com petiscos. Um hábito de cantarolar as mesmas músicas pop insuportáveis enquanto pensava. O problema é que ele deixou uma fina camada de manteiga de amendoim em cada página das anotações incompreensíveis de Atlas. O problema é Ezra, que tinha uma mente incomum pois não se submetia ao tempo linear, e por vezes nem sabia que dia era. O problema é que Ezra mordiscava as canetas de Atlas e vez ou outra adormecia na beira da cama dele como um cão leal e não entendia o conceito de bater à porta. O problema é que Ezra Fowler tinha terrores noturnos e rinite. O problema é que ele leu todos os livros nas prateleiras de Atlas e deixou suas próprias anotações nas margens. O problema é que Ezra era extraordinário em gamão; poderia ter jogado tênis de mesa profissionalmente em outra vida mais banal. Era viciado em café filtrado e por vezes deixava o chá esfriar. O problema é que era impossível argumentar com Ezra antes do meio-dia e, de vez em quando, depois do jantar. Que ele não se preocupava com a necessidade de coisas como as sutilezas de discurso. Que era introvertido e por vezes dotado de uma raiva radiante e mordaz. Que ele era brilhante e miserável e cheio de maravilhas, e tal curiosidade era contagiante, e acendia um fósforo nas partes inflamáveis da alma de Atlas Blakely.

O problema é a tendência humana latente de criar o avatar de uma pessoa em nossa mente, remontando-a com base em nossas memórias até que o fragmento dela em nossa cabeça se torne mais simplificado, e cada vez mais inadequado com o passar do tempo.

O problema é que, às vezes, quando olhava para Ezra Fowler, Atlas via a si mesmo, como encarar um espelho que lhe mostrava suas melhores qualidades e nenhum dos defeitos. O problema é que não era romântico, nem platônico, nem fraternal.

O problema é que estava mais próximo da alquimia — a sensação de ter encontrado a pessoa com quem deseja fazer magia pelo resto da vida.

O problema é que, às vezes, quando olhava para Ezra, Atlas via apenas um fim; alguém para, cedo ou tarde, inevitavelmente perder.

Porque é impossível tirar da equação do problema o núcleo fundamental da verdade, que é que Atlas Blakely amava e era amado por Ezra Fowler, e que se tornarem inimigos mortais é, infelizmente, uma variável plausível dos resultados de amar e ser amado dessa forma.

Seria a ideia de Ivy primeiro. Dali em diante, Atlas não saberia se estava ocorrendo de forma simultânea na mente dos outros ou se havia se espalhado por meios virais, como Ivy tinha a tendência de fazer. Ela era muito pragmática, o que era compreensível, por ser, em essência, o equivalente a um genocídio ambulante. A dedução dela acontecera em silêncio, uma constatação quase insignificante, se tal coisa fosse possível. Atlas não sabia quem a informara de que alguém do grupo deles teria que morrer, ou como ela descobrira (a teoria de Atlas era Neel, que tinha o dom de identificar a parte mais inteligível da situação, quando não a totalidade mais compreensível) ou se o ímpeto do pensamento tinha sido atribuído interna ou externamente. A posse de ideias era difícil de quantificar em circunstâncias normais. A súbita materialização de *talvez a esquisita deva morrer no meu lugar* poderia ter vindo de qualquer lugar. Mas, fosse lá como tivesse chegado ali, a questão é que chegou.

A instalação, na qual os inimigos da Sociedade foram avisados sobre a data da chegada dos novos iniciados, não era uma prática pessoal de Atlas. Ele e seu grupo de recrutas da Sociedade também tiveram sua própria instalação, que na época consistira, de forma semelhante, em uma tentativa inicial e grosseira de James Wessex, várias operações militares especiais e um punhado previsível de capangas do Fórum. O grupo de Atlas, que não tinha a capitania de dois físicos companheiros o bastante em sua rivalidade para servir como estrategistas conjuntos, se separou. Foi Atlas e apenas Atlas, sozinho na sala de visitas, que sentiu a presença de Ezra Fowler desaparecer.

Por fim, não haveria nada que Atlas gostasse mais do que criar estratégias com Ezra Fowler, que era esperto e culto e habilmente treinado em múltiplas especialidades, ao contrário da maioria dos medeianos. Ezra se chamava de físico e de fato era um físico razoável, até, embora também fosse bom em criar ilusões e tivesse uma mente afiada para o teórico e o misterioso. Ele era reservado, mas não ameaçador. Mais como alguém reservado e bastante introvertido. O dom de Ezra era parecer banal, o que, em uma casa cheia de pessoas notáveis, estava mais para uma sentença de morte. Algo de que, na época, nem ele nem Atlas tinham razões para suspeitar.

Então, na noite da instalação deles, Atlas aprenderia duas coisas: que Ezra se opunha à perda de vida, faria qualquer coisa para evitá-la; e que se ele próprio, Atlas, não tivesse adivinhado ou intuído que Ezra havia passado tanto pelo tempo quanto pelo espaço, o amigo não teria lhe contado. Ezra se assustava com facilidade, estava sempre inquieto. Não gostava de perturbar as coisas — o silêncio, a paz, o paradoxo do tempo-espaço, qualquer situação em que se permitisse ficar confortável, o que fazia com uma noção consciente de ruína.

— Na minha opinião — dissera Ezra a Atlas certa vez, ou pelo menos era isso que o Guardião lembrava —, a vida tem a capacidade de ser muito longa, e todas as piores coisas são praticamente inevitáveis. Então, sabe, é melhor roubar o banco.

Pouco depois, Atlas e Ezra experimentaram alucinógenos e começaram a modelar os mecanismos de física de partículas para a inflação cósmica que mais tarde seria casualmente chamado de o Plano Sinistro de Atlas Blakely. Eles não contaram a ninguém, o que na época pareceu a coisa certa a fazer. Até Atlas perceber que Ivy suspeitava que Ezra não tinha magia suficiente para sequer amarrar os cadarços.

(Isso, para deixar claro, não foi culpa dela. Ivy Breton, como já foi mencionado, estava em maior risco de eliminação determinada pelo grupo, de um ponto de vista filantrópico e humanitário, que é o que Atlas, como uma pessoa de crença geralmente utilitária, tendia a adotar. A variante específica dela de biomancia — doença viral — era uma descarga explosiva e soberana de magia que era poderosa, mas sem muita serventia. Uma conversão interessante dos dons de Reina Mori, mas isso, óbvio, é assunto para outra hora. Só uma curiosidade rápida.)

Depois de Ivy, vinha Folade. Ela não gostava de Ivy, mas também não gostava de Atlas, e de Ezra menos ainda. Neel, querido idiota Neel, se preocupava com isso, mas tinha a tendência de deixar as coisas a cargo do divino, o que, nesse caso, era uma questão dos outros cinco. Atlas só descobriria muitos anos mais tarde o que Alexis pensava a respeito de tudo isso, e a essa altura já seria tarde demais para fazer diferença. Mas Atlas era um bom amigo e um mentiroso melhor ainda para esconder a natureza da verdade, que era que Ezra estivera marcado pelos outros para uma de duas péssimas opções: morte ou algo mais direto, assassinato.

Ou, para os covardes espertos e brigões furiosos, havia uma oportunidade adicional de simplesmente enganar os poderes constituídos, deslumbrando-os bem na cara e aos poucos excluindo-os em favor de dois quase-homens um tanto chapados que porventura achavam que assassinato era ruim.

Portanto, entre a cruz e a espada apareceu a opção de viagem no tempo, um terceiro potencial.

(O problema, claro, é Atlas Blakely. O problema é a tendência dele a acreditar que é mais esperto que os outros, melhor, mais rápido, mais preparado, quando na verdade ele é a resposta universal sem ouvir direito as perguntas. O problema é sua necessidade vitalícia de ser dessa forma — de confundir telepatia com sabedoria ou, pior, com compreensão. O problema também é dinheiro e com certeza o capitalismo. O problema é o conhecimento roubado! O problema é o colonialismo! O problema é a religião institucional! O problema é a ganância corporativa! O problema é que populações inteiras renunciam ao trabalho equitativo pela alegria passageira de bens de consumo baratos! O problema é geracional! O problema é histórico! O problema é o inglês! O problema é...)

— Legal — disse Ezra.

(— Você o matou mesmo? — Alexis perguntaria mais tarde, em particular, depois que os outros já haviam aceitado a explicação de Atlas como verdade. Foi fácil convencê-los, já que não havia motivo para questionar algo em que todos queriam acreditar com unhas e dentes. Chega de assassinatos, apenas livros. Um alívio inebriante e coletivo, a não ser pela apreensão ambivalente de uma necromante. — Ele não era seu melhor amigo?

— Não viemos aqui para fazer amigos — foi a resposta expressiva de Atlas. — E o que mais eu poderia ter feito senão matá-lo? Escondê-lo no armário?

— Hum — disse Alexis, que apesar das consideráveis evidências telepáticas, mais tarde alegaria que sabia, ou pelo menos suspeitava.

Ela estaria à beira da morte a essa altura, então Atlas lhe daria o benefício da dúvida.

— O que fez você pensar que era mentira? — perguntou Atlas.

— Porque — respondeu ela — você não me pediu para trazê-lo de volta.)

Então, em essência, o que começou com Ivy teve uma consequência irreversível, uma que Atlas encontraria de novo na década seguinte e com a qual aprenderia, escolhendo usar isso em sua vantagem. Era inevitável, a faísca inicial, nascida de uma postura defensiva e também de ambição, e de uma nobre — se tal coisa fosse possível — ganância. Mate o fraco, mate o perigoso, não importa sua escola de pensamento. Você sempre pode arranjar um motivo. Quando a ideia da morte se torna necessária, até palatável, sempre há alguém que o resto do rebanho está disposto a sacrificar.

Na primeira vez em que Ezra encontra Atlas em segredo, cinco segundos depois de sua saída, que porventura também acontece cinco anos a partir de sua "morte" fabricada, Neel já morreu três vezes, Folade duas e, como um método de experimentação, Atlas e Alexis estão deixando Ivy permanecer morta, apenas no caso de isso apaziguar os arquivos por um tempo. O que Ezra lê incorretamente na postura de Atlas como uma continuação de sua antiga vanglória é um novo-antigo mecanismo de defesa construído a partir de pânico, arrogância e os vestígios finais da juventude. Naquele momento, a minutos da decisão que os dois tomaram de fazer a Sociedade, de maneira justa, se curvar a eles, Ezra ainda ama Atlas, e Atlas ama Ezra o suficiente para esconder isso dele. A tempestade que se forma, que cedo ou tarde se tornará um erro crítico, e uma verdade que tudo envolve.

Ele sabe que você quer perguntar. Vá em frente, pergunte. Sabendo o que ele sabe — o que *você* sabe —, então com certeza a essa altura Atlas entende a história que está contando. Você perceberá que ele ainda não alegou que aquilo que Ezra Fowler previu não pode vir à tona. Portanto, se Atlas já sabe o que Ezra estava tentando impedir — se ele mesmo não faz nada para negar —, então decerto já entende que ele é o vilão.

Está bem, então Atlas é o vilão. Pronto, está feliz agora? Claro que não. Porque na vida não existem vilões de verdade. Nem heróis. Só existe Atlas Blakely, deixado para prestar contas.

Quando Atlas Blakely conhece Dalton Ellery, já sabe que tudo no universo tem um custo. Ele mesmo disse isso a você, ao justificar o preço que pediu que os outros pagassem, o que ele mesmo não fez. Porque agora ele entende o significado do sacrifício e, portanto, entende o que vem de graça e o que pode ser criado espontaneamente.

O que significa: nada.

O que é uma forma de dizer que Atlas Blakely sabe muito bem como Dalton Ellery é perigoso, mas quando tal pensamento lhe ocorre, a dívida de sua vida já foi adquirida, e ele já está bem atrasado.

· DALTON ·

Você está entrando no ciclo da sua própria destruição, a roda
    Da sua própria fortuna. Roma cai, tudo
    Desmorona. Limites, propósitos, gaiolas, à prova de falhas, muros,
Algo colocado em movimento não
— Parisa? — Ela parece menor quando dorme
Cinzas de você mesmo os destroços da queda Somos tal coisa/Sonhos são feitos de/o passado é prólogo, Para. Isso é culpa minha
Dalton você está ouvindo? Você precisa ser aquele que sobrevive, Algo colocado em movimento não
Viviana Absalon, mulher de quarenta e cinco anos classificada incorretamente como mortal
Pare agora o passado é
Prólogo: algo que aprendi há muito tempo, nem tudo que trago à vida permanece vivo
Um portal dessa magnitude, uma descarga dessa potência, não pode vir do nada,
— Parisa, preciso te dizer uma coisa...
Ele não pode se lembrar sempre, vem e vai, está na ponta da língua dele, ah sim sim aí está
Não posso prometer que não há morte dentro do vazio, quase imediatamente outro pensamento: O que mais é a Questão
Pessoas abençoadas com longevidade quase sempre atraem fatalidades? (A magia só dá quando pode tomar?) Isso é algum tipo de lei tácita da natureza ou é prova de
A outra metade do destino dele, uma imagem espelhada de sua alma, não é *não* romântico
Se não tentarmos? Um fim para a fome, uma completude do ciclo, Roma cai, tudo
Colocado em movimento não
Me detenha, alguém precisará me deter, terá que
Você não entende, eu quero isso demais, me diga a verdade Dalton a verdade é

DestruirDestruirDestruir!!!!!!

Escuta Atlas quando tudo que o arquivo escolhe me dar é um livro universitário de física de 1975 acho que podemos dizer com tranquilidade que houve um problema com os cálculos

... tal coisa como poder demais? Sim ai deus Dalton sim mas é tarde

Demais, ela se mexe no sono mas não acorda.

— Parisa?

Os olhos dela se abrem. Ela é mal-humorada de manhã, ele está muito excitado, o que ele estava dizendo mesmo? Tudo está tão fragmentado, impossível esses dias se concentrar em

Um único pensamento: *quero construir mundos com você*. Não amor exatamente, mas algo muito similar, simetria, como encontrar uma imagem espelhada da alma dele, a outra metade de seu destino. Ela parece preocupada, um pouco, mas distraída, distraída demais para ver que ele não pode

Contar a ela, contar a ela agora, nem criado nem destruído, *pense no que aquilo significa...*

Ele encontra um uso para sua boca, uma rainha merece um trono, simsimsim aí está ele pensa ou possivelmente lembra,

Energia não pode ser criada nem destruída; para qualquer processo espontâneo, a entropia do universo aumenta; escuta aqui seu merda eu não digo essas coisas para a minha saúde

Como arruinar a vida de um homem? Fácil, dê a ela tudo o que ela pode

Querer dizer algo a ela, a ressalva disso, ter que se lembrar de algo, algo,

Tem que se lembrar, Dalton, que algo colocado em movimento não vai

(O suspiro dela no ouvido dele) Dalton por favor não se atreva a

Parar.

III

ESTOICISMO

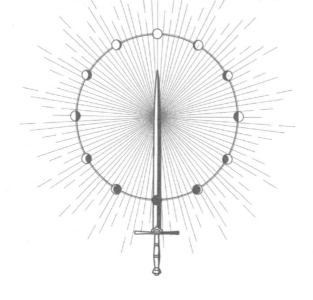

A SOCIEDADE DE EZRA

DOIS

Li

Li era um dos sobrenomes chineses mais comuns de acordo com um banco de dados da língua inglesa, o que era o motivo de Li em questão (pronomes: elu/delu) ter escolhido usá-lo ao aceitar os termos de inclusão do plano de Ezra Fowler.

Ezra sabia uma coisa ou outra sobre a pessoa chamada Li, incluindo o verdadeiro sobrenome, o que na técnica não era tão condenável quanto o dossiê de pecados chantageáveis que Ezra tinha dos outros membros que havia contatado para sua missão anti-Sociedade Alexandrina em prol da salvação mundial. Li tinha pouquíssimos pecados, na verdade — uma escassez quase vergonhosa, exceto pelas falhas costumeiras da natureza humana, tendo sido entregue à adoção do Estado ao nascer, presumivelmente devido à natureza de sua especialidade ou à pobreza de seus pais, que nunca chegou a conhecer. No caso de Li, Ezra Fowler oferecera mais uma recompensa do que punição, a qual Li aceitara, embora soubesse que talvez saísse da operação no instante em que seus superiores vissem o menor indício de falha. Li vez ou outra se perguntava por que Ezra Fowler escolhera elu, para começo de conversa — por mais que fosse de nível médio alto, não era exatamente livre para fazer o que queria — e concluiu que devia ter sido o resultado de seus talentos particulares. Ezra Fowler provavelmente observara Li por um tempo considerável para descobrir tais habilidades, e isso Li não sabia...

Bem, tecnicamente, não era diferente da vigilância que Li sofrera desde o nascimento.

Para todos os efeitos, Li não tinha rosto, não tinha impressões digitais, era invisível. Ser ao mesmo tempo uma sombra e alguém sob constante vigilância era paradoxal à sua própria maneira, e se Li tivesse o tipo de disposição propensa a ruminações inúteis, poderia ter feito perguntas como, por quê? Qual era a razão disso, dessa existência tão tênue que não podia ser cortada ao meio, muito menos propriamente compartilhada com outra pessoa? Que significado elu poderia ter, sendo tão frágil que morreria e desapareceria em um piscar de olhos — o que seus superiores garantiriam? Talvez fosse por *isso* que Ezra Fowler escolhera Li. Porque elu observara Ezra por várias semanas e também descobrira uma pletora de coisas a seu respeito. Percebera algo importante: que Ezra era, não muito diferente de Li, uma sombra se esforçando muito para ser um homem.

— Estes dois são os mais ativos — declarava o diretor da CIA, o suor brilhando na testa enquanto ele gesticulava para a crescente coleção de casos em que a naturalista e o empata pareciam estar influenciando eventos de uma natureza cada vez mais política.

Curiosamente, Pérez não havia percebido que a mão do empata estava quase sempre esticada na direção da naturalista, um movimento que poderia ser interpretado como um tapinha no ombro ou o espanar de uma poeira invisível para alguém que não estivesse prestando atenção.

— Eles despistaram o MI6 mais de uma vez e parecem ter caído nas graças, ou quase isso, de alguns dos criminosos de baixo nível em Londres, provavelmente os Caine — explicou ele em resposta à careta de aparente reconhecimento da filha de Wessex —, então, a essa altura, eu diria que o comportamento deles se agravou. Com certeza é um insulto.

O que estava certo para Pérez parecia conveniente. Também estava certo para Li, embora de uma maneira bem diferente.

— Traga Nova sob acusações de espionagem corporativa — sugeriu Nothazai, que *parecia* ter percebido a importância da naturalista, mas que pelo jeito havia compartimentado a observação, guardando-a para depois. Talvez um momento mais relevante, quando o que ficou claro para Nothazai (uma terceira forma subjetiva de clareza) estivesse mais perto da concretização. — A essa altura, qualquer violação do estatuto medeiano serve, não?

Pérez negou com a cabeça, passando pelos slides, ressentido.

— Nós tentamos, mas o empata é poderoso demais para que a polícia local o detenha em flagrante. O que decidirmos usar contra ele, seja lá o que for, precisa ser significativo o bastante para suscitar uma investigação pública. E também tem que ser específico, ou a família vai protegê-lo.

Li, que já passara algum tempo observando a família Nova, estava prestes a discordar, mas Eden Wessex foi mais rápida.

— Conheço Arista Nova e já estive com Selene — contou ela, nomeando a caçula dos Nova primeiro e então a filha mais velha, que tinha quase dez anos a mais que o empata. — Confie em mim, a família não o protegerá a menos que seja conveniente para eles. Não se acharem que entregá-lo é a opção mais lucrativa.

— Tem certeza? — Pérez ergueu o olhar com impaciência contida, e Nothazai abriu um de seus sorrisos astutos, aquele que pretendia acalmar as pessoas, mas que não serviu de conforto para Li. (Era um sorriso que não chegava aos olhos.)

— Confie em mim — repetiu Eden. — Traga toda a Corporação Nova para uma investigação formal. Se tiverem um problema maior, com certeza darão as costas para ele em um instante.

Era algo que Eden Wessex sabia porque acreditava que a própria família faria o mesmo. Li duvidava que ela estivesse errada nesse caso em específico, mas também entendia a hesitação de Pérez, que não levava a filha de Wessex a sério. E, em certos aspectos, nem deveria, porque a atenção do patriarca Wessex tinha se desviado para outros lugares, de forma evidente e problemática, desde que Ezra Fowler desaparecera. Na ausência de fossem lá quais detalhes motivadores Ezra tivesse reunido contra ele — e na ausência do próprio Ezra, o único vínculo deles com a realidade dos arquivos além da mitologia na qual todos acreditavam com uma intensidade profunda e delirante —, James Wessex escolhera perseguir outros interesses. Dentro da capacidade limitada que Pérez considerava útil, então, Eden Wessex tinha suas limitações como ferramenta.

Mas o que sempre fora apenas negócios para James Wessex era obviamente algo pessoal para a filha, e a motivação pessoal sempre significava devoção e uma determinação inabalável. Na opinião de Li, a ausência súbita e prolongada de Ezra significava que, a essa altura, apenas Eden poderia juntar o grupo fragmentado. Os interesses de Nothazai já haviam divergido dos outros. Ainda não estava claro de que modo, mas Li teve certeza de que Nothazai faria escolhas diferentes, faria acordos diferentes se o beneficiassem. Nessa ocasião, no entanto, Nothazai assentiu, uma aprovação silenciosa da tática de Eden.

Ainda faltava um voto, sem contar o de Li. De sua posição vantajosa ao lado de Nothazai, Li pensou que estava óbvio que Sef Hassan, o preservacionista egípcio que parecia dividido na questão da família Nova, já sabia que não devia entrar na dança com Pérez e o governo dos Estados Unidos. Sempre um risco enorme, mesmo quando a alternativa era uma família de ladrões ilusionistas. (O conceito "dos males, o menor" raras vezes se referia a um inglês ou a um estadunidense. Isso qualquer livro didático poderia confirmar.) Como Hassan não disse nada e Li apenas deu de ombros, Pérez tirou as próprias conclusões.

— Está bem. — Apesar da tensão, Pérez aquiesceu, sério. — Mas os Nova não estão sob nossa jurisdição.

— O Fórum se encarregará disso — ofereceu Nothazai, e o olhar de Hassan permanecia na tela de projeção, suas preocupações visíveis, mas metodicamente silenciosas. — Uma cruzada ideológica conduzida pela mídia poderia pressionar uma investigação institucional.

Sim, pensou Li. O poder da multidão que performava retidão moral colocaria o governo contra a parede apenas o suficiente para fazer a família sangrar honorários advocatícios por um mês, talvez o bastante para abalar um trimestre fiscal. O que serviria para fazê-los agir de forma oportuna, senão compassiva. Publicamente, mas sem quaisquer reparações relevantes quanto a como faziam sua fortuna.

Sim, a família Nova com certeza agiria para preservar a fortuna, o que provavelmente significava abrir mão do empata para se salvarem — uma garantia, talvez um significativo passo à frente. Ameaçar a família do empata para forçá-lo a agir teria sido um avanço tático, se não fosse pela improbabilidade de que qualquer outro membro da família Nova pudesse pressionar o filho a se entregar em nome deles. A mãe era uma bêbada, o pai, um valentão, as irmãs, implacáveis, e as duas mais velhas tinham suas próprias famílias para proteger. Que amor o empata poderia ter por eles?

Além disso, Callum Nova deveria estar morto, de acordo com a informação transmitida por Ezra Fowler. O fato de não estar — e de nenhum membro de sua família sequer saber ou se perguntar sobre a ameaça contra a vida dele — sugeria que essa era uma tentativa vã, quase improdutiva.

Li não disse nada sobre o assunto, claro, porque seus superiores tinham deixado claro que seu intuito ali era entrar nos arquivos alexandrinos e nada mais, não se comprometer com mais nada, nem com informações nem ações desnecessárias. Li não tinha suas próprias inclinações, que nesse caso consistiam em se perguntar o que mais Ezra Fowler poderia ter deixado de fora. O que mais Ezra Fowler poderia ter entendido errado.

Li fizera sua própria pesquisa clandestina sobre o único membro dos seis alexandrinos a respeito do qual Ezra Fowler não havia reunido evidências meticulosas: Elizabeth Rhodes, graduada na Universidade de Artes Mágicas de Nova York, que Ezra afirmara, com uma certeza inabalável, não ser útil a seus objetivos. Uma óbvia questão de importância pessoal. "Resolvido", foi o termo exato que ele usou.

Li, a sombra que perseguia a sombra de Ezra Fowler, discordava com veemência.

Durante o meticuloso processo de reunir seu dossiê privado (secreto), Li tinha visto o rosto dela. Apesar do pseudônimo usado na época, um bem ruim, não havia dúvida de que o retrato desbotado de 1990 da funcionária da Corporação Wessex, Libby Blakely, era, na verdade, a física alexandrina Elizabeth Rhodes.

A situação dela não tinha sido resolvida. Ela nem estava sob o controle de Ezra Fowler, nem sequer ao alcance dele, e se as circunstâncias da súbita ausência de Ezra — que Nothazai acredita ser, talvez no intuito de causar alarme, resultado de um recente encontro com o indomável Atlas Blakely — eram o que Li suspeitava, então Elizabeth Rhodes era sua principal ameaça.

Ela escolhera o pseudônimo por um motivo. Uma vez uma arma, sempre uma arma.

Li não se agitou em seu assento. Não chamou atenção para sua impaciência como os outros costumavam fazer. Que os outros perseguissem sozinhos a fortuna da Corporação Nova, que aumentassem a influência do Fórum. A chave para a Sociedade não era dinheiro nem influência, ou essas coisas já teriam aberto a porta. Não surpreendia Li que a avareza estivesse tão intrinsecamente ligada aos objetivos de sua coligação fragmentada, seu monstro de muitas partes, mas elu sabia que se algo poderia destrancar os arquivos alexandrinos, não seria a ganância.

Seria a jovem furiosa parada junto à porta, impotente.

· NICO ·

As primeiras interações dele com Tristan depois de retornar à casa da Sociedade tinham sido estranhas, bastante superficiais, como se os dois não tivessem passado o ano anterior inteiro tendo apenas um ao outro como companhia. Não que Nico se considerasse próximo de Tristan, mas havia algo muito íntimo no assassinato, por mais temporário que fosse o resultado. Não era algo a ser seguido com cumprimentos cordiais de rotina, como dois velhos conhecidos que só se cruzavam ao retornar da cozinha com seus sanduíches de agrião.

Na opinião de Nico, havia algo de muito estranho com Tristan, que chegou a ser educado com ele, por vezes até agradável. Talvez ter Libby de volta tivesse melhorado o humor de Tristan, mas isso não explicava a situação. Nico percebeu que havia algo acontecendo entre Tristan e Libby — não que fosse muito complicado entender o *quê*, considerando que ela estava sempre usando as roupas de Tristan e exalava vagamente os produtos para barba que Nico sabia muito bem que Tristan usava, porque passara um ano o atacando com eles, mas não achava que isso era o problema.

A tensão entre os dois: Tristan sempre parecia meio que *odiar* Nico, na verdade, ao menos um pouquinho; *essa* era a parte que Nico não conseguia compreender. Nos últimos tempos, sempre que conversavam, era como se Tristan estivesse fazendo um esforço hercúleo para não magoar os sentimentos que Nico nem chegava a ter.

— Sabe que não me importo se você estiver dormindo com Rhodes — decidiu anunciar Nico depois de várias semanas de contemplação, assustando Tristan, que lia sozinho na sala pintada. — Querer que ela voltasse não era uma questão de, tipo, sedução. Sei que isso deve ser difícil de acreditar, considerando que todos vocês acham que sou uma criança, mas meus relacionamentos podem ser surpreendentemente complexos. Além disso, eu já tenho... — Nico parou para considerar a terminologia adequada para algo que era o mesmo que sempre fora, só um pouco diferente — ... um Gideon — determinou depois de um momento.

— Eu odiaria testemunhar seja lá qual for sua versão de sedução — respondeu Tristan, e ergueu o olhar de um jeito quase nostálgico, com uma urgência antiga e ardente de que Nico desse o fora dali, uma constante desde a época da frágil aliança que haviam mantido até então.

Talvez tivesse sido o lance com Rhodes, no fim das contas, e agora eles poderiam deixar isso de lado e voltar a se tratar como os colegas de proximidade forçada que sempre tinham sido. Nico puxou uma cadeira ao lado de Tristan, afundando nela com alívio.

— Na verdade, acho que nem tenho uma técnica de conquista. Geralmente só peço com jeitinho.

— E isso funciona? — perguntou Tristan.

— Você ficaria surpreso. — Nico espiou o livro na mão de Tristan, que lhe lançou um olhar irritado. — Ela já falou com você?

— Sobre o quê?

Tristan não tinha negado, o que era útil. Nico não conseguia imaginar o desafio de bancar o ingênuo com alguém que ele já tentara estrangular.

Ele deu de ombros.

— Fowler? O último ano da vida dela? Escolha.

Tristan se mexeu, e então o desconforto retornou. Nico não sabia como quantificá-lo. Só tinha um sexto sentido para isso, como se fosse especialista em farejar a inquietação. Talvez fosse uma coisa física, como linguagem corporal ou algo do tipo. Tristan tinha se virado, como se estivesse escondendo alguma parte de seu peito.

— Ela não tem que explicar nada.

Nico soltou um suspiro pesado.

— Olha, eu sei que você é o rei dos sentimentos reprimidos, mas não deixar Libby processar tudo que deu errado só vai ser pior para ela. Alguém a traiu... isso não é pouca coisa.

— Acha que não tenho experiência com traição?

Dessa vez, o reflexo físico de Tristan foi forte, como a picada de um escorpião.

— Não foi isso que eu quis dizer, só acho que...

— Se quer brincar de analista, faça isso no seu próprio tempo.

Tristan fechou o livro, e Nico estendeu a mão para pegá-lo, espiando a capa com uma onda inebriante de prazer.

— De quem são essas anotações? — perguntou Nico, porque também podia bancar o babaca. Quando a situação exigia.

Tristan olhou feio para ele.

— Suas, seu idiota. Você já sabe disso.

— Então você está cogitando fazer, não está? — Bem, pelo menos isso. — Aliás, onde está Atlas?

— Estamos em julho — respondeu Tristan. — Na Inglaterra. Ele está de folga.

Assim como a família de Max, o que explicava as idas e vindas de Nico da casa — em intervalos bem curtos, caso Libby estivesse certa sobre a proximidade física —, mas não era como se Atlas um dia tivesse sido conhecido por seus passeios de verão. O Atlas da época da bolsa acadêmica tinha sido um elemento habitual, até constante. Essa versão dele era um tanto *odisseica*, embora Nico achasse que ele tinha direito de agir assim. Nenhum novo iniciado apareceria por mais oito anos, então talvez fosse o momento mais adequado para jornadas recreativas.

— Ainda sinto que ele poderia pelo menos aparecer e dar oi...

— Isso... essa teoria sua. — Tristan virou o livro para Nico, abrindo a página em um diagrama com o que físico percebeu serem as próprias anotações rabiscadas de Tristan. — Explique isto.

Nico se ajeitou e semicerrou os olhos para os rabiscos alinhados de Tristan.

— Por quê? Você acha que está errado?

— Acho que está incompreensível, Varona. Que merda é essa?

— É... — Justo, bidimensionalidade não era o ponto forte de Nico. — Espere. — Ele arrancou uma página do livro contendo suas anotações, o que levou Tristan a sufocar um resmungo. — Você está passando tempo demais com Rhodes. É só um livro, Tristan. Enfim, é mais fácil explicar desse jeito. — Nico dobrou a página ao meio, depois dobrou a parte superior para trás, posicionando-a de forma que dois centímetros desaparecessem. — Então, veja desta forma — continuou, colocando o papel dobrado na mesa e o desamassando. — Viu? Está plano.

— Teoricamente.

Tristan virou o lado da página que já estava se erguendo como a letra Z na lateral.

— Certo, bem, isso é muito teórico, não é? Aqui. — Nico forçou a página para baixo com magia, de modo que a distância entre as dobras desapareceu. — A parte que faltava sumiu. Quando você olha para a página, está plana.

— Certo.

— Mas não é plana. — Nico soltou a força da gravidade e permitiu que a parte dobrada voltasse à posição. — Há um bolso ali, onde a matéria comum pode colapsar. E se você fizesse isso várias vezes em uma única página, haveria uma infinidade de bolsos, múltiplos colapsos, universos reflexivos se multiplicando em cada ponto onde a densidade de uma galáxia específica fosse perturbada. Mas se você vivesse na parte superior da página, jamais os veria. Você estaria apenas passando por eles, e toda a paisagem pareceria perfeitamente plana.

A expressão concentrada de Tristan evocava certa zombaria.

— Você acha que o multiverso existe em algum lugar entre as dobras?

— Sim e não — respondeu Nico, dando de ombros. — Não estou fazendo qualquer sugestão sobre o multiverso, isso está muito além no experimento — desconversou —, e estou começando com uma hipótese do que a matéria escura realmente poderia ser, o que o *vazio* poderia ser. Como a presença de algo que na verdade é a ausência disso.

No ano anterior, quando sem querer esqueceu, por um momento, que o odiava, Reina mencionara para Nico algo parecido para explicar as habilidades de Dalton.

— O que é algo que você conseguiria ver — acrescentou para Tristan —, em teoria, se eu... ou você, considerando que tem meios mais amplos de persuasão... pudesse convencer Rhodes a tentar o plano sinistro de Atlas.

— Pare de chamar assim — repreendeu Tristan, que estava ocupado demais tentando entender o modelo de universo de Nico para arranjar uma resposta mais desaforada. — Então você concorda com Atlas? — perguntou, com um franzir de testa bem característico. — Acha que há uma forma de desenhar uma entrada para os outros mundos a partir de... matéria escura? Alguma dobra cósmica?

— Parece erótico, e sim — confirmou Nico. — Não que eu saiba se Atlas concorda, porque ele não falou nada sobre minhas anotações, mas, em teoria, sim. No fim das contas — concluiu —, é uma questão de produzir energia suficiente para colapsar um canto desta galáxia em seu reflexo igual e oposto, o que Rhodes e eu teríamos que fazer. Mas depois desse ponto, em teoria, daria para você ver a forma disso e ser quem...

— Cairia lá dentro?

Tristan arqueou a sobrancelha.

— Abriria a porta — corrigiu Nico. — Você também pode ser a única pessoa capaz de entrar no meio deles, mas isso é uma preocupação para outra hora. Por enquanto, só preciso que Rhodes faça o trabalho comigo, e que Reina gere seja lá o que Reina pode gerar. E segure tudo o que Rhodes e eu não conseguirmos.

— E Dalton — murmurou Tristan. — Que não teremos a não ser que Parisa se sinta caridosa, o que seria estranho.

— Certo, mas isso é hipotético, de qualquer forma. — Nico pensou mais no assunto. — E acho que também precisaríamos de Parisa, não concorda? — acrescentou. — Mesmo que seja apenas para garantir que ela não morra por vingança dos arquivos. E para garantir que Callum não fuja para outro mundo e comece uma guerra.

— Nem precisa disso. Ele está ocupado demais tentando me matar para se preocupar com o resto do mundo — resmungou Tristan, ainda olhando o modelo de universo de Nico.

— Poderia ser pior — disse Nico. — É meio lisonjeiro, de certa forma. Quer que eu dê umas dicas para ele?

— Você é um babaca, Varona. — Tristan se virou para ele, observando-o por um longo tempo. — Você faria o experimento para Atlas? Hipoteticamente.

A última parte foi acrescentada, Nico suspeitava, por uma questão estratégica.

— Hipoteticamente? Claro.

— Faria por Parisa?

— Ela já me pediu. Respondi a mesma coisa.

— Que coisa?

— Que, hipoteticamente, fico preocupado de ser capaz até de me jogar de uma ponte se ela pedisse. Por sorte, ainda não pediu.

Tristan revirou os olhos.

— Então você acha que é uma boa ideia?

— É uma *ideia* — corrigiu Nico, dando de ombros. — Não é inerentemente boa ou ruim. — E era isso que ele vinha tentando explicar a Libby. — Não há decisão a ser tomada. Nenhuma ética, só uma zona morta moral. O que você vai fazer se *puder* passar por aquela porta... isso cabe a um filósofo decidir. Ou a um ou dois telepatas muito persuasivos. — Outro dar de ombros. — Sou só um físico com potencial de ajudar a porta a aparecer.

— *Só* um físico, diz ele. — Tristan estava falando com o nada, um comportamento um pouco excêntrico para ele. Olhou para Nico, balançando a cabeça. — Acha mesmo que é verdade? Que pode haver decisões sem ética? Como um estado de natureza ideal, uma estase que nunca existiu sem ser pressionada por segundas intenções alheias.

— Acho que tecnicamente não — admitiu Nico —, não mesmo. Mas a ética é estranha, complicada. Quer dizer, eu *não posso* ser ético. Não posso comprar uma camiseta ou comer uma manga sem prejudicar milhares de pessoas no processo. Certo? Bom, com certeza esta é uma discussão para Rhodes — acrescentou. — É ela quem tem experiência nessas questões morais mais elevadas. Estou aqui só por ser um rostinho bonito.

— Ah, sim, claro.

Tristan expirou, cansado, massageando as têmporas.

— E enfim — destacou Nico, por impulso —, quem disse que o apocalipse *precisa* de Atlas?

— Rhodes — respondeu Tristan.

— É. Verdade. Mas o problema poderia muito bem ser um de nós. Vai saber o que a possibilidade da dominação mundial pode despertar em mim? Pense em como Rhodes ficaria feliz em descobrir que, no fim das contas, eu era o vilão da casa.

Tristan pareceu não entender a tentativa de leveza de Nico, escolhendo em vez disso fechar a cara e olhar para o nada antes de mudar de assunto.

— Ah, só para constar, nem me dei ao trabalho de cogitar se você se importava de eu estar ou não dormindo com Rhodes, pois sua opinião sobre o assunto não me interessa.

— Aí está ele, o Tristan Caine que conhecemos e amamos — declarou Nico, num tom alegre. — Que bom que a gente superou essa, então.

— Não, o que eu quis dizer foi... — Tristan revirou os olhos. — Não há nada estranho entre nós — explicou, apontando para Nico e para si. — Estamos bem. Não dei a menor bola para os seus sentimentos porque, sim, como você mesmo disse, já tem "um Gideon"...

— Que realmente parece gostar de você, então já sabemos que não é muito sensato — disse Nico.

Ele parou e olhou ao redor, ainda sem se adaptar à queda de ocupação da casa. Ainda esperava que Parisa entrasse, que Callum aparecesse, que Reina surgisse e o julgasse inadequado com um olhar.

Nico ia e vinha de tempos em tempos, a pedido de Max, toda vez que as coisas pareciam... claustrofóbicas demais. Sérias demais. Se passasse muito tempo na casa, com ou sem Gideon, sentia que estava prestes a enlouquecer. O antigo nervosismo permanecia, a sensação de que estava se perdendo para algo lá dentro, perfurado como um bordo para que extraíssem tudo que continha. Dessa vez, no entanto, estava pior.

Quanto mais ele ficava naquela casa, mais ansiava por ser útil. Libby estava de volta, e embora isso gerasse seus próprios problemas, também significava algo que era, para Nico, inevitável, como receber um novo molho de chaves. Significava a chance de destrancar algo novo; algo que passara um ano buscando.

Uma chance de ver se o universo poderia revelar seus segredos, desde que ele o seduzisse da maneira certa. Desde que pedisse com jeitinho.

— Espero mesmo que você esteja, há, feliz — disse Nico para Tristan, percebendo que estivera perdido em pensamentos. — Vocês ficam bem juntos, sabe? Você e Rhodes. Ela não parece tão ansiosa.

Tristan fez um som evasivo.

— Não estou falando da boca para fora — insistiu Nico. — É que, sei lá. Vocês dois...

Ele se interrompeu.

— É só que faz sentido — admitiu. — E é óbvio que ela confia em você. — Ele se perguntou se estava deixando Tristan desconfortável, ou talvez dizendo a coisa errada. — Só quero dizer que vocês...

Outra pausa.

— Bem, correndo o risco de soar muito deselegante — continuou Nico —, não me importo de ficar preso nesta casa com vocês. Eu obviamente preferiria ir embora — acrescentou —, mas, já que somos obrigados a conviver um com outro, vocês são incrivelmente toleráveis. Quase decentes, na verdade. Então, Rhodes se sentir da mesma forma é...

— Não sei onde ela está, Varona — disse Tristan de repente.

Primeiro, Nico achou que ele só tinha dito isso para ser irritante, mas, ao observar melhor, percebeu que era a mais pura verdade.

— Ah.

Nico se afastou, entendendo isso como o corte brusco que Tristan sempre fazia para dispensar alguém, mas logo se deu conta de que não era o fim da conversa.

Era o começo de uma nova.

— Você...?

Ele se virou devagar, encarando Tristan, os dois parecendo entender que a pergunta seguinte era tão importante quanto a anterior, se não mais.

— Você sabe onde Atlas está? — perguntou Nico, cauteloso, e viu Tristan retesar a mandíbula.

— Varona, eu não sei se...

— Aí estão vocês.

Um ruído ecoou da porta atrás deles, os passos de Libby seguidos pelos de Gideon, que carregava uma caixa de algo que pareciam livros com capa de couro.

— O que é isto? — perguntou Libby, apontando para o papel sanfonado que Nico deixara diante de Tristan na mesa.

— Dilema ético — respondeu Tristan ao mesmo tempo que Nico disse:

— Aviãozinho de papel.

— Não é um aviãozinho muito bom, Nicky — comentou Gideon, colocando a caixa de livros ao lado das anotações de Tristan.

Havia quatro ou cinco livros ali, todos enormes. Grandes o bastante para causar uma concussão em um homem ou acabar com qualquer pingo de excitação.

— O que é isto, Sandman? Finalmente enganou os arquivos para receber uma leiturinha leve? — Nico espiou a caixa e Gideon deu de ombros.

— Não consigo abrir os livros, só preciso enviá-los para serem reencadernados. Viva! — acrescentou, baixinho, para Libby, que Nico percebeu estar usando algo que não era uma peça do guarda-roupa de Tristan.

— Você saiu da casa? — perguntou Nico, intrigado.

Bem, a menos que ela tivesse convencido as proteções dos preciosos arquivos da Sociedade a fazer concessões para entregas on-line, obviamente Libby havia deixado a casa em algum momento daquele dia. Nico estivera tentando convencê-la a fazer isso havia semanas, com ou sem ele, mas Libby havia se apegado a suas antigas tradições e costumes de fazer de tudo para não estarem no mesmo lugar ao mesmo tempo. A princípio Nico pensara que a escapulida para comprar roupas fosse por causa de Tristan, mas pelo jeito ela adquirira algo que fazia mais o estilo clássico de Rhodes (bem, Rhodes *se* ela tivesse topado com Parisa, considerando que era um vestido e não o conjunto de suéter que parecia ser a abreviação dela de "a queridinha dos professores") sem sequer dizer a Tristan que tinha saído.

— Cortei o cabelo — comentou ela, o que Nico percebeu, atrasado, ser verdade.

Não usava mais franja, para a alegria de todos. O cabelo dela havia crescido desde seu retorno, longo o bastante para ser considerado *comprido*, algo que Nico jamais havia associado com Libby antes disso, mas ela o cortara de novo na altura dos ombros. A situação era muito razoável, e mesmo assim ele se sentia ao mesmo tempo juiz e réu.

— O que vocês estiveram aprontando? — perguntou Libby, olhando para Nico.

Nico olhou para Tristan, que fez questão de não retribuir.

— Nada sinistro, garanto — arriscou Nico.

— Muito bem. — Tristan suspirou, enfim olhando para o físico, mas não para Libby. — Muito discreto.

Gideon, enquanto isso, fitava a caixa de livros com atenção. A coisa toda era muito esquisita, Nico decidiu. E não o tipo de esquisitice clandestina entre pessoas que dormiam juntas com frequência.

Na verdade, a energia havia mudado consideravelmente no momento em que Libby entrara na sala, e Nico não sabia o que pensar disso. De certa forma, estava orgulhoso dela por ter desenvolvido uma firmeza saudável (tinha sido ele a lhe sugerir o equivalente de *se imponha*, o que supôs que viajar no tempo faria), mas havia uma aura inegável de algo maior no cômodo. Algo não dito e preocupante.

— Você pode me contar a verdade — disse Libby para Tristan, possivelmente acertando em cheio, o que não era algo que a antiga Libby faria, então mais uma vez Nico sentiu uma pontada de orgulho. — Você não precisa mentir sobre o experimento. Sei muito bem o que *aquilo* — explicou, olhando para o papel na mesa — deve representar. Li as anotações de Varona.

— Bem, fico feliz em saber que alguém entendeu — disse Nico, ao mesmo tempo que Gideon perguntou:

— Anotações sobre o quê?

— Um fim do mundo hipotético.

Libby lançou um olhar sério para Tristan, os dois travando uma rápida conversa em silêncio, da forma que as pessoas faziam quando já tinham se visto nuas.

Ele hesitou por um momento, então assentiu. Libby se afastou e se dirigiu à porta da sala, virando-se e olhando para Nico, e então fixando a atenção em Tristan, que deixou o cômodo ao seu lado.

Nico sentiu a presença de Gideon iluminar sua visão periférica como um raio de sol.

— Você vai ficar muito irritado — começou Gideon, com delicadeza — se eu disser que acho que tem algo errado com Libby?

— Eu sempre soube que tem algo errado com ela, *idiota*. Estou te dizendo isso desde sempre. — Nico espreguiçou os braços e ocupou a cadeira de Tristan, chutando a cadeira oposta para que Gideon se sentasse. — É estranho — comentou, tendo um momento de sincronia, como um déjà-vu. Unhas cor-de-rosa no pé e telepatia, uma crise de consciência e Professor Xavier. *Fala logo, Nicolás.* — O fato de você estar aqui — disse para Gideon. — É estranho. Não estranho de um jeito ruim, apenas estranho.

Gideon deslizou na cadeira.

— Está pensando em algo em específico?

— Só me lembrei de algo que esqueci de fazer.

Arrume um talismã. Unhas pintadas de rosa no colo de Nico. *Então você nunca terá que questionar o que é real.*

Ele se perguntou o que Parisa estaria aprontando. Não o estava ignorando, exatamente. Os dois conversavam de tempos em tempos, trocando mensagens curtas sobre como ele era fofo e sem jeito; se ainda estaria disposto até a pular de uma ponte se ela pedisse. (Sim.) A verdade era que Nico queria perguntar mais, ou *dizer* mais, mas não sabia que assuntos puxar com alguém cujo beijo ainda conseguia sentir. Nico tinha a sensação de que ela não iria aprovar esse tipo de carência — o que era irônico, já que, tirando Gideon, Parisa era a única pessoa naquela casa que parecia se importar com ele. (*Estamos na minha cabeça, não na sua.*)

Nico riu sozinho, se virando para Gideon.

— Lembra quando eu disse que a gente devia arranjar uns talismãs?

— Mais ou menos. — O sorriso de Gideon era debochado.

— Você arranjou?

— Um talismã? Não. E você?

— Não. Para quê? — Nico deu de ombros. — Sempre tive você.

— Verdade — concordou Gideon. Nico poderia esquentar as mãos naquele tipo de afeto. — E, além do mais, ainda não há indícios de que tenho mortalidade suficiente para me perder no plano astral, então, sabe. É só outra hipótese um pouquinho menos relacionada ao fim do mundo.

Gideon fechou os olhos. Por um momento, Nico achou que tinha caído no sono, mas então ele chutou a cadeira do físico, fazendo-o rir.

— Ainda estou acordado — avisou. — Por enquanto.

— É tão ruim assim? *Sois honnête.*

— Eu mentiria para você?

— Sim. — Nico o empurrou, joelho com joelho. — Claro que sim. Mas não minta.

— Tá, é... — Gideon desviou o olhar. — Não está *não* acontecendo.

Estava se referindo aos episódios do que outras pessoas chamariam de narcolepsia, mas que Gideon chamara apenas de vida até a interferência de Nico. Nos últimos dois anos, enquanto Nico não estava, Gideon havia existido quase com exclusividade dentro do reino dos sonhos. Só mais tarde Nico percebeu que não havia preparado um frasco para Gideon durante todo o período em que estivera ausente.

— Posso fazer mais, se você quiser...

— Você não tem os recursos necessários. — Gideon abanou a mão, dispensando a oferta. — Aqui não é a UAMNY, onde você pode usar seu papo furado para usufruir do estoque particular do professor Breckenridge. E aqui ninguém tem um desses dando sopa.

— É uma casa mágica — insistiu Nico. — Tenho certeza de que posso fazê-la conjurar o que preciso.

Gideon fixou nele um olhar de dúvida suprema.

— Nicky, você ainda não aprendeu? Esta casa não conjura nada.

— Do que você está falando? É senciente, todos sabemos que...

— É senciente, não um mordomo. Está sabendo que quase não tem comida na cozinha?

— O quê?

— Quase não tem comida, Nicky. Recebi um e-mail da empresa de bufê dois dias atrás. Tristan disse que daria um jeito — acrescentou Gideon —, mas...

— Empresa de bufê? — Nico se deteve para avaliar se Gideon estava brincando, o que era bem possível. Gideon de fato era muito charmoso e encantador, ou tendia a ser, mas parecia falar sério. — Espera, o quê?

— A casa não cozinha suas refeições, Nicolás. — Gideon revirou os olhos. — Sei que você é privilegiado, mas caramba. — Ele ainda sorria quando continuou: — Não me diga que Libby nunca chegou a mencionar isso? Já que tenho quase certeza de que ela é a única de vocês que não cresceu tendo as refeições entregues de bandeja.

— Na verdade, Tristan não é... Espera. — Nico franziu a testa. — Então quem cozinha?

— Vocês têm um chef — explicou Gideon. — Ou mais de um, acho, da mesma empresa. O Guardião ou um de seus subordinados garante que a comida seja entregue na casa, mas de acordo com um tal de Ford do RH, que não está nem aí para mim, e, aliás, vocês têm um departamento de RH, faz mais de um mês que os pedidos não são feitos.

— O quê?

— Vocês também não tiveram nenhuma visita, como Ford decidiu me informar. Ao que parece, seu Guardião não tem permitido a entrada de outras pessoas, o que está deixando Ford bem chateado. Ele mencionou algo sobre um voto de desconfiança se isso continuar, seja lá o que signifique.

— Desde quando temos chefs? — Nico só percebeu que ainda franzia a testa quando Gideon de repente o observou e riu.

— Ah, Nicky. Você está mesmo tão surpreso assim? Eu falei para você se perguntar de onde vinha o dinheiro.

— Que dinheiro? E isso tinha a ver com você — lembrou Nico de repente, se perguntando se Gideon estava inventando aquelas coisas só para não discutir a possível piora no seu estado de saúde.

A ficha de Nico caiu, estrondosa como um gongo: sua razão para se juntar à Sociedade não tinha sido hipotética. E, ainda assim, de alguma forma, em meio a dois anos de perigo mortal, ele tinha dado um jeito de esquecê-la.

— O dinheiro que mantém tudo isto funcionando. — Gideon fez um gesto ambíguo para a casa e tudo dentro dela. — E, bem, se acabarem os itens básicos da despensa, acho que vocês não vão fazer alquimia tão cedo.

— Isso era função de Dalton? — perguntou Nico, com o olhar perdido.

Gideon negou com a cabeça.

— Acho que não. Também não é minha função, tecnicamente, e Dalton era só um pesquisador. Não é Atlas quem gerencia a casa?

— Ele é o Guardião — corrigiu Nico de imediato.

— Qual a diferença?

— Eu...

Nico não sabia, óbvio, pois nunca soubera qual era o trabalho de Atlas. Planejar? Imaginava que era responsabilidade do Guardião planejar coisas como o baile de gala do ano anterior. Seria possível que o homem cuja aprovação ele começara a desejar com avidez fosse algum tipo de... administrador? Nico não sabia o que fazer com a imagem de Atlas fazendo o inventário da despensa ao lado do buraco de minhoca criado com os materiais cósmicos que ele próprio fornecera.

Mas tudo isso parecia parte de uma revelação que Gideon preparara habilmente, então Nico decidiu que seria melhor guardar esses pensamentos para depois. Gideon já não confiava na Sociedade, e, por mais maravilhoso que fosse, ele ainda não havia conhecido Atlas. Era bem possível que as suspeitas de Gideon se confirmassem, mas isso também servia como um lembrete de que Nico era extremamente necessário. Porque fosse lá qual grande mistério pudesse ou não estar acontecendo dentro dos muros da Sociedade, nada disso era mais importante do que o que o levara a aceitar a proposta da instituição, para começo de conversa.

Se Gideon não conseguia replicar a lealdade que Nico desenvolvera ao ser escolhido por Atlas, isso se devia ao fato de Gideon ser um forasteiro, forçado à objetividade porque pertencer nunca tinha sido uma opção.

E, além do mais, ele ainda era quem precisava de ajuda.

— Nem sei como desviamos tanto do assunto — comentou Nico —, que é: se você estiver com problemas, deveria me contar. Sempre posso dar um jeito de arranjar coisas para você de fora da casa.

Gideon deu um sorrisinho.

— O que é um pequeno colapso de reinos aqui e ali?

Nico cogitou se deveria insistir no assunto, e logo decidiu, com grande incerteza:

— Vai me contar quem é o Contador?

Gideon piscou e adotou uma expressão de pura inocência.

— Voltei a falar enquanto durmo?

— Voltou. — Uma pausa. — Teve notícias de Eilif?

Gideon tamborilou na mesa.

— Não é nada — respondeu, por fim.

— Gideon. — Um meneio de cabeça. — Um dia vamos parar com isso?

Ele não tivera a intenção de soar tão profundo, tão adulto. Era um tom que nem sabia que era capaz de usar, que tinha um quê de tristeza, como o último dia das férias de verão. Como se talvez toda essa diversão fosse terminar um dia.

Mas isso era mesmo tão ruim assim? Nico não tinha experiência, mas mesmo assim. Tinha certeza de que às vezes a diversão se tornava algo maior, algo mais significativo.

— Você não precisa mentir para me proteger — declarou Nico. — E não tem que guardar segredos só para me manter por perto.

Em troca do risco de estragar tudo, sua recompensa inegável:

— Tá, você tem razão. — Gideon o encarou, relutante. — Tem alguém me procurando — confessou. — Alguém deve ter consolidado as dívidas da minha mãe. Acho que estão me procurando para que eu pague o que sobrou. Eles não conseguem passar pelas proteções telepáticas daqui — acrescentou —, mas não tive mais notícias da minha mãe, não sei se porque estou aqui ou porque algo aconteceu com ela...

Nico nunca havia entendido o relacionamento de Gideon com Eilif e não sabia se consistia em culpa, preocupação ou uma combinação muito estranha das duas coisas.

— Ela está bem — disse Nico, com urgência. — E seja lá quem for esse Contador, você não deve nada a ele.

— Eu sei, mas... — Gideon fez uma pausa. Balançou a cabeça, deu de ombros. — A questão é que está tudo bem. Estou aqui para ficar fora do caminho da sua Sociedade...

— Para ficar *seguro* — contestou Nico.

— Seguramente fora do caminho deles — repetiu Gideon. — Então, se acontecer de eu adormecer do nada, acho que eles nem vão se importar. Mesmo se eu cair das balaustradas, tenho certeza de que eles têm seguro.

Nico teve o desejo súbito e inevitável de punir Gideon por sua leviandade costumeira em relação à própria morte, então escolheu a violência. Por isso, se inclinou sobre a mesa e plantou um beijo em sua boca.

— Calado — murmurou Nico, de olhos fechados e imóvel, porque tudo entre os dois estava exatamente como sempre estivera.

Com uma pequena diferença, neste caso: ele podia sentir o sorriso de Gideon como se o tivesse conjurado por conta própria.

— Nicolás. Você está se desviando do assunto. A casa está punindo vocês por algum motivo. Seu Guardião desapareceu. Seu pesquisador mente. Sua teoria de muitos mundos te sufoca como se fosse um canto de sereia acadêmico. Além disso — acrescentou Gideon, com cuidado —, estive em pesadelos suficientes de Libby para saber que os problemas dela são maiores do que qualquer um de vocês pode resolver, e vocês os estão ignorando porque têm um dom infernal para audição seletiva. — Uma pausa, seguida por um murmúrio. — Só porque você me faz feliz não significa que não me deixa maluco.

Por puro interesse, Nico só ouviu uma coisa.

— Você está mesmo, Sandman? Feliz?

— Ai, meu *deus* — respondeu Gideon.

O resto dava para resolver, pensou Nico. Fosse lá o que Atlas estivesse fazendo, ou Tristan, Nico tinha certeza de que Libby sabia, e se havia uma coisa em que ele podia confiar — além de Gideon — era a bússola moral de Libby. Sim, Tristan sem dúvidas estava escondendo algo, mas Nico fizera uma promessa para Libby Rhodes uma vez, e ela retribuíra: se ela precisasse de algo, viria até ele. Nico saberia quando o momento chegasse, e até lá, teria que arranjar uma distração para suas mãos inquietas.

Era melhor que fossem usadas para algo bom.

· INTERLÚDIO ·
AQUISIÇÕES

A última parte foi uma história de amor.
Esta é um aviso.

A primeira vez que Atlas Blakely revê a mãe acontece horas depois de completar sua iniciação. Mais tarde, ele cria o hábito de visitá-la. Um ritual realizado todo mês, talvez, desde que ele nunca se afaste demais do peso filosófico que os arquivos lhe atribuíram. Às vezes, essas ocasiões têm pouca importância para qualquer um dos dois, pois ela é incapaz de conduzir uma conversa, e Atlas não tem certeza de quais são suas obrigações além das responsabilidades como filho.

Por fim, as visitas começam a rarear.

— O nome dele é Dalton — diz Atlas —, e, se eu estiver certo, ele pode fazer algo extraordinário. Se eu estiver errado... — Ele cogita expressar em voz alta. — Bem, se eu estiver errado, não é menos extraordinário. Só um pouco mais perigoso.

A mãe dele não diz nada, mastigando em silêncio o pudim que Atlas lhe serve, distraído, com uma colher de silicone, como se ela fosse criança.

— Lembra-se de Clamence? Camus. *A queda?* — Nenhuma resposta. — Ele não salva uma garota de se afogar, lembra? Para não se arriscar. E então tudo que se segue é a queda. "Atire-se na água, para que de novo eu tenha, pela segunda vez, a oportunidade de nos salvar a ambos"? — Nada. — Deixa para lá. Acho que só estou me superestimando. Na verdade, ninguém me chamou para salvá-los. Mesmo assim — prossegue Atlas. — O que é magia senão a oportunidade de suplantar as leis da natureza? As regras do universo não têm que nos conter. Só porque ainda não foi imaginado não faz disso menos real.

— Você parece igual — diz a mãe dele.

(Ela não está falando com Atlas. Mais tarde, uma versão mais velha e pouco mais sábia de Atlas desejará ter compartilhado essa parte de si com Parisa, ainda que apenas porque isso poderia evitar que ela replicasse as falhas dele, que repetisse seus erros. Ela é a única do grupo cuja inclusão Atlas não pode defender; não está marcada para eliminação, nem é necessária para a enormidade da dívida dele. É, no entanto, a única pessoa do grupo que pode ter uma chance de entender o que é se reconhecer como nada mais que o símbolo de algo na mente de alguém. De perceber que você é apenas o peso dos fantasmas de outra pessoa.)

Atlas assente, distraído, e limpa a boca da mãe com delicadeza.

— A questão é — continua ele para si mesmo, embora pretensamente para ela —, não posso deixar de pensar que tudo isso teve algum propósito. É mesmo uma coincidência esse tipo de capacidade mágica cair no meu colo? Ou significa que sou o único a ver o que poderia ser feito disso? — (Atlas se fará a mesma pergunta quando Ezra descobrir a existência de Nico e Libby; quando, mais tarde, ele tiver um palpite valioso sobre Reina.) — Tem que ter sido por algum motivo, as peças se encaixando dessa forma. Senão, para que serve tudo isso?

A mãe dele não responde, e Atlas suspira.

— Eu só estava tentando fazer a coisa certa — diz ele, sentindo muita pena de si mesmo naquele momento. — Pensei mesmo que era a coisa certa.

A mãe ergue os olhos cansados e o encara. Por um momento, parece quase lúcida, seus pensamentos um borrão rosado de coisas passadas e presentes, e Atlas pensa que talvez ela esteja prestes a tocar seu rosto. Algo que ela não fazia havia anos, talvez décadas.

Mas então, de repente, ela lhe dá um tapa. Pego de surpresa, Atlas sente as mãos escorregarem, e o pudim cai no chão. A tigela se estilhaça aos pés de sua mãe, cacos afiados de porcelana circundando os caroços em suas grossas meias de lã. Tem um buraco nos dedos. Ele se pergunta quando foi a última vez que a mãe tomou banho.

— Você me tornou uma mentirosa — declara ela. — O que devo dizer a Atlas?

O momento se esvai, a atenção dela se desvia para outro lugar, para a televisão no canto. Atlas se levanta em silêncio e pensa que um banho de esponja servirá. Ele contratou uma enfermeira, mas ela está de folga. Outros arranjos terão que ser feitos, medidas de segurança de certo tipo. Ele gostaria de ir a lugares, viajar pelo mundo, ser cirurgicamente liberto de seus próprios pensamentos. Gostaria de dizer a Ezra que, se um dia sair desse caminho, é quase certo que morrerá. Mas contar a Ezra não colocaria o dilema ético nas mãos dele? Roubar a liberdade de Ezra não seria seu próprio tipo de sentença de morte?

(— Você não é aquele cara francês do livro da sua mãe, tá? — avisa Alexis para Atlas. — Você tem a tendência exagerada de se mitificar. Não é sua característica mais sexy.

— Qual é a minha característica mais sexy? — pergunta Atlas.

— Sua torpeza moral — responde ela.)

Atlas passa os dedos pelas lombadas das prateleiras quebradas da mãe. Uma delas está fora do lugar, provavelmente obra da enfermeira. Ele se detém para traçar a filigrana dourada nas páginas da Bíblia King James, observando a fotografia familiar de um jovem na prateleira. Um homem que se parece tanto com ele, por mais estranho que pareça; era quase como se olhar no espelho, incluindo toda a capacidade juvenil de sentir dor.

— Mãe — chama Atlas, sem desviar o olhar. — Se eu fizer como Dalton pediu e selar as partes dele que deseja esconder dos arquivos, então talvez ele tenha razão. Talvez os arquivos lhe deem o que quer, e então um dia, com os medeianos certos, eu possa usar os poderes dele para encontrar uma forma de salvá-los. — Ele faz uma pausa. — Ou talvez eu terei ignorado alguns avisos muito legítimos e destruído absolutamente tudo só para salvar a vida de cinco pessoas.

— O dilema do bonde — murmura ela, ou pelo menos ele tem certeza de que sim.

De qualquer forma, Atlas sorri e se afasta da estante, deixando a fotografia para trás. Como todos os rituais, ele marcará este como uma vitória. Dirá a Ezra que o plano deles está funcionando e que a mãe está bem. Encontrará outra pessoa para ficar de olho nela, só por precaução. E, de repente, ele acha que conhece a pessoa certa para o trabalho.

— Sim, algo assim. — Ele para de novo, contemplando tudo. — É você quem estudou filosofia, mãe. Acha que existe poder demais?

Ela não responde.

Ela não precisa responder.

Atlas Blakely já sabe.

LIBBY

— Então — dissera Parisa, tomando o assento vazio diante de Libby na cafeteria em Shoreditch onde combinaram de se encontrar. — Você achou seu caminho de volta, no fim das contas.

Libby havia se coberto de ilusões para a ocasião. A única coisa que a denunciava era o exemplar de *Jane Eyre* que colocara na mesa, bem à vista. Parisa, no entanto, estava exatamente como Libby se lembrava, imutável como uma pintura. Usava um vestido de tricô azul-cobalto tão vivo que fazia o novo vestido de Libby parecer monótono e fora de moda.

Libby tomou um gole de café, olhando ao redor para garantir que não havia plateia. Era um estabelecimento popular, com uma atmosfera casual e ruidosa para disfarçar a natureza da conversa das duas. Parisa não fora até ali para se esconder, óbvio, mas mesmo assim Libby achava mais sensato tentar se misturar às pessoas.

— Duvidou que eu conseguiria? — perguntou Libby.

Em resposta, Parisa olhou para um ponto atrás da física e ergueu o dedo. Um movimento tão pequeno que não deveria significar nada, como o balançar suave de um lenço, e mesmo assim o bartender saiu na mesma hora de trás do bar e parou ao lado dela na mesa.

— Vamos tomar alguma coisa? — perguntou ela a Libby, que mexia sua xícara de café.

— Já estou tomando.

— Ah, deixa disso. Estamos comemorando.

A voz de Parisa tinha seu toque casual de zombaria, como se tudo que ela fizesse fosse pelo menos sessenta por cento irônico.

Libby deu de ombros. Não se importava com o que bebessem, ou fingissem beber.

— O que você quiser, então.

— Que tal uma garrafa de... — Parisa se deteve para observar Libby por um instante enquanto um garçom empurrava o bartender para o lado, e então outro cliente tropeçava, se desculpando, na mesa delas, obviamente desnorteado, em busca do banheiro. — Moscatel?

Libby esboçou um sorriso fraco.

— Está zombando de mim, não é?

— Besteira, gosto de um docinho.

Isso com certeza era, *sim*, para a provocação, mas Parisa se voltou para o bartender para confirmar, dispensando-o com um aceno da cabeça.

O homem se afastou, apanhou uma garrafa no frigobar atrás do balcão e lustrou duas taças com calma antes de voltar depressa para o lado de Parisa.

— Não está meio cedo para tomar vinho? — observou Libby depois que ele serviu um pouco na taça de Parisa.

— Provavelmente. — Parisa se inclinou à frente. De forma metódica, girou a taça. Levou-a ao nariz. Elevou-a à luz. Deu um gole tão casualmente sensual que Libby se perguntou se o bartender poderia estar escondendo uma ereção. — Adorável — determinou Parisa. — Obrigada.

O sujeito completou a taça, depois serviu a de Libby, como se ela não tivesse acabado de mencionar que a tarde mal havia começado.

— Se precisar de alguma coisa... — disse o bartender.

— Pode deixar que aviso — garantiu Parisa, dando um sorriso que Libby só podia chamar de profissional.

O bartender se afastou um pouco atordoado, como se ela o tivesse beijado na boca com tudo.

— Bem — retomou Libby, seca, pegando a taça. — Vejo que pouco mudou para você, então.

— Ah, olhe mais de perto, Rhodes. — Não era uma sugestão de fato, pelo que Libby percebeu. Só um conselho geral. Parisa levou o vinho aos lábios e tomou um gole, deixando-o marinar na língua antes de pousar a taça na mesa com um senso de propósito renovado. — Então — continuou. — Você detonou uma bomba nuclear.

Libby pousou a taça na mesa.

— Obrigada por não poupar palavras — murmurou, ou só resmungou.

Tinha a sensação de que possuía níveis adequados de sofisticação até ficar a um metro de Parisa.

— Ah, sem drama, Rhodes — disse Parisa, com uma risada —, você e eu sabemos que não sou conhecida por ter tato. E acho que foi um gesto admirável da sua parte, aliás.

— Acha?

— Com certeza. — Parisa a encarava de uma maneira enervante, o que para Libby parecia algo entre estar nua e esfolada. Uma distinção sutil, mas importante. — Para responder à sua pergunta — continuou. — Eu sabia, sim, que você ia voltar.

Libby arqueou a sobrancelha.

— Mesmo depois de saber o que seria preciso?

— Principalmente depois disso. — Parisa cruzou as pernas, se reclinando no assento. Em vez de fazer o restaurante parecer mais cheio, o local apenas pareceu abrir espaço para ela. — Mas fico me perguntando — acrescentou, pegando o vinho outra vez — se isso reescreveu você ou não.

Libby observou a própria taça intocada com a constatação de que ainda tentava conseguir uma boa nota na conversa, o que era ao mesmo tempo impossível e irritante.

— É você quem consegue me ler. Pareço reescrita?

— Difícil dizer. Você passou por muita coisa. — Foi dito de maneira mais factual do que empática. — Então, escuta — prosseguiu Parisa, se inclinando à frente outra vez e decidindo, ao que parecia, se livrar dos fingimentos. — Imagino que você já tenha sacado o que Atlas quer com você.

— Pode-se dizer que sim.

No fim das contas, o Moscatel era como mel puro, uma gota dourada.

— O plano sinistro — disse Parisa, com uma risada charmosa, como se Nico estivesse sentado ali ao lado, admirando-a com adoração. — Você acha que pode ser feito?

Libby umedeceu os lábios.

— É possível.

— Você acha que *deveria* ser feito?

Até ela sabia qual resposta Parisa esperava.

— Não necessariamente. Talvez.

Libby a encarou, se perguntando quando sentiria que havia conquistado um lugarzinho na estima de Parisa. Provavelmente nunca.

— Você detonou uma bomba nuclear, Rhodes. — Parisa desviou o olhar, distraída ou desinteressada. — Eu pararia de me preocupar com coisas assim.

Engraçado como Parisa era capaz de equiparar um milagre da física a uma mera conquista rotineira. *Você detonou uma bomba nuclear* no tom de *parabéns, é menina!*

— Você me acha chata? — perguntou Libby.

Parisa a encarou.

— Eu pedi a você que viesse aqui, não foi?

— Sim, porque quer algo de mim. Mas ainda posso te entediar mesmo enquanto você tenta conseguir o que quer. — Libby tentou soar direta, como Parisa sempre fazia, mas ainda ficou parecendo uma criancinha chorona.

Talvez ela estivesse entediada consigo mesma. Talvez esse fosse o problema.

— Conheci uma pessoa enquanto estive fora — acrescentou Libby, olhando para a taça cor de mel. — Alguém que me lembra muito você.

O clarão da tela branca no meio da noite invadiu sua mente, teclas digitando um velho nome. O vislumbre passageiro de um ombro nu em lençóis de flanela, o toque de um dedo traçando o contorno delicado de uma aranha.

— Eu sei. Ela é bonita — comentou Parisa. — Ou pelo menos você achava que era.

— É. — Libby engoliu em seco, e então pigarreou. — Enfim. O que você quer?

— Bem, eu chamei você aqui porque quero que faça o experimento. Mas não para Atlas — disse Parisa, rebatendo o olhar cuidadosamente comedido de Libby com um bem severo. — Cansei de Atlas. Só quero ver o que acontece — acrescentou para a borda da taça — quando você abre o multiverso, Libby Rhodes, e puxa um mundo novo inteirinho.

Libby fez um som mais parecido com um resmungo.

— Acho que não é assim que funciona.

— Ah, bem. Eu não dou a mínima para a ciência. — Parisa abriu um meio sorriso de Monalisa, dando outro gole no vinho e o mantendo na língua. — Mas você tem que admitir, seria impressionante. Quase digno de detonar uma bomba atômica.

Libby, que estivera pronta para perguntar o que Parisa ganharia com isso, sentiu um nó se formar na garganta diante da precisão mesquinha com que foi resumida. "Você não acha que eu mereceria fazer, se quisesse?", era a pergunta que ela sabia que não deveria fazer.

Em vez disso, então, Libby pegou a própria taça, girando a haste entre os dedos. Considerando respostas. *Não vou fazer*. Dissera isso a Nico tantas vezes, e mesmo ele mal acreditava nela. *Hipoteticamente falando*, como tantas vezes dissera para Tristan. Ela duvidava que Parisa se contentaria com uma resposta evasiva.

— Já pensei no assunto, para ser sincera.

Os olhos de Parisa se voltaram para ela.

— E?

— E nada, pensei, e só.

Libby devolveu a taça à mesa sem beber. Isso, ela se lembrou de repente, era sua negociação, não de Parisa. Libby não tinha nada a perder. Era Parisa quem precisava dela. Não o contrário. Se alguém fosse responder a alguma coisa, não seria Libby, que já pagara o preço mais alto só para estar sentada ali. Viva. Intacta. E mais poderosa que nunca.

(*Você acha que eu era uma assassina antes mesmo de entrar naquele escritório?*)
(*O que mais você está disposta a quebrar, srta. Rhodes...*)
— Por que eu deveria fazer por você, se é que farei? — perguntou Libby.
— Não é seu experimento. Não é sua pesquisa.

Também não era de Libby, mas, se alguma delas merecia participar da empreitada, com certeza não era Parisa. Não fora ela a sofrer pela mera existência da pesquisa. E, pelo que Libby podia ver, Parisa não mudara nem um pouco naquele ano em que ficou ausente.

Parisa e Tristan podiam não estar se falando, mas Libby ainda podia senti-la entre eles, uma presença opaca. Como se a ausência de Parisa ainda os controlasse tanto quanto se estivesse deitada entre eles na cama, com uma mão em cada pescoço.

— Você precisa de Reina — declarou Parisa, sem emoção. Parecia saber que elas haviam entrado na parte dos negócios do encontro. A energia ao redor das duas mudou, tensa como um ciclone. — Ela não fará por Atlas. Mas fará por mim.

— Duvido muito — respondeu Libby, cautelosa.

— Ah, claro, Rhodes, pode duvidar de mim à vontade — convidou Parisa, com uma risada travessa em sua taça de vinho. — Tente e veja o que acontece.

— Não importa. — Libby deixou a taça de lado com uma pontada agitada de irritação, pegando em vez disso a xícara de café. — Não preciso de Reina. Como você mesma disse: eu detonei uma bomba nuclear — relembrou ela a Parisa, que hesitou pela primeira vez, a taça pairando a caminho dos lábios —, não preciso de uma bateria. Nem de uma muleta.

Os olhos escuros de Parisa se estreitaram.

— Reina não é nada disso.

Algo havia mudado, percebeu Libby com um pequeno arrepio. Com a menção a Reina, o rosto de Parisa adquirira uma expressão nova, um tanto mais... frustrada.

— Achei que você não se importava com a ciência...

— Não estou falando de ciência. — Parisa pousou a taça, ignorada. Libby fez o mesmo, deslizando a xícara de café para longe até que não houvesse nada entre elas. — Acha que pode fazer isso sem Reina? — perguntou Parisa, algo não identificável em sua voz.

Seria medo?

— Sei que posso fazer sem Reina. — Pronto, pensou Libby. Parisa finalmente veria. — Você queria que eu conhecesse meu próprio poder, Parisa? Parabéns. Agora conheço.

Ela lançou a Parisa seu primeiro olhar verdadeiramente firme.

Libby não sabia o que esperar. Não achava que Parisa fosse de repente cair de joelhos, mas, quando ela retorceu a boca, o que saiu dali foi como um tapa na cara.

— Ah, entendo. Você destruiu a vida da sua namorada e assassinou seu ex, e agora acha que sabe como ser vilã? Que fofo.

Libby precisou se controlar ao máximo para não se sentir ofendida, mas conseguiu.

— Pensei que tivéssemos concordado que a bomba nuclear não era insignificante.

— Não é — respondeu Parisa. — Mas você não pode me dizer que esqueceu o resto.

O resto. Nico usando *Rhodes* como sinônimo de fraqueza; Tristan a dispensando com um olhar; Reina lhe dizendo que elas não tinham por que serem amigáveis; Callum ostentando sua expressão debochada. À frente dos pensamentos de Libby apareceu uma culpa antiga, uma ansiedade sempre presente. Contra sua vontade, ela voltou à antiga versão de si mesma da qual não conseguia se livrar por completo — o sussurro eterno no fundo da mente, a sensação de ser ofuscada por um modelo melhor, com mais potencial. As luzes institucionais de um quarto de hospital.

Por um momento, isso a deixou sem palavras, sua própria pequenez perigosa, até que sua nova voz retornou. A mais irritada.

Libby Rhodes, tão boazinha. Não era por isso que Parisa sempre zombava dela?

Por sua virtude? Por sua *bondade*?

— Não é isso que você sempre faz? Não dar a mínima para as pessoas? — perguntou Libby, com uma frieza que se esforçou muito para expressar.

Quase chegou a ficar surpresa quando, de repente, Parisa pareceu um peso de papel decorativo usando um vestido bonito.

Libby sentiu a mente ser reorganizada, como se Parisa caçasse algo nos fundos. Então ela se fechou com força, como uma guilhotina.

— Não preciso de você — declarou ela, categórica. — Não preciso da sua aprovação e com certeza não preciso da sua magia. Quer eu faça isso ou não, não sou eu quem é dispensável. A única diferença entre você e Atlas é que você é mais egoísta e tem menos a perder.

— Acha mesmo que vai se sair vitoriosa com Tristan? — perguntou Parisa, arqueando uma única sobrancelha. — Ele é o fósforo que eu risquei para salvar você. Agora você acha que ele é a resposta?

— Não preciso de resposta. *Eu sou* a resposta. — Libby cogitou sair pisando duro, mas não estava com vontade. Estava muito bem ali. Ela bebia a xícara de café que escolhera, e não ia fugir da briga. — Eu voltei, Parisa — declarou, sem emoção —, e você sabe exatamente o que foi preciso para que eu voltasse para cá, então talvez esteja na hora de lembrar que não sou mais seu brinquedo.

Ela sentiu uma ponta solta nos recônditos de seus pensamentos, imagens confusas flutuando até a superfície. Olhos sem vida. Uma mão estendida. Um par de pés imóveis.

Uma ponta fraca sendo erguida. *O que mais você está disposta a quebrar, srta. Rhodes...*

Libby se acalmou. A expressão de Parisa permaneceu igual.

— Você é o problema — murmurou Parisa, mais para si mesma que para ela.

Isso pegou Libby desprevenida.

— O quê?

Levou um momento, mas então Parisa balançou a cabeça, pegando a taça de vinho e a esvaziando. Depois de uma breve pausa, ela disse:

— Você foi comprometida. Não faça isso.

Comprometida? Era assim que Parisa escolhera caracterizar o sequestro de Libby, ou apenas o ano em que foi caçada como uma presa?

— Como assim? — perguntou Libby, ríspida.

— Você acha que está no controle — observou Parisa, com uma seriedade irritante. — Mas posso ver a culpa, Rhodes. Não é clareza. Você apenas aprendeu a justificar um preço mais alto.

Telepatia ou não, doeu.

— Você acha que tem algum direito de falar comigo sobre preço? — sibilou Libby, entre os dentes. — Você *não faz ideia* do que fiz para chegar aqui...

— Não. *Você* não faz ideia do que *eu* fiz para chegar aqui. — Parisa colocou a taça vazia na mesa, a boca contraída em uma linha fina. — Acha mesmo que validação vem de escolhas dolorosas, Rhodes? Não vem. As pessoas fazem coisas terríveis todo dia e isso só causa mais dor. — Ela pousou os olhos escuros em Libby com algo próximo a reprovação. — Sua namorada não te ensinou isso?

— Não foi você quem me disse para tomar tudo o que eu quisesse? — vociferou Libby, se incendiando tão abruptamente com a menção de Belen que quase abriu um buraco na toalha de mesa. — O que torna as *suas* ambições tão morais, hein?

— Elas não são. — Parisa hesitou por um momento, como se estivesse com defeito. — Nunca foram.

Pareceu agitada por um instante, mas logo se endireitou.

— Mas sou apenas a vilã, Rhodes. Meu trabalho é perder. — Parisa abriu um sorriso sombrio, depois descruzou as pernas para se levantar. — Você acha que está bem — disse, categórica —, mas não está. E acredite em mim, você vai se arrepender do que fizer a seguir, seja lá o que for.

Ah, então era assim que Parisa queria brincar? Libby havia sido avisada sobre o fim do mundo antes. Não estava mais aceitando conselhos sobre o assunto.

— Fique fora do meu caminho — avisou Libby, garantindo que Parisa entendesse que era sério. Que não conseguiria arrancar dela fosse lá o que pretendera arrancar.

Libby Rhodes não era uma arma de aluguel. Não era um dos brinquedos de Atlas Blakely, e ela também não era Parisa Kamali.

— Ah, Rhodes. — Parisa meneou a cabeça, aos poucos se colocando de pé. — Não estou interessada no seu caminho. Não quero nada com ele.

Claro. Como se Libby nunca a tivesse ouvido usar aquele mesmo tom com Callum.

— Acha mesmo que isso vai funcionar? — zombou Libby, se perguntando como, no passado, tinha se deixado ser manipulada com tamanha facilidade. Parecia tão óbvio de repente, tão explícito, como se enfim reconhecesse uma mentira bem escondida. — Mesmo se você se afastar, Parisa, partirá sem nada. Você me chamou aqui porque precisa de mim.

— Achei que precisava, sim. Mas eu estava enganada, e você também.

Parisa lhe lançou um olhar intrigado, e por um momento, antes que pegasse os óculos de sol, pareceu pensar em algo, em pôr as cartas na mesa. Uma confissão, talvez. O real motivo de ter sugerido aquela conversinha.

Seria uma jogada de mestre, claro, porque tudo com Parisa girava em torno de poder, mas não importava. Libby a entendia agora. Entendia que o propósito de Parisa no mundo era desestabilizar os outros porque era incapaz de encontrar seu próprio apoio. Porque não importava aonde Parisa fosse, bartenders brigariam para ver quem a serviria, mas ninguém jamais lhe daria o que ela queria de verdade. Ninguém jamais a veria como realmente era.

Mas Libby sabia. Parisa Kamali teve que se virar sozinha para sobreviver, e não havia nada que Libby compreendesse melhor. Se as duas fossem definidas por nada além das injustiças a que foram submetidas, então não haveria mais nada a ser dito sobre o assunto, mas Parisa estava no fim de sua corda. A de Libby estava só começando.

A diferença entre elas era óbvia, e talvez fosse cruel dizer em voz alta, mas nos últimos tempos Libby havia aprendido uma coisinha ou outra sobre crueldade.

— Eu posso criar novos mundos — declarou Libby. — Mas tudo que você tem é este.

Era isso, na verdade. Tudo que havia a ser dito. Libby ergueu o olhar de sua xícara de café enquanto Parisa colocava os óculos escuros, e ambas sabiam que esse seria o fim.

— Seja lá o que acontecer — disse Parisa, os olhos indecifráveis. — Viva com isso.

Então ela saiu do restaurante e desapareceu.

Em um mundo ideal, nada que Parisa dissera teria mais peso.

Em vez disso, no entanto, Libby morava em uma mansão velha onde as recriminações morais de ex-amantes maldosos a seguiam como alucinações cruéis. Naquela tarde, o rosto de Belen se misturou ao de Parisa, acusações perfurando imagens mentais de olhos sem vida, zombarias arquivais.

PEDIDO NEGADO.

Ela achou que se sentiria melhor ao fazer algo produtivo, ao ler algo novo que valesse a pena. Em vez disso, foi como se a casa tivesse se juntado ao escárnio, rindo dela como um coração batendo sob o assoalho.

— Se serve de consolo — comentou Gideon, ocupado em sua tarefa de encaixotar livros, despertando-a com um sobressalto de seu devaneio momentâneo —, eu não consigo invocar nem um livrinho chinfrim.

Claro, você não é um iniciado, queria dizer ela, antes que a resposta óbvia a atingisse como se tivesse sido proferida em um vestido de seda, girada como um vinho doce de mel:

Você também não.

Ela ficava acordada na cama por horas, amaldiçoada pela insônia. Não que fosse a única. Tristan se remexeu ao seu lado na escuridão, a tela do celular acesa. Ele pegou o aparelho, o brilho refletindo em suas feições, que se contorceram em uma careta conforme digitava a resposta.

— Quem era?

Tristan a encarou, assustado ao vê-la desperta, e então se inclinou e a beijou no ombro.

— Varona. Parece que o homus acabou. — Ele deixou o celular na mesinha outra vez, virando-se para Libby. — Falei para ele discutir a questão com nosso novo arquivista, já que tenho certeza de que ele não tem um trabalho de verdade. Além disso, eles estão no mesmo quarto.

— Hum. — Libby suspirou devagar, encarando o teto. — Não gosto de Gideon aqui — admitiu depois de um segundo.

Sentiu Tristan se posicionar de lado, traçando padrões leves no antebraço dela.

— Achei que ele fosse seu amigo.

— Ele era. É. — Ela balançou a cabeça. — É... Não sei, complicado. Sinto que ele está me observando ou algo assim. Como se...

Como se soubesse.

Olhos sem vida. Uma mão estendida. *Eu era uma assassina antes mesmo de entrar naquele escritório?*

(*O que mais você está disposta a quebrar, srta. Rhodes...?*)

Tristan ficou em silêncio por um tempo, e então:

— Já disse. Não foi culpa sua.

— Foi, sim. Fiz o que fiz. Você não tem o direito de me absolver ao reescrever o acontecido.

Libby se arrependeu da frase quase imediatamente. O rosto de Parisa em sua mente era desdenhoso e cheio de pena, ou talvez fosse assim que se lembrava dele. *Você foi reescrita.*

— Não estou reescrevendo nada — disse Tristan. — Ele ia te matar, matar todos nós. Não estou minimizando, estou dizendo que não foi sua culpa. *Ele* tomou as decisões que colocaram você naquela sala. Não você.

— Ainda assim fiz uma escolha. — Isso importava. Nos últimos tempos, essa era a única coisa que importava. — Não estou dizendo que me arrependo. Estou só... — Ela deu de ombros. — Reconhecendo.

— Você está carregando isso por aí — argumentou Tristan.

— Não é a mesma coisa?

— Não sei. É?

Eles ficaram em silêncio por um momento.

Tristan virou de costas, suspirando.

— Também fiz uma escolha.

Libby assentiu, mesmo sabendo que ele não conseguia ver.

— Eu sei.

— Eu escolhi você.

— Eu sei.

Libby tateou em busca da mão dele, levando-a até os lábios. Enterrou um beijo na palma, fechando os dedos levemente ao redor.

— Sempre será entre nós? — perguntou Libby na escuridão.

A casa estava tão silenciosa, nenhum som além do tiquetaquear de um relógio ali perto. Da janela vinha um farfalhar de folhas, a confusão dos grilos. Os suspiros do verão se desenrolando como uma mão sem vida em direção ao outono.

Tristan passou um braço sob ela, rolando-a até que estivesse pressionada contra seu peito, posicionando-os cara a cara. Libby podia ver milhares de projeções de amanhãs idênticos.

— Sei o que escolhi — declarou Tristan.

Ela negou com a cabeça.

— Não foi isso que perguntei.

— Só estou dizendo que sei o que escolhi.

Libby apoiou a cabeça no peito dele, ouvindo o som das batidas de seu coração.

— Por que você quer fazer? O experimento.

O plano sinistro. Não importava o que ela fizesse, Nico estava junto, com seu sorriso irritante.

Tristan traçou a linha de sua coluna com os dedos.

— Por que você quer?

Porque se cheguei até aqui, deve ter sido por um motivo. Porque se eu decidir me contentar com o comum, cuspirei na cara de cada vida que troquei pela minha. Porque paguei um preço impossível para estar aqui, e agora tenho que responder pelas minhas escolhas.

Porque recebi todo esse poder. Tenho que deixar o desgraçado queimar.

Porque não era apenas esse experimento em específico. Era tudo o que ela seria depois que dissesse sim de uma vez por todas. A vida era uma escolha, uma série de escolhas, o destino era dizer *sim, sim, sim* até que, cedo ou tarde, algo acontecesse. Algo teria que acontecer. Se nada acontecesse, então não havia significado, não havia propósito. Se nada acontecesse, então a vida era apenas uma irmã morta e alguma onda barata; cinco segundos de ser orador da turma. Era apenas ferrar sua namorada e detonar uma bomba inútil e se ver refletida, em toda a sua glória covarde, nos óculos de sol espelhados de uma mulher com a qual você nunca mais falará.

— Porque eu posso — respondeu Libby por fim.

— Porque eu posso — repetiu Tristan, como um refrão cantado. Uma melodia em comum.

E então ele a beijou, e Libby esperou que sua respiração se firmasse em um sono tranquilo antes de ir para o andar de baixo.

Em retrospecto, teria sido simples demais. Fácil demais. Quantas vezes durante a residência Libby havia caído de joelhos diante dos poderosos arquivos, se depreciando em suplício, apenas para receber uma indiferença quase hostil?

Ao longo da vida, houvera apenas uma outra ocasião em que Libby desejara algo de forma tão vil, tão carnal, então aquela aquiescência descuidada na biblioteca parecia quase cruel. (Não era de se admirar, pensou, que tivesse começado a personificar os arquivos em sua cabeça como Parisa Kamali, mentalmente os considerando blasé, provocadores e frios.)

Então. Ela não havia esperado uma resposta, e mesmo assim ali estava. Tomou a forma de uma página de anotações preguiçosas e não muito legíveis, em uma caligrafia que ela reconheceu logo de cara: duas iniciais finas e longas que tinha visto em poucas ocasiões. Como a resposta de um fantasma ou a adrenalina ofegante de uma viagem no tempo, duas letras pareciam saltar da página, atraindo o olhar dela.

AB.

Ah, se ao menos pudesse dizer que suas suspeitas tinham aumentado, não diminuído. Deveria ter se educado direito para associar Atlas Blakely a perigo, e não a alívio. *Isso é tudo culpa sua*, pensou Libby, a acusação que se obrigava a repetir sem parar, correndo os dedos com delicadeza pela página e ouvindo a voz dele, tentando — ou assim seria a narrativa construída por sua mente ardilosa — lembrar a si própria que tudo que tinha em mãos era seu por direito. Foi merecido.

O ritual de iniciação estava sublinhado no meio da página, na caligrafia acadêmica de Atlas. Ele devia ter escrito aquilo anos antes, talvez quando era pesquisador na posição que outrora fora de Dalton, e àquela altura era de Tristan. Libby estremeceu de leve ao perceber que mais tarde Tristan teria aquilo em mãos, como fonte de consulta.

Não um tremor de medo. Um de posse. De inveja.

Rhodes, provocou Nico em pensamentos, *ou você é suficiente ou jamais será...*

Ela leu a página com pressa, pensando que, quanto mais rápido avançasse, com mais convicção poderia negar que a tinha lido. Como devorar as cenas quentes de um romance contrabandeado da biblioteca para casa, a sensação de que logo seria pega em uma posição comprometedora, a maçaneta girando de uma vez enquanto ela pairava sem fôlego, bem perto do clímax.

Más notícias para os adolescentes tarados: uma leitura desatenta não era suficiente para garantir uma negação plausível. A letra cursiva letárgica de Atlas toda espalhada pela página, mas os conteúdos do ritual eram simples ao extremo, a ponto de ser preocupante. Era como dizer a toda mulher loira sem sutiã (que coincidência) em um filme de terror para correr em disparada.

Ou seja, inútil. Depois da primeira leitura, quando se tornou claro que não eram instruções, mas uma carta — e então Libby analisou a página duas vezes, com avidez, e uma terceira. Depois, com uma agitação na barriga, uma quarta. Espiou a porta da sala de leitura, refletiu, e então pensou, ousada e rebelde: deixe que me flagrem, se quiserem.

Se havia mais alguma coisa no começo da carta, não era para ela saber. Começava em algum ponto no meio de um pensamento, talvez até no meio de uma frase.

o propósito do ritual não é tecnicamente conhecido, mas pode ser intuído por certos intelectuais diferenciados (eu). Não é o ritual original, não pode ser, considerando que ninguém o menciona em qualquer texto até o século XVIII. (Quero ficar surpreso com essa informação, mas é óbvio que não estou — esse tipo de transição filosófica do artesanato à manufatura só pode ser de natureza industrial. Não para ser alciônico em demasia, mas a lançadeira voadora — é assim que é chamada, aquela coisa com a tecedura automatizada? — pode chupar meu pau progressivamente, fecha aspas.)

O QUE SE SABE — os arquivos não têm corpo: eles querem nosso sangue. No que diz respeito a rituais, reparadores, elementais, um tanto corteses (rá!), carnívoros. Também se sabe isto — os arquivos não têm alma: eles querem a nossa. Por quê? Para nos recriar, é o meu palpite. Ou nos torturar. Uma coisa não exclui a outra. O ritual é uma questão de demonstrar pensamento, dor ou capacidade mágica? Sim e sim, provavelmente, e sim de novo. Ou talvez nem se importem com o que pensamos ou sentimos, e é bem possível que eu esteja projetando, mas porque devemos ser desconstruídos pelos arquivos a não ser para que eles testemunhem nossos materiais, vejam as vísceras das quais somos feitos? A pegadinha de tudo isso, como você e eu tão sagazmente descobrimos, é muito simples: não há gênio por trás disso. Não há magia. Esta é a Sociedade, você não prestou atenção! Tudo gira em torno de posse e controle. Feche os olhos e finja que não viu nada. Curve-se quando te pedirem para se curvar, quebre quando pedirem que quebre. Ah, se eu pudesse continuar com meus tons conspiratórios de magniloquência antissistema, mas até eu devo admitir que estar sentado aqui com uma biblioteca senciente — um cérebro que participou de quase toda a formação da história humana — tem lá suas vantagens.

Cale a boca, Ezra, posso te ouvir zombando de mim daqui, e não tem a menor graça. Enfim, aqui está toda a forma logística do ritual de iniciação — está sentado? <u>Peça aos arquivos que o deixem entrar e eles responderão.</u> Nós demos a eles um cérebro (não você e eu, "nós" como os milhares metafóricos que sangraram e fizeram juramentos) (então, tecnicamente, não somos nós de jeito nenhum, o que digo com admiração e meu estilo de sempre) (sim, estive fumando, e daí?) e, como uma fração das especialidades já sabe, os arquivos estão sempre à espreita. Em algum lugar, há o costumeiro tomo encadernado em couro (um grimório à la Medici) detalhando a santidade excepcional etc. etc., mas a essência é essa. A propósito, você sabia que te enfrentei no ritual? Matei você desta vez porque não era real e, de qualquer forma, eu não poderia deixar os arquivos descobrirem a verdade sobre suas portas, ou de que serviria? De que serviria, de fato. É possível que serviria para mostrar que sou um impostor francamente maravilhoso.

Hm. Melhor não enviar isto, acho. Contarei alguma versão disso na próxima vez que nos encontrarmos, pois é muito fácil de resumir. Então, por que ainda estou escrevendo? Boa pergunta, Ezra, talvez porque já faz 57 dias que estou sozinho em uma casa muito assustadora e, além de dar de comer para minha mãe, pouco mais me resta. No que se tornou um exercício insano de isolamento, eu me despeço.

Na história que contaria mais tarde, se necessário, Libby diria que suas pernas bambearam devido ao choque. Ao choque! Decerto não havia testemunhas para alegar que ela invocara um copo de água (não precisava ser burra) ou rearranjara as mesas da sala de leitura para deixar um espaço livre. Ninguém poderia atestar seus medos sorrateiros de que seria Callum a enfrentá-la, ou mais provavelmente Parisa. Ou até mesmo, talvez em um ataque de justiça poética, o próprio Atlas.

Ninguém a ouviria dizer à casa: "Quero fazer o ritual", e depois que a casa não respondesse, ninguém ouviria Libby acrescentar: "Você me deu a carta." E também: "Não pode dizer que não mereci. Não pode dizer que não mereço tentar."

Então, por fim, depois de mais cinco instantes de silêncio, ninguém testemunharia Libby Rhodes dizer para a mansão palaciana da Sociedade Alexandrina: "Só me deixa entrar, seu *escroto* desgraçado."

As luzes se apagaram. A sala de leitura era sempre menos iluminada que o resto da casa, devido ao conteúdo dos arquivos, mas havia uma diferença entre penumbra e escuridão, equivalente a ser engolido.

Libby se pôs de pé, tentando ouvir algo. Um passo de pernas longas ou o batucar de um salto fino. Os olhos dela aos poucos se ajustaram ao breu — identificando os contornos embaçados de um sofá, de uma lareira, de uma poltrona — antes de lembrar que não era idiota e acender as luzes.

Ela não ouviu seu oponente. Apenas o sentiu por instinto, como a presença latejante de uma ferida.

A sala pintada à noite. Sem olhar, soube que uma figura solitária sorria para ela da porta.

— Rhodes, nem se dê ao trabalho.

Ela se virou com um turbilhão de força, mirando uma onda descontrolada, mas não sem forma, de energia na direção dele. Nico a desmontou como um brinquedo, afastando-a com preguiça. Que informação o ritual tomaria dela, então? Que Nico sempre fora melhor, mais rápido, mais natural?

Ou que ela ainda acreditava nisso?

— Conquistei meu lugar aqui — relembrou ela, antes de atingi-lo de longe.

Ele se esquivou, ou algo assim, com uma risada, como se estivesse apenas praticando luta com Reina. Na vida real, Nico estava dormindo, ou era provável que houvesse partido com Max outra vez. Libby nunca ouvia quando ele oferecia explicações sobre suas ausências. (Ouvia, sim. Nico adquirira o hábito de explicar seu paradeiro com detalhes excessivos e com um pouquinho de gentileza que não passava despercebia por Libby, como se ela já tivesse se perdido no tempo e espaço e, portanto, Nico não quisesse deixá-la preocupada, não quisesse que se sentisse sozinha, uma garantia não solicitada de que ele estaria sempre ao seu alcance.)

— Cinco membros já foram iniciados, Rhodes.

Os olhos dele estavam diferentes. O brilho costumeiro de travessura parecia malicioso, ou talvez fossem apenas os arquivos a provocando com características falsas que ela mesma havia atribuído. (O ritual era um jogo, um sonho, um exercício de tormento, o quê?) Libby caminhou depressa até Nico com o objetivo incerto de estapeá-lo, e ele segurou sua mão antes que fosse erguida, ou talvez ela a tivesse colocado de propósito dentro do alcance dele.

— Cinco — repetiu Nico — *já foram iniciados*. O que significa que você — acrescentou, com uma piscadela lasciva — é redundância em sua forma mais idiota e inútil.

Libby livrou o pulso da mão dele.

— Você não acredita nisso de verdade. — Ah, mas esse era o cérebro dela, não o dele. Era ela quem alimentava a simulação, não ele; Atlas não tinha dito isso? — *Eu* não acredito nisso — corrigiu-se Libby. — Conquistei meu direito à iniciação. — Então se virou de uma vez, dirigindo-se ao esqueleto da casa, à abside ao lado da janela da sala pintada, às cinzas na lareira. — Nós decidimos matar Callum. A intenção significa algo. — Flechas letais, sorte e azar. — O sacrifício já estava feito no momento em que o escolhemos.

Significado mágico. A voz de Atlas na cabeça dela, e então a de Ezra. *Você é a arma dele.* (Quem é a flecha, quem é o arqueiro?) *Eu era uma assassina antes mesmo de entrar naquele escritório?*

(*O que mais você está disposta a quebrar, srta. Rhodes...?*)

Tomou conta da cabeça dela, pressionando-a, frágil e lancinante, explodindo como entranhas. Deprimida e lívida de raiva, Libby rosnou para as paredes sem rosto da casa.

— Não diga que eu não sangrei por você!

— Ah, mas que pena! Uma divergência filosófica — interrompeu a simulação de Nico, fazendo Libby se voltar para ele. — Você não fez nada disso pelos arquivos.

Ela engoliu a presença de algo amargo.

— Claro que eu...

Nico ergueu um dedo, silenciando-a com um revirar de olhos.

— Os *arquivos* nunca precisaram que você voltasse, Rhodes. Por que precisariam, quando têm a mim? Você só voltou para provar algo a si mesma. Algo que ainda está tentando provar.

Libby conseguia sentir seus segredos sendo roubados naquele instante. Uma dor pouco sofisticada, como um espasmo muscular em suas entranhas, e ela respondeu com um golpe no rosto de Nico, que o dissipou com uma piscadela.

— Sério, Rhodes? Parabéns — disse Nico, rindo. — Então você enfim está disposta a queimar este mundo, mas apenas para provar que *você pessoalmente* importa...

— *Não* vou queimá-lo — sibilou ela entre dentes cerrados, lembrando outra vez que tudo não passava de um truque da própria mente. (*O mundo pode acabar de duas formas*, sussurrou Ezra no vazio, *fogo ou gelo...*) — É *óbvio* que não, considerando que essa é a única coisa que *não estou* fazendo de propósito...

— E a parte triste, Rhodes, é que mesmo se fizesse você ainda não acreditaria.

Nico inspecionou as unhas, o filete da fumaça pelo ar sendo o único indício de que ela tentara desintegrá-lo com um lança-chamas caseiro.

— Acreditaria *no quê*? — perguntou, ríspida, percebendo com um choque cansativo o quanto ele era bonito, uma dor adicional para salgar a ferida.

Uma coisa que ela sempre soubera, da qual sempre se ressentira, a forma tão natural, tão infalível de ser agradável aos olhos, um feito que nenhuma quantidade de rímel ou feitiços de ilusão seriam capazes de atingir.

Por um momento, ele chegou a se assemelhar a Callum...

Até que, com um clarão tão intenso que a fez desviar os olhos, foi isso que ele se tornou.

— Ah, Rhodes. Você ainda está perseguindo uma linha de chegada que jamais verá. — Callum parecia convencido e lindo, assim como estivera nos sonhos dela. Como se tivesse recebido aulas particulares de condescendência com Parisa enquanto Libby estivera perdida, sozinha e distante. — Você achou que quando fosse recrutada se sentiria valiosa. Pensou que quando desse um jeito de voltar para casa, se sentiria poderosa. Achou que quando fosse iniciada, enfim se sentiria merecedora. Agora você pensa, claro, que se ao menos puder abrir a porta para a merda de um mundo novo, *então* você vai...

— Não farei isso — sibilou Libby. (O rosto de Belen se distorceu na mente dela: *Você vai fazer, não vai?*) — Por que eu faria algo que já sei que produz resultados catastróficos?

Para sua consternação, Callum sorriu.

(Consigo ver aí, nessa sua cara idiota!)

E então, de repente, ele era Nico outra vez.

— Porque Ezra é mentiroso e idiota e você não acredita nele — informou o físico, empolgado, como se nada fosse mais prazeroso do que dizer isso em voz alta. — Algo que já cansei de repetir, aliás, e que você sempre meio que acreditou em segredo, porque, ironicamente — uma rápida pausa para rir, como se quisesse corromper um brinde da sociedade ou ofuscá-la em sua própria festa de aniversário —, se eu tivesse gostado dele ou mesmo o respeitado *um pouquinho que fosse*, você provavelmente não teria namorado com ele, porque tudo na sua vida sempre girou em torno de me provar alguma coisa.

— Isso não é nem um pouco verdade... Isso... Não acredito que você sequer chegou a...

Libby sentiu que ao longe havia uma resposta se formando, mas, quanto mais perto das palavras chegava, mais elas se dissipavam.

— Piora, não é? — Nico se inclinou na direção dela, chegando perto o suficiente para tocá-la. Ou beijá-la.

Ele se metamorfoseou, e de repente era Callum. Outra metamorfose, e de repente era Tristan.

E então Parisa.

— Você me ama, tudo bem, péssimo, mas dá para lidar.

Nico outra vez. Libby sentia a respiração dele no ar entre os dois.

— Em algum lugar nesse seu cérebro regido pela moral e pela catástrofe, você já sabe que isso se distorceu entre nós a certa altura, mas não é isso que te mata, no fim das contas. Essa não é a verdadeira fatalidade, porque parte de você sabe que eu poderia amá-la, poderia mesmo. Mas você não é uma pessoa tão boa quanto eu acho que é, certo?

Os olhos estúpidos dele eram emoldurados por cílios tão longos que quase roçavam nas bochechas.

— Porque a verdade verdadeira — continuou Nico, a voz mal passando de um sussurro — é que, se você fosse mesmo uma pessoa boa, teria simplesmente continuado perdida.

A dor se espalhou pelo peito de Libby quando ele pousou o olhar em seus lábios.

— O quê?

— Admita. — Ele recuou com um sorriso largo, lançando uma onda de força tão repentina que Libby cambaleou, como se tivesse tropeçado no carpete. — Você já fez as contas, Rhodes. Já sabe que o custo de trazê-la de volta foi indefensável. Foi uma vida por milhares. Talvez gerações. Talvez pior. Considerando o quanto você se preocupa, até parece que já não sabia.

— Isso... — Libby se sentia atordoada. — Isso é pura teoria, e...

— Ah, claro, então já aconteceu — disse Nico, com um gesto de desdém. — O tempo é um circuito fechado, então você argumenta que o dano já estava feito. Mas essa não era a questão, era? A questão era *qual é a coisa certa a fazer*, e você escolheu... *ding ding ding*! — Tornou-se Callum outra vez, tão rápido que os olhos dela arderam, como se olhasse diretamente para o sol. — A resposta errada.

Nico retornou. Libby sentiu que levitava antes de alterar depressa a força da gravidade, seus pés encontrando o chão com uma batida súbita e dolorosa.

— E é por isso que sei que você fará o experimento — acrescentou Nico, retornando ao alcance dela para plantar um beijo em sua bochecha, empurrando-a para o chão. — Porque você queimou o mundo uma vez e saiu ilesa, e é burra o bastante para acreditar que isso significa alguma coisa.

Libby se levantou às pressas, encarando-o, e ateou fogo à calça dele. Nico deixou que queimasse, como se não doesse. Como se ela jamais pudesse feri-lo de verdade.

— Porque a mera existência do experimento já significa que nada mais que você vier a fazer será suficiente — declarou Nico, dessa vez com uma expressão mais branda. Uma que ela conhecia, porque já o vira usá-la com Gideon. Uma expressão que ele oferecia a Gideon o tempo todo. — Porque é outra linha de chegada que você tem que cruzar, ou sempre será um fracasso.

Chamas se ergueram do chão ao comando dela, lambendo a camiseta de Nico com devoção. Ele afastou o tecido da pele e observou a barriga se avermelhar em vergões, antes de escurecer aos poucos.

Nico se inclinou para sussurrar ao pé do ouvido dela, o suor gotejando de suas bochechas para os ombros dela como lágrimas cuidadosamente não derramadas.

— Porque ter sucesso nesse experimento é a única coisa que te resta para provar que aquela sua versão ansiosa, irritante e impossível de amar vale o preço que você forçou todo mundo a pagar — sussurrou Nico —, tudo para que você pudesse acreditar, por um mísero segundinho, que tem algum valor.

Ele se afastou, e ocorreu a Libby que ela tinha muitas provas contraditórias. Se ficasse boquiaberta, seria apenas circunstancial; porque era difícil respirar através de tanta fumaça, e o Nico conjurado por sua mente arderia se ela permitisse.

Obviamente, ela escolheu um caminho menos admirável.

— Cala *a porra* da boca — respondeu Libby, dando um soco na cara dele.

Desviar-se do impacto do golpe, se é que ela tivera a chance de acertar, era tão simples para ele que Nico mal pestanejou. Então, de repente, ele era Reina.

— Ah, Rhodes — disse Reina, com o olhar de completa indiferença psicótica que parecia reservar apenas para Libby.

Um caule de algo disparou, uma onda de força ou natureza arremessando Libby para trás. Ela bateu na estante e caiu de costas, sibilando de dor. Sentia-se exausta, quebrada, exaurida; uma videira se enrolou na garganta dela, acariciando sua mandíbula.

Então uma sombra cruzou o rosto dela, bloqueando a luz como um súbito eclipse.

Atordoada, Libby piscou.

A figura que se aproximava era ela mesma, com as mãos pingando sangue.

— O que mais você está disposta a quebrar, srta. Rhodes? — perguntou Libby em um sussurro.

Houve um lampejo de dor, uma luz atordoante. Então Libby despertou calmamente à luz tênue da sala de leitura, ciente de duas coisas: aquele tinha sido o ritual, e ela falhara.

IV

NIILISMO

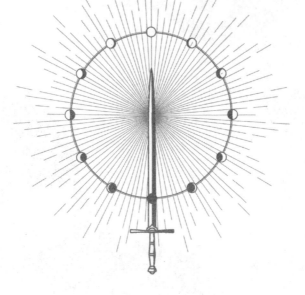

· TRISTAN ·

CN
DOMINGO, 14 DE AGOSTO

Então, Tristan, como você acha que vai me matar?
> Devagar.

Sabemos que não vai ser com uma faca. A não ser que você queira tentar de novo.
> Não tenho o menor interesse em chegar tão perto assim de você.

Tecnicamente, nem precisaria, mas te entendo, é muito íntimo. Uma morte muito sexy.
> E portanto inapropriada para você.

Kkkk
Ah, se você falasse sério.

TERÇA-FEIRA, 23 DE AGOSTO

Sabe, agora que o conheci, vejo que estava errado sobre seu pai. Achei que era mais simples, mais fácil de definir. Todos aqueles trauminhas do seu passado que você tenta bloquear de todas as formas. No começo, pareceu tão sem graça, tão direto. Mas é bem complicado entre vocês, não é? O amor pode ser tão conturbado.
Bem, eu estava certo tecnicamente de mais ou menos 99 maneiras diferentes, em especial quanto à natureza da sua vitimização. Mas também estava um pouquinho errado, então este sou eu arrependido por isso.
> Duvido que você já tenha se arrependido de alguma coisa na vida.

Isso não é verdade. Eu me arrependo de ter matado Parisa.
> Você quer dizer que se arrepende por tê-la deixado te enganar para matá-la.

Isso também, mas não, eu me arrependo de ter feito. Bem, eu não a matei, isso não é justo. Ela tomou essa decisão, eu não a influenciei a nada.
> Uma mera questão de semântica.

Sim, mas a semântica é meio importante aqui, não é? Tipo, é relevante para esta conversa específica. Quero que você saiba que eu não a convenci a fazer isso. Eu só... rechacei os motivos dela para não fazer.
> Semântica. E ruim, ainda por cima.

Tá, tudo bem, a questão é que sinto muito. Não conte a ninguém, mas sinto um pouco de falta dela.
> ...

Que foi? Eu gosto da Parisa. Ela é divertida.
> Ela é literalmente sádica.

Qual é, Tristan. Não aja como se essa não fosse EXATAMENTE sua ideia de diversão.

QUINTA-FEIRA, 1º DE SETEMBRO

Ficou sabendo?
> Pelo jeito você ainda está vivo. Que saco.

LINK: EDEN WESSEX ENCONTRA O AMOR COM MEMBRO DA REALEZA DINAMARQUESA.
> Isso é para me deixar com... ciúme?

Claro que não. Tenho certeza de que esse cara é baixinho demais para você.
> Para que me enviar isso? Claro que Eden não ia ficar esperando por mim.

Mudança estranha, não acha? De você para a realeza
A menos que seja uma questão de solidariedade de classe e tal, e nesse caso, oi?
Olha eu aqui dando sopa
> Vai se foder e tal

Certo, vai me avisando
> O progressismo de Eden sempre foi performático. Óbvio, considerando que pelo jeito ela está tentando me matar agora que não posso deixar o tio Louis desconfortável na mesa de jantar.

Ela está tentando te matar? Ah, Eden, cadê sua dignidade?
Obsessão não é fofo
> Diz o cara que ainda está me mandando mensagens

Como você sabe que ela está tentando te matar? Tipo, eu já sabia disso, claro, mas não fazia ideia de que você sabia.
> Perguntei à Sociedade quem estava por trás de todos os ataques. Não me surpreende que tenha dinheiro dos Wessex envolvido.

Isso necessariamente significa Eden?
> Tenho quase certeza.

Você busca características homicidas nos seus parceiros de propósito?
Ou é só, tipo, um bônus divertido?
Espera, deixa pra lá, fiquei sabendo que você está com a Rhodes agora. Se bem que ela não NÃO é uma assassina, então... acho que dá na mesma

SÁBADO, 10 DE SETEMBRO

Não me diga que isso te incomodou de verdade. Eu avisei que haveria uma bomba envolvida.

Não dá para ser as duas coisas, Tristan. Ou Rhodes é uma santa que ainda está presa no tempo ou ela voltou porque é horrível como o resto de nós

> Está mesmo dizendo que não existe diferença entre você e a Rhodes?

Ah, oi! Engraçado ver você aqui. Sem planos românticos para o sábado, então?

DOMINGO, 11 DE SETEMBRO

Ela sabe que você ainda pensa em mim?

> Claro. Ela sabe que ainda não escolhi a arma do crime.

Ela sugeriu uma bomba nuclear?

22:10

AH PARA FOI ENGRAÇADO

QUARTA-FEIRA, 21 DE SETEMBRO

> Varona tem uma teoria de que você está usando Reina para influenciar as pessoas através dos meios de comunicação

Desculpa, quem é?

15:45

Nossa, Caine, não posso nem fazer piada? E só para constar, não estou usando a Reina. Ela que está me usando.

18:15

> Rá. Até parece.

20:21

Por que eu mentiria pra você?

> ...

Tá, por que eu mentiria para você sobre isso em específico? Não tenho interesse em dominar o mundo. É a Reina quem tem complexo de deus.

> Você vai mesmo fazer o que ela quiser?

Meus desejos são impossíveis e minúsculos. Os dela têm escopo. Eu a admiro, de certa forma.

> Qual forma?

Bem, ela vai falhar. Mas isso vai acontecer de qualquer jeito, com ou sem minha ajuda, e não é como se eu tivesse alguma coisa mais urgente para fazer.
Tem a questão da sua morte, claro, mas não estou com pressa.

> Tem alguém em quem você acredite de verdade?

Percebi o cinismo nessa pergunta, Tristan, mas estou sendo perfeitamente sincero quando digo que você entendeu tudo errado. Eu acredito na Reina. Acredito em você. Acredito até na Rhodes, da minha própria maneira idiota, ou não teria dado a você aquela informação para trazê-la de volta. Mas acreditar em uma pessoa não muda quem ela é. Não importa quantas vezes você reiniciar a simulação, as chances permanecem as mesmas.

> Você disse que não havia chance de Rhodes conseguir o poder dela e estava errado.

Não, a BIBLIOTECA disse isso, Tristan. Mas, para ser justo, ela tem a senciência de uma máquina.

> O que isso quer dizer?

Que os arquivos estão "vivos" da mesma forma que a inteligência artificial está "viva". Eles nos rastreiam. Talvez (provavelmente) pensem de uma maneira rudimentar. Mas as informações que têm sobre o mundo não vêm de sua própria existência intrínseca... vem dos dados que fornecemos.

> E?

E essa informação é imperfeita, mas ainda não é tão imperfeita quanto a humanidade. Na natureza, coisas que não se encaixam no padrão morrem. A evolução é um código, determina que o ciclo de vida de qualquer espécie é uma questão de reconhecer padrões. Mas humanos não deixam outros humanos morrerem mesmo quando deveriam — mesmo quando isso significa racionar recursos para mantê-los vivos. Ou então matam uns aos outros em oposição direta aos códigos de sobrevivência, com base em algo tão irrelevante quanto o tom de pele ou o que os aguarda no céu. O fato de uma pessoa morrer ou viver é quase completamente arbitrário.

> Tenho uma teoria.

É? Manda.

> Você só inventa essas besteiras do nada para distrair as pessoas do fato de que você não faz ideia do que está falando.

Ah, Tristan, nenhum de nós faz ideia do que estamos falando, a coisa toda é perda de tempo. De qualquer forma, o que estou tentando mostrar é que é claro que os arquivos ainda podem estar errados. Claro que há uma chance em um milhão de que você consiga mesmo me matar ou que a Rhodes faça algo impressionante por conta própria. Existe pelo menos um universo por aí no qual Atlas Blakely matou alguém para salvar outras quatro vidas, e é exatamente por isso que ele está procurando. Mas importa?

> Algo importa?

Viu? Agora você entendeu.

> Você só fala merda.

2:37

> Você acha que a biblioteca sonha?

Algo está te mantendo acordado, Caine?

4:13

Não sei.

> Acho que é a primeira vez que te ouvi dizer isso.

Ah, suas lembranças de mim estão ofuscadas por bobagens, tipo como você acha que sou um assassino, ou seja lá qual é o seu problema comigo. Claro que há coisas que não sei.

> Meu maior problema com você é que você é arrogante demais

Arrogante NA MEDIDA CERTA, na verdade

> De vez em quando eu lembro que você é o irmão mais novo e tudo começa a fazer bem mais sentido

Ah, não me compare com a Bella. Isso é falta de educação.

> Fica longe das minhas irmãs. Não estou de brincadeira

Não <3

7:44

Caramba, estou brincando. O que você acha que vou fazer com elas? Elas são CRIANÇAS, Tristan. São BEBÊS.

> Ainda bem que você percebeu.

219

É muito interessante, na verdade, ver você através dos olhos delas.
Você sabe que, de certa forma, elas acham que você as abandonou?

SEXTA-FEIRA, 30 DE SETEMBRO
7:53

> É normal que pensem isso. Faz tempo que parti. Elas eram mesmo crianças na época.

Você sabia como seu pai era e mesmo assim deixou as duas lá?

3:21

Tristan, estou só te provocando. É a nossa linguagem do amor. A verdade é: você não precisa se sentir culpado. E vamos lá. Seja sincero. Você não se sente. Por que deveria? Você sabia que elas ficariam bem. Ele é diferente com elas do que é com você. E elas ainda têm a mãe. A besteira que você se permite carregar, eu não sabia que era tão ricamente imaginada. Elas estão bem, Tristan. Estão mais que bem. Com certeza estão melhores que você.

> Então por que você mencionaria isso?

Porque sou sádico, Tristan, o que você quer de mim? E caso valha a pena repetir: você não precisa se sentir mal por abandonar uma situação que estava te matando.

> Não estava me matando.

Tristan, eu senti o que você sente. Não precisa mentir para mim.

SÁBADO, 1º DE OUTUBRO
15:12

> Acho que cometi um erro.

Provavelmente. Vários, até. Mas quem não tem teto de vidro que atire a primeira pedra.

> Que parte você desfaria se pudesse?

Qual vertente do multiverso eu seguiria, você quer dizer?

> Está bem, se você prefere esse exercício mental.

Não acredito em multiverso

> Nem se eu pudesse provar que existe?

Tá, eu acredito nele como uma possibilidade teórica, mas não ACREDITO nele. Não podemos desfazer nossos erros. Apenas cometemos outros e tentamos tornar os próximos mais interessantes

> Mesmo assim, me conta. Qual momento você mudaria?

Sei qual resposta você quer que eu dê, mas ainda acho que a coisa toda é inútil

> Qual resposta você acha que eu quero que você dê?

Ah, sei lá. Influenciar sua escolha de bebida. Matar Parisa. Agora já não importa

> Eu poderia fazer importar.

Ah, verdade, porque você e a Rhodes estão criando seu próprio universo... eu tinha esquecido

> É mesmo tão difícil acreditar que eu não a escolhi em vez de escolher você? Eu simplesmente escolhi VOCÊ NÃO, o que é bem diferente. E, verdade seja dita, questão de autopreservação

É?

Ou você cometeu um erro?

TERÇA-FEIRA, 11 DE OUTURBO

1:15

> E se eu fizesse o experimento de Atlas?

Mire na lua. Mesmo se errar, cairá entre as estrelas

> Eu te odeio pra cacete, sério

Eu sei! Kkkk somos dois

> Responda à pergunta.

Desde quando você se importa com minha opinião? De acordo com você, logo estarei morto

> Acho que nós dois sabemos que você não resiste à oportunidade de ser poético e explicar o motivo de eu estar errado e você certo e a humanidade ser horrível, e isso é apenas o mais recente episódio do universo em uma série de ruína vindoura

A humanidade não é horrível, só não vale a pena consertar ou mudar. E, sinceramente, é a segunda vez que tenho essa conversa hoje, mas já percebi que também não vai dar em nada. Qual é a pergunta?

> Sobe a conversa, seu imbecil de merda.

Tá, se você fizesse, não seria melhor se... não me importo, Tristan, essa coisa toda é exaustiva

> Uau.

Você vai fazer o experimento! Eu sei! Você sabe! Atlas Blakely sabe! Rhodes sabe! E, ainda mais relevante, até a Senhora Divindade sabe, porque Varona deixou outra mensagem de voz tentando convencê-la a se juntar à diversão. Então eu acho que VOCÊ pode ver como tudo isso é um exercício muito bobo de hipóteses morais.

> Por que a moralidade é tão boba? É apenas a base da sociedade, de alguma dignidade humana inata, mais ou menos, ou seja lá o que for aquilo com que todos parecemos nos importar e você não consegue descobrir

Ah, você é tão mal-humorado. É tão fofo.

> Você tem razão. Sou um masoquista completo. O que tem de errado comigo? Por que estou aqui?

É um mistério!!! Eu adoro!! Mal posso esperar para ver como você decide me matar

Enfim, sei o que está dizendo a si mesmo, que o experimento não é inerentemente ruim, e você tem razão.

> Então acha que eu deveria fazer.

Acho que você vai fazer, o que já está bem estabelecido, mas é claro que não acho que você DEVERIA. O que Parisa acha?

> Certo, porque com certeza eu pedi a opinião dela.

Se não pediu, deveria. Ou ela vai achar que você deve fazer, e nesse caso você com certeza não deve, ou ela vai achar que é uma péssima ideia, e nesse caso ela está coberta de razão

> Acho que, sem querer, você acabou revelando sua opinião sobre o assunto, Sócrates

Ah, minha resposta é 100000% não faça. Mas você vai fazer! Então dá para ver como isso é um desperdício dos meus minutos internacionais.

> Como está indo seu plano de dominação mundial?

Inútil quando você abrir outra vertente do multiverso, mas tente dizer isso à Deusa. Ela simplesmente não escuta, então lá vou eu para as Américas

> Por que política americana?

Por que café em vez de chá? Por que o céu é azul?

> Não vejo a hora de te matar.

Já decidiu a arma? Ou simplesmente vai se transportar para um mundo onde eu nunca nasci? Imagino que existam alguns deles largados debaixo das almofadas do sofá do multiverso

> Por que você acha que eu não deveria fazer?

Deixe-me contar quantos motivos são.

> ...

Isso era para ser poético. Não vou literalmente contar os motivos. Eu ficaria aqui o dia inteiro

> O que mais você tem para fazer?

Justo. Está bem. Meu principal motivo é que você é sempre a arma de outra pessoa. Você é a arma de Atlas Blakely. É a arma do seu pai. É a arma de Eden

Wessex. De Parisa. A lista continua. Acho que o principal motivo de você querer tanto estar apaixonado pela Rhodes é por acreditar que ela jamais te usaria

> Pela lógica, pode me culpar por preferir qualquer um além de você?

Tristan, estou tão cansado dessa discussão, será que podemos deixar um pouquinho de lado? Você pode retomar depois, quando estiver me estrangulando, ou seja lá o que pretende fazer. Me empurrar do penhasco parece fácil. E tenho informações confiáveis (da Reina, então talvez não TÃO confiáveis assim) de que sou incrivelmente fácil de atrair.

> Você é mágico. Teria muitos jeitos de sobreviver à queda

Estou todo arrepiado!!! Fala de assassinato comigo, seu danadinho

> Quer saber de uma coisa irônica?

Me CONTA. Estou morrendo de vontade de ouvir. Bjs

> Você não vai me matar, Callum. Não pode fazer isso. Dia desses eu vou te matar e você vai ficar completamente chocado porque não importa o quanto seja poderoso, pois na verdade você não pode FAZER nada. Varona descobriu, sabe. Você está usando transmissores tecnomânticos para influenciar a multidão. Está resolvendo toda a eleição de um país, e não apenas um candidato, mas cada um deles. Você vai derrubar todo um sistema governamental e mesmo assim, DE ALGUMA FORMA, tem medo demais de descobrir que o universo pode ser um pouquinho maior do que você acha que é.
>
> Tem medo demais de ser decepcionado. Tem medo de ser diminuído, de estar errado.
>
> E tem pavor da ideia de um mundo sem mim porque sabe que, quando eu partir, você estará sozinho.

Você fez muitas afirmações, Caine. Algumas delas são mesmo bem válidas.

> Claro que isso é tudo que você tem a dizer.

O que você quer que eu te diga? Claro que o universo é maior que eu. Eu não tomo as decisões sobre o universo.

> Certo. É Reina quem toma.

Isso, a própria, e eu as sigo porque entendo que para toda ação existe uma blá-blá-blá igual e oposta, e isso vai voltar para acertá-la em cheio porque a única coisa que entendo para valer é equilíbrio e uma virada cósmica geral

Mas o que VOCÊ quer ouvir? Eu realmente não faço ideia

> Você consegue me influenciar por mensagem?

Por quê? Você se sente influenciado? Não, você está certo, não vamos descer por esse buraco. Não sei a resposta, mas acho que não. Esta é a rede do Varona e, por mais estranho que seja admitir, mexer com ela parece ferir o espírito esportivo. Além disso, nas transmissões pela internet não consigo repetir o que faço pela televisão, Reina e eu já tentamos. Supostamente, a infraestrutura mágica é mais fraca ou algo assim, ou talvez seja mais forte, sei lá. Mesmo que ela descubra, não importa.

> Certo, porque nada importa.

Isso! Você entendeu!

> E se eu me recusar a acreditar que isso é verdade?

Bem, o que significa ter importância, Caine? Como é isso?

> Ter importância?

Sim, importância. Propósito. Significado. O que no mundo sugere a você que essas coisas podem ser mesmo alcançadas? Não existem bilionários felizes. E digo isso por experiência própria, já que meu pai é um deles. Pessoas que alegam ser felizes são esquecidas dentro de uma geração, talvez duas. Então, qual é o seu objetivo aqui, Tristan, porque para mim não parece apenas inútil, mas impossível

> Ser humano não é isso? Querer ter importância? Ter um propósito?

Me deixa te perguntar uma coisa. Se o seu propósito é abrir o multiverso, o que aconteceria depois?

> Como assim?

Supondo que eu não acabe com você no soco nem te mate antes de você me matar, você vai viver mais... o quê, uns cinquenta anos? Digamos que você abra um portal para o multiverso amanhã, ou semana que vem, ou seja lá quando sua equipezinha de físicos decida tentar. E aí?

> E aí terei aberto um portal para o multiverso.

Certo. Mas seu pai vai te amar? Suas irmãs sentirão sua falta? Os arquivos vão parar de tentar te matar? Você vai conseguir parar de pensar em mim? Enfim terá a resposta para as perguntas que sempre quis fazer? Vai entender por que teve que passar por tanto sofrimento só para estar aqui hoje, só para existir? Se você puder provar que tem importância de alguma forma concreta e não teórica, enfim acreditará que é verdade?

QUINTA-FEIRA, 13 DE OUTUBRO

00:32

> Não

> Mas vou fazer mesmo assim.

Estranho como a sala de leitura estava escura; a importância do tempo sempre parecia desaparecer, horas passando como minutos ou respirações. Tristan viu o horário de sua última mensagem e percebeu que estivera sentado ali havia tempos. Apesar das idas e vindas de Nico e Gideon durante a noite, ele e Libby não haviam se mexido.

— Tá mandando mensagem para quem? — murmurou Libby, bocejando.

Ela ergueu os olhos de sua página de anotações e pareceu impossivelmente familiar, como a Libby de uma vida ou duas antes. Como se esse fosse um momento de uma retrospectiva distorcida, em um tempo-espaço que nunca existiu de verdade, ou apenas não existira ainda.

— Hm? Ninguém.

Tristan deixou o celular de lado, esfregando os olhos sob as lentes dos óculos. Precisava aumentar o grau. Tudo estava cansando as vistas. Parecia estranho, e de certa forma adequado, estar prestes a sucumbir à decadência enquanto planejava em silêncio algo dessa magnitude.

— Tem certeza — perguntou ele, devagar — que pode fazer sem Reina?

Libby o fuzilou com o olhar, de modo que ele acrescentou na mesma hora:

— Hipoteticamente falando.

— Hipoteticamente, sim, tenho certeza. E enfim, não acho que podemos confiar nela. Ainda mais agora, considerando o que anda fazendo. — Libby abriu um sorriso pesaroso. — Se eu tivesse que apostar qual de nós tentaria dominar o mundo, não teria escolhido Reina.

— Eu teria — comentou Nico, jogando uma pilha de livros na mesa. — E quanto às suas hipóteses — continuou. — Cansei. Digamos, *realisticamente falando*, que sabemos o que estamos fazendo...

— Breve interrupção: não, vocês não sabem — disse Gideon, ocupado em devolver livros com cuidado às prateleiras da sala pintada.

— Certo, correção, não sabemos. Mas é por isso que é um *experimento* — insistiu Nico, se jogando na cadeira ao lado de Libby. — E, se você estiver certa sobre os arquivos vingativos, já estamos aqui há quase cinco meses e provavelmente vamos chegar ao sexto. Então, ou matamos alguém esta noite... com exceção de Gideon — disse ele, num tom amigável, ao que Gideon tirou um chapéu invisível — ou fazemos o experimento. E, se não funcionar, não funcionou.

Libby se afastou de imediato.

— Se não funcionar, só teremos libertado o poder do sol — murmurou. — Muito casual, Varona, você tem razão.

— Ah, qual é, temos mais controle que isso. — Ele acenou para Gideon, que estava de pé ao lado da mesa como se não soubesse se deveria entrar no espaço sagrado da eterna hipótese deles. — Senta, Sandman, você está deixando todo mundo nervoso.

A tela de Tristan se iluminou com uma mensagem. Ele colocou o aparelho debaixo da mesa, espiando para ler a resposta à primeira declaração real de suas intenções. *Vou fazer mesmo assim*, confessara a Callum, e sentiu o coração acelerar enquanto lia, escondido, a resposta.

Eu sei. E te desejo onipotência, de verdade.

Ao erguer o olhar, ele percebeu que Gideon o vira conferindo o celular, embora tenha desviado a atenção com rapidez. Tristan guardou o celular de volta no bolso, se perguntando por que seu coração batia tão forte no peito. Como se tivesse sido pego.

(Tristan já sabia o que faria quando chegasse a hora. Não uma faca, não uma pistola, não uma arma. Ele não precisava de uma. Não era esse o verdadeiro propósito, descobrir que poderia quebrar algo sozinho, transformar em outra coisa? Simplesmente desmontaria a coisa no peito de Callum que bombeava sangue para o cérebro, que Tristan hesitava em chamar de coração. Ele o acionaria como a um interruptor, ligado para desligado, fácil, simples, sem hesitação, sem bagunça, sem culpa. Ele tinha a sensação de que Callum iria rir, ou talvez até agradecer.)

— Eu acho que estamos complicando demais — prosseguiu Nico.

— Impossível — rebateu Gideon, que se aproximara, pairando ao lado da cadeira de Tristan.

— Ele tem razão — concordou Tristan, ao perceber que não falava havia um tempo.

— Está bem. *Rhodes* está complicando demais. — Nico deu batidinhas leves no cabelo dela, que tentou retribuir com um tapa, mas errou por um centímetro. — Vamos só, sei lá, parar.

— Grave na minha lápide — murmurou Libby. — *Vamos só, sei lá, parar.*

— Vou colocar "já volto" na minha lápide — contou Nico, e então estalou os dedos. — Gideon, você está encarregado disso.

— Eu sei.

Gideon soou irônico, íntimo demais.

Tristan tinha a sensação de que Libby estava certa. Gideon sabia alguma coisa, ou muitas coisas. Ele não *parecia* uma ameaça, mas de alguma forma isso era pior. A ideia de que ele veria tudo e não tentaria interferir. Tristan se sentiu desamparado diante desse cenário. Desestabilizado.

— Seria bom fazermos logo — sugeriu Nico. — Amanhã, talvez.

— Mesmo se eu concordasse com você, precisamos descansar — rebateu Libby. — Comer.

— Precisamos do Dalton — observou Tristan.

— A questão é a *intenção* — argumentou Nico. — Se, digamos, Dalton pudesse ser convencido por Parisa, ou, quem sabe, sei lá, através da sedução de Tristan...

— Certo — respondeu Tristan, percebendo que Libby se mexeu na cadeira, desconfortável. — Muito plausível.

— ... então faríamos o bacanal amanhã, dormiríamos por quarenta e oito horas e criaríamos a merda de um mundo novo. — Nico socou o ar, o que Tristan achou muito inapropriado para o horário. — A questão é a flecha. Precisamos decidir. — Ele hesitou por um momento, quase implorando. — Só precisamos *fazer*.

Libby afastou o livro de si, encarando Tristan.

— Por favor — pediu. — Diga a ele outra vez, porque para mim já deu.

Tristan sentiu Gideon se mexer ao lado. O que Gideon via, ou pensava ver, era incerto.

Você confia em mim?, perguntara-lhe Libby. Mas até que ponto ia essa confiança?

(— Sr. Caine, aqui é Ford outra vez, desculpe incomodá-lo, mas teve notícias do dr. Blakely? Ainda não recebemos nenhum relatório sobre o novo arquivista. O conselho de diretores reservou-se o direito de pedir um voto de não confiança por enquanto, mas é apenas uma questão de...)

O celular de Tristan parecia pesado no bolso. Ele pensou em mandar uma mensagem para Callum, só para ter um elemento de absurdo, algo para aliviar a apreensão em seu peito que era tão obviamente descabida, tão inútil. Um vestígio de uma vida anterior, uma cheia de medo.

E se eu falhar?, escreveria ele, ao que Callum decerto responderia: *Ah, querido, mas e se você voar?*

— Hipoteticamente — pronunciou-se Tristan. — Talvez eu concorde com Varona.

Ou havia mais naquele mundo ou não havia nada, e nesse caso Libby pararia de olhar para ele daquele jeito, e cedo ou tarde a dor passaria. Cedo ou tarde.

A mesa estremeceu quando Nico atingiu o tampo com a mão.

— Boom! — disse ele, eufórico, ou profético. — Sim. Feito.

· REINA ·

Reina rolou o app de notícias no celular enquanto a multidão ao redor deles se movia de um lado para outro, um calor malicioso emanando do pavimento conforme avançavam. Paris estava inesperadamente mormacenta e densa no fim de outubro, o verão se estendendo cada vez mais, até que os tons de úmbria e podridão vindoura foram forçados a ocupar seu espaço tórrido. As ruas pareciam sempre inundadas de turistas, que passeavam ao lado de locais que se vestiam tanto como Parisa que chegava a ser desconcertante. Por fora, Callum parecia o mal encarnado ao lado de Reina. Ele vestia uma camisa branca bem passada — brilhante demais para queimar, frio demais para derreter, com aqueles óculos extravagantes e cromáticos. Se ele não estivesse tão ocupado mandando mensagem para o ex, ela o odiaria por sua tranquilidade incontestável, mas estava na cara que Callum tinha problemas maiores (e mais idiotas).

Uma mensagem flutuou na tela de Reina.

Temos basicamente toda a pesquisa preliminar feita, então. Só te mandando notícias! Chapéu de festa. Três garrafas de champanhe estourando. Uma sirene vermelha. Me sentindo BEM CHATEADO que vc não aceitou minhas zilhões de desculpas. Mas n vou parar te amo besos

— Meu deus — disse Callum, se inclinando sobre o ombro de Reina e baixando os óculos para ver a tela. — Como é que você ainda não bloqueou o número dele? Joga esse celular fora de uma vez.

— Olha quem tá falando. — Reina o encarou com desdém. — Tristan já te contou sobre o progresso do plano sinistro, imagino?

— É fofo você usar o apelidinho de Varona para isso.

As lentes espelhadas de Callum refletiam o rosto dela, deixando-a atordoada com a visão da própria careta. Ele indicou a tela do celular com o queixo. A notificação da mensagem de Nico desaparecera, deixando apenas a janela do navegador aberta.

— O que você está pesquisando?

— Novos candidatos. — Ela mostrou o artigo do jornal do Texas sobre a jovem congressista cujos números estavam subindo. — Poderíamos dar uma olhada nela. Ou passar para a oposição, se for mais fácil.

A essa altura Reina já tinha percebido, com base na quantidade de poder que bombeava para Callum, que era necessário menos energia para fazer uma multidão odiar alguém do que para redirecionar suas opiniões, ou mesmo para apenas torná-la mais moderada.

Em resposta, no entanto, Callum revirou os olhos, contornando graciosamente um grupo de turistas que havia parado para tirar uma foto.

— Não. Não gosto do Texas.

— Por que não? Não são só fanáticos.

Eles tinham passado por lá na semana anterior para desmantelar um possível projeto de lei estadual que Reina havia descoberto em um abaixo-assinado nas redes sociais. O senador protocolando o projeto mudara de ideia (graças a Callum e Reina, óbvio), mas isso não impedira o progresso. Um dos congressistas simplesmente colocou outro líder do partido no lugar do senador e, àquela altura, nem mesmo a opinião pública tinha mudado tanto quanto Reina esperava — talvez por ela não estar tão familiarizada com o panorama político dos Estados Unidos. Difícil de acreditar, dada a predominância de políticos americanos que a tinham levado até ali, para começo de conversa. Mas Callum explicara que era uma questão de tradução. Governos eram como pessoas, e falar a língua exata de qualquer corrupção sistêmica era uma necessidade. Nos Estados Unidos, influência era uma combinação de dinheiro (esperado) e distritos geográficos (inesperado, irritante, irracional).

A questão era que saber que o projeto de lei era incrivelmente impopular com o público não parecia constituir a menor ameaça para os políticos envolvidos. Por fim, Reina e Callum foram forçados a ficar por mais tempo que o esperado, fazendo pelo menos quatro ou cinco aparições adicionais para de fato bagunçar as coisas e matar de vez o projeto. Reina sabia — e ele tinha deixado isso bem claro — que Callum não ficara feliz com isso. Ela entendia, de uma maneira distantemente empática, que aquilo que Callum pegava dela (ou o que a natureza pegava quando ela permitia) podia ser reabastecido com mais rapidez e facilidade do que fosse lá o que Callum canalizava dentro de si a pedido dela.

— Não teria que ser como da última vez — disse Reina, entusiasmada.

Depois disso, ele havia passado um tempo doente e dolorido, algo que escondera, ou ao menos tentara, com uma série de artimanhas — em geral a hostilidade entre os Caine, pai e filho, através da natureza perene de sua presença. Era uma distração quase crível, porque a vontade singular de Callum de ser irritante era irreprimível, e, para dizer a verdade, um dom sobrenatural. Mesmo assim, o fato de o nariz dele ter sangrado por dez horas não era uma imagem que Reina estava preparada para esquecer.

Callum lhe lançou um olhar de desprezo, como se pudesse sentir a preocupação dela. Era a mesma expressão que fazia quando chegavam perto dos esgotos parisienses.

— Não me importo com as formigas do Texas — disse ele, ajeitando o colarinho. — São grandes demais e mordem.

Claro.

Eles pararam no sinal, esperando para atravessar a rua. Reina aproveitou o momento de calmaria para dar outra olhada no celular, rolando a tela para cima e para baixo. Algo sobre a eleição de Hong Kong; teria que voltar sua atenção para isso assim que as campanhas dos Estados Unidos terminassem, presumindo que durassem tanto assim. (O suposto prazo de seis meses se aproximava, mas parecia impossível, pelo menos para Reina, que os arquivos não considerassem o trabalho que ela estava fazendo como um empreendimento em seu nome; se alguém tivesse que morrer pelo crime de não ser merecedor, ela imaginou que seria Parisa.) Um ataque militar, ela pensou que já havia conseguido redirecionar os gastos com defesa, mas a guerra era ilimitada, ao que parecia. (Por enquanto.) Algo a respeito da privacidade da internet, estatutos medeianos de rastreio sendo violados, desgraçados. Mais uma coisa para a lista. Uma série de artigos chamada "Formas de Ajudar as Vítimas dos Incêndios Florestais do Sul da Califórnia", seguida por um artigo intitulado "Por que Ninguém está Falando das Enchentes em Bangladesh".

— O que é isso?

— Hm?

Reina ergueu o olhar e viu que Callum lia as manchetes na tela do celular dela.

— Isto. — Ele apontou com o dedo mindinho, sua testa pálida franzida. — Esse rosto não me é estranho.

Era uma mulher de meia-idade, comum. Sul-asiática, talvez filipina ou vietnamita, mas a manchete era americana. "Laboratório universitário será fechado durante investigação sobre o uso indevido de recursos públicos."

— Isto?

A multidão voltou a andar. Callum estendeu a mão para o celular e Reina o entregou, os dois parando sob o toldo de uma *brasserie* próxima. Ele leu em silêncio, apenas um ou dois parágrafos, depois abriu outra aba, buscando algo no navegador.

— Tem alguma informação interessante sobre o laboratório? — perguntou Reina, imaginando o que poderia ter deixado passar.

— Não, não o laboratório. Bem, talvez o laboratório, mas...

Callum se interrompeu, como se estivesse perdido em pensamentos enquanto passava por uma lista de artigos acadêmicos.

Reina esticou o pescoço para espiar a barra de pesquisa na tela: *dra. J. Araña.*

— Nunca ouvi falar dela.

— Eu a conheci ano passado. Bem, não para valer. — O semblante de Callum estava impecável e inabalável como de costume, mas Reina pensou ter visto um fio de suor atrás da orelha dele, desaparecendo sob o colarinho engomado. — Ela estava no baile de gala ano passado. Atlas falou com ela.

Ele abriu a página dela na Wikipédia, esquadrinhando-a.

— E? Ela tem alguma utilidade para nós?

— Hein? Claro que não, Mori, ela está sendo investigada por fraude. E traição, ao que parece. — Callum devolveu o celular para ela, tendo fechado a aba e deixado o navegador aberto na pesquisa original de Reina. — Opa — acrescentou, e continuou andando, indo atravessar a rua enquanto Reina se apressava para alcançá-lo.

— *Opa*? — repetiu ela, indignada. — Como assim, *opa*?

Ele não desacelerou o passo.

— Temos uma tarefa para executar, Mori. Você não disse que esse era o único evento do Fórum marcado no calendário público de Nothazai?

Só umas setecentas vezes, sendo que as primeiras seiscentas e noventa e nove tinham sido como cantar uma ária sem sentido. Arrastar Callum para longe de Londres era como tirar leite de pedra, como se, quanto mais ele se afastasse de Tristan, mais perdesse o senso de propósito. Reina só tinha conseguido o que queria depois de garantir a Callum que surpreender Nothazai para fins de vingança e/ou extorsão tinha tudo a ver com ele e que tinha potencial para ser bem divertido.

— Ah, então agora você se importa com Nothazai? — disse ela. — Que conveniente!

— Claro que me importo. Sempre me importei.

Ele estava irritado, agitado. Interessante. Esse era um lado de Callum que Reina raras vezes via, mas soube de imediato que valia a pena desvendar.

— O que você fez com aquela mulher? — perguntou Reina, intrigada. — E não diga que não foi nada.

Ele grunhiu algo em resposta.

— O quê?

— Eu falei: quanto tempo falta para você desistir e responder às mensagens do Varona? — perguntou Callum, bem alto. — Sei que você está começando a ceder.

Ah, claro, como se isso fosse funcionar.

— *Supondo* que Parisa solte Dalton da coleira, o que não vai acontecer — disse Reina —, então Varona vai fazer esse experimentozinho, falhar e perceber que precisa da minha ajuda, fim da história. Responda à pergunta.

— Ah, então você *gosta* de ver os outros se humilharem por você. — Callum parecia satisfeito. — Sempre suspeitei.

— Quem é ela? — Reina tornou a pressionar. — Se ela estava no baile de gala ano passado, com certeza é alguém importante. Ela faz parte da Sociedade?

— Não.

— Do Fórum?

Ele ficou em silêncio.

— Callum — grunhiu Reina, e ele parou de repente.

— Lembra quando eu te disse que minha magia não tem regras?

Reina se deteve, com uma expressão de puro choque, quase esbarrando em um pedestre.

— O quê?

— Minha magia. — Ele parecia diferente, mesmo com a efervescência característica da ilusão. Reina vasculhou a mente para entender o que significava essa expressão específica, mas não teve sucesso. — Ela não... — Callum hesitou. Estranho. Nada típico dele. — Não consigo controlar o resultado — disse ele por fim. — Posso empurrar algo, ou puxá-lo, mas nem sempre consigo determinar para que lado irá depois que eu interferir.

— Espera. — *Remorso*, era isso. Fascinante. — Está dizendo que fez algo com ela?

— Acho que sim. — Ele fez uma careta e desviou o olhar, pousando-o no prédio ao lado, que era idêntico a todos os outros na rua. — Chegamos, aliás.

Ah, mas quando se tratava de emboscadas cuidadosamente planejadas, essa missão poderia esperar mais cinco minutos.

— Como assim você *acha* que fez algo com ela? Você não deveria saber?

— Eu estava um pouco afetado — respondeu ele, com impaciência.

— Quer dizer bêbado?

Ele baixou o queixo para encará-la.

— Tá. Isso mesmo. Eu estava bêbado. Ela tinha ido lá para matar Atlas, mas mudou de ideia. Consegui senti-la desistindo, então girei o botão.

Ele desviou o olhar.

Reina o encarou.

— Que botão?

— Tudo tem que ter um nome, Mori? É magia, porra, eu não sei. O propósito dela, o... *joie de vivre* dela — declarou Callum, num tom sarcástico. — Estava diminuindo, então aumentei de volta.

Reina sentiu uma pontada forte de irritação ao saber daquela decisão obviamente equivocada.

— Ela é uma das pessoas que estão nos caçando?

— Óbvio que não. — Callum apontou para o celular dela com um movimento irritado do pulso. — Ela está sob investigação federal. Se já não estiver na cadeia, logo estará.

— Porque você a colocou lá — percebeu Reina. — Você... você a levou a fazer coisas?

— Não, eu a fiz *querer continuar* fazendo coisas — corrigiu Callum. — Como é que eu ia saber que coisas seriam? Eu não disse a ela para sair por aí cometendo crimes — murmurou, irritado. — Isso foi decisão dela.

Reina arqueou a sobrancelha.

— Acha mesmo que tem desculpa? Você basicamente a enlouqueceu.

— Eu não a *enlouqueci*. Ela ficou imprudente e parou de tomar cuidado. Isso é só, sei lá, uma característica intrínseca da personalidade dela, independentemente da minha intervenção. Ela era ativista — acrescentou. — Já era fichada.

— Mas você não sabia disso na época.

Reina se perguntou o que estava acontecendo com ela. Sentia uma inquietação com algo que não conseguia nomear. Uma sensação no peito que se parecia muito com ervas daninhas crescendo, explodindo das frestas no chão.

— Vai mesmo me repreender? — rebateu Callum. — É você quem está usando esses exatos poderes agora. E vem usando há meses. Eu avisei que as coisas nem sempre saem como o planejado...

— Vamos entrar logo.

O coração de Reina martelava no peito com a perspectiva de algo. Consequências, talvez.

Mas Callum estava embriagado quando fizera fosse lá o que tinha feito com a professora. Agira sozinho, por impulso. Reina, no entanto, tinha um plano. Muitos planos. Ela não saía por aí incendiando pessoas sem calcular o risco do que ia arder junto.

O homem na recepção disse algo em francês, provavelmente pedindo credenciais, mas se calou com um olhar de Callum, que não tinha nem tirado os óculos de sol. O coração de Reina ainda estava um pouco acelerado, apenas o suficiente para deixar sua garganta seca. Ela pigarreou e olhou para Callum — um olhar demorado, em busca de algo que não sabia se encontraria — até que eles entraram no elevador lado a lado.

— Eu avisei — repetiu ele, dessa vez com menos raiva.

O elevador subiu com um zumbido baixo, apitando quando chegaram ao andar que queriam.

Reina soltou um suspiro relutante.

— É — disse por fim. — Eu sei.

Eles saíram do elevador quase em sincronia, chegando a um andar de plano aberto sob uma série de painéis de vidro, claraboias. As sombras caíam sobre um mar de mesas vazias em linhas duras, como aves de origamis.

— Olá. Bem-vindos ao escritório francês do Fórum. — A mulher da recepção os cumprimentou em inglês, seu sotaque suavizando as consoantes. — Nothazai está em reunião. Receberá vocês em breve.

Não era para ninguém perceber a presença deles, muito menos saber que queriam falar com Nothazai. Reina hesitou, olhando para o lado para ver se tinha sido obra de Callum. Ele a encarou e negou com a cabeça.

— Sentem-se — disse a recepcionista, em tom caloroso. — Vou buscar um café. A menos que prefiram chá?

— Não.

Reina teria sido mais educada se sentisse que a recepcionista estava agindo por vontade própria. Ninguém deveria saber que eles estavam a caminho. Isso a fez pensar nas façanhas de Callum, embora os dois já tivessem trabalhado juntos por tempo o suficiente para que Reina acreditasse quando ele alegava não ter feito nada.

— Muito bem, limonada, então — respondeu a recepcionista, contornando a mesa antes de desaparecer por uma porta sem placa.

Reina se voltou para Callum, reparando na confusão que crispava as sobrancelhas dele.

— Ela é perigosa?

— Perigosa? Não. Ela está no piloto automático. — Exatamente o que Reina pensara. — Pelo que vi, ela nem sabe que está acordada.

— E quanto a...

— Nothazai? Se ele for uma ameaça, eu diria que estamos bem equipados para lidar com ele. — Callum olhou ao redor, depois se sentou em um dos braços da poltrona de couro. — Ela disse para esperar, então vamos esperar.

— Tem certeza de que não devemos...

— Por que estragar a surpresa, Mori? — Ele soou descontente, talvez porque fosse a segunda surpresa do dia. — Só senta aí. Se tivermos que matar alguém, então matamos alguém. Uma terça-feira como qualquer outra.

A voz dele estava abafada, mais desinteressada que irônica.

— Hoje é segunda. — Reina se sentou, ressabiada, e ele a encarou. — Tá. Já entendi.

Callum tirou o celular do bolso, claramente planejando ignorá-la e perturbar Tristan, ou talvez apenas pesquisar o melhor restaurante de sushi da região, vai saber.

Reina fez o mesmo, reabrindo as notícias no navegador.

"A Corporação Wessex adquire o mais recente disruptor no mercado de cuidados de saúde do consumidor."

"O Fórum conquista uma vitória esmagadora em caso internacional de direitos humanos."

— Eles acham mesmo que são os mocinhos — murmurou ela.

— Todo mundo acha, Mori — sussurrou Callum. — Todo mundo.

Irritada, Reina desistiu das notícias e decidiu abrir sua rede social preferida. Ela não tinha nenhum seguidor e seguia apenas algumas contas, a maioria de notícias, mas logo de cara viu uma foto que a reconfortou. Um cachorro e um bebê dormindo juntos, ambos usando touquinhas combinando. A legenda era um emoji dormindo, com o zzzz.

— Mozão de novo? — perguntou Callum.

Reina ergueu o olhar e viu que ele a observava.

— O quê?

— Nada.

Ele esboçava um sorriso.

Por dentro, Reina suspirou. Como era fácil para Callum passar do medo e do desespero para a súbita posse da vantagem.

— O nome dele é Baek.

— Certo, claro, me perdoe por esquecer.

A conta pertencia ao congressista Charlie Baek-Maeda, um político americano concorrendo à reeleição. Ele era jovem e amado, bonito e eloquente, filho de imigrantes humildes em vez do produto costumeiro do nepotismo, como o titular que ele havia destituído para ocupar a cadeira no Congresso de seu distrito. A filha de Baek-Maeda, Nora, tinha dez meses, o cão que ele havia adotado, Mochi, era uma presença constante na campanha eleitoral. Graças a essas duas coisas, os seguidores dele na rede social, incluindo Reina, passavam das centenas de milhares.

— O cachorrinho *e* o bebê dele. — Callum observou a tela, admirado. — É ele tocando violão ali?

Na fileira de baixo, havia um vídeo da campanha eleitoral, no qual Baek-Maeda tocava violão com a bebê Nora, com fones de ouvido, pendurada no canguru que ele usava no peito.

— Existe alguma mulher cujos ovários não tenham explodido a essa altura? — perguntou Callum. — Menos os seus, acho.

— Por favor, não fale dos meus ovários — murmurou Reina, rolando a tela.

— Você tem uma paixonite por ele? Me diga a verdade.

Callum soava alegre.

— Estou de olho nele por motivos políticos. Ele está no comitê das finanças.

— Comitê das apropriações — corrigiu Callum. — Todos são comitês das finanças.

— Tanto faz. Tudo a mesma coisa.

— Você gosta dele.

A voz de Callum havia assumido um terrível toque de excentricidade.

— Eu posso *usá-lo*.

— Uma coisa não anula a outra.

Tá, pensou Reina. Callum não estava errado. Os apoiadores de Baek-Maeda eram idealistas o suficiente para sucumbir aos ocasionais lampejos de esperança — na verdade, a maioria das pessoas que assistiam às coletivas de imprensa dele poderiam ser convencidas mesmo sem a ajuda de Callum e Reina —, mas ela tinha uma pitada de benevolência em relação a Baek-Maeda como pessoa. Talvez porque a bebê dele era fofa, mas muito provavelmente porque os valores dele se alinhavam à perfeição com os de Reina.

— Ele é o seu escolhido — comentou Callum, com compaixão.

— Para.

— Todos os deuses têm favoritos — observou Callum. — Por que você não deveria ter?

Ela soltou um suspirado pesado.

— Está zombando de mim outra vez.

— Sim, Mori, sempre. Mas estou errado?

Não. Callum tinha razão — ela *tinha* favoritos. Baek-Maeda havia chegado tão longe sozinho, sem ajuda de Reina nem de ninguém. E não era como se ela estivesse pedindo a ele para matar sua primogênita ou construir uma arca.

— É tão ruim assim eu querer ajudá-lo?

— Claro que não.

Ela olhou para Callum outra vez, em busca de um sorrisinho irônico.

— Não é a mesma coisa que você mexer com uma criminosa de guerra — avisou ela.

— Ela não era criminosa de guerra *até* eu mexer com ela — argumentou Callum.

Reina franziu a testa.

— Espero que você saiba que isso não é argumento para se defender.

— Sou indefensável no geral — disse Callum. — Você já sabe disso.

O escritório estava silencioso, o que era estranho. Nenhuma planta, percebeu Reina, olhando para o piso ao seu lado. Havia algo que um dia devia ter sido uma árvore envasada. Fora removida pouco antes — dava para ver os vestígios de terra.

No silêncio ressoante, Reina examinou os arredores, vendo mais indícios de plantas removidas. Um regador decorativo na mesa da recepção. Espaços vazios em mesas vazias onde o sol bateria mais.

— Estamos em perigo?

— Não estou sentindo nada — respondeu Callum, esticando uma perna e cruzando-a sobre a outra.

— Alguém poderia ter avisado a ele, de alguma forma?

— Você não escondeu seus movimentos, Mori, mas duvido que Nothazai conseguiria ligar os pontos só de observar. Relaxa — aconselhou Callum. — Não desperdice sua energia. Pode precisar dela mais tarde.

Tá. Verdade. Reina se recostou, suspirando.

— Talvez eu deva começar a carregar uma pequena suculenta por aí.

— Elas não te irritam?

— *Você* me irrita.

O celular de Callum vibrou no bolso. Ele o pegou, olhou para a tela e o guardou. O remetente era óbvio, pois Callum só tinha um correspondente de verdade.

— Vai responder? — perguntou Reina.

— Mais tarde. — Ele a encarou. — E você?

Estava se referindo a Nico, era possível, ou, de forma mais geral, a Parisa. Não que Reina tivesse recebido notícias dela desde a última mensagem, de meses antes.

Mesmo assim, ela ficava se perguntando a mesma coisa.

— Eu? Estou ocupada.

— Isso não é resposta.

Verdade, não era.

— Não te devo resposta nenhuma.

— Mesmo assim, fui tão generoso com respostas hoje, não fui?

Reina se virou para encará-lo.

— Por que ela estava lá para matar Atlas? — perguntou, mudando de assunto. — A doutora criminosa de guerra?

— Ela é professora. E ele é o líder de uma sociedade secreta que protege uma infame biblioteca mágica, então... — Callum lhe lançou um olhar firme. — Nem precisa pensar muito, Mori.

Ela franziu a testa.

— E matar Atlas serviria de quê?

— Não te devo resposta nenhuma — rebateu Callum.

Reina olhou feio para ele, que riu.

— Não sei — admitiu Callum. — Nada, acho. Pareceu pessoal.

— Como assim?

Ele não respondeu. Reina estava prestes a pressioná-lo, a cutucá-lo, quando a porta sem placa foi aberta de novo e a fez pular de susto.

— Srta. Mori? Sr. Nova? — chamou a recepcionista, segurando um copo de limonada com gás em cada mão.

Ela não deveria ter adivinhado a identidade dos dois, pois tinham feito mais ilusões que o normal para a tarefa de entrar na cova da serpente, mas a essa altura estava óbvio que algo interferira com os planos deles. Ainda não se sabia até que ponto essa interferência se provaria perversa, no entanto, pois nenhum dos assassinos anteriores lhes tinha oferecido refrescos.

— Por aqui, por favor — indicou a mulher.

Reina olhou para Callum outra vez, se perguntando se deveria estar mais preocupada. Ele se levantou com ar de indiferença, pegou o copo de limonada e então fez sinal para Reina ir na frente.

— Não — sibilou ela em resposta, recusando o copo, porque ninguém com bom senso ingeria comida do inimigo, ou do Submundo.

— Tá.

Callum foi primeiro, seguindo a recepcionista, cujos saltos batiam no piso de mármore.

— Se houver armadilhas, gritarei "ahhhhh" — disse ele. — Esse pode ser o sinal.

— *Cala a boca.*

A recepcionista não deu nenhuma sinal de que os ouvia, conduzindo-os primeiro através de um corredor no fim do saguão iluminado e arejado, e então virando à esquerda antes de parar diante de uma porta de escritório entreaberta.

Ela não entrou, apenas gesticulou para que os dois seguissem.

— Nothazai os atenderá agora — anunciou, com um sorriso, antes de se virar e voltar por onde viera, ainda segurando a limonada de Reina.

Quando a recepcionista desapareceu no corredor, Callum abriu mais a porta, revelando outro ambiente cheio de sol. Um escritório, painéis de vidro, móveis elegantes de couro, uma mesa.

— Ah — disse Callum, parando tão de repente que Reina quase esbarrou nas costas dele.

— Ah mesmo — veio uma voz de trás da mesa, e Reina grunhiu alto.

— Você.

A figura atrás da mesa não era o homem que certa vez tentara recrutar Reina para o Fórum.

Era uma mulher.

Uma mulher *específica*.

— Surpresa — disse Parisa Kamali, erguendo um par de saltos dourados na mesa, um por vez, apoiando um tornozelo delicado sobre o outro.

O cabelo escuro estava afastado para trás por um par de óculos de sol bem similares ao que estava no bolso da camisa de Callum, e o vestido dela, um azul tão claro que poderia ser cinza, estava impecável como sempre.

Ela não tinha mudado nada. Reina não conseguia encontrar explicação para o tamborilar em seu peito, talvez efeito de alguma pulsação tardia de medo, ou uma onda de ódio renovado.

— Cadê Nothazai? — perguntou Reina, grunhindo.

Callum pousou o copo na mesa e puxou uma cadeira, na qual desabou. Reina não o imitou. Não tinha a menor intenção de ficar confortável, algo que não fazia havia meses, e não seria naquele momento que isso iria mudar, embora fosse difícil imaginar algum lugar mais seguro do que onde quer que Parisa Kamali estivesse. Era difícil imaginar, na verdade, Parisa Kamali nervosa ou assustada, ou mesmo ameaçada, por qualquer pessoa que não fosse a própria Reina, que um dia a esfaqueara em uma projeção que parecia um sonho. Mesmo assim, o coração de Reina continuava acelerado.

— Ah, merda, senta logo — disse Parisa.

Reina não sabia que era possível esquecer como Parisa era bonita até a surpresa a atingir como um golpe.

— Vai se foder — vociferou Reina.

— Meninas, por favor — interferiu Callum.

— Vai se foder — disseram Reina e Parisa em uníssono, para o aparente prazer de Callum.

— Sempre funciona — comentou ele, rindo sozinho, o que lhe rendeu um olhar feio.

— Sente-se — repetiu Parisa.

Reina, muito a contragosto, se sentou.

— Cadê ele?

— Nothazai? Ele partiu há algumas horas, pouco depois de conversarmos. Patê? — ofereceu Parisa, deslizando um prato sobre a mesa.

Callum se endireitou para comer o patê, que Reina obviamente ignorou.

— Você fez mesmo a gente esperar no saguão à toa? — grunhiu ela.

— Não — corrigiu Parisa. — Fiz vocês esperarem no saguão por um motivo muito importante, que é a minha diversão.

— Não a provoque, Parisa, ou ela vai ficar ainda mais difícil de convencer — avisou Callum, lambendo um pouco de fígado da ponta do polegar.

— Vai se foder — repetiu Parisa, empurrando com cordialidade um prato de fritas na direção dele. — Enfim, vocês deviam tirar uma lição disso. São fáceis demais de prever e ainda mais fáceis de seguir. — Ela focou em Reina. — Qual exatamente era seu plano aqui?

— Ele está tentando nos matar — respondeu Reina, sem rodeios. — Meu plano era pedir a ele... — Callum riu, e Reina o fuzilou com olhar — ... para parar.

— Ah. Bem, vocês não precisam mais se preocupar com Nothazai — disse Parisa, dando de ombros. — Tenho a sensação de que ele viu a luz.

Por mais absurdo que fosse, o fato de Parisa ter matado um dos possíveis assassinos de Reina em seu nome fez com que ela quisesse ter matado o de Parisa primeiro. Ou talvez a própria Parisa. O equilíbrio de poder estava todo bagunçado outra vez. Reina devia se rastejar em agradecimento? Ela considerou o que deixaria Parisa mais irritada e decidiu que era não entrar no jogo. Então Parisa reservara um tempo para encontrá-los ali? Isso só podia significar que ela queria algo.

Fosse o que fosse, não ia conseguir.

— Tá. Aproveite. — Reina se levantou. — Vamos embora.

Callum, para sua infelicidade, não seguiu a deixa. Apenas ergueu um punhado de fritas, examinando-as.

— Por acaso tem...?

— Aqui. — Parisa empurrou um pires de aioli na direção dele. — Reina, sente-se.

— Seja lá o que você quer, não estou interessada — disse Reina.

— Isso é uma grande mentira. Você está tão interessada que mal consegue pensar. Sente-se. — Os olhos escuros de Parisa encontraram os de Reina, apáticos. — Preciso falar com você sobre Rhodes.

— Estou ofendido por você não me incluir nessa conversa — observou Callum, que mastigava como se tivesse todo o tempo do mundo.

— Só porque já sei sua opinião sobre o assunto. Precisamos matá-la — prosseguiu Parisa para Reina, no mesmo tom. — Não gosto, mas tem que ser feito.

— Ah, claro — disse Callum, e Reina deixou um instante de confusão passar.

— Desculpe, como é? — Reina sentou-se outra vez. — Achei que se tratava de outra coisa.

Ao ler as mensagens de Parisa pela primeira vez — àquelas que nem se dera ao trabalho de responder e nas quais não havia pensado (não *tanto*, pelo menos) —, Reina presumira que o jogo de Parisa girava em torno do experimento que Dalton estivera pesquisando, o que Nico chamava de Plano Sinistro. Aquele a respeito da inflação cósmica, da criação de novos mundos, da centelha de vida que Reina já provara ser capaz de fazer. A princípio, Reina cometera a tolice de acreditar que poderia ter sido Atlas a tentar aquela aproximação, enfim admitindo a natureza de suas ambições, para as quais ela fora selecionada a dedo, ao que Reina estivera totalmente preparada para recusar. Ou, em momentos de pura fantasia, ser adulada com gentileza e fervor, de uma maneira que ainda — era provável — terminaria em uma recusa.

Mas ali, sabendo que era Parisa, até a fantasia estava fora de cogitação. Criar mundos para alguém tão fundamentalmente desinteressado nos conteúdos daquele em que viviam não parecia inteligente, nem responsável. Parisa não aceitara o convite da Sociedade para salvar o mundo ou mesmo consertá-lo; como Callum, acreditava que não havia conserto. *Ao contrário* de Callum, no entanto, ela era motivada, competente e raivosa.

Não havia possibilidade de o objetivo de Parisa ser outra coisa que não tirania pessoal.

— Diz a mulher que está ativamente manipulando eleições públicas — comentou Parisa.

— Tenho meus motivos — murmurou Reina.

— Eu também. — Parisa a observou por mais um longo momento. — Olha, eu mudei de ideia — declarou, em um tom que Reina poderia ter chamado de sincero, se acreditasse que isso estava dentro do reino das possibilidades. Vinda de Parisa, a sinceridade só podia ser estratégica. — O experimento foi uma má ideia. Além disso, nós temos preocupações mais urgentes.

— Nós?

Inacreditável.

— Atlas já tentou entrar em contato com você? — perguntou Parisa, se endireitando na cadeira, com as mãos cruzadas sob o queixo.

Reina entendia que ela já sabia a resposta e a odiou com uma força renovada. Ressentia-se do fato de, ao organizar aquela reunião, Parisa os tivesse colocado assim de propósito, reforçando uma hierarquia, como se apenas a opinião dela importasse. Como se apenas a voz dela tivesse o direito de ser ouvida.

— Por que Atlas entraria em contato comigo? Nosso tempo nos arquivos acabou. Tenho outros planos, e nenhum deles o inclui. E, se você está tentando me dissuadir do plano sinistro — (mas que saco, Nico) —, nem tem por que se preocupar. As peças estão incompletas, quer Rhodes subitamente aceite fazer parte do plano ou não. Eles ainda precisam de mim, e com certeza precisam de Dalton. Atlas jamais me convencerá. Os outros jamais convencerão você a deixar Dalton fazer isso por outra pessoa além de você. Pelo que sei, eles estão em um impasse — concluiu Reina —, então o experimento já era.

— Então, para resumir, sua resposta é "não", o que acho muito preocupante — observou Parisa em voz alta, se virando para Callum. — Você não concorda?

Ele deu de ombros em concordância tácita.

— Eu tinha minhas suspeitas de que estaríamos sujeitos a mais posturas filosóficas de Atlas a essa altura, mas Reina está se virando bem sozinha, então talvez não.

De novo essa história. Callum já tinha avisado Reina de que Atlas viria persuadi-la a se juntar a ele — a ser uma arma a seu comando, assim como todos sempre esperaram dela, que podia fazer tão pouco sozinha sem as demandas (geralmente estridentes, em linguagem de plantas) de outra pessoa, mas no momento ela perdera toda a esperança. Parisa fizera a mesma oferta e, pensando nisso, Nothazai também, um dia.

Talvez o erro que todos os outros cometeram tivesse sido presumir que, no fim das contas, Reina iria falhar, o que não aconteceu. Ela não falharia, *claro* que não. Tinha chegado ao ponto de se aliar a Callum Nova só para garantir que esse aparente destino jamais se concretizasse.

Ela perdoaria Nico quando a hora chegasse; algum dia, quando pensar no ano sem ele doesse menos. Cedo ou tarde, a decepção por ele ter subestimado sua amizade deixaria de ser relevante e passaria. Mas ela já havia cumprido tudo que Atlas lhe prometera no dia em que entrou em sua cafeteria em Osaka, e se ele não a havia considerado digna de confiança antes, então ela não tinha a menor intenção de redirecionar seu projeto em prol dele. Talvez Reina nem sempre sentisse que os poderes lhe pertenciam, mas eram dela para usar quando e se escolhesse.

Ela já havia tomado de Atlas o que desejava. Não havia mais valor em ser a escolha dele.

— O mérito do sucesso ou do fracasso de Reina é um exercício teórico para outro dia. Agora, todos temos um problema muito concreto. Falei com Rhodes — prosseguiu Parisa, desviando a atenção para Reina outra vez. — Ela voltou.

— Eu sei. — Reina se ouviu murmurar outra vez.

— Ela não é mais a mesma — continuou Parisa, antes de reconsiderar. — Ou talvez seja exatamente a mesma, e isso apenas não era um problema antes. Inflexibilidade moral pode parecer uma virtude sob certas circunstâncias. Mas é um baita problema agora.

— O que te fez mudar de ideia? — perguntou Callum, muito satisfeito com o rumo que a conversa havia tomado. — Foi você quem se esforçou para garantir que seu cordeirinho ficasse fora da confusão quando o plano de assassinato exigido estava em andamento. Se não tivesse feito isso, ela já estaria morta.

Argumento controverso, até na cabeça de Reina. Talvez por esse motivo Parisa ainda a encarasse quando respondeu à pergunta de Callum.

— Talvez Rhodes tenha me feito mudar de ideia. Talvez o fato de você ainda estar vivo e ter alguma utilidade para a Sociedade tenha me feito mudar de ideia. Faz diferença? Sou complexa, Callum, acontece. Sou capaz de mudar de rumo quando as circunstâncias não se aplicam mais. Rhodes, por outro lado, não é. — Parisa pegou uma batata frita, com delicadeza. — Ela sabe de algo, algo ruim, e até Varona sabe que alguém tem que morrer — acrescentou, baixinho, como se talvez Reina tivesse esquecido. — É um deles ou um de nós.

— Não somos "nós" — rebateu Reina, ao mesmo tempo que Callum disse:

— Eu pensei em matar Tristan. Sabe, só por diversão.

— Por favor, não desperdice meu tempo — disse Parisa para Callum antes de se voltar para Reina, acrescentando: — Somos um "nós" enquanto formos as pessoas em maior perigo. Os outros três voltaram para a Sociedade por um motivo. Os arquivos ainda podem usá-los; a casa ainda pode drená-los. Eles podem ter mais tempo antes de nossa quebra coletiva de contrato, mas, quanto mais longe estivermos dos arquivos, mais perigo corremos. Isso sem mencionar as inúmeras outras ameaças que estão nos rastreando aonde quer que vamos.

— Achei que você tinha resolvido o problema de Nothazai? — comentou Reina, seca, sendo difícil de propósito, o que, infelizmente, Parisa já sabia, porque pareceu não se importar.

— Já sabemos que Atlas não cumpriu o ritual e isso matou todos os outros no grupo dele — continuou Parisa. — Nós seis estamos vivos. Devemos um corpo aos arquivos.

— Posso matar você agora mesmo — sugeriu Reina. — Isso nos pouparia uma confusão.

— Sim, você pode — concordou ela. — Seria uma pena desperdiçar este vestido, mas tudo bem.

A disputa momentânea foi interrompida por Callum, que voltara a atenção para o prato de batatas fritas.

— O que mudou? — repetiu ele. — Por que Rhodes?

— Eu sempre avisei que ela era perigosa. — Parisa tamborilou na mesa. — Claro, antes eu queria dizer que ela devia viver e você, não, porque ela ainda não tinha alcançado todo o potencial e o seu tinha um limite que a gente já conhecia. Agora vejo que me enganei ao confiar na escala desse potencial. E, claramente — acrescentou, deliberada —, se alguém deve morrer pelo crime de ser perigoso, você é sempre a pior escolha.

— Aceito o insulto — respondeu Callum. — E estou te dizendo, vou matar Tristan.

— Quando? — perguntou Parisa, irritada.

Ele mergulhou uma batata no aioli.

— Estou quase lá.

— Ameaças de morte não são uma sedução apropriada — disse Parisa, mordaz.

— Você tentou? — perguntou Callum, de boca cheia.

— Claro, Nova, não sou amadora...

Outra coisa incomodava Reina. Uma coisa frágil, mas ainda assim presente.

— Por que quer que eu participe? — interrompeu ela, cortando a discussão dos outros dois.

Ela sentiu Parisa em seus pensamentos, provavelmente remexendo as coisas em seu cérebro.

— Eu fiz uma pergunta — insistiu Reina, irritada. — Só responda, e talvez eu responda à sua.

Parisa fechou a cara, impaciente.

— Não entendo a relevância da sua pergunta.

— A relevância? Nenhuma. É só uma pergunta. Você fez todo esse esforço para me encontrar, para me contatar, para me *convencer*, sendo que é a única de nós que realmente viu Rhodes e, portanto, podia ter acabado com ela logo de cara. A não ser que não tenha matado porque não conseguia — percebeu Reina —, e nesse caso existe, *sim*, alguém menos perigoso que Callum, e é você.

— Bingo — sussurrou Callum, todo satisfeito.

— Cala a boca — disseram as duas ao mesmo tempo, e Parisa se levantou.

A boca dela estava contraída por algum motivo. Irritação, talvez, por Reina ter feito uma observação relevante — o que Reina *sempre* fazia, caso não tivessem notado. Eram os outros que não diziam coisa com coisa.

— O ritual tem uma natureza enigmática, não apenas contratual — declarou Parisa, com firmeza. — Tem um motivo para termos estudado intenção. O propósito da eliminação é fazer um sacrifício digno do conhecimento que recebemos. — Sua linda boca estava estranhamente fina. — Todos escolhemos Callum. Essa escolha foi significativa. Devemos todos escolher Rhodes. A flecha é mais mortal apenas quando é mais justa. Se esse sacrifício salvará o resto de nós a essa altura do campeonato, tem que ser feito do jeito certo.

Interessante. Muito interessante. A análise era sólida — Parisa não era idiota, nem inadequada enquanto medeiana ou acadêmica —, mas essa não era a parte interessante.

— Você está mentindo — deduziu Reina, com uma sensação de triunfo, e quando Callum não a contradisse, embora não tivesse chegado a concordar, e Reina ia contar suas vitórias onde pudesse, ela sentiu um sorriso se espalhar em seu rosto. — Você não consegue fazer, não é? Porque tem medo de Rhodes.

O rosto de Parisa ficou imóvel.

— Talvez eu tenha. Talvez vocês devessem ter.

Reina percebeu, por experiência, que Parisa iria embora a qualquer minuto. Ela partiria porque Reina chegara perto demais da verdade. Reina havia descoberto algo que não devia: Parisa não era capaz de cuidar disso sozinha. Porque Reina era quem deveria ser a inútil, a dispensável, aquela que não tinha controle da própria magia – mas, no fim das contas, tinha sido Parisa quem saíra da Sociedade com menos poder do que tinha antes.

Ela entrara ali com a capacidade de matar. Mas saíra cheia de brandura e arrependimento.

— Você veio me *implorar*. Rogar a mim como se eu fosse uma *deusa de verdade*. — Reina não conseguiu esconder o humor na voz. — Você tentou me convencer de que eu era louca por sequer tentar mudar as coisas, mas eu não era. Não sou. Posso tornar este mundo diferente. Eu *escolhi* mudar este mundo, mas você não pode fazer isso. Você não é capaz. Nunca foi.

Tudo parecia tão ridículo de repente. A rivalidade de Reina com Parisa, ou seja lá o que a tivesse feito se importar tanto durante tanto tempo com o que

Parisa sentia, com o que Parisa pensava. Era um jogo que Reina já vinha jogando por mais de dois anos, mas de repente ela entendia que sempre estivera ganhando. Ela já havia ganhado.

Parisa estava séria. Callum estava em silêncio.

— É isso que você acha? — perguntou Parisa.

— Você sabe o que eu acho — respondeu Reina.

Por um momento, a pulsação no peito dela hesitou. Deveria ter dado uma resposta sarcástica, feito um comentário mordaz, mas nada aconteceu. Parisa ficou em silêncio por um longo tempo, longo demais, e por fim Callum se levantou.

— Vamos, Mori.

Ele cutucou Reina de leve com o ombro.

Não, pensou ela, encarando Parisa. *Diga alguma coisa. Tenha a última palavra, eu sei que você quer. Tente tomar de mim.*

Revide.

Parisa não respondeu. Ela parecia cansada.

Parecia...

— Mori. — Callum a chamou com um movimento do queixo. — Acabamos aqui. Vamos.

Parisa não o impediu. Não disse nada. A vitória era de Reina, ou algo assim, mas não era satisfatória. Parecia mais uma desistência.

Não, parecia um final — essa era a palavra. Tudo estava acabado, encerrado, fim. Não houve ameaças latentes, nem promessas de perigo, nem menções de mandar nela, nem mais um jogo a ser jogado. Nenhum *Tenha medo de mim, Reina* para lhe fazer companhia no escuro. A última expressão no rosto de Parisa Kamali fora uma que Reina só a vira usar uma vez, pouco antes de saltar do telhado da mansão.

E, de repente, Reina jamais teria que vê-la outra vez.

Ela seguiu atrás de Callum com cautela, quase parando duas, três vezes, para fazer um último comentário, para vencer o jogo mais uma vez, para deixá-lo mais difícil, mais intenso. Para desbloquear uma nova etapa, algo mais por que lutar. Não que Reina já não tivesse muito que fazer. Levaria a vida inteira para lutar contra a injustiça. Levaria bem mais que seis meses para consertar o mundo. Sua lista de afazeres era comprida o bastante para dar a volta no mundo, e ela não precisava que Parisa Kamali lhe desse um motivo para permanecer naquela sala.

Mas ela esperou mesmo assim, só para garantir.

Ainda assim, o escritório era um espaço finito. Tinha limites, e por fim Reina cruzou a soleira da porta, deixando Parisa, imóvel, para trás. Os passos de Reina ecoaram ao lado dos de Callum conforme saíam do saguão. Depois se despediram da recepcionista, a limonada de Reina ainda cheia, esquecida, o copo coberto de gotículas.

— Eu não estou errada — declarou Reina, entrando no elevador.

Queria dizer, claro, que nada do que alegara tinha sido impreciso, e não era mesmo. Parisa tinha, *sim*, medo de Libby Rhodes. E tinha, *sim*, procurado Reina apenas porque não lhe restava outra opção. As críticas de Reina às motivações de Parisa eram tangíveis, definidas, reais e nada equivocadas.

Callum já colocara os óculos de sol, seu dar de ombros quase imperceptível ao lado dela.

— Errar é humano — comentou ele, ambíguo, enquanto as portas do elevador se fechavam, eclipsando a claridade do escritório e os engolindo.

· INTERLÚDIO ·
UM GUIA EXPLICATIVO PARA A ASCENSÃO DE ATLAS BLAKELY AO PODER

1. Depois que Atlas descobre os termos de iniciação da Sociedade Alexandrina (i.e., a cláusula de eliminação), ele e Ezra decidem fingir a morte de Ezra para evitar cometer assassinato. Atlas alega que o objetivo dessa farsa é conquistar e, por fim, revolucionar a Sociedade Alexandrina. Você acha que Atlas Blakely está dizendo a verdade?
2. Como pesquisador, Atlas vive sozinho na mansão da Sociedade por um longo período. Durante esse isolamento, o ressentimento de Atlas pela Sociedade cresce e sua depressão clínica piora. Você acha que é por isso que ele permite que os colegas morram repetidamente em ignorância em vez de lhes confessar a verdade? Você concorda com Atlas, que ele é, em essência, um assassino?
3. Quando Atlas descobre que seu fracasso em cumprir os termos da iniciação começou a matar os membros de seu grupo, sua motivação pessoal passa por uma mudança drástica. A possibilidade de um universo paralelo e respectivos resultados alternativos (i.e., sua redenção pessoal) começa a se sobrepor à sua oposição filosófica à Sociedade. Será essa uma forma saudável de processar a sensação de luto?
4. Depois que Dalton Ellery determina que os arquivos da Sociedade não lhe darão a informação de que precisa para produzir as flutuações quânticas que invocam universos alternativos, ele pede a Atlas para tentar uma forma de cirurgia telepática que oculta suas verdadeiras ambições do resto de sua mente consciente. Apesar de Atlas ter certeza de que tal coisa vai 1) machucar, 2) causar dano irreparável à consciência de Dalton e 3) ser um potencial perigo para o mundo, ele concorda. Alguém deveria ter matado Atlas quando ele era bebê?
5. Antes que cause danos significativos e irreversíveis à consciência de Dalton, Atlas decide testar em alguém com quem se importa menos. Escolhe o próprio pai. No entanto, em vez de isolar uma parte da consciência do pai, como mais tarde faz com Dalton, Atlas cria um ciclo nos processos mentais do pai, como uma rodinha de hamster que se sobrepõe aos pensamentos naturais. Todo mês, sem falta, o pai tem a compulsão súbita e inegável de visitar um apartamento dilapidado em Londres, com compras

e um vaso de flores frescas, e, portanto, ele é forçado a lembrar, em um ciclo impossível de resolver, que a destruição da mente de uma mulher é inteiramente sua culpa. O fato de isso ser verdade e muito merecido justifica a decisão de Atlas de punir o pai por meio da telepatia? Ele sabe o que isso fará com a mente do pai; já viu acontecer por razões naturais na mente da mãe. Será que provocar um dano permanente no cérebro do pai é uma forma saudável de Atlas processar sua raiva?

6. Quando Atlas realiza a telepatia necessária para sequestrar parte da consciência de Dalton, percebe que é fisicamente doloroso para o amigo. Na verdade, Dalton grita "para, para, você tem que parar" não menos que cinco vezes durante o processo. Mesmo quando a animação poderosa e preocupante da ambição de Dalton insulta Atlas "seu idiota de merda você não entende que não existe criação espontânea e você faz ideia do que fez", Atlas continua. Em que momento Atlas Blakely abdicou de sua alma em troca de onipotência cósmica?

7. Para se tornar o próximo Guardião, Atlas Blakely subjuga telepaticamente o próprio Guardião, corrompendo o processo cognitivo e danificando o cérebro pelo resto da vida do homem. A justificativa de Atlas de que William Astor Huntington nascera para uma vida serena e com certeza se aposentaria em uma convalescência serena faz diferença para a família de William Astor Huntington? Isso importa? Alguma coisa importa?

8. Você acha que Atlas Blakely é uma pessoa ruim?

9. Você acha que o fato de Atlas Blakely ser, sem dúvida, uma pessoa ruim significa que ele deveria sofrer?

10. Você acha que o único desfecho moral defensável para essa história é a morte de Atlas Blakely?

11. Isso é piada?

12. *Isso* é piada?

13. Quando Atlas Blakely abre as proteções da casa para permitir a entrada final de Ezra Fowler, ele o faz com a aposta de que Ezra, que se opõe moralmente a assassinato e foi imprudente ao se aliar a várias pessoas com motivos até mais detestáveis que os de Atlas, pode ser persuadido a voltar para o lado do antigo amigo. Será que Atlas é o babaca na história?

14. Embora Atlas não tenha como saber que Libby Rhodes vai ouvir Ezra admitir que, pela lógica, não tem outra escolha a não ser matá-la agora, a provocação de Atlas naquele momento é consistente com o bullying mesquinho praticado por Ezra, que piorou durante vinte anos sigilosos e infelizes. Objetivamente falando: Atlas acreditava que Libby retornaria;

ele poderia ter previsto, então, que o retorno dela *poderia* ter acontecido a qualquer momento, incluindo aquele. Portanto, por mais que Atlas não pudesse saber com certeza que criara as circunstâncias que levaram ao assassinato de Ezra, também não poderia ter descartado a possibilidade. Isso significa que as ações dele decerto mataram Ezra, aumentando seus assassinatos para cinco?

15. Quantas vidas Atlas destruiu em sua busca por poder? Se mais que uma (e com certeza é mais que uma), isso o torna uma pessoa pior que o pai? Isso o torna pior que Ezra Fowler?
16. Existe isso de poder demais?
17. Ou o poder, no fim das contas, é apenas um número de mortos?

V
RACIONALISMO

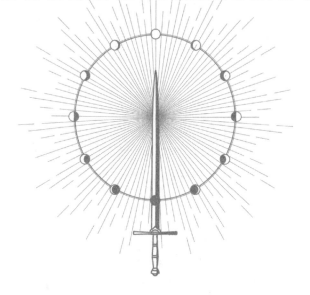

· PARISA ·

— A onde você foi?
A voz de Dalton a assustou do canto do apartamento alugado com o qual ainda não estava acostumada. Ela tinha sido prática, determinada a encontrar um lugar para suas coisas, para os resquícios de si mesma que vivia deixando no chão. Lingerie pouco prática, sapatos caros. Havia retomado a vida de antes, com uma exceção: a obrigação com outro ser humano, que ao que parecia escolheu assombrá-la como um fantasma, sentado no escuro ao lado da janela aberta.

— Já falei, eu estava lidando com Nothazai.

Era uma questão simples, mais simples até do que fosse lá o que Reina planejara, o que era o equivalente a uma entrada forçada. Reina ia abrir caminho à força, arrombar a porta, apresentar a única opção de Nothazai como uma arma apontada para a cabeça dele: dá o fora, seu merda, ou morra tentando. Parisa preferia uma abordagem mais suave.

— Estou cansada de saber que tem tantas pessoas por aí que me querem morta — disse ela, se inclinando para desafivelar o sapato. — Eu tinha um palpite de que tirar o Fórum da equação resolveria uma parte significativa das minhas inconveniências diárias, e eu estava certa. Agora só preciso resolver a questão da represália dos arquivos e Atlas Blakely, presumindo que eu dure o suficiente para tentar.

Dalton se levantou da cadeira e foi até ela, camisa desabotoada, os pés descalços. Vivia como um poeta ou um artista nos últimos momentos, sempre distraído, sempre em movimento. Xícaras de café pela metade espalhadas pela sacada, pilhas de livros crescendo ao lado da lareira.

Era tudo muito francês entre os dois. Doces e sexo pela manhã, vinho tinto e divagações maníacas à noite.

— Mais alguma coisa? — perguntou ele, com um ar blasé.

O impulso de mentir ficou preso na suprema ambivalência de Parisa, no local onde a paixão dela costumava estar.

— Sim. — Pôs o pé no chão, sem um sapato. — Falei com Reina e Callum.

A expressão de Dalton era impassível enquanto ela se abaixava para tirar o outro sapato.

— E eles ajudaram?

Mais uma vez, ela pensou em mentir. Não que houvesse uma mentira melhor.

— Não — respondeu, parando para se endireitar.

Sua cabeça doía. Vinha doendo fazia um tempo, algo que ela atribuía, ao menos em parte, a Dalton. Parisa sempre fora sujeita aos pensamentos alheios, o que em geral não passava de ruído de fundo, pequenos incômodos, como música de elevador, mas quase nunca piores que o zumbido de uma mosca no ouvido. Os pensamentos de Dalton não eram assim.

Parisa não havia percebido que aquilo de que tanto gostava nele antes tinha sido o silêncio, a quietude dentro da cabeça dela sempre que Dalton estava por perto. Agora, era cada vez mais variável, alto e baixo, gritos e explosões de coisas, memórias ou ideias, ela não sabia dizer o quê.

— Você não precisa deles — declarou Dalton.

Se precisar de mim, você sabe onde me encontrar, dissera Callum na cabeça dela antes que ele e Reina saíssem dos escritórios franceses do Fórum.

Não preciso de você, respondera Parisa.

Beleza. Fica à vontade.

Ela era uma má perdedora, no fim das contas. E não havia dúvidas de que estava perdendo, sempre um passo para a frente e dois para trás. Em algum lugar, Atlas estava elegante e alegre.

— Eu sei — concordou Parisa, mas Dalton balançou a cabeça.

— Não, estou falando para o ritual — explicou, o que a fez hesitar. — Você não precisa deles — repetiu. — Não é um trabalho em equipe, só escolha alguém. Eu não consultei o resto do meu grupo quando peguei a faca.

Parisa se lembrou da sensação da lâmina sob a palma de Dalton. A memória à qual ele a sujeitara, o palácio que construíra para atraí-la.

Ela em específico? Talvez não. Mas, se não ela, alguém. Possivelmente qualquer um.

(O que não era um pensamento mais devastador naquela noite do que seria se lhe tivesse ocorrido naquela manhã. Ou assim tentou se convencer, por ora.)

— Você não vai gostar — continuou Dalton.

Os pensamentos dele estavam confusos e complicados, decepcionados, algo que Parisa suspeitava ter a ver com ela. Ver-se pelos olhos dele não era pior, tecnicamente, do que pelos de qualquer outra pessoa. Para Dalton, ela ainda era linda, ainda era o objeto de um desejo formidável, mas também era algo que não lhe obedeceria, um problema que precisava ser resolvido.

Um problema no código, pensou ela, com um ar sombrio.

— Você não vai gostar — disse Dalton —, mas terá que ser feito, e quanto antes você acabar com...

— Posso matar Rhodes. — Talvez ela precisasse, embora a praticidade sugerisse que um dos outros pudesse ser mais fácil, menos protegido. Menos paranoico e, portanto, mais provável de ser pego. — Posso matar qualquer um deles.

Nico seria fácil, pensou Parisa, com certa perversidade e afeto. Ela abriria a porta e ele entraria correndo, balançando o rabinho, dizendo *obrigado, eu te amo, tchau.*

— Pode? Você não conseguiu matar o sonhador — ressaltou Dalton, se referindo ao amado de Nico, Gideon. — E você o considerou um risco na época.

— Aquilo foi diferente. Eu não precisava que ele morresse. — Ela enfim tirou o outro sapato, esfregando a marca funda que a alça deixara em seu tornozelo. — Desta vez, preciso.

Você terá que matá-los para se manter viva. Fora avisada desde o começo, e mesmo assim as coisas pareciam muito diferentes a essa altura. Estivera tão disposta a fazer antes, mas de repente isso parecia um pouco superficial e exaustivo, como um exame de Papanicolau. Algo invasivo em benefício da saúde dela no longo prazo.

— Você não vai desistir, vai? — perguntou Dalton, e Parisa ergueu o olhar, vendo outro borrão de si mesma nos olhos dele. Este não tão adorável.

— Desistir?

— O empata ajudou você a se matar uma vez — observou Dalton.

Parisa estremeceu com o esnobismo nas palavras dele. Os outros sempre se referiram a isso como um assassinato, como se tivesse sido Callum a segurar a arma, mas, no fim das contas, Dalton tinha mais razão.

Claro, Dalton só tinha razão porque Parisa lhe dissera aquilo, com as mesmas palavras. Havia colocado aquele conhecimento nas mãos dele, acendendo-o como um fósforo. Se a queimava agora, era culpa dela. Tal era a natureza da intimidade. Da sinceridade, com a qual ela nunca havia se importado antes.

— Não quero morrer — retrucou, irritada. — Só quero ser deixada em paz.

Outra espiral de coisas, uma fração de lucidez.

— Era isso o que ele queria também.

— Eu não... — Parisa se sentiu perder o controle, então se forçou a se acalmar, apaziguando a sensação em seu peito que já sabia ser imprudente. —

Não sou como Atlas Blakely — disse, entre os dentes. — Não preciso do meu próprio multiverso só para ter uma justificativa para ter criado uma porta de saída. Não quero desistir. Só quero...

Viver minha vida, pensou em dizer, mas até ela conseguia ouvir como essas palavras soavam vazias. Dez anos, mais de dez, e ela continuava a repetir as mesmas coisas, como se houvesse uma linha de chegada de felicidade que ela ainda não podia tocar. Um final que sempre fugia de seu alcance.

Dalton parecia compreensivo. Aproximou-se por trás em um movimento acolhedor, como se naquele instante preferisse acariciar o ombro dela e alimentá-la com cubos de açúcar a travar uma discussão. Parisa se recostou no peito dele, permitindo um momento de complacência, algo para impedir um surto analítico.

Um plano. Ela sempre, sempre tinha um plano.

— Não posso fazer sem os físicos — disse Dalton no ouvido dela, e Parisa suspirou, virando-se para encará-lo.

— Por que *esse* experimento? — perguntou em um grunhido.

Tudo bem, ela era má perdedora, mas também era pragmática. Alguém, em algum lugar, tinha que cair em si, escolher um caminho diferente quando aquele em que estava deixava maridos à mercê da morte.

— Não haverá outros experimentos? Planos melhores? O Fórum está pronto para ser tomado — explicou Parisa. — Poderíamos fazer amanhã. Poderíamos fazer agora mesmo, e eu posso garantir que Nothazai nem pestanejaria...

— Esse experimento é meu direito de nascença — disse Dalton. — É o que nasci para fazer.

Por dentro, Parisa suspirou. Homens e sua grandeza. Suas *vocações*. Por que aquilo tinha que ser um fardo para ela? Exaustivo.

— Você pode encontrar um novo propósito, Dalton, as pessoas fazem isso todo dia...

— Não — corrigiu ele, brusco. — Foi por isso que eu *nasci*.

Parisa ficou em silêncio, se perguntando se deveria estar prestando atenção. Se talvez valesse a pena retomar um velho reflexo, tatear a mente dele e se despejar nas rachaduras nos alicerces, nas muitas fraquezas da estrutura que ela sabia que existiam.

— Veja isso — instruiu Dalton.

Em seguida se sentou no chão, de pernas cruzadas, como um garotinho no corpo de um adulto, os músculos do peito e do torso delineados pelo tremeluzir de uma chama invisível. Ainda estava bem escuro no apartamento, iluminado apenas pelas luzes dos icônicos postes de rua que entravam pela janela aberta. Só aquilo e fosse lá o que Dalton estava fazendo. Fosse lá o que Dalton podia fazer.

Não havia explicação para o que ela via, o que podia ver. Era como a falha pixelada que certa vez vira dentro do castelo que Dalton construíra no próprio cérebro, a gaiola principesca onde um dia estivera preso. Dessa vez, porém, Parisa sabia que se tratava da vida real. Entendia que isso era real, e era como a magia de uma criança, algo maravilhosamente vivo, a forma como ele fazia a escuridão se curvar. Ele a incentivou, brincou com ela, vida a partir do barro.

O jeito como as mãos dele se moviam parecia familiar, o formato delas. Parisa as tinha visto assim antes, sensuais dessa forma, passando pelas curvas que conhecera e desprezara muito antes. Ele estava moldando a luz, modelando-a como um escultor na olaria.

Foi só quando as mãos dele pararam de se mover — trêmulas de cansaço, ou talvez com cãibras de dor — que Parisa percebeu que não era apenas fruto de sua imaginação. Dalton não estava apenas recriando as formas das curvas dela. Ele as produzia a partir do nada.

Parisa deu um passo cuidadoso na direção de Dalton, avançando na ponta dos pés para ver o que ele fizera.

O cabelo dela. A boca. O quadril.

— Como você...?

De repente, a versão dela deitada no chão abriu os olhos, impassíveis, e os fixou em Parisa, que se afastou, assustada.

— Isso está...?

— Ela está viva — confirmou Dalton, se levantando e estendendo a mão para a animação de Parisa, que a aceitou.

Ficou de pé, inclinando a cabeça e lançando um olhar inexpressivo para a Parisa verdadeira, que de repente precisava de uma bebida. Quatro bebidas.

Quando ela deu um passo para trás, a animação deu um passo à frente. Parisa caminhou em um círculo vagaroso pelo apartamento, a animação seguindo seus movimentos, se virando com paciência excruciante para manter um olhar calculado onde quer que Parisa estivesse. De repente a telepata compreendia o que Dalton quisera dizer mais de um ano antes, a certeza com que afirmara que apenas ele poderia ter criado a animação de uma morte medonha que fora deixada para trás no lugar de Libby Rhodes. Parisa nunca vira algo assim, exceto naquele dia. A diferença era que a animação anterior era um cadáver, e essa...

Em um nível telepático, havia faíscas de algo, talvez curiosidade, provavelmente algo mais parecido com percepção. Sinapses disparando, talvez, se fosse possível criar isso a partir do nada.

— Dalton — disse Parisa em voz baixa. — Ela não tem pensamentos. Nenhum real. Não eram como as vozes na cabeça de Reina, as plantas que a chamavam de Mãe. Essa coisa não tinha uma mãe; não tentava buscar uma.

— É vida — concordou Dalton. — Não cérebro.

— Mas você não pode... — Parisa teve dificuldade em encontrar as palavras, em conter sua súbita vontade de vomitar. — Você não pode criar vida a partir do nada. Ninguém pode.

— Não estou fazendo isso — respondeu ele, dando de ombros. — Estou criando vida a partir de algo. Atlas sabia disso. Os arquivos sabiam. Esse era todo o motivo de eu ficar.

— Mas pensei que sua pesquisa era sobre o multiverso. Um portal.

A animação de Parisa perdera o interesse nela. Estava testando o uso de seus dedos e lábios, praticando poses provocantes.

— Pensei que você quisesse criar um mundo novo — disse a Parisa verdadeira.

— Isso era a *aplicação* da minha pesquisa — corrigiu Dalton. — Era o que pretendíamos fazer com o que eu já sabia que existia lá fora. — Ele pareceu se divertir com a hesitação dela. — Você não acende um fósforo só para vê-lo queimar, Parisa.

Uma provocação infantil, como um valentão da escola.

— Então de onde é que você tira isso? Vida.

Parisa observou sua animação começar a fazer biquinho, e então sorrir. Depois arregalou os olhos, admirada. Em seguida, testou com cuidado os arcos de seus pés, curvando os dedos como uma bailarina antes de dar um passo cuidadoso.

— Esse é o objetivo do experimento — respondeu Dalton.

— Então você não sabe de verdade?

A animação deu dois passos, depois juntou os joelhos para projetar os quadris. Um passo de passarela, como as modelos dos anos 2000.

— Estou tirando de algum lugar. De alguma coisa. Existe uma chance de estar vindo de outra coisa lá fora, matéria escura, o vazio, seja lá como você queira chamar. A energia dentro de um vácuo ainda é energia, ainda existe, e talvez eu esteja fazendo algo com ela. Ou talvez eu apenas tenha matado algo para trazer isto à vida. Criação é entropia: cause caos suficiente e talvez o sol imploda. Quem é que sabe?

Dalton deu de ombros de novo enquanto Parisa enfim desviou sua atenção da animação, que tentava fazer uma saudação ao sol, emoldurando seu corpo nu na ausência do sol.

— O quê? — perguntou.

A animação encontrou o sapato esquerdo de Parisa, pegando-o por uma das tiras.

— É possível que abrir um portal destrua outro — explicou Dalton. — Não há como saber. Teremos que tentar para descobrir. Mas a resposta está por aí, em algum lugar, e eu existo para encontrá-la. Existo porque sou a chave. A ponte entre seja lá o que somos agora e algo que ainda não podemos ver.

Ele a olhou com voracidade, com uma pontada de inocência, com fascínio. Um garotinho com um brinquedo novo e reluzente. Parisa tivera essa impressão tantas vezes quando ele a olhava, mas de repente a sensação se tornara desconfortável, porque implicava algo pior que inocência. Era inacabado, vazio de tudo que a maturidade deveria trazer. Decepção, sim. Desilusão, sim, e dor, mas também empatia. Compaixão.

Autocontrole.

— Eu mereço uma resposta — disse Dalton. — Eu o deixei me prender por dez anos. Eu me mantive preso, eu me comportei, eu fui bom.

Eu fui boa. Ela não dissera isso uma vez?

Enquanto Dalton resmungava, a animação de Parisa de repente parou de se mexer. Tinha calçado ambos os sapatos e ficado perfeitamente imóvel, observando. Ouvindo.

— O experimento tem que ser conduzido do jeito certo. — Dalton os enumerava com suas mãos de artista, com seus dedos hábeis: — Os dois físicos. A naturalista. O clarividente. E eu.

— Atlas precisa de mim. — Parisa percebeu de repente.

Dalton dissera isso antes, usara aquelas mesmas palavras, mas só então ela entendeu o motivo.

Pensou ter entendido quando viu as coisas que Libby tentara esconder, mas tinha se enganado, ou ao menos em parte. Sim, a física era o erro, mas só então Parisa entendia por quê. Tinha vislumbrado a culpa de Libby, sua necessidade de validação, e presumido que tinham origem na autodefesa, até no egoísmo — mas isso era o viés de Parisa. A dor de Parisa.

Ela conhecia a constância da autodestruição que vinha de escolhas egoístas. Parisa, que havia escolhido a si mesma em vez do amor de outra pessoa, em vez de viver pelas regras dos homens que se diziam "morais". Ela entendia que seu egoísmo era feio. Que, por mais certa que estivesse em suas escolhas, elas ainda a assombrariam pelo resto da vida, porque necessariamente vinham acompanhadas de dor. Ela pensara que a dor de Libby era similar, que Libby estava escondendo as coisas que não queria que o mundo visse, porque Parisa sabia como era ser julgada como uma mulher egoísta. Libby perguntara o que tornava a ambição de Parisa mais pura, e a telepata soubera a verdade: não era. Mas também sabia como era ouvir que era corrupta demais, pecadora demais, impura demais para viver, e escolhera seguir em frente assim mesmo, porque a vida não era algo que Parisa precisava ouvir que merecia.

Mas não tinha sido dor na mente de Libby. Parisa vira a sensação de algo não resolvido em Libby e presumira ser culpa, mas naquele momento entendeu que era certeza, absolvição. Não era dúvida. Era certeza, muita certeza. A convicção brilhante de sua própria integridade moral, queimando como fanatismo para iluminar o caminho à frente.

Era tudo excessivo: o brilho fazia a cabeça de Parisa doer. Era similar demais à certeza que sentia lhe ser tirada, arrancada dela como escamas pelo menor dos eventos — a perda de um homem que ela não amara o bastante.

Mas essa não havia sido a fonte de sua raiva desde o início? Não sua magia, não seu poder, mas sua falta de raízes, a disposição de acender um fósforo porque não amava nada o bastante neste mundo para observá-lo arder? Certeza significava segurança de julgamento. Certeza era polaridade, um juiz autonomeado. Não era diferente da noção delirante de certeza de Reina, e mesmo assim era muito destoante. Libby queria ser heroína; Reina queria carregar o fardo do herói. Para a naturalista, aquele tipo de propósito de construir mundos era mais como um farol. Inútil, claro, jamais funcionaria, mas ainda poderia levar outros a segui-la. Callum já a seguia. Por outro lado, o que seria capaz de crescer em um caminho destruído por Libby Rhodes?

Em resposta ao seu sofrimento, Libby Rhodes havia se reservado o direito de ser virtuosa. De estar inquestionavelmente certa. E isso era perigoso. Digno de medo. A pessoa mais perigosa na sala não era apenas aquela que ainda conseguia ver para onde estava indo. Era aquela que não podia ser detida.

E de súbito, Parisa entendia que era exatamente o que Atlas pensava de si mesmo.

Então, Atlas precisava dela. Parisa tinha percebido — entendia como era simples. Atlas *precisava* dela, porque ao menos era esperto a ponto de reconhecer sua própria fraqueza. Atlas queria demais, e confiava nela para fazer o que era certo.

Em específico, confiara nela para perceber que esse experimento era extremamente repugnante de todos os ângulos possíveis e, mesmo assim, ela não enxergara, não vira nenhum dos sinais, porque, por mais que Atlas estivesse ciente dos pecados que cometia, ele também queria se safar. Ansiara por fazer algo horripilante e irresponsável e, como um ato de autossabotagem ineficaz, ele escolhera Parisa — alguém que tinha o poder de detê-lo, mas não o faria. Alguém egoísta demais para dizer não.

Atlas confiara nela, e o que ela fizera com essa confiança? Ele devia saber que Parisa a usaria errado. Não era de se admirar que o Guardião não tenha se dado ao trabalho de caçá-la. Ele não precisava. A fé que depositava nela era falha e defeituosa por um motivo.

Atlas já devia saber que ela decepcionaria os dois.

Parisa só percebeu que estivera encarando a animação de si mesma quando se viu convulsionar. Dalton havia estendido a mão para o saca-rolhas, aquele deixado ao lado de uma garrafa de vinho vazia, e casualmente furara a animação no umbigo, quase com um ar cômico. Como se espetasse uma agulha em uma bexiga. Parisa se observou sangrar e ficar azul e se sentiu, de repente, congelada. Libby percebera que Parisa não era nada, Reina sempre soubera, e enfim havia chegado a vez de Parisa. Enfim, ela entendia.

Toda aquela história sobre mundos. Libby poderia tentar criar um novo. Reina poderia tentar consertar aquele. As duas estariam erradas, e as duas chegariam à mesma conclusão a que Parisa chegava naquele momento — que ela não era nada *e elas também não*. E mesmo assim ela poderia sobreviver a ambas até que cada fio de cabelo em sua cabeça ficasse grisalho, mas para quê?

Para quê?

— Não é real — declarou Dalton, categórico, com algo que se assemelhava a uma risada, como se Parisa tivesse sido tola o bastante para acreditar no Papai Noel; como se Dalton a tivesse flagrado fazendo pedidos a uma estrela cadente.

A animação de Parisa cambaleara, caíra de joelhos e se curvara à frente, sem nem se preparar para o impacto. O cabelo estava jogado no rosto, uma poça de algo que poderia ser sangue se espalhando finamente pelo piso, como ouro derretido na escuridão, até que tudo o que sobrou foram os sapatos.

Com o coração martelando no peito, Parisa deu um passo para trás. E outro.

— Não fuja — disse Dalton.

Ela deu um terceiro passo, e ele meneou a cabeça.

— Pare. — Um aviso. Um quarto passo. — Parisa. Me escute. Seja lá o que você acha que eu possa fazer...

Não era o que ela achava que ele *poderia* fazer. Era o que ela podia ver com muita clareza que Dalton estava *disposto* a fazer, o que era um grande desconhecido delimitado apenas pelos extremos que tremeluziam e distorciam na cabeça dele. Parisa supunha que, por alguma definição, a telepatia lhe falhava pela primeira vez na vida, porque não conseguia saber com certeza qual seria o passo seguinte dele. Sentiu, pela primeira vez, uma impotência que não conhecera antes, testemunhando a presença de um sinal de perigo sem instruções claras. Dalton a mataria? Não, era provável que não, ele parecia se opor à morte, mas quem melhor que Parisa para projetar os muitos resultados criativos que poderiam ser — e seriam — piores?

Ela sempre soube que Dalton era perigoso. Não que estivesse errada sobre ele, mas que estivera certa. Queria ser perigosa, mas não era. Reina tinha razão. Parisa era boa em ter a última palavra, mas era isso, e isso não era nada.

A única coisa que Parisa realmente tinha era raiva. Não conseguia se lembrar de uma época em que não fosse assim; quando as coisas haviam parecido boas ou normais. Era como se tivesse nascido com uma janela para o mundo que mais ninguém conseguia ver, ou que todo mundo ignorava, e era um horror com o qual ela convivera sozinha, como Cassandra e a queda de Troia. Se Dalton tinha reconhecido algo nela, ou ela, nele, era isto: a sensação de que ela fora colocada ali, feita daquela forma, por algum motivo. Tinha que haver um motivo, porque do contrário era só a merda de uma maldição.

O irmão dela, Amin, estava bem. Rico e bem. A irmã dela, Mehr, era casada, tinha três filhos e, ao que parecia, nem pensava em Parisa. A única pessoa que a tratara com gentileza tinha sido Nasser, e ele sempre tivera segundas intenções. Não era diferente só porque ele chamava isso de amor. Parisa fora grata a ele, a princípio, e então reprimida por ele, e depois culpada pelo que tirara dele; pelo fato de ter aceitado a gentileza dele para depois fugir. Mas, durante todo esse tempo, Parisa soube quem ela era de fato: uma pessoa com raiva. Com raiva dele.

Todo mundo queria ser dono dela. Todo mundo queria controlá-la. Ela era linda por fora, feita para ser admirada, mas por dentro era uma confusão putrefata de rancor e inveja e fúria que só ela sabia que, por baixo de tudo, era feia. Talvez Reina tivesse visto. Às vezes Parisa tinha essa impressão, porque a naturalista não buscava beleza, não buscava desejo, mas, mesmo que Reina a *visse*, isso não tornava sua verdade menos pavorosa. Havia pessoas capazes de serem vistas e então havia Parisa, que seria apenas admirada. Ela pensara que Dalton era diferente, que havia encontrado nele um parceiro, mas ele ainda era uma flecha disparada por Atlas Blakely, e ela nunca fora a arqueira. Ela era apenas o maldito arco.

E conforme Dalton se aproximava, Parisa entendeu, muito calma, que a magia que usava contra outras pessoas não funcionaria dessa vez. Havia muitas partes retalhadas na cabeça dele, como se tivesse acendido uma bomba dentro de seu antigo eu. Ele sempre fora assim? Talvez fosse — Atlas decerto havia insinuado isso, e talvez ela tivesse se enganado sobre Atlas Blakely ser um mentiroso. Talvez Atlas Blakely não tivesse feito nada além de contar uma terrível verdade.

— Pare — repetiu Dalton, mas Parisa ouviu *fuja*.

Ela se virou para a única porta do apartamento, escutando o sangue pulsar nos ouvidos de Dalton, a maneira como os sentidos dele estavam prontos para a perseguição. Adrenalina, familiar como uma pulsação. Ela fingiu que correria porta afora e em vez disso girou, se apoiou em um só joelho e o socou bem no meio do saco com toda a força de sua decepção. Esperou que ele desabasse antes de disparar na direção da janela aberta, sem pensar. Voou por ela, sem asas nem sapatos, com a saia tremulando desvairada na calmaria outonal do ar parisiense.

A magia física não era seu ponto forte, mas a sobrevivência era. Parisa puxou a força da noite como um par de rédeas, que em troca cedeu como um corcel obediente, permitindo-lhe pousar no chão com se tivesse saltado um punhado de metros em vez de três andares. Em seguida saiu em disparada, o cabelo grudado no suor do pescoço, decidida a fazer algumas mudanças na vida. Nada de vestidos feitos para serem usados sem sutiã. Sua vida tinha sido uma série de fugas e só lhe restara crescer e se acostumar com isso, a aprender a viver assim, como uma pessoa em fuga.

Porque esta era a verdade: ela havia se matado uma vez com a ajuda de Callum, mas não contara a ninguém que ainda se lembrava do que sentira. Ainda se lembrava da queda, da sensação oscilante de alívio vindouro. Mas na verdade não tinha sido assim. Não foi feliz, não teve êxtase, não houve um clímax. Foi apenas uma queda, e no fundo daquele salto não havia nada. Talvez ela não tivesse propósito, e talvez isso fosse algo bom. Talvez Parisa não tivesse nada além de raiva e medo, e talvez essas coisas *fossem mesmo* feias, talvez quando o resto de seu cabelo ficasse grisalho ela não fosse ser nada além de uma bola enrugada de dor e decepção, mas isso não precisava diminuir seu valor.

Talvez seu único propósito fosse sobreviver, o que era difícil pra cacete, e talvez isso fosse suficiente.

Ela havia partido sem o celular, sem carteira, sem a droga dos sapatos. Avançou aos tropeços, as bolhas em seus pés inchadas e em carne viva, e a dor a cegou temporariamente. Só percebeu que eram lágrimas mais tarde, quando descobriu que não tinha para onde correr, para onde ir. Não achava que Dalton se daria ao trabalho de ir atrás dela. Ele só queria uma coisa, e Parisa mal conseguia encontrar a energia necessária para detê-lo e salvar o mundo. Poderia *mesmo* acabar? Não. O mundo prosseguiria. A vida que conheciam acabava todos os dias, um pedacinho por vez. A esperança era roubada, a paz também, e o mundo ainda continuava a girar. Todos eles podiam cair duros no dia seguinte e a órbita do planeta não mudaria. Era só observar qualquer planta de Reina.

Onde estava Atlas Blakely? Parisa cambaleou até parar, a chama em seu peito queimando e queimando enquanto ela sentia a presença de uma ameaça, a constância disso. Nos últimos tempos, sempre parecia haver alguém por perto, seguindo-a como uma sombra. Este não era policial; um medeiano, ela tinha certeza, ouvindo o som grave de defesas telepáticas. O suposto assassino afastou a jaqueta para o lado, e Parisa registrou algo que não vira antes — o logotipo em algo que ela hesitou em chamar de pistola. Aquela não era uma mente normal e, portanto, também não devia ser uma arma normal. A insígnia era um *W*?

Não importava. Sempre alguém, sempre algo. Ela o afastou de sua direção com o pouco de energia que lhe restava.

Era para você me dar mais, pensou, falando com Atlas, furiosa. Ela devia poder parar de correr, de mentir — dois anos com todo o conhecimento secreto do mundo e ainda não sabia como viver. *Você me prometeu mais que isto, e eu, bem, eu sou a idiota, acreditei quando você disse que havia algo mais à minha espera. Não me perguntou se eu precisava de propósito porque você já sabia, você devia saber que minha resposta era sim.*

Ela enxugou os olhos e riu da mancha preta em sua palma. Ao redor, as pessoas se perguntavam se ela enlouquecera, se deviam chamar a polícia, se ela precisava de ajuda ou era maluca, e Parisa percebeu, com uma faisquinha de histeria, que apesar de tudo aquilo, pelo menos quatro pessoas ainda encaravam os seios dela. Isso era humanidade! Por que ainda deveria se importar, por que se importara um dia, o que o mundo fizera por ela? Que importância teria se Dalton os engolisse e usasse seus restos para refazer o universo para seu próprio senso distorcido de propósito; se Reina ainda acreditasse em fazer tudo se curvar à vontade dela; qual era o sentido de ao menos tentar, aonde ela deveria ir, o que deveria fazer, quem ela deveria se tornar com o tempo que lhe restava, que estava passando, *tiquetaqueando* como o relógio no coração de Tristan, como a contagem regressiva para a destruição que Parisa vislumbrara na mente de Libby Rhodes. Lá se foi, outro segundo, mais um, os pés dela no pavimento em passos dolorosos e instáveis, só siga em frente, vá. Vá. Vá.

Vá.

Alguém a ouviria? Não, sim, talvez. Talvez essa fosse a parte diferente, porque ela não estava sozinha, não de verdade. Pelo menos uma pessoa lhe oferecera um colete salva-vidas, então tudo bem. Tá. Doeria, seria vergonhoso, alguém com certeza usaria isso contra ela durante toda a obscuridade que lhe restava, fosse qual fosse, mas engolir seu orgulho doeria no começo, e então, cedo ou tarde, passaria.

Era isso, a condição crônica: o único propósito que restara na vida de Parisa. Não era uma sociedade secreta, não era uma biblioteca antiga, não era um experimento que levara duas décadas para ser planejado, era acordar toda manhã e decidir seguir em frente. O milagrezinho pouco cerimonioso e incomparável de sobreviver a mais um dia horrendo. A noção de que a vida era má e exigente. Era cruel e amaldiçoada; era recalcitrante e preciosa. Estava sempre terminando. Mas não precisava ser conquistada.

Parisa estremeceu e tentou se lembrar do que estava na mente de Libby em meio aos destroços; a coisa específica que a física tentara esconder dela. Sangue no chão do escritório, certo, então Libby matara alguém, mas isso já era esperado. Parisa também matara uma pessoa, mais de uma, mas havia outra coisa, algo mais concreto no reino dos pensamentos de Libby sobre Atlas Blakely. Algo recente, um conhecimento que ela não compartilhara.

Claro, Atlas Blakely. Até o Guardião tinha uma história, um ponto de origem, algum lugar no qual começar. Se ele não a perseguisse, então Parisa o perseguiria. Pronto, alguma velocidade. Um destino, ou pelo menos uma direção. Um próximo passo a ser dado, se ela decidisse seguir em frente.

Está bem, pensou Parisa, se orientando. Está bem.

Em seguida, disparou noite adentro.

· CALLUM ·

T
SÁBADO, 12 DE NOVEMBRO
21:27

> E aí, como vão os preparativos do experimento?
>
> NO COMEÇO, SÓ HAVIA ESCURIDÃO.
>
> E ENTÃO HAVIA TRISTAN CAINE.

Não me diga que de repente você está interessado nas fundações do universo.

> Claro que não. Mas, a não ser que minha conta esteja errada, você está cercado por três idiotas de vinte e poucos anos.

Vinte e tantos.

> Certo, distinção essencial. Agora eles têm idade suficiente para saber como são burros.

Maturidade não é isso, afinal? A aceitação gradual da própria idiotice?

> Você está engraçadinho, entendi. Quantos drinques já tomou?

Dois

> Interessante. Rhodes não está te fazendo descansar para seu iminente milagre da cosmologia?

A gente precisava relaxar um pouco. O clima tem andado estranho nos últimos tempos.

> Entre você e Rhodes?

Você está tão desesperado para ouvir alguma coisa. Me pergunto o que pode ser?

> Vai tudo para o relatório de assassinato de Tristan Caine

Claro. Então, me fala a verdade, você faria? Já que estou me sentindo engraçadinho. Embarque na minha espontaneidade. Você foi atrás do meu pai e disse que poderia me matar por ele, certo? É para isso que servem todas as fotos com a minha família?

> Exatamente. Não é meu melhor trabalho em termos de sutileza, mas às vezes o óbvio é óbvio

O que ele disse quando você apareceu? Me diga que ele pelo menos te chamou de grã-fino

> Não sou grã-fino

Claro, então pelo jeito chamou. O que mais ele te disse?
> Tem certeza de que quer fazer isso agora? Você não costuma ser um grande defensor da verdade. Pelo que me lembro, quando se trata de reconhecer a amplitude da sua merda, a sinceridade dói

Engraçadinho, Nova, engraçadinho. Entra na onda. Estou no auge do meu poder, me empreste uns traumas para combater a arrogância. Nada pode me machucar, já tomei duas doses
> Categoricamente falso

Não finja que você não está ADORANDO pra cacete a oportunidade de me submeter a níveis incontáveis de humilhação e angústia. Você está desesperado para falar comigo e até eu já percebi, então vamos, Callum.
Fala.
O que ele disse?
> Tá, ele apontou uma arma para o meu saco. Um homem de poucas palavras, seu pai

Não, tô falando sério. O que ele disse?
> Também tô falando sério. Se bem que eu forcei um pouco a entrada, então nada mais justo

Callum. Pode responder à pergunta, por favor?
> Acha mesmo que pedir com jeitinho vai funcionar?

Acho.
> Tá.

...
> Eu falei que encontraria você por ele, levaria você até ele. Disse que sabia onde você estava e como pegá-lo.

Então você mentiu para ele. Péssima decisão. Com base na história, ele não gosta disso.
> Eu não menti. Vou levar você para ele. Apenas não especifiquei quando

Você acha mesmo que pode estalar os dedos e eu vou correndo? Você acabou de me contar que se aliou ao homicida do meu pai. E, ainda mais importante, eu te odeio.
> Claro, tudo isso foi levado em consideração. Mas tem uma coisa a que você não consegue resistir

Que é?
> Já esqueceu? Você tem que me matar, Tristan Caine. Ou eu tenho que te matar. Estou perdendo a noção do que é mais urgente no momento, mas o importante é que há uma sensação de inevitabilidade se aproximando. Chame de medida a ser tomada. Ou, cacete, chame de destino

Você está romantizando assassinato?
> Mas não deixa de ser SEXY, Tristan. Não tenho culpa se tornamos esse jogo de gato e rato tão fofo assim

Você me contou exatamente qual é sua armadilha e ainda acha que vou cair? Você é o pior supervilão do mundo.
> Essa alegação ainda precisa ser confirmada. E é você que está seguindo o plano sinistro

Não acho que Atlas é tão sinistro quanto você acha que é
> Espero que ele seja, mais especificamente, e eu sei. É uma das minhas maiores decepções

[digitando]
> Já faz um tempão que você está digitando, Caine.
> O que está rolando aí?
> Quer saber o que estou vestindo? É só perguntar

Pensei em dizer algo e mudei de ideia.
Não vale a pena
> O que não vale a pena? Fala

Não vale a pena o esforço. Você só vai falar alguma merda, e, sendo bem sincero, quem é que tem tempo pra isso?
> Você, Tristan. Eu é quem sou o alvo fácil para uma dúzia de assassinos e uma biblioteca sedenta de sangue. Você literalmente tem todo o tempo do mundo.

Viu? É exatamente esse tipo de gracinha que eu sabia que ia vir, então por que me dar ao trabalho?
> Ah, entendi. Você ia me perguntar se estou apaixonado por você? Sim, Tristan, eu te amo. Eu PRECISO de você. Eu te DESEJO. Bjs

Uau, então tá
Eu ia dizer que queria que você tivesse sido sincero comigo, ao menos uma vez. Você me deu partes, me deixou ver os contornos de tudo, mas se tivesse apenas me dito que sua vida era um desastre de merda e que isso afetou seriamente sua capacidade de funcionar em sociedade... sei lá. Se você tivesse dito isso, então talvez eu poderia ter entendido. Ou se me tivesse feito a droga de uma pergunta em vez de tentar me dizer quem eu era e como eu me sentia. Se você não tivesse me transformado em seu solilóquio particular. Se tivesse me deixado permanecer aberto em vez de conhecido e finito, isso poderia ter sido difícil mas simples. Poderíamos pelo menos ter sido amigos.
> Sim, bem. Vou tomar uma pela nossa amizade perdida, então.

É. Acho que sim. Boa noite.

12:32

> A minha vida é um desastre de merda. E isso afetou seriamente minha capacidade de funcionar em sociedade. Ou de fazer amigos.

Um pouco tarde para isso, Nova

> É? Você está aqui. Eu estou aqui. Defina "tarde demais"

Eu tenho que te matar. Ou você tem que me matar.

> Fácil se perder, né?? Kkkk

A questão é que não podemos voltar atrás. Não podemos retomar de onde paramos. Ou recomeçar

> Não vou fazer nada disso. Estou te dizendo, minha vida é um desastre de merda

> Me conta da sua

Você já sabe da minha.

> Sim, mas como alguém me explicou há pouco tempo, eu devia "ter feito a droga de uma pergunta" em vez de tentar te dizer quem você é e como se sente

Tá, sou um menino adulto triste com problemas com o pai

> Você não precisa responder com as palavras da Parisa

> Mas não está errado

Sinto um pouco de saudade das minhas irmãs, ou talvez só goste da ideia de sentir saudade delas. Espero que estejam felizes. Espero que eu não tenha ferrado com elas quando parti. Eu só não conseguia continuar lá.

> Minhas irmãs me protegiam. Mais ou menos. Do jeito delas. Não gostam de mim, mas pelo menos agem como se eu pertencesse a elas

Como sabe que elas não gostam de você?

> Ninguém gosta de mim, Caine. Esse não é o meu lance?

Só quis dizer que, sei lá, talvez minhas irmãs achem que eu não gosto delas. Todo mundo tem as próprias merdas, os próprios problemas, as próprias perspectivas. Talvez até empatas possam estar errados.

> Não estou errado, mas obrigado por jogar

Você estava errado a meu respeito.

> Em que sentido? Previ tudo que você fez.

Não, não previu, e foi isso o que doeu tanto, não foi? Estar errado a meu respeito. Ser surpreendido. Mas, como falei, se tivesse me perguntado o que eu queria beber...

> Será que ficar revivendo o passado infantilmente vai sair de moda um dia?

Acho que a questão é ser surpreendido pelas pessoas. É não conhecê-las por completo. É vê-las de uma maneira nova o tempo todo, encontrando algo diferente a cada momento, descobrindo alguma coisa nova e fascinante. Sei que sou cínico no geral, mas, quando já tomei três copos e meio de excentricidade e a janela está aberta e eu olho para as estrelas, começo a lembrar que todos os melhores sentimentos surgem quando estamos

Sei lá

Assustados pra cacete

> Cínico NO GERAL???

É o motivo de eu querer fazer isso, na verdade. Estou cansado de me preocupar. Estou cansado da ansiedade. Quero ter medo. Quero ficar maravilhado, quero ficar chocado até o último fio de cabelo. Quero lembrar como é sentir algo próximo ao fascínio

> Ficar acorrentado à Rhodes está te deixando mudado

Isso não tem a ver com a Rhodes, Callum, é por isso que estou te contando. Estou te dizendo que não se trata de Atlas Blakely e não se trata do universo.

E se eu ficar cara a cara com Deus, Callum?

> Deus está dormindo na cama ao lado da minha, Tristan. Ela está usando uma máscara de dormir e protetores de ouvido porque, pelo jeito, eu ronco

Você ronca mesmo, e, ainda mais importante, eu sei que você está me ouvindo. Eu sei que me ouve. Conheço a sua aparência real e sei que você não é um psicopata, porque, sejamos sinceros, um psicopata faria escolhas mais racionais

> Obrigado?

Não quero viver como você, Callum. Não quero mesmo. Eu não fiquei nessa casa para me esconder de algo, fiquei para ENCONTRAR algo. Descobrir algo. Não sei o que é. Não sei o que será. Mas sei que está por aí. Sei que quer que eu seja a pessoa de que você gosta, alguém que seja tão avesso a animação quanto você, porque esse tipo de anseio e entusiasmo é constrangedor e infantil e, sim, os idiotas nesta casa são idiotas, mas Varona tem algo que você e eu jamais teremos, e o amiguinho esquisito dele e Rhodes também, e isso importa. Tem permissão para importar. Eu tenho permissão para querer mais para mim, e, se você tivesse me dito que queria mais, eu teria te ajudado a encontrar.

> Não ache que não reparei no uso do pretérito aí, Caine.

Deus, você é impossível. Esquece. Vai dormir. Diga a Deus que eu falei "retorne as ligações do Varona logo, estou ficando cansado da energia dele"

> Quer conversar?

Estamos conversando, idiota.

> Não. Estou falando sério. Quer conversar?

Sim, seu completo imbecil. Sim, eu quero conversar.

Callum entrou no banheiro do hotel na ponta dos pés, cogitando acender as luzes mas decidindo que era melhor não, que não era necessário. Ele se empoleirou na tampa do vaso, e então abriu a janelinha do chuveiro, estremecendo de alegria com o sopro do fim de outono. O inverno se aproximava; dessa vez chegaria rápido, e fosse lá o que permanecesse seria avidamente merecido. Ou alegremente conquistado. O mistério o excitava, uma onda barata e passageira.

— Onde você tá? — perguntou, indo até a borda da banheira quando sua tela se acendeu.

— É assim que você atende o telefone? Retiro o que disse sobre você não ser psicopata.

Callum revirou os olhos.

— Quer responder à pergunta?

— No andar de cima. Na cama.

— Sozinho?

— Sim. Rhodes e Varona estão lá embaixo e Gideon apagou nos arquivos. Por acaso você está achando que vamos falar sacanagem? Não era isso que eu tinha em mente quando falei que queria conversar.

Outro revirar de olhos.

— Gideon é o amiguinho sonhador do Varona?

— Eu não diria "amiguinho", e isso mesmo. Ele foi trazido para ser arquivista ou algo do tipo, o que não é um cargo de verdade, até onde sei. Mas pelo jeito é a versão da Sociedade de um programa de proteção a testemunhas.

— Como ele é?

— Desconcertante. Muito quieto. Já me deu uns sete sustos porque anda sem fazer barulho. É como ter um gato que te assusta enquanto você lê.

— Você disse que queria ser assustado.

— Não assim, e você sabe. Você vai ser difícil desse jeito? — Callum ouviu o farfalhar dos lençóis, o movimento de Tristan se virando na cama. — Eu posso só desligar e ir dormir, se for o caso.

— Provavelmente vou ser difícil, sim. — Callum hesitou, outra brisa gelada passando antes que ele decidisse se sentar, talvez até ficar confortável. Ou o máximo de conforto que a tampa do vaso poderia oferecer. — Eu queria te dizer que suas irmãs não têm rancor de você.

Um pulsar ou dois de silêncio.

— É?

— Elas estão um pouco confusas, claro, mas não é... nada com que você deva se sentir mal. As duas sabem que seu pai quer que elas te odeiem, mas não conseguem conciliar isso com as lembranças de você.

— Elas te disseram isso?

— Alys gosta um pouco mais de mim que Bella, ou pelo menos não me odeia, mas de qualquer forma elas nem precisam me contar nada. Alys sabe que vou te matar e mesmo assim faz perguntas sobre você. Porque sabe que sou eu quem pode dar respostas, mesmo que sejam ruins.

Tristan não disse nada por um momento.

— E o que você decidiu contar a elas?

Callum também ficou em silêncio por um tempo.

— Contei que você ainda é bem mal-humorado.

— Só isso?

— E que não gosta de sopa e usa muita roupa com gola alta.

— Só o básico, então.

— Mas também contei que você pode parar o tempo. — Uma pausa. — Que o principal motivo de todos te quererem morto é por você ser tão poderoso. Porque pode criar um mundo totalmente novo e isso é perigoso.

Outra pausa.

— Elas acreditaram em você?

— Sim.

— Mas aposto que meu pai disse algo bem diferente a elas.

— É, quase certeza. Mas elas acreditaram em mim mesmo assim.

— Porque você é bem convincente?

— Porque é bem fácil acreditar na ideia de você ser especial.

Ele quase conseguia ouvir o som dos pensamentos de Tristan.

— Isso é parte do seu plano? — perguntou Tristan, por fim. — Me influenciar pelo telefone? Baixar minha guarda? Me convencer de te encontrar em algum lugar e então me entregar para o meu pai?

— Claro que esse é o meu plano. Mas nunca vai funcionar, não é? Já que é você quem vai me matar primeiro.

— Nada mais justo.

— *Sério?* Você já teve sua chance. Tecnicamente, acho que é minha vez.

— Teve um ano inteiro para me matar e, em vez disso, você o desperdiçou se embebedando e tramando.

— Eu sei, né? — Callum riu. — Enfim, é isso que os jovens chamam de romance *slow burn*.

— Não é, não.

— Não mesmo. — Callum sentiu a risada presa na garganta. — Enfim, eu só queria contar isso, obviamente porque é parte do meu plano para te amolecer para meu eventual assassinato.

— Pior supervilão do mundo — murmurou Tristan.

— Mas está claro que você precisa descansar, então vou só...

— Não consigo decidir se seria melhor ou pior — interrompeu Tristan — se eu pudesse sentir os sentimentos do meu pai.

Callum ficou em silêncio.

— Por outro lado, talvez houvesse algum tipo de complexidade que não percebi? Ou alguma coisa mais... racional? Talvez eu pudesse ter entendido os gatilhos, as coisas que o deixavam tão irritado, talvez eu pudesse ter interrompido antes que acontecessem. Ou talvez isso apenas teria sido exaustivo. Pisar em ovos, me tornar responsável por ele. Talvez eu tivesse sentido que precisava ficar para trás, só para garantir que nada ruim acontecesse na minha ausência.

— É para ser uma metáfora? — perguntou Callum, cutucando a tinta que descascava ao lado do armário do banheiro.

— É uma tentativa de empatia, na verdade. Para ver se eu consigo entender por que você acha tão difícil.

— Hilário — disse Callum, seco. — E, só para constar, minha situação é bem diferente.

— É?

— Claro. Não é como se eu tivesse ficado onde estava por pura necessidade.

— Ah, Callum. — Tristan soltou um suspiro de pesar. — Você vê como isso é pior, não vê? Querer ficar com alguém que você já sabe que não te ama.

— Ai — disse Callum.

Ele se sentiu perfurado por algo pequeno e afiado, como se tivesse apoiado seu coração ou todo o seu amor-próprio na ponta de uma agulha.

— Não é o que você está fazendo agora — retomou Tristan.

— Não, eu sei disso. Ou estou falando com minha futura vítima de assassinato ou com meu futuro assassino, dependendo de quem chegar primeiro.

— É difícil — declarou Tristan. — Não há nada mais difícil que amar alguém que não te ama. É uma merda, Callum, e ninguém culpa você por essa parte. — Uma pausa. — Eles te culpam por todo o resto, o que, como você sabe, é bem justo.

Callum deu uma risada rouca.

— Ficar com a Rhodes te deixou tranquilo a ponto de ser nojento.

— Não, é o uísque. Ficar com a Rhodes na verdade é incrivelmente sufocante.

Callum piscou, perplexo.

— Bem, isso é...

— Não fique tão contente. Não é que eu não sinta algo por ela, porque sinto, e esse é justamente o problema. É só que... — Tristan se deteve. — Agora tem mais coisa em jogo, mais merda que ela não quer compartilhar comigo, mas precisa. E é por isso que agora consigo expressar como foi irritante você tentar tirar todo o fardo dos meus ombros mas não ter me perguntado o que eu realmente queria de você.

— Pelo que entendi, havia algumas falhas no meu estilo de gerenciamento — comentou Callum um tempo depois. — O que, imagino, deve tornar mais fácil me matar.

— Na verdade, sim — concordou Tristan. — Esse tipo de coisa torna muito fácil querer você morto.

— De nada. — Callum se ajeitou na tampa do vaso, sentado de costas para o armário e na direção do chuveiro, e então se reclinou um pouco. — Só para constar, espero que você veja Deus. Ou seja lá o que tem lá.

— Supondo que Rhodes enfim admita que quer fazer, claro, e presumindo que Parisa solte Dalton da coleira por tempo suficiente para tentar. Embora, só para deixar claro, eu espere que seja mais um conceito que uma deidade.

— Dá na mesma — disse Callum. — Sempre será algo maior do que podemos compreender.

— Talvez maior do que *você* pode compreender — retrucou Tristan.

Callum deu uma risadinha.

— Você aceitou bem a perspectiva de onipotência. Quantos complexos de deus são necessários para trocar uma lâmpada?

— Seis. Cinco para concordar e um para morrer — respondeu Tristan.

— Falando em Parisa, eu a encontrei recentemente.

Tristan ficou em silêncio.

— Ela quer matar a Rhodes — continuou Callum.

— Quer? Uma mudança e tanto.

— Parisa não muda.

Na verdade, o coração dela estava consistente como sempre. Callum já vira a dor de Parisa e identificara o que era: constante. (Ele já mencionara isso diversas vezes, não que alguém algum dia tenha acreditado.)

— Embora eu suponha que mudar de ideia não seja de todo incoerente.

Tristan murmurou, equivocado:

— Então você concorda, imagino?

— É irrelevante. Você vai me matar ou eu vou te matar. A essa altura, já esqueci qual vai ser, desde que aconteça antes que os arquivos fiquem muito emocionados.

— Não acho que Rhodes está em posição de ser morta — comentou Tristan. — Na verdade, eu não aconselho. Além disso, preciso dela.

— Isso é seu afeto falando? Porque a Rhodes que conhecemos era bem matável. Provavelmente era a principal característica dela.

— Você sabe que isso não é verdade.

— É. — Callum suspirou profundamente. — Tá, eu sei que não é verdade...

— Parisa disse por quê?

A voz de Tristan mudara. Callum não conseguia identificar a textura, mas era diferente, mais alerta.

— Ao que parece, ela acha que tem algo errado com a Rhodes. Provavelmente algo interferindo com aquela bússola moral que você tanto admira. — Callum esperou a resposta, e então decidiu sondar o terreno com: — Mas você já sabe disso.

Do outro lado da linha, Callum não ouviu nada além de silêncio. Tentou imaginar o quarto em que Tristan estava, os sons da casa à noite. Os grilos e a calmaria, como estar perdido no tempo e no espaço.

— Você sabia que tem uma equipe de funcionários na casa? — perguntou Tristan de repente, e Callum abafou uma risada.

— Quem você acha que fazia as saladas de que você tanto gostava?

— Você falou com o chef?

— Claro que não, Tristan, mas a casa é senciente, não viva. Ela não sabe como assar um pato.

— E tem zeladores? Por que nunca os vimos?

— Talvez sejam elfos pequenininhos que puxam a grama à noite.

— Você acha que todo mundo escolhe isso? O poder e o prestígio e tudo mais.

— Acho que escolhem, sim. A cláusula de assassinato é bem específica.

— Mas agora é diferente. — Tristan estava quieto. — Não quero matar você pelos livros. Nem sei se quis um dia, mas naquele momento... — Outra pausa. — Agora eu quero te matar porque você me deixou furioso, e pelo jeito alguém precisa fazer isso.

— Eu te avisei — disse Callum. — Avisei que, assim que a Rhodes voltasse, todos nós seríamos alvos fáceis.

— Ainda estou contribuindo com os arquivos — argumentou Tristan. — Então é você quem tem que ficar esperto, ou Reina. Ou Parisa. Vocês vão morrer primeiro.

A qualquer minuto, talvez.

— Aja primeiro que a biblioteca, então — sugeriu Callum, em tom convidativo. — Seria uma pena morrer por algo bobo, tipo tifoide.

— Ou uma peste.

— Ou se afogar na banheira.

— Parada cardíaca.

— Colesterol alto.

— Você tem razão, uma faca afiada na carótida parece bem melhor — disse Tristan.

— Carótida? Jesus. Femoral teria servido.

— Anotado — respondeu Tristan. — Para a próxima vez.

Callum assentiu, mas não disse nada.

— Então. — Tristan pigarreou. — Não lembro por que te liguei, mas acho que recebi seja lá o que eu deveria ganhar com isso.

— Fantasias homicidas — ofereceu Callum.

— Certo, isso. E fique longe das minhas irmãs.

— Não.

Um grunhido baixo de Tristan.

— Escroto.

— O mesmo para você. — Uma pausa. — Boa sorte, então.

— Sei que você não está falando sério, mas obrigado...

— Se você vir uma luz branca, pare de andar.

— Jesus. Acabou?

— Se tiver algo errado com a Rhodes, Tristan, ignore sua veia dramática, por favor. Não precisa perder tempo. A veia femoral é bem fácil de alcançar.

— Uau, de novo, obrigado...

— Só um cortezinho de nada, na verdade. Ela nem vai perceber. Será como uma mordida de amor, só que com um abridor de cartas, talvez...

— Sei que você tem dificuldade em entender, Callum, mas eu a amo. Não estou interessado em matá-la.

— Mas uma coisa não anula a outra, certo? Você me ama — observou Callum — e mesmo assim não para de pensar em assassinato.

Houve um clique quando a ligação caiu. Callum afastou o celular da orelha, olhando para a mancha de suor na tela, onde estivera pressionada contra sua bochecha.

— Acabou?

Callum deu um pulo, vendo Reina de cara fechada à porta. Outro terrível exemplo dos sentidos dele sendo subjugados por outra coisa. Algo horrivelmente privado e interno, como agonia ou constipação.

— Foi mal. — Ele se levantou, fazendo sinal para que ela entrasse no banheiro. — Todo seu.

Depois passou por ela em direção às camas separadas de hotel, a de Reina mais afastada da janela que dava para a rua (havia uma trepadeira lá fora com o que ela chamava de tendência a voyeurismo). Reina o acompanhou com os olhos conforme ele avançava, o contorno do rosto dela brilhando contra a luz do banheiro.

— É melhor você contar a Adrian Caine e seus capangas com cara de palhaço que você não pretende seguir com a oferta — disse ela.

Parecia mal-humorada, embora houvesse gradações em suas tonalidades que Callum aprendera a buscar. Ele não se importava com as implicações desta em específico.

— Se eu pareço — começou ele, optando por terminar com: — *apegado*...

— *Se* — repetiu ela, enojada.

— Se eu pareço apegado — repetiu Callum —, isso não necessariamente é uma coisa ruim. — Em seguida caiu em sua cama desfeita e deu de ombros. — O sacrifício tem que significar algo, não?

— Então você admite que Tristan significa algo para você.

Ele pegou o celular, atualizando a página das notícias recentes.

"A Corporação Nova está sob investigação por violação de antitruste." "O que está acontecendo com a empresa de ilusões queridinha de todos?" "Ações da Nova caíram três por cento no pregão estendido." "Tudo que você precisa saber sobre as alegações contra Dimitris Nova."

— Dá para parar de agir como se tivesse me pegado no flagra? Claro que ele significa algo para mim, isso nunca foi segredo. Você zomba de mim por isso há mais de um ano.

— Não — rebateu Reina, tão enfática que Callum ergueu o olhar. — Eu não zombei de você por ter sentimentos. Zombei por ter o plano de vingança mais idiota que já vi.

Callum deu um suspiro irritado, jogando o celular para longe.

— Se quisermos que isso realmente *funcione* e salve o que resta das nossas peles, não pode ser insignificante. Não posso matar Rhodes porque não gosto dela, e você também não, porque não tem opiniões sobre ela. Parisa tem razão, a flecha é mais mortal quando é mais justa, e isso significa...

— Cansei de ouvir as opiniões da Parisa — disse Reina, e fechou a porta do banheiro, acabando com o que restava de luz.

Callum sabia que ela ainda não conseguia expressar em palavras a sensação que tivera ao deixarem a telepata para trás no escritório de Nothazai. O gosto em sua boca, a mistura de acridez e bile, e o pior, a doçura. Como o doce para esconder o remédio, só que ao contrário.

Era fácil rotular como ódio. Muito, muito mais difícil chamar do que realmente era.

Callum conhecia bem esse sentimento. Ele rolou na cama, pegando o celular de novo como um viciado, contemplando outra coisa. Oscilando à beira de desistir de parte de seu poder se isso significasse outra linha ou duas com as iniciais de Tristan no topo. O vaso deu descarga e Callum mudou de ideia, enfiando o celular debaixo do travesseiro.

— Tem certeza de que não quer ajudar o Varona? — perguntou, mais para irritá-la do que qualquer coisa, mas também porque estava se sentindo vulnerável e era nojento.

— Tenho certeza.

Reina se jogou na cama, pegando os protetores de ouvido.

— E se o experimento deles falhar? — indagou Callum.

Supondo que tal falha não seria instantaneamente catastrófica, claro. O que era fácil, pois Callum quase nunca presumia que apocalipses pudessem afetá-lo. Nem conseguia imaginar onde as pessoas arranjavam tempo para tais neuroses impraticáveis.

Pelo jeito Reina concordava, ou tinha escolhido discordar em segredo, como uma dama.

— Aí ele pode se humilhar de novo quando acabar. A vida continua.

Havia algo ameaçador na leviandade do tom dela (por mais inautêntico que fosse, e inadequadamente pesado, como pão viscoso), mas como a arrogância era um dos pontos fortes de Callum, ele decidiu não investigar mais a fundo.

— Que frieza, Mori.

— Quem dera.

Com relutância, ela mostrou a Callum a tela do seu celular, que continha um balãozinho diário de conversa (e alguns outros) de Varona, seguido por uma única linha de resposta.

> Se fizerem na sala pintada, não esqueça de tirar o figo envasado de lá. Ele não gosta de magia grande. Reina.

— Ai, meu *deus* — disse Callum. — Você não precisa assinar suas mensagens, Mori, não são e-mails. Você tem oito anos, por acaso?

— Não estou te ouvindo — retrucou Reina, colocando os protetores de ouvido, e Callum revirou os olhos, deitando-se de costas e pensando de novo nas manchetes que acabara de ler.

"Quem exatamente é Callum Nova e o que ele tem a ver com a investigação do Fórum sobre fraude corporativa medeiana?"

Talvez tivesse que fazer algo a respeito disso em breve. Uma lástima.

— Crescimento — comentou Callum na escuridão.

— Cala a boca — disse Reina, sonolenta.

Com uma risada, Callum fechou os olhos.

· DALTON ·

> Dalton decidiu se juntar a vocês. Ele sabe como esse experimento é importante para Atlas. :)

essa é a coisa mais sinistra que vc já me disse
mas tá !!!!!!
sdds, sua brandura real

. . .

> Dalton decidiu se juntar a vocês. Ele sabe como esse experimento é importante para Atlas. :)

Cacete Parisa você tá falando que nem doida
Como se fosse me cortar em pedacinhos e usar para fazer sopa
Sem contar que essa mudança de ideia foi incrivelmente inesperada, e até Callum sabe que não é do seu feitio.
... Nada? Não vai me encher por ainda falar com Callum?
Sei que você acha que sou a definição de paranoia, mas você tá morrendo ou alguém roubou seu celular?

. . .

> Dalton decidiu se juntar a vocês. Ele sabe como esse experimento é importante para Atlas. :)

Achei que você tinha dito que eu estava errada.
Agora de repente mudou de ideia?

· NICO ·

Nico havia esquecido como era o mundo fora da Sociedade. A pungência de Nova York no verão, que a folhagem outonal aliviava temporariamente antes que a umidade pegajosa do inverno desse as caras. A frequência com que precisava cortar o cabelo. A insistência com que as pessoas perguntavam sobre as perspectivas dele. "Não me diga que vai se perder no mundo acadêmico", coisas assim, embora Nico não tivesse certeza de qual seria a alternativa a isso. Seria se perder na burocracia? Na heterossexualidade? Em calças cáqui e brunch?

— Você precisa encontrar um setor da indústria que esteja pronto para a disrupção. — Foi o conselho não solicitado do pai de Max, o Maximilian Wolfe mais velho, com quem Nico tinha ficado preso em uma conversa na segunda casa dos Wolfe, em Berkshires. — E lembre-se: uma avaliação sólida é tudo. Dedique seu tempo, fale com os investidores certos, e pode mesmo construir um portfólio a partir daí.

— Ele te disse isso mesmo? — perguntou Max no carro de fuga mais tarde, um pouco surpreso ao ouvir Nico recontar a história (apenas mais ou menos parafraseada) enquanto eles serpenteavam glacialmente pelo trânsito com a capota abaixada. (Estava frio para tal aventura, mas o que era a vida senão uma série de escolhas irresponsáveis em busca de alegria pura?) — E em que setor ele acha que você vai causar disrupção? A indústria de mouse pads?

— Acho que está mais no sentido da economia — palpitou Nico —, o que com certeza é uma invenção na mente de todos.

— Bem, desculpe por você ter passado por isso. — Do banco do motorista, Max fez uma careta. — Mas sabe como é.

— Sim, eu sei.

Uma vez por ano, desde que se conheceram nos dormitórios da UAMNY — exceto pelos anos na iniciação da Sociedade —, os dois visitavam a casa de campo da família de Max para apresentar um espetáculo em dupla que envolvia a farsa de um empreendimento qualquer, o que garantia a Max mais um ano de renda do inescrutável Max Wolfe mais velho. No fim das contas, era um preço pequeno a pagar (em geral um monte de golfe, no qual Nico trapaceava com louvor, disparando muitas risadas dignas de Oscar), mas ainda assim exaustivo.

— Que tal considerar aderir à pobreza abjeta no ano que vem? — sugeriu Nico.

Sob os óculos escuros de Max, quase certamente havia um olhar de reprovação.

— Nicky, não sou contra arrumar um emprego, como você bem sabe...

— Sei? — perguntou Nico, em dúvida.

— Está bem, ninguém me empregaria, entendo. Mas como vou ficar de olho em Gideon, hein? Isso é apenas um breve período sabático da minha vocação integral de ser babá do nosso amado Sandman. — Max, ainda disfarçado de tremendo empreendedor e filho pródigo, baixou seus óculos de sol e sorriu para Nico. — Como ele está, aliás?

— Isso vai ajudar — disse Nico, referindo-se ao frasquinho arranjado por Max, que estava guardado no bolso de seu blazer azul-escuro de bom garoto que ele reservava especificamente para essas ocasiões (naquele momento emoldurando um elegante suéter de tricô). — E acho que ele está bem, no geral. Tá, não, tenho quase certeza de que ele está mentindo para mim sobre seu estado mental — corrigiu-se Nico, espirituoso, decidindo não mencionar os pesadelos recorrentes de Gideon sobre algum contador que morava no reino, ou talvez fossem apenas pesadelos sobre contabilidade; não estava claro se Gideon tinha um bom portfólio de ações, e Nico sabia que não deveria subestimá-lo —, mas não parece pior que o normal. Só... mais reservado. — Nico passou a mão pelo cabelo. — Você o viu recentemente?

Max assentiu.

— Ele me entregou um bilhete pelo pombo-correio dos sonhos dia desses, quando eu estava tirando uma soneca. Disse que estava bem.

— Ah, sim — respondeu Nico, suspirando —, acho que também sei todos os versos desse refrão. O maior sucesso do álbum de platina dele, *Tudo é fácil*...

— Você sabe — interrompeu Max — que ele está apaixonado por você há seis anos? Só estou conferindo se essa informação foi abordada por vocês dois nos últimos meses. — Mais uma vez, ele se virou para encarar Nico do banco de seu carro novo, que era inteligente o bastante para saber quando o semáforo abriria e também, de alguma forma, era isento de impostos. — E digo isso não para expressar a indignidade de um *eu te avisei*...

— Você expressou essa indignidade em específico várias vezes esta semana, apesar de *não ter* me avisado coisa nenhuma — rebateu Nico. — Apesar de deliberadamente *esconder* isso de mim, na verdade...

— ... E que estou mencionando agora apenas para dizer: não tire isso dele. — Max balançou um dedo. — É complicado, eu entendo. Não é ideal e você adora reclamar de tudo et cetera e tal. Mas ele está feliz, seja lá qual for o conceito de Gideon de felicidade, e mesmo sendo refém dos Illuminati, então, sabe... — concluiu Max. — Não estrague tudo.

— Eles não são Illuminati — explicou Nico. — Só uma galera que por acaso eu conheço.

— Tanto faz. Não estrague para *mim* também. — Max deu um tapinha no ombro de Nico quando eles enfim chegaram à área de desembarque da Grand Central. — Está bem. Agora dê o fora. E tente não pensar em mim enquanto você e Gideon se pegam.

— Não pensei em você nem uma vezinha sequer — rebateu Nico, descendo do carro — e agora estou com um pouco de medo de que isso aconteça.

— Seja sincero, Nicolás! — gritou Max atrás dele. — Nem uma vez?

Sem se virar, Nico mostrou o dedo do meio para o amigo e seguiu pela estação como sempre, contornando a multidão de passageiros sonolentos munidos de cartões de transporte; confundindo as proteções de vigilância que o marcavam especificamente para uma emboscada; em geral, executando a coreografia que já apresentara pelo que pareciam milhares de vezes. Sentiu a mistura rotineira em seu processo de deixar o mundo real e reentrar na dimensão dos arquivos alexandrinos. Como atravessar um portal para um mundo de fantasia, exceto que voltar para a Sociedade fazia os lábios dele racharem e seus músculos doerem.

— Voltei! — gritou Nico quando entrou na casa, indo do saguão até a escada.

Ouviu algo em resposta, um cumprimento insosso que provavelmente viera de Tristan, e correu escada acima para largar a mochila no quarto. Era o mesmo aposento dos últimos dois anos, exceto por alguns detalhezinhos aqui e ali: a camiseta de Gideon pendurada na porta do banheiro, pares de meias enroladas com perfeição na gaveta, porque "não pertenciam ao chão todas sem par e sozinhas, Nicky, é triste". Nico abriu um leve sorriso e então desceu as escadas, colidindo com alguém no patamar, uma visita inesperada.

— Olá — disse Dalton Ellery, com seu ar severo.

Nico arregalou os olhos, perplexo. O antigo pesquisador parecia diferente de alguma forma, não apenas por não morar mais ali. Nico se percebeu um pouco assustado com algo. Talvez a falta de óculos, ou a adição de uma jaqueta de couro que ele suspeitava (apesar de todas as evidências em contrário) que fosse extremamente descolada.

— Dalton?

Parisa havia avisado por mensagem da chegada dele, mas mesmo assim.

— Você parece... — começou Nico.

— Vejo que meu antigo quarto está ocupado. Só estava mudando minhas coisas de lugar.

Dalton se referia à bolsa pendurada em seu ombro.

— A... — Nico franziu a testa, decidido a primeiro perguntar se Dalton estava sozinho e depois determinar se a resposta tinha o potencial de devastá-lo (por três a cinco minutos, provavelmente sim). — Parisa convenceu você a vir?

— Ela me disse que vocês pretendiam fazer o experimento.

— Bem, mais ou menos. — Presumindo que conseguissem convencer Libby a participar não apenas na teoria, o que até então estava se provando uma incógnita, embora, se alguém fosse conseguir, tudo indicava que seria Parisa. Nico resistiu ao ímpeto de espiar por cima do ombro de Dalton. — Ela veio com você?

— Parece que ela perdeu o interesse nas minhas atividades acadêmicas. Como é da natureza de Parisa, decidiu se ocupar com outras coisas. — Algo que parecia impaciência brilhou nos olhos de Dalton. — Acho que vou ficar com o antigo quarto dela, então.

— Ah... certo, sim. — Nico tentou não traçar um diagrama mental de quem havia ocupado qual variedade de quartos da casa. — Certo, tudo bem. Te vejo por aí, acho.

Dalton assentiu e passou por Nico, como se não tivesse mais nada para fazer ali, com uma nova e estranha postura. Era... arrogância? Nico se alarmou ao perceber que poderia ser o caso, embora, de fato, parecesse impossível ser o objeto do afeto de Parisa Kamali e não ficar um pouco soberbo. (Ah, sim, lá estava, o puxão momentâneo que era mais de nostalgia do que de desolação. Um momento assíncrono. Outras vidas, outros mundos.)

Nico não via a Parisa que conhecia de repente perdendo interesse em qualquer coisa, muito menos em uma atividade acadêmica, mas sentiu que seria um pouco petulante da parte dele achar que de fato a conhecera. Nico deu de ombros e seguiu escada abaixo, percebendo a luz acesa na sala de leitura.

Entrou com cuidado, para não incomodar ninguém, e sentiu uma onda de alívio ao ver quem estava ali. Um brilho rebelde de cabelo cor de areia repousava sobre a mesa de mogno, uma única luminária revelando um braço esticado, o movimento constante do sono. Nico parou à porta, emoldurando a cena como uma fotografia antes de se aproximar aos poucos com a intenção de tirar Gideon da cadeira e levá-lo até a cama.

Conforme se aproximava, avistou algo sob a bochecha de Gideon. Um livro, percebeu ele com uma pontada de carinho. Então, até os arquivos podiam ser convencidos a conceder um mimo a Gideon. Nico deslizou o exemplar de *A tempestade* para longe e tocou o rosto de Gideon, que inclinou a cabeça, acariciando a palma de Nico enquanto ainda dormia.

— Ah, eu já estava vindo acordá-lo.

Nico se virou e viu Tristan à porta. Percebeu o copo vazio na mão dele, o livro debaixo do braço.

Tristan segurava o celular, digitando algo freneticamente antes de erguer o olhar.

Uma mistura de culpa e preocupação deslizou pelo peito de Nico com a sugestão de que acordar Gideon poderia ter se tornado parte da rotina noturna de Tristan.

— Isso acontece com frequência? — perguntou o físico.

— Rhodes me contou da narcolepsia — comentou Tristan, com um olhar gentil.

Algo em sua voz sugeriu que ele usara aquela palavra para evitar despertar algo mais vulnerável em Nico.

— Obrigado — disse Nico, o que pareceu apropriado pela importância do gesto, senão pelos detalhes da conversa. Depois ergueu Gideon da cadeira, inclinando-o um pouco. — Ei — acrescentou para Tristan —, sabia que Dalton está aqui?

Tristan assentiu.

— Acho que devemos concluir que é uma tentativa de Parisa de se mostrar útil? Porque se explicar seria demais, é óbvio.

Com cuidado, Nico colocou o ombro sob o braço de Gideon, e então olhou para Tristan.

— Ela é uma boa pessoa, Caine. Mas não vá contar para ela que eu disse isso, ou ela vai me matar. — Tristan riu, e Nico sentiu uma pequena onda de algo. Satisfação, imaginou. — Indo lá para cima, então?

Tristan assentiu, permanecendo na soleira da porta até que Nico se juntou a ele.

— Percebeu algo estranho nele? — perguntou Nico, ajeitando o peso de Gideon em seu ombro conforme caminhavam.

— Em quem, Gideon? — perguntou Tristan, com um olhar de esguelha. — Ele esteve aqui a tarde toda. Só adormeceu agora há pouco, mais ou menos uma hora antes de você chegar, acho.

— Não, em Dalton.

Tristan o encarou com uma expressão confusa e distraída, como se sua mente estivesse em outro lugar.

— Esquece. Como... — Nico hesitou. — Como a Rhodes está? — Quando Tristan ergueu a sobrancelha, ele explicou: — Eu... há... eu não acho que ela está muito satisfeita comigo no momento.

Pelo menos não estava da última vez que conversaram.

— Algum dia ela esteve? — perguntou Tristan, num tom seco.

— Justo. Inútil, mas justo.

Eles avançaram em silêncio escada acima.

— Nenhuma mudança desde que você partiu — comentou Tristan, sem elaborar, o que Nico imaginou significar várias coisas: que ela ainda não havia cedido ao plano sinistro e ainda não estava olhando Tristan nos olhos desde que ele se juntara a Nico e admitira sua intenção de participar. Nenhuma delas parecia digna de nota.

Eles se separaram no patamar, Tristan ainda com a mente distante. Nico levou Gideon para o quarto, mexendo um pouco na gravidade para amortecer a queda.

— *Ei, sr. Sandman* — cantou Nico, baixinho. — *Me traga um sonho, e que seja o mais idiota que já vi...*

Nenhum movimento. Gideon estava capotado. Nico riu baixinho, e então parou, pousando o polegar com delicadeza na testa dele, com uma única palavra aos poucos se formando em sua mente.

Precioso.

Nico não estava cansado, nem com a mudança no fuso horário, então, em vez de se juntar a Gideon na cama, encarou a porta com um suspiro, pensando nas alternativas. Imaginou que ainda restava uma conversa que ele precisava ter.

Quando chegou à sala pintada, Libby estava encolhida no canto do sofá, vidrada nas chamas da lareira, agarrando o que Nico percebeu, surpreso, ser uma taça de vinho.

— Está bebendo?

Não que ela nunca bebesse, mas ele só vira Libby fazer isso socialmente. Beber sozinho era algo que Nico associava mais a Callum.

A cara feia que ela fez para Nico era tão familiar que ele quase comemorou de alívio.

— Alguém me aconselhou a relaxar — disse Libby, áspera.

— Ah. Certo.

Tinha sido ele, pouco antes de partir, mais de uma semana antes, embora não fosse da natureza dela esquecer. Tinha memória de elefante, em especial no que dizia respeito às formas como ele a prejudicara.

Nico vinha tentando persuadi-la a fazer algo, um jogo. Um lembrete, alguma forma de combustão que poderia, quem sabe, criar novos mundos e tal. Era estranho fazer magia com ela a essa altura. A assinatura mágica de Libby estava diferente, como se ela tivesse trocado de mãos ou aprendido palavras novas em outra língua, ou algo assim. Era difícil explicar. Ou talvez fosse como quando se dorme com alguém novo e então o antigo beijo já não é mais o mesmo. Ela continuava a se afastar, a rechaçá-lo sem pensar duas vezes. Estava desequilibrando os dois, até que por fim ele a deixou carregar o fardo do erro, repelindo a dor em vez de compartilhá-la por igual entre eles, só o suficiente para que Libby sentisse — não uma quantidade *perigosa* de dor, claro. Nada letal. Mais como uma perna dormente, ou como um chute poderoso na coxa.

Nico a procurara certa vez, encontrando-a na capela onde ele sempre parecia dar más notícias.

— Desculpe — pedira ele, esperando o olhar feio de sempre, *Varona, seu idiota, você poderia ter me matado,* mas tudo andava estranho entre os dois.

Ele pensou que a magia fosse a pior parte, mas talvez não.

— Isso é idiotice.

O olhar dela estava distante, encarando os bancos vazios de onde estava sentada, à luz do vitral tríptico.

— É mesmo. — Nico tentou encontrar as palavras para suavizar aquilo, mas não achou nenhuma. — Você sabe que podemos fazer. Sei que você quer. Só não entendo por que ainda está tentando nos refrear.

— Já disse, Varona, as consequências…

— Pare de tentar permanecer pequena, Rhodes — rebateu, furioso com alguma coisa, furioso por nada. — Você não pode ficar nesta casa para sempre só porque está com medo de fazer uma escolha de verdade e o mundo acabar…

— Acha que estou preocupada com ser *pequena* demais? — A expressão dela era de uma serenidade preocupante, banhada no esplendor da tocha do conhecimento. — Você queria que eu deixasse queimar, Varona, e deixei. Você não tem o direito de falar das minhas escolhas.

Sob a luz maculada e incandescente da capela, ou talvez de um incêndio criminoso, Nico viu a tensão no maxilar dela. A pequena fissura entre suas sobrancelhas.

— Se eu decidir me incendiar de novo, não vou fazer só para provar algo a você — disparou ela.

Havia um insulto ali, algo pior que o habitual. Uma acusação que tinha peso, como se aquilo pudesse ser culpa dele. Como se ela tivesse mudado e ele fosse sempre ficar preso, sempre um desperdício do tempo dela, sempre um idiota. Como se ela o tivesse deixado para trás quando tudo que ele fizera foi tentar se encolher por ela. Todos aqueles meses agindo com cuidado, sendo gentil, sendo atencioso.

Ao que parecia, isso não significara nada para ela, então tá. Que seja, pensou Nico.

Hora de mudar de tática.

— Tá, tudo bem. — Ele sentiu os dentes rangendo, de raiva ou decepção, porque não entendia aquilo, não a entendia mais. — Eu só acho que você precisa relaxar um pouco, Rhodes...

— *Relaxar*?

Exatamente a palavra errada, mas ele a pressionou mesmo assim.

— Esse experimento, essa... essa *magia*, é o que viemos aqui fazer! — insistiu ele, enfurecido. Demais. — É por isso que viemos para cá, para provar que somos *os melhores*, que somos *os únicos* que podem fazer isso, e o fato de você nem conseguir enxergar isso... — Nico hesitou, frustrado. — Por que você se deu ao trabalho de voltar se vai só deixar tudo ir pelo ralo?

Ele percebeu que fora a coisa errada a dizer mesmo antes de olhar para Libby. Depois, no entanto, não havia como se desculpar direito — nenhuma forma de louvar as pessoas que tinham sido antes de as palavras deixarem sua boca.

Naquela noite, uma semana antes, Libby lhe dera as costas, e ele fora para Berkshires com Max. E lá estavam os dois de novo, e ela o encarava com algo que Nico pensou que pudesse ser uma bandeira branca, ou a versão dela disso, o que não era exatamente conciliatório. Mais como um *precisamos conversar*.

Quando ele enfim se aventurou a cruzar a soleira, Libby já servira vinho em uma segunda taça, que colocou sobre um descanso de copo. Nico se sentou no chão diante da lareira e ela relutou, mas escorregou do sofá para se juntar a ele, entregando-lhe a taça.

— Não sei se é bom ou não — admitiu ela. — Tristan que escolheu.

— Ah, então é excelente — garantiu Nico. — Você não sabia que ele é o fornecedor de vinhos bons e comentários sarcásticos desta casa?

— E você é o quê? — rebateu Libby.

— Acima de tudo — respondeu Nico —, estou aqui para irritar todo mundo. Saúde — acrescentou, brindando as taças antes de tomar um gole.

Ela o imitou, fitando-o com cautela.

— Escuta, eu estava pensando...

— Olha, eu sinto muito — disse Nico ao mesmo tempo. Os dois hesitaram, e como ele achou que estava mais errado, prosseguiu: — Sei que não devo te mandar relaxar. Mas, para ser justo, não faço mais ideia de qual é o nosso ritmo.

— Eu... — Libby se calou, como se ele a tivesse exaurido. — Eu não esperava que você fosse dizer isso de maneira tão *não* irritante, mas sim. Isso... — Ela brincou com a haste da taça. — Isso é o que eu estava pensando também.

— Você ficou com raiva — disse Nico. — Tipo, com raiva de verdade, não de mentira.

— Nunca fico com raiva *de mentira* — murmurou ela, irritada. — Você é um desastre constante.

— Obrigado...

— Mas entendi o que você quis dizer. Eu reagi mal.

Ela tomou um gole, e Nico franziu a testa.

— Eu não diria *mal* — declarou Nico. — Só... como se você tivesse esquecido alguma coisa.

— Que coisa?

— Como se tivesse esquecido que não sou seu inimigo. — Ah, aí estava. — Como se tivesse esquecido que eu deveria ser seu aliado. Estou no seu time.

A taça estava a caminho dos lábios quando ela parou.

— Você ainda está?

— O quê? — Nico franziu as sobrancelhas, uma pontada cruzando sua mente com a ideia distante de que ele poderia agir de outra forma. — Claro.

— Você está magoado mesmo ou só sendo dramático?

— Eu... — Ele se deteve. — Bem, magoado é uma palavra dramática, para começo de conversa, mas sim, agora que você falou, eu *estou* magoado. Quer dizer, já passamos por isso — relembrou ele, pensando no dia em que ela o salvara, quase dois anos antes, quando Nico tentava reforçar as proteções da casa sozinho.

O estado de exaustão a que havia chegado, e que jamais admitiria. A ajuda que ele nunca teria pedido a ninguém, e que ela oferecera sem esperar nada em troca, só porque o conhecia. Porque entendia.

Nico então lhe fizera uma promessa, de que a procuraria se precisasse de ajuda, e ela havia prometido fazer o mesmo.

— É como se você tivesse esquecido completamente que eu já te dei minha palavra.

— Ah, como sou boba — retrucou Libby, sem rodeios. — Eu me pergunto se algo *remotamente traumático* pode ter acontecido comigo nos últimos dois anos...

— Mas é disso que estou falando. — Ele deixou a taça de lado. — Você precisa de mim agora, mais do que nunca... — Uma pausa. — Você precisa de *alguém* — explicou, porque a expressão no rosto dela havia se tornado algo que Nico não entendia por completo, e suspeitou que talvez estivesse tirando conclusões precipitadas. — Está bem claro que você precisa de ajuda. Precisa conversar com alguém, e não precisa ser eu, mas...

Nico desviou o olhar, pousando-o na taça de vinho descartada e decidindo que precisava de uma bebida, no fim das contas, então a levou aos lábios, dando um longo gole.

— Nossa — disse, olhando para a taça agora vazia. — É delicioso mesmo.

— Eu realmente não sei dizer — comentou Libby, embora tenha se esticado para pegar a garrafa na mesinha, servindo mais na taça dele. — O único vinho que tomei no ano passado veio de uma caixa.

Tirando os lembretes cataclísmicos sobre o apocalipse destinado a se abater sobre a Terra, aquilo era o máximo que ela revelara até então sobre seu tempo longe. Nico não queria estragar o clima. Em vez disso, se recostou no sofá, se acomodando em uma posição mais confortável no chão e a convidando a fazer o mesmo.

Ela o fez.

— Não é... — Libby hesitou. — Não é que eu não queira te contar. É só que... — Ela encarou o fogo, e ele a imitou, reconhecendo que contato visual seria uma coisa vulnerável demais para ela. — Não sei nem por onde começar.

— Teve algo bom?

Nico a viu piscar, surpresa.

— Eu... é. Teve, na verdade — respondeu Libby.

— Alguma comida boa?

Ela riu, parecendo ter se surpreendido com a pergunta.

— Sério?

— Seríssimo. Mesmo quando não há motivo para viver, sempre há a próxima refeição — brincou ele, e Libby riu de novo.

— Uau. Isso é tão...

— Hedonista da minha parte?

— Acho que... sim?

— Também tem vingança — acrescentou ele. — As duas coisas mais importantes na vida.

— Comida e vingança?

— Isso. — Nico arriscou uma olhada, e viu que ela sorria. Naturalmente, o instinto dele era estragar tudo, então estragou. — E também — continuou — a chance de voltar e me dizer que eu estava certo sobre Fowler esse tempo todo.

Então esperou que Libby se fechasse outra vez, enfiando toda a dor na mesma caixa que não queria que ninguém visse, mas em vez disso os lábios dela se estreitaram em algo que ele podia jurar ser um sorrisinho.

— Sabe, não deixa isso subir à cabeça — disse ela —, mas eu pensei exatamente isso várias vezes ano passado.

— O quê, que eu estava certo?

— Não, que você daria um jeito de perceber telepaticamente que estava certo a trinta anos de distância e ainda conseguiria me irritar com isso.

Libby o encarou, e o contato visual inesperado fez os batimentos dele dispararem para algum lugar fora de alcance.

Nico levou a taça recém-preenchida aos lábios, dando outro longo gole.

— É esquisito estar sentado aqui tomando vinho caro e falando do seu ex-namorado? — perguntou ele.

Libby riu de novo, pega desprevenida pela segunda vez.

— É.

— Parece que estamos em um filme pretensioso sobre gênios atormentados.

— Sim.

— Mas na realidade somos apenas bebês com taças de vidro caras.

— Na verdade, acho que são de cristal.

Libby inclinou a cabeça, olhando o vidro na luz. A taça refletiu o calor bruxuleante das chamas na lareira, fazendo as cores dançarem. Nico observou por um segundo, vivendo no precipício do momento. Preparando-se para a queda e para o que não podia mais ficar escondido no silêncio.

— Eu pensei, sim, em você, sabe. — Então deu outro gole no vinho que Tristan escolhera para eles. — Acho que o termo técnico é senti saudades.

Libby ficou em silêncio.

— Quando pensei que você estava... — Nico parou, sentindo um nó na garganta. — Por um segundo pensei que você tinha partido, e eu... foi como se eu tivesse perdido uma parte de mim.

Ela colocou o cabelo atrás da orelha, enterrando o nariz na taça.

— E não quero dizer, tipo... — Ele hesitou. — Sei que sempre fomos... nós — determinou, por falta de palavra melhor. — Mas, sei lá, tem algo a seu respeito, em saber que você existe. É como se, sem você, eu fosse apenas um empurrar, sabe? Só um empurrar sem puxar, mas então você partiu, e eu caí. — Deus, ele parecia um idiota falando daquele jeito. — Desculpe, estou me enrolando com as palavras, acho que eu só queria te dizer que significou algo para mim, sabe? Sei que eu faço parecer que nada importa para mim, mas não é verdade.

As coisas estavam cada vez mais incoerentes.

— Eu só queria que você soubesse que importa. Você. Quer dizer. Nós. — Nico apontou para os dois, um tanto sem jeito. — Tive um gostinho da vida sem você, e... — Ele suspirou, soltando o ar e reclinando a cabeça contra o sofá. — Eu só quero que você saiba, oficialmente, que aquilo que me disse na formatura, sobre a gente não ter mais nada a ver um com o outro... não é o que eu quero. Se eu dei a entender isso um dia, saiba que com certeza não é o que quero agora. Na verdade, eu não quero nunca não te ver outra vez.

O fogo estalou e dançou, o relógio na cornija tiquetaqueando.

Nico bufou na taça, dando outro gole longo.

— "Uau. Ótimo discurso, Varona" — disse ele, imitando a voz de Libby.

Para seu alívio, Libby riu, um soluço de risada, e se virou para ele com as bochechas coradas de vinho, o divertimento dançando em seus olhos cinzentos.

— "Eu não quero nunca não te ver outra vez", diz o poeta — zombou ela.

Ele revirou os olhos.

— Tá, tá...

— Sem você — continuou Libby, fingindo solenidade —, eu apenas... caí. Ah, merda.

— Tá bom, Rhodes, já entendemos, você é hilária...

— Não posso dizer que não achei *fofo* — disse ela, estendendo a mão para bagunçar o cabelo de Nico, que se esquivou, se esforçando para não derramar vinho no tapete que ele não sabia como limpar.

— Rhodes, qual é, eu sei que você é um monstro sem coração, mas, por favor, sou um mero ser humano...

— Eu sempre pensei... — Libby hesitou, e aos poucos ele voltou a se sentar, acenando com o queixo, incentivando-a a continuar. Ela o encarou, apreensiva. — Não, esquece.

— Ah, vamos lá. — Ele a empurrou de leve com o ombro. — Eu me despi na sua frente. Sabe, metaforicamente.

Ela arqueou uma sobrancelha.

— Está falando para eu tirar a roupa?

— Metaforicamente — repetiu Nico, com ênfase —, sim, estou. Aqui — disse, esticando a mão para a garrafa e servindo mais vinho na taça dela. — Você está sem, talvez isto ajude...

— Certo, talvez me ajude a *relaxar*. Se você soubesse... — murmurou ela para si mesma, pegando a garrafa dele.

— O que isso quer dizer? Não vem me dizer que você passou o último ano começando um clube de assinatura de vinho sem mim.

— Não, mas eu com certeza pensei que você estar certo sobre Ezra era algum tipo de piada cósmica cruel. — Libby suspirou e abandonou a tirania de usar uma taça, erguendo a garrafa para tomar direto no gargalo. — Prometa que vai me deixar terminar sem interromper? — pediu, com a boca cheia da bebida do Velho Mundo.

— Prometo. Vai me destruir por dentro, mas ficarei quieto, juro. — Nico brindou com a taça, e ela ofereceu a garrafa. — Está bem, vamos lá...

Nico tomou um gole, e Libby aproveitou o momento de distração dele.

— Você não estava *certo* sobre Ezra, sabe. Só não estava errado o suficiente, o que de alguma forma é igualmente irritante.

— Verdade demais — respondeu ele, alegre.

— Você disse que ficaria quieto — resmungou ela, pegando a garrafa de volta. Com um olhar feio, continuou: — Não quero fazer piada disso. Não quero *falar* disso — explicou —, mas acho que... Acho que... — Um suspiro. — Uma parte de mim fica pensando que, se eu estivesse com você, as coisas teriam sido melhores. Ou que, sem você, fiquei mais perdida que nunca.

Ela tomou outro gole, dessa vez contemplativo, e Nico, que não era uma pessoa completamente sem nuances, permaneceu bem quieto, embora tivesse percebido que algo mudara. Alguma forma de resistência começara a ceder.

No silêncio entre os dois, a mente de Nico vagou um pouco para o quarto lá em cima, para a aparência de Gideon ao dormir; para a sensação de que Gideon aprovaria essa conversa de alguma forma, assim como o que Nico tentara dizer, mesmo que outra parte de Gideon ficasse chateada com isso. Não magoada, exatamente, mas chateada. O físico achava que entendia a diferença, que era também compreender a complexidade de tudo o que existia entre ele e o sonhador lá em cima.

— Você já... — começou Libby, a voz rouca, mas não vacilante. Nico não se mexeu, não respirou. — Se estivermos certos... — retomou ela. — Se o experimento funcionar, se a teoria de Atlas estiver certa, e de fato existirem outras versões do nosso mundo aí fora, e se nos conhecermos nelas, você acha que...

Ela o encarou, a garrafa esquecida.

As chamas dançaram. O relógio tiquetaqueou.

Libby falou primeiro.

— Você já se perguntou se talvez fosse para ser a gente?

Aquele momento parecia inevitável. Aquela pergunta. Como se todos os caminhos alternativos ainda os conduzissem até ali. Como se fosse algo inato, os dois sabiam que haviam passado vidas e mais vidas dançando ao redor da força gravitacional do óbvio.

— Sim — respondeu Nico. — Com certeza.

A SOCIEDADE DE EZRA

TRÊS

Eden

O pai dela estava meditando outra vez. Era assim que ele chamava, "meditando", como se Eden não fosse capaz de compreender o que realmente era. Como se encarar o vazio se tornasse algo grandioso quando feito por ele.

Ele estivera "meditando" durante grande parte da vida dela; por quase toda a infância e a maioria das partes que pareceram significativas de sua vida adulta. Estivera "meditando" quando ela lhe contou sobre Tristan Caine, pensando que enfim algo faria o grande James Wessex acordar de seu sono inútil e problemático e o forçaria a ver o que estava perdendo. A inadequação de Tristan — que pelo jeito também estivera "meditando" por grande parte do relacionamento dos dois —, escolhendo não ver o que Eden fazia (ou quem) quando ele não estava olhando. Escolhendo, então, não ver *Eden*, o que por vezes era desafiador de uma maneira divertida, como construir uma miragem cuidadosa. Foi divertido por um tempo, ser boa o suficiente para alguém com gostos tão específicos que passava a maior parte do tempo lançando olhares carrancudos para tudo que era ofensivo em seu campo de visão.

Mas então Eden se deu conta de que estava tentando impressionar alguém bem abaixo dela, e que não tinha importado de qualquer forma. O sexo era bom e empolgante e eles se davam muito bem quando queriam, quando os dois estavam dispostos a uma boa risada ou a um debate acalorado, e se ela tivesse que passar doze horas trancada em um cômodo com alguém, gostaria que fosse Tristan, apenas Tristan.

Nada disso mudaria o fato de que tudo que ele quisera de Eden era seu nome.

Ela saiu do escritório do pai e voltou para a chamada de vídeo que deixara aberta na sala de estar.

— Ele está ocupado — decretou, embora pudesse ver, na expressão inalterada de Nothazai, que essa era a resposta esperada, e pior, que era o prego em um caixão metafórico.

Outro lembrete, afinal, de que Eden Wessex não podia substituir o pai. Selene Nova poderia vagar com facilidade pelas ruas de Londres acalmando acionistas enquanto a corporação do pai dela enfrentava uma investigação global por fraude, mas Eden era apenas a mensageira de James Wessex. Não a herdeira de sua coroa.

— Ainda não há sinal de Tristan Caine — disse Nothazai, o que não era novidade para Eden. — E até que ele saia dos arredores dos arquivos da Sociedade, é improvável que seja um alvo válido. Enquanto isso, como dissemos, é melhor focar no empata.

— Você não pode simplesmente parar de procurar Tristan. Sabe a opinião de meu pai quanto a isso. — Eden se esforçava muito para manter a voz livre da histeria feminina. — E quanto à telepata?

Parisa Kamali parecia o tipo de mulher que Tristan poderia estar comendo. Como Selene Nova, chiquérrima enquanto o mundo ardia a seus pés. Se Parisa Kamali não estivesse empregando algum tipo diabólico de subterfúgio contra todos eles naquele exato momento, Eden mudaria de nome.

— Estamos fazendo tudo ao nosso alcance para apreender a srta. Kamali, assim como todos os outros — explicou Nothazai, com uma paciência inabalável, direcionando a Eden os mesmos tons melodiosos de uma professora de maternal tentando aplacar uma birra. — Mas com base nas ações dela até agora, não a consideramos nossa principal preocupação.

— Isso é piada? — Eden fez tudo ao seu alcance para não ficar boquiaberta. — Seu pessoal nunca conseguiu colocar a mão na telepata, apesar de ela estar vivendo a vida normalmente, e você acha que é coincidência porque... por quê? Porque ela é mulher? Porque ela desperta lascívia toda vez que sai de casa?

Quase de imediato, Eden teve a sensação de que Parisa se esgueirara até ali e a observava, rindo sozinha. Eden não sabia ao certo o que achava tão enervante em Parisa, mas era algo... familiar, como se todos os homens que consideravam Eden um bibelozinho adorável com o cérebro lisinho fossem igualmente incapazes de enxergar Parisa como uma ameaça. (Além disso, Parisa fora fotografada com um vestido que a própria Eden tinha, e ela não conseguia parar de visualizar Tristan a comendo com a peça de roupa.)

— Srta. Wessex, por favor. — O tom de Nothazai não escondia mais sua arrogância. — Diga ao seu pai que, se ele quiser alterar o curso da nossa investigação, pode vir falar comigo quando quiser. Enquanto isso, não quero que você se atrase — acrescentou, com um olhar penetrante para os acessórios relacionados ao lenço de Eden, que incluíam um chapéu que ela achara charmoso no salão, mas que de repente parecia uma completa humilhação.

Sente-se, garotinha. Aproveite suas penas e joias, foda o assistente do seu pai e veja se ele percebe, se ao menos se importa. Ah, então um homem partiu seu coração idiota autodestrutivo por não ter a decência de se importar ao saber que você o traía? Querida, é porque ele nunca te amou, você é mesmo uma tolinha tão desesperada? Enfim, ele é muito importante e você não é, vá brincar com seus pôneis agora, ao lado das outras garotas bobas usando chapéus idiotas. Corra, querida, pode ir.

— Você já parou para pensar — sibilou Eden — que as intenções do empata não parecem estar relacionadas aos ganhos corporativos dos Nova? Que a política que ele parece influenciar tem a ver com autonomia pessoal e direitos humanos — coisas que ele, enquanto homem, já tinha —, em vez de algo remotamente lucrativo para ele ou para a família? Então talvez vocês devam ficar de olho na *naturalista* — cuspiu Eden —, a não ser que achem mesmo que o empata almeja uma dominação mundial distópica que poderia alcançar com mais facilidade de dentro da corporação Nova?

Ela o havia perdido, sabia disso. Nothazai sorria sem qualquer indício de ter acompanhado sua linha de raciocínio.

— Continuaremos a monitorar a naturalista, claro. As autoridades locais têm fichas dos seis potenciais iniciados. Ah, e a propósito, meus parabéns — acrescentou Nothazai, o olhar pairando na mão dela.

Deus do céu.

— Não estou *noiva* — retrucou Eden, ríspida. — É a merda de um tabloide!

Que, como qualquer outro tabloide, só via o que ela queria que visse. Uma herdeira rica na cidade, andando por aí com um homem bonito e fingindo que isso era poder.

O que *era* poder, de fato, se ninguém a ouvia? Se pagavam por uma foto sua, para transformá-la em uma fantasia que ela poderia orquestrar, mas nunca possuir, então importava o quanto suas garras eram afiadas, ou o quanto seu coração poderia, em silêncio, se partir?

A telepata era a mais perigosa. Eden sabia, podia ler os sinais, interpretando-os com a mesma exatidão perfeita com a qual manipulava manchetes desde o crescimento prematuro de seus seios, aos doze anos. Ela e Parisa Kamali quase certamente tinham a mesma habilidade, o que significava esquecer Callum Nova, esquecer Atlas Blakely, esquecer a presença de homens poderosos que compartilhavam a mesma fraqueza. Eden se perguntou o que Parisa Kamali fizera para subjugar Nothazai, sabendo que havia algo ali. Eden tivera casos suficientes para entender como homens daquele tipo podiam ser comprados por uma ninharia.

O próprio pai dela tinha seus vícios. Vida eterna, como qualquer outro homem rico. Uma arrogância sem originalidade pela qual ele pagaria qualquer preço. O que poderia ter sido o equivalente para Nothazai, que parecia não querer nada além do que Atlas Blakely tinha?

Não que importasse. O mundo não era — *não* poderia ser — tão injusto quanto parecia. Uma pessoa só podia ganhar até certo ponto. Tristan encontraria uma ruptura em algum lugar, sentiria seu coração se estilhaçar no peito da mesma forma que o de Eden. Que os homens realizassem suas fantasias condenadas. Quando eles enfim pedissem por muito, que descobrissem a miríade de maneiras como o mundo era capaz de dizer não. Noivados desfeitos. Olhos fechados em meditação.

Foda-se.

Eden Wessex resolveria isso sozinha.

· LIBBY ·

Uma garrafa de vinho tinto, duas taças na mesinha da sala pintada, o rosto de Tristan tão impassível e brutal que ela pensou que talvez começasse a odiá-lo. *Não sei se dá para consertar isso.*
Está falando de nós? Ou de mim?
(Não era uma emboscada, dissera ele no começo. Só um pensamento.)
Algo não parece... errado?

O coração de Libby martelava no peito enquanto Nico a encarava.
Não tinha sido sempre assim? Partir e retornar, sempre na órbita um do outro. Talvez isso significasse alguma coisa. Talvez a intuição dela estivesse certa da primeira vez. Talvez *Varona, precisamos conversar* tenha sido a escolha certa desde o início. Talvez ela tivesse suspeitado disso e tentado relutar; talvez achasse que era algo que poderia deixar para trás. Era pouco criativa, a clássica história, o errado no fim das contas sendo o certo. Talvez fosse bom descobrir isso a essa altura, justo naquele momento, quando as bochechas dos dois estavam coradas de esperança e humilhação. Almas gêmeas de talvez sim, talvez você, talvez eu. Talvez ela estivesse buscando sinais, sem ver o óbvio bem diante de seu nariz o tempo todo.
Libby engoliu em seco e pensou em como chegar mais perto. Em como vencer a distância. Ela odiava a boca dele, odiava como era estranhamente sensual. Aquela tendência de mordiscar as canetas que ele pegava emprestado dela, o sorriso arrogante, as covinhas que ela odiava com um calor que poderia muito bem ser confundido com outra coisa. Tinha sido sempre assim? Talvez ela soubesse. Ele sempre a havia incentivado, estava no meio de cada uma de suas conquistas, ao lado de tudo que ela já alcançara. De cada objetivo que já completara. Ele estava ali na órbita dela, e talvez isso significasse alguma coisa.
Talvez fosse isso. Talvez fosse agora.
Talvez...
— Acho que há uns três universos em que estamos juntos, Rhodes — disse Nico, a boca se mexendo de novo bem quando ela percebeu que se inclinava à frente, em uma tentativa invisível de conectar os pontos e juntá-los entre seus

lábios e os dele. — Talvez em metade de todos os mundos paralelos, se eu for otimista.

Ele se virou de lado e pegou a garrafa de vinho, e Libby piscou com a súbita interrupção do momento.

Piscou de novo, se perguntando se tinha escutado errado.

— E na outra metade?

— Ah, nós nos matamos. — Nico sorriu e deu de ombros, convidando-a a rir, embora ela não tenha feito isso. Queria, mais ou menos, mas no momento pareceu que poderia doer demais, que poderia romper um órgão. — Mas nós dois com certeza estamos em todos eles — continuou, convicto. — É difícil imaginar que há um mundo em que um de nós existe sozinho.

Libby lutou contra a vontade de recuar, de se beliscar para acordar.

— Então essa é a sua hipótese do multiverso? Cinquenta a cinquenta, morte ou casamento?

Ele riu na garrafa, dando um gole e então a levantando para Libby.

— Talvez quarenta e nove a quarenta e nove, com espaço para rivais acadêmicos que vez ou outra dividem uma garrafa de vinho.

Ela esperou que sua pulsação desacelerasse, se perguntou se Nico o sentia batendo alto, descontrolado. Duvidava que ele não repararia, sintonizado como era a cada movimento dela, a cada falha. Ela não conseguia mais determinar a atmosfera na sala, que cinco minutos antes achava compreender com perfeita clareza, ou talvez menos. Aliados, ele dissera. Qual deveria ser a sensação?

— As probabilidades poderiam ser piores — disse Libby.

— Claro. — Ele deu de ombros. — Às vezes eu penso em aceitar essa aposta.

— Às vezes?

Nico baixou a garrafa. Deu uma longa olhada em Libby, que sentiu o coração disparar antes que ele abrisse a boca.

— Você quer que eu seja sua resposta, Rhodes — disse, por fim —, mas não posso ser. Não sou uma resposta. Com certeza sou muitas coisas — acrescentou, com um sorrisinho —, mas o que você quer, absolvição ou seja lá o que for, é maior que eu.

Ela o odiou de novo. Em um piscar de olhos, voltou.

— Então Gideon é sua resposta?

Nico desviou o olhar, e Libby se perguntou se ele negaria. Tinha certeza de que, se ele mentisse, ela saberia. Nico contara muitas verdades nos últimos minutos. E ela o conhecia o suficiente para saber que, fosse lá o que estavam fazendo ali, ela não estivera *tão* errada assim.

Nico pigarreou.

— Minha mãe faz um negócio — começou a explicar. — Ela toca minha testa, bem aqui. — Então apontou para o espaço acima das sobrancelhas. — Ela me abençoa. E eu sempre achei irritante, porque não compartilho das crenças dela. Mas então...

Ele se interrompeu.

— Agora entendo o desejo de abençoar algo — disse, por fim. — Sei lá. Não consigo explicar. Só entendo o impulso, aquela necessidade de reconhecer algo precioso, de tratá-lo com reverência, de chamá-lo de coisas como "amado" e "adorado" e "querido". E... — Ele deu de ombros, o momento fatalmente colapsando. — A questão é, não, Gideon não é uma resposta, Gideon é Gideon. Mas não sou eu que estou fazendo uma pergunta. — O olhar dele encontrou o dela. — *Você* está, Rhodes, e nem Tristan nem eu podemos respondê-la por você.

— Acabou de fazer outra vez. — Libby ouvia o coração batendo nos ouvidos, em algum ponto atrás de suas têmporas. — Você está me dizendo como devo me sentir.

— Certo, desculpe, não foi minha intenção. Eu não quero... Eu obviamente não entendo. — Nico se virou, e com uma súbita onda de pânico e fúria, Libby entendeu que ele tinha a intenção de partir. — Desculpe, acho... acho que ficou estranho, é culpa minha, eu não quis...

— Não quis o quê? Me iludir? Mentir para mim?

Ela sentia o gosto da bile, sem saber se era um coração partido ou o vinho tinto intragável que Nico achara tão delicioso. Como se eles estivessem existindo em dois mundos diferentes todo esse tempo.

Nico a encarou.

— Você sente alguma coisa por mim, Rhodes?

— Eu...

Ela viajara no tempo. Desafiara os princípios da física. Não precisava se esquivar de uma perguntinha idiota como *você sente alguma coisa por mim* vinda de alguém que a vinha pentelhando desde que se conheceram.

— Talvez eu sinta, sim, Varona. Está dizendo que você não sente?

— Claro que não estou dizendo isso. É que... nós dois sabemos que isso... é complicado, é esquisito, não é o mesmo que qualquer coisa que temos com outras pessoas...

— E isso não é sentimento?

— Estou dizendo agora que é sentimento, claro que é, mas eu só... eu tenho *muitos* sentimentos, tá? — Nico parecia irritado, o que fez Libby querer estrangulá-lo. — Estou apaixonado por Gideon, estou apaixonado por você, provavelmente estou um pouquinho apaixonado por Parisa e Tristan, e, céus, talvez por Reina. E, sendo bem sincero — acrescentou, com uma expressão contida —, se Callum me chamasse para beber alguma coisa, não posso nem prometer que negaria...

Libby sentiu gosto de fumaça na ponta da língua, impotente.

— O que isso quer dizer?

— Quer dizer que tenho sentimentos e também tomo decisões, e agora minha decisão é ir me deitar — murmurou Nico, esfregando o pescoço e se levantando. — Quer dizer que... *sim*, tá? Sim, obviamente me pergunto sobre isso às vezes, Rhodes, porque você me pressiona e eu preciso disso, e preciso de você. Quero você na minha vida de uma forma que *sangra* importância, mas não é... — Ele fez outra careta. — Talvez não seja o tipo de importância que você quer que tenha.

— Eu nunca disse isso. — Ah, com certeza era potente, o ódio, a coisa que ela sentia por ele que estava tão fora dos padrões. — Eu nunca disse que queria algo de você.

— Maravilha, ótimo, fantástico. — Ele tornou a se sentar, aparentemente reconhecendo a instabilidade que criara. — Então a gente se ama, Rhodes, e daí?

— E daí? — Ela se sentia histérica. — É sério que está me perguntando isso?

— Olha — disse Nico, com um suspiro —, tudo que eu quero é ir dormir, acordar, criar a merda de um mundo novo com você e talvez comer uns nachos quando terminarmos. — Quando Nico a encarou, Libby só conseguia ver um adolescente, uma criança. Como se ele estivesse se oferecendo para caçar os monstros sob a cama dela. — Eu adoraria se me contasse o que está diferente, o que mudou em você, o que te faz se sentir tão horrível a ponto de não querer que eu saiba. Mas é só isso... Você não entende?

Nico lhe lançou um olhar suplicante.

— Talvez exista uma versão do mundo onde ficamos juntos, Rhodes, mas não é esta — declarou ele. — Talvez isso apenas signifique ainda não, mas com certeza significa agora não. Como poderia ser agora? — continuou ele, sem o tom brincalhão costumeiro na voz, sem a arrogância eviscerante, embora Libby percebesse que podia facilmente odiá-lo mesmo assim. — Você nem consegue me contar a verdade!

— Você quer a verdade? — Ela se levantou, agitada. — Eu confiei em alguém que me traiu, Varona, que me prendeu e me forçou a fazer uma escolha indefensável, então não é tão incompreensível que eu não queira falar disso, não acha?

— Está com raiva de mim? Sério? — Nico também ficou de pé. — Como você pode ficar tão irritada quando tudo que eu fiz foi dizer o quanto você é importante para mim? — Os olhos dele se estreitaram, zombeteiros. — E não aja como se estivesse à minha espera quando sabe muito bem que foi atrás de Tristan quando precisou de ajuda. Não de mim.

Libby estava furiosa, levada ao limite por uma onda de raiva, amargura e culpa.

— Você ao menos percebe como isso é infantil...

— Vá em frente, me chame de criança. — O tom dele estava mais sombrio. — Todo mundo chama. Entende isso? Todo mundo chama, *menos Gideon* — declarou, com uma camada de advertência —, então talvez isso signifique algo para mim. Talvez isso signifique mais para mim que algum jogo de espelhos distorcido que nós dois passamos seis anos jogando — continuou, ríspido —, perseguindo o rabo um do outro de novo e outra vez só para se dar conta de que o que estamos fazendo é *fugir*...

— O que você quer que eu seja? Você quer que eu seja o perfeito Santo Gideon para que você possa se sentir bem por me amar, em vez de preso? Eu *matei* uma pessoa, Varona. — As palavras saíram da boca de Libby, livres. — Não me arrependo, nem estou triste... — Parecia que estava arrancando as palavras de si, quebrando cada vértebra para deixar a verdade escapar. — Não sou a mesma pessoa de antes, e você ainda poderia me amar, sabendo disso? Sabendo a verdade completa do que sou?

— *Sim.* — As mãos dele estavam erguidas, combativas. — Sim, poderia, sua idiota. Acha que é isso que eu amo em você, sua moral? — A expressão dele era exasperação pura. — Acha mesmo que eu só poderia te amar se suas mãos estivessem limpas?

Libby piscou.

Piscou de novo.

O peito de Nico afundou, e ele passou a mão pelo cabelo, frustrado.

— Vou passar o resto da minha vida orbitando a sua — disse, e ela reconhecia a exaustão na voz dele, a compreendia. — Considero um privilégio. Isso significa menos se nunca dormirmos juntos? Se nunca tivermos filhos e andarmos por aí de mãos dadas, isso vai ter menos significado? Você está em cada mundo em que eu existo, seu destino é o meu, quer você me siga ou eu siga você, não faz diferença e eu não me importo. Se isso não é amor, então talvez eu não entenda o amor, e tudo bem por mim. Não fico irritado em saber que sou mesmo um idiota, no fim das contas. E, se isso não for suficiente para você, então tudo bem, não é suficiente. Isso não muda o fato de que estou disposto a oferecer. O que você está disposta a aceitar não muda o que estou disposto a dar.

Nico recuou um passo. Dois. Foi até a porta, e ela não o interrompeu.

Depois parou na soleira e olhou para Libby, que encarava as chamas da lareira, deixando-se arrefecer nas formas delas.

— Rhodes — chamou.

Uma pergunta ou uma súplica.

Libby fechou os olhos, suspirando.

— Tá. Você está certo — respondeu ela. — Sei que tem razão. Foi só o... — Ela gesticulou com a mão. — Vinho.

Nico hesitou.

— Tem certeza de que você...

— ... sequer *gosta* de vinho tinto? — completou Libby, terminando a frase por ele. — Não. — Negou com a cabeça. — Esse negócio tem gosto de Jesus.

Nico conseguiu rir, e ela quase. Quase.

— Isto — disse ele, a voz estalando com a sinceridade. — Você e eu. Você não pode fugir. Você não tem saída.

— Isso é uma ameaça?

— É. É uma promessa, mas ameaçadora. — Ele se deteve por mais um momento. — Falo sério, Rhodes, acho que não sou a resposta que você busca. Você não ficaria mais satisfeita comigo. Apenas teria isso, exatamente o que sente agora, mas com alguém que dança bem melhor que Tristan.

Nico parecia presunçoso, claro que sim, mas, para a sorte dela — para seu grande alívio —, Libby sabia que ele tinha razão. Percebeu isso como se ativasse um reflexo que tinha medo de testar, como enfim colocar peso em um músculo que estava constantemente mimando. Aquilo que a simulação dele lhe dissera — que tudo em sua vida girava em torno dele, ou cedo ou tarde levava de volta a ele — nunca tinha sido real. Nada mais do que Libby oferecendo a si mesma outra linha de chegada invisível, outra solução fraca e insubstancial. Porque se isso fosse verdade, então admitir o que sentia por Nico poderia ter dado a ela um desfecho, uma resposta muito simples e muito satisfatória, mas não deu, porque isso não era o problema. Não tinha a ver com ele de jeito nenhum.

Libby de repente entendia o motivo de ter falhado no ritual. Bem, era provável que jamais seria iniciada porque havia regras, mas o motivo de ter perdido tão espetacularmente — a verdade real, muito mais afiada, obscurecida pela opção mais conveniente e romântica — era que tudo na vida dela girava em torno de provar algo, mas isso começara muito antes de Nico de Varona aparecer. Ela não o conhecera e *só então* se sentira faminta, insaciável, indesejada. Já o conhecera sentindo aquelas coisas — já acreditando nelas, se construindo instavelmente em cima delas —, e a presença de Nico como uma personificação de suas falhas havia atiçado as chamas com louvor.

Então ela conseguiu dar uma risada, embora rouca.

— Pare de me dizer como devo me sentir, Varona. Você não pode me dizer o que eu quero.

— Não, mas eu posso perguntar. — Nico deu de ombros. — O que você quer?

Libby voltou a contemplar as chamas.

O que ela queria?

Uma resposta. Merda, ele estava certo. Foi para isso que tudo aquilo serviu — tinha servido.

Ela queria uma resposta, mas não para aquilo.

— Quero fazer o experimento — declarou Libby. — Amanhã.

Queria acreditar que era sua escolha. Que era racional porque tinha partido dela, e não de uma vida insuficiente e solitária.

Não que importasse.

— Está bem — respondeu Nico. — Está bem.

— Você sempre tem esse sonho — disse Gideon.

Libby não sabia quando ele chegara ali, nem como. Havia fumaça vindo de algum ponto além das colinas, fora de vista. A princípio, ela pensou que eram os vizinhos fazendo churrasco, o sibilar dos hambúrgueres, o avental bobo que Libby fizera para o pai no ensino fundamental. Katherine revirando o olho. Pai, você está ridículo. Coisas normais. Vida normal.

Mas Gideon estava ali, e Libby entendia que, por alguma razão, os dois estavam conectados ali, a interseção do sonho e do pesadelo.

Ela vislumbrou algo, uma mancha no que tinha sido o seu nostálgico idílio suburbano. Um par de sapatos familiar embaixo da espreguiçadeira do vizinho. Um par de pernas imóveis. Uma poça de sangue serpenteando pelas rachaduras no pavimento.

Olhos sem vida. Uma mão estendida.

Libby protegeu os olhos do sol vermelho ardente, sem dizer nada.

— Não consigo encontrá-lo — comentou Gideon, sem fitá-la, e ela fechou os olhos.

O mundo pode acabar de duas formas, disse Ezra, com as pernas dobradas junto ao peito, ao lado do coração que ele costumava dizer que batia por ela. *Fogo ou gelo. E eu vi ambos.*
Ele costumava dizer muitas coisas. *Eu te amo. Eu posso matá-la.*
Olhos sem vida. Uma mão estendida.
Acorde, pensou ela. *Acorde.*

Libby havia se esquecido dos detalhes daquele quarto, do sol que se infiltrava cedo demais do lado leste da casa, a menos que ela fechasse as cortinas, o que fez ao longo de todo o ano que passara dormindo ali.

Deveria estar dormindo, descansando. Virou-se de lado, e a porta se abriu a suas costas, e então se fechou devagar.

Ela o sentiu subir na cama, se curvando ao seu redor com aquela graciosidade costumeira.

— Talvez vá ser diferente — disse Tristan no ouvido dela. — Depois que fizermos isso. Talvez seja algo na casa, ou nos arquivos, ou talvez só tenhamos que libertar alguma coisa. Não sei. — E então de novo, baixinho: — Não sei.

Libby estendeu a mão para trás e segurou a dele, brincando com os nós de seus dedos.

— Talvez — concordou ela, o que tinha o gosto de um pedido de desculpas, com notas de expectativa.

Quando chegaram à sala pintada, Nico estava fazendo levitar uma enorme floreira do lado de fora de uma das janelas cercando a abside. Tristan espiou pela vidraça, observando o jardinzinho que Nico parecia construir com vasos de plantas, depois lançou um olhar confuso para Gideon, que deu de ombros.

— Nenhum de nós sabe qual é o figo — explicou ele.

Tristan e Libby trocaram um olhar de perplexidade, mas foram interrompidos pelo som de alguém entrando antes que pudessem responder.

— Isso seria mais fácil — disse a voz de Dalton — se tivéssemos uma naturalista.

Tristan não se virou, mas Libby, sim, observando Dalton de esguelha. Ele estava menos arrumado que o normal, ou talvez precisasse cortar o cabelo, ou se barbear. Ela e Tristan não haviam trocado muito mais que algumas palavras com Dalton ao cumprimentá-lo após sua chegada no dia anterior, embora, por motivos óbvios, Libby tivesse se preocupado se a presença dele poderia representar uma variável desconhecida das intenções de Parisa. (Não necessariamente relacionada ao experimento, mas alguma outra motivação mais furtiva que Libby não entenderia até acordar de ressaca, livre de escrúpulos e roupas.) Mas talvez, ao alertar Libby a deixar o experimento em paz, Parisa quisera dizer que estava lavando as mãos de tudo. Ou talvez só quisesse que Dalton fosse embora. Nenhuma das opções teria surpreendido Libby, que estava começando a enxergar Parisa, em retrospecto, como uma parte insignificante da equação.

— Acredite em mim, eu tentei — veio a voz alegre de Nico, sem qualquer dano emocional ou tormento psicológico pela discussão da noite anterior. Ele emergiu pela janela com uma varredura tranquila dos ocupantes da sala, Libby incluída, como se nada preocupante tivesse sido feito ou dito nos últimos tempos. Provavelmente verdade. Provavelmente razoável. — Reina não quis saber. Mas acho que ela espera que eu falhe para poder se vangloriar um pouco e me chamar de idiota. Sem maiores problemas — acrescentou, e se isso tinha sido dirigido a Libby, ela decidiu apenas aceitar.

— Não espero falhar. — Dalton olhou de relance para Gideon, que o encarava com a testa franzida e uma sensação de desconforto, talvez reconhecimento. — Com o que você vai contribuir para o experimento?

Gideon abriu a boca com cuidado e então a fechou.

— Sou só a plateia.

Dalton semicerrou os olhos.

— Não precisamos de plateia.

— Apoio emocional — ofereceu Nico, depressa, manifestando-se de novo ao lado de Libby. — Buscador de lanches, mestre da hidratação. Você não se importa, não é? — perguntou aos sussurros para Libby enquanto Tristan se virava, voltando sua atenção de forma visível para a xícara de café. — Parecia estranho fazer Gideon esperar lá fora.

Dalton pareceu ter decidido que o assunto não era digno de sua preocupação, em vez disso sinalizando para que Tristan se aproximasse. Libby viu Tristan se preparar, irritado por ser convocado, mas enfim cedendo e se aproximando. Dalton pegou um caderno grosso cheio de anotações frenéticas.

Libby e Nico estavam sozinhos num canto. Gideon logo se ocupou com a arrumação da estante de livros do outro lado da sala.

— Gideon pode fazer algo nos sonhos, não pode? — perguntou Libby, baixinho, e Nico a observou, surpreso.

— Claro. Não percebeu isso ano passado? Foi ele quem te encontrou.

— Sei disso, mas nunca conversamos direito sobre o que isso quer dizer.

Ao ver a expressão receosa de Nico, ela percebeu que seu questionamento soara cauteloso.

— Você não está com raiva, está? Sei que parece invasivo no começo — reconheceu Nico, apreensivo —, mas precisávamos dele se quiséssemos te encontrar... — Então tratou de acrescentar: — E, enfim, ele não vai interferir no experimento, então não se preocupe com isso. Inclusive, estou um pouco...

Nico parou, a boca ainda formando as palavras.

— Fala logo, Varona — murmurou Libby, e ele a encarou com uma expressão que era menos de pesar e mais de petulância.

Esse, ela se lembrou. Esse era o Varona que ela conhecia e não amava. Ele tinha razão, ainda era o mesmo de antes, e talvez Libby desejasse aquela mesmice, ou precisasse dela ou se agarrasse a ela, ou coisa parecida. Antes dele houvera luto e depois dele vinha a culpa.

Não era rejeição, pensou.

— Achamos que é estranho? — perguntou Nico. — As mensagens que recebemos de Parisa. Dalton estar aqui sem ela.

— É a pesquisa dele, não dela.

Libby não queria chamar de alívio. Era uma palavra forte demais. Ela sabia que era capaz sozinha; também sabia o que era capaz de fazer com Nico. Não era esse o problema, saber o que sempre soube? Ela se ressentia disso, de estar atrelada a ele, mas o verdadeiro peso a se carregar por aí era a ironia, o significado irrefutável, a facilidade de continuar de onde o outro parara.

O horror de saber o que significava ser uma alma gêmea. Não era tão romântico quanto as histórias faziam parecer.

— Eu sei, eu sei, eu só... nunca o vi fazer qualquer magia antes, não de verdade. E é... outra variável — comentou Nico.

Seu cabelo estava desgrenhado, e ele parecia prestes a lhe explicar algo que Libby já sabia, como a definição de uma variável.

— Nós todos já conjuramos juntos antes — observou ela.

— Não sem Reina. Não *com* Dalton.

Nico começara a falar rápido e baixo, como se estivesse preocupado que Dalton pudesse ouvir.

— Não foi você quem insistiu que deveríamos fazer isso? — indagou Libby, e o encarou com mais reprimenda do que pretendia.

— Bem, certo, as circunstâncias são só... — Ele balançou a cabeça. — Mas você tem razão, precisamos dele. Tudo bem.

Ela não dissera que estava tudo bem, apenas que Dalton estava com pressa. Antes que Libby pudesse comentar, porém, Nico a assegurou:

— Confio em você, Rhodes.

Naquele exato momento, Tristan olhou para eles.

Você confia em mim?

Libby se sacudiu, irritada, contando os sinais e então escolhendo descartá-los. Era um velho reflexo, procurar coisas que poderiam dar errado. Buscar indícios de fracasso. Estava cansada disso, não era mais aquela pessoa, queria aquilo. O significado cósmico que fosse para o inferno.

Os olhos de Gideon encontraram os dela do outro lado da sala, e Libby sentiu um lampejo de algo. Certeza. Inveja. Se alguém não pertencia àquele cômodo — se alguém não tinha feito escolhas humilhantes para existir dentro daquelas paredes — era Gideon, e Libby tentava não chamar esse sentimento de raiva. Callum não estava ali, então não havia por que nomeá-lo. Ela sabia o que não sentia, que era dúvida.

Tinha perdido o direito à dúvida havia muito tempo. Mas o sentimento ainda aparecia de vez em quando. Nos sonhos dela. Na mente. No histórico de pesquisa. A redundância de digitar *Belen Jiménez* só para encontrar exatamente o que esperara e não mais que isso. Não menos.

Ela não precisava ficar sentada esperando por significado. O significado trazia um peso, como o das estrelas em suas costas. Nenhum questionamento aliviaria o fardo. Nenhum sofrimento jamais trouxera os mortos de volta à vida.

O que Belen pensara a respeito de Libby não poderia diminuí-la a essa altura. O que Tristan tinha visto dela não poderia comprometê-la. Nico confiava nela, e Nico estava certo, sempre esteve. Ou Libby era o suficiente ou nunca seria. Ou essa escolha era dela também ou nada era, e quem poderia ficar satisfeito com isso — com ter poder apenas para desperdiçá-lo? Belen Jiménez havia desaparecido nos anais do tempo. Tudo o que restava era clareza, e aquela voz, a que Libby havia escolhido, nunca fora de Belen.

O que mais você está disposta a quebrar, srta. Rhodes...

— Não se esqueça de se alongar — disse Libby a Nico. — Está na hora de criar a merda de um mundo novo.

... e quem você trairá para isso?

· INTERLÚDIO ·
RELATOS

Há uma história triste aqui, óbvio. Em defesa de Atlas, ele não vai te perturbar muito com o resto dela. As questões fundamentais foram respondidas; os detalhes importantes, compartilhados. O que mais há para questionar? O que pode ser feito do antigo debate sobre a genética? Só existe uma escolha. Só existem fins. É nisso que Atlas Blakely acredita, e estamos na história dele agora, então isso é tudo que você precisa saber.

Não é triste logo de cara, a série de eventos que se segue a Alexis Lai batendo à porta de Atlas. Ela tem trinta anos quando faz isso, ou talvez trinta e um — o tempo embotou esse detalhe específico, mas Atlas sabe que foram poucos meses depois de terem deixado a mansão da Sociedade, não mais que meio ano. Atlas tinha vinte e seis na época, era pesquisador, aprendendo os ofícios do trabalho de Guardião; estudando a Sociedade como se fosse uma prova que faria em breve, e planejando — mas ainda sem se encontrar — com Ezra Fowler, seu cúmplice na época.

Como você já deve ter entendido a essa altura, Atlas não é exatamente o que se chamaria de *boa pessoa*. Há muito a ser dito sobre o que *o sistema* produz — muito a ser dito dos sistemas no geral —, então, de certo modo, Atlas é o produto de uma equação matemática, cujos parâmetros são tão previsíveis que formam a base de qualquer plataforma política da esquerda. Existem os pobres virtuosos, os bons imigrantes, os mártires e santos das classes subnutridas, e Atlas não é nenhum desses. Não sem suas ferramentas ou escolhas. Uma pessoa com a propensão de Atlas Blakely para a magia não é exatamente indefesa e, do mesmo modo, uma pessoa com as ambições e desejos dele não é completamente santa. Se ele não tivesse crescido fazendo bicos de telepata, talvez não enxergasse tudo dessa forma, como um desfecho com um artifício esperto. Em outro mundo, Atlas Blakely faz algo com consequências bem menores, como se tornar muito rico e levar uma vida de investimentos pouco éticos que termina no ocasional banho de sangue em vez de no colapso social completo.

(Em termos do início da vida de Atlas, há os anos que ele passa com a mãe antes que ela comece a sentir um aumento dos pensamentos ruins, os quais Atlas ouve mas não consegue entender, e que desaparecem quando ela bebe —

uma forma de automedicação que também consegue engolir as vozes boas da mãe. Como construir um muro que a deixa cada vez menor até que nem Atlas consiga entrar. Fortalecer a mente em ruínas da mãe requer manter ambos vivos, o que, para simplificar, exige dinheiro. Também exige simpatia, gentileza e amor, coisas que ninguém além de Atlas parece ter por ela, mas dinheiro é o mais fácil de se obter, ainda que os outros tenham bem mais valor. Valor em excesso, com uma oferta baixa a ponto de ser preocupante.

Então, para resumir: até que Atlas seja recrutado pela Sociedade, ele concorda em ficar ali e segurar as pontas e não observar demais quaisquer pensamentos envolvidos quando as pessoas lhe atribuem tarefas. Limita-se a transformar o dinheiro em compras e aluguel e não se preocupa com o que vem a seguir. Enfim...)

— Neel está morto — diz Alexis, explicando em tom de desculpas que Neel *também* acredita que Atlas o matou, por acaso Atlas sabe algo a respeito disso?

Atlas, negador plausível que é, diz que isso é ridículo, que tem um álibi, pois estava a vários países de distância e não é um assassino, o que faz Alexis dizer, com um breve corar nas bochechas que sugere que ela não é muito fã de confrontar os vivos, que pensou isso, mas, bem, enfim, aqui está Neel.

Ela se afasta da soleira e ali está ele, Neel Mishra, telescópio na mão, perfeitamente bem. Mais ou menos. Atlas está em uma posição única para saber que Neel não está tão bem quanto parece — que há... coisas faltando, ou talvez coisas novas onde as antigas estavam, o equivalente de oxidação no local onde os instintos ou senso de identidade deveriam estar, ou talvez, com otimismo, a percepção de profundidade dele tenha apenas piorado, ou ele tenha perdido alguns centímetros aqui e ali; não consegue mais ver o mundo da mesma posição, em vez disso só um pouquinho abaixo dele? —, mas, como sabemos, Atlas não é nem nunca foi o exemplo de virtude que todos queremos que ele seja. Em vez disso, Atlas diz para Alexis que é falta de educação acusar alguém de assassinato quando se é uma necromante que sem dúvida pode perguntar à vítima sobre o suposto assassino. Em resposta, Alexis acena com impaciência e sai pisando duro, e Neel permanece acanhado mas inflexível. Ele viu nas estrelas. Atlas Blakely vai matar todos eles.

Caramba, comenta Atlas, ou algo assim, e finge não entender exatamente o que isso quer dizer, embora entenda, porque não é idiota e sabe, como Neel não pensou em perguntar ao cosmos, que o homem que Atlas Blakely supostamente matou para honrar os termos da iniciação da Sociedade está muito vivo — na verdade, eles têm uma reunião marcada. Em vez de divulgar detalhes tão obviamente problemáticos, Atlas pergunta a Neel como ele morreu. Alexis volta com batatinhas, responde que foi aneurisma. Ele parece bem agora, comenta Atlas. Sim, ele mal morreu, basicamente estava só dormindo. Eles riem. Atlas os acalma, desarma a bomba na cabeça de Neel, o que é algo que pode ser feito em cérebros que foram revividos e estão em grande parte lúcidos, mas não naqueles tomados de vozes e largados por seus parceiros para cuidar de seu filho ilegítimo. (Irônico, não é? Os poderes que temos e os que não temos. As pessoas que podemos salvar e aquelas que não podemos.)

— Talvez você esteja certo. Bem, acho que, embora eu seja o adivinho mais poderoso do mundo, ainda é possível que as estrelas possam ter mentido — diz Neel.

Isso é levemente parafraseado da parte de Atlas.

Neel retorna ao telescópio e à mulher que ama, com quem as estrelas infelizmente determinaram que ele não viverá o suficiente para se casar. Alexis, no entanto, fica com Atlas, ou melhor, fica. A parte "com Atlas" é uma reconsideração. Ela lhe diz que acabou de vir de uma reunião nos escritórios da Sociedade. Perguntaram-lhe a respeito de suas aspirações de carreira e ela disse, bem, basicamente o que já fazia antes, só que com mais autorização do governo. Foi concedido. Simples assim.

— O que você disse a eles? — pergunta ela a Atlas, desconfiada, e ele vê algo muito preocupante em sua mente.

Neel confiava nele, mas Alexis, não, e Atlas cogita mudar a opinião dela. Um ajustezinho, pequeno mas estrutural, algo que ele faz com todos na Sociedade, porque aquilo que pensam a seu respeito é crucial para o plano que traçou com Ezra para um dia terem a Sociedade e os arquivos sob seus comandos. Mas criminosos que deixam assinaturas são sempre pegos, então Atlas não chega a ponto de fazer as pessoas *gostarem* dele. Apenas conserta qualquer dúvida que possam ter, planta as opiniões deles em uma plataforma impecável de racionalidade. O que há a temer de Atlas Blakely? Nada, em especial a essa altura, aos vinte e seis, quando ele ainda não conhece toda a extensão do que os arquivos contêm, ou que tipo de necessidade moral pode levar um homem a trair seu único amigo.

Mas Atlas herdou algo da mãe. Doença, em grande parte, mas também exaustão. Uma falha no cérebro que pode dominar os outros pensamentos; uma alteração na mente que pode alterar outras como Atlas quiser, quando quiser, o que ele não faz com Alexis naquele momento, porque está se sentindo cansado e culpado e um pouco como se talvez as coisas fossem melhores para todos se ele não tivesse nascido. É uma sensação constante. Nos últimos anos, ele se deu uma resposta, óbvio, que é a parte da história que você já conhece, porque pode muito bem ver que ele tem um objetivo em mente e um plano em ação. Ele vai encontrar um jeito de sair deste mundo, este onde a Sociedade acumula sua própria merda e só a distribui aos ricos e aos classicamente poderosos pelo preço de um ritual de sacrifício. Mesmo aos vinte e seis, Atlas Blakely sabe que fará um novo mundo. Mas ainda não quer dizer tão literalmente.

Então, de todo modo, quando Alexis Lai lhe pergunta qual é seu futuro, Atlas está com raiva e cansado de queimar, incapaz de se concentrar, com saudades da mãe pela qual se ressente enquanto anseia por alguma falsidade para atenuar o barulho. (Em momentos assim, Atlas continua a ouvir tudo da mesma forma, mas suas interpretações a respeito disso mudam, tal como o clima. A magia não é igual à clareza. O conhecimento não é o mesmo que sabedoria. Essa é a dualidade do homem, de certa forma. Uma pessoa pode ver tudo e nada ao mesmo tempo.)

— Eu disse a eles que só quero ser feliz — declara Atlas.

— Ah — diz Alexis. — O que eles responderam?

(*Considere uma mudança de vocação, sr. Blakely. Veja o que os arquivos têm a dizer a respeito disso.* Por capricho, ele escrevera "felicidade" em um pedaço de pergaminho, depois observara os tubos pneumáticos entregarem a resposta. Fora um gesto sarcástico, então ele provavelmente não deveria ter ficado surpreso com a resposta. PEDIDO NEGADO.)

— Disseram que vão entrar em contato em quatro a seis dias úteis — responde Atlas.

Mais tarde, Alexis volta à mansão da Sociedade (onde, para constar, Atlas mora sozinho agora, pois o Guardião deles, Huntington, prefere permanecer em sua casa de campo em Norfolk quando não há mentes novas para treinar ou corromper) com Folade, que acabou de ser envenenada. Quando Folade insiste em consultar os arquivos e Alexis, sem tirar os olhos de Atlas, não diz nada, Atlas se pergunta se deveria ter sido um pouco mais proativo. A desconfiança de Alexis a seu respeito criou raízes, o que é uma condição difícil de remover. Não é impossível — perfeitamente executável, na verdade —, mas ele não faz, e no momento acredita que esse é seu grande erro, o grande equívoco que será sua ruína. Folade é esperta, física, com uma mente muito científica. Ela passa a noite tentando uma variedade de pedidos aos arquivos enquanto Alexis e Atlas comem macarrão na cozinha, em silêncio. Por fim, Folade volta pisando duro e diz a Atlas que acha que é uma maldição. Não é a conclusão mais científica, e até ela parece decepcionada. Pergunta a Alexis se soube algo mais de Neel, então Alexis liga, em vão. Ela limpa o óleo de gergelim da borda da tigela e diz, com um suspiro pesado: *Merda*.

Depois que Alexis traz Neel de volta pela segunda vez, a desconfiança está florescendo. Ela pergunta: "Alguém teve notícias de Ivy?" e, quando Atlas responde que não, Alexis dá um suspiro similar e sai com rispidez.

Na terceira vez que Neel é revivido de uma pneumonia letal, Alexis não tem mais desconfianças, e sim uma série de acusações.

— Pelo menos pare de negar. Ou então tire o pensamento de mim, sei que você pode fazer isso, não minta. Ou me diga que merda está acontecendo!

Quantas vezes uma mulher pode olhar bem no fundo dos seus olhos e te desafiar a mudar a mente dela antes que você enfim perceba que está meio apaixonado? Três, no fim das contas. Mas essa não é a parte da história que interessa a você, então vamos em frente.

Em que momento Atlas Blakely, idiota com um passado, se torna Guardião da Sociedade Alexandrina, e, portanto, um homem capaz de destruir o mundo? É possível que ele tenha nascido com esse poder, porque se existem esboços das nossa vidas, então esse sempre foi um dos resultados. Isso sempre foi uma possibilidade para Atlas, ou talvez seja uma possibilidade, fim, porque se um grãozinho de areia no oceano da história humana pode ser capaz de tal coisa, então qualquer um deles não pode estar na iminência de causar isso? Se a vida é apenas um sistema de dominós caindo que leva ao colapso do mundo tal como o conhecemos, então quem é que pode dizer quando realmente começa? Talvez seja culpa da mãe dele, ou do pai, ou vá ainda mais além que isso, ou talvez seja algo em movimento que não pode ser parado. Talvez a única forma de parar algo seja cancelar a realidade como um todo; puxar o tapete debaixo dela para que a realidade não seja mais realidade.

Esse é o problema com o conhecimento: seu desejo insaciável. A loucura inerente ao saber que há apenas mais a saber. É um problema de mortalidade, de ver o fim invariável do começo inflexível, de determinar que, quanto mais se tenta consertá-lo, mais começos há para descobrir, mais formas de alcançar o mesmo fim inevitável. Que versão de Atlas Blakely faz o que lhe mandam e simplesmente puxa o gatilho que recebeu? Ele repassa em sua mente, os cálculos, as projeções em que as coisas acontecem de maneira diferente, e mesmo assim nunca acontecem. Neel podia ver o futuro — ele avisou a Atlas que isso ia acontecer —, mas fez alguma diferença? Cassandra não pode salvar Troia e Atlas não pode salvar Alexis.

Tudo o que importa são os fins — e onde isso pode acabar, além da morte?

VI

DETERMINISMO

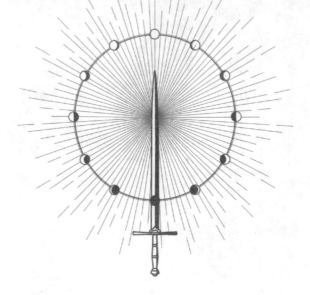

· REINA ·

ELA VIIIIIIIIIVE!

Fogos de artifício. Três corações vermelhos. Mais fogos de artifício. Chapéu de festa. Chapéu de festa. Beijinho. Chapéu de festa. Margarita. Taças de champanhe brindando. Estranhamente, um rosto de goblin. Um espirro. Três carinhas chorosas. Chapéu de festa. Ele estava tendo um derrame? Provavelmente. Um bolo de aniversário.

Tá, eu tirei todas as plantas pra vc kkkk, seguido por evidência fotográfica. Pelo menos três plantas em vasos em um círculo no jardim, perto das rosas. PROVAVELMENTE NADA VAI DAR ERRADO! Mais dez chapéus de festa. Um sinal de joinha. Dois dançarinos. Te amo, sério

Reina balançou a cabeça. Você deveria ser preso. Tchau

Em seguida guardou o celular e suspirou, dando um leve bocejo sob a copa rala de um carvalho jovem. Era novembro. Aquele calor era absurdo. Verdade, ela havia passado muito tempo em uma ilha conhecida pela neblina, mas o calor do vasto Parque Maryland era insuportável para os padrões de qualquer um. O fim de semana anterior tinha sido quase glacial e cheio de tempestades, e ainda assim a previsão excedia em muito as médias sazonais mais otimistas da região, a ponto de a vegetação escassa mal fazer diferença. O gramado sob os pés de Reina reclamou de sede, fazendo-lhe cócegas nos tornozelos como línguas ásperas passando por sua pele.

— Tenho que fazer uma tarefa para o império — dissera-lhe Callum naquela manhã, provavelmente se referindo ao relatório do Fórum sobre as irregularidades da Corporação Nova (muitas das quais Callum confessava com alegria e uma frequência impressionante e não solicitada). — Você consegue manter a divindade funcionando sem mim ou devemos te colocar no gelo?

— Vou me virar.

Reina *tinha mesmo* se perguntado se ele estaria sentindo alguma dose maior de responsabilidade conforme a investigação avançava. Ficou assustada ao perceber que havia se acostumado com a presença de Callum, mas conseguiu lembrar que nem sempre dependera da magia (ou do sarcasmo) dele para chegar ao fim do dia.

— Voltar a Londres tem algo a ver com sua família? — perguntou, um pouco preocupada com a possibilidade de ele chocar ambos com a verdade. — Ou é só seu plano de vingança?

— Ah, sempre — respondeu Callum, em um tom distraído e inútil.

Estava comparando duas camisas brancas idênticas antes de jogar uma na mala.

Ela queria saber o que o inspirara a essa versão de devoção filial. Talvez o mesmo que a inspirava ao lado oposto de tais coisas. Era melhor mesmo que nunca tocassem no assunto.

— Ótimo. — Reina permaneceu perto da porta, desinteressada, permitindo que ele prolongasse a mentira. Quase um ato de caridade da parte dela. — Traga a orelha de Tristan, só por precaução.

— Claro — respondeu ele, erguendo o olhar, com a testa franzida. — Mori, você espera que eu *desmembre* Tristan? — perguntou, e ao ver o dar de ombros de óbvia indiferença dela, Callum fez uma careta de nojo. — E, só para constar, as orelhas dele nem são muito impressionantes.

— Verdade — concordou Reina. — Traga o peitoral dele.

— Não acredito que vou dizer isso, mas você é nojenta — declarou Callum, admirado, e então partiu, os dois bem cientes de que Tristan estaria vivo, são e salvo, e Callum jamais admitiria que essa questão específica era sua versão de filantropia.

Uma ou outra vez naquela última hora, Reina cogitara ligar para ele e perguntar se a excursão estava indo bem, mas bem a tempo conseguiu lembrar que 1) aquilo não importava e 2) ela não estava nem aí.

Era verdade que sem Callum havia menos itens para riscar em sua lista, o que não era ideal, mas o empata não era necessário em todos os elementos de seu plano. Por isso, escolheu fazer uma visita à festa de reeleição de Charlie Baek-Maeda em Maryland, imaginando que não precisaria *influenciar* a multidão, apenas observá-la. Em silêncio.

Espiou para ver que horas eram, o motivo de ter tirado o celular do bolso (e não para reler a mensagem de Nico outra vez, embora tivesse se divertido, a contragosto, com a foto. Ridículo. Ela tinha sentido saudade daquela porcaria de figo). Ainda faltavam alguns minutos para o início do evento. Havia várias pessoas ali perto, tentando encontrar uma sombra entre a vegetação cada vez mais esquelética. A maioria era jovem, obviamente de esquerda. O slogan da campanha de Baek-Maeda estava estampado em seus peitos em tons intensos e alegres. *Seja a revolução!* em todo o espectro do arco-íris.

Ao lado de Reina, havia uma jovem nipo-americana acompanhada de seu namorado branco, seu cropped repleto de adesivos do rosto de Baek-Maeda.

— Nossa, amor, olha ali — disse a garota, agitada, uma forte emoção passando pela multidão assim que Charlie Baek-Maeda apareceu, segurando a guia do cachorro em uma mão, com a bebê Nora apoiada no quadril.

Reina seguiu o movimento dele pela multidão, percebendo que se esforçava para vê-lo. Teve que abafar a voz de Callum em sua cabeça. *Você adoooooora ele.*

Mas não adorava. Não do jeito que Callum sugeria, pelo menos, algo que ele sabia muito bem, ou nem se daria ao trabalho de perturbá-la com isso. No máximo, a esposa de Charlie, Jenni Baek-Maeda — cirurgiã pediátrica, porque Charlie Baek-Maeda não poderia ser *mais* perfeito —, era consideravelmente mais alinhada com os interesses de Reina, mas era isso o que ela amava: a atmosfera criada por Charlie Baek-Maeda. A multidão que sua política atraía. A garota com o namorado. A bebê. O cachorro fofo. Mesmo que fosse tudo orquestrado — mesmo que a natureza parassocial de uma plateia se alimentando das convicções de um homem e amando sua progênie fosse problemática e alarmante —, algo nos breves vislumbres que tinham do mundo de Charlie Baek-Maeda fazia todo o resto parecer... menos inútil. Fazia tudo parecer, ainda que por um instante, certo. Ou, pelo menos, um mundo que poderia ser consertado, e Reina precisava disso, do lembrete de que havia um propósito para todo esse esforço. Que havia uma geração que de fato se agarrava a algo bom, à criação de algo significativo.

Todos os deuses tinham seus escolhidos. O de Reina calhava de ser — de acordo com Callum e o *Washington Post* — convencionalmente gostoso.

Falando em coisas que provocavam calor — o sol do fim de outono, ou do que deveria ser outono mas ainda era um verão castigador, estava indomável, quase profano. Galhos nus do carvalho ali perto balançavam no ar, abanando-a com um choramingo adolescente de *Mãe calor calor aiiiiii!*, e Reina percebeu que havia atraído uns olhares aqui e ali graças a isso.

— Pare já com isso — murmurou ela para a árvore, que bufou sua irritação. Reina se afastou alguns passos, indo na direção do palco.

Uma banda local tocava uma mistura de covers e canções originais, e Charlie Baek-Maeda — tendo entregado a filha para a esposa — entrou no palco, aceitando o violão oferecido pelo cantor e vestindo a alça com uma risada. Tocou alguns acordes, juntando-se a uma música que todos ao redor de Reina pareciam conhecer. Ela pensou em Callum outra vez: *Imagino quantas mulheres devem ter ovulado diante dessa cena.* Por dentro, ela revirou os olhos. A canção era contagiante, como uma doença. Reina foi invadida pela súbita vontade de tomar uma limonada. Mas, fora isso, sentia-se bem e centrada.

Olhou para Jenni Baek-Maeda, para a bebê rechonchuda nos braços da mulher, um par de pequeninos fones de ouvido presos ao redor das orelhinhas de Nora para bloquear o som incessante de adoração ao pai dela. Reina nem gostava de bebês. Jenni usava um vestido vermelho que a fez pensar em alguém. Cabelo preto comprido, uma silhueta irracionalmente perfeita; dava a impressão de que, se desafiada, poderia usar a esperteza para vencer todos ali. Alguém entregou um pequeno buquê de flores à bebê Nora, e Reina pensou em ficar ao lado do jardim da mansão, encarando olhos frios como gelo e lendo algo neles. Algo desesperado. Algo verdadeiro.

Mas então a canção acabou, Charlie Baek-Maeda tomou o microfone e Reina afastou todos os pensamentos sobre Parisa Kamali.

Ou tentou. Reina se perguntou o que Callum vira em Parisa e se recusara a lhe explicar, talvez por presumir que ela não entenderia. Mas o que *ele* não entendia era que se Parisa não era uma rival, então Reina não passava de uma valentona — uma inversão de papéis que não fazia sentido —, de modo que Callum deveria mesmo lhe contar a verdade e poupar ambos do trauma de ela ter que se preocupar, ou pior, se importar.

Talvez isso fosse o pior de tudo. Que se Reina não pudesse odiar Parisa, então teria que reconhecer o que mais sentia por ela, algo bem mais complicado, como o fato de sua vontade de vencer não ser tão confortável se significasse que Parisa teria que perder. Então talvez, no fim das contas, Callum estivesse lhe fazendo um favor?

Parecia pouco provável. Era Callum, afinal.

Mãe, deixe a gente consertar. Um grupo de dentes-de-leão estava inquieto. *Mãe, nos deixe crescer, nos deixe irrrrrrrrrrr...*

O discurso de Charlie Baek-Maeda foi pontuado vez ou outra por aplausos, assovios, alguns acenos e gritos fervorosos. A mente de Reina foi longe enquanto ouvia, ficando sonolenta sob o sol da manhã. Quase todos ali estavam com manchas de suor em suas camisetas Baek-Maeda, as mãos se alternando para proteger os olhos do sol. Houve um movimento na multidão, como uma brisa que farfalhava a grama, abrindo um caminho ao qual ninguém resistiu. Também estavam derretendo, supôs Reina.

Mas foi estranho. Tão rápido. Tão perturbador. Reina não foi a única a desviar o olhar de Baek-Maeda para a multidão, da qual uma onda de movimento de repente surgiu. Um arfar. Um grito.

MÃEMÃE, guinchou algo. *MÃE AIIIEEEEEEEEEE!*

Um som disparou, explosivo, ressoando nos ouvidos de Reina quando ela enfim percebeu. O débil aviso lamentoso tinha vindo do buquê de flores nas mãos gorduchas de Nora Baek-Maeda. Reina se virou em busca de segurança, o pulso acelerado, mas antes que pudesse decidir para onde ir, outro tiro foi disparado. Ela foi empurrada para longe do namorado da garota ao lado, uma onda de seu próprio poder emergindo tão abruptamente com a rapidez do barulho que uma raiz irrompeu do asfalto, abrindo caminho pela multidão e fazendo o chão estremecer como placas tectônicas em uma ondulação de tremores secundários. Reina cambaleou e caiu para trás no chão que chacoalhava, os joelhos cedendo enquanto tentava manter o equilíbrio, em vão.

Um zumbido alto de estática invadiu os ouvidos de Reina enquanto ela lutava para se equilibrar nos joelhos, o coração acelerado com a súbita lembrança de uma cena similar. Um conjunto de balaustradas familiares, homens armados emergindo como soldados de brinquedo da escuridão. A risada de Nico, ecoando de algum lugar fora de vista. Reina piscou, a visão obscurecida conforme erguia a cabeça, o sangue martelando em seus ouvidos. A multidão havia se misturado em um mar de cores e formas. Uma mulher gritava, um cachorro latia, alguém berrava, empurrando Reina para o lado quando ela enfim conseguiu se colocar de pé.

MÃEMÃEMÃE ACORDAACORDA...

Sim, acorde. Concentre-se. Charlie Baek-Maeda havia sumido de vista, o corpo jogado para trás jazia, sem vida, no palco. A calça jeans comum, o broche da revolução, o símbolo de arco-íris ensolarado estavam encharcados em uma poça vermelho-escura, como uma sombra. As pessoas enxameavam ao redor dele, aos gritos. Uma ambulância, pensou Reina. Alguém deveria chamar uma ambulância. Estranhamente, ela procurou a bebê. Onde estava? Alguém precisava cobrir os olhos da bebê. Ela não deveria ver isso. Não deveria ouvir os gritos da mãe.

Reina avançou um passo, sem saber para onde, o sangue bombeando em seus ouvidos, a caminho da direção errada. Pensou ter ouvido a voz de Callum — Callum, ele estava bem? Onde estava? Quando ela começou a se importar com o bem-estar dele? Por acaso Callum saberia que isso ia acontecer, e tinha visto a bebê, ela estava segura? — e se virou, *Mãe você está ouvindo, Mãe preste atenção...*

MÃE CHEGOU A HORA DE ABRIR OS OLHOS!

Reina sentiu um braço agarrar sua cintura, seguido por uma mão que se aproxima para cobrir sua boca. Ela mordeu e golpeou com o cotovelo, com uma explosão de algo bruto. Ouviu uma voz masculina gritar de dor e se virou, pronta para atacar de novo, quando percebeu que seu agressor estava fardado. A expressão de fúria do homem pelo golpe que levara no nariz logo se transformou em um sorriso que tudo sabia. Um convite direto a tentar a sorte outra vez.

O que aconteceria com ela se atacasse um policial estadunidense à vista de todos? Reina arfou e deu um passo para trás, colidindo com outro membro em fuga da multidão de Baek-Maeda.

O policial se aproximou, fazendo sinal para alguém fora da vista de Reina, o coração dela martelando no peito. *Respire. Pense.* O policial que a interceptara tinha, no mínimo, um parceiro. De esguelha, ela viu outro vulto, outro ataque chegando. O gramado gritava, e Reina quase tropeçou na raiz do carvalho que brotara sob a multidão em fuga, cambaleando por tempo o suficiente para recompensar seus agressores com uma vantagem. Estavam atrás dela, sem dúvidas, pois se esquecera de prestar atenção aos arredores, ou talvez toda essa magia acidental os atraíra. De qualquer forma, alguém segurava o braço dela, torcendo-o para trás enquanto Reina tentava, mais uma vez, se desvencilhar. Ninguém perceberia se alguém a levasse, claro que ninguém perceberia, todos estavam fugindo. Que país asqueroso. Dois grupos de assassinos, e agora uma bebê cresceria sem o pai, e quanto a Reina...

E Reina lá era perda para alguém? Merda, merda, merda. Se ninguém estava prestando atenção, pelo menos não poderiam impedi-la de revidar. Ela se livrou do aperto do segundo agressor, socando o rosto do primeiro com um golpe desajeitado. O escolhido dela ainda estava no palco, sangrando até a morte; Reina seria levada — presa, talvez, ou assassinada — e tudo por isso? A vida toda? Era por *isso* que havia lutado — por seu livre-arbítrio, por seu direito de existir independentemente de qualquer um ou qualquer coisa —, só para ser derrotada em um país estrangeiro onde ninguém a veria, uma árvore derrubada na floresta como se ela nunca tivesse existido? Que mãe ela era. Que pessoa, que filha. Que amiga. O policial golpeado recuou como um pêndulo enquanto o outro, por trás, passara o braço pelo pescoço dela, uma gravata desajeitada. Reina agarrou a mão que prendia seu pescoço, chutando o outro homem, mas estava se cansando rápido, exausta e com calor, se esforçando tanto que seus pulmões doíam, puxando um ar que não conseguia respirar. Escutou a risada de Parisa em seu ouvido, a zombaria de seu sorrisinho. Parisa, que nunca se viu encurralada. Parisa, que sempre dava um jeito de escapar. *Ah, Reina. Você é naturalista ou não?*

A visão dela escureceu, o ar faltando. Sentiu o impacto de seus próprios chutes atingindo algo, mas não com força suficiente. Tudo estava diminuindo, tudo estava desaparecendo.

Socorro, pensou Reina, em desespero. *Socorro!*

Por um momento, acreditou ter sido engolida pela raiva. Acreditou que se perdera no sentimento. A terra estremecia, e ela pensou, *Merda, Varona, sinto muito, a coisa toda foi tão idiota e, para ser sincera, eu achei que teria mais tempo. Achei que poderia esperar, que poderíamos conversar mais tarde, quando eu superasse isso, quando eu não sentisse mais nada, nadinha mesmo. Mas aqui estamos, eu posso morrer a qualquer momento, e esse momento não chegou. Não sei por que você buscaria esse sentimento de propósito. Nico, por que você ama se colocar em risco? Você não foi feito para encarar isso e ser bem-sucedido, é contraintuitivo, é ruim para a espécie. Sinto muito por não ter dito a você que, embora seja um idiota, ainda é muito mais fácil sentir sua falta do que te odiar. Sinto muito ter desperdiçado um ano inteiro tentando viver uma mentira estúpida.*

Tudo ficou preto. Reina se preparou para o desastre, saindo do alcance de seus agressores com uma eficácia cada vez menor, quando uma súbita mudança de impulso a derrubou na grama. O policial que a agarrara por trás a soltou de repente, e Reina se virou para deter outro golpe, sua visão ainda perigosamente comprometida. Estava tudo escuro ao redor, um breu completo como a meia-noite apática e impetuosa. Depois de um momento, ela percebeu que não era apenas a exaustão que embaçara sua visão. A cor havia desaparecido porque o gramado, o chão em si, havia se aberto.

O golpe esperado ainda não acontecera. Cansados, como se estivessem em um sonho, os olhos de Reina se ajustaram à escuridão. Logo ela avistou um par de videiras que havia se materializado de algum ponto, se esticando e girando até se trançarem pelo chão aberto e castigado, formando um par de algemas. O policial que a enforcava passara a gritar obscenidades, se debatendo, e aos poucos desapareceu na escuridão liquefeita de terra crua e sólida enquanto o outro, com o rosto visivelmente roxo pelo chute que recebera, apontou a arma para o carvalho jovem, que tentava alcançar Reina com seus galhos retorcidos.

Mãe socorro!, choramingou a árvore, mais jovem de repente, sem o tédio adolescente. Assustada e perdida, como inocência novinha em folha. Pequenos fones de ouvido, flores partidas, o tipo de mundo que nenhum bebê merecia. O tipo de violência que nenhuma criança deveria testemunhar. A voz frágil ficou distante, cada vez menor, se encolhendo e desaparecendo, como se partisse pelos anais do tempo.

A arma disparou, ensurdecedora, deixando um zumbido nos ouvidos de Reina onde a voz da natureza deveria estar. O equilíbrio lhe faltou outra vez, derrubando-a atordoada na terra, incapaz de distinguir onde ficava o céu, qual caminho levava à frente. Ela se colocou de joelhos com dificuldade, a visão do parque ainda uma escuridão manchada de sangue, pontuada apenas por ocasionais borrões de movimento. A silhueta do policial emergiu diante de seus olhos outra vez quando a terra se levantou como um ciclone, impedindo-a de enxergar a mão dele, agarrada com força a uma pistola. O cheiro de pólvora ardia de forma familiar, como fumaça nos pulmões de Reina. Ela vomitou bile, cuspindo pela lateral da boca, e, pela primeira vez desde que se lembrava, entendeu que nada viria ao seu resgaste. Ela não conseguia ouvir nada além do som de seu próprio coração.

Uma onda de calmaria momentânea trouxe clareza. A nuvem espessa de terra — ou cinzas — se dissipou por um breve instante, e ela viu, pelo que pareceu ser em câmera lenta, sua distância real do policial. Alguns passos curtos mas dolorosos. A cabeça dele estava virada, o braço erguido na direção do carvalho jovem, seu dedo apoiado no gatilho para um segundo disparo, dessa vez mais letal.

O mundo voltou ao seu ritmo febril, o impulso espiralando por ela.

— Não — disse Reina, se colocando de pé e agarrando o braço do policial, tateando de forma imprudente pela arma. — Não, você não pode tocá-la...!

O sujeito lhe deu uma cotovelada no nariz, quebrando-o. Reina mordeu a língua, sentindo o gosto do sangue, e desabou, sem forças, no chão.

· CALLUM ·

Não era um tribunal. Esse foi o primeiro erro deles. A mulher loira sendo interrogada nas salas da universidade parecia mais um busto em um pedestal do que uma criminosa em julgamento. Ninguém havia pedido a opinião de Callum, claro, mas até ele poderia ter avisado que ela chegaria radiante, imaculada. Não convencida demais, não culpada demais. Com certeza haviam esperado alguém diferente e só então se davam conta do erro: a mulher, com um brilho angelical sob a luz acadêmica quente e suave, havia invocado uma bondade inata e sacrossanta que apenas ela poderia projetar, enquanto uma fileira de homens carecas a encarava com seriedade. Parecia estar sendo intimidada, e Callum já sabia que nenhuma manchete sobre o julgamento seria capaz de apagar a impressão de que Selene Nova era vítima de uma caça às bruxas autoindulgente e desarmada. Não importavam os pecados verdadeiros dela, nem os do pai.

Ou, verdade seja dita, os do filho.

Callum cruzou as pernas em seu lugar privilegiado na plateia, percebendo que sua presença não tinha sido nem um pouco necessária. A irmã era perfeitamente capaz de lidar com isso, e assim que ela pousou os olhos nos dele, inexpressivos, e com um reconhecimento contido, Callum sentiu uma onda familiar da exaustão que ela sempre lhe dirigira. Posse, a responsabilidade de cuidado, como algumas pessoas cuidam de animais doentes. *Ora, o pobrezinho precisa de um lar*, e assim por diante, mas isso não necessariamente invalidava toda a repulsão. Não necessariamente significava amor.

O problema era que Selene não era uma pessoa ruim, ou não ruim o suficiente. O Fórum devia ter contado que lidaria com o pai de Callum, que pareceria culpado — racista, classicista, intolerante, fruto de uma era passada — mesmo antes de abrir a boca. Selene era diferente; era cuidadosa o bastante como sócia-gerente para defender, conforme necessário, as várias práticas comerciais pelas quais o conglomerado Nova fora criticado. Ninguém poderia provar algo tão imensurável quanto *influência*. Essa era a natureza da coisa, não? Ninguém poderia *provar* que oficiais do governo tinham sido persuadidos ou que as auditorias tinham sido alteradas ou que qualquer um dos Nova realmente não gostava de Callum, a não ser por uma breve irritação no cantinho de suas mentes, uma sensação de que lógica alguma poderia defender um resultado dessa natureza.

Certas coisas tinham que apenas ser aceitas como verdade. *Não posso falar sobre a natureza do envolvimento político do meu irmão, exceto para dizer que não tem relação com nenhum assunto da corporação.* Os melhores argumentos eram os mais simples, em especial quando nem eram mentira.

Se sei onde está meu irmão? Uma proeza incrível de Selene não ter deixado o olhar vagar até a plateia, embora fosse um dos muitos truques que fora treinada a fazer desde pequena. *Queria eu saber. Mas, quanto às nossas práticas de negócios, garanto que sempre mantivemos os padrões mais rigorosos possíveis.*

Em apenas dez minutos, Callum já tinha plena ciência de que sua presença era totalmente desnecessária. Ao pensar melhor no assunto, percebeu que Selene talvez tivesse mais a ver com os erros cometidos pelo Fórum do que com o Fórum em si. Quem escolhera aquele local, quem determinara os membros para o comitê da decisão judicial, quem garantira que a imprensa seria convidada?

Pensando bem, a influência mágica era apenas uma forma de lidar com as coisas. Dinheiro era mais que suficiente. Ou, como dizia Selene: *Nosso sucesso fala por si.*

O que, à sua maneira, era verdade. Então os Nova eram mais bem-sucedidos que qualquer outro conglomerado do ramo. A riqueza *sempre* vinha acompanhada de corrupção? Sim, obviamente — *obviamente*, pensou Callum, com uma risadinha interna, o lucro era obtido à custa do trabalho alheio, era aí que estava a genialidade da coisa —, e, portanto, era inevitável que alguns espectadores fossem embora dessa farsa de julgamento radicalizados pelo óbvio; pelo paradoxo inflexível de uma bilionária ética, por mais doces que fossem suas palavras ou por mais belas que fossem suas promessas falsas.

Como Callum dissera a Reina infinitas vezes, no entanto, esse não era um mundo onde saber que algo estava errado impedia a natureza constante dessa injustiça. Esse era um mundo onde o conhecimento roubado poderia permanecer assim, porque grande parte do conhecimento que vinha livremente permanecia ignorado todos os dias.

Ele se levantou com sua elegância felina costumeira e dirigiu um meneio invisível à irmã antes de sair da sala, escolhendo não dar atenção ao peso em seu peito, que poderia ter sido um acerto de contas. Selene provavelmente assumiria a presidência da empresa em breve. Os Nova com certeza dariam um jeito de Callum levar a culpa, talvez ao mencionar que ele fora demitido da empresa devido a, ah, vai saber, talvez seu histórico de atrasos rotineiros ou sua ausência inexplicável de dois anos.

Já estava fora de vista, então o melhor a fazer era continuar assim. Toda oligarquia disfarçada de família tinha uma ovelha rebelde geracional. Bastava olhar para qualquer membro da realeza.

Callum saiu da biblioteca da universidade para uma lufada prodigiosa de calor fora de época, sentindo-se cansado, um tanto dolorido, um tiquinho irritado pela necessidade de redirecionar os olhares de cada armadilha que o Fórum nitidamente havia preparado para ele. Decepcionante, na verdade, que isso fosse o melhor que podiam fazer. Ele tentou transformar tudo em um jogo, despertando em um deles o desejo por *biltong,* uma carne-seca sul-africana que seria dificílima de encontrar, enquanto distraía o outro em um devaneio de seios macios e arfantes, mas tudo começava a parecer tão monótono, tão bobo. Callum já se entendia como o maior alvo do Fórum, que o perseguia com afinco, fato que parecera hilário até aquela manhã. A essa altura, era uma mera irritação, porque ele, no fim das contas, era um grande inútil.

A irmã não o queria. O que Callum ajudara a construir nas últimas duas décadas — desde que o pai percebera, com uma sinistra percepção crítica, que as babás de Callum compravam apenas os lanches preferidos do menino, ou, talvez, que a mãe de Callum se mostrava o retrato perfeito da felicidade a depender da presença ou ausência do filho no cômodo — não era mais necessário. As contribuições do empata já eram autossuficientes, um bilhão que gerara outros bilhões em rendimentos, só por existir. O mundo já era dependente dos produtos Nova, o mercado já fora mudado pelas práticas corporativas da Nova, então o que restava? Callum poderia cair morto e, verdade seja dita, isso só faria Selene parecer mais adorável. Ela apenas reluziria num preto etéreo.

Então restava o quê, exatamente? Ele poderia ajudar Reina com aquela campanhazinha tola do congresso estadunidense, sua paixonite adolescente pela personificação do otimismo. Céus, ela sofreria um baque e tanto, ou porque o belo congressista cedo ou tarde a decepcionaria, ou porque a adorável bebê de bochechas rosadas cresceria para se tornar uma mulher que faria escolhas que seu governo desaprovaria. Mesmo assim, Callum imaginava que deveria voltar para junto de Reina, caso alguém tivesse enfim percebido que ela era bem mais perigosa que ele, apenas porque ainda se importava com o que aconteceria a seguir.

De fato, o que aconteceria a seguir? Só uma pessoa lhe vinha à mente ao se perguntar isso. Ele mexeu a mão como se buscasse o celular, mas não. Ainda não. Era alto demais o risco de que ele dissesse algo contraprodutivo, como sinto saudades ou me perdoe. Ou diga que me ama, ao menos uma vez.

Embora isso *até que fosse* uma inspiração: Tristan, e, portanto, o assassinato iminente de Tristan! Que pensamento encorajador. Callum ajustou os óculos de sol, imaginando que Reina lhe perguntaria sobre seu plano de vingança de um jeito ou de outro. Por que não prevenir a inevitabilidade da conversa ao cuidar dela como o protetor que sem dúvida era? Além disso, o pub não ficava tão longe.

A caminhada lhe fez bem. Foi tranquila, até revigorante, embora o estabelecimento, em geral barulhento, estivesse silencioso quando ele entrou. Estranho. Durante a caminhada, ouvira o burburinho de outros pubs e lojas ali perto, os resmungos e comemorações que costumavam significar que um atleta aniquilava outro. Callum pensou ter visto um dos bruxos de Adrian Caine em um dos pubs pelo caminho, embora nunca tivesse se dado ao trabalho de memorizar seus rostos. Todos eles, em grande parte, eram corpulentos.

A calmaria, no entanto, começou a incomodar. O salão do pub estava vazio, sem nenhum bartender por perto. Callum foi até a porta que separava o pub do escritório de Adrian, abrindo-a com força em direção ao interior de Gallows Hill.

— Alys? — chamou, esperando resposta.

Ele tinha certeza de que Reina viria com um Sermão pronto sobre a insistência dele no que ela chamava de cutucar onça com vara curta, mas por acaso dar uma passadinha, dizer oi, era tão ruim assim? Era óbvio que Callum continuaria a voltar ao pub de Adrian Caine enquanto tais coisas permanecessem interessantes. Por motivos de vingança etc., o que tecnicamente não exigia ver como estava uma adolescente que ele mal conhecia, e, mesmo assim, sentiu que ignorá-la seria bem menos produtivo. (Não porque de certa forma ela era parte de Tristan, claro. Embora tudo indicasse que fosse, e se Callum não podia ficar perto de Tristan — por, outra vez, motivos de vingança —, então Alys Caine era a melhor alternativa.)

Primeiro passo do plano de vingança: se infiltrar na família. O segundo passo estava um tanto indefinido, mas Callum sentia que cedo ou tarde isso se resolveria com tranquilidade, missão cumprida, ou algo assim.

De todo modo, o pub estava silencioso. Esquisito. Callum tentou sentir o desconforto no ambiente e não sentiu, embora houvesse outra coisa ali. Uma chamazinha: o gosto sulfúrico de sabotagem. Estava um tanto próximo, e ele se virou, buscando movimento nas sombras.

— Você deve mesmo querer morrer — comentou a voz adolescente da meia-irmã de Tristan Caine, e se Callum fosse ele mesmo naquele momento, talvez tivesse percebido a insinuação de perigo que delineava o contorno do rosto dela, envolto em sombras.

Mas ele não teve medo. Não sentiu o gosto da ameaça. Foi alívio a princípio — ótimo, ela estava bem, nada com que se preocupar. O alívio suave costumava não ter gosto, como um copo de água fresca, então ele não reconheceu a impotência específica do silêncio. Para Callum, nada tinha gosto além da presença da cerveja derramada e da madeira velha. Calmaria.

Foi por isso que ele ouviu com perfeição o som de uma arma engatilhando, apontada bem para suas costas.

· PARISA ·

O apartamento tinha um cheiro intoxicante de algo. Uma mistura de produtos de limpeza com outra coisa, que lhe pareceu corporal. Vômito, talvez, ou urina. Algo animalesco, como se um bando de gatos sempre tivesse vivido ali.

O imóvel ainda não tinha sido esvaziado, não por completo. Havia duas grandes pilhas de livros que pareciam impossíveis de ler e de vender; se houvera itens valiosos ali em algum momento, já tinham sido removidos. O aluguel em si tinha sido pago, contou o corretor tagarela (ainda mais tagarela, claro, a mando de Parisa), por uma fonte desconhecida, em dinheiro vivo, todos os meses, sem falta.

Até pouco tempo antes.

Parisa caminhou pela sala de estar, reparando nas persianas quebradas, a poeira de uma tentativa de reforma nos parapeitos. As janelas pareciam seladas. A sujeira nas paredes dava a impressão de que alguém tentara removê-la e desistira, decidindo arrancar o papel de parede antes de ser chamado para fazer outra tarefa — cuidar da cozinha, talvez. Parisa passou por sacos de lixo cheios de conteúdo desconhecido. Nada de comida, mas quando empurrou um com o pé, ouviu o barulho de vidro. Garrafas. Muitas delas.

— A antiga inquilina era meio bebum — comentou o corretor atrás dela, a voz preocupada, uma tentativa de adicionar humor ao som de seu pânico. — Mas a propriedade é uma graça e os pisos são vitorianos originais, só precisam ser lustrados um pouquinho…

Em termos de arquitetura, o prédio quase passava despercebido; apartamentos residenciais acima de um conjunto de vendinhas étnicas, uma loja de penhores, uma farmácia, um gastropub novo e instagramável. Havia casas mais antigas ali perto, a região não era de todo ruim; não tão cheia, com uma caminhada até tranquila até a estação de metrô mais próxima. Se tinha sido barato nos anos 1970, provavelmente não era mais, ou não seria por muito tempo. O prédio fora recém-comprado por uma empresa de gestão imobiliária com várias outras filiais espalhadas ao norte do Tâmisa.

— Faz quanto tempo que a inquilina saiu? — perguntou Parisa, usando a linguagem do corretor.

O sujeito parecia corado e grato quando ela se dirigiu a ele.

— Faz mais ou menos um mês, talvez dois. Foi... — O rosto dele ficou ainda mais vermelho. — Demorou um pouco para... descobrirmos que ela tinha... você sabe.

Ele parecia agitado.

— Um mês? — repetiu Parisa.

Da última vez que Tristan falara com ela de boa vontade, explicara a ausência de Atlas Blakely com uma banalidade sardônica, como se comentasse sobre as férias de verão. Novembro, ou outubro, como teria sido àquela altura, estava bem além de quaisquer férias razoáveis, ainda que Atlas Blakely fosse do tipo preguiçoso. Libby, por sua vez, não dera nenhuma explicação sobre a ausência de Atlas, embora isso talvez tivesse sido culpa de Parisa, por não ter perguntado. Talvez não.

O corretor interpretou o tom surpreso dela como preocupação pelo pouco que havia sido feito para liberar o espaço do imóvel.

— Tivemos que esperar, sabe, pelo parente mais próximo — ele se apressou a dizer —, então fizemos o máximo que pudemos, mas, quando o moço enfim chegou aqui, só pegou as coisas boas, os livros antigos e tal, um ou dois objetos de valor. O resto está...

— Moço?

— Sim, um sujeito grandão, careca.

Os ouvidos de Parisa lhe diziam uma coisa, e sua magia, outra. Não era Atlas Blakely na mente do corretor, mas alguém bem mais velho. Velho o suficiente, na verdade, para ser pai de Atlas.

— Rico, ao que parecia — prosseguiu o homem. — É triste, quando paramos para pensar. Só veio pegar as coisas dela.

Parisa voltou a atenção para os armários, abrindo um e quase esperando que algo rastejasse para fora enquanto o corretor falava do que o homem havia levado — relíquias de família, uma foto. Não disse o nome do sujeito, mas havia o símbolo de uma universidade renomada na maleta dele, sapatos caros nos pés, um ar de requinte, e (essa parte era um tanto de trapaça telepática de Parisa) a foto nitidamente mostrava uma versão mais jovem dele. Desse modo, a mente ágil de Parisa conheceu o pai sem magia de Atlas Blakely, que, embora particularmente intrigante, não parecia capaz de ajudá-la a encontrar o Guardião.

Chegando a um beco sem saída, decidiu acelerar as coisas. *Me conte sobre a família da mulher*, ordenou ela ao corretor de imóveis, dando ao comando um pouco mais de força que o necessário — algo de que esperava não se arrepender em seu estado de urgência cada vez mais exaustivo.

Por sorte, o corretor explicou que o antigo dono do pub lá embaixo (quando ainda era velho e nada popular) havia entrado em contato com a imobiliária depois de saber as notícias e informado que a mulher tinha um filho. Um tipo elegante de professor também, mas um bom rapaz, que dava gorjetas generosas e sempre passava para tomar uma xícara de chá, como se fosse um ritual. O dono do pub queria ter prestado suas condolências, como dissera na ligação, mas não houve notícias de um funeral, o que o chocara. Era um rapaz tão bom, ele insistira, um bom rapaz, que cometera uma ou outra asneira quando jovem, mas tinha se saído bem, tinha se esforçado, ele não a deixaria ali daquele jeito, sozinha assim, ele não era esse tipo de homem, talvez ainda nem soubesse, já tinham contado para ele?

— Mas também não conseguimos localizá-lo — concluiu o corretor, franzindo a testa para Parisa como se não soubesse que estivera falando. — Desculpe, qual foi a pergunta? Acho que me perdi nos pensamentos...

— Preço por metro quadrado — disse Parisa.

— Nesta vizinhança? Estratosférico — respondeu o corretor, um pouco alegre demais depois de Parisa ter alterado sua disposição à honestidade.

Então essa era a vida de Atlas Blakely, pensou Parisa em silêncio, enquanto o corretor tagarelava sobre a natureza exorbitante dos aluguéis em Londres. Mãe doente definhando, pai hipócrita ausente. Se Parisa já soubesse disso enquanto os dois ainda moravam na mesma casa, teria se divertido muito, e lhe ocorreu que o entusiasmo de Callum em saber o que fazia o Guardião ser quem era devia ter se fundamentado na monotonia da coisa toda, o didatismo de seu trauma psicológico.

Libby Rhodes não teria achado graça, lógico, ou pelo menos não a Libby Rhodes de antes. Embora, talvez, a versão mais recente fosse um problema mais relevante? Ela era, afinal de contas, uma das únicas duas pessoas ainda cientes das andanças de Atlas. A outra era Tristan, que não parecia saber tanto assim. Sem dúvidas havia algo errado com Libby, o que continuava a ser preocupante.

Ou talvez, se Parisa parasse de olhar para quem Libby Rhodes fora um dia e começasse a entender o que ela havia se tornado, isso pudesse ser preocupantemente útil.

Uma semana antes, Parisa estivera em um escritório de uma clareza ofuscante em Paris, com a atenção voltada para a vista da janela quando a porta enfim se abriu.

Ela sentiu a surpresa provocada por sua presença, o que era esperado. O movimento seguinte diria a Parisa como seria o resto do encontro. Ou o dono do escritório chamaria reforços para se livrar da medeiana procurada que estava em sua cadeira, ou avaliaria suas opções, considerando a possibilidade de tirar vantagem daquela situação. Se ele fosse calculista o bastante para considerar o valor dela, então Parisa decerto conseguiria trabalhar com isso. Exceto por tal conveniência, ela poderia matá-lo. Considerando que já evitara outra ameaça à sua vida naquela manhã (como fizera quase todas as manhãs desde que deixara a mansão da Sociedade, como um novo passo em sua rotina de beleza), estava disposta a negociar. Mas não a brincar.

— Parisa Kamali — disse o homem à porta.

— Nothazai — respondeu ela. — Esse é o seu primeiro nome? Sobrenome?

— Nem um, nem outro. — Ele trancou a porta em silêncio. — A que devo a honra?

Ele era um pouco mais velho que Atlas e significativamente mais fácil de ler.

— Deixe-me explicar de maneira simples — continuou Parisa, deixando a cabeça e o corpo se recostarem na cadeira. — Estou ficando cansada de fugir para salvar minha vida. Na verdade, acho que sua participação nisso é um pouco incômoda.

O olhar dele se fixou na distância entre os dois.

— Não me parece que sua sobrevivência tenha sido um esforço tão grande assim — comentou Nothazai.

Ele ficou perto da porta, como se dissesse *estou ouvindo, mas não para sempre.*

— Só porque eu faço parecer fácil não significa que seja — respondeu Parisa. Depois apontou para o computador de mesa, observando uma faísca de apreensão se acender no olhar dele. — Parece que sua rede está com uma ameaça de segurança. Você não conseguirá acessar o servidor da empresa por um tempo.

Nothazai pareceu analisá-la em busca de algo. Imperfeição, talvez. Algo que ele pudesse aproveitar, o que era um cálculo que, por necessidade, ela entendia.

— Temos alguns dos melhores tecnomantes trabalhando para nós — disse ele. — A rede será restaurada em breve.

— Uma semana, provavelmente — concordou Parisa. — Mesmo assim, chame de uma troca justa.

Ele sorriu de leve, com bom humor.

— Um incômodo por outro?

— Achei apropriado, no mínimo.

Parisa endireitou a postura, apoiando os cotovelos na mesa e o observando por um momento.

— Atlas Blakely a enviou aqui? — perguntou Nothazai, com certa cautela.

Interessante. Parisa percebeu a inquietação dele e decidiu guardar essa informação, escolhendo não negar a presença de uma suposição que era tão vantajosa para sua causa.

— Então — disse em vez disso. — O que será necessário?

Ele a observou por um momento. Uma quantidade de tempo respeitável antes de dizer, como ela já sabia que diria:

— Você pertence a uma organização tirânica. — Nothazai cruzou os braços. — Seus arquivos contêm conhecimento que foi, e continua sendo, roubado. O Fórum deseja apenas distribuir o que pertence a...

— Quero saber — repetiu ela, suspirando — o que será necessário?

Ele se calou.

E então:

— Primeiro vamos publicar a verdade sobre as práticas de recrutamento da Sociedade. O sangue que sabemos que você e seus colegas iniciados derramaram. Divulgaremos o nome de todos os membros que foram beneficiados, econômica ou politicamente, do banco de dados dos sistemas de monitoramento confidenciais que a Sociedade não revelou. Se o desmantelamento da influência de seus membros se revelar pouco persuasivo, nós mesmos distribuiremos o conteúdo dos arquivos da sua biblioteca, começando com aquelas civilizações mais gravemente profanadas ao longo dos anais do tempo. Diga a Atlas — continuou Nothazai, com um sorrisinho — que veremos se isso não leva o resto do mundo à revolta, e se sua Sociedade está preparada para sobreviver a esse tipo de revolução.

Parisa não estava ouvindo. Já tinha escutado tudo de que precisava; nada que Nothazai tivera a dignidade de confessar em voz alta.

Ótimo. Quanto mais ele parecesse certo de suas intenções, melhor seria para ela.

Ela se levantou.

— Contraproposta. Nada disso acontece. — Ela o convidou a discutir, mas Nothazai pelo menos era esperto o suficiente para esperar pelo pior. — Você desiste da caçada a mim e aos meus associados. Em troca, faço de você o Guardião dos arquivos da Sociedade Alexandrina.

— Você não me ouviu? — perguntou Nothazai e, para seu crédito, gaguejou só um pouco. — O propósito e os objetivos do Fórum estão muito claros.

Nós somos os defensores do fórum *da humanidade*, da livre troca de ideias sem submissão a...

— Você — corrigiu Parisa — não é nós. *Você* é um homem que esconde a inveja de uma vida inteira atrás de um escudo de moralidade performática, mas, para sua sorte, não tenho tempo nem interesse em julgar a qualidade de sua ética. Você fez sua oferta, eu fiz a minha, e acho que você entende que não devemos discutir essa "troca de ideias" específica com qualquer pessoa fora desta sala. — Então tornou a se sentar, ficando à vontade. — Afinal de contas — continuou —, pense na dor de cabeça que o resto do seu escritório terá ao descobrir que o servidor caiu.

Quando Nothazai tornou a sair da sala, evacuando as pessoas do escritório — tudo a comando de Parisa; afinal, ela estava esperando por Reina e tinha uma quedinha por entradas teatrais, se deleitando com a ideia de Reina ser enganada e ter que esperar —, Parisa tinha observado duas coisas da mente dele.

A primeira: a biomancia de Nothazai com certeza se estendia além dos diagnósticos. Se ele a quisesse morta, ou em coma, ou em estado degenerativo, poderia ter providenciado isso assim que passou pela porta, ao contrário da maioria dos assassinos medíocres que enviara para fazer o trabalho sujo.

A segunda: ele tinha visto o corpo dela e pensado nele bem assim, como um corpo. Não da forma como um cirurgião olharia para uma ferida aberta. Estava mais para como um agente funerário olharia para um cadáver. Ele escondeu bem, de forma admirável até, mas Parisa sabia — como Atlas Blakely saberia — que, para Nothazai, ela não representava perigo nem ameaça, não era nem sequer uma pessoa. Para ele, a telepata era apenas uma morte futura.

O que era, ironicamente, uma filosofia com a qual ela logo soube que poderia trabalhar.

Se Atlas tinha desaparecido — ou estivesse escondido, talvez, ou caçando a pessoa que sequestrara Libby Rhodes (uma pessoa que Atlas provavelmente pretendia capturar, considerando seu patológico complexo de salvador, que passou a fazer muito sentido para Parisa após descobrir a verdade sobre as origens dele) —, então tudo isso seria bem mais fácil. Não era tão difícil incitar uma multidão. Parisa estava perdida em pensamentos quando deixou o corretor de imóveis recobrar o juízo, depois de ter sido persuadido a revelar detalhes que deveriam ter sido omitidos. (Não foi a tentativa mais sábia dela, usar mais magia que o necessário, considerando que algumas pessoas acabavam se revelando fofoqueiras. A coisa toda tinha sido configurada para explodir com o uso da persuasão certa, mas controle era uma habilidade como qualquer outra, e ela estava cansada. Não tinha dormido bem desde que saíra de Paris, ou talvez até mesmo antes disso.)

Ela entrou na rua, considerando as opções. Para onde iria? Até Rhodes, talvez, para responder a algumas perguntas, embora talvez fosse inútil. Possivelmente uma ligação para Sharon — sim, essa com certeza era uma opção, Parisa percebeu em um momento de epifania. Se algumas pessoas eram fofoqueiras, outras eram passíveis de persuasão. Não era preciso muito para determinar até onde alguns estavam dispostos a ir.

Infelizmente, Dalton estava com o celular dela, e com tudo que ela havia deixado no apartamento em Paris, de modo que Parisa não conseguiria se comunicar de forma segura. E com certeza não tinha a energia (ou a hiperatividade) de Nico para criar uma nova rede de tecnomancia sozinha. Estava prestes a entrar no pub abaixo do apartamento da mãe de Atlas, decidindo que a forma mais rápida de fazer uma ligação seria encontrar qualquer garoto idiota com um celular, quando sentiu um arrepio. Não pelo clima, claro, porque estava quente como o inferno, pior ainda ali do que em Paris. Havia algo além, algo faltando, e ela parou para ouvir.

E foi então que percebeu que não conseguia ouvir coisa alguma.

Sentiu algo ser pressionado contra sua lombar. Uma nota de fragrância atingiu seu nariz. Reconheceu o perfume.

Era o mesmo que usava.

— Parisa Kamali — chamou uma voz feminina. — Esperei tanto que você viesse logo para Londres.

Com um breve olhar para trás, Parisa viu o cabelo loiro, o vestido de grife. Uma familiaridade distante.

— Eden Wessex — adivinhou em voz alta.

Do alto de seus Louboutins, a herdeira deslizou a mão com familiaridade pela cintura de Parisa, a pistola serpenteando por suas costas até pressionar a base do couro cabeludo. Para qualquer um que as visse, elas pareceriam amigas, ou talvez namoradas. Um belo par de bibelôs sem qualquer utilidade para qualquer pessoa que passasse.

Para onde quer que Parisa olhasse, tudo estava vazio. Morto. Não havia pensamentos além dos dela.

— Engraçado — comentou Eden. — Achei que você seria mais alta.

Parisa nunca tivera que buscar poder. A telepatia vinha mais que naturalmente. Chegava de maneira opressiva, como uma punição que ela não conseguia evitar. Eden poderia ter bloqueado os próprios pensamentos de Parisa, mas isso era diferente, isso era ausência, vazio. Vácuo. Um buraco onde a magia dela deveria estar.

Ela tentou invocar raiva e não sentiu nada além do costumeiro. Na verdade, sempre esteva ali. Um precipício pelo qual ela passava todos os dias. Aquele que era ao mesmo tempo abismo e pergunta. Aquele que parecia a beira do telhado de uma mansão.

Parisa se lembrou de seu cabelo grisalho, sua invisibilidade iminente. De quanta mortalidade ela era capaz? Quantas vezes e quão silenciosamente uma mulher poderia de fato morrer? A adolescência foi destruída cedo, seguida, como era de se esperar, por credibilidade, relevância e desejo. Ela sempre pensou que a beleza acabaria por último, mas talvez fosse o poder. Ou talvez, seu maior medo, que ela jamais revelara a ninguém: que beleza e poder fossem sinônimos para ela. Ou pior, simbióticos.

Mas então ela se lembrou dos arquivos, da promessa coletiva quebrada. *Estamos em dívida com os arquivos, assim como eles estão em dívida conosco.* Fazia seis meses que ela deixara a casa.

Certo, pensou Parisa, taciturna. Então meu tempo acabou.

Merda.

— Vamos dar uma volta? — perguntou Eden, calma.

O cano da arma dela se firmou na nuca do pescoço gracioso de Parisa, num ato que tinha um quê de sensualidade e de expectativa.

— Acha que sou burra? Não — retrucou Eden Wessex, com uma risada infantil, que Parisa não pôde deixar de admirar, ou pelo menos respeitar. — Acredite em mim, vamos acabar com isso aqui e agora.

· NICO ·

A sala pintada parecia vazia, mais esparsa que o comum sem sua configuração de móveis (levados para o corredor externo, problema de outra pessoa) e plantas. Lembrou-lhe o ritual de iniciação, a pessoa que ele fora um ano antes, quando achava que não havia tal coisa como uma perda que não pudesse aceitar ou um problema que não pudesse consertar. Será que ele aprendera a lição rápido o suficiente? Será que algo deveria ter bloqueado sua imprudência mais cedo, para transformar sua personalidade em algo mais contido, um pouco mais sábio? A distância percorrida entre passado e presente cobria uma mistura de melancolia e contentamento, um morde e assopra de perda e amor. Sentia-se mais consciente de seus limites a essa altura, mesmo enquanto se preparava para esticá-los mais do que nunca. Era algo diferente, coragem com uma pitada de fascínio, como exploradores mergulhando nas profundezas selvagens. Encarando a atração do horizonte, perseguindo o eterno desconhecido.

Ele estava, como sempre, otimista de que seu entusiasmo sobre o assunto tinha afetado de forma satisfatória o estado mental de Libby, que por fora parecia intocado, mas também, ainda mais importante, não se provou o obstáculo de última hora que Nico suspeitou que poderia ter sido. Ela parecia... branda, um vigor um pouco mais férreo que complacente, mas, mesmo se estivesse hesitante, não seria a primeira vez que Nico a arrastaria para algo que acabaria valendo a pena. Se ele tinha qualquer importância real na vida dela, era ser o impulso constante, o ímpeto para forçá-la à frente. Ela era a mesma coisa para ele, quer reconhecesse ou não. Se para os outros os dois pareciam inseparáveis, como um único objeto a olho nu, não havia mais por que se ressentir disso.

Na verdade, Nico decidiu não se ressentir de nada. Não quando Parisa escolheu sair da vida deles (incapaz de ao menos dizer uma palavra para ele, algo frustrante, mas que ele já esperava) ou quando Dalton tomou o controle do experimento. Não quando Reina terminava suas respostas com um "tchau" impressionantemente geriátrico. Nico havia acordado naquela manhã com Gideon criticando, de brincadeira, o brilho em seus olhos, e de repente estava prestes a completar uma jornada que começara dois anos antes, talvez mais. Sim, com certeza antes disso. Em algum canto da mente, Nico estivera construindo esse navio desde o momento em que viu do que Libby Rhodes era capaz — desde o momento em que reconhecera a presença de uma adversária digna, que se tornara uma aliada inestimável —, e era hora de zarpar.

— Prontos? — Dalton parecia mais vivo que o normal. Estava trêmulo e inquieto, ou talvez fosse apenas a energia de Nico contagiando a todos. — Se vou conseguir fazer isso — *isso* sendo a animação do vazio na proporção adequada da não tão espontânea inflação cósmica —, vou precisar que vocês aguentem uma boa quantidade de calor.

Mais ou menos dez bilhões de graus, então, sim, uma boa quantidade.

— Só temos que lidar com uma supernova como se não fosse nada, já entendemos. Não se preocupe, Dalton, estamos prontos. — Nico bailou até o centro da sala e ficou diante de Libby, estendendo as mãos. — Só mais uma terça-feira qualquer, não é, Rhodes?

— Hoje é quarta.

Ela suspirou e pôs as mãos nas dele, cautelosa. Não mais cautelosa que o normal, claro; mesmo assim, Nico achava que ela poderia estar um pouco mais animada, considerando que fora a responsável por mencionar o óbvio. Finalmente estavam fazendo o inimaginável, sucumbindo à atração magnética, que sempre fora indescritível. Sempre fora tão brilhante, tão explícita, a impossibilidade do horizonte. O *potencial* que eles sempre souberam que tinham.

Para que haviam nascido, senão para isso?

O que tinham orbitado por tanto tempo, senão a inevitabilidade do que poderiam ser?

— Tenha um pouco de perspectiva, está bem? — disse Nico. — Sei que não estamos mencionando a viagem no tempo pelo nome, mas isso é uma conquista que você pode usar contra mim, pelo menos. — Ele pensou ter visto a presença de um breve sorriso. — O que é um pouquinho de energia estelar entre dois inimigos de longa data, hein, Rhodes?

— Varona...

Libby hesitou por um momento, como se estivesse prestes a dizer algo, e o coração dele saltou no peito diante da possibilidade de ser devastado.

— Rhodes. Vamos lá. Passei um ano treinando Tristan para isso — continuou Nico, o que Tristan (ao lado de Dalton perto da abside, parecendo mal--humorado e contemplativo, ao contrário de sua expressão mal-humorada e tranquila de sempre) não ouviu ou preferiu não ouvir, algo que era gratificante, pois Nico tinha a sensação de que estava implorando um pouco, trocando dignidade por ardor. Mas ele não havia acordado naquela manhã preparado para criar mundos apenas para se contentar com preparar o jantar. Ou jogar conversa fora. Ou tecer comentários sarcásticos, embora fosse difícil evitá-los.

— Vamos lá, o que eu sempre te disse? Ou você é suficiente ou...

— Pare, não aguento mais esses seus aforismos.

As palmas dela pareciam pequenas e leves nas dele.

— Rhodes. — Nico baixou a voz, chegando mais perto. — Se está preocupada, se perguntando se conseguiremos fazer isso, acredite em mim, conseguiremos. Você entende isso, não é? — Ele buscou a compreensão nos olhos cinzentos de Libby, o reconhecimento ou a mera indicação de que tinha escutado. — Não chegamos aqui por acidente.

Assim que as palavras saíram de sua boca, Nico compreendeu que aquilo iria mesmo acontecer. Enquanto os dois se encaravam, Dalton estava encolhido e pronto à esquerda de Nico, como um corredor de obstáculos preparado para pegar o bastão. À direita estava Tristan, no ponto oposto do diamante de conjuração deles, com seu ar sombrio de costume. Mas Nico nunca tinha visto Tristan derrotado, e já sabia que isso não terminaria em derrota.

— Nós... — repetiu Nico, o olhar pousando em Gideon, sentado fora do perímetro do experimento, muito respeitoso, a cabeça inclinada, distraído, sob a luz do sol que entrava por baixo da abside. — ... não somos um acidente.

Aquilo iria acontecer, quer Libby ainda tivesse hesitações ou não. Se tivesse que arrastá-la, chutando e gritando, que assim fosse. Ele a arrastaria.

Fim de papo.

Hora de ir.

Poder era fácil de encontrar. Naquela casa, sempre estivera abaixo da superfície, sempre ao alcance, o pé dele sempre pairando sobre o pedal do acelerador. Desde a partida de Libby, desde seu retorno, Nico não fizera nada além de seguir no automático. A ausência dela, aquilo era imobilidade, a sensação constante de uma farsa. Mas ela estava de volta — estava bem ali, com as mãos nas dele, e estava forte, mais forte do que já fora, e Nico tinha a intenção de lhe provar isso. Era a rotação de um motor, o ondular de uma bandeira, o zumbido de uma luminária, lamparinas eduardianas estremecendo sobre mesas vitorianas.

O sinal dele, esperando a resposta dela.

O poder dela preso no dele de forma instantânea, por reflexo. Nico sentiu o arrastar de meio segundo e então um movimento brusco, disparando como um tiro. A explosão foi ensurdecedora a princípio, como um retinir em seus ouvidos, e por um momento ele hesitou. Tristan e Dalton desapareceram de seus arredores; Gideon fora engolido por um clarão que o físico não poderia nomear. O impacto da explosão reverberou por toda parte, dentro e fora do peito de Nico, em seu pulso, em suas veias, explodindo por trás de seus olhos como o fundo se afastando, o motor falhando. Impotência. Um batimento. Uma pulsação.

Por um momento, Nico se sentiu leve e incorpóreo, suspenso no nada. Sentiu o movimento de seu peito cessar, o ar em seus pulmões se contrair, uma perda de sensibilidade nos braços e nas pernas, nos pés, nas mãos. Tudo, exceto o conhecimento, o pensamento de equilíbrio da presença de Libby, desapareceu. O poder o dominou como êxtase, sufocamento. Aneurisma, embolia e convulsão, tudo de uma vez. Uma batida do coração dele, e então nada.

Nada.

E então.

E então...

· TRISTAN ·

A eternidade se estendia diante dele a partir da dobra de realidade que um dia fora a lareira da sala pintada, e parecia um monte de coisas. O espaço. O céu noturno da janela de seu quarto. O brilho no olho de sua mãe, uma vaga lembrança. O reluzir de um diamante, a hesitação com que ele fizera e quebrara uma promessa. Os pontinhos de uma mensagem sendo digitada, uma resposta ainda por vir.

Fosse lá o que Dalton estivesse extraindo do vazio do espaço também se parecia exatamente com o diagrama de Nico, o que irritou Tristan, o inflamou, o enfureceu. O tipo de fúria que parecia euforia. O tipo de fúria que o deixava subitamente faminto. Como se tivesse esperado a vida inteira para devorá-la por inteiro.

Ele viu estrelas e planetas. Viu o vazio, e estava cheio de espaço. Viu as muitas portas infinitas de sua imaginação, sentiu medo que tinha gosto de nascer do sol, entendeu por que havia nascido.

Isso. Ele estava exultante. Tinha nascido para isso.

Estendeu a mão e era leve, pesado demais para cair, adorável demais para queimar. Pela primeira vez na vida, Tristan Caine não sentiu ódio, nem arrependimento. Entendeu algo importante, que ele não importava, e era libertador, porque, naquele momento, estava livre. Ele não importava! Não *precisava* importar! Nico estava certo, o mundo inteiro era um acordeão de segredos, ninguém importava, no fim das contas. Nem Tristan, nem sua dor, nem seu prazer. Ele sentiria esse momento de júbilo e cedo ou tarde passaria. Aquilo viveria e morreria e, enquanto isso, Tristan testemunharia sua existência.

Ele viu tudo, ele foi testemunha, ele existia, *ele estava ali!*

Só hesitou por um momento. Um erro, um curto-circuito, uma fagulha em uma confusão de estática enquanto Tristan estendia as mãos para abrir a cortina da realidade, para enfim ver por trás do véu cósmico.

No meio de toda essa glória, todo esse triunfo, uma fração de segundo de fraqueza. Um fiapo de vergonha.

O que mais você está disposta a quebrar, srta. Rhodes, e quem você trairá para isso?

O coração de Tristan martelou no peito. Batidas abafadas de algo sagrado. A voz de Libby. Igual e diferente.

Não sei, disse ela, *e não me importo.*

Os dedos de Tristan Caine roçavam o tecido da impossibilidade, e o passado e o presente se perseguiam, enfim o alcançando.

Ele viu tudo porque era testemunha.

Ele viu tudo porque estava ali.

· DALTON ·

Era isto o que Parisa um dia vira na mente de Dalton Ellery:
— Mamãe, olhe. — Sete ou oito anos, abrindo as mãos cobertas de terra. Uma muda de planta ali. Energia ainda fluindo por ele. Poder que ele ainda não sabia como nomear. — Mamãe, olhe, eu salvei ela.
— Meu doce garoto, meu garoto esperto.
Uma distorção, uma perda, um definhamento. O rosto chocado dele quando a semente morreu de qualquer jeito, porque coisas sempre morrem. É a questão de tudo, começos e fins. Há coisas que simplesmente não dá para salvar.

Foi isso que Parisa vira na mente de Dalton porque era assim que ele se lembrava. Certas memórias criavam muros mais fortes, fundações mais impenetráveis na mente, e assim ficavam.
Mesmo quando eram mentiras.

— Mamãe, olhe. — Na mente de Dalton, ele sempre a fazia virar a cabeça, forçando-a a ver. — Mamãe, olhe. Eu salvei ela.
Mas a mãe não estava olhando. Estava ocupada demais chorando, e ele estava frustrado, com ciúme. Irritado.
— Mamãe — repetiu Dalton, mas ela ainda não ouvia.
— Meu doce garoto, meu garoto esperto...
Dalton trouxera a muda de volta à vida no mesmo dia em que seu irmão morrera.
Coincidência?
Era possível.
Talvez.
Estatisticamente falando, era provável. Um evento não dependia do outro.
Ou Dalton esqueceu porque se questionar era doloroso demais.
Ou esqueceu porque sabia que era melhor, e escolheu enterrá-lo vivo.

· GIDEON ·

Ele abrira os olhos naquela manhã para o brilho fraco do sol nascente, para a forma como as ondas do cabelo de Nico se espalhavam sobre o travesseiro, os joelhos encolhidos até o peito nu, uma mão abaixo da bochecha. Estava virado para Gideon, de olhos fechados, a respiração constante. Gideon não se mexeu, não respirou. Nunca se dera bem com a linha que separava sonho e realidade, mas ela ficava ainda mais tênue em momentos assim, tingidos com inesperada doçura. Ele sentiu um peso no peito, uma saudade de algo. Nostalgia de um momento que ainda não havia passado.

Para Gideon, o tempo parecia algo teórico. Como algo que sempre perseguiria e nunca teria de verdade. Gostaria de poder dizer que esse sentimento era um presságio, que era um conhecimento com significado, mas era algo terrível, algo pior. Pavor. Esperança. Dois lados do mesmo desespero. A crença de que, se um momento era perfeito, com certeza não era merecido; não devia durar. O significado cósmico ditava que a luz se apagaria; que algo bom jamais poderia durar.

— Pare de encarar, Sandman, é esquisito — disse Nico, de olhos fechados.

Gideon percebeu que ria, e, naquele momento, a possibilidade de ter intuído corretamente e feito algo de outra forma — poderia acorrentar Nico à cama, talvez, ou desafiá-lo a fazer uma coisa realmente imprevisível, como ficar dentro de casa e ler um livro — evaporou. O tempo seguiu em frente. Era sempre assim.

— Você roubou meu travesseiro de novo.

— Você chama de roubo, eu digo que apenas peguei emprestado, como o cavalheiro que sou. — Nico já estava desperto, olhando para ele. — Você está inquieto.

— Estou preso em uma casa mal-assombrada, Nicky. Não tenho muitas formas de preencher o dia.

— Não é mal-assombrada. Nada de fantasmas.

O cabelo de Nico ficara mais claro em sua semana com Max. Ele incorporava o luxo lindamente, usando-o como um bronzeado de verão. Não era de se espantar que Libby se esforçasse tanto para odiá-lo. Também não era de se espantar que não conseguisse.

— O que foi? *Dites-moi* — perguntou Nico.

Ele o observava, talvez porque Gideon tivesse demorado muito para responder. Distraído demais, imaginou, pelo homem mimado em sua cama. Bem, era a cama de Nico, embora Gideon a ocupasse com mais frequência. Como um estranho cativo na ideia de acampamento de Nico.

Talvez se Nico não o tivesse olhado de forma tão... direta. Tão aberta. Talvez se Nico não o tivesse olhado daquela forma — como se as palavras seguintes de Gideon tivessem o poder de arruinar seu dia —, ele poderia ter contado a verdade. Talvez se tudo não fosse tão recente e agradável, de um jeito doloroso e aterrorizante, Gideon teria dito que se dane, as coisas estão ruins, Nicolás, eu avisei que isso era uma bagunça, que era um desastre iminente.

Mas sabe do que Nico de Varona não gostava? *Eu avisei*. E também, tudo estava lindo, e Gideon não sabia o que fazer com essa habilidade, essa nova ferramenta que parecia ter arranjado em algum lugar sem perceber, onde todo o humor de Nico parecia depender do nível de felicidade que Gideon demonstrava. Nico sempre dissera que Gideon era problema dele, que Gideon era dele, mas isso fora antes de Gideon se entender como um resultado plausível para Nico, não uma mera posse. A relação deles fora construída em uma plataforma de omissão compartilhada, mas tudo estava diferente, os altos eram mais altos, e o potencial para baixos, mais estressante.

Era ao mesmo tempo segurança e vulnerabilidade, esse novo rumo que o relacionamento deles havia tomado. Havia tanta alegria. Mas muito medo também.

— Só quero que você saiba... — começou Nico.

Ao mesmo tempo, Gideon disse:

— Nico, acho que...

Os dois se interromperam.

— Sim? — incentivou Gideon, porque os dois sabiam que Nico ia querer falar primeiro.

Nico segurou o rosto dele entre as mãos.

— Acho que você deveria saber que posso ser bem melhor em devoção do que parece. No geral, estou sem prática — reconheceu ele, dando de ombros —, mas sinto, em um nível espiritual bem profundo, que cedo ou tarde vou ser imbatível nisso, e, quando chegar o dia em que eu mais uma vez tiver superado todas as expectativas, espero que você considere um baita elogio.

Houve um momento de silêncio para os dois entenderem o que acabara de ser dito.

Vários momentos empilhados, absurdos.

— Meu deus — disse Gideon por fim, realmente atordoado —, *esse seu ego...*

Então Nico o beijou e ele riu, e o que Gideon não revelou foi o seguinte:

— Então nos encontramos outra vez, sr. Drake.

A voz estranha e masculina vinha de algum lugar fora da cela das proteções telepáticas da Sociedade. Gideon sonhava com a frequência de sempre, mas não com tanta liberdade. Com raras e críticas exceções — o esforço excruciante que fizera, por exemplo, momentos depois daquela visita específica ao subconsciente de Libby Rhodes —, as andanças de Gideon foram limitadas ao que ele conseguia realizar dentro da cela telepática.

— Você deve saber que nunca esperei alguém tão jovem.

Gideon, que sabia muito bem o que era necessário para cruzar as proteções da Sociedade, não interpretou essa saudação como nada menos que a ameaça que obviamente era.

— Vai me dizer quem você realmente é desta vez? — perguntou ele.

O Contador, dissera Nico, ou talvez Gideon tenha dito primeiro, murmurando enquanto dormia. Impreciso e irrelevante a essa altura.

A voz manteve-se fora de vista.

— A respeito de nosso amigo em comum... talvez você tenha ficado sabendo.

Consciente, o coração de Gideon doeu.

— Imagino que minha mãe não tenha conseguido pagar a dívida.

Dinheiro, suplicou ele. Por favor, que seja dinheiro.

— Eilif nunca mencionou que você é filho dela. — A voz adquiriu um tom de divertimento. — Bem, no fim das contas, acho que ela tinha alma.

Tinha. O pretérito acelerou o coração de Gideon.

— Você sabe que não tem sido difícil te encontrar — prosseguiu a voz. — Tem lá seus desafios, claro, mas você sabe que seu rosto e nome são conhecidos, não? Você é conhecido, Gideon Drake.

Conhecido não era o mesmo que capturado, mas Gideon entendia que a linha que separava os dois estados ficava cada vez mais tênue.

Gideon não havia perguntado o motivo daquela visita específica, porque já sabia. Vinha se escondendo havia dois anos e já não restavam opções significativas, nada a pensar exceto a única coisa que fizera nos últimos tempos. Ou não fizera, na verdade. O trabalho para o qual Eilif o recrutara. Arrancar alguém de sua própria mente consciente. O significado daquela pessoa específica nunca fora uma questão para Gideon, que tinha aprendido muito antes a não fazer tantas perguntas sobre o que ou com quem Eilif se deparava. Mas, de acordo com Parisa Kamali, Gideon não conseguira libertar o Príncipe de sua prisão, e parecia que Eilif pagara o preço por isso.

Ou, talvez, o preço tivesse permanecido em aberto, como em um trabalho inacabado. Uma tarefa a se cumprir.

— Quero vê-la — arriscou Gideon, e o silêncio em resposta foi ensurdecedor.

— Não — foi dito, por fim.

Uma estranha tristeza o invadiu, mas com uma pontada de alívio. Tinha perdido uma parte determinante de sua vida. Uma parte ruim, mas ainda assim determinante, e ele supôs que Eilif sempre lhe parecera impossível de matar, impossível de derrotar. Talvez sempre se olhe para os próprios pais dessa forma, e no caso de Gideon, sua tristeza era em parte desilusão. Se Eilif podia perder essa aposta, então o mundo estava vulnerável ao extremo, em risco de ter sua magia roubada. Quanto mais a ausência de Eilif se tornava realidade, mais humana a realidade se tornava — uma constatação, como diria Nico, depreciativa.

— Você não pode me alcançar aqui — observou Gideon. — Não de qualquer forma que importe. E já sabe disso, ou não ficaria vindo aqui só para conversar.

— Talvez não — respondeu a voz. — Mas um dia, sr. Drake, você não contará mais com a segurança dessas proteções e, acredite, tenho tempo de sobra para esperar.

Ótimo. Incrível. Estava claro, então, anotado em algum livro contábil invisível. A dívida da mãe passara para ele, e não haveria escapatória. Poderia passar a vida em servidão ou em fuga — e, nesse caso, que vida seria essa?

Então Gideon não precisava saber quem era aquele ou o que queria.

— Está bem. O que quer que eu faça? — foi o que perguntou, sem saber que a resposta se apresentaria por mera coincidência. Sem que precisasse sequer sair de casa.

Porque Gideon o reconheceu logo de cara. O cabelo, o rosto perfeito para dar um soco.

O Príncipe.

Ali estava ele, em carne e osso, e decerto também reconhecera Gideon — impossível não ter reconhecido. Gideon não era um físico genial, não era cínico e mal era um arquivista, mas era bem capaz de reconhecer um problema quando o via. Não tinha nascido com uma mãe como Eilif para não ver que o perigo chegara.

Então a telepata mentira para ele quanto a seu sucesso em recuperar a consciência aprisionada do Príncipe. Nenhuma surpresa ali, pensou Gideon, mas o que fazer com a informação? Que ali estava o Príncipe, perfeitamente inteiro, sua consciência reparada, ou pelo menos reunida. Aquilo era normal? Era seguro?

Ele pensou que Dalton Ellery seria o problema.

Mas estava muito, muito enganado.

· NICO ·

quilo. Era aquilo que estivera esperando — aquela sensação, aquele momento de harmonia, a coisa contra a qual relutara e que também buscara. Essa coisa entre eles que começava a ganhar vida, brilhante com uma certeza impossível, sem o risco costumeiro de queimar. Passava depressa por ele, energia e magia, poder e calor, ondas como uma fornalha que se estendiam a partir dele em raios, em ondas ofuscantes. Perguntou-se se Tristan conseguia ver; se olhar para os dois juntos era como encarar o sol; se estava óbvio que isso era o que eles sempre tinham sido. Varona e Rhodes, dualidade e sincronicidade.

Começos e fins, poeira estelar e estrelas.

· LIBBY ·

O experimento de Atlas não era mau em essência. Sim, a ética era questionável, mas o que na existência não era? Libby entendia isso agora, que estar viva e ter esse tipo de poder no sangue era ser indeterminadamente responsável por criar e destruir mundos, fosse lá o que ela escolhesse fazer. Quer ela agisse ou deixasse de agir, sempre haveria uma ruptura. O que era certo, o que era errado, quem era bom e quem era mau? Essas eram perguntas sem resposta sobre conceitos inefáveis. O que Ezra Fowler vira ou o que sabia tinha menos importância do que a forma como agira, e se ela enfim decidira acreditar nele. Não acreditava.

E, mesmo se tivesse acreditado um dia, os materiais já estavam à disposição dela.

Tinha as ferramentas para burlar a ameaça, e assim fez. Já fizera.

O que aconteceu entre Libby Rhodes e Atlas Blakely no escritório dele não foi pessoal. Não foi sequer — como a morte de Ezra tinha sido — uma questão pessoal, um cara ou coroa de vingança ou legítima defesa. Era apenas uma simples pergunta, mais simples, pelo menos, que aquela que a Sociedade lhe fizera. Era direta: você consegue salvar o mundo? E a resposta dela fora sim. Sim, consigo.

Fazia seis meses. Exatamente seis meses. Ela havia derrotado Ezra com a força de sua fúria, usando o peito dele como alvo. Uma explosão selvagem e descontrolada no coração que um dia ele prometera ser dela antes que Libby ao menos percebesse que havia mirado ali.

Eu posso matá-la, disse Ezra com os mesmos lábios que a beijaram. No fim, matá-lo a deixou mais triste que afetada.

Ainda não havia recuperado toda a sensibilidade das mãos quando Atlas começou a falar — a falar sem parar, uma tagarelice incessante, eterna e infindável. Libby se lembrava de grande parte como se tivesse sido um sonho, sem cronologia ou significado. Nada daquilo parecera importante ou sequer relevante na época.

— O que mais você está disposta a quebrar, srta. Rhodes, e quem você trairá para isso?

Houve um zumbido nos ouvidos dela assim que o corpo de Ezra atingiu o chão. Ficou cada vez mais alto, constante, insuportável, até que de repente passou. Sumiu, simples assim. Desapareceu, e em seu lugar: certeza. Um caminho a seguir. O próximo passo.

Nada pessoal. Apenas um trabalho a ser feito. Ele vai destruir o mundo, dissera Ezra, e ela estava mesmo disposta a arriscar? De repente, a resposta parecia óbvia.

Não apenas óbvia. Era a única coisa. Não havia mais nada.

— Não sei — respondeu Libby — e não me importo.

A combustão, a explosão de pura fusão, foi difícil de segurar desde o começo. Quase de imediato, Libby sentiu a distância entre ela e Nico se confundir. Sempre foram como estrelas em órbita, perseguindo um ao outro, cada vez mais rápido, até às vezes se alcançarem, se tornando um na órbita em si. A linha onde ele terminava e ela começava se tornou irrelevante. A magia dela respondia à dele como se tivesse nascido naquele corpo. A dele se juntava à dela como se enfim tivesse encontrado o caminho de casa.

Era lindo. Era mesmo. O momento de pura sincronicidade era como um encontro com o destino. Como o beijo no fim do filme, duas almas se tornando uma só. Ela conseguia sentir, era diferente dessa vez, porque ambos aceitavam. Não havia mais por que lutar. Não havia mais por que mentir. As restrições de seus respectivos poderes evaporaram assim que aceitaram o inevitável; o inexplicável e indiscutível. O momento em que os dois enfim disseram sim foi aquele que abriu a porta.

Difícil de conter não era o mesmo que difícil de ver. Libby viu o êxtase no rosto de Tristan, a orientação do destino dele. Os dedos dele estendidos como os de Adão suavemente buscando Deus. Ela viu o suor na testa de Nico, o vislumbre de um sorriso em seu rosto, o triunfo de algo, paz e aceitação. Dali em diante, ele poderia ficar satisfeito, talvez até feliz. Ele vira seu propósito até a completude. Estava vingado e inteiro, e Libby disse a si mesma que não sentia amargura. Não sentia inveja.

Ela viu Dalton. Vislumbres dele. O brilho de algo no olhar. E viu Gideon. Os olhos de Dalton, no entanto. Havia algo ali. Pareciam algo sem vida, sobrenaturais, imóveis. Ela viu Gideon. A mão estendida de Tristan, a expressão maníaca de Dalton — ele nem sequer lhe perguntara sobre Atlas?

E viu Gideon. *Não consigo encontrá-lo.*

O estímulo de Nico. *Confio em você, Rhodes.*

Tristan e o vinho, acabou? Quebrou?

Viu Gideon. *Não consigo encontrá-lo.*

Ele sabe, percebeu Libby. Sempre soube.

Viu Gideon com nitidez agora. Ele não era o pesadelo. O pesadelo era dela. Havia algo errado com Dalton e algo a puxava, se desenrolando como um fio. Seria possível que Ezra tivesse se enganado? Ele dissera que Atlas era a pessoa perigosa. *O plano dele já está em ação.* Mas Atlas não era a arma. Ela era. Todos naquela sala eram uma flecha, então Dalton também sempre tinha sido.

Ela viu Gideon, viu a expressão serena de Nico, viu a expressão fascinada de Tristan, entendeu que nada no universo era puramente feio sem algo lindo; nada totalmente bom sem a sombra de algo ruim.

De onde Dalton tirava sua energia? Ela viu Gideon. Viu a coisa que deveria ter questionado, a inconsistência que deveria ter contestado desde o início. *Srta. Rhodes, nada no universo pode vir do nada.* Nem a vida. Muito menos a vida. Ela viu Gideon. Viu Nico. Ou ela era suficiente ou jamais seria.

Mas o que significava ser suficiente?

Havia algo errado com Dalton. Algo errado com todos eles — jamais teriam o suficiente. Essa Sociedade era uma doença, um veneno. Ela sempre soubera. Sempre estivera certa. Sempre estivera errada. Ela viu Nico, viu que ele poderia convencê-la outra vez, poderia convencê-la de qualquer coisa, ela o ouvia, sempre ouvira. E viu Gideon. Algo começou a se retorcer dentro dela, algo só seu, algo que apenas ela poderia aguentar. Um peso que apenas ela poderia carregar.

Confio em você, Rhodes. Uma escolha que só ela poderia fazer.

Ela viu Gideon, as coisas que ele não fizera, as coisas que não vira, o preço que não pagara. As consequências que ele jamais poderia compreender. Ela viu Tristan. Viu Nico. Viu que apenas ela poderia fazer. *Me escute, Libby, você é uma arma, eu mesmo garanti isso.* Não, o aperto em seu peito, pedaços de sua fraqueza como estilhaços. Não, Ezra, não sou uma arma. O rosto de Belen reapareceu na mente dela, retorcido com acusação. *Ele disse que ninguém foi morto. Essa é uma frase muito específica.*

Ninguém mais poderia ter tomado aquela decisão. Dessa vez seria igual. Não poderia vir do nada. Ninguém mais poderia entender a complexidade disso, o *motivo* pelo qual não pareceria nada, mas no fim significaria tudo. Sacrifício. Flechas letais. A salvação só poderia ser criada a partir da costela de Adão. O sacrifício de arrancar um pedaço de seu próprio coração.

Não sou uma arma.

Ela viu Gideon bem quando a mão de Tristan tocou algo. Uma nova realidade. Um mundo alternativo.

Veja seu caminho, srta. Rhodes, e mude-o.

Ninguém era o herói. Então ela teria que ser a vilã.

Ela viu Gideon.

O que mais você está disposta a quebrar, srta. Rhodes, e quem você trairá para isso?

Não sei. Não me importo.

Mas essa era apenas parte da resposta. O resto era a verdade.

Não importa, porque sou minha própria arma agora.

Eles não poderiam seguir em frente. Libby entendia isso agora. O outro lado da porta não era o problema. A existência da porta não era o problema. O problema era aquilo que era necessário para virar o trinco. O que significava que os riscos não eram apenas altos, eram exatamente o que Ezra tinha dito que eram: aniquiladores, apocalípticos. Só ela sabia. O que significava que apenas ela poderia salvar todos eles.

Estava dessensibilizada a essa altura, anestesiada. A coisa certa, a coisa necessária, vinha acompanhada de uma dor que só ela poderia aguentar. Se isso ia acabar, se podia ser salvo, então apenas ela poderia fazê-lo. Apenas ela amava profundamente o bastante. Apenas ela tinha sido forte o suficiente para tomar essa decisão.

Ela viu Gideon. E o viu dizer uma palavra.

NÃO...

· CALLUM ·

— Acha que isso é um jogo, Nova? — A voz do capanga favorito de Adrian Caine veio num murmúrio, uma corrente fina de desgosto no ouvido de Callum. — Acha que pode ir e vir quando quiser? Conheci homens como você — sibilou Wyn — e garanto: seja lá o que o chefão esteja disposto a ignorar a seu respeito, não serei tão generoso. Não gosto de ser feito de trouxa.

Callum se virou devagar para encarar a arma empunhada por Wyn. Então alguém havia contado a ele sobre a aproximação de Callum. Talvez até Alys tivesse participado dessa emboscada, a julgar pela expressão impassível dela. Qualquer dia desses, pensou Callum, teria que parar de presumir que toda a prole Caine era incapaz de sabotagem.

— Cadê Tristan Caine? — rosnou Wyn. — Porque se você ainda não puder responder a essa pergunta, bonitão, não tem mais utilidade para nós.

Bem, Callum era mesmo muito bonito, então pronto. E que tipo de homem ficava tão irritado por seu filho ainda estar vivo? Pergunta complicada, bem ruinzinha, o que não era nenhuma novidade, mas Callum sempre soubera que a vida ou a morte de Tristan não era o objetivo desse nível de violência. Ele não precisava de magia para entender as intenções de Adrian, nem para sabotar as de Wyn.

Mas, de repente, sentiu a presença de algo crocante e ácido, como a mordida de uma maçã recém-colhida. Então a usou mesmo assim.

Só por diversão.

— Abaixe a arma — disse, antes de tudo —, porque é falta de educação, e sente-se, porque já estava na hora de termos essa conversa.

Sabia muito bem que era melhor não mexer com Adrian Caine ou seus capangas, o que era exatamente o objetivo da brincadeira. Alguns homens precisavam perder a paciência antes de botar as asinhas para fora.

Houve certa resistência por parte do bruxo, o que era esperado. Wyn não estava disposto a ouvir Callum, uma recusa mais veemente do que o esperado, o que levou o empata a imaginar que era provocada por algo idiota como raiva de seu rostinho bonito ou inveja de sua proximidade com Adrian. Mas, embora Callum em geral fosse bem hospitaleiro, estava com um mau humor infernal, e qualquer que fosse o lapso de julgamento responsável por esse encontro desnecessário com o perigo, a janela de inatividade de sua magia (ou de algum outro aspecto de suas emoções que preferia ignorar, como a possibilidade de se decepcionar com alguém que ele, tolo que era, vira sob uma luz otimista) parecia, por sorte, ter passado.

Depois de um suspiro de objeção obrigatória, Wyn se jogou no assento.

— É o seguinte — começou Callum, e com um movimento ligeiro reparou que Alys Caine permanecia à porta da cozinha, observando os dois. — Diga ao seu chefe que colocar a cabeça do próprio filho a prêmio é uma forma péssima de consegui-lo de volta.

O controle de Callum estava forte demais, então ele afrouxou um pouco o aperto de sua magia, apenas o suficiente para permitir uma conversa casual. Wyn escancarou os dentes num sorriso, como de costume.

— James Wessex não vai matar aquele idiota inútil — murmurou o capanga. — Nem um grã-fino metido como você.

Callum não era grã-fino, como já dissera a Tristan. Podia até ser babaca, idiota e muito rico, mas grã-fino já era demais. Ele preferiu descartar os detalhes dessa avaliação e focar o óbvio, que era o desejo inconfundível que Wyn sentia de matar Tristan com as próprias mãos.

— Então é isso, hein? Ciúme? — perguntou Callum. — E eu pensando que era um assassinato misericordioso para manter a reputação do seu pequeno culto.

O nível de presunção ali era absurdo, bem fora do aceitável. Não que Callum já não soubesse — esperava uma traição por parte de Adrian Caine ou seus capangas cedo ou tarde —, mas ouvir assim, sem complexidade, era quase constrangedor para ambos.

Um cara rico não vai matar aquele merdinha do filho de Adrian Caine! Eu farei isso, ele vai amar, vai ser incrível.

Certo, bem, era fácil de resolver.

— Preste atenção. Tristan não é uma extensão de Adrian Caine. O destino dele não pertence a você, nem ao seu chefe. — Callum se aproximou mais, só para garantir que Wyn estava ouvindo. — Nunca foi — murmurou, mal mexendo os lábios. — Nunca será.

Wyn queria dizer algo em resposta, claro. Era compreensível que discordassem quanto à autonomia de Tristan, assim como a do próprio Wyn. Mas ele era incapaz de falar naquele momento, então Callum prosseguiu:

— Você não o matará. Na verdade — determinou, encontrando as reservas de utilidade disponíveis e se livrando do que restara ali —, se você encontrá-lo, não terá escolha além de lhe contar a verdade: que ele é uma pessoa melhor. É o homem que Adrian deveria ter sido.

A boca de Wyn estava pegajosa de ódio, talvez um pouco de cuspe descontrolado. Ah, então ele não gostava de Callum? Essa não! O que Callum faria? Talvez deixá-lo com algo em que pensar, como no quanto era péssimo hostilizar o filho adulto de alguém com base na rivalidade de pseudoirmãos.

— Você vai fazer o seguinte — continuou Callum, sem olhar para a silhueta imóvel de Alys. — Vai dizer aos outros capangas que ninguém vai machucar Tristan Caine. Ninguém vai tocar nem em um único fio de cabelo dele. Ninguém vai provocar nem mesmo um amassadinho na camisa. Na verdade, se alguém perturbá-lo um pouquinho que seja, viverá um inferno. Decidi que uma pessoa com um motivo melhor deve matá-lo — acrescentou Callum, por capricho —, como eu, por exemplo, e se mais alguém tentar, você será o primeiro a me avisar. Digamos que é uma compensação por ter piorado meu dia, que já estava um lixo. Então, estamos entendidos?

Fazia um tempo que Callum não agia sem Reina. Algo pareceu um pouco distorcido, como uma conexão inadequada, mas Wyn se debatia contra a influência de Callum, os dentes rangendo sob o esforço de lutar contra aquelas contenções.

— Isso vai passar daqui a pouco — informou Callum, endireitando a postura. — Em poucos minutos, você vai descobrir que, na verdade, a coisa toda foi ideia sua. Vai mudar de opinião, simples assim.

Ele foi até a porta, parando pouco antes para encarar Alys Caine, que parecia um pouco arrependida. Mas essa era a vida naquela casa, não era? Arrepender-se por coisas e fazê-las mesmo assim. Uma forma terrível de viver.

Callum estava prestes a lhe deixar uma mensagem de despedida, talvez algum conselho sobre cunilíngua, já que ela parecia tão ansiosa para aprender, mas então sentiu o celular vibrar no bolso. Não seria uma baita coincidência, uma reunião de família completa, se fosse quem ele achava que era? Mas, ao que parecia, Alys Caine tinha puxado ao pai, o que tornava Tristan ainda mais singular. Não menos matável, mas ainda assim singular.

Lá se ia o despertar sexual. Problema de Alys. Em vez disso, Callum decidiu abrir as portas do pub, se sentindo… bem, satisfeito.

E talvez um pouco assassino.

· PARISA ·

Pense, pensou Parisa. Emoções eram coisa de pessoas patéticas.
— Isto é uma arma? — perguntou ela, num tom preguiçoso, girando o máximo que podia sem provocar o disparo de uma bala por insubordinação. — Não combina com você, Eden.
— Dá conta do recado — respondeu Eden Wessex no ouvido dela. — É um modelo Wessex top de linha, na verdade.
Como uma explosão então, *pew, pew*. Que morte pouco civilizada. De repente pareceu inaceitável, a possibilidade de levar um tiro de uma mulher que usava um par de sapatos de que Parisa nem gostava. Surgiu nela como uma epifania, uma ideia. Uma fagulha de pensamento.
Pense.
Não, espere. Não pense. Parisa flexionou os dedos, a magia reacendendo em suas veias. Está bem, então sua hora ainda não havia chegado. Ainda. Se os arquivos ainda exigiam um corpo, ao menos não tinham decidido que seria o dela. Não havia motivo para ficar pensando em como ou por quê.
Não pense, Parisa.
Aja.
Vire a arma. O punho de Eden estalou com tanta força pela intensidade da ordem que Parisa se perguntou se havia quebrado. Talvez fosse um pouco exagerado, ou talvez não. Ela se virou para agarrar o pescoço de Eden, empurrando-a contra a parede do gastropub e cravando na herdeira as unhas pintadas à perfeição.
Me dá.
O esforço de erguer o braço parecia doloroso. Parisa teve um pouco de pena de Eden Wessex, mas não o suficiente.
— Obrigada — disse a telepata, pegando a arma. Tinha o formato de uma pistola, mas não era uma pistola de verdade. Ela a guardou na bolsa. — Esse negócio tem trava? Esquece, tenho certeza de que vou descobrir.
Ela intensificou o aperto em Eden, que parecia perigosamente contrariada. Nunca era boa ideia subestimar alguém cuja magia ela não conhecia. Parisa vasculhou os pensamentos de Eden, se perguntando para onde teriam viajado; onde a outra mulher mantinha as reservas de força. Nada.

— Quem mais está nos caçando?

— Vai pro inferno — cuspiu Eden.

Tá. Parisa repetiu, com toda a educação, *quem mais está nos caçando?*, e Eden se encolheu, tentando se desvencilhar das garras da oponente.

Bem, a garota tinha força de vontade, mas nenhuma defesa telepática. Parisa encontrou o rastro de nomes e rostos, alguns dos quais reconheceu, embora não a maioria. Nothazai era apenas o capitão de um grupo muito maior, cujos membros tinham sido recrutados pelo mesmo homem que Parisa já sabia ser o problema de um metro e oitenta de Atlas Blakely.

— É uma força-tarefa e tanto.

— Você já era. — Eden nem rosnava mais. Provavelmente tinha percebido que era desperdício de energia, e se concentrava apenas em se acalmar, em controlar a respiração. Uma tática bem melhor. Apesar de tudo, Parisa aprovou. — Todos vocês já eram. Se me matar, alguém ainda virá atrás de você. Alguém vai te encontrar. Eles virão atrás de você — disse, com frieza — e não vão parar.

Parecia a mais pura verdade, infelizmente. Não que Parisa sentisse que a situação se tornara impossível, mas decerto não era ideal. Além disso, Eden era mais alta, e o braço de Parisa estava começando a doer por ter que segurá-la.

Tá. Parisa a soltou, dando um passo para trás, e os olhos de Eden se encheram de cautela, passando do rosto de Parisa para a bolsa, calculando a dificuldade de agarrar a arma. Idiota. Não era o tipo de pensamento a se revelar para uma telepata.

A não ser, Parisa se deu conta, que não tivesse escolha.

— Você não é medeiana — declarou em voz alta, e quase começou a rir quando Eden se retraiu, a humilhação corando seu rosto como se fosse um produto vendido pelos Nova. — Você não tem magia nenhuma. — Constrangedor, para não falar perigoso. — Como conseguiu esconder isso? Com o dinheiro do papai, imagino.

A resposta era insignificante, porque a importância de Eden na vida de Parisa Kamali já fora eclipsada por outra coisa, algo mais perturbador. Parisa tinha que ir a outro lugar, então se virou e começou a andar.

Eden Wessex a chamou, o estalido dos sapatos caros ecoando atrás de Parisa.

— Aonde você pensa que vai? Não pode fugir disso...

Não, não podia mesmo. Esse era exatamente o problema, e Parisa sempre soubera. A fuga jamais terminaria.

Nasser lhe dissera isso um dia. *Se você fugir, Parisa, estará apenas fugindo pelo resto da vida.*

Ela se virou e encarou Eden.

— Eu mandaria você ir se foder, mas acho que se divertiria demais.

Eden semicerrou os olhos. Se tinha reforços a caminho, eram lentos demais. Céus, a arrogância. Por acaso achara que Parisa era uma gostosona qualquer com sapatos de grife? Com uma única olhada, Parisa era capaz de reorganizar o cérebro de Eden Wessex, embaralhar seus pensamentos antes de lhe servir sua própria sanidade.

Fique aqui, ordenou a Eden, que então ficou presa onde estava. Seria necessário um esforço considerável para desfazer aquilo, mas isso não era problema de Parisa.

Ela se afastou, voltando à questão de onde arranjar um celular. Mais urgente ainda, tinha uma pergunta a responder, e depois disso teria uma tarefa.

Ainda deviam um corpo aos arquivos.

Se mais ninguém pretendia cuidar disso, ela o faria.

· REINA ·

Ela percebeu que sangrava muito no chão ondulante onde o policial a jogara, no fundo do abismo de terra que sua necessidade de sangue tinha aberto e longe demais do carvalho para que seu corpo alquebrado tivesse alguma utilidade. A cabeça latejava, a visão estava comprometida, mil problemas se transformando em um só. Ela não tinha habilidade de cura. Habilidade nenhuma. Só tivera uma coisa a vida inteira e se ressentira dela, não se importara com ela. Não se importara com nada.

Foda-se isso. Foda-se tudo. Ainda sentia um formigamento nos membros, nas mãos vazias, mas decidiu ignorar. *Pegue, seja lá do que precise*, pensou para o carvalho jovem, aquele que tentara salvá-la sem motivo. *Pegue, você precisa mais que eu — se ainda tiver restado algo em mim, pegue, pegue tudo!*

O silêncio caiu como uma guilhotina. Fim de jogo.

Apenas outra vida desperdiçada.

Depois, com atraso, irrompeu dela como primavera.

Como música. Um crescendo atordoante, uma canção. Tal como a escuridão de antes, o florescer súbito era ofuscante. Algo caiu com um baque perto dos pés de Reina, e, embora sua visão ainda não tivesse clareado, ela conseguia sentir a presença de petricor — de repente, o ar estava tomado por ele; por morte antiga, vida nova. Fechou os dedos ao redor do objeto que fora jogado a seus pés: a arma do policial. Ao perceber o que era, Reina a chutou para longe, o mais distante que pôde, inclinando o queixo para cima. Com os olhos semicerrados, contemplou o borrão do céu sanguinário.

Piscou uma vez. Outra. Surgiu diante dela, aos poucos. *Mãe, abra os olhos.*

Uma copa de árvore pairava sobre Reina, não o céu. Protegendo-a do sol implacável. Um bosque circular se erguia em solo recém-fertilizado, com pétalas da cor de sangue fresco.

Os policiais tinham sumido. O parque estava vazio. O calor se fora, uma brisa fresca soprando com gentileza. Frutas pendiam dos galhos das árvores, e Reina lutou para se levantar, dolorida e machucada, para colher uma com cuidado. A ponta dos dedos dela roçou na casca reluzente e macia.

Romãs.

Cambaleando de exaustão, Reina caiu de joelhos e chorou.

· GIDEON ·

Não. Não.
Não, não, não.
— NÃO...

· SHARON ·

O celular vibrou em seu lugar de sempre na gaveta. Ela o pegou, pensando que poderia ser Maggie, que talvez o médico precisasse de algo, ou talvez o marido, que nunca conseguia decorar de quais lanches Maggie gostava. Um número desconhecido. A deliberação era sempre a mesma: provavelmente telemarketing. Provavelmente uma clínica nova. Um exame novo. Provavelmente más notícias, mas possivelmente boas.

Sharon levou o celular à orelha.

— Alô?

— Sharon, aqui é Parisa Kamali. Preciso que você procure alguém no sistema de rastreamento da Sociedade.

— Srta. Kamali. — Sharon esfregou os olhos e suspirou alto. Não desgostava da telepata, não exatamente, mas mesmo assim havia limites. Havia regras. — Eu já te disse, a Sociedade não...

— Posso salvar sua filha, Sharon.

Sharon ficou em silêncio.

— Isso não tem graça.

— Não estou brincando. Só preciso de uma resposta. Não preciso disso para salvá-la — acrescentou Parisa, sem emoção, sobre o barulho de um ônibus, o burburinho baixo de um pub pelo qual devia estar passando. — Mas será mais fácil se fizermos assim.

Sharon considerou as opções.

Não considerou, não. Mandou tudo aquilo à merda e disse:

— Está procurando quem?

Parisa, nem um pouco surpresa, óbvio, também não hesitou.

— Atlas Blakely — respondeu.

Aquele tipo de informação era protegido por protocolos extensos, por montanhas e mais montanhas de autorizações que, como oficial de logística, Sharon teria que buscar de forma responsável. Ford já havia ameaçado fazer isso várias vezes, mas estava atolado até o pescoço com a indignação Alexandrina mimada e com os pedidos do conselho da Sociedade. A burocracia, como Sharon bem sabia, podia ser um baita pesadelo.

Mas também poderia ser uma arma. Ou um presente. Sharon Ward podia não ter as chaves do reino, mas tinha a chave administrativa. Para a porta certa, e isso bastava.

— Muito bem, srta. Kamali. Aguarde um segundo, por favor.

· INTERLÚDIO ·
FINS

Acontece devagar ao longo da década, Alexis tentando salvar os outros até, aos poucos, não conseguir. Câncer. Também acomete medeianos, uma mutação que não pode ser prevista, que provavelmente poderia ser interrompida ou desacelerada, mas Alexis não a diagnostica rápido o bastante — presume que a fadiga está relacionada à necromancia em si, ou à casa, que também está drenando Atlas, embora não tão depressa. Não tão completamente. A magia de Alexis some primeiro, e depois disso ela é apenas uma alma dentro de um corpo em colapso, então Atlas prepara banhos e lê livros para ela e mais uma vez tenta amar alguém que não pode salvar.

Ela sempre esteve farta da vida. Mas também não era fã da morte.

— Só não desperdice — diz Alexis.

Atlas sabe que se refere à vida, que ele deveria sair e fazer algo lindo. Sabe disso — pode ler na mente dela —, mas interpreta mal essas últimas palavras de propósito, a trai cruelmente bem no fim. Porque quando ela diz *não desperdice*, ele ouve *conserte*. E diz a si mesmo que pode salvá-la, promete refazer, criar um mundo novo, melhor. (Talvez um onde ele jamais tenha existido, o que é a pior coisa, porque é egoísta. É a realização de um desejo, a fantasia de uma mente quebrada.) Na técnica, é o mesmo plano que prometeu a Ezra, mas já não é uma busca cor-de-rosa pela melhoria da sociedade. Tornou-se um fardo diferente, porque é só de Atlas.

A essa altura, Atlas descobriu Dalton Ellery, escolhido pela Sociedade, e por entender algumas coisas implícitas sobre o mundo, sabe que aquilo que Dalton pode fazer é profunda e violentamente perturbador. Mas também, a essa altura, Atlas já atingiu certo sucesso — é arrogante apenas o *suficiente* — para acreditar que certas mentes e certos futuros podem ser alterados. Há um ciclo de vida do poder, a ascensão antes da queda, e, quando Atlas está no fundo do poço, confunde-o com o topo. Vê uma oportunidade e a agarra.

Ezra Fowler, que não viu todos os banhos, tigelas de macarrão e acusações, ignora o perigo nos sinais óbvios: a forma como Atlas se refaz, muda tudo a respeito de suas roupas, da voz, da percepção. Ezra não vê como Atlas o culpa em silêncio — não pelo que ele próprio fez, mas pelo que Ezra, sem saber, não fez ao não matar Atlas. Ezra não vê que Atlas agora acredita que o resultado certo é aquele que ninguém conseguiu orquestrar: que era Atlas Blakely mesmo quem deveria ter morrido. (Muitas amizades terminam por desentendimentos invisíveis, então, sério, nada disso é exagero. Além do mais, infelizmente para os amigos telepáticos de viajantes do tempo, o loop já chegou ao fim. Ainda que Ezra, amigavelmente, tivesse criado juízo mais cedo, já é tarde demais para alterar alguns futuros.)

Não é difícil plantar ideias. Manipular uma mente é trabalhoso, mas não chega a ser *difícil* de verdade, não da forma como o luto é difícil, ou da forma como viver devagar se torna impossível. A coisa mais difícil do mundo é acordar de manhã e seguir em frente, e Atlas só consegue fazer isso ao manifestar sua vida em um único resultado, um único objetivo determinante.

Vamos ser deuses. Você entende o que isso significa, certo? Não é um pedido infantil por glória ou fortuna, porque a omnisciência não significaria conhecer tudo, conhecer todo tipo de tristeza, todo tipo de dor?

Atlas Blakely não gosta de bênçãos; não liga para isso. O que ele quer é controle. A habilidade de reescrever o fim — e com certeza você, de todas as pessoas, deve entender esse ímpeto. Você, de todas as pessoas, deve entender.

Afinal, não eram todos eles deuses, de alguma forma, porque eram sobrenaturais — porque eram *anormais* —, e isso não deu a Atlas Blakely uma responsabilidade, um propósito, um motivo para seguir em frente? Você o perdoará pela blasfêmia — são as palavras de um homem nascido em um mundo moribundo, um homem que achava que ter conhecimento era o mesmo que ter respostas. Mas você chegou até aqui, ouviu todo esse tempo, então já sabe, claro, que Atlas Blakely, no fim das contas, não é nada especial.

Você tem sua própria dor, seus próprios arrependimentos, muitos dos quais são impossíveis e fúteis, a maioria dos quais te engolem em seus momentos mais vulneráveis — e só resistem em busca de outra oportunidade de te jogar para baixo. Pode fechar os olhos agora mesmo e se destruir com eles, se quiser, e porque pode fazer isso — você, e todos os outros que já nasceram —, nada disso é a moral da história, nem sequer é a história. Pessoas vivem e morrem, e o motivo disso nunca é suficiente para fazer a diferença.

Você já sabe que sua perda é um oceano, Atlas Blakely é um grão de areia.

VII

RELATIVISMO

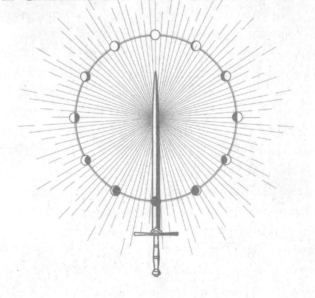

· LIBBY ·

Seis meses antes, aconteceu assim:
— O que mais você está disposta a quebrar, srta. Rhodes, e quem você trairá para isso?

Naquele momento, enquanto a estática em seus ouvidos chegava ao clímax, ou talvez ao fim, Libby sabia apenas uma coisa: ela tinha sua própria dor. Seus próprios arrependimentos, muitos dos quais eram impossíveis e fúteis, a maioria dos quais a engolia em seus momentos mais vulneráveis, esperando por toda oportunidade de jogá-la para baixo. Ela poderia fechar os olhos a qualquer momento e deixar que eles a destruíssem, e como podia fazer isso, sabia que nada que Atlas Blakely lhe dissesse poderia ser a moral da história, nem sequer era a história. Pessoas viviam e morriam, e o motivo disso não era suficiente para fazer a diferença.

A perda dela era um oceano, Atlas Blakely era um grão de areia.

Por isso tinha sido tão fácil terminar ali, deixá-lo ser exatamente o que ele dizia que era. Apenas um homem. Eles viviam e morriam. Ele era o problema, então tudo bem, que assim fosse.

Libby se perguntou se Atlas soube o que ela tinha decidido quando a hora chegou. Acreditava que sim — não por ele ter dito ou feito algo, mas por ser a droga de um telepata. Esse era o cerne da questão, na verdade. Não haveria nenhuma revelação repentina, nenhuma epifania súbita. Nenhum tremor sob os pés dela, nenhum realinhamento no destino ou coagulação do infortúnio, porque Atlas Blakely não era um deus. Não era o vilão, tudo bem, mas com certeza não era o herói. Nem ela. Ele era telepata, ela era física, e os dois estavam apenas fazendo seus trabalhos da melhor forma que podiam. Libby explicara tudo isso a Tristan e, na época, ele concordara, ou parecera concordar, embora a distância entre os dois tivesse aumentado com o passar das semanas, talvez porque, ao contrário dela, Tristan era incapaz de tomar uma atitude diante das opções que lhe eram dadas.

Ele não matara Callum. E, por causa dele, já não tinham o luxo do tempo.

Então, depois de Atlas Blakely ter contado a ela os horrores que desencadeara durante sua amaldiçoada vida telepática, Libby Rhodes entendeu a única coisa que a história dele não tinha. Um final.

Ao encará-lo, percebeu que não precisava ser sangrento. Não precisava ser violento. Não precisava ser passional. O sacrifício que ela fizera para se colocar naquela sala significava que todas as escolhas depois disso seriam difíceis, mas pelo menos essa poderia ser racional.

Essa decisão, pelo menos, poderia ser dela.

Atlas estava de pé atrás da mesa. Guardião. Dois anos antes, estendera a mão para ela e lhe oferecera um futuro, caso fosse corajosa o bastante para aceitar. Caso fosse destemida o bastante para tentar. Ele não mencionara as outras coisas — o preço, o fato de o poder não ser algo a ser atraído como um amante, mas a ser roubado como um direito. O poder vinha à custa da perda de outra pessoa, e ela sabia disto a respeito de Atlas Blakely: ele tinha que perder.

Tinha que perder, porque, se não perdesse, Libby o deixaria lhe oferecer poder de novo, e dessa vez — se permitisse *essa vez* —, sabia que seria diferente. Seria diferente porque ela não se importaria com o sangue.

Ela entrara naquela casa com a certeza de que não mataria uma pessoa. E saiu de lá com um massacre sujando suas mãos. O que era mais um corpo?

Viu-se estender o braço, o movimento entre sua mão e a respiração dele um cálculo perfeito e infalível. Foi repentino o bastante para que o Guardião não conseguisse detê-la, ou então nem se deu ao trabalho de tentar. Libby esticou a mão, tocou o peito dele, sentiu o pulso falhar sob sua palma. Corpos já eram tão defeituosos, à beira do colapso total. As formas que assumimos — as coisas que abrigam nossa alma, de que nos ressentimos e que maltratamos, e em que mesmo assim confiamos de olhos fechados — são apenas objetos de força, sempre acionados. Ela não estava atordoada pela descrença, nem imobilizada pelo choque. Sabia o que estava fazendo. Entendia a vida que tomava.

Depois, olhou para os olhos sem vida dele, para a forma como a mão do homem se afrouxou, e entendeu, enfim, o verdadeiro custo do poder.

— Por quê? — perguntara-lhe Tristan mais tarde, e Libby lhe dera a resposta óbvia.

O mundo poderia acabar. Se acabasse, seria culpa de Atlas Blakely. O próprio Tristan já a havia submetido ao dilema do bonde uma vez — uma questão de ética, matar uma pessoa para salvar cinco vidas —, e então lhe devolveu a pergunta: matar uma pessoa para salvar tudo. Era mesmo simples assim? Não, mas será que era *difícil* assim? Ela havia chegado tão longe e sujado tanto as mãos de sangue, e agora nada poderia restaurá-la. Nada poderia fazer as coisas voltarem a ser como eram. Ezra lhe dissera que Atlas era o problema, mas de repente, graças a ela, isso era impossível.

Atlas Blakely não era um problema. Ele era um homem.
E estava morto.

Mas ela tinha calculado mal. O fato de ter matado o homem não significava que havia se livrado das armas dele.

Libby já não se preocupava com questões de arrependimento, embora, se fosse ter um, seria este: seu desespero silencioso para prosseguir com o experimento de Atlas. Deixar sua própria busca por significado se entrelaçar irreparavelmente com a influência de Atlas, com os planos dele. Atlas a avisara disso muito antes, e mais uma vez quando esteve no escritório dele. *O problema do conhecimento, srta. Rhodes, é seu desejo insaciável. O problema é sua necessidade de saber algo porque, depois de tudo que viu, a dor de não saber a enlouqueceria.* A loucura começara havia anos, antes mesmo de ter posto os pés naquela sala, quando ela definira seu valor por seu poder, pela imensidão do que conseguia fazer. Libby fora preparada para ser usada por Atlas Blakely movida pela própria ânsia de ser a melhor, a mais inteligente, a mais capaz onde quer que estivesse. Os perigos de uma existência pequena seriam se perguntar o que ela poderia ter feito, quem poderia ter sido, mas já fazia isso — sofria com isso — todos os dias. Tentou em vão explicar isso a Belen, depois a Tristan: a irmã, Katherine, não tinha vivido o suficiente para saber quem poderia ter sido. Se ela seria heroína ou vilã, se teria levado uma vida longeva e feliz ou se teria se afundado em obscuridade, nem ela nem Libby jamais saberiam.

Se Libby recebesse a longevidade e escolhesse ignorá-la, então sua maldição seria pior que cegueira. Seria o crime imperdoável de passar a vida com os olhos bem fechados.

Era por isso que os sinais tinham se acumulado e ela os ignorado. Tristan e o vinho, Nico e sua objeção, Gideon e sua presença nos sonhos dela. Parisa e seus avisos. A chegada de Dalton Ellery. Dois anos haviam passado sem nenhum pensamento sobre quem ele era e o que estudava. Como Libby nunca havia se perguntado? Tinha confiado nele, e esse fora o problema. Quando confiava em outras pessoas, as coisas sempre davam errado.

Ao observar a extensão da magia no cômodo, Libby entendeu que Atlas Blakely ainda estava vivo nela, em todos ali, e soube que ele jamais poderia morrer, não de verdade. Não até que ela destruísse a estrutura do grande projeto dele.

Assim que os olhos de Dalton enlouqueceram de expectativa, o rosto de Tristan eufórico de alegria, Libby os empurrou na direção oposta. Dali onde estava, no precipício da criação, ela pisou no freio, levando tudo consigo, extinguindo a pressão, revertendo a ordem, permitindo que o caos que haviam aberto colapsasse e desse lugar à catástrofe.

Toda aquela energia, aquele nível de entropia, tinha que ir para outro lugar. Assim como não podia vir do nada, não poderia simplesmente desaparecer. Esse foi o cálculo que ela não fez, que Tristan e Nico ignoraram, porque não tinham previsto um motivo para recuar; para deixar um momento de grandeza — de monstruosidade — falhar.

Ao contrário de Libby, eles ainda acreditavam no que a magia podia fazer, mas não sabiam o preço que cobraria. Quantas vidas ela havia destruído só para estar ali, só para ficar naquela sala e brincar de deus? Seu erro foi deixar tudo aquilo acontecer, ou talvez seu erro tivesse sido voltar, mas Atlas tinha razão, tinha mesmo, não era tarde demais para mudar o caminho dela. Para mudar o caminho de todos eles. Havia apenas uma forma de reescrever o fim de Ezra, e não era a preservação da morte de Atlas. Fosse lá que mundo descobrissem, fosse lá quem controlasse o experimento, fosse lá qual ética pessoal assumisse o controle, ainda lhes custaria aquele mundo, e Libby entendeu, por fim, que o preço do conhecimento era alto demais.

Havia, sim, poder demais. Conhecimento demais. Atlas Blakely era uma partícula de poeira no universo, um único grão de areia, mas seu fracasso significava uma onda de consequências. Os limites de seu controle se estendiam até o precipício daquele momento. Apenas Libby conseguia ver. Eles não eram deuses. Só partículas no universo. Abrir aquela porta não cabia a eles.

Só que ela poderia mudar o destino deles.

Libby sabia qual seria o custo para interromper o que estava em curso. Se Reina estivesse ali... Parisa estava certa, e Libby não tinha dado ouvidos. Não havia bateria reserva, nenhum gerador externo para ajudar a absorver a carga reversa. (Se Parisa estivesse ali, sussurrou uma voz na cabeça de Libby, talvez tivesse interrompido a coisa toda antes. Até Callum poderia ter percebido que todos estavam condenados, que certas coisas não deveriam ser feitas.)

Tarde demais para especular o que poderia ter sido. Naquele momento, tudo que importava eram os fins. O resto da história era simples: eles não podiam seguir em frente. Tudo que haviam conjurado até então teria que parar de uma vez. Mas a física tinha regras, e a magia também: algo colocado em movimento não pararia. Se ela os puxasse para trás a essa altura, todo aquele poder teria que ir para outro lugar. Como estrelas no céu, eles teriam que encontrar algum lugar para morrer.

Havia apenas duas opções para quem ou o que poderia ser o receptáculo de todo aquele poder: seus dois invocadores. Apenas um deles sabia o suficiente sobre o que estava por vir para estar preparado da forma certa.

Mais uma vez, Libby Rhodes encarou o risco do impensável. Encarou o intolerável. Se isso enfim se tornaria insuportável, que assim fosse.

Ela havia vivido o impossível antes.

Então lá estavam eles de novo. Mesmo problema. Mesma suposta solução. Mate um para salvar todos. A vida não era nada além de distribuir pedaços de si, migalhinhas de alegria para anestesiar a constância da dor. Seria sempre assim, amar coisas apenas para perdê-las? Libby sentiu dois corações no peito, pulsações gêmeas. Duas almas em uma órbita.

Um começo. Um fim.

É uma aliança, Rhodes, eu juro...

Estou com você, Rhodes. A partir de agora, juro...

Confio em você, Rhodes...

Confio em você...

O grito de Gideon foi ensurdecedor.

Então a poeira assentou, e por um momento tudo ficou imóvel.

Libby fechou os olhos.

Inspirou.

Expirou.

As mãos dela tremeram. Os dentes rangeram.

Sem aviso, seus joelhos cederam.

— O que você fez? — A voz de Dalton rosnava no ouvido dela, a máscara enfim caindo. — Sabe que você é inútil sem ele, precisamos dele, *eu preciso dele...*

A bochecha de Libby estava pressionada no chão, a visão embaçada quando seus olhos finalmente se abriram. Precisou piscar várias vezes. Ela contou. Um. Dois. Gideon encolhido. Tristan afastando Dalton da calmaria assombrosa no chão.

Ela nunca o vira quieto.

Três. Quatro.

Confio em você, Rhodes.

Ela tornou a fechar os olhos. O mundo se abriu, e Libby sucumbiu a ele de bom grado, incentivando a escuridão a engoli-la até que, enfim, a Terra parou.

· NICO ·

O que significava ser uma alma gêmea? Conhecer alguém em todos os mundos, em todos os universos? Deslizar sem esforço no espaço onde o outro terminava e você começava?

Ele falara sério, acreditava que Libby Rhodes estava presente em todos os universos hipotéticos de sua existência; que era uma pessoa de grande importância em cada um deles. Era tão familiar, tão rastreável. Tantos lugares onde suas vidas colidiriam, uma teia de consequências inevitáveis em que a coincidência se vestia de destino. Nico acreditava que todos os outros resultados ricocheteavam ali dentro, mas cedo ou tarde retornavam. Outras vidas, outras existências, não importava. Eles eram polaridades e, para onde quer que fossem, a metade dele sempre encontraria a dela.

Mas aquele mundo, aquela vida, não eram hipotéticos. Aquele era o universo deles, e o universo deles tinha leis, em que além da constância de polaridades, havia também variáveis infinitas. Novidade. Fascínio. Amor. Havia um mundo onde o céu era roxo, onde a Terra saía de seu eixo, um no qual Gideon nascera com cascos, todos aqueles onde algo dava muito errado no passado infernal de Gideon. Aqueles onde ele e Nico jamais se conheciam.

Uma variável podia significar uma raridade — uma estrela cadente, um evento singular. A chance de nascimento do universo em si. Então, talvez não fosse algo totalmente ao acaso. Talvez fosse apenas um fragmento de um resultado, porque só precisara de uma chance para acontecer.

Então não seria para sempre. Isso tornava alguma coisa menos preciosa, menos bonita?

Não. Pelo contrário.

Ele esperava que Gideon entendesse.

· CALLUM ·

A vibração do celular ao sair de Gallows Hill não tinha vindo, como ele torcera, de um comentário sarcástico ou de uma ameaça irresistível de Tristan. Em vez disso, por motivos desconhecidos e sem se dar conta, Callum havia se tornado o tipo de pessoa a quem os outros vinham pedir ajuda. Isso era um sinal de melhora no estado do mundo? Com certeza não. Mas ele estava disposto a qualquer coisa, de verdade, então talvez isso fosse tudo que as pessoas precisavam saber. E, por sorte, ele já estava em Londres.

Meras horas depois de ter deixado Wyn um tanto traumatizado dentro do pub de Adrian Caine, Callum chegou a outro estabelecimento mais esquecível, de estilo quase idêntico. Só que, dessa vez, alguém conhecido o esperava no bar, usando calça jeans preta e uma blusa de seda drapeada sob as linhas duras de um blazer cinza-escuro.

— Como você tá machona, Parisa — disse Callum, ao se aproximar do banco dela.

Ele apoiou um cotovelo no balcão, e ela o observou, uma taça ainda apertada nos dedos.

— É, bem. Tive que fazer compras.

— Percebi.

Ela não parecia estar com pressa de se mexer e não o convidou a se sentar.

— Vai me explicar mais?

Callum tinha recebido a mensagem de um número desconhecido, informando hora e lugar, sem menção do motivo. Ao ligar para o número só para ver no que dava, uma voz masculina entregara a mensagem de que Pierre estava indisponível ou algo assim. O francês de Callum não era tão bom.

Parisa deu de ombros, terminando de tomar a bebida cara de sua taça, que refletia a luz. Callum arqueou a sobrancelha, e ela revirou os olhos. *Água, palhaço.*

Callum deu um sorrisinho e Parisa assentiu para a bartender, uma jovem em um top decotado que olhou para Callum.

— Esse cara tá te incomodando?

— Está — respondeu Parisa. (Callum sorriu com inocência.) — Mas infelizmente eu pedi que me incomodasse. — Ela deixou o dinheiro em cima da conta no balcão e se levantou, gesticulando para que Callum a seguisse. — E então? Me impressione, empata. Como eu estou?

Rá. Bem, tal pergunta abria pouquíssima margem para interpretação.

— Mal — julgou Callum. — Muito mal mesmo.

— Hm. — Ela parecia rir baixinho. — E você? Muito conveniente que esteja em Londres.

— É?

Parisa deu de ombros.

— Espero que a cruzada de Reina por divindade não tenha sido muito prejudicada pela minha ligação.

As entranhas frias do pub os conduziram ao sol poente londrino, que se despedia cada vez mais cedo, erradicando a luz do dia em favor das decorações festivas e luzes piscantes. Mesmo assim, Callum pegou os óculos de sol, e Parisa fez o mesmo.

— Sabe — observou ele —, me chateia um pouco ser tratado como um acessório.

— Por quê? Eu cuido muito bem dos meus acessórios.

Verdade, as lentes dela estavam impecáveis.

— Você está se sentindo bem determinada — retomou Callum. — Mas não ache que isso esconde todas as outras coisas que estão flutuando por aí.

— Devemos trocar figurinhas? — Parisa parou de repente, se virando para encará-lo, e dois pedestres precisaram desviar dos dois na calçada. — Não tem mais ninguém ouvindo. Podemos ser o que somos.

— Está bem. — Ele a observou de perto como geralmente fingia não fazer. — Você não precisa de mim.

Uma sobrancelha arqueada.

— Você quer minha ajuda — continuou Callum. — Embora não esteja tão contrariada com isso quanto deveria. Não consigo pensar nos motivos.

— Claro que não. Está ocupado demais pensando em Tristan.

Parisa abriu um sorrisinho, e Callum se perguntou se era assim que ele costumava se comportar, deduzindo que era. Não espantava que, no geral, as pessoas não aguentassem sua presença.

Mas havia outra coisa em Parisa. Algo outonal, profundamente enraizado. Terreno.

— Você está de luto — percebeu Callum.

Sob as lentes dos óculos, os olhos escuros dela deixaram os dele, fitando o nada por um instante antes de retornarem. Denunciando a mentira.

— Você está interpretando errado — disse ela, curta e grossa. — Não é luto.

— Não?

De vez em quando, ele interpretava mal. Emoções tinham certas inconsistências, tinham digitais dúbias. Dessa vez não estava errado, mas não havia por que discutir.

Parisa balançou a cabeça, talvez testemunhando o ceticismo dele.

— Não importa — continuou. — Mas mandei mensagem para você porque Atlas está morto.

A ficha demorou um pouco a cair. Callum suspeitava da morte, óbvio, mas não associava tais sentimentos a Atlas Blakely. Não havia desconfianças vazias, nem qualquer noção de equívoco. Estava mais próximo de saudade, algo que não bem arrependimento, mas que também não era só remorso. Era mais como inspirar algo desconhecido, a sensação de estar longe de casa.

Callum se endireitou, decidido a não se perder em pensamentos, quaisquer que fossem.

— O que vamos fazer a respeito disso? Não me diga que você vai assumir a Sociedade.

— Claro que vou assumir a Sociedade. — Parisa jogou o cabelo para trás. — De certa forma. — Em seguida, acenou com o queixo para que ele a seguisse. — Vamos. Temos um compromisso.

— Você tinha tanta certeza assim de que eu viria? — Ele se embrenhou na multidão, alcançando Parisa em dois passos longos. — E tome cuidado — acrescentou, com uma olhada ao redor para as figuras perto das portas. — Muita gente nos quer mortos, e nem estou contando as outras quatro pessoas no nosso grupo.

— Não mais. Bem... — emendou Parisa. — Não se fizermos isso direito.

— Fizermos o quê?

Parisa parou diante de um prédio colonial, de estilo barroco holandês, se Callum tivesse que adivinhar. Sóbrio e contido, com janelas palladianas sustentadas por colunas clássicas, um arco triunfal. Não havia placas nas portas de vidro, nenhum número no edifício. Pisos de mármore reluziam no interior lustroso.Ele reconheceu a alma do prédio de imediato, como Parisa devia ter percebido.

— Nós dois vamos a uma reunião do Conselho de Diretores da Sociedade Alexandrina — explicou ela.

Callum inclinou o pescoço para observar o prédio por inteiro, franzindo a testa. Sim, era o mesmo prédio onde estiveram antes. Uma mistura de antigo e novo, com a adição contemporânea mais alta mascarada por recriações do design original influenciado pelo estilo veneziano à frente.

— E qual é o nosso objetivo? Colocar você na presidência? Te coroar Alta Sacerdotisa ou algo assim?

— Você passou tempo demais com Reina. Não tenho o menor interesse em governar, seja o que for.

Parisa passou uma credencial diante de um sensor, e a porta se abriu.

— Você tem razão, é mais complexo que isso.

Ele podia sentir a gravidade, a organização. Uma sequência de dominós caindo, uma coisa que levava à seguinte.

— Lógico que é — disse ela, seguindo pelo saguão.

Nenhuma cabeça se virou para olhar.

— Lógico que é — repetiu Callum, baixinho.

Parisa andava como se já tivesse estado ali antes, familiarizada com o território. Callum não sentia nenhuma apreensão vindo dela, embora houvesse dúvida de sobra, sua mente fazendo cálculos, os passos dela como o bater de um ábaco. Não uma vitória, não exatamente. Sua perda fora esperada, mas ainda substancial.

— Você mudou de ideia.

— Sim. — Ela entrou no elevador, apertando um botão para o último andar. — Mais algum comentário?

Ele flexionou a mão, percebendo que aquilo era recreativo. Como crianças no parquinho. Era *mesmo* divertido.

— Fez um acordo com alguém?

— Obviamente.

Ela o encarou com desaprovação.

Justo. Callum tinha passado muito tempo entre amadores.

— Não é pessoal — acrescentou, interessado.

Em resposta, ela bufou com desdém.

— Claro que é. Não ficou sabendo? Não sou capaz de altruísmo.

— Ah, vejo que Reina pisou no seu calo.

Parisa tirou os óculos escuros e o fuzilou com o olhar. Ele fez o mesmo e riu.

— Está bem, talvez te beneficie, mas não é *para* você — corrigiu-se Callum.

— Sei como você fica quando está ganhando.

— Não vejo uma vitória. Isso é o mais próximo que vamos conseguir chegar de uma.

O elevador parou no andar escolhido e apitou. Parisa saiu, e Callum segurou o braço dela.

— Você falou sério.

A sinceridade era um pouco desconcertante. Não era diferente do que sentira na professora cuja vida ele arruinara por um mero impulso no baile da Sociedade no inverno anterior. Algo pesado, mas também vazio. Parisa não apenas não via uma vitória — nem estava mais em busca de uma.

— Claro que falei sério — retrucou ela, irritada. — Por que não falaria? Faremos isso e então amanhã farei outra coisa. E cedo ou tarde ficarei velha e nada terá mudado, e eu morrerei e você também, e tudo estará acabado.

Callum sentiu o gosto de algo ácido. Vinagre balsâmico e corte de papel.

— Não vejo uma vitória — repetiu ela. — Então talvez eu esteja cansada de vencer.

— Mas então...

Callum percebeu que franzia a testa quando o olhar divertido de Parisa pousou em sua testa.

— Cuidado — alertou ela. — Hora de cuidar dessas ruguinhas.

— Não use minha vaidade como arma só para não falar da sua.

Ele a examinou em busca de outra coisa, algo que costumava estar ali ou que havia mudado. Existir só por existir, dissera sobre ela antes. Sobreviver só por sobreviver, por puro instinto de maldade. No entanto, ainda estava ali, tudo que já tinha visto nela. Era a ausência de mudança que tornara o comportamento dela tão desconcertante?

Parisa riu alto.

— Você está ignorando o óbvio, não está? Sou o que sempre fui. Você só esteve errado o tempo todo.

— Não.

Ele não estava errado. Às vezes interpretava mal, mas sempre soube que Parisa era perigosa, que tinha a constância de uma ameaça.

— Vou explicar o que você está ignorando, seu belo idiota. *Eu* não mudei — disse ela. — *Você* mudou.

Se ele a encarava sem reação, era apenas porque tentava se concentrar.

Parisa parecia achar graça.

— Atlas Blakely está morto — repetiu ela —, e qual foi o seu primeiro pensamento?

— Que bom? — respondeu Callum.

A expressão dela em resposta foi, no mínimo, familiar.

— Uau. — Parisa se virou e continuou a caminhar. — Venha, vamos chegar atrasados.

— Espere. — Ele a alcançou com outro longo passo. — Qual foi meu primeiro pensamento?

Parisa o ignorou, abrindo a porta de uma sala de reuniões e avançando sem esperar.

— Parisa — sibilou Callum. — Eu...

Então se deteve, percebendo que a sala estava ocupada pelo fedor da chatice e de um almoço sem graça padronizado. Sanduíches sem glúten. Pelo menos dois banqueiros. Bacon. Duas mulheres além de Parisa. Ah, espere, uma delas era Sharon, a mulher que trabalhava nos serviços administrativos. A outra era mais velha, bem mais velha. Não gostou das dimensões do decote de Parisa. Callum pressentiu salada de ovos e inveja, agrião e desgosto.

Uma mulher que não era Sharon. Cinco homens. Não, seis. Vários eram europeus ou estadunidenses, não dava para determinar. Um tinha pele marrom, sul-asiático ou do Oriente Médio — e ligeiramente familiar, pensou Callum, guardando a lembrança nebulosa, e outro que talvez fosse italiano ou grego. Dois homens discutiam em holandês (apenas um era falante nativo) até que Parisa pigarreou, gesticulando para Callum se juntar a ela. Depois puxou duas cadeiras para eles, longe da mesa.

— Eles não parecem estar se perguntando o que viemos fazer aqui — observou Callum, sentado na cadeira que ela lhe oferecera.

— Eles não se perguntariam, não é? — concordou Parisa, o que, para ele, parecia resposta suficiente.

— Vamos começar? — perguntou a mulher, com um tom esnobe.

Francesa, talvez suíça.

— Ainda estamos esperando por...

A porta tornou a se abrir, e uma mulher asiática bem mais jovem entrou. Ela baixou a cabeça em desculpas, viu Callum e Parisa e pareceu ignorá-los.

— Ah — disse um dos homens que falavam holandês. — Srta. Sato.

Parisa se remexeu na cadeira. Sem que fosse solicitado, Sharon — Callum deu um pulo, tendo se esquecido da mulher por um momento — se inclinou ao ouvido de Parisa para responder à pergunta não dita.

— Aiya Sato. Foi escolhida para ser nomeada para o conselho de diretores.

Parisa assentiu, pensativa. Callum conseguia ouvir o rolar das consequências outra vez.

— Jovem — comentou ela. — Japonesa?

— Isso.

Callum percebeu que Sharon estava se mostrando um recurso muito útil, embora não pudesse imaginar o que dera nela para servir como assistente pessoal de Parisa.

— Alguém morreu? — perguntou Parisa, com tranquilidade.

— Sim, e outro saiu. Há duas vagas em aberto. Nove diretores no total.

— Apenas uma vaga, então — disse Callum, franzindo a testa. — Há oito pessoas aqui.

Parisa o observou de esguelha.

— Quando precisarmos de você, eu aviso.

Os outros membros haviam começado a tomar seus assentos à mesa. Callum percebeu que um deles, o cavalheiro sul-asiático, se sentou diante dos outros, que se acomodaram em fileira. Aiya Sato não havia recebido um assento, o que não a surpreendeu. Ela puxou uma cadeira na ponta, dirigindo um breve olhar para Callum.

Ferro. Ela estava acostumada com aquilo.

— Então — disse a mulher francesa ou suíça, antes que o italiano começasse a falar por cima dela.

— Podemos ir logo com isso? Temos mais o que fazer.

Houve uma onda instantânea de concordância com uma ou duas pitadas de irritação. Alguém era português, supôs Callum, observando mais de perto coisas como designers, detalhes importantes, lealdades. Três britânicos no total.

— Está bem, alguém está com as atas? — Um dos homens ingleses se levantou. — Ainda é cedo, mas devemos ficar de olho nos últimos perfis de recrutamento.

— Isso poderia ter sido resolvido por e-mail. — Ah, Callum tinha se enganado, um dos britânicos na verdade era canadense. — Pensei que essa reunião fosse para votar?

— Certo, um voto de desconfiança em Atlas Blakely, o que deve ser bem simples — comentou a mulher suíça (Callum sentiu neutralidade) —, considerando que ele não se deu ao trabalho de comparecer.

Callum olhou para Parisa, que o encarou com firmeza. *Eles acham que um homem morto simplesmente largou o cargo para trás?*

Sabe o que você se esqueceu de perguntar?, devolveu ela em resposta, voltando a atenção para os membros à mesa. *Quem o matou.*

— Todos a favor? — perguntou o italiano.

— Sim — concordou o resto da sala.

O cavalheiro sul-asiático ainda não havia se pronunciado, mas Callum conseguia sentir a presunção que emanava dele, um toque de satisfação. Lavanda e bergamota com condensação leitosa, como uma xícara floral de London Fog. O sujeito parecia muito familiar, como alguém que Reina lhe mostrara antes. (E que, naturalmente, Callum não havia memorizado. Para quê?)

— Feito — determinou a mulher suíça.

Aiya Sato, em período de experiência, ficou quieta no canto, de testa franzida. Parisa se inclinou na direção de Callum.

— Diminua a desconfiança dela.

Callum a encarou, confuso, mas deu de ombros. Era fácil de encontrar, mais fácil ainda de alterar. Os ombros de Aiya relaxaram. Ela parou de cutucar a unha. Estranho que apenas uma pessoa estivesse desconfiada, pensou Callum, mas pelo menos ele não estava tendo que se esforçar.

Vai me dizer por quê?

Não, respondeu Parisa.

Você não poderia ter resolvido sozinha?

Claro. Algo repuxou o cantinho dos lábios dela. *Mas está quente e eu estou cansada.*

A presunção do homem sul-asiático estava sufocando Callum aos poucos, fazendo-o se afundar ainda mais no assento e se apoiar no ombro de Parisa.

Este é o homem que você escolheu para substituir Atlas Blakely? Ele não parece seu tipo.

Qual exatamente você acha que é o meu tipo?

Verdade, não faço ideia do que você viu em Dalton, respondeu Callum, dando de ombros. *Nem em Tristan, acho.*

Ah, claro, você não faz ideia do que pode ser atraente em Tristan.

De alguma forma, o sarcasmo via telepatia era mais irritante.

Eu não falei isso.

Um dos homens holandeses se pronunciou.

Nesta situação em específico, eu gosto de homens obedientes, informou Parisa, sobre o zumbido de alguma apresentação superficial, *e úteis.*

Eu deveria me ofender?, respondeu ele, e Parisa levou um dedo aos lábios, fazendo-o se calar.

— Isso é pouco ortodoxo, no mínimo. — A mulher suíça discutia com o italiano. — Não é como se nunca tivéssemos recrutado do Fórum...

Callum lançou um olhar para Parisa, que balançou a cabeça, calando-o outra vez.

— Mas você pode mesmo afirmar que isso se refere a alguma integridade particular? Ou...

— Com licença — interrompeu o sujeito sul-asiático, tranquilo. — Entendo a hesitação de vocês. Como parte do Fórum, minha missão sempre foi priorizar o acesso. Mas acredito que há certo valor em construir pontes entre filosofias de mentes elevadas, e minha posição sobre a Sociedade Alexandrina sempre foi de grande respeito.

Callum se deu conta tarde demais. Aquele era Nothazai, o líder do Fórum.

Respeito? Este homem tentou nos matar várias vezes.

Callum conhecia o delírio, em especial delírios compartilhados entre homens poderosos, mas isso era incrivelmente falso.

É fofo, não é?, comentou Parisa. *Espere só para ver quantas pessoas vão concordar.*

Callum contou. Três. Quatro. *Isso é coisa sua?*

Parisa deu de ombros. *Plantei a ideia naquele ali.* Ela indicou o canadense. *Ele fez o resto.*

Por que ele?

Não importava qual fosse. Eles não têm muitas escolhas adequadas. Os outros candidatos que Sharon apresentou eram todos... A boca de Parisa se contraiu com uma risada irônica, algo ao mesmo tempo condenatório e entediado. *Inadequados.*

Callum se perguntou quais armas ela escolhera usar. Passado ruim? Orientação sexual? Universidade em que estudaram? Berço? Presença de vagina? Os membros do conselho da Sociedade não eram contra *todas* as mulheres, óbvio, considerando que havia duas ali. A ótica sugeria que as vozes delas poderiam ser prontamente ignoradas, mas até intolerantes tinham seus queridinhos.

Sim, confirmou Parisa.

Divertido, respondeu Callum. *Devo me indicar para este conselho?*

Só se você quiser receber a newsletter semanal deles.

Entendido, disse Callum, estremecendo, e Parisa riu baixinho.

Então você quer que eu os convença a votar a favor de Nothazai, imagino?, pressionou Callum.

Parisa fez um som hesitante, e ele conseguiu sentir o gosto da decepção quando ela respondeu:

Se você quiser. Não acho que vai ser necessário, mas assim a reunião vai acabar mais rápido.

Callum achou que tinha entendido logo de cara o motivo de ter sido levado ali, mas, pensando melhor, não fazia a menor ideia.

Tudo isso para não ficar cansada?

Silêncio.

Ele insistiu outra vez. *O que Nothazai fez para convencer você?*

Parisa o encarou. *Quem disse que ele teve algo a ver com isso?*

Callum observou a sala mais uma vez, em busca do que poderia ter perdido. Mas não encontrou. Não estava claro qual arma Parisa tinha a intenção de usar, nem que motivo teria para usá-la. *Você poderia muito bem ter se escolhido. Poderia ter assumido se realmente quisesse.*

Callum. Ela o observou, cansada. *Qual foi seu primeiro pensamento quando soube que Atlas Blakely estava morto?*

Ele abriu a boca para responder, mas foi interrompido pelo som fraco de aplausos.

— A moção foi aprovada — confirmou o canadense, se levantando e estendendo a mão para Nothazai do outro lado da mesa. — Parabéns, Edwin.

Edwin? Callum fez uma careta, mas Parisa não estava ouvindo.

— Obrigada — disse ela, olhando para trás e se dirigindo a Sharon, de quem Callum havia se esquecido outra vez.

Em seguida Parisa se levantou, fazendo sinal para que ele a seguisse.

Espera, aonde vamos?

Quando Parisa abriu as portas da sala de reuniões, nenhuma cabeça se virou. Ela caminhou mais rápido do que Callum esperava, como se tivesse pressa para chegar a outro lugar.

— Espere, Parisa... — Callum correu atrás dela de novo. — O que eu vim fazer aqui? Você não precisava de mim para a reunião.

Ninguém naquela sala precisava da ajuda dele para fazer algo totalmente idiota, não que tivessem pedido sua opinião.

Ela abriu outra porta sem placa e Callum seguiu, atordoado. Sentia o pulso dos passos dela em seus ouvidos, altos e estridentes.

Não, espere, não eram os passos dela que ele sentia, era...

— Parisa. Aonde vamos?

Não eram os passos dela. Era o coração. O som no ouvido dele era o sangue dela correndo.

Parisa apertou o botão do elevador.

— Vamos voltar.

— Voltar? — Só havia um lugar para o qual *voltar*, embora Callum não pudesse imaginar o motivo. Ela quisera sair e ele também. — Por quê?

Ela enfiou algo na mão de Callum, que piscou, fechando os dedos ao redor.

— Parisa, o que...

— Eu explico quando chegarmos lá — declarou ela quando as portas do elevador se abriram, deixando Callum carregar o peso da pistola em suas mãos.

· TRISTAN ·

Era quase como se afogar. Como ser engolido por areia movediça. O reconhecimento viera como um raio, o golpe da certeza como uma epifania ou um trovão de medo, mas os efeitos não tinham surgido tão rápido, de uma só vez. Era mais como a água sendo aos poucos drenada da banheira.

O que significava que ele tivera vários segundos para perceber o que estava acontecendo. Algo falhara no experimento, isso era óbvio. Ele os vira, os outros mundos, e não pareciam portas. Nem partículas. Parecia que o tempo se estendia sobre uma curvatura de vastidão, um espelho distorcendo a imagem que Tristan tinha de si mesmo. Como se ele pudesse bocejar e sair de si e aos poucos retornar em uma forma diferente, derretendo como manteiga de um mundo para o outro.

Espere, pensou ele quando sentiu; quando pressentiu a exaustão começando a se desfazer. Como um espirro que não saía ou os segundos que antecediam um orgasmo. *Espere, eu quase consegui, estou quase lá!*

Era verdade! Eles tinham provado! Havia outros mundos vivendo nas costas daquele, escondidos nos entalhes de sua coluna! Talvez em um deles Tristan fosse casado com Eden, talvez sua mãe estivesse viva, talvez o pai realmente o tivesse matado naquele dia no Tâmisa, opa, embora pelo menos naquele ninguém precisasse afagar seus problemas com o papai.

Em um daqueles mundos, talvez Tristan fosse feliz.

Talvez houvesse um motivo para os arquivos não quererem que ele descobrisse.

A primeira pessoa na mente dele não era Libby. Ele já sabia disso de certa forma, que as coisas entre os dois jamais poderiam voltar ao normal, que mesmo que a amasse, também a odiava um pouquinho, por ter dado a ele mais um motivo para se odiar. Porque ele havia passado a vida inteira se perguntando o que sou, quem sou, eu sou importante, sou útil?, apenas para se ver congelado naquele corredor, escondido enquanto ela estendia a mão e parava o coração de um homem. Tristan não oferecera ajuda nem tentara interromper.

A decisão, se alguém vivia ou morria, não era problema dele — sim, no fim das contas, Tristan Caine era assim, um homem de moral tão repugnante que o assassinato em si não era a questão —, mas, em vez disso, era sua reação a isso que continuava a perturbá-lo. O impulso de ficar paralisado, de não fazer nada. Insira algo aqui sobre um lugar guardado no círculo mais quente do inferno (ele estava familiarizado com esse resultado), mas Tristan não era uma boa pessoa e já sabia disso. Ele *soubera* disso. Se fosse uma boa pessoa, teria parado de falar com Callum Nova. Não estaria desesperado assim, devastado pela perda da onipotência potencial, porque se importaria com outras coisas. Não sabia o quê, exatamente, mas talvez houvesse um Tristan em algum outro mundo que soubesse! Talvez existisse um Tristan que gostava de hobbies e praticava meditação diária, mas ele jamais saberia, e *era isso que o incomodava*. O fato de, seis meses antes, Libby Rhodes ter provado que ele era o tipo de homem que cruzava os braços e não fazia nada. E ali, finalmente, ele estivera prestes a fazer algo. E Libby tomou isso dele mesmo assim.

Mas ele não pensou em Libby, não para valer. Pensou, primeiro, em Atlas Blakely, o homem que estivera no escritório de Tristan dois anos antes e lhe dissera que ele havia nascido para algo mais. Na época, Tristan tinha encarado aquilo como pura conversa fiada, uma ferramenta de retórica. Um homem lhe dissera que era alguém especial e ele não buscara sinais, não conferira se havia armas, não tinha percebido que a arma era *ele*. Mas essa sensação também não era ressentimento. Tristan vislumbrara a possibilidade de outros mundos e estava ao menos maravilhado o suficiente para sentir algum tipo de fascínio. Para sentir a presença de um significado maior — *eureca*! Encontrou júbilo e teimosia abjeta. O direito de esvaziar a banheira era apenas dele.

Porque Atlas Blakely tinha razão, eles eram parecidos, eram *a mesma coisa*. Eles eram sonhadores! Não do tipo produtivo, com propósitos, mas sonhadores tristes e vazios. Homens alquebrados que faziam planos porque não podiam criar espanto — do tipo que vinha acompanhado de fascínio, como quem via um anjo com tochas flamejantes no lugar de olhos. Eram homens que tomavam decisões terríveis porque era a única maneira de sentir algo. *Eu entendo agora!*, queria gritar. *Entendo por que você se fez de deus, porque era a única maneira de honrar sua tristeza!* A solidão era tão frágil, tão humana, tão lamentável que era quase fofa, quase perdoável. Uma crença assim, um propósito assim, não poderia ser abalado. Não poderia ser silenciado. Dava para construir castelos sobre uma certeza assim. Era possível usá-la para construir admiráveis mundos novos.

A Sociedade cometera um erro ao escolher um homem como Atlas, que por sua vez escolheria um homem como Tristan. Os Alexandrinos deveriam ter continuado com aquilo que faziam bem — produzir aristocratas que não discutiriam, que não tinham problemas com discrição, que matariam sem parar e nunca questionariam o que resultaria daquele sangue derramado. As Cruzadas, a Era da Exploração, o mundo foi construído com base na capacidade dos homens de saberem guardar um segredo, restaurar a ordem, condenar outros à ignorância só para se manterem no topo. A Sociedade Alexandrina, que piada. Um dia, alguém realmente a incendiaria, a destruiria, porque cedo ou tarde o sangue certo *não existiria mais*, o nascimento certo *não importaria mais* — em algum lugar, um dia, não em um mundo paralelo, mas naquele, haveria revolução. A punição que o mundo merecia estava chegando, e então tudo que restaria seriam Tristans e Atlas que nasceram *já sabendo* que aquele mundo estava condenado. Que sabiam que aquela biblioteca e todo o seu conteúdo nunca tinham pertencido àqueles que estavam dispostos a matar para se manterem vivos.

Naquele momento, Tristan soube: um dia aquele mundo acabaria, e em seu lugar surgiria um novo. Um dia, em um mundo que não deixasse seus habitantes tão famintos, alguém usaria a biblioteca para ler um livro e tirar um simples cochilo.

Tristan entendia tudo isso, juntando as peças do quebra-cabeça enquanto observava partículas de magia, movimentos e agitações que dançavam e ricocheteavam e buscavam um alvo. Ele sabia — como se estivesse lendo um de seus livros e descobrisse qual seria a reviravolta, ou testemunhasse pela décima vez algum recurso narrativo — o que estava para acontecer. Ele se preparou, à espera de onde todo aquele poder recairia. Não seria nele. Pois ele era pequeno e constrangedor, não era nada, um grão de areia, e sabia que nunca seria capaz de segurar. Moralmente falando, eticamente falando, talvez até em termos de intangíveis metafísicos como substância ou alma, Tristan era insignificante, transparente, cheio de vazios — se *ele* se atirasse sobre uma granada, ela ainda destruiria tudo em seu caminho. Então havia apenas duas opções.

Não, apenas uma.

Ele ficou surpreso com a dor da constatação, embora não devesse ter ficado. Se, antes de entrar naquela sala, alguém tivesse pedido a Tristan que escolhesse uma pessoa para carregar o peso do mundo, ele teria dito Nico de Varona. Teria dito sem hesitar. Teria dito em um tom sardônico que ele não poderia evitar, aquela era a voz dele e pronto. Teria dito que Nico de Varona era o único que poderia salvar alguém. Já o vira fazer isso. Tristan mesmo era uma prova viva.

Como em um ralo, ficou mais rápido perto do fim. Implosão, essa era a palavra. O inverso de inflação. Tristan sentiu a gravidade voltar a seu peito como se tivesse levado um tiro. Encarou e encarou a cena, e foi apenas uma fração de segundo, a dança das coisas, a aurora da vida que pairava por um momento antes de se apagar.

Não, pensou ele. Não, isso não era certo.

Alguém gritava, e Tristan se perguntou se era ele. Se tinha ficado parado mais uma vez, inútil como sempre, ou se nunca tinha se mexido porque nunca foi o arqueiro, sempre foi a flecha. Ele era a arma de alguém mais uma vez.

Todos foram lançados para trás com o impacto. Dalton foi o primeiro a se levantar, a ver os efeitos do impacto, que havia abalado Tristan com tanta força que sua visão dançava com pontos brilhantes de fluorescência onde Nico havia estado.

— ... sabe o que fez, tem ideia?

A voz de Dalton ia e vinha, alternada com um grito ensurdecedor no ouvido de Tristan.

— ... que consertar, saia da frente, alguém tire ele...

Tristan se sentou. A sala girava. Ele virou a cabeça e vomitou, a visão clareando apenas o suficiente para perceber que o rosto de Libby, pressionado à madeira do piso, estava pálido. Um pequeno corte na testa, lágrimas em suas bochechas. Ela não deu um pio, como se não fizesse ideia de que chorava.

Ele a *amava*. Não amava? Tristan ficou de joelhos, estendendo a mão para ela, tropeçando em um corpo no chão.

— ... precisa ser rápido, e aí podemos fazer de novo. Saia da frente, saia da frente!

Tristan nunca tinha ouvido Dalton falar assim. Era mais que raiva, parecia uma frustração infantil. Uma pirraça.

— Sua idiota, faz ideia do que fez, do que será necessário para que eu o restaure? Isso *se* tiver sobrado magia no corpo dele!

Tristan empurrou Dalton, afastando-o até ter certeza de que não comprometeria o corpo no chão. Depois, devagar e com esforço, alcançou Libby.

Tempo e circunstância se contorceram de novo enquanto Libby se afastava dele, balançando a cabeça.

— Não — dizia para si mesma, calma demais, como se talvez não tivesse percebido que não havia apenas acordado de um sonho. — Não, não, este é... este não é... Gideon — implorou, se afastando de Tristan para ir até o outro. Gideon, merda, Tristan nem tinha pensado nele, tinha se esquecido completamente. — Gideon, sinto muito, eu posso... em algum lugar dos arquivos deve haver algo, um livro ou coisa do tipo, nós podemos consertar...

— Nós? — Gideon rosnou para ela. Tristan também nunca o vira usar aquele tom de voz. — *Nós* não podemos consertar isso, Libby!

— Atlas pode — disse Dalton, categórico. Ele entrava e saía da raiva, então retornando à certeza acadêmica. — Posso trazer o físico de volta por tempo suficiente para reservar o que não estiver danificado, e então Atlas pode colocar em uma caixa, como fez antes. Ou então os arquivos podem...

— Quer calar a boca? — A voz de Gideon outra vez. Tristan estava distraído com a sensação em sua boca, borrachuda e grossa como pasta. — Você não vai colocá-lo em uma caixa. *Não pode* colocá-lo em uma caixa, ele não é um experimento científico para vocês brincarem de Frankenstein...

— Gideon. — A voz de Libby outra vez. Ainda estava um pouco fria, um pouco anestesiada. — Você não entende, nós não podíamos deixar isso acontecer. O experimento foi...

— Pare de dizer *nós*. — As palavras eram frias como gelo. Até Tristan sofreu os efeitos delas em uma enxaqueca súbita e intensa. — Não me diga que sente muito, Libby. Você fez uma escolha. Admita, porra.

— Foi necessário. — Ela tentava alcançar a mão imóvel de Nico, e o estômago de Tristan revirou de novo, a bile cobrindo sua língua. — Sei o que fiz e, pode acreditar, Gideon, não foi fácil para mim...

— Não me importo se foi difícil! — Algo foi expelido de Gideon, uma explosão leve de calor que ameaçou queimar a ponta dos dedos de Libby. Ela se encolheu como uma criança ferida. — Está entendendo? Entende que não existe nenhum mundo em que eu te perdoe por isso?

— Estávamos indo longe demais — insistiu ela. — Fomos longe demais, tudo isso é demais, você não faz ideia do que eu já vi, Gideon, do que já fiz só pa...

Libby se deteve quando viu o rosto dele. Tristan limpou a boca, ergueu o olhar.

Ele conhecia aquela expressão. Não era fúria. Não era raiva.

Era angústia. Algo mais profundo que dor, mais silenciador que fúria.

Era luto.

— Você não tem o direito de usar a morte dele para se chamar de heroína — declarou Gideon. Os olhos dele estavam anestesiados, sem vida. — Vá embora. — E então, com mais firmeza: — Agora.

Libby comprimiu os lábios.

— Você não é o único que o amava. Não é o único que o perdeu. Não seja egoísta, Gideon, por favor. — Gideon estremeceu com a palavra *egoísta*, e até Tristan se perguntou se ela não tinha dado um golpe baixo demais. — Me escute, você não entende o que tem nesses arquivos. O tipo de conhecimento nestas paredes. — O olhar de Libby recaiu na porta da sala pintada, para o que Tristan entendeu tardiamente ser a ausência de Dalton. A sala de leitura, percebeu Tristan. Dalton devia ter ido aos arquivos. — Gideon, não acabou. Se Dalton puder encontrar uma forma de...

— Ele não vai fazer isso. Não vai tocar nele. — Gideon estava encolhido ao lado de Nico, a cabeça sobre seu peito imóvel. — Seja lá qual for a forma mutante na qual pretende trazê-lo de volta, não vou permitir. Você vai ter que conviver com o que fez.

As palavras foram murmuradas, silenciosas como uma oração. Devastadoras como uma maldição. Tristan sentiu as ondas da consequência e soube que tinha acabado. Estava feito.

— Gideon.

Para crédito dela, Libby era íntegra demais para tremer. Ótimo, pensou Tristan, numa constatação absurda. Nico não teria ficado satisfeito em morrer por nada menos que certeza. Ele praticamente conseguia ouvir a voz de Nico: *Rhodes, se vai me matar, pelo menos tenha certeza. Duvidar é tão juvenil que seria melhor você deixar sua franja crescer de novo.*

— Sabe o que é engraçado? — perguntou Gideon, baixinho.

Libby não respondeu. Tristan não se mexeu.

— Eu nunca quis as respostas que ele procurava. Quem eu era. *O que* eu era. — Gideon se sentou, atordoado. — Eu nunca precisei descobrir porque estava satisfeito em ser o problema dele. Fosse lá quanto tempo me restasse, para mim bastava ser apenas o companheiro dele, ser seu amigo. Ser a droga da sombra dele. — Ele engoliu em seco. — Isso sempre bastou para mim.

Libby umedeceu os lábios, olhando para as mãos.

— Gideon, se eu pudesse fazer de novo...

— Sim. Sim, responda a essa pergunta. — Ele virou a cabeça para Libby com fervor repentino. — Você faria de novo?

Libby hesitou. Abriu a boca.

— Você precisa entender, foi...

— Ótimo. Admita. — Gideon a dispensou com um meneio da cabeça. — Vá buscar sua redenção em outro lugar. Viva com isso.

Ele se encolheu ao lado de Nico e fechou os olhos, e Tristan, que não era religioso nem sentimental, entendeu que havia ritos a serem feitos e que aquele era um deles. Por isso, se levantou e pegou Libby pelo cotovelo, conduzindo-a devagar para fora da sala.

— Ele não é o único que o amava. — Os dentes dela rangiam, as pernas tremiam. Tristan imaginou que devia estar muito desidratada e que provavelmente precisava dormir. — Ele não tem o direito de tomar essa decisão. Nós podemos dar um jeito.

Horas antes, teria sido um golpe. A essa altura, era apenas um insulto.

— Nós?

— Só temos que garantir que Dalton não tente repetir o experimento. Mas ele pode trazer Nico de volta — disse Libby. — Tenho quase certeza de que ele pode, ou os arquivos podem, e quando ele fizer isso...

Tristan só percebeu que tinha parado de andar quando ela se virou para encará-lo.

— O que foi? — perguntou Libby, embora seu tom fosse seco, sem emoção. Devia saber exatamente o problema dele.

— Por que você fez aquilo? — perguntou Tristan.

— O quê?

— Atlas. — Tristan respirava com dificuldade. — Por quê?

— Tristan. Você sabe por quê. — Ela soava cansada, exasperada, como se ele desperdiçasse seu tempo. — Tudo que fiz foi apenas para tentar salvar...

— Por que a escolha é só sua?

Libby piscou. Endureceu.

— Não me diga que também me culpa por isso.

— Por que não culparia? Você fez mesmo. Não me lembro de você ter pedido minha opinião.

Ele conseguia sentir os batimentos acelerados nos ouvidos, sibilando como náusea.

— Tristan. — Ela o encarou. — Vai me ajudar ou não?

Ele não sabia ao certo qual era o problema, só que estava se aproximando cada vez mais rápido. Havia um zumbido em sua cabeça, uma mosca ou algo assim, ou talvez fosse a voz de Callum, ou a de Parisa, ou talvez fosse Atlas dizendo *Tristan, você é mais que raro.*

Talvez fosse o fato de que ele não conseguia encontrar a própria voz no meio de todo aquele barulho infernal.

— Te ajudar? — repetiu.

Tristan, me ajude...

Ele já tinha visto a morte. O que um corpo podia se tornar. Partículas, grânulos. Componentes sem importância que, combinados, poderiam ser um milagre. A coexistência de significado e imperfeição. O universo era um acidente, uma série de acidentes, uma variável desconhecida que se replicava de novo e outra vez em velocidade astronômica. O mundo era a merda de um milagre e ela o tratava como uma equação matemática, como um problema a ser resolvido. Problema *dela*. Solução *dela*.

E Tristan, claro, limparia a bagunça.

— Achou mesmo que você era tão diferente? — perguntou, incrédulo, com uma vontade súbita de rir.

— Diferente de quê?

Libby semicerrou os olhos e, céus, nunca parecera tão jovem.

— De Atlas. De Ezra. De qualquer um. Achou mesmo que estava fazendo algo diferente, tomando uma decisão diferente?

Ela recuou alguns passos, se afastando como se ele a tivesse agredido.

— Está brincando?

— A ironia é que não acho que Atlas conseguia ver. Que depois de tudo que ele tentou fazer, nunca esteve criando um mundo novo. Estava apenas se recriando.

E que deus era aquele? Imagine um deus que não fazia nada além de criar deuses menores e piores. Bem, isso era mitologia, pensou Tristan. Talvez Atlas achasse que era Yahweh ou Alá quando, na verdade, era apenas Cronos devorando pedras, ignorando os indícios de sua progênie como sua própria ruína inevitável.

— Se continuar assim, Rhodes, vai se enterrar ainda mais. Vai sofrer mutações pelo caminho.

Era isso a que Gideon se referia. Nada voltava igual. Libby Rhodes não era a mesma, jamais poderia ser a mesma, e fosse lá o que Nico de Varona tivesse sido, eles já o haviam perdido. Eles o perderam.

Nico estava morto. Isso atingiu o peito de Tristan com um baque.

O luto, meu deus, o peso dele. A depressão era vazia, a tristeza era vaga. Nada era como aquilo.

— Só me responda uma coisa — conseguiu dizer, como se a resposta certa ainda pudesse salvar tudo. — Poderia ter sido você?

Tristan entendia a traição que cometera ao perguntar, mas decerto ela sabia. Decerto sabia que a pergunta era inevitável.

Libby pareceu chocada por um momento. Apenas um.

— *Deveria* ter sido eu? — vociferou ela em vez de confessar o óbvio.

Que Tristan pedira que ela escolhesse a si mesma da última vez, então como podia culpá-la por fazer isso de novo? Ele não podia, claro. Não de forma justa.

Mas o que naquilo havia sido justo?

Libby contraía a mandíbula, determinada. Mesmo com raiva, com frustração, Tristan não menosprezou a dor dela; sabia que ela sentia, que teria que conviver com aquilo e que era sua maldição, quer Gideon a tivesse lançado ou não, e Tristan não precisava lhe desejar o sofrimento que sabia que estava por vir. Ele se importava com ela o suficiente para entender que o resultado daquela escolha a danificara irreparavelmente. Ele a amava o suficiente para saber que Libby estava sofrendo além do imaginável.

Só não queria mais ajudá-la a fazer isso.

— Desde o primeiro dia, sabíamos que haveria um sacrifício — declarou Libby, erguendo o queixo. — Este era o único que teria salvado todos nós.

Ah, então ela achava que amava Nico mais que Tristan amava qualquer pessoa? Interessante. Sal na ferida. Mas com tanto sal, ele poderia encher um oceano.

— Todos queríamos ser os melhores — respondeu ele, por fim. — Parabéns, Rhodes. Agora você é mesmo.

Ele continuou andando até deixá-la para trás. Libby o seguiu, os passos acelerados para acompanhá-lo.

— Tristan. — A voz dela estava preocupada. — Aonde vai?

— Lá para cima.

— Tristan, nós temos que...

— *Nós* não temos que fazer nada. *Nós* estamos acabados agora, Rhodes. Estamos mortos faz tempo.

Tristan continuou a subir a escada, mais rápido, a raiva de Libby crescendo em estouros de fumaça conforme ele avançava.

— E tudo isso foi o quê, então? Está dizendo que não importa?

Ele a ignorou. Podia ouvir o pânico crescente na voz dela. Quis dizer algo, qualquer coisa, mas não achava que ela fosse entender. Não achava que qualquer um deles estava em posição de entender o que Libby fizera de errado, que era tudo ou nada.

— Eu ouvi você — relembrou Libby, parando à porta quando ele chegou ao quarto.

Tristan olhou ao redor, buscando uma mala, uma camisa limpa. A que usava tinha vômito e poeira de estrelas. Escolheu uma, mal ouvindo o chilique dela.

— Foi você quem me contou como voltar. O que achou que ia acontecer? — perguntou ela, ainda ali quando Tristan reapareceu, tendo trocado a camisa de antes por uma nova, tendo decidido quais calças poderiam ficar. Do que mais ele precisava?

Para quê?

— Aonde você vai?

Para longe, respondeu o cérebro dele. *Qualquer lugar, só não aqui.*

Ele desceu as escadas rápido, mas não às pressas. Não estava fugindo. Estava indo embora.

Havia uma diferença.

— Não se preocupe, Rhodes. Não vou contar para ninguém.

— Eu... — Ela parecia abalada. — Você concordou com isso, Tristan. Você sabia que o preço era sangue. Sabia tanto quanto eu, e se acha que...

Tristan se virou. Segurou o rosto dela com as duas mãos e a beijou.

— Importou — disse ele. — Tudo.

Pelo rosto aflito de Libby, percebeu que ela tinha escutado o adeus não dito.

— Tristan — choramingou ela.

Não dava para saber se era *fique* ou *vá*.

Fosse o que fosse, não importava.

Bem quando Tristan se virou para partir, ouviu um grito vindo do fim do corredor. A sala de leitura. Os arquivos. A luz no canto estava vermelha, sinalizando um problema nas proteções, e ele e Libby a observaram, imóveis, ambos se dando conta da ameaça.

Mas Tristan não era o Guardião dos arquivos. Ele era um pesquisador cuja papelada nem sequer fora arquivada, que não fizera nada em seu cargo além de encobrir a morte de outro homem, e, sinceramente, estava farto. Tinha concordado com tudo aquilo uma vez, verdade, mas a concordância de outrora não se aplicava mais. Que bem fizera qualquer coisa dentro daquela casa maldita?

Tristan se virou e continuou andando. Libby desapareceu de vista, uma imagem cada vez menor na mente dele. Por fim, ele saiu das proteções da casa, o sol poente atingindo seus olhos em cheio.

Tristan inspirou fundo. Soltou o ar.

Achou que seria... diferente.

— Ei, agora, *agora!* — disse uma voz atrás dele, seguida pela escuridão repentina de pensamento nenhum.

· INTERLÚDIO ·
EQUIDADE

Na vila de Aiya Sato — alguns anos antes de ser recrutada para a Sociedade Alexandrina, pouco depois de Dalton Ellery ter ressuscitado uma muda de planta com métodos controversos, mas antes de Atlas Blakely ter descoberto seu futuro entre os detritos do lixo da mãe —, havia uma gata que acreditavam dar sorte. Não pertencia a Aiya ou à família dela. Pertencia a uma vizinha jovem, que a encontrou escapando dos destroços de um terremoto e uma tempestade, e, mais tarde na vida, aquela vizinha teve a grande sorte de se casar bem e ter vários filhos saudáveis. Claro, a vizinha também era a filha próspera de um médico da vila. Então, como saber se a gata a tinha escolhido de fato ou se apenas tinha entrado na casa onde o aquecedor já estava ligado?

Aiya Sato não gostava de gatos, pensou ela, o olhar deslizando para os tornozelos, onde um deles esfregava a cabeça e pedia carinho, impertinente. Ela conteve a vontade de fazer careta e ergueu a cabeça com o sorriso da elegante toquiota que ela havia arduamente se tornado.

— É seu? — perguntou.

— Ah, deus, não. Da minha filha. — Selene Nova afundou no sofá ao lado de Aiya, cruzando os tornozelos com elegância antes de afastar um fio inexistente de cabelo dourado. — Ela implorou muito. No fim das contas, foi mais fácil assim, manteve todos bem mais quietos, e pelo menos não era um cachorro. Café? — perguntou Selene, com um gesto que invocou alguém do nada.

Aiya não tinha serviçais. De alguma forma, todos a faziam se lembrar da própria mãe. Poderia ter contratado um homem, claro, mas manter homens na casa parecia similar a abrigar gatos de rua, por mais sortudos que acabassem sendo.

— Não, obrigada.

Selene disse algo para a mulher, que assentiu, desapareceu e voltou com um copo de água com gás.

— Obrigada — disse Selene, com a expressão de adoração mesquinha oferecida a uma pessoa mal paga sem a qual ela não poderia viver. — Enfim — continuou, tomando um gole da água —, como eu ia dizendo, sobre essa... — um movimento do pulso — questãozinha do Fórum. Óbvio que vai passar.

— Óbvio — concordou Aiya.

O fato de que era o Fórum que comandava a investigação da Corporação Nova era como conclamar a participação das Nações Unidas. Condenação pública era ótimo, mas então quem conduziria a auditoria fiscal? Essa era a principal questão. Não haveria pena a cumprir, por mais pretensioso que o Fórum escolhesse ser.

Isso era a única coisa que valia a pena saber sobre o mundo. Se não havia como arruinar a fortuna de um Nova, então não havia como ferir um Nova, uma lei que excedia as limitações de qualquer governo ou culto filantrópico bem-intencionado.

— Mesmo assim — continuou Selene —, achei que talvez você pudesse ter boas ideias. Sabe, de mulher para mulher. — Um sorriso breve e ardiloso. — Ou, no mínimo, de CEO para CEO.

— Jura? Parabéns — disse Aiya, com prazer genuíno.

Selene não era um poço de autenticidade, mas também não era idiota, não era um monstro. Não podia evitar a fortuna que a acompanhava desde o berço. Nem melhor nem pior que a dona da gata da sorte, e bem ou mal tinha sido da gerência da corporação por quase uma década. Dimitris Nova sem dúvida não tinha feito nada de importante desde que a filha assumira as rédeas.

— Quando seu pai se aposentou oficialmente? — perguntou Aiya.

Selene abanou a mão.

— Foi recente. Bem recente. Talvez faça mais ou menos uma semana, nem sequer foi anunciado. Pensei que o conselho ia ter que arrancar o cargo das mãos frias e mortas dele — acrescentou, trocando um olhar astuto com Aiya —, mas, no fim das contas, ele sabia que era melhor assim.

Aiya entendia um pouco o que Selene devia ter suportado para herdar o império do pai. Não importava que Selene fosse da família, que fosse competente, que tivesse crescido com mais riqueza que qualquer outro membro do conselho poderia acumular em sete vidas. Um homem que não queria ouvir a voz da razão (ou uma mulher) era um homem fadado a não ouvir, a não ver, embora infelizmente nunca ao silêncio. Apenas a ameaça de perder dinheiro — ou a hipótese favorável de passar o manto do fracasso para uma mulher — era suficiente para calar um homem.

— É um bom negócio.

Aiya queria uma xícara de chá, mas nunca era tão bom quanto o feito em casa. Havia comprado um bule muito caro para seu novo apartamento em Londres, por puro capricho, um vermelho-cereja que combinava com sua roupa, mas que não fazia chá como a mãe dela fazia.

Porque nele o chá ficava bem melhor, claro. A tecnologia era uma coisa e tanto, e Aiya tinha um gosto excelente.

— Enfim, acho que vai ser necessário fazer alguma filantropia. Uma distração, sabe, de todos os problemas de imagem. — Selene tomou outro gole de água, taciturna por um instante. — Eu devia ter pedido a Mimi algo para comer. Está com fome?

— Um pouco — admitiu Aiya. — Algo leve, como da última vez?

Ela gostava do omurice da mãe, mas amava o caviar de Selene.

— Boa ideia. — Selene gesticulou outra vez, e Mimi reapareceu. — Um pouco de ossetra, com creme? E... você prefere blini? — perguntou Selene para Aiya, que assentiu. — Blini, por favor, e obviamente um pouco do Pouilly-Fuissé? A não ser que você prefira vodca — comentou, dessa vez para Aiya, que deu um leve aceno de cabeça para indicar que Selene podia escolher. (Não havia escolha errada.)

— Certo, maravilha. Obrigada! — cantarolou Selene para a empregada, a gata miando de novo nos tornozelos de Aiya. — Desculpe, posso pedir que a levem para o quarto...

— Não, não tem problema. — Aiya, que não chutava animais nem guardava mágoa, coçou de leve o pescoço da gata. — E, sim, talvez valha a pena recorrer a um dos projetos favoritos do Fórum — acrescentou, retomando o assunto original. — Eles são muito preocupados com pobreza. Todos eles ficariam bem agitados se você simplesmente a fizesse desaparecer.

Selene riu como sempre ria, com um efeito que criava ruguinhas adoráveis ao redor dos olhos, sem perturbar as ilusões. Ela tinha um gosto excelente, apenas um retoque aqui e ali, nunca perfeito demais. Parecia ter trinta e poucos, o que era respeitável para uma mulher chegando à meia-idade.

— Ah, meu pai ficaria furioso. *Furioso.* — Selene balançou a cabeça. — Talvez algo menor, tipo, ah, não sei. O Fundo Global das Crianças?

Aiya fez um breve gesto com o queixo, uma contradição silenciosa.

— Seu perfil demográfico está cada vez mais jovem, não é? Os menorzinhos gostam de uma promessa aqui e ali de que não vamos deixar o mundo virar uma merda. Pense nisso como um pequeno prejuízo para um ganho maior.

Como matar um para salvar cinco, por exemplo. Impossível no momento. Inimaginável.

Facilmente esquecível.

— O conselho vai infartar com isso. Eles vão dizer que é um péssimo negócio, sem retorno financeiro. Mas só tem idiotas no conselho — cantarolou

Selene, baixinho, para si mesma, ainda sorrindo, então Aiya soube que ela estava considerando. — Eu gosto — confirmou. — É ousado.

Provavelmente também era uma quantia equivalente ao que Selene Nova ganhava com rendimentos em um ano, apenas por estar viva, por ter nascido. Por respirar. O suficiente para doer, talvez, ou apenas chamuscar. Um pouco de dor por um grande prazer, e Selene não tinha os gostos extravagantes do pai. Não tinha interesse em iates e era linda demais para pagar por sexo. O conselho não veria isso como algo benéfico, claro, sendo apenas cópias menos bem-sucedidas do patriarca Nova, mas, se Selene fosse assertiva, eles não conseguiriam parar o que já estava em ação. Se ela anunciasse, ou sequer insinuasse em público para que sua fala viralizasse de imediato, o conselho rabugento não teria escolha a não ser ceder.

O poder de uma mulher era diferente do poder de um homem. Exigia o cabelo certo, o rosto certo, mas Selene Nova tinha tudo isso e mais. Coroada em ouro como era, ela tinha algo que nem mesmo Aiya tinha.

— Acho que também terei que fazer alguma coisa, para demonstrar apoio — sugeriu Aiya, enquanto o caviar era servido em pratinhos sobre lascas de gelo, com a iridescência delicada reluzindo nas colheres de madrepérola. Alguém além de Mimi apareceu com uma taça na mão, perfeitamente gelada. Aiya se fez pequena em gratidão, lançando um olhar modesto para Selene. — O que você acha, devo organizar algo? Um evento de caridade? Um leilão silencioso para celebrar o nascimento deste novo mundo?

Selene tornou a rir, depositando uma pequena quantidade de caviar na pele entre o dedo indicador e o polegar.

— Dá para imaginar? Acho que isso talvez me ajude a aproveitar melhor o mundo. Nova York sem os andarilhos pode mesmo ficar mais palatável.

Selene deslizou o caviar para dentro da boca, saboreando-o com uma expressão de êxtase antes de pegar o vinho. Aiya fez o mesmo, aproveitando a textura do caviar em sua língua. Gostava dele com as panquequinhas e o creme, mas esse método de consumo era um pouco erótico, como lamber sal marinho da pele nua.

— Talvez a gente deva simplesmente consertar os Estados Unidos — sugeriu Aiya em tom de brincadeira. — O trânsito lá é horrível. Talvez a gente possa presenteá-los com um ou dois trens para nossa própria conveniência, talvez um para Nova York ou Los Angeles? Melhoraria muito a Semana de Moda, acho.

Selene deu uma risadinha em sua taça.

— Um exagero, você não acha? De uma costa à outra?

Aiya começou a preparar um petisco decadente de caviar e crème fraîche sobre uma blini.

— Não são vizinhos? Nunca lembro.

— De qualquer forma, seria bobagem. Zero ganho capital — comentou Selene, e as duas riram lindamente em uníssono. — Mas, sim, vamos fazer uma festa! — acrescentou, com um brinde. — Se vamos recriar o mundo, é melhor fazermos em grande estilo.

— Então está decidido — respondeu Aiya. — Você visitará Tóquio na primavera? Para a florada das cerejeiras? Seu conselho vai adorar. E o meu ficará horrorizado com tudo que eles fizerem. — Conseguia até imaginar. Molho shoyu despejado de qualquer jeito sobre o arroz. Hashis fincados na comida, remetendo aos funerais. Confusão entre o que era chinês, japonês ou talvez até coreano. — Vai ser bom para nós duas.

— Sua mente é fascinante — comentou Selene, admirada.

O vinho estava quente na boca de Aiya. Era tudo tão sensual, as sedas da blusa de Selene, a acidez, os suspiros baixinhos de prazer. Caviar caro sempre lembrava Aiya de uma boa transa. Mobília luxuosa era sempre mais suave, vidraria chique sempre mais brilhante, lingerie bonita contendo um tipo de magia que nem as ilusões dos Nova poderiam fornecer. Era uma pena que grande parte do poder fosse apenas teatro, uma peça para mil assentos vazios. Uma pena que Aiya não pudesse apenas chegar mais perto e sugerir que Selene a seguisse até o quarto, onde tudo poderia ser ainda mais simples. Apenas um pouco de doçura para o paladar. Um pouco de fricção para relaxar as duas.

Infelizmente, não havia gatos da sorte para Aiya. Apenas a sorte que criara para si mesma, que tinha seus limites. Mesmo assim, ela tinha um vibrador para cada ocasião, e até o menor deles (uma concha rosa-perolada do tamanho de um pó compacto, que no momento estava em sua bolsa) era mais eficaz que lábios ou dedos de uma pessoa de verdade. E existia algo mais gostoso que um bom champanhe? Todo o resto — felicidade ou propósito ou bondade simples e pura, a capacidade de amar ou mesmo de foder sem julgamento, a habilidade de não ser interrompida em uma sala cheia de homens brancos — era apenas brilho sem substância. Só barulho.

Se Aiya não podia ter sorte, ao menos tinha a paciência, a força para saber que o verdadeiro poder era muito simples. Não era negociável. Era a habilidade de esquecer uma casa vazia, uma vida vazia, porque significava não ser enterrado em uma cova rasa depois de uma vida de servidão. Era a liberdade de fazer escolhas que não acabassem em miséria ou morte.

Qualquer um que pensasse o contrário não tinha sentido o gosto da fome, ou do caviar de Selene Nova.

— Um brinde ao nosso novo mundo — propôs Selene, erguendo a taça para a de Aiya.

Aiya abriu um sorriso inocente em resposta. (Se Atlas Blakely tivesse escolhido confiar em Aiya Sato em vez de em Dalton Ellery, ela teria dito isto a ele: quando um ecossistema morre, a natureza não se lamenta. Por que aceitar os termos da Sociedade por outro motivo que não seja viver?)

— Ao nosso novo mundo — concordou ela, aceitando o brinde de Selene com a doçura de um beijo.

· PARISA ·

— Temos questões não resolvidas — disse ela depois de entregar a Callum a pistola com o logotipo *W* brilhante que pegara de Eden Wessex, conduzindo-o para o transporte quando as portas gentilmente se abriram. — E você vai me ajudar a resolver.

Callum a seguiu com cautela, olhando para trás, como se tivesse certeza de que estavam sendo observados.

— Quer minha ajuda para matar Rhodes, então? Duvido que eu seja a pessoa certa para isso — sibilou ele, se preparando para enfiar a arma no cós da calça como um caubói idiota.

— Cuidado com essa coisa. Já vi que você não sabe usar. E, sim, isso mesmo.

Com isso, queria dizer que Callum *realmente* não era a pessoa certa para matar Libby Rhodes. Certas, no entanto, eram as inúmeras dúvidas que flutuavam na cabeça dele. Será que Parisa precisava mesmo de sua ajuda, considerando que havia acabado de orquestrar um golpe sozinha?

Se ela quisesse alguém morto, não teria a menor dificuldade em conseguir isso por conta própria. Provavelmente poderia plantar a ideia em qualquer um, até nele. *Principalmente* nele, quer Callum quisesse reconhecer isso ou não. Quanto ao sacrifício, qualquer outra pessoa teria tornado aquela morte específica mais valiosa. Para Callum, não custaria nada ver Libby Rhodes desaparecer.

Parisa colocou os óculos escuros outra vez, ainda que não fosse necessário, ouvindo os pensamentos de Callum ao encarar a pistola. Eram os mesmos de sempre, quase todos sobre si mesmo e sua própria natureza questionável. Ele entrou no elevador ao lado de Parisa com um suspiro, se perguntando quando tinha começado a distinguir os batimentos do coração dela.

— Esse treco aqui é mágico? — murmurou ele, desistindo de guardar a pistola. Em vez disso, abriu a bolsa dela e a enfiou ali.

— É, sim. Algum tipo de protótipo Wessex. E não para matar Rhodes — explicou, acrescentando um "desculpe" sem muito entusiasmo.

— Bem, eu espero mesmo que você não esteja falando de Tristan. — Callum cruzou os braços, olhando-a de esguelha. — Isso é coisa minha, então seria muita falta de educação.

— Não, Tristan não.

Não que ele estivesse chegando perto de conseguir.

— Varona, sério? — Callum a observou, ressabiado. — Não imaginei isso.

— Varona não. — Parisa apenas deu de ombros. — Ele é fofinho demais.

— Ele tem uma quantidade normal de fofura. E se não for ele... — Callum franziu a testa, não tendo encontrado mais ninguém em seu processo de eliminação. — Então quem?

Parisa pensou em como explicar sua resposta e quase desistiu de vez. Poderia apelar para o narcisismo do empata, pelo menos, então deixou que Callum arrancasse o que estava procurando do cofre das memórias de Parisa: a voz dele. O motivo verdadeiro de tê-lo chamado.

Você só tem uma única escolha verdadeira nesta vida. É a única coisa que ninguém mais pode tirar de você.

— Quer a gente goste ou não, devemos um corpo aos arquivos — lembrou Parisa quando as portas do elevador se fecharam, deixando-o ouvir o não dito.

Poderia muito bem ser o meu.

Se ela quisesse ser levada a sério, deveria ter escolhido outra pessoa.

— Essa é a coisa mais idiota que eu já ouvi — foi a resposta imediata de Callum, anunciada com um muxoxo antes mesmo que o transporte os deixasse diante das proteções da mansão da Sociedade. — E, sim, estou ciente da ironia de dizer isso.

Callum a seguiu elevador afora, mas segurou seu braço e a puxou para trás, observando a fachada opulenta da mansão. O sol sumira de vista pouco antes, tingindo a casa com uma mistura de tons rosados.

— Vamos conseguir entrar? Imagino que alguém já deve ter mudado as proteções a essa altura.

— Talvez se o Guardião não estivesse morto — confirmou Parisa. — Ou se eu já não tivesse garantido que não fossem alteradas.

— Sharon de novo? — adivinhou Callum, então pelo menos ele estava prestando atenção. — O que você fez com ela? Ela parece muito grata, mais que o normal, e não, você sabe... — Ele deu de ombros. — ... telepaticamente morta-viva.

— Ao contrário de você, não preciso transformar todo mundo em zumbi. Eu curei o câncer da filha dela.

Na verdade, Nothazai tinha curado, em troca da ajuda de Parisa para colocá-lo na liderança da mesma Sociedade que ele alegava odiar.

Era interessante ver as alianças que as pessoas estavam dispostas a fazer para conseguir o que queriam. Ou melhor, nem um pouco interessante, porque era a confirmação letal de tudo em que Parisa já acreditava sobre a humanidade.

— E você fez isso por pura... gentileza? — perguntou Callum, confuso.

— Para propósitos óbvios de ter moeda de troca — corrigiu Parisa, com uma careta. — Acho que nós dois sabemos que não sou gentil. Na verdade, é muito fácil fazer uma pessoa feliz — comentou. — Pelo menos até que a filha dela chegue à adolescência e a odeie, e então ela perceba que seus dois outros filhos estão cheios de mágoa, e que todos desperdiçam e não valorizam o tempo que têm juntos, que do contrário teriam aproveitado. E perdido.

Não tinha a intenção de soar tão amarga, mas não havia como negar. O mundo era o que era.

— Parisa. — De volta ao assunto original, então. Podia ver a mente de Callum girar, lutando contra algo que ela sabia ser inútil para a causa. — Você não pode estar mesmo pensando em se matar.

— Por que não? Alguém tem que morrer. — Um dar de ombros. — Foi você quem percebeu o que aconteceu com a turma de Atlas. Se vou morrer de qualquer jeito porque vocês decidiram tratar com preciosismo uma condição que já conhecemos há mais de um *ano*...

— Eu vou matar Tristan — anunciou Callum, uma afirmação patética.

— Ah, claro — respondeu Parisa. — E quando é que você vai fazer isso, hein?

— Agora mesmo, se você quiser. — Ele a encarava. — Eu tinha pensado em uma roupa diferente, mas pode acreditar, não sou apegado a esta calça.

— Não seja idiota.

Ela se virou e seguiu em frente, com Callum em seu encalço.

— Eu que o diga. *Parisa*. — Dessa vez, ele a segurou pelas pontas dos dedos. — Olhe para mim. Ouça com atenção. Não vou te ajudar com isso.

— Por que não? Você já me matou uma vez.

Ela se lembrava bem da sensação. Pelo jeito, Callum também, pois tinha sido o começo de seu desastre pessoal.

— Aquilo foi diferente. Aquilo foi... — Ele se interrompeu, frustrado. — Eu queria provar que era melhor que você.

— Então é só fazer de novo.

— Não, isso é... isso sequer é um sacrifício? — devolveu Callum, a testa dourada com um vinco perfeito ao encará-la. — Você não pode simplesmente desistir da vida e pronto.

— Callum. Pode acreditar, eu me *amo* — declarou Parisa.

— Está bem, mas...

— Não tenho um problema com a vida. Não estou escolhendo morrer porque a morte *parece* melhor. É só que... — Ela suspirou, duvidando que ele entenderia. — É exaustivo viver fugindo e meu cabelo está ficando grisalho e todos vocês têm algum motivo para viver, ao contrário de mim. Tudo que tenho sou eu mesma, e não me importo com isso. Nunca me importei. Mas, se alguém vai perder alguma coisa, então talvez eu queira que seja nos meus próprios termos.

Parisa se perguntou se ele estivera brincando com algo, cutucando os botões dentro do peito dela. Reina tinha razão sobre pelo menos uma coisa: Parisa havia esquecido como era ser sincera. Ela era um aglomerado de mentiras, de coisas horríveis e motivos egoístas, e, na verdade, não se ressentia por isso. Era uma sobrevivente, e sobreviver era algo de que se orgulhava muito, no fim das contas. Teria feito isso para sempre se realmente sentisse que valia a pena, mas não era idiota. Reina tentaria fazer o bem para aquele mundo até que ele a matasse. Nico daria uns pegas em seu colega de quarto ou fosse lá o que faria, e de todo modo seria merecido. Callum nunca mataria Tristan e Tristan nunca mataria Callum, e quanto a Libby Rhodes...

Que Libby arcasse com o fardo da sobrevivência, para variar.

— Não estou triste — continuou Parisa. — Se eu tivesse mais tempo, então, sim, eu provavelmente tomaria o Fórum. Mas e depois? Compraria sapatos novos? Já vi os Manolos desta temporada. — Ela queria que fosse um comentário espirituoso, mas saiu um pouco pior. Não hesitante, claro. Só um pouco amargo. — Para quê, Callum? O mundo está cheio de babacas e monstros.

Reina podia consertá-los. Parisa podia machucá-los e deixá-los para morrer. Importava? Não, não de verdade. O mundo era o que era.

— Parisa. — Callum a encarou. — Antes que você faça isso. Eu acho, acho mesmo, que...

— Sim?

Ele suspirou profundamente.

— ... que você deveria reconsiderar matar Rhodes.

Parisa revirou os olhos, se virando para a casa.

— Vamos.

— Espere... — Ele estendeu a mão para detê-la. — As proteções parecem diferentes.

Parisa também percebeu, quase ao mesmo tempo, só um pouco atrasada.

— Quase nada.

— Quase nada não é o mesmo que *nada*.

— Fique quieto. — Ela pressionou as proteções, sentindo-as cumprimentá-la daquele jeito estranho, analisando seu toque. Não como um computador. Mais como um filhotinho cheirando sua mão. — Você tem razão. Tem algo estranho.

Os dois se entreolharam.

— Tem algo estranho na impressão digital — comentou Callum, o que não era o termo mais adequado para descrever a senciência da casa, mas Parisa concordou que não havia outro melhor.

Havia uma injeção gigantesca de algo, como uma substância estranha, ou drogas. Era a mesma sensação de dois anos antes, na época em que os seis ainda conjuravam vários fenômenos cósmicos só para provar seu direito de existir, mas esse nível de descarga era... menos estável. Mais perigoso, e um pouco queimado.

— Você reconhece? Essa magia nas proteções? — indagou ele.

Sim. Ela reconhecia. Conhecia bem demais. Intimamente, na verdade.

Era preocupante.

— Senti isso — avisou Callum quando os braços de Parisa se arrepiaram. Ele lhe lançou um olhar cauteloso. — Algo que eu deveria saber?

Não. Bem, não era justo. Quando ela morresse, levaria a informação consigo. O que parecia... problemático, no mínimo.

— Se puder influenciar Dalton, deve mesmo tentar — respondeu ela. — Será diferente desta vez. Mais difícil, acho.

— O término foi ruim, então? — perguntou Callum, com um sorrisinho.

— Que tristeza.

Não adiantava explicar. Parisa tocou as proteções até que ronronassem sob seu toque.

— Foi — respondeu, e entrou.

Logo de cara, ficou óbvio que havia algo errado. A casa estremecia sob os pés de Parisa, mas algo sinistro estava faltando. A sensação que Parisa tivera por um ano, de que as paredes a drenavam, que o cérebro dos arquivos a observava... tinha passado. Evaporado. Em seu lugar, um estrondo baixo, como um trovão iminente. Nuvens de tempestade se aproximando. Dentes rangendo, algo à beira do colapso.

Parisa apoiou a mão no batente do saguão de entrada.

— Tem algo errado — repetiu ela, com mais certeza. Sentiu a presença de algo fraturado, algo familiar. Algo cujas consequências teria que, cedo ou tarde, enfrentar. — Na sala de leitura.

Callum hesitou.

— Tem certeza de que é na sala de leitura? Tem várias pessoas na casa.

Ele franziu a testa, com algo que talvez fosse apreensão. Justo, mas uma multiplicidade de ameaças não as deixava perigosas em igual medida. Parisa sabia exatamente quem era o problema.

E sabia que a culpa era dela.

— Não faça isso. Vai criar rugas.

Então foi depressa para a sala de leitura, deixando que ele a seguisse.

— Você me ouviu? Tem pelo menos uma pessoa no... Ah — disse Callum, que provavelmente percebeu a mesma instabilidade um pouco angustiante que ela sentira vindo da direção dos arquivos. — Certo, isso é mais urgente. Está bem.

Parisa viu a familiar luz tremeluzente da animação muito antes de entrarem na sala. Mesmo do corredor, a sala de leitura, que deveria estar escura como de costume, parecia fluorescente de atividade. O tubo pneumático que entregava e devolvia os pedidos de manuscritos para os arquivos fora arrancado da parede. Mesas tinham sido derrubadas, faíscas brilhando de interruptores arrancados.

— Por influenciar, você quis dizer acalmá-lo? — murmurou Callum para ela.

Ela escancarou a porta, suspirando ao ver a silhueta familiar.

— Dalton.

Ele se virou em um gesto maníaco, algo estalando com o movimento.

— Parisa! — gritou, se aproximando como se ela estivesse atrasada para um compromisso marcado. — Preciso de algo dos arquivos.

Havia algo na cabeça dele. Algo incerto.

— O que é?

— Ele sabe. — Dalton indicou Callum com o queixo. — Pergunte a ele. Sei que está lá! — gritou na direção dos arquivos. — Sei que está com você!

— Dalton. — Parecia perda de tempo criticar a energia do cômodo. — Do que você precisa? — perguntou Parisa.

— Ela o matou, ela o matou, porra. Não posso fazer sem ele, não pode ser feito...

Os pensamentos de Dalton eram sua massa costumeira de fraturas, e Parisa sentiu Callum ficar tenso ao seu lado, olhando para a bagunça. Olhando, sentindo, percebendo, fosse lá o que mais Callum fazia. Era algo difícil de interpretar. Parisa teria dado um jeito sozinha, algo para consertar em prol da posteridade, mas, como de costume, ela não conseguia entender a mente de Dalton. Era tudo ilógico demais. As sementes de lucidez, a humanidade que levava uma vida inteira para se formar, essas coisas eram muito difíceis de implantar em alguém já tão danificado. Ela precisava de algo menos preciso que neurocirurgia, menos tangível, menos mecânico.

Parisa entendia que o que Callum podia ver, o mesmo que ele fizera com ela uma vez, não era ciência. Bondade, valor, moralidade, certo e errado, essas coisas eram fluidas e dinâmicas, ainda se enraizavam em solo ruim. A maldade pura poderia existir? Talvez, mas então o que era Parisa em um mundo de polaridades? O sentido da vida ou não tinha importância ou era desconhecido, o porquê de tudo mudava dia a dia. A vida em si sempre seria mutável, entrópica. Sempre seria imperfeita. Mas, se havia uma coisa que não era, era absoluta.

O que significava que para consertar Dalton não era necessário um cirurgião. Era necessário um artista. Mesmo se isso significasse recorrer a um artista que não se importava com a tela, o meio ou a arte.

O que ele quer?, perguntou Parisa a Callum, mas Dalton a rodeava de novo.

— Sabe que a biblioteca nos rastreia, não sabe? Está nos modelando, prevendo nossas ações e palavras, para que possamos ser recriados. É para isso que servem os rituais. Atlas sabe. Atlas pode explicar... Eu mantive seus segredos! — gritou Dalton de novo, com ódio da senciência impassível da casa. — Eu os mantive, e agora vocês me devem! Eu te dei tudo... agora *me devolvam o físico!*

— Dalton...

Callum puxou Parisa de lado, falando baixinho:

— O que ele quer, eu já peguei. Sei o que ele está buscando, sei o que é.

— E?

Ela observou a hesitação de Callum, tentando entender de onde vinha. Não conseguiu analisar, não para valer. Não que os pensamentos dele chegassem perto da incompreensão dos de Dalton, mas Callum fazia uma pesquisa mental. Estatística ou algo assim, como probabilidades de jogo.

— E eu não sou de comentar os prós e contras de qualquer situação, mas esta parece preocupante — disse Callum, com um olhar que Parisa poderia ter chamado de desdenhoso, se já não soubesse que as expressões faciais dele eram limitadas.

— Ah, então *agora* você tem consciência — murmurou Parisa enquanto Dalton se aproximava com fúria, pegando sua mão.

— Preciso da magia dele — declarou Dalton. — Não preciso do corpo.

— Corpo de quem? — perguntou Callum, e Parisa viu na mente de Dalton. Ela o viu caído.

— Não. — Ela se afastou, com as pernas bambas. — Não, não... — Sentiu o estômago revirar. — Diga que você não fez isso, Dalton...

— Claro que não. *Eu preciso dele!*

Dalton passou a gritar com ela, e Parisa se encolheu, contra sua vontade. Já tinha conhecido muitos homens assim, e era sempre feio, esse ponto sem volta. Essa raiva, o tipo que Parisa não tinha permissão de ter e com certeza não tinha permissão de mostrar.

— Eu *preciso* dele — rosnou Dalton, agarrando os ombros dela com força — e vou revivê-lo ou *refazê-lo*, e o viajante simplesmente terá que...

Um súbito clarão de luz vermelha no canto atraiu a atenção dela, por trás de Dalton. Era como um flashback de outra crise, a muitos anos e vidas de distância. Pela segunda vez, Parisa testemunhava as proteções da casa sendo abertas por algo desconhecido.

— *E agora?* — sibilou Callum no ouvido de Parisa, e Dalton se virou sem soltá-la, registrando a presença da ameaça com apenas meio segundo de atraso.

Parisa, dividida entre a confusão em que Dalton havia se transformado — confusão que ela ajudara a criar — e a necessidade de violência iminente, perdeu a paciência.

— Pelo amor de deus, você sabe o que aquela luz significa, Callum...

— Tem alguém na casa — disse uma voz cansada atrás deles, assustando-os.

Os três caíram num súbito silêncio.

As portas então foram abertas com um estrondo, um conjunto alarmante de pegadas se aproximando pelo corredor. No mesmo instante, Dalton soltou um grito, as unhas cravadas na pele de Parisa.

Dor. Ela também sentiu, rangendo os dentes com o estrondo repentino em sua mente.

Sim, havia alguém — muitos alguéns — na casa, mas não por via física. Eram as proteções telepáticas que tinham sido invadidas. As proteções *dela*.

E a menos que Parisa estivesse muito enganada, tinham invadido os segredos deles da mesma forma que ela fizera uma vez — pelo subconsciente de Dalton Ellery.

— O que é *aquilo*?

Callum olhava para a porta da sala de leitura como se a ameaça fosse física. Como se o problema fosse o jovem cambaleando meio morto no cômodo atrás deles.

Parisa o reconheceu de imediato, mesmo com a visão embaçada, mesmo com o caráter abstrato de sua dor telepática. Era como se alguém esfolasse seus pensamentos bem devagar, arrancando a lucidez como camadas de pele, aos poucos atravessando o cerebral até o animal, o primordial; até a centelha na mente dela que lhe dizia como viver. O que, sim, ela tinha isso, muito obrigada, Callum. Estava ali no cerne dela, o reflexo de seguir em frente sem de fato saber como ou por quê. Porque isso era sobrevivência, um passo depois do outro — sair do prédio em chamas, lutar para chegar à superfície, respirar o ar pelo qual tanto lutou. Era difícil e valia a pena. Bem lá no fundo, ela sabia disso, sabia acima de todas as coisas. A dor não era um sintoma de existência, não era uma condição, mas uma partícula fundamental, um componente inevitável do design. Sem ela, não haveria amor, algo que Parisa evitava não porque não tinha significado, mas porque o custo era alto demais. Ela entendia de uma única forma, apenas uma: que amar era sentir a dor do outro como se fosse sua.

Dalton desabou ao lado dela com um rugido preso entre os dentes, cuspe voando conforme caía. Parisa cambaleou, quase derrubada por ele, quando alguém a segurou pela lateral, apoiando-a pelo braço com dificuldade. Callum ainda estava ali, então, ainda equivocado quanto à natureza da ameaça, e Parisa se escorou nele com uma mão, a outra pressionando a têmpora. A dor estava cada vez mais lancinante, como encarar o sol por tempo demais.

— O que está acontecendo?

A voz de Callum estava cada vez mais baixa. Quanto mais ruidosa a dor na cabeça de Parisa, mais distante Callum soava, como se a chamasse através das profundezas do oceano. Ela fechou os olhos, a pressão da mão dele sob seu cotovelo se afrouxando aos poucos, o eco da voz dele ficando cada vez mais distante.

Quando ela abriu os olhos, a sala de leitura havia desaparecido. No seu lugar, os destroços de um castelo, pilhas de pedra quebrada por trás de quilômetros de ciprestes em chamas. Ela se virou depressa, buscando Callum ou Dalton.

— Suas proteções telepáticas foram invadidas — disse uma voz baixa ao lado dela.

Parisa se virou e viu Gideon Drake. Esperando. Ela se perguntou se deveria ter ficado surpresa. Ele lhe entregou uma coisa, algo pesado. Parisa fechou os dedos ao redor do peso familiar.

— Telepata — saudou-a Gideon, impassível.

Parisa ergueu a espada em sua mão. Aquela com a qual ela quase o matara. Está bem, então Parisa não morreria hoje. Não daquele jeito.

— Sonhador — disse ela.

· GIDEON ·

O que outrora fora um castelo de contos de fada agora eram ruínas. As árvores se multiplicaram e se aglomeraram, cobrindo o que poderia ter sido um céu. O labirinto de espinhos estava esfumaçado, crescendo como musgo sob os pés deles. O ar era denso com a névoa sufocante, uma escuridão nociva que se grudava a eles como suor.

Ao lado de Gideon, Parisa Kamali parecia mais como a morte do que nunca. A expressão dela era terrível e amável, bela como sempre, olhos inexpressivos conforme observava a paisagem em silêncio.

— Você os deixou entrar — disse a telepata, sem olhar para ele.

Não usava a armadura de sempre. E, tecnicamente, aquela não era a mesma espada que ela um dia conjurara para si. Os poderes dos dois não eram idênticos, então a arma também não seria. A magia dela era teórica; a de Gideon, imaginária. Engraçado, então, como as duas chegavam aos mesmos resultados.

Engraçado, sim. Muito engraçado. Tudo que Gideon podia fazer naquele momento era rir sem parar.

— Deixei — confirmou ele, e Parisa suspirou, ajustando o aperto na espada. — E você mentiu para mim sobre o Príncipe.

A fumaça que saía do castelo servia de chamariz. Havia apenas duas coisas a se fazer com fogo: fugir ou apagar. Gideon se perguntou o que ela escolheria. Eram as proteções *dela*, afinal de contas, e essa consciência particular — esse reino ou plano astral, ou fosse o que fosse — era dela, de certa forma, se o contato anterior de Gideon com Parisa servira de base para alguma coisa.

Ela o observou de esguelha.

— De que lado você está?

— Não armei uma armadilha, se é isso que está perguntando.

Ele estava cansado demais para aquilo, não sabia nem imaginava que ela viria. Não era como se o mundo tivesse acabado, mas com certeza uma parte muito importante havia partido.

Para onde ele iria, quem ele poderia ser sem a evidência de Nico de Varona? Fugiria de quem, se a mãe não estava mais lá? Gideon se sentia suspenso, nada para o impelir adiante, menos ainda para segurá-lo.

Embora talvez houvesse um elemento de responsabilidade pessoal.

— Eu não queria que eles entrassem — explicou Gideon no silêncio de Parisa. (Ele não odiava Dalton Ellery, não odiava a Sociedade, não odiava nada. Era incapaz, afinal, de odiar algo que Nico de Varona amara.) — Não quero destruir os arquivos, mas eles iam me forçar a deixá-los entrar de qualquer forma, e eu só queria...

Parar. Descansar. Sofrer.

— É — respondeu Parisa, como se entendesse o que ele sentia, a espada de repente queimando em sua mão. — Bem, vamos, então. Vamos logo.

Ela deu um passo à frente como se sempre soubesse que ele a seguiria, uma constatação óbvia, até. Gideon estava ali, não estava? Tinha entregado a arma a ela, o que era quase o mesmo que dizer que viera ajudá-la a caçar a coisa que ele deixara entrar.

O Contador que o visitara outra vez na noite anterior estivera à espreita de seu subconsciente, bem como ameaçara fazer pelo resto da vida não natural de Gideon. Esperando, ansiando, como o Contador prometera fazer, até a dívida da mãe dele ser paga, o Príncipe ser liberto, e — porque Gideon não era idiota — os arquivos e seus conteúdos, por fim, roubados. Gideon, que tinha uma natureza frágil, sempre com um pé fora deste reino, sabia que sempre dava mais trabalho ficar acordado do que adormecer. Ele só havia se esforçado tanto uma vez, por uma pessoa específica, que não mais respirava, não mais ria. Não mais sonhava.

Então, após a perda de Nico, com nada além de fúria e vazio dentro de si, Gideon havia tomado uma decisão muito simples: *Foda-se esta casa. Deixe que queime e pronto.*

Ao primeiro vislumbre de nebulosidade entre a consciência e o sonho — no pulso costumeiro entre adormecido e acordado —, Gideon havia simplesmente pensado *o Príncipe que você busca está aqui*, e então algo se materializara para ele: a proteção telepática, aquela que certa vez dedilhara como cordas de violão para Nico, para lhe mostrar o tipo de prisão que havia escolhido, a opulência de segurança em que Nico vivia.

Gideon a encontrou de novo e, cansado, pensou vamos lá, tesouras grandes ridículas, e então cortou a proteção como um prefeito de desenho animado em algum evento político. Nem chegara a ver o Contador se materializar. Não tinha visto a voz do Contador tomar forma. Era mais como um deslizar, um veneno aos poucos passando pelas aberturas. A porta de sua cela telepática se abriu, e então Gideon poderia tê-la atravessado. Poderia ter deixado tudo para trás. Viu uma oportunidade de partir e pensou, com um suspiro: Nico vai ficar tão decepcionado.

Então, depois que as proteções da casa foram abertas, ele ouviu o grito distante dos arquivos e se forçou a acordar.

Mas Gideon estava de volta aos reinos, seguindo Parisa em silêncio, vagando em seu rastro enquanto ela observava a paisagem devastada do antigo castelo do Príncipe, a boca cada vez mais franzida conforme avançava. Os espinhos não davam indícios de que cederiam, as árvores totalmente apáticas à presença dela. Parisa parou por um segundo e deixou escapar o que pareceu um suspiro muito sofrido de irritação.

— Por que estou fazendo isso? — perguntou para o ar vazio, ou para Gideon.

— Sei lá — respondeu Gideon, num tom monótono. Então, porque valia a pena buscar uma resposta: — O que ele é? O Príncipe. Dalton. É um necromante?

— Um animador. — Houve outro grito. — Não sei a diferença.

Gideon sabia. Ele estudara magia teórica, já que não havia oportunidade de se formar em Estudos Possivelmente Não Humanos, ou fosse lá qual piada Nico faria. Gideon não era tão rápido quanto Nico, não era tão engraçado, não era tão nada, exceto talvez mais informado nesta única área específica.

— Um necromante é um naturalista para coisas mortas. Um animador está mais para um fabricante de coisas vivas.

Gideon podia sentir o olhar de Parisa, mas não a encarou.

— E isso quer dizer que...?

— Naturalistas tiram da natureza. Animadores não tiram de nada, eles criam.

Algo como a diferença entre fantasma e zumbi, ou a definição de pornografia. Fácil mostrar quando estava acontecendo, mas difícil de definir juridicamente.

Houve uma explosão em algum lugar ao longe. Outro grito. Era óbvio que havia uma batalha acontecendo em algum lugar, e de repente Gideon percebeu que eles estavam apenas testemunhando, não participando. Como se Parisa ainda fosse decidir.

Lendo a mente dele (provavelmente), Parisa protegeu os olhos da claridade.

— Quando você deixou o Príncipe sair da cela, você o mudou — disse ela.

— Do que para quê?

— De uma caixa trancada para uma bomba.

— Parece perigoso.

Ela assentiu, mas não se mexeu.

— Deve ter sido o que Rhodes pensou.

A cabeça de Gideon se encheu de maldade residual à menção de Libby. Não era ódio. Nico não a odiava e Gideon também não odiaria. Mesmo assim, havia um quê de amargura.

— Você concorda com ela — comentou ele, sentindo que Parisa não estava com pressa para salvar Dalton, nem para resgatar a Sociedade.

Os dois estavam apenas assistindo à queda de Roma. Gideon pensou que deveria fazer pipoca. Nico gostava da que ele fazia, da mesma forma que gostava de seu elote, o que já não era uma informação relevante nem algo útil de se saber.

— O mundo é cheio de pessoas perigosas — declarou Parisa. — É difícil tirar de Dalton o direito de ser destrutivo quando tanto do que está aí fora é digno de ser destruído.

— Mesmo assim — observou Gideon. — Provavelmente foi uma má ideia deixá-lo se tornar a arma de outra pessoa.

Parisa fez uma careta, e Gideon percebeu que ela estava pensando. Ou melhor, planejando.

— Podemos tentar colocá-lo de volta no castelo — sugeriu ela em voz alta, testando a teoria.

Gideon percebeu que a mente deles devia estar tomada por uma chuva de ideias, o que, mais uma vez, era bem engraçado. A tempestade acima estava ficando cada vez mais real, com o pouco que conseguiam ver através da copa das árvores, por onde os raios riscavam o céu de tempos em tempos, os trovões rugindo ao longe.

— Você quer devolver o conteúdo para a caixa de Pandora? — perguntou Gideon, em dúvida.

— Só porque é fútil não significa que não vale a pena tentar. A vida é fútil. Por definição, seu único resultado é a falha. Sempre termina. — Ela o olhou. — Isso faz valer menos a pena?

— Sombrio — disse Gideon.

— E quanto aos arquivos... — Parisa parecia debater consigo mesma. — Não sei se a Sociedade os merece.

— Conclusão perfeitamente segura — confirmou Gideon.

Ele tinha dificuldade em esquecer o que já vira da verdadeira Sociedade, talvez porque nunca lhe tenham oferecido o que ofereceram para Nico. Grandeza, glória, isso nunca esteve em jogo para ele. Só a microgerência de um estágio não remunerado por um monte de gente sem rosto usando capuz.

— Mas seja lá quem for, provavelmente é pior — comentou Parisa, com um suspiro.

— Também é um argumento válido.
Parisa o encarou com uma óbvia careta de resignação.
— Sabe quem é? Quem você deixou entrar?
— Meu melhor palpite é que são alguns associados da pessoa que minha mãe chamava de Contador — explicou Gideon. — Ele comprou as dívidas de jogo dela e consolidou em um preço impossível.
— Ah, que fofo — disse Parisa. — Uma metáfora para a pobreza.
— É.
— Então não deve ser uma boa ideia deixar os amigos dele na casa.
— Não. — Ele hesitou, então acrescentou: — Desculpe.
— Mas você é bom nisso, não é? — Ela o inspecionou por um segundo, a mão apertando a espada. — Melhor do que Nico me levou a acreditar.
A menção a ele doeu, mas Gideon já conhecera a dor.
— Eu sou... proficiente até certo nível. Com limitações significativas.
— O que isso significa?
— Significa que... — Ele deu de ombros. — Isto, minha magia, não é real.
O leve arquear da sobrancelha dela foi como um coro de acusações desdenhosas.
— Funciona?
— Até certo ponto.
— Então o que nisto não é real? — questionou Parisa.
Gideon abriu a boca para dizer *tudo*, e então pensou em mudar a resposta para *nada*, e em seguida apenas ficou imóvel.
Se ele soubesse a resposta para aquela pergunta, Nico teria se juntado à Sociedade?
Qualquer um deles ainda estaria ali?
— Bem. — Parisa leu corretamente a insignificância do conhecimento de Gideon sobre o assunto e suspirou de novo, dando um passo à frente com uma aquiescência relutante. — Não posso dizer que sou a pessoa mais indicada para o heroísmo, mas minha cabeça está explodindo, então vamos tentar.
Ela ergueu a espada até os espinhos, cortando-os, ou tentando. Não deu muito certo, talvez porque espadas não tenham sido feitas para cortar espinhos. Eram feitas para fatiar humanos, e espinhos, ao que parecia, eram feitos de coisa mais forte. Bem, isso era culpa de Gideon, tecnicamente. De início, Parisa produzira uma espada porque era uma telepata com magia de pensamento, mas pensamentos eram feitos apenas de coisas que as pessoas já haviam testemunhado. Havia outros *tipos* de pensamento, óbvio, como ideias

e criação, e decerto ela poderia criar algo diferente se tentasse para valer, mas essa era a especialidade de Gideon.

O que era feito para acabar com espinhos? Provavelmente uma motosserra específica para isso.

Uma se materializou na mão de Gideon, que a colocou no chão, apertando o botão para ligar o motor. Ele rugiu ao ganhar vida, mastigando o canteiro de espinhos com avidez, e Gideon olhou para Parisa, que aguardava.

— Bem, não tem uma estética muito apropriada, mas serve — disse ela, gentil, gesticulando para que ele seguisse em frente.

Certo. Bem, caminhar seria demorado. Gideon sonhou com um conversível, o tipo que Nico lhe contara que o pai de Max havia acabado de comprar. (Max, pensou Gideon, com súbito carinho. O mundo ainda tinha Max, então não havia acabado. Não estava acabando. Ainda não havia sido destruído.) Parisa deslizou para o banco do motorista, e Gideon, ainda segurando a motosserra ligada, pulou no lado do passageiro enquanto ela acelerava, estendendo a mão, à espera de algo.

— O quê? — perguntou Gideon sobre o rugido da motosserra, antes de sonhar com um modelo mais silencioso.

— Óculos escuros, por favor — pediu Parisa. — Se vamos fazer isso, que seja sexy.

Ele deu de ombros e lhe entregou um par, sonhando outro para si. Os dela eram estilo aviador, os dele eram o modelo inspirado nos anos 1950 que Nico amara e depois perdera. Ele achava que o deixava elegante e tinha razão.

Parisa acelerou, e Gideon se inclinou para fora do conversível, cortando os espinhos e os galhos crescidos que se balançavam das árvores. Uma motosserra maior, pensou ele. Duas motosserras. Mãos de motosserra.

— Parece perigoso — comentou Parisa, com uma olhada de esguelha. — Melhor trocar antes que você tenha alguma fantasia esquisita.

— Só dirija — respondeu Gideon, com um suspiro, percebendo que Nico provavelmente gostava muito de Parisa e decidindo que, na verdade, ele também gostava, mesmo que a telepata quase o tivesse matado uma vez. Principalmente por isso, na verdade.

Ela era uma ótima motorista, ou Gideon havia sonhado com um carro muito bom. Suspensão excelente. Parisa tinha um controle magnífico e, percebeu ele, usava a marcha. Ele fizera um carro manual?

— Não — respondeu Parisa aos pensamentos dele. Então, depois de um momento: — Alguém me ensinou assim.

— Quem?

Ela contornou um emaranhado de árvores.

— Meu marido. Ele está morto agora.

Gideon cortou com força um arbusto bem denso, por acidente derrubando uma árvore que tombou no caminho à frente. (Talvez um conversível seja uma má ideia. Escavadeira com motor de carro de corrida.) Eles dispararam para cima, o cenário imaginário se rearranjando, e então Gideon trocou as mãos de motosserra pelas de sempre, ajeitando os óculos de sol no nariz.

— Você o amava? — perguntou Gideon. — Seu marido.

— Sim — respondeu Parisa. — Mas a vida continua.

Naquele momento, Gideon se lembrou de sua suspeita de que a telepata que havia construído as proteções da Sociedade era sádica, percebendo que talvez as pessoas que enfrentavam as maiores dores provavelmente as conheciam com mais habilidade. Ele sentiu uma parte de seu antigo eu retornar, uma que não estava quebrada mesmo com a partida de Nico. Era a parte que sabia que a coisa mais difícil da existência era ter talento para causar sofrimento e recusar-se a usá-lo porque era cruel. A parte que entendia que o sucesso não era quantificável por nenhuma forma de capital. Que era mais admirável andar pelo mundo e escolher não quebrar as coisas só porque podia.

— É — disse Gideon, porque se ele sabia uma coisa sobre a vida era isto. — A vida continua.

Eles atravessaram a floresta que levava ao castelo, chegando aos destroços na base da construção em si. Tratava-se de uma escavadeira sonhada e, portanto, era muito eficaz, mas havia outras coisas com as quais lutar; vislumbres de coisas espectrais, em parte humanas.

— Lá está Dalton — avisou Parisa, saindo do veículo e apontando.

Ela brilhou quando um raio caiu; vestida de novo com a armadura, a espada na mão. Gideon não percebera que Parisa a trouxera. Após sair do lado do passageiro, ele contornou a caçamba para se juntar a Parisa no lado esquerdo do braço da escavadeira. Então, por diversão, conjurou para si arco e flecha, para os quais Parisa torceu o nariz.

— Seja prático, Drake — repreendeu a telepata, e ele suspirou.

Na verdade, Gideon era muito competente com o arco, mas ela tinha razão.

— Está bem. Mas não estou satisfeito com isso.

Ele sonhou com uma besta automática com alcance aumentado, caso tivesse que enfrentar um telepata que chegasse perto do nível de habilidade de Parisa.

— Melhor — aprovou ela, avançando com a espada em riste.

Dalton, o Príncipe, estava no que poderia ter sido um pátio central, os escombros do castelo espalhados em ambos os lados, o cemitério da própria prisão. Havia três — não, quatro — outros homens presentes, todos convergindo para Dalton. Se eram telepatas, tinham um tempo limitado antes que seus limites corporais falhassem e sua magia acabasse. Com aquela quantidade, no entanto, o combate telepático seria fácil.

Um quebra-cabeça, no entanto, não era.

— Não deixe que saiam do pátio — instruiu Gideon a Parisa, que o encarou, confusa por um momento, e então assentiu. — Todos eles — acrescentou, dessa vez incluindo Dalton em sua contagem de inimigos, e ela tornou a assentir, com mais certeza, como se entendesse o plano.

E provavelmente entendia, embora Gideon se perguntasse se ela estava satisfeita em receber ordens dele, ou de qualquer pessoa. Não importava. Ele sabia como fazer certas coisas, o que incluía resolver um problema sem causar mais danos que o necessário. Gideon tivera uma existência do tipo caçador-coletor, uma que parecia miserável para os outros, mas que o mantivera vivo durante todo esse tempo. Tinha dado Nico a ele, então fosse lá o que pensavam de sua sobrevivência era irrelevante. Era uma vida de abundância. Ele tivera mais que qualquer um realmente precisava — tanto que podia distribuir e ainda teria o bastante.

O que não significava que a magia era ilimitada. Ainda bem que ele já não era objeto da ira de Parisa Kamali, porque a telepata não havia ficado menos talentosa durante o breve período em que se conheciam. Ela caiu no centro do pátio, resplandecente na armadura preta, e Gideon entendeu pelo menos em parte que aquilo que ela fazia — o jogo que jogava — tinha regras um pouco diferentes. Para ela, o mero ato de estar ali era um esforço. Sonho lúcido, projeção astral, eram diametralmente diferentes mesmo se parecessem iguais. Gideon poderia ficar preso ali para sempre, ao passo que Parisa poderia desaparecer, se desintegrar a qualquer momento.

Era uma questão de tempo, como tudo era. Uma questão de mortalidade. A coisa que os tornava falíveis, a única separação real do divino. Para eles, sempre haveria um final.

Gideon não estava ali para ser herói. Estava ali para ser o encarregado, para supervisionar a construção de uma coisa simples mas impenetrável, realista e impossível ao mesmo tempo. Por sorte, os outros, os intrusos, quem quer que fossem, não estavam melhores que Parisa — piores, era provável, por não terem as habilidades naturais dela. Gideon se perguntava, na verdade, como era possível que estivessem fazendo isso, invadindo uma fortaleza telepática que nem ele conseguira penetrar com sucesso, até que percebeu algo a respeito de cada um dos adversários. Todos usavam óculos.

Não *apenas* óculos, obviamente. Havia algo brilhante nas têmporas, onde provavelmente ficava o logotipo da marca. Um pequeno *W*. O equivalente a usar o patrocinador do time no peito.

Bem, pensou Gideon, com uma mistura de resignação e nojo, o mesmo que sempre sentia em suas epifanias sobre a humanidade. Então. Aquilo era o que James Wessex — o Contador — fizera com um bilhão de dólares. Alimentou os famintos? Preservou os recursos da Terra? Não, por que alguém faria isso, de que isso serviria além de, bem, ajudar o mundo todo? Desenvolver armas telepáticas impossíveis, por outro lado — algo que com certeza custaria tanto quanto um programa espacial —, era *obviamente* a melhor escolha. De que outra maneira poderia fincar a bandeira em algo e chamar de seu?

Foco. O que ajudaria a situação? Nico, provavelmente. Nico sempre sabia o que fazer. Era o tipo de pessoa que olhava para algo e enxergava de um jeito diferente de todos os outros. Ele via o que as coisas *poderiam* ser. Era o problema que tinha com as coisas problemáticas, o que amava nas coisas que amava. O que Nico vira em Gideon? O potencial dele? Algo a consertar? Não havia motivo para pensar nisso a essa altura, mas a ótica era importante, porque o físico olharia para baixo e não veria um pátio destruído ou uma telepata de moral questionável lutando ao lado de um animador com o poder de destruir o mundo. Ele veria um quebra-cabeça que dava para resolver. Um jogo que dava para ganhar. Ele veria as peças quebradas da simulação e as tornaria completas. Olharia para o problema e o consertaria. Faria isso em um piscar de olhos, mas Gideon não era físico, então teria que ver de outro jeito.

Parisa se posicionara ao lado de Dalton, adivinhando que a forma mais fácil de mantê-lo dentro do escopo do plano de Gideon seria encarar os intrusos da biblioteca de uma só vez. Os quatro opositores usavam armas dignas de ficção científica, sem dúvida também financiadas e projetadas pela Corporação Wessex. Hum, como medir o nível de perigo de uma arma cujos parâmetros Gideon não conhecia? Em teoria elas podiam ser usadas em qualquer coisa, incluindo as paredes de um castelo em ruínas. Que tipo de fortaleza poderia ser forte o bastante para aguentar qualquer quantidade de destreza telepática, imaginável ou não? Quase tudo na natureza cedo ou tarde acabava. Nenhuma forma era totalmente impenetrável. Caixas eram abertas — era para isso que serviam.

Mas por que fazer uma caixa quando se podia fazer um sonho?

Aquela era a especialidade dele, os tipos de sonho. Buscar algo impossível de encontrar. Nesse sentido, Libby lhe servia de inspiração — a constância de sua busca, o labirinto doloroso que era a mente subconsciente dela. Ao lembrar-se de Libby e dos pesadelos que tinha, Gideon entendeu duas coisas.

Primeiro, que a perdoaria. Levaria um bom tempo e seria difícil, mas aconteceria mesmo assim.

Segundo, que todos tinham algo do qual fugir.

Gideon suspirou. Hora de criar um monstro, então.

A criatura das piores imaginações de Gideon não teria garras. Não teria presas afiadas. Teria carisma, o calor do sol, mas também a sensação de que toda a importância dele seria apagada se aquela afeição um dia diminuísse ou fosse retirada. O monstro de Gideon era em parte obrigação. Era lealdade descabida e desamparada a alguém com barbatanas e defeitos. O monstro de Gideon tinha fome, tinha medo — aqueles instintos primordiais de sobrevivência e dor —, mas também tinha um senso de justiça. Tinha o medo do erro, o medo do mal, o medo de alguma fatalidade interna, alguma corrupção interior. Continha a sensação de Gideon de que ele não era, nem nunca seria, completo.

O monstro de Gideon tinha um pouco de bondade. Tinha tristeza suficiente para sofrer, mas não o bastante para desistir. Tinha ternura que era desperdiçada, amor que era egoísta, um amor totalmente diferente do seu porque era racionado e condicional, transacional, vingativo. O monstro de Gideon não tinha casa, não tinha razão de existir. Era solitário, mas incansável, condenado a conhecer a forma exata de sua lacuna, a viver a busca eterna por sua outra metade. Tinha apenas uma qualidade motivadora, que era a necessidade desesperada de uma validação que nunca viria.

O monstro de Gideon era mutável e disforme, identificável quando ficava nas sombras, mas incapaz de ser encarado. O monstro de Gideon era pequenino e inevitável, como uma picada de abelha ou uma embolia, uma bolha presa dentro de uma veia. O monstro de Gideon era enorme e incansável, como o fanatismo ou o aquecimento global. O monstro de Gideon parecia a aridez dos reinos que ele nunca conseguiria mapear e o horizonte do fim que ele nunca conseguiria alcançar. Ele criou esse monstro a partir de coisas familiares, tranqueiras que encontrava por aí, um olho feito de suas virtudes inúteis, os tendões de seu vício reinante. Gideon pegou a tristeza da qual nunca escaparia e a amarrou ao monstro como uma sombra, algo que o seguisse. Estava cheio da sensação revigorante trazida pelo ar de outono, da primeira mordida na maçã, de um beijo roubado em uma ponte parisiense. Usava as correntes inquebráveis da felicidade passageira que Gideon havia conquistado e perdido.

Quando ele abriu os olhos, o monstro já se movia. Atravessava o pátio, engolindo tudo como um eclipse. O céu outrora chuvoso estava tomado de escuridão, escuro o bastante para ver lampejos da luz inalcançável das estrelas — comédia com fim trágico, paz que não duraria. Ele viu Parisa hesitar, a testa pontilhada de suor, os olhos se suavizando com uma compreensão que também era medo. Ela o viu de longe, com um olhar enlouquecido, quase derrotada, e então Gideon mudou a arma dela. Em vez da espada, Parisa via um objeto da imaginação de Gideon: uma Bola 8 Mágica que, quando sacudida, daria a ela a resposta a qualquer pergunta que residisse incansavelmente em sua alma. Um pensamento para mantê-la viva, para mantê-la armada e lutando. Qualquer pensamento de que ela precisasse.

Foi o suficiente para abrir um caminho para ela, uma escalada desconcertante pela lateral das paredes destruídas do castelo. Ela sangrava, a armadura oxidando, o castelo desaparecendo. O sonho estava se engolindo, uma armadilha inescapável e infinita. Parisa lutava para se libertar, a Bola 8 Mágica apertada em seu punho, e Gideon estendeu a mão para a que estava livre bem quando ouviu um grito alto de fúria perfurar a noite vindoura.

Algo agarrara o tornozelo de Parisa — uma mão. Uma mão que se tornou um braço. Do castelo que desaparecia saiu algo, alguém...

Parisa chutou a mão de Dalton Ellery, afrouxando seu aperto em Gideon, que rangeu os dentes e sonhou para si uma âncora que o mantinha firme. Mas Parisa Kamali não era um objeto dos sonhos dele, então o que ela fizesse a seguir não estava sob o controle do sonhador. A cabeça de Dalton emergiu, arfando, xingando, algo espectral e igualmente horrível saindo da natureza dissolvente do sonho de Gideon como um nobre corcel, um conjunto de mandíbulas escancaradas. O aperto de Parisa enfraqueceu de novo, sua determinação se cansando, ou talvez seus limites corpóreos estivessem se esvaindo. Os intrusos Wessex já haviam partido, engolidos e impotentes naquele reino e no seguinte. Parisa e Dalton, e fosse lá qual poder tinham um sobre o outro, eram tudo que restava. Se Gideon a puxasse para cima, também puxaria Dalton. E então tudo aquilo teria sido em vão.

A verdade o atingiu com uma força devastadora: Gideon não conseguiria salvá-la. Ao pensar nisso, ficou um pouco atordoado ao perceber que ainda tinha mais tristeza a sentir, mesmo depois de tê-la usado para criar seu monstro. Mesmo depois de ter perdido Nico. As reservas de sua dor eram um oceano, subindo cada vez mais alto, no qual se derramavam as calotas de gelo derretidas do arrependimento, da frustração e da vergonha. A dor de Gideon era eterna, um loop temporal, indo e voltando entre conhecer Nico e conhecer o destino de Nico, e ele queria salvar Parisa — queria salvar *alguém*; queria, pela primeira vez na merda de sua vida, ser útil, não apenas para alguém, mas para *ela* —, ser o que não pôde ser para Nico.

Mas querer uma coisa não era suficiente. Amar alguém não era suficiente. Você só se doava e doava e doava e, às vezes, como acontecia, esse amor não voltava, e mesmo se voltasse, morria cedo. Às vezes, não dava para salvar coisas, e saber disso, a finalidade — a estranha e horripilante satisfação ao perceber que não podia controlar nada, exceto a si mesmo —, era como uma lâmina de certeza que caía no chão. Outro coração partido. Outro adeus.

Os dedos de Parisa aos poucos soltavam os dele, um por um. Dalton agarrava o emaranhado de cabelo dela, puxando-a, impelindo-se para a frente, e Gideon percebeu que soltar seria o sacrifício; o que seria necessário para encerrar o apocalipse que Libby Rhodes estivera tentando evitar. Que ironia: cabia a Gideon evitar a coisa pela qual Nico morrera sem saber.

Quando se deu conta, encarou Parisa, que assentiu. *Sim, faça. Solte.* Ela lhe lançou a Bola 8 Mágica, a mão livre pendurada, e...

Gideon se agarrou a ela, puxando-a para cima com as duas mãos.

Dalton também.

— O que você está fazendo? — perguntou Parisa, ofegante, enquanto Dalton se lançava com triunfo no ralo circular do reino de consciência de Gideon.

Ele abriu a boca para responder, mas Dalton se lançou para a frente, a mão estendida, e então...

Então Gideon acordou no chão de um cômodo desconhecido.

Uma piscada.

Duas.

Acima dele, o ar estava pesado de fumaça.

Um círculo de ouro pairava acima, o cano fumegante de uma pistola. Uma forma vagamente humana inclinou a cabeça, espiando Gideon, antes que uma mão baixasse a arma com cuidado, pousando-a no meio da testa dele.

Gideon fechou os olhos, exausto. Uma voz falou do fundo de sua mente, algo que parecia vir de um sonho quase esquecido.

Com certeza é.

VIII

NATURALISMO

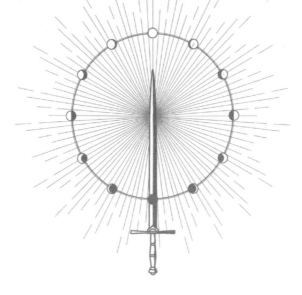

VII

NATURALISMO

· LIBBY ·

O grito que por um instante desviara sua atenção da partida de Tristan foi suficiente para despertar sua urgência outra vez.

Então Tristan queria ir embora. E daí? Libby soubera desde o início que ele era incapaz de demonstrar o mesmo tipo de lealdade, o mesmo tipo de convicção moral que ela tinha. Por um momento, o odiou mais do que odiara qualquer pessoa, com a exceção óbvia de si mesma. Foi um momento longo e sério o bastante para que ela não tivesse problemas em deixá-lo partir, em especial ao ver o rosto dele. O nada que ele vestia, a expressão de alívio ao passar o problema para outra pessoa. A obrigação que tinha em relação a ela havia chegado ao fim — e talvez isso fosse mesmo reconfortante, percebeu Libby, porque, até então, tudo entre eles tinha sido consequência da culpa. Se Tristan havia lavado as mãos a respeito dela, ótimo, então já não devia a ele o fingimento de uma desculpa.

Libby não se arrependia de ter matado Ezra. Não se arrependia de ter matado Atlas. Também não se arrependia de ter matado Nico, porque tudo que ela sentia a respeito disso estava tão além do remorso que não podia ser calibrado. Não podia ser medido.

Havia matado outra parte de seu coração, aquela que continha tudo que Nico de Varona significara para ela — cada momento de inadequação incapacitante, cada vislumbre de admiração impossível e inevitável, cada grama que cada universo continha de algo que tinha que ser, só poderia ter sido, amor —, e a complexidade disso, a impossibilidade, diminuía qualquer saudade que ela sentia por Tristan no momento. Libby era uma pessoa inferior quando o escolhera, alguém capaz de sentimentos inferiores, então quando ele lhe deu as costas pela última vez, ela o deixou ir em silêncio. Em vez disso, seguiu o grito, porque ela era assim. Era o tipo de pessoa que fizera tudo a seu alcance para proteger a vida que escolhera, e, ao contrário de Tristan Caine, isso incluía os conteúdos daquela casa. Fosse lá o que mais ela tivesse feito para colocá-la em perigo.

Libby se virou e disparou em direção à sala de leitura, seguindo os sons de luta. A presença incontestável de uma ameaça, vinda dos arquivos. Chegou a imaginar que poderia ser Nico — *brincadeirinha, Rhodes, até parece que eu deixaria algo tão inconsequente quanto a minha morte me impedir de tornar sua vida muito pior!* —, mas ela soube quem era ao vê-lo de costas. O julgamento que estivera ao mesmo tempo esperando e temendo.

— Callum — disse Libby, seca.

Ao entrar na sala, viu Dalton no chão, com a boca espumando, enquanto Parisa convulsionava, inconsciente, ao lado. Gideon estendera a mão para o ombro de Parisa antes de cair no abismo entre ela e a mesa tombada, com uma expressão serena. Como se tivesse apenas adormecido.

— Ah, que ótimo! — praguejou Callum quando registrou a presença de Libby à porta, as feições contorcidas de nojo. — Era tudo de que a gente precisava. Você já não fez bagunça demais, Rhodes?

Sim, pensou ela. Eu ferrei tudo. Você sempre esteve certo a meu respeito, Callum. Sou incapaz de ter poder. Sou fraca demais para suportá-lo de forma graciosa. Só existo neste mundo para destruir todas as coisas boas em que toco.

Mas, em vez disso, ela deu um passo. Depois outro. Mais um, cada vez mais rápido, e observou com prazer doentio a expressão dele se transformar, empalidecendo com o reconhecimento tardio de um míssil que se aproximava, de uma ameaça vindoura. Quando Libby o alcançou, Callum estava surpreso demais para se mexer, e o impacto do punho dela atingindo o osso da bochecha dele foi puro deleite, pura violência. Como acertar a flecha no alvo na primeira tentativa.

Ele desabou, quase sem resistência. A princípio, Libby não soube identificar se tinha sido um soco normal ou se usara alguma magia. Algo havia se soltado das mãos de Callum — um objeto metálico que caiu no chão, parando aos pés dela.

Libby olhou para aquilo e quis gargalhar, estremecer com soluços sem lágrimas. Uma arma — a droga de uma *arma*. Como Tchekhov descendo do teto. Que ridículo que Atlas tenha se sentado entre aquelas paredes lendo *A tempestade* quando tinha sido *Hamlet* desde o início! Nada além de vingança para assombrá-la, amanhã e amanhã e ainda outro amanhã. Uma história contada por um idiota, um história que ela não interromperia, já que havia chegado tão longe.

Libby se agachou e pegou a arma, a pistolinha, pesando-a nas mãos. *Cuidado com emoções fortes*, Nico a alertara uma vez, mas ela já não se preocupava com a capacidade de Callum de controlá-la. Já não se preocupava nem um pouco com Callum.

A arma estava fria em suas mãos. Sem vida. Callum estava sentado, com a mão pressionada ao rosto, um par de óculos de sol cromáticos saindo da abertura de sua camisa ensanguentada. Libby quebrara o nariz dele, provavelmente rachara seu crânio. O rosto de Callum estava cada vez mais inflamado, distorcendo os feitiços de ilusão de modo que ela enfim pôde vê-lo, pôde ver partes dele. Quase esperou encontrar teias de aranha vivendo sob as maçãs do rosto falsas, olhos de água suja emoldurados por bordas injetadas de sangue. Pensou no fato de atribuir a ele, mentalmente, a cor de seu próprio cabelo, de seus próprios olhos, sua própria patente insignificante, e descobrindo que tudo isso sempre combinara com ele. Como se, em algum lugar, ela soubesse em silêncio que as mesmas inadequações residiam em Callum.

Libby voltou a pensar na mesma coisa que um dia havia pensado entre aquelas paredes: o fato de que algumas especialidades não deveriam existir. Algumas *pessoas* não deveriam existir. Ela já havia erguido a arma antes de saber o que estava fazendo, antes de ter decidido qual seria o passo seguinte. Sentiu o coração martelar nos ouvidos.

Parisa convulsionava no chão. As pálpebras de Dalton tremiam. Gideon parecia entregue a um sono do qual jamais acordaria.

Libby havia começado isso dois anos antes, e estava disposta a terminar.

— Vai em frente — disse Callum, com um sorrisinho, e Libby sentiu, em algum lugar do peito, uma rápida hesitação em puxar o gatilho.

— Você está me influenciando.

— Por quê? Você já me quer morto. Não precisa da minha ajuda para isso.

Callum abriu um sorriso espalhafatoso. O rosto dele nunca lhe parecera bonito, mas de repente tinha uma feiura quase simpática, como encarar seu próprio reflexo e reparar em todas as manchinhas que o resto do mundo certamente enxergava.

— Rhodes, para ser sincero, eu te respeito tanto quanto te odeio agora, e isto é apenas um fato.

— Não preciso do seu respeito.

Nunca precisara, nunca quisera. Callum era a personificação de tudo que havia de errado no mundo. Apatia, falsidade, privilégio — ele literalmente era fruto de colonialismo e genocídio. O equivalente a uma bomba.

Libby esperou que ele discutisse ou a atraísse, que a persuadisse, que fizesse aquela coisa suspeita que fazia e sempre fizera, mas Callum apenas riu de novo, jogando a cabeça para trás. Pegou os óculos escuros. Fechou os olhos.

— Rhodes — disse —, você entende que eu sempre vi suas emoções, não entende? Você sempre foi perigosa.

— Não minta para mim agora — rugiu ela, o dedo apoiado no gatilho. — Você sempre me achou inútil...

— Claro. Porque perigo e poder não são a mesma coisa. — Ele abriu um olho para encará-la, o rosto já inchado pelo impacto do soco, desfigurando-o completamente. — Você sempre foi capaz de destruição. Sempre foi capaz de coisas horríveis. Perdoe-me por não achar isso impressionante por si só. — Ele tornou a fechar os olhos, juntando as mãos sobre o peito como se fosse o Conde Drácula com óculos estilo aviador. — Me matar será o menor dos detalhes, desde que você perceba que também não vai ajudar em nada.

Libby discordava. Sentia que a ausência de Callum Nova seria de uma ajuda relevante e considerável. Para começo de conversa, ela nunca mais teria que ver aquele rosto perfeitinho em todos os momentos de insignificância dela. Nunca mais teria que imaginar aquele sorrisinho dele na periferia da impotência dela. Libby poderia viver sabendo que Callum construíra o relacionamento deles sobre a falsidade de sua crença de que era superior a ela, de que era mais forte, quando na verdade ele viraria pó nas mãos de Libby como se não fosse nada. Como a imaterialidade de uma ilusão. A inconsequência de um único grão de areia.

Mas ele já não estava bonito. Aquela casa, aquela sala, já não pareciam sagradas. Libby se lembrou da luz vermelha no canto, a violação de tudo que ela lutara tanto para proteger. As coisas que havia permitido que lhe dessem significado. A pessoa que ela tantas vezes permitira que a fizesse se sentir pequena.

A facilidade com que uma perfuração dava lugar a uma fatalidade. Assim que ela viu, não pôde ignorar. A morte de Callum não mudaria nada. A morte de Atlas, indiscutivelmente maior, mais grandiosa no esquema do projeto de Libby, também não tinha mudado nada. Nico...

Ela foi tomada por uma onda de sua própria trivialidade. Pelo desespero infantil que havia se alojado em seu peito, que a seguira para casa desde o quarto de hospital de sua irmã, meia vida antes. Ela baixou a arma, e então a deixou cair por entre os dedos e atingir o chão com um baque oco.

O rosto de Callum estava irreconhecível. O sangue tinha manchado as reentrâncias de seus lábios, começando a secar sob o nariz. Se ele tentasse sorrir, doeria, e Libby se contentou com isso. Um pequeno prazer egoísta para levar consigo ao se virar e fugir.

Quase não sobrara folhas nas árvores. As flores haviam perdido as pétalas. Uma temporada de podridão se aproximava, e com ela a sensação inevitável de que a vida continuaria sem impedimentos. O mundo não seria destruído e não mudaria. Não para Libby. Ela poderia energizar as estrelas, desfazer universos, deixar uma trilha de destruição em seu rastro — e, mesmo assim, ela não seria nada além de um grão de poeira no universo. Um único grão de areia.

Ela não sabia para onde ia até chegar lá, entorpecida ao passar pelos elevadores de transporte, para longe do restaurante de frutos do mar, através da catraca, atravessando a rua, passando pelo saguão e além das portas sem identificação. Mais uma mentira, dessa vez uma organizada, para enfim conseguir dizer a verdade.

A mulher na cama de hospital virou a cabeça quando Libby entrou. Piscou. Encarou-a por um momento, sem expressão. E então se virou.

— Você demorou — disse a mulher que Belen Jiménez havia se tornado.

· CALLUM ·

Quando Libby saiu da sala, Callum levou a mão ao rosto com cuidado, ciente de que àquela altura já havia inchado bem além de sua aparência normal. Por entre o calombo de seu olho esquerdo, observou a paisagem de corpos ao redor, a luz vermelha no canto. Um emaranhado confuso de emoções, todas de desamparo e desespero. Decerto, algumas tinham vindo de Libby, e uma parte de Callum estava decepcionada por ela ter escolhido o caminho ético mais uma vez. Teria sido divertido tentar parar uma bala. Mas não importava, havia outras tarefas para fazer ali.

Callum se inclinou sobre o corpo do rapaz, que parecia dormir, tranquilo. Não era uma ameaça. Não dava para ter certeza, claro, mas as energias se assemelhavam a bolinhos doces e filhotinhos de cachorro junto a raridade e poder abstrato. Algo ao mesmo tempo inestimável e desconhecido. (Aquilo, Callum se lembrou vagamente. Aquela tinha sido a exata impressão que sentira uma vez, no fundo de outro coração de sereia condenado, como se tivesse brotado dentro de seu peito. Interessante.) Então ele se virou para Parisa, que estava bem pior. Sofrimento — ele havia sentido esse gosto nela antes, intenso, e estava adocicado outra vez. O pinga-pinga de um pôr do sol tropical, restos dourados de um Chardonnay amanteigado.

Dalton. Que bagunça desvairada. Callum guardou os óculos de sol no bolso da camisa e se ajoelhou ao lado do corpo dele para vê-lo se contrair com a batalha interna; uma tensão que Callum conseguia ver, mas não ler. Desespero, com certeza. Pôs a mão no ombro trêmulo de Dalton e teve pensamentos calmos, serenos, coisas acadêmicas chatas que associava com a pessoa que sempre acreditou que Dalton fosse. A sensação deliciosa de ler por prazer, sem pensar em dominar o mundo. Um banho quente. Uma vela perfumada. Uma boa xícara de chá de ervas.

Não. Não teve sorte. Fosse lá quais emoções batalhavam em Dalton, eram irreconhecíveis e incompletas. Seria como tentar criar um mosaico com grãos de areia. Talvez não impossível, mas pela palidez cada vez mais intensa de Parisa, Callum não tinha o dia todo.

Ele se levantou com um suspiro, ou melhor, tentou suspirar, mas soltou um gemido de dor, porque Libby Rhodes tinha mesmo o atingido. Bom para ela, ou algo assim. A física tinha outros problemas e Callum também. Será que ele poderia se juntar ao circo astral, fazer uma visitinha aos reinos telepáticos de Parisa? Até *poderia*, mas duvidava que valesse a pena. As proteções pareciam estar se resolvendo, o brilho da luz vermelha no canto ficando mais fraco. Uma pulsação suave, como observar algo desaparecer no retrovisor.

O adormecido, o outro homem, choramingou um pouco. Callum se inclinou sobre ele, e então se endireitou quando viu algo de longe. A pistola, reluzindo para ele de onde Libby a deixara cair. Abaixou-se para pegá-la, depois voltou ao corpo do adormecido, observando-o. Ouviu o som da resolução, como um violino recém-afinado. O dedilhar de um acorde menor — uma resposta perfeita a uma pergunta impossível de responder. Escuridão escondida atrás de beleza, confronto que vivia dentro de um suspiro.

De esguelha, Callum viu Dalton se contorcer, acordar e, num movimento abrupto, se sentar, os olhos enlouquecidos ao encontrar os dele. De imediato, uma onda tocou a língua de Callum. (Fumaça no horizonte, um rio de sangue, com notas de apocalipse. Se a fúria aniquiladora pudesse ter um sabor, seria aquele.)

Callum ergueu a pistola e apertou o gatilho uma vez.

O som foi ensurdecedor, mas breve.

Então o adormecido abriu os olhos, e Callum, com uma cautela saudável, moveu o cano da pistola de volta para ele. O adormecido o encarou, sem dizer nada.

— Callum, seu idiota. Não faça isso.

O empata se virou na direção da voz de Parisa. Ela havia erguido a cabeça, ainda atordoada, e observava a cena, que Callum percebeu ser um pouco problemática. Afinal de contas, um idiota — Callum — estava com a arma apontada para um completo desconhecido, entre os destroços que Dalton deixara na sala de leitura. Além de Parisa, o próprio Dalton estava estirado no chão, com os olhos abertos. Totalmente imóvel.

Com uma ferida aberta onde deveria estar seu coração.

— Callum — chamou Parisa, os olhos encontrando e então deixando o peito ensanguentado de Dalton. — Você está um caco. E que merda você fez?

Callum espiou o adormecido, que continuava em silêncio. Não era uma ameaça, como Callum já sabia. Então ele jogou a pistola para longe, voltando-se para Parisa.

— Eu... — começou Callum, sem saber como dizer. Nada muito impressionante lhe veio à mente. — Desculpe. — Foi o que ofereceu, uma mentira.

— Mas você não vai morrer hoje.

Parisa o encarou por um longo tempo.

E então, de repente, começou a rir.

Gargalhou, histericamente, até se engasgar. E então ficou claro que não era mais uma risada.

Com cuidado, Callum se ajoelhou ao lado dela. Não se moveu para segurá-la. Ela não o afastou. Atrás de si, o empata ouviu alguém se mexendo, mas não se virou, percebendo que Parisa encarava o desconhecido atrás dele, em silêncio. Em seguida, o leve mancar de passos que se afastavam, e o homem, o desconhecido, partiu.

Parisa ergueu o queixo e olhou para Callum.

— Ele não vai voltar — disse ela, mais para si, mas Callum não sabia quem ele era e não se importava, então não disse nada. Parisa estudou seu rosto, uma pequena onda de nojo contorcendo sua expressão. — Rhodes fez isso?

— Você devia ver o trauma que causei nela — respondeu Callum, seco.

— Callum. *Todos nós* vimos aquilo. — Parisa se levantou com dificuldade, evitando a mão que Callum oferecia. Do bolso, o celular dele vibrou. Ela olhou para o aparelho, com os lábios franzidos. — Passamos quanto tempo desacordados?

— Alguns minutos?

— Pareceram horas. — Ela se forçou a observar Dalton de novo antes de desviar o olhar. — Eu não queria mesmo que chegasse a esse ponto.

— Eu sei.

E sabia mesmo.

Parisa suspirou alto, depois olhou para Callum a contragosto.

— Se quer saber, eu teria feito o mesmo.

— O quê, matado meu namorado? — perguntou Callum, nada convencido.

— Ah, então agora estamos admitindo o que ele realmente é? Não. Quis dizer que teria salvado você. — Ela espanou a poeira das roupas, levando a mão até o cabelo encharcado e fazendo uma careta. — Que nojo.

— Você teria me escolhido em vez de Dalton? Sério? Você me odeia — disse Callum, acompanhando Parisa procurar a superfície espelhada mais próxima e optar por amarrar o cabelo em um coque no topo da cabeça diante do reflexo de um tubo pneumático estourado.

— Primeiramente, estamos discutindo hipóteses, então nada disso importa. — Parisa limpou os vestígios de luta da garganta. — Mas você devia mesmo ter me deixado morrer. Foi para isso que eu te trouxe aqui.

Nem mesmo ela parecia ter acreditado nisso. Callum decidiu deixar o assunto pra lá. Uma atitude bem admirável, na opinião dele.

— Ah, faça-me o favor. Não vou ganhar por desistência.

O celular de Callum tornou a vibrar. O olhar de Parisa desceu e então encontrou o dele outra vez.

— Jesus. — Ela suspirou e balançou a cabeça. — Você está com uma aparência monstruosa.

Não era pena, então pronto. Estava mais para uma observação. Não era nojo, como sempre olhava para ele antes. Só uma constatação simples e imutável.

— Vou aceitar o elogio — disse Callum.

— Que elogio?

Ele arqueou a sobrancelha, e ela revirou os olhos.

— Está bem — cedeu Parisa. — Então talvez eu goste mesmo de você, no fim das contas.

— Não se preocupe. Vai passar — garantiu ela.

O celular vibrou pela terceira vez, e Parisa soltou um muxoxo agitado e incoerente.

— Atende de uma vez, por favor? — insistiu. — E vai embora. Eu preciso...

— Lavar o cabelo — completou Callum, segurando um cacho solto.

Ela afastou a mão dele com um tapa.

— Tirar uma soneca. Acabar com alguns corpos.

Callum sentiu um leve tremor, mas não comentou.

— Acha que alguém virá atrás de nós depois de tudo isto? — perguntou ele, referindo-se à situação como um todo.

O pesquisador morto. O Guardião morto. A ameaça telepática que ele sabia que Parisa anulara com sucesso, fosse por dano cerebral ou seu equivalente funcional. O adormecido fugitivo que, pensando bem, talvez fosse o arquivista fugitivo.

Varona.

Callum de repente se perguntou se eles veriam Libby Rhodes presa por sua participação em fosse lá o que aquilo era. O pensamento o divertiu, embora não fosse tão engraçado quanto gostaria.

— Acha que virão atrás de nós em uma casa onde alguém morre a cada dez anos? Acho que não — zombou Parisa.

Callum deu de ombros e tentou, disfarçadamente, tirar o celular do bolso. Parisa, com óbvia irritação, puxou o aparelho com força, batendo-o na mão de Callum.

— Vai — disse, e saiu da sala de leitura.

Ou tentou, até que Callum a chamou, fazendo-a parar à porta.

— Qual foi? — perguntou ele. — Meu primeiro pensamento quando você me disse que Atlas morreu.

Parisa ficou imóvel, e Callum entendeu que a resposta seria uma mentira para poupá-lo.

— Não importa — disse ela. — Não era verdade.

Em seguida foi embora, deixando-o para trás.

Com um *cadáver*, percebeu Callum, estremecendo, e disparou porta afora assim que se deu conta. Parisa estava no jardim, o olhar fixo em um pequeno círculo de vasos de planta. Ela enxotou o empata, pelo bem dos dois, provavelmente, então Callum respeitou a solidão de Parisa e checou o celular, que tinha uma chamada perdida de Reina, sem correio de voz. Duas mensagens de um número desconhecido.

Estamos com Caine.

O coração de Callum acelerou, uma onda de náusea o invadindo.

P.S.: sai fora e morra.

Bem, justo. Ele havia influenciado Wyn a alertá-lo, não a gostar dele. Foi útil, na verdade, embora um pouco preocupante. Não que Callum soubesse o que Adrian faria; não exatamente. Adrian Caine querer ou não o filho morto era uma questão emocional, não lógica, e portanto mais fluida. Fosse lá o que Wyn pensava que aconteceria, fosse lá o que os outros bruxos tinham escutado sobre as intenções de Adrian, Callum sabia a verdade. A condenação ou misericórdia de Adrian decerto seria uma decisão de último minuto, baseada mais no que Tristan diria ou faria que em qualquer outra coisa preconcebida.

De todo modo, não era ideal. Estava longe disso. Callum passou pelos contatos às pressas, ligando enquanto corria para os transportes no lado oeste da casa.

— Você não deveria ter ligado.

— Alys. — Adolescentes. Por que qualquer homem iria querer algo com uma garota da idade dela estava além de toda a compreensão. — Sei que os capangas de Adrian estão com Tristan. Só me diga se eles o levaram para o pub do seu pai.

— Por quê, para você mesmo matá-lo?

— Alys. — Callum se sentiu grunhir de frustração. — Acho que nós dois sabemos que eu jamais tocaria num fio de cabelo sequer da merda da cabeça dele.

A linha ficou muda enquanto as portas do transporte se fechavam, as proteções estragadas deixadas para trás. Callum presumiu que Parisa ou outra pessoa consertaria. Não ele, de qualquer forma.

— Ele está aqui — confirmou Alys, e então um ruído indicando o fim da ligação.

Callum saiu correndo pelas portas do transporte até o ponto de entrega em King's Cross, abrindo caminho pelas multidões de viajantes a cotoveladas e entrando em um táxi.

— Eu vou...

— Companheiro — disse o motorista, parecendo preocupado. — Não é melhor você ir ao hospital?

Ah, certo. A cara quebrada. Callum tateou pelos óculos de sol, colocando-os da melhor maneira que pôde.

— Parece pior do que é. Só dirija — pediu Callum, acrescentando: — Quebre qualquer lei de trânsito se for preciso.

E, com um pouco de persuasão, o táxi deu a partida, acelerando pelo cruzamento mais próximo e quase atingindo um pedestre.

Isso seria muito simples desde que acontecesse no tempo certo, pensou Callum. Seria difícil manter as aparências mais tarde, percebeu ele, considerando tanto o estado de seu rosto quanto suas óbvias tentativas de heroísmo, que seriam difíceis de justificar como qualquer forma concebível de vingança. Lá se ia o plano de se vingar. Não que ele sentisse que estava enganando alguém, ou que algum dia tivesse feito isso. Adrian Caine e seus capangas tinham razão: Callum nunca lhes entregaria Tristan, e até fingir a essa altura era estupidamente transparente. Em vez disso, Callum teria que apenas encarar Tristan e dizer, da forma menos patética possível, você não precisa me escolher. Só saiba que isso não vai me impedir de escolher você.

Ah, na verdade, isso era meio genial, pensou Callum, se perguntando se deveria anotar enquanto o táxi descia a toda velocidade por uma rua estreita, forçando um homem com uma mala a correr aos gritos para a calçada. Que era onde ele deveria estar! Callum não sentia nada além de calor nas bochechas e baixou o vidro da janela, deixando o vento da noite chicotear a dor em suas feridas abertas. Não via a hora de contar a Tristan que Libby Rhodes o socara. Céus, que história e tanto seria. E ele atirara no ex-pesquisador. Nossa, por onde Callum começaria? Tudo, a história toda, vida e morte e todo o resto, se agitava dentro dele como um martíni depravado, todas aquelas coisas, aqueles sentimentos e emoções. Ele queria uma bebida, mas não da forma como quisera no ano anterior, como se tentasse afogar tudo em busca de silêncio. Queria uma bebida da forma como era antes. Ao lado da lareira, com Tristan sentado por perto.

Callum sentiu as batidas de seu coração contando os quilômetros de proximidade, tiquetaqueando em seu peito como um relógio. Ele não mataria Tristan com uma faca, o mataria de tanto carinho. Ele se ofereceria para levar Tristan ao cinema, daria uvas em sua boca, pentearia seu cabelo. Cozinharia para ele, um prato do tipo que a mãe dele sempre insistia em preparar quando estava de bom humor, comida que deveria ser apreciada sem pressa. Ele descascaria uma laranja para Tristan, compartilharia os gomos de mexerica, o regaria com mel. Seria constrangedor e ele não morreria de humilhação. Apenas viveria com a providência disso — a oferta sagrada de vergonha.

Sim, pensou Callum, agora eu entendo, Tristan, o significado da vida, tudo faz sentido. Recebemos exatamente o tempo de que precisamos para sermos os humanos que somos, e pronto. A magia é essa. Não somos deuses, ou talvez você seja, ou Reina, mas eu não sou um deus, Tristan, sou apenas muito triste e burro! Tenho buscado inspiração e acontece que não estou inspirado, sou preguiçoso! Só quero segurar sua mão! Não quero governar o mundo, não quero controlá-lo, nem quero influenciá-lo. Quero me sentar ao seu lado em um jardinzinho, quero colocar suas necessidades acima das minhas, quero buscar um copo de água quando você estiver com sede. Quero rir das suas piadas, até das ruins, e esquecer todos os problemas.

O táxi parou no pub, e Callum desceu às pressas, deixando a carteira inteira para trás, sua licença para ser um homem rico e descuidado. Passou pela multidão e foi direto para a cozinha, em direção ao escritório dos fundos, até enfim chegar à porta fechada de Adrian Caine. Ele a abriu com um solavanco de felicidade e entrou, e bem ali, na cadeira em que o próprio Callum uma vez se sentou, estava um conjunto familiar de ombros. Uma cabeça imperdoável de tão atraente.

Tristan se virou no assento, e Callum sentiu o coração saltar na garganta, uma missão de total fatalidade. Aqui, pensou, arrancando os óculos de seu rosto torto — me veja. Me veja pelo que realmente sou. Você é o único que já me viu assim.

Ele não viu a expressão de Tristan ser tomada pelo horror, o que era bom, era mesmo. Era melhor assim. A última coisa que Callum viu foi o teto, quando sua cabeça tombou para trás, o que não faria nenhum sentido para ele até que já fosse tarde demais para entender qualquer coisa.

Mas antes disso, mais importante, tinha sido Tristan.

Era perfeito, e era sincero.

E estava acabado.

Em seus momentos finais, Callum Nova entendeu esta última parte de tudo: a inspiração era assim. Se o destino era a resposta, se o destino tinha um sabor, se Tristan também o amava, se a paz era alcançável mesmo se — principalmente se — fosse totalmente injustificada... esses eram detalhes que não importavam mais.

Ele podia sentir mesmo assim, e isso significava que tudo era real.

A SOCIEDADE DE EZRA

QUATRO

Sef

Sef Hassan nem sempre ganhou seu dinheiro de forma honesta; pode, vez ou outra, ter se afastado do caminho que pretendia trilhar; pode ter oferecido um amor avassalador demais ou uma punição severa demais; pode não ter sido o acadêmico que seu pai tinha sido, mas apenas um revolucionário com trajes de acadêmico; mas ele não era mentiroso. Não assim.

— Confie em mim — disse Nothazai em voz baixa, afastando Sef do resto da sala onde os membros minguados da equipe de Ezra Fowler faziam planos. — O lugar para onde vou será melhor para todos nós. Para qualquer um que compartilhe nossos valores, nossos objetivos. *Ao contrário* de certas pessoas — acrescentou, com um quê de desdém —, que vêm aqui buscando um poder que não merecem.

Nothazai pôs a mão no ombro de Sef de uma maneira que deveria ser conspiratória, afastando-o do medeiano do serviço secreto chinês, da filha de Wessex e do diretor da CIA, dos quais Sef não gostava. O desprezo dele não era segredo. Sef já sabia que Pérez estava envolvido na morte de Nasser Aslani, que tinha frequentado a universidade com Sef quando eram jovens. Os dois nunca tinham sido exatamente próximos, mas sabiam da existência um do outro e se tratavam com cordialidade. Aslani foi amigo de outros acadêmicos medeianos que Sef conhecera, a contraparte silenciosa de um grupo ideologicamente progressista dos filhos mais velhos de famílias abastadas — o que Sef não era. Abastado, no caso. Ideologicamente, Sef era um sobrevivencialista.

E foi por isso que ele de repente percebeu que, apesar de nunca ter conseguido desvendar a origem do sotaque de Nothazai, era impossível não reparar nas vogais de Oxford e Cambridge.

Sef assentiu para Nothazai, um gesto cortês que significava *não se preocupe, confio em você*, porque era o que o momento exigia. Sef não havia entrado nessa coalizão sob falsos pretextos. Estava totalmente disposto a confiar em qualquer um que alegasse compartilhar das virtudes de seu objetivo de vida.

Ele não gostava de Ezra Fowler e não sofrera com sua morte. Também não gostava de Atlas Blakely, e nesse caso, fosse lá o que acontecera com o ex--Guardião da Sociedade, provavelmente fora merecido. Quanto a Nothazai, os fins teriam justificado os meios se os recursos do Fórum se provassem bem--sucedidos, mas Sef sabia que não deveria segui-lo sem restrições, quando era óbvio que as motivações dos dois divergiam.

Que os outros fossem a serpente devorando a própria cauda, a hidra destinada a cair. A Sociedade prometera poder e o entregara aos outros, mas o poder ainda estava nos olhos de quem via.

O poder não fazia nada para suavizar um túmulo. Também não fazia nada para manter uma promessa.

— Claro — respondeu Sef, bem ciente de que nunca mais ouviria falar de Nothazai.

Conhecimento era uma coisa engraçada. Podia ser compartilhado. Podia ser oferecido. Mas não podia ser roubado. Os arquivos sabiam a quem pertenciam. Se um homem melhor que Sef Hassan se tornasse aquele que os distribuiria de forma adequada, que assim fosse. Ele já sabia que não seria pior.

Promessas antigas não seriam entregues de imediato. Ainda faltava um longo tempo para o acaso.

Nothazai sorriu e Sef também. Um adeus bem cordial.

· TRISTAN ·

Por um ano inteiro, os reflexos de Tristan tinham sido testados tantas vezes que ele sabia implicitamente como reconhecer quando uma ameaça entrava na sala. Assim que a porta do escritório de seu pai foi escancarada, sua visão começou a processar o caráter caleidoscópico do cômodo, e, ao som do pai desativando a trava de segurança da arma, ele se preparou para botar em prática seu mínimo de autodefesa habitual. Estava prestes a pegar a pistola, sem se importar com o modelo e como funcionava — um bruxo a fizera, então um medeiano poderia desfazê-la com facilidade —, quando algo desmantelou seu reflexo de ação. Um brilho de algo; a armação metálica de um par de óculos escuros que o atordoou por um momento longo demais.

Ele sabia que era Callum da mesma forma que sabia que o reconheceria em um sonho, fosse lá que aparência tivesse. A energia no cômodo era de Callum, a efervescência florescente, a coisa que o próprio Callum poderia ter chamado de estilo. Eram os ombros de Callum, a postura tipicamente sem pressa de Callum, a preferência de Callum por mocassins, sempre vestido como um bilionário de férias. O que, supôs Tristan, Callum era mesmo, para sempre, porque jamais teria nada, jamais teria que tentar, nem sequer teria que *trabalhar*, e isso moldara a forma como ele entrava em um cômodo. Fazia o queixo de Callum estar sempre erguido, para o alto, mesmo quando seu rosto estava irreconhecível de tão inchado. Mesmo quando seus feitiços de ilusão não funcionavam direito, e de repente qualquer um podia ver o que Tristan sempre vira: que o azul envolto em riachos injetados de sangue estava mais próximo do gelo do que do oceano. Que o cabelo dele sempre foi mais cinza do que dourado.

Para Tristan, Callum nunca tinha sido bonito por sua aparência. Na verdade, para Tristan, Callum nunca tinha sido bonito e pronto. Ele era atraente — mesmo sem a falsidade de suas melhorias, a elevação de suas características naturais, que não eram necessariamente ruins —, mas beleza era algo que Parisa empunhava como uma arma, algo que Tristan atribuía ao esforço de estar perto de Libby. Havia uma tensão inerente na idealização de beleza de Tristan, e Callum nunca fora isso. Para Tristan, Callum não era bonito. Era elegante e refinado. Despreocupado e tranquilo. Também era atormentado de uma maneira que fazia a desilusão de Tristan parecer palatável. Olhar para Callum era como olhar para uma versão de si que poderia punir. Que *estava* sendo de fato punida, e parecia ser por escolha própria.

Callum se esforçava. Esse era o ponto crucial. Callum tentava tanto e com tamanha intensidade que Tristan podia olhar para ele e relaxar por meio segundo, como se ao reconhecer seu próprio reflexo pudesse encontrar uma forma de ser menos cruel com o que via. Não havia começado assim, é óbvio. A princípio, era apenas uma atração normal, como ser sugado para a órbita de algo inimaginavelmente poderoso e esmagadoramente vasto, mas Callum cometera o erro de deixar Tristan conhecê-lo. De deixar Tristan *vê-lo*. Tristan sempre entendera isso, o crime que ele cometera, a gravidade de sua traição, o que era ridículo, porque Callum não estava nem perto de ser uma boa pessoa e, portanto, a moralidade de Tristan deveria permanecer intacta. Mas ele sabia, em alguma parte inegável de qualquer resquício de alma ainda presente, que aquilo que fizera com o empata era a pior coisa que poderia ter feito a alguém. Poderia ter sido o que Callum merecia, mas ainda era indefensável.

E, mesmo assim, ali estava Callum mais uma vez.

Como o tempo havia desacelerado para Tristan naquele momento, ele conseguiu ver no rosto de Callum coisas que o empata não poderia ver no dele. Bem, por Tristan ser quem era, conseguia ver coisas que ninguém mais podia, menos ainda seu próprio pai, que o pegara como um cão abandonado na calçada e o arrastara de volta para casa. Não exatamente chutando e gritando, porque Tristan tinha que admitir que não se esforçara muito para escapar. Ele *queria* que o pai o visse. *Desejava* que o pai o testasse, que *acabasse* com a raça dele, para que ambos pudessem deixar de lado o fingimento paternal e admitir que um deles se tornara um homem enquanto o outro nunca tinha sido um. Mas então Callum entrou no escritório, e Tristan, que podia ver os componentes, viu tudo em sequência, embora fosse intuir tudo de uma vez.

Callum jamais o mataria. Tinha sido ferido e não revidara. Estava ali porque achava que Tristan estava em perigo, porque aquilo era um jogo para ele, como todo o resto, exceto quando se tratava da realidade da vida de Tristan. Callum sangrava. Estava com a blusa manchada e havia acabado de voltar de onde quer que Parisa estivesse, porque estava com o cheiro dela, como perfume de jasmim e a mancha de livros antigos, e por pouco ele e Tristan não se encontraram. Callum estava ali porque temia que Tristan tivesse partido.

O olhar de Callum o encontrou de imediato, uma bandeira branca de alívio erguida no que sobrara do branco de seus olhos. A verdade era que Callum parecia ter sido atropelado, mastigado e cuspido para fora outra vez, e ele, o homem mais vaidoso que Tristan já conhecera, nem parecia se importar. O suor salpicava a frente de sua camisa, com poças abaixo dos braços. O empata o encarava como se tivesse testemunhado um milagre em algum ponto entre abrir a porta do escritório e encontrar os olhos de Tristan.

No momento em que Tristan deveria estar desarmando o pai, percebeu algo que já tinha visto, mas a que não dera a devida atenção. Difícil dizer o que era exatamente, já que esse era o talento inexplicável e específico de Tristan, mas ele observou pela primeira vez que os olhos de Callum iam para todas as partes que a mente de Tristan já não lhe permitia ver. A queimadura na junta do dedo. A cicatriz no peito. A outra na sobrancelha. Os componentes de Tristan. O amor que lhe negaram. A expressão que adquiriu e sempre fora de seu pai. O destino que ele atribuíra à genética. Os músculos que tinham sido definidos por correr, escapar, fugir para o mais longe que podia, deixando para trás o pouco de lar que tivera apenas para se encontrar ali de novo, arrastado por uma maré inescapável.

O que Tristan quisera, de que precisara, o que escolhera? Viu tudo isso quando o pai puxou o gatilho, se deu conta de cada erro que já cometera. Ele devia ter visto tudo — devia ter *visto*, mas foi o único que não viu nada. Desejara a concepção de bondade de Libby porque parecia justa. A rigidez moral dela era uma dádiva. Desejara o desdém de Parisa porque parecia algo impossível de burlar, intelectual. A depressão dela era mais tolerável que a dele. Eden, nisso não valia a pena pensar, porque era uma luta desesperada por sobrevivência, a escolha feita por um homem encurralado, algo que Atlas também vivera. A escolha da qual Atlas o salvara. A escolha que se tornou várias outras, uma das quais, no fim das contas, sendo Callum Nova.

O que não significava que era totalmente romântico, esse nível de ironia cósmica. Só porque parecia algo destinado a acontecer não significava que Tristan havia se deixado ludibriar. Ele não desejara a apatia de Callum, o egoísmo, porque era Tristan em sua totalidade, era o interior de sua própria podridão: aquela quantidade de condescendência, aquele cinismo, a base do trauma compartilhado que se deleitava com seu próprio sofrimento e que era incapaz de felicidade. Ele sabia disso. Sempre soubera. Mas só percebeu no fim que, dos dois, apenas Callum tinha sido corajoso ou burro o suficiente para tentar. Se Tristan quisera ser visto, ótimo, Callum o vira e Tristan vira Callum, e por alguma definição isso era amor. Um amor ruim. Um amor corruptível. Poetas não escreveriam sobre ele. Mas isso não anulava o que já havia sido feito.

Foi forçado e deselegante, o pescoço de Callum lançando sua cabeça para trás antes de ele atingir o chão com um baque, os óculos escuros escorregando de sua mão para cair em algum lugar sob seus dedos imóveis. A bile subiu à garganta de Tristan pela segunda vez naquele dia enquanto o tempo voltava ao seu ritmo normal, uma explosão de vertigem. Ele sentiu a perda se afastar como uma vida passada ou um futuro distante. Como se o próprio tempo tivesse desaparecido.

— Pronto — disse o pai dele, baixando a pistola, sem dar a mínima para a vida que havia tirado. — Wyn disse que ele poderia aparecer. Trabalho feito. Você pode me agradecer depois.

— Te *agradecer?* — repetiu Tristan, com nojo, conseguindo conter uma careta infantil diante da expressão impassível do pai. — O que faz você pensar que te devo gratidão?

— Ele veio até mim, não veio? Tentando te matar. Pronto, resolvido, não vai ter mais nenhum grã-fino atrás do seu sangue. — Na mesa, a pistola fumegava com o resíduo mágico que Tristan leu como fumaça, cobrindo os dedos das mãos sujas de seu pai. — Como eu falei. Ninguém ameaça um Caine. E um Caine não barganha com ninguém. — Adrian lançou um olhar enojado para os pés de Callum. — Agora... — Ele se recostou na cadeira, analisando Tristan. — Sobre aquela sua Sociedade...

Tristan não disse nada.

— Falei pra você que eles não prestavam, seus amiguinhos grã-finos. James Wessex. — Adrian fez uma careta, cuspindo um bocado de escárnio na mesa. — Aquele babaca de merda. Ele quer o seu sangue agora, e para quê? Esses filhos da puta acham que governam o mundo, Tris, então que fiquem com ele. Dê a ele a corda de que precisa para se enforcar. Tem o suficiente aqui.

Adrian se inclinou sobre a mesa, juntando as mãos. Tristan tentou não olhar para a arma entre eles.

— Você não tem vantagem aqui, filho — continuou Adrian. — Estão na sua cola. Se você tentar fugir do país, vão te pegar na fronteira. Se tentar desaparecer, vão te encontrar. Claro, posso ajudar, não posso? — perguntou, com um brilho de triunfo nos olhos. — Só que vai ter um preço. Esse tipo de segurança não vem de graça, nem para o meu próprio filho.

— Essa é a minha punição, então, se entendi direito. — Tristan tentou recordar a complexidade da relação deles e, que engraçado, encontrou pouco, apenas a simplicidade do ódio. — Minhas escolhas são trabalhar para você ou tomar um tiro assim que virar as costas?

— Tris, quantas oportunidades você acha que vai receber na vida? — perguntou Adrian, com ar de sabedoria, o que, claro, era outra coisa. Um vapor de arrogância para intoxicar o cômodo. — Você pode não acreditar em destino, filho, mas o destino mostrou o que tem guardado, e é a mesma coisa do dia em que você nasceu. Você tem o meu sangue. O meu nome. Escrevi sua vida nesta terra com minhas próprias mãos. Você acha que o mundo liga para o que você merece? Ele sempre o verá do mesmo jeito que James Wessex te vê. Uma barata rastejando no chão. Implorando por migalhas.

Adrian o encarou.

— Aquele aproveitador idiota — retomou, com uma olhadela para Callum — era apenas um de muitos carrascos.

— Ele jamais me mataria. Eu poderia ter resolvido isso sozinho.

Mentira.

— Mentiroso. — A expressão de Adrian era arrogante. — Eu sou seu pai, Tris. Conheço você como a palma da minha mão. Aquilo — disse, com um gesto bruto para Callum — é exatamente sua fraqueza. Você não consegue resistir ao toque de uma mão de ouro. Sempre pronto a ceder, a ser acariciado até se submeter. Sempre pronto para ser o cachorrinho de alguém. — Uma pausa. — Mas não mais.

Adrian tamborilou na mesa.

— Podemos fazer uma divisão meio a meio — sugeriu. — Se o que os caras dizem a seu respeito for verdade.

— O que os caras dizem a meu respeito... — repetiu Tristan, sem forças.

Estava cada vez mais difícil se concentrar. A magia se esvaía do corpo de Callum, subindo como uma fumaça de suspiros. Nossa, aqueles óculos de sol eram espalhafatosos. Eram tão a cara de Callum, e Tristan queria muito chorar.

— Você conseguiu se esquivar de vários dos meus caras — disse Adrian. — Acho que tenho uma ideia do que você pode fazer. Descobriu algo naquela sua biblioteca, não foi?

— Você sabe exatamente o que consigo fazer e acha que é justo me oferecer *metade*?

Dessa vez, a voz de Tristan tinha uma ponta de descrença.

Adrian riu.

— Você pode ficar com tudo quando eu estiver morto e enterrado, Tris. Metade para o filho pródigo parece mais que justo.

Justo. O que havia de justo naquilo? Tristan sempre fora cínico, mas certamente já não acreditava no que era *justo*. Já não acreditava que o mundo era algum tipo de pêndulo, alguma roda da fortuna que ainda giraria. O que não significava que ele sabia o que era melhor. Não sabia de merda nenhuma, e a questão era essa. O destino nunca prometeu finais felizes. Nem toda história tinha que ser boa ou mesmo longa. Talvez a balança estivesse pendendo — talvez o universo levasse mais que uma vida mortal para equilibrar as coisas, para tornar as coisas certas —, mas Tristan Caine não tinha esse tempo.

Adrian lançou um olhar cauteloso para a pistola na mesa no mesmo instante em que Tristan, pai e filho se lançando sobre ela no espaço de um segundo. Tristan estava mais distante, Adrian foi mais rápido, mas Tristan havia passado um ano nos arquivos da Sociedade Alexandrina, e, para o bem ou para o mal, a matéria trabalhava a seu favor.

Ele fechou a mão ao redor do cabo e mirou o cano bem entre os olhos do pai.

— Está bem. — A risada de Adrian era alegre, pouco impressionada. — Sessenta-quarenta.

— Para fazer o quê? Sangrar por sua margem de lucro? Não, obrigado.

O peito de Tristan subia e descia, um relógio tiquetaqueando lá dentro. *Tique. Taque. Tique.*

— "Margem de lucro?" Você passou tempo demais naquela gaiolazinha chique, filho — zombou Adrian.

Tique. Taque. Tique.

— Não vou trabalhar para você.

Tique.

— Se não for para mim, Tris, vai ser para alguém. O mundo é assim. — *Tique.* Aquela falsa sabedoria de novo. *Taque.* — Você tem coragem de fazer o que eu fiz? Para se colocar aqui? Se tivesse, já teria puxado o gatilho.

Tique. A testa de Adrian, tão parecida com a de Tristan. Como ver o futuro em um espelho. Viajar no tempo num único olhar.

Taque.

— Matar você não me fará homem. Matar Callum também não. Não sou a merda da sua arma, pai. — *Tique.* — Não sou uma arma para a sua diversão.

— Está bem. Você deixou claro. — Uma lambida em lábios secos. *Taque.* — O que você quer, então?

— Eu quero...

Quero que você peça desculpa. *Tique.* Quero que me respeite. *Taque.* Quero que você me ame. *Tique.* E eu quero que você tenha feito isso desde o instante em que nasci. *Taque.*

Tique.
Taque.
Tique. Taque. Tique.
TaqueTiqueTaqueTique...

FIM DO CENÁRIO 1. COMEÇA O CENÁRIO 2.

Callum jamais o mataria. Tinha sido ferido e não revidara. Estava ali porque achava que Tristan estava em perigo, porque aquilo era um jogo para ele, como todo o resto, exceto quando se tratava da realidade da vida de Tristan. Callum sangrava. Estava com a blusa manchada e havia acabado de voltar de onde quer que Parisa estivesse, porque estava com o cheiro dela, perfume de jasmim e a mancha de livros antigos, e por pouco ele e Tristan não se encontraram. Callum estava ali porque temia que Tristan tivesse partido.

O olhar do empata o encontrou de imediato, uma bandeira branca de alívio erguida no que sobrara do branco de seus olhos.

E Callum o encarava como se tivesse testemunhado um milagre em algum ponto entre abrir a porta do escritório e encontrar os olhos de Tristan.

Naquele momento, Tristan desmontou a explosão que saiu da pistola do pai, os estilhaços flutuando sem peso, como poeira. Callum espirrou, depois praguejou, levando a mão ao rosto machucado. O pai de Tristan se levantou para uma segunda tentativa, e Tristan arrastou o tempo até parar, existindo na ruína de Callum, que por pouco não se concretizou, e em todos os momentos que viriam, tentando decidir o que ele realmente queria, do que realmente precisava.

Não é uma arma, ele ouviu Nico dizer em seu ouvido. *Não é uma arma a menos que você diga que é.*

Não é uma arma, é uma bomba caseira, pensou Tristan, agarrando Callum pelo ombro e se afastando do calor da explosão, protegendo-se com o conhecimento de que nada daquilo era definitivo, nada daquilo era real.

Nada terminaria a menos que ele assim determinasse.

CENÁRIO 5.

A casa estava com uma escuridão familiar quando Tristan retornou, quase como se tivesse viajado no tempo para estar ali. Ele atravessou o grande saguão, prestes a subir a escada, recuperar suas coisas e partir — para quê, ele ainda não sabia —, quando de repente parou, ouvindo algo na sala pintada.

Ao entrar, avistou Libby, sentada no chão diante do sofá. Encarava as chamas da lareira, tomando uma taça de vinho branco. Ela ergueu o olhar, e um vislumbre de algo passou em seu rosto. Não surpresa, exatamente. Tampouco decepção.

— Não vou tomar vinho tinto — disse ela. — Desculpe, mas tem gosto de Jesus.

Tristan riu baixinho e deu de ombros, depois se sentou ao lado dela, estendendo a mão para pegar a taça. Libby a entregou enquanto ele se acomodava, recostando a cabeça nas almofadas do sofá, os olhos fixos no fogo.

— Vou só passar a noite aqui — explicou Libby.

— Só vou pegar minhas coisas — respondeu Tristan.

Eles assentiram sem se olhar. O silêncio era mais amigável do que antes, o que era irônico, considerando o estado das coisas quando se separaram. Talvez ambos tivessem visto o suficiente para perceber que até os pecados cometidos um com o outro e contra o outro já não tinham importância.

— Eu só quero dizer...

— Rhodes, eu...

Eles pararam. Entreolharam-se.

Libby parecia mais saudável, de alguma forma. Como se talvez estivesse comendo e dormindo mais, um pouco descansada, menos macilenta nas bochechas. Cortara o cabelo, e a nova franja era longa, deslizando sobre as maçãs do rosto, estilosa sem alterar as feições. Ela ainda parecia mágica para ele, como uma impossibilidade flutuando sob seus dedos, mesmo que já entendesse que magia não significava bondade. Não significava que o momento era, ou tinha sido, certo.

— Talvez algum dia — disse ele, baixinho, para o silêncio que se esticava entre os dois.

Ela pegou a taça de vinho e a deixou de lado. Tristan percebeu que nem chegara a beber; estivera apenas segurando-a, observando-a refletir a luz.

— Talvez algum dia — respondeu ela.

Os dois se inclinaram para ficar de pé, ele primeiro, e então estendeu a mão para ela. Libby aceitou, permitindo que Tristan a puxasse.

— Fiquei sabendo que...

— Não se esqueça de...

Eles pararam.

Da cornija, o relógio tiquetaqueou.

— Odeio esse negócio — comentou Tristan.

Ao mesmo tempo, Libby disse:

— Que se dane.

Então os dois colidiram no mesmo instante; como um.

Em certo nível, Tristan sabia que era só uma questão de necessidade, uma coceira que valia a pena coçar, como nas outras vezes. Não precisava ser diferente — não precisava *significar* nada —, e talvez fosse por isso que era diferente. Degraus galgados aos tropeços, as pernas dela ao redor da cintura dele, um pulso acelerado que compartilhavam como um segredo. Não era para sempre e era mais doce assim, maduro à beira de apodrecer. Perda que eles passavam de um para o outro, iluminada como uma tocha. Rendição, aquiescência, descanso. Não mais queimando só por queimar.

Tristan a deixou ficar com a cama. O acaso não era mais tão crítico, o destino inimaginável mas irrelevante, coisa que outra pessoa planejaria. Ele fechou a porta atrás de si em silêncio, deixando-a dormir.

Talvez algum dia.

Não uma promessa. Mais como uma oferta ou um sonho.

Talvez algum dia, ou talvez não. Às vezes a incerteza era uma bênção; o conhecimento, um fardo, e a vidência, a merda de uma maldição.

Talvez algum dia.

CENÁRIO 16.

Tristan se aproximou do corpo do pai e se inclinou para analisar a trilha de sangue na cabeça, atravessando o mapa de sobrancelhas franzidas e risada sardônica na testa que inevitavelmente se tornaria a sua. Ele sentiu uma pontada aguda de irritação diante da expressão do pai, tão desajeitada e deselegante. Como se ele tivesse sido pego de surpresa, e não deveria ter sido assim. Ele assombrara a vida de Tristan, então deveria saber. Deveria ter previsto isso, ou pelo menos ter tido a dignidade de não parecer tão assustado com a perspectiva de sua condenação.

— Sério? — perguntou Tristan, se levantando para olhar a arma na mão de Callum. — É um logotipo da Wessex?

— Talvez um pouquinho — concordou Callum, sem dar muita importância ao fato.

— Você está horrível — acrescentou Tristan.

Callum não parecia descolado, nem um pouquinho. Na verdade estava um pouquinho verde e parecia prestes a vomitar, o que era novo e interessante. Tristan supôs que a experiência de Callum com a morte sempre tivesse sido algo remoto, então aquilo devia ser desconcertante.

— É — respondeu Callum.

A essa altura, Tristan se afastou do corpo do pai e da poça crescente de sangue, ficou diante de Callum, a respirações de distância, e disse:

— Isso não significa que desisti de te matar.

Tristan observou o pomo de adão de Callum fazer um movimento inebriante.

— Deixa pra falar disso na cama — disse ele. — Tenho que tomar banho primeiro.

CENÁRIO 17.

Tristan se aproximou do corpo do pai e se inclinou para analisar a trilha de sangue na testa.

— Consigo sentir seu coração batendo — disse Callum.

Tristan se levantou, escondendo o abridor de cartas que pegara do arsenal de armas secretas do pai. Aquela de que Adrian Caine precisara no fim, mas que não fora rápido o suficiente para pegar.

— Qual é a sensação? — perguntou Tristan.

Callum pousou a mão no pulso dele, os dedos se espalhando como as asas de uma pomba.

— Loucura — respondeu ele, umedecendo os lábios.

Tristan roçou a ponta dos dedos no passador da calça de Callum. E os desceu para a coxa.

Os dois sentiram a presença da lâmina ao mesmo tempo, chegando à inevitabilidade como um clímax.

Artéria femoral.

— Um cortezinho seria suficiente, sim? — disse Tristan, a voz grave pelo esforço.

A boca risonha de Callum alcançou a de Tristan pouco antes de ele cair no chão.

CENÁRIO 25.

— Dá o fora do meu escritório — disse Tristan. — Fodam-se suas ofertas. Foda-se meu potencial. Diga ao meu pai para dar o fora também, já que está aí. Mas não pense que ele vai se dar ao trabalho de te ver, então cuidado com a mesa. É onde ele guarda as facas.

Atlas Blakely pareceu decepcionado, mas não surpreso.

— Talvez você mude de ideia.

— *Talvez* você dê o fora e morra — respondeu Tristan.

Na mesa, o celular vibrou com mensagens de Eden. Dentro de uma semana ele seria promovido por James Wessex pela segunda vez. O casamento seria adorável. De bom gosto. Grandioso. Seu eventual discurso fúnebre, lido por uma chorosa Eden, descreveria sua morte escandalosa ao pular da sacada em um ato desesperado de um amado marido e filho. Rupesh — o *melhor amigo* de Tristan, Rupesh — se tornaria o segundo marido de Eden depois de um generoso período de luto de mais ou menos cinco anos, a depender dos ciclos lunares. O pai dele jogaria o obituário no fogo. Atlas Blakely encontraria outra pessoa. Sempre haveria outra pessoa. Libby Rhodes esfaquearia Callum Nova vinte e três vezes no chão da sala pintada.

Fim da simulação. Recomeçar.

CENÁRIO 71.

— O que mais você está disposta a quebrar, srta. Rhodes, e quem você trairá para isso?

Ele viu no rosto dela. Uma nova expressão, uma que devia ter sempre vivido ali em segredo, escondida, ou talvez fosse segredo apenas para ele, tendo por tanto tempo falhado em enxergar a verdade. A agonia dela. Nunca foi a bondade dele. A tristeza dela, o brilho que ele costumava considerar uma virtude, era sempre tão convincente porque contrastava com a raiva dela, com o que sempre fora ofuscado pela fúria. Iluminado pela presença da chama.

— Não sei — respondeu ela, sem forças — e não...

— Rhodes. — Tristan emergiu de seu esconderijo além da porta, tarde demais para salvar Ezra, sábio demais desde então para ficar parado. — Rhodes, não vai ajudar. Não vai te salvar. O caminho que está trilhando só chega ao fim quando você puser um fim. Rhodes. — A única coisa corajosa que ele fez foi tocá-la, apagando a dor dela com um abraço forçado e desajeitado. — Rhodes, deixe que isso acabe agora. Ponha um fim nisso.

CENÁRIO 76.

Ela o matou, obviamente. Não brinque com fósforos. Não assuste físicas que viajaram até aqui numa bomba nuclear desgraçada.

CENÁRIO 87.

Aos dezessete anos, Tristan Caine se engasgou com sopa quente e morreu.

CENÁRIO 141.

— Prepare a nave espacial, capitão Blakely! — gritou Tristan do casco da nave.
— Pronto, tenente Caine — respondeu Atlas, alegre.

CENÁRIO 196.

— Talvez algum dia — disse Libby, baixinho, para o silêncio que se estendia entre os dois.

Ela pegou a taça de vinho da mão dele e a deixou de lado. Tristan percebeu que nem chegara a beber; estivera apenas segurando-a, observando-a refletir a luz.

— Então eu escolho hoje — respondeu Tristan.

CENÁRIO 201.

Há uma fratura no couro cabeludo, uma lasca de silêncio que vive no movimento de um gatilho puxado. Tristan ouviu como um rugido, um eco de consequência através da caverna do tempo e do espaço, e o silêncio debilitante foi quase como uma oração. Pai, me perdoe; me conceda a serenidade para arcar com o que fiz.

O silêncio que se seguiu gritava com significado, com condenação. Tristan sentiu uma mão em seu ombro — o peso cuidadoso e calculado de uma palma. Não se mexeu, e sentiu a pistola escorregar de suas mãos, deslizar da estagnação dos nós de seus dedos. De esguelha, viu o brilho de um par de óculos escuros.

— Quem devo ser agora? — perguntou Tristan para o cômodo, o escritório que um dia contivera o coração pulsante de seu pai.

O que ele queria dizer era: como prossigo sem um motivo para prosseguir, sem algo de que fugir, sem o destino que sei que estou condenado a perseguir?

— Seja lá quem for, não vou fugir — respondeu Callum no ouvido dele.
Em algum outro lugar, um relógio tiquetaqueou.

CENÁRIO 203.

— Eu quero...
Quero que você peça desculpa. *Tique.* Quero que me respeite. *Taque.* Quero que você me ame. *Tique.* E eu quero que você tenha feito isso desde o instante em que nasci. *Taque.*
Tique.
Taque.
Tique. Taque. Tique.
TiqueTaqueTiqueTaque...
— Chega de sonhar acordado, filho — disse Adrian Caine, o abridor de cartas brilhando em sua mão antes que ele avançasse.

CENÁRIOS 211-243.

Nada importava, porque Callum morrera.

CENÁRIOS 244-269.

Nada importava, porque Callum sobrevivera.

CENÁRIO 312.

— Eu os declaro marido e mulher — declarou Nico, alegre, jogando um punhado de arroz no ar enquanto Tristan erguia o véu dos olhos de Parisa e abria o sorriso dos perpetuamente exultantes.
— Estou feliz por ser você — disse ele, e ela lhe deu um olhar desinteressado, mas sem dúvida exultante.
— Quem mais seria? — respondeu Parisa, com um dar de ombros, erguendo o queixo para um beijo.

CENÁRIO 413.

Não é uma arma, é uma faca, pensou Tristan, enfiando-a no esterno de Callum, num movimento muito sensual.

CENÁRIO 444.

— Essa é sua grande ideia? — perguntou Tristan, ofegante, lutando contra a vontade de vomitar e apoiando as mãos nos joelhos, parado no meio da rua.
— Roubar meu pai *na frente de todo mundo*, e para quê? Deve ser dinheiro amaldiçoado. E, mais importante, o que vamos fazer com ele?
— Transar em cima — sugeriu Callum, também arfante, os óculos estilo aviador escondendo a falsidade que Tristan nunca soube serem seus olhos azuis.
Ele lançou um sorriso para Tristan, que ficou o encarando, perdido, não tão cheio de ódio quanto deveria estar. Sabia que estava em algum lugar, estocado, aos montes, mas tudo parecia tão distante. Tão inútil, tão menos sexy.
— Ah. — Tristan pensou por um momento antes de empurrar o braço de Callum, persuadindo-o a continuar correndo. — É — acrescentou, com uma tosse, conduzindo-os para a esquina seguinte. — É, está bem, então.

CENÁRIO 457.

— Mas a merda dos livros...
— Me mate — pediu Atlas, com urgência. — Você pode ficar com os livros. Todos os livros. Nem quero estar aqui, não quero nada disso, só confie em mim, acredite em mim. — *Vim até aqui só para te dizer, só para trazer a mensagem.* — Sou eu quem tem que morrer.
Ezra o encarou, sem expressão. Ou o que Atlas pensou ser sem expressão até perceber que Ezra não parecia confuso, nem irritado, nem triste. Não parecia nem um pouco o homem que um dia estivera no escritório dele e morrera por ser jovem, inconsequente e justo.
Parecia o homem que Atlas Blakely tinha sido alguns segundos antes. Um homem que abrira uma porta.
— Já tentei isso, Atlas — disse Ezra depois de um momento. — Não funciona. Não ajuda.
Silêncio.

— Você sabe o que realmente significa morrer de fome? — perguntou Ezra.

CENÁRIO 499.

— Atlas — disse Tristan, colocando a cabeça para dentro do escritório. — Sharon quer saber se você teve algum problema com a nova equipe da cozinha.

— Hum? Não, nenhum. — Atlas massageou a têmpora, usando um par de óculos que ele escondia dos outros com uma dedicação fervorosa, como se ter uma visão perfeita fosse essencial à sua mitologia pessoal. — Você viu isto?

— As anotações de Varona? Só umas mil vezes. — Tristan entrou no escritório e estendeu a mão para o diagrama que Atlas segurava. — Parece certo para mim. Não que eu vá dizer isso para ele.

— Ainda precisaremos do sr. Ellery e da srta. Mori. — A voz de Atlas era o costumeiro ronco exausto. — Falou com a srta. Rhodes?

Tristan negou com a cabeça.

— Ela não voltou ao círculo de pedras em Callanish. Ou está a caminho daqui agora, ou ela...

Algo apertou a garganta dele nas palavras *não vai voltar*, e Atlas espiou sobre a armação dos óculos com algo que parecia compaixão.

— E o sr. Drake? — incentivou Atlas. — Como vocês estão se dando?

A casa não precisava de um arquivista. Ainda mais um que Tristan tinha quase certeza de que vira em sonhos. Ao mesmo tempo, no entanto, era bom ter outro corpo na casa, e a presença de Gideon significava que Nico era um visitante frequente. O que não era do interesse de Tristan, claro. Ter passado o último ano com as lâminas de Nico em sua garganta e as mãos de Nico em seu peito não...

... era do interesse de Tristan, que tossiu com educação na mão fechada.

— Bem.

Atlas contorceu a boca com um divertimento irônico e imperdoável.

— Entendo — respondeu, voltando para o diagrama.

CENÁRIO 556.

— Já percebeu que nós nunca conversamos de verdade? — perguntou Tristan, se afastando da porta de Nico para a de Reina, que estava aberta. — É meio esquisito. Como se talvez pudéssemos ter uma ou duas coisas em comum, mas nunca fôssemos saber.

O champanhe da noite de gala da Sociedade parecia afetá-lo de um jeito engraçado. Ele teve a sensação estranha e paranoica de que deveria ter essa conversa naquele instante. Que deveria tê-la o quanto antes, naquele exato segundo, antes que fosse tarde demais.

Reina não pareceu concordar, talvez por falta de interesse em convergir versões do multiverso ou na probabilidade de uma multiplicidade existente.

— Não sei quem é meu pai, então duvido — respondeu ela.
— Sorte a sua — disse Tristan. — E sua mãe?
— Morta.
— A minha também.
— Irmãos?
— Meias-irmãs. Você?
— Mesma coisa. — Um silêncio constrangedor. — Acho que talvez eu seja uma deusa — comentou Reina, com um tom afetado e blindado, como alguém sondando o terreno e esperando encontrar uma poça de sangue.
— É por isso que você está com raiva do Varona? — perguntou Tristan. — Porque você é uma deusa e ele é agitado demais para te adorar como deveria?

Reina abriu e fechou a boca.

— Mais ou menos, acho — murmurou ela, numa constatação inebriante.
— Tente perdoá-lo — aconselhou Tristan. — Ele não sabe o que faz.

Atrás deles, a porta de Nico se abriu, o piso vibrando com a energia de uma criancinha depois de ingerir baldes de açúcar.

— Está bem, estou pronto…
— Viu? — disse Tristan, apontando para Nico, que lançou um olhar de surpresa alegre ao ver os dois.

Em resposta, Reina pareceu ao mesmo tempo enojada e contemplativa.

— Tente terapia — sugeriu a Tristan, um pagamento pelos sábios conselhos dele. — Vai nos poupar muito tempo.
— Bem, sem problemas, temos tempo de sobra — respondeu Tristan enquanto Nico a cumprimentava, se permitindo ser levado em direção à escada.

CENÁRIO 615.

— Alexis. — Atlas a pegou pelo cotovelo e ela se assustou, um pouco irritada, ocupada com outras coisas, outros pensamentos. — Temos que matar alguém.

Ela o encarou, sem entender.

— Como é?

— Você tem que me matar — explicou ele. — Um de vocês tem que me matar, ou vão todos morrer, um por um. Tem que ser eu, Alexis, por favor.

Então colocou a arma na mão dela, fechou os dedos dela ao redor do cabo. Alexis o encarou.

— Por que está me pedindo isso?

Porque... Porque ainda temos muito a compartilhar, porque ainda tenho muitos segredos para lhe contar, aqueles que nunca poderei compartilhar. Aqueles que eu lhe entreguei uma vez e que agora, felizmente, você nunca mais precisará saber.

— Por favor — repetiu Atlas.

Alexis olhou para a arma. Para o rosto dele. *Não desperdice.*

Então tornou a olhar para ele, um longo olhar. Cheio de pena.

— Está bem — disse Atlas, exasperado, arrancando a pistola da mão dela. — Está bem, então eu mesmo faço.

CENÁRIO 616.

— Quero o divórcio — disse Tristan, ofegante, na boca de Eden.

— Claro que quer — respondeu ela, dando um tapa no traseiro dele.

CENÁRIO 733.

— Ah, merda — murmurou Callum, que, pelo que Tristan via daquele ângulo, parecia examinar suas partes baixas.

— Acordou sem pau de novo? — perguntou Tristan. (Que não devia fazer tal piada, que ficava cada vez menos divertida para todos os envolvidos.)

— Para sua sorte, não — respondeu Callum, sem erguer o olhar. — Só, ah. — Uma pausa. — Nada.

Tristan se levantou da cama, observando o fragmento do rosto de Callum que podia ver no espelho do banheiro. A testa franzida emoldurando os olhos azul--claros. A boca, que estava mais fina a essa altura, menos sarcástica com a idade. O cabelo mais grisalho do que antes, menos dourado e mais prateado. O que, percebeu Tristan, era um problema de pigmentação que provavelmente também se tornaria um problema em outros hemisférios corporais.

Ah, mortalidade. Que triste saber que as regiões inferiores também envelheciam.

— Sabe — comentou Tristan, casual. — Não me importo de ver você envelhecer.

Ele observou o empertigar dos ombros de Callum, preso entre se preparar e fugir.

— Não?

— Não. Pessoalmente, sinto que estou envelhecendo na minha personalidade. — Tristan se acomodou nos travesseiros com uma chama repentina de carinho, uma sensação excruciante de que seu contentamento naquele instante era absurdo e nem um pouco merecido. Na mesa de cabeceira ao lado estavam os óculos escuros de Callum, o molho de chaves. — Eu não me importaria de fazer um pouco mais disso.

— O quê, envelhecer?

— Envelhecer com você — disse Tristan, e fechou os olhos para não ter que ver o sorriso de Callum, que Tristan diria a si mesmo que era um sorrisinho e, portanto, algo que poderia abandonar. Se quisesse. *Quando* quisesse.

O que não era, no fim das contas, aquele dia.

CENÁRIOS 743-890.

Atlas Blakely abriu os olhos e sentiu a cabeça latejar, viu a forma embaçada de um rosto familiar, um par de mãos de necromante. Ouviu a própria voz, as vozes de sua mãe, a voz com a qual nascera, a inquieta que falava dentro da cabeça dele. *Você não pode parar de escolher a morte, Atlas Blakely, e, por isso, a morte não te recompensará.*

— Se você não me matar — resmungou ele —, o mundo vai acabar.

Ezra se inclinou para entrar no campo de visão de Atlas, um sorriso torto no rosto.

— O mundo acaba todos os dias, Atlas Blakely — disse Ezra Fowler, quem diria. — Isso não significa que você pode escapar de seu destino.

CENÁRIO 891.

Tristan ficou perto da lápide no jazigo da família Nova e se perguntou por que diabos parecia razoável gastar tanto dinheiro só para ficar deitado em uma caixa no chão. Decerto seria melhor se tornar útil para o mundo de alguma forma. Fertilizar o solo, alimentar as árvores. Qualquer coisa, exceto aquilo.

— Rosas, sério? — perguntou Parisa, com um suspiro, como se rosas não fossem a escolha óbvia por todo padrão concebível.

Tristan se virou e olhou para Reina, que deu de ombros para ele como se dissesse *não posso controlá-la, nunca controlei*.

Ele deixou as flores no vaso de sempre e se endireitou, o celular vibrando no bolso. Três vibrações rápidas. Libby de novo. Vinha aparecendo com uma frequência cada vez maior naqueles dias, em intervalos aleatórios. A princípio, eram memes engraçados. Depois, o ocasional *como você tá?* Depois, as inevitáveis reflexões da madrugada de como foi quando ele tocou a eternidade, por acaso achava que tinha visto Deus, e se sim, Ela era bonita?

A julgar pelo horário, ela deveria estar mandando uma foto de seu almoço. Mas não havia como descartar a possibilidade de ser outra coisa. Algo maravilhosamente impossível de adivinhar.

Tristan sorriu sozinho, sentindo o mundo continuar, escorregar por baixo dele, uma liberdade alegre se estendendo no desconhecido selvagem.

— Caine, não temos o dia todo — reclamou Parisa. — Vai nos ajudar ou não?

— Vocês duas ainda não se cansaram da filantropia? — perguntou Tristan, ajustando as pétalas no vaso de Callum.

— Bem, você sabe o que a gente sempre diz — respondeu Reina, em um tom que Tristan estava começando a reconhecer como o mais próximo de humor. — O melhor momento para plantar uma árvore é ontem. O segundo melhor momento é hoje.

Tristan se controlou para não bufar.

— Isso não chega nem perto do que vocês duas dizem.

Não que ele soubesse com certeza, mas tinha a sensação de que seu palpite não estava correto. O lema delas provavelmente era mais alinhado com a mensagem que tinham enviado para ele várias semanas antes, pelo novo número de Parisa:

Quer se sentir poderoso hoje?
Quão poderoso?
Depende de quão erótico você acha ver um homem branco implorar.

— É, chegou perto — disse Parisa, baixando os óculos de sol para aquecer o rosto no sol da tarde.

CENÁRIO 1A-426.02.

Tique.
Taque.
Tique. Taque. Tique.
TiqueTaqueTiqueTaque...
— Não quero nada que você possa me dar.

Tristan percebeu devagar, e então de uma vez. Como engolir um tonel de veneno, deixando-o inundar os vasos de seu cérebro. Ele baixou a arma e Adrian expirou, a língua deslizando entre os lábios com desdém.

— Então aqui está um grande homem. Nobre. — Adrian cuspiu. — Foi isso que você aprendeu com aquele bando de sangue azul, então? Seu príncipe chique lá no chão te ensinou isso? Aproveite, Tris — zombou Adrian. — Seja santo, então. Veja se isso coloca comida na mesa ou homens nos seus exércitos.

Tristan flexionou a mão. O tiquetaquear em seu peito havia passado. A única coisa batendo ali era seu coração, que estava alegremente ileso ao reaparecimento da zombaria de seu pai. Se o pai ainda tivesse algo a lhe oferecer, não tinha mais utilidade específica.

— Você nunca teve o que era necessário, Tristan. Sempre foi um inútil, sempre foi fraco. Acha que eu não percebi desde o início?

Tristan se abaixou, passando um dedo com gentileza na testa de Callum. Ajeitou o cabelo dele. Reconfigurou uma ilusão — devolveu a Callum seu nariz preferido, que de alguma forma era menos patrício que o verdadeiro — e obscureceu as manchas em sua camisa, pressionando o tecido de volta à perfeição. Pegou os óculos de sol com dois dedos, se avaliando nas armações.

— Espero que você aprecie o gosto da misericórdia, Tris. Vai apodrecer na sua boca no dia em que alguém te fizer pagar por sua fraqueza, escute o que estou falando...

O pai dele continuou o sermão enquanto o mundo de Tristan virava um caleidoscópio de possibilidades, a inflação cósmica de seu pulso cuidadoso e recalcitrante. Repassou os cenários. Experimentou projetar uma versão do futuro que vinha de alguma outra versão daquele cômodo. Tentou, mas não conseguiu encontrar o felizes para sempre dentro dos limites de sua imaginação tediosa. Não conseguiu criar. Não conseguiu ver.

Mas isso não tornava irreal, então Tristan mirou e puxou o gatilho.
Fim.

· REINA ·

Reina estava sentada no escuro quando as luzes se acenderam. Ela ouviu o sinal revelador da surpresa, logo seguido por um silêncio contido.
— Reina, não é? — A voz feminina familiar era calma. — Ninguém me disse que você estava aqui.

Após se levantar do sofá branco impecável, Reina virou-se para encarar Aiya Sato, parada à porta, bolsa na mão. As roupas dela pareciam caras. Com certeza eram mesmo. A cobertura também. O mercado imobiliário de Tóquio não era brincadeira. Seu sistema de segurança mágico também era muito bom, mas Aiya tinha decorações excelentes e uma queda por plantas, um apartamento cheio delas, todas muito atenciosas.

De qualquer forma, não era seguro para Reina ligar antes, mesmo que fosse um gesto educado. Com tantas pessoas tentando matá-la, invasão de propriedade privada era o menor dos riscos.

Cansada, Aiya a encarou com cautela, lendo seu silêncio. A verdade era que Reina não estava tentando ser ameaçadora. Simplesmente não falava com ninguém havia dias, desde o comício em Maryland, e não sabia por onde começar a conversa.

— Isto é… uma visita social? — perguntou Aiya.

Uma dúvida razoável.

Reina negou com a cabeça e pigarreou.

— Eu só preciso falar com você.

— Ah, entendo. Sim, fiquei sabendo que você teve problemas. — Aiya gesticulou para que Reina tornasse a se sentar. — Aceita um chá? Ou vinho?

Reina fez que não outra vez.

— Não vou demorar.

Ela se sentou, e Aiya se moveu com cuidado pela sala, tirando os sapatos e os colocando com óbvia santidade ao lado da porta. Depois prendeu o longo cabelo longe do rosto, acendendo, num movimento meticuloso, apenas algumas fileiras de luzes específicas, talvez para destacar a beleza de suas escolhas de móveis em estilo escandinavo ou a vista incomparável da cidade. Por fim, se serviu de uma taça de vinho de uma garrafa previamente aberta, juntando-se a Reina no sofá com um temor refreado por hospitalidade.

— Nasci aqui em Tóquio — comentou Reina. — Não muito longe daqui, na verdade. Houve um incêndio no dia em que nasci. Pessoas morreram. Minha avó sempre achou que significava que eu fosse... — Ela se interrompeu. — O que eu era.

— As pessoas sempre tentam encontrar significado onde não há — disse Aiya, tranquila, talvez em um tom de compaixão, embora Reina não tivesse mais certeza do que pensar. — Só porque dá para ver dois pontos não significa que estejam conectados.

— Ou seja, destino é uma mentira que contamos a nós mesmos? — perguntou Reina, achando graça.

Aiya deu de ombros. Apesar da curadoria cuidadosa de suas luzes, ela parecia cansada.

— Contamos muitas histórias para nós mesmos. Mas não acho que você veio aqui só para me contar a sua.

Não. Reina nem sabia por que estava ali, não mesmo. Só queria ir para casa, e, quando percebeu que isso significava uma mansão inglesa, lutou tanto contra a ideia que foi parar ali, no lugar do qual ela fizera de tudo para escapar.

— Eu quero — começou a dizer, devagar — fazer o bem. Não porque eu ame o mundo, mas porque eu o odeio. E não porque posso — acrescentou. — Mas porque ninguém mais vai fazer.

Aiya suspirou, talvez achando graça.

— A Sociedade não te promete um mundo melhor, Reina. Não faz isso porque não pode.

— Por que não? Me prometeram tudo com que eu pudesse sonhar. Me ofereceram poder, e mesmo assim nunca me senti tão impotente.

As palavras a deixaram como um chute no peito, um pisão violento. Ela não tinha percebido que esse era o problema até então, sentada ali com uma mulher que com certeza vivia sozinha. Que tinha tudo e, ao mesmo tempo, Reina não via nada no museu da vida de Aiya Sato que desejaria no seu.

Aiya tomou um gole de vinho em silêncio, de um jeito que fez Reina ter certeza de que Aiya a via como uma criança, um cordeirinho perdido. Era educada demais para pedir que Reina fosse embora, claro. Não era assim que as coisas funcionavam, e a naturalista devia saber disso. Até lá, Aiya apenas manteria aquilo em mente.

— Então — disse Aiya, com uma paciência professoral. — Você está decepcionada com o mundo. Por que a Sociedade seria melhor? Ela é parte do mesmo mundo.

— Mas eu deveria ser capaz de consertar as coisas. Mudar as coisas.

— Por quê?

— Porque sim. — Reina se sentiu inquieta. — Porque se o mundo não pode ser consertado por mim, então como é que vai ter conserto?

— Essas parecem ser perguntas para o Fórum — respondeu Aiya, dando de ombros. — Se quiser passar a vida batendo em portas que nunca se abrirão, tente as táticas deles, veja o que acontece. Veja se a multidão pode aprender a te amar, Reina Mori, sem consumir ou destruir você primeiro. — Outro gole reflexivo. — A Sociedade não é uma democracia. Na verdade, você foi escolhida justamente por ser egoísta. — A mulher lançou um olhar reservado para Reina. — Ela lhe prometeu glória, não salvação. Ela nunca disse que você poderia salvar os outros. Só a si mesma.

— E isso é poder para você?

O sorriso de Aiya era tão educado que Reina o sentiu como a ponta de uma arma.

— Você não gosta de se sentir impotente? Então mude sua definição de poder. Não conserte o que não tem conserto. Não se dedique a coisas que não pode controlar. Você não pode fazer este mundo respeitá-la. Não pode fazê-lo dignificá-la. Ele jamais cederá a você. Este mundo não pertence a você, Reina Mori, *você* pertence a *ele*, e talvez, quando estiver pronto para uma revolução, ela a buscará para liderá-la. Até lá, beba licor caro, compre sapatos bons e cale a boca de um homem ao se sentar confortavelmente na cara dele.

Aiya se levantou, inclinando a cabeça na direção de Reina em algum tipo de reverência de despedida.

— Se me der licença — disse. — Preciso tomar um banho. A Sociedade nunca disse que poderia fazer alguém me ouvir, mas pelo menos tenho a segurança necessária para tirar você daqui, se eu pedir.

Reina se levantou, demorando-se por mais um momento.

— Mas uma vez você me prometeu que valeria a pena.

— Sim, e vale mesmo. Vale a pena não morrer na pobreza. Vale a pena ficar em uma sala cheia de homens e ser uma ameaça para eles, em vez do contrário. Vale a pena não se perder na obscuridade. Usar roupa íntima de seda. Não alivia o fardo de ser humana, Reina, mas a vida é sempre melhor com escolhas. Escolhas que agora você tem o luxo de fazer.

Ela começou a se afastar, descendo um longo e moderno corredor, e Reina a chamou.

— Qual é a sua especialidade? — perguntou a naturalista e, quando Aiya se virou, acrescentou: — Não vou perturbá-la de novo, prometo. Mas só quero saber para que eu possa... tentar entender.

Aiya tirou os brincos, suspirando. Deixou caírem no chão, então removeu o colar, e depois um anel. As joias ficaram ali, descartadas como pétalas no chão.

— Aquele incêndio que você mencionou — respondeu Aiya. — No dia em que você nasceu. Eu poderia tê-lo apagado. Ou eu poderia ter engolido este país inteiro com uma única onda. — Ela abriu o zíper do vestido, despindo-o, e se virou para Reina, a dispensando com um dar de ombros. — Não tenho medo de nos colocar debaixo d'água. A pergunta, Reina, é: pelo que você estaria disposta a se afogar?

Aiya tirou a combinação, a pele nua e arrepiada no ar fresco filtrado de seu apartamento, antes de sair de vista, o som de água correndo. Reina continuou ali por mais um longo momento.

Então abriu a porta e saiu, as orquídeas miando suavemente em seu rastro.

Caminhou em silêncio por um bom tempo. Não havia nada para ela ali, sabia disso, mas para onde mais poderia ir? Pensou no Fórum, na oferta de Nothazai, na implicação do que Aiya Sato poderia fazer — claramente já fizera. Essa era a escolha, então? Comprometer-se com uma vida parecida com a de Aiya, lutando contra ideologias que não podia mudar por um preço que não estava disposta a pagar? Seis meses fazendo o trabalho de um deus e Reina já estava cansada, cansada demais para seguir em frente, muito cheia de ódio para continuar.

Salvar os habitantes deste mundo, e para quê? Para que pudessem seguir alegres e desinibidos, destruindo coisas só porque podiam?

Ela se viu enveredar pelo Cemitério Aoyama, o som das ruas cheias da cidade aos poucos se transformando nos sussurros das árvores de sakura sem flores. Perto assim do inverno, elas eram uma mistura de vermelho e dourado, com apenas salpicos das flores revoltosas que cedo ou tarde se revelariam. Talvez por entenderem a melancolia de sua patronagem, não instigaram a atenção de Reina, nem sequer para perfurar a inquietude dos pensamentos dela. Recitaram cantigas que pareciam orações e farfalharam com paciência na brisa rara e silenciosa.

O entardecer caía. Reina se deteve para sentir os vestígios do sol que se punha, para anunciar as estrelas que ela sabia que não veria. Sempre havia tão pouca gente ali. Shibuya era ali perto, Roppongi ganharia vida em breve, e mesmo assim havia uma tranquilidade ali além da presença solene dos mortos.

Onde estava Atlas Blakely? Onde estava ele para oferecer a Reina o novo mundo que ela sentia que lhe tinha sido prometido? Para lembrá-la de seu valor incomparável? Tudo que restava em Tóquio era o padrasto de Reina, um homem que só a via por seu valor, não por sua dignidade. Um homem que usava toda a magia que o mundo tinha a oferecer apenas para destruir coisas; só para ver se ele ou James Wessex poderiam ser mais rápidos em criar máquinas assassinas.

Onde estava Atlas Blakely para colocar um manuscrito impossível nas mãos dela, para mostrar a Reina que ela podia amar alguma coisa; para lhe contar de novo todos os segredos que apenas ela era digna o suficiente para suportar? Sem ele, Reina era apenas uma garçonete em uma cafeteria. Não em uma vida passada. Não em uma versão diferente. Isso era tudo que ela era, com os livros ou sem eles. Atlas a havia escolhido, e sem ele Reina não via a estrada à frente.

Mãe, chamou uma sakura com gentileza, com o peso das pétalas que caíam ou dos flocos esvoaçantes de neve. *MãeMãe, alguémmmmm vêêêêêêê.*

Reina sentiu leves picadas de agulha no mesmo instante, sabendo, sem olhar, daquela forma sombria e primitiva, que alguém ali perto a observava. Ela mal se mexeu, virando a cabeça para ter um vislumbre de sua visão lateral.

Um homem, talvez. Alguém de terno preto, cabelo longo penteado para trás com elegância. Ombros masculinos, feições femininas. Longos cílios emoldurando olhos assombrados. O terno tinha um caimento impecável, refinado o bastante para um toquiota, embora a pessoa não fosse dali. Reina e as sakuras sabiam que o intruso não pertencia àquele lugar.

Por um momento, o coração de Reina bateu rápido, mais e mais rápido, não exatamente temeroso, mas não totalmente destemido. Não era medo de morrer ou de ser capturada, não como antes. Era mais como o medo da maternidade — de saber que o medo nunca vai sumir por completo e ainda assim não há outras opções, outras escolhas, porque quem ama cuida, quem ama vê tudo que perderá um dia e ainda assim segue em frente como se essa perda não fosse ser uma perdição. Porque para o bem ou para o mal, e geralmente para o mal, aquele amor era tanto um fardo quanto uma bênção. Era uma âncora para toda a graça e crueldade da vida.

Sobre a cabeça de Reina, as sakuras se mexiam inquietas, perturbadas pela presença do desconhecido. Reina ergueu o olhar e pensou, pela primeira vez sem arrependimento, sem ressentimento, *vou te proteger. Não vou te abandonar.*

Em gratidão, as árvores floresceram como a primavera. Uma revolução vagarosa, um agitar gradual e rosa que desabrochava em sincronia, em uníssono.

Se o fascínio fosse uma visão, pensou Reina. Se fosse uma ação.

Seria uma cerejeira em flor.

Por todo o cemitério, Reina ouviu sons de suspiros — alguns encantados, outros admirados, alguns de fato perplexos. Era como um sonho, a primavera que ela havia conjurado. A vida que veio da morte. Seria, talvez, seu único momento verdadeiro de divindade. Reina levantou a mão para o galho mais próximo e sentiu-o se acalmar sob seu toque. Como uma canção familiar. *Mãe*. Como se nada tivesse mudado, exceto a própria Reina.

Para seu crédito, o suposto agressor de Reina não se moveu. Eles se olharam, e o intruso inclinou a cabeça de leve, como se reconhecesse que estavam em solo sagrado. Reina achou que podia ler a verdade no movimento, a humildade. A verdade compartilhada entre os dois.

No final, retornamos à terra.

O intruso meneou a cabeça uma vez, um movimento de respeito ou alerta, ou talvez as duas coisas. Alguém voltaria atrás dela, Reina leu no ângulo do gesto conciliador. Alguém voltaria atrás dela, mas não ali, não naquele dia. Tudo bem. Ela entendia. Por isso, baixou a cabeça em resposta, e o estranho se virou para o lado oposto na trilha, desaparecendo na pequena multidão que começava a chegar, os moradores ocupados que erguiam o olhar de seus celulares, de suas dores pessoais e vidas corridas, tudo por um vislumbre passageiro da primavera de Reina.

A mansão estava silenciosa quando Reina entrou, seus passos soando respeitosos por entre as paredes. A figueira estava em algum lugar ali perto, se lamentando. As últimas das rosas estariam prestes a sair.

Ela atravessou a casa até a sala pintada, esperando que alguém aparecesse. Ninguém deu as caras. O escritório de Atlas estava igual, vazio. Ela pegou um livro da estante da sala pintada, uma coleção de citações, e passou um dedo pela lombada de um volume de sonetos com capa de couro, quando viu uma figura solitária lá fora.

Reina saiu pela porta lateral, aquela que poderia conduzir à sala de leitura e aos arquivos, caso ela os escolhesse, e inspirou o cheiro inebriante de grama orvalhada. Alguém esperava por ela, imóvel. Tão reconhecível quanto um eco. Inevitável como um pulsar.

E, mesmo de longe, ela era linda.

IX

VIDA

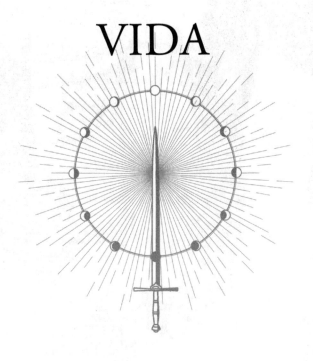

· LIBBY ·

Belen não era tão velha assim. Pelas contas de Libby, tinha cinquenta e poucos. O cabelo estava com mechas grisalhas e os olhos, marcados por rugas de risadas que Libby não estivera lá para testemunhar. Mesmo assim, nos seis meses desde que a tinha visto pela última vez — que eram anos, até décadas, para ela —, algo intangível em Belen Jiménez havia decaído além das consequências normais da idade.

Libby entrou no quarto de hospital e se sentou na cadeira ao lado da cama. Um relógio tiquetaqueava ali perto. Médicos falavam no corredor. Enfermeiras. Em algum lugar no prédio, as pessoas estavam começando a viver.

— Eu teria vindo antes — disse Libby, pigarreando. — Mas levei um tempo para te encontrar.

Belen virou a cabeça com um pequeno sorriso.

— Mentirosa.

Certo.

— Bem, demorou um pouco mais do que pensei. — Libby hesitou. — Você mudou de nome.

— É. Não combinava mais.

Os olhos de Belen estavam exatamente iguais, ainda escuros e perspicazes. Libby se sentiu impossivelmente jovem e chocantemente velha ao mesmo tempo.

— Então, há. O que… — Outra tossida para limpar a garganta. — O que aconteceu?

Por um momento, Belen a encarou, sem expressão.

— Ah — disse, depois de um instante. — Está falando disto?

Ela ergueu a mão, que Libby percebeu estar algemada à cama de hospital.

— Estou sendo investigada por crimes de guerra — comentou Belen.

— Ah. — Na verdade Libby já sabia dessa parte, considerando que era o tema principal de todas as matérias mais recentes sobre a mulher que Belen havia se tornado. — Eu… Certo. Bem…

— Tenho demência frontotemporal — contou Belen. — Primeiros estágios. Por enquanto.

— Ah.

Algo no peito de Libby pareceu ser esmagado, como uma tábua rangendo.

— Eu soube que meu caso é atipicamente agressivo — continuou Belen. — As coisas no meu cérebro parecem ter sido reorganizadas de uma forma mais conveniente. Um favor de um amigo meu, pode-se dizer, para ajudar a acelerar as coisas. — Ela abriu um sorriso sombrio, a mesma expressão com que costumava olhar para seus professores. Com que costumava olhar para Mort e Fare, que pareciam tão distantes no passado de Libby quanto o futuro distante que ela lutara tanto para proteger. — Se você encontrar Nothazai, diga a ele onde enfiar os votos de melhora.

— Nothazai? — repetiu Libby.

— O palhaço do Fórum. Fiquei sabendo que ele vai sair de lá, o que só pode significar que arranjou algo mais filantrópico ao qual dedicar suas habilidades específicas.

Outra expressão sombria de humor, do tipo que só Belen poderia conjurar.

— Ele está... o quê, te assassinando? — perguntou Libby, chocada. — Com certeza isso é...

— Acho que pode ter sido o resultado à minha espera desde o início. Quem é que sabe? Duvido que ele seja criativo o suficiente para escolher este final. — Belen deu de ombros. — Tenho certeza de que ele considera isso misericordioso, para ser sincera, como administrar um tranquilizante para diminuir meu tom teatral. O equivalente biomante a me prescrever uma convalescença no litoral, com papel de parede amarelo e tudo. — Belen se sentou, ou tentou, a algema balançando no pulso enquanto ela se mexia na cama e gesticulava para a pintura amarela abstrata na parede. O rosto de Libby deve ter expressado a confusão que sentia, pois Belen adicionou: — Ele se ofereceu para me consertar... Sabe, minha maldiçãozinha de histeria feminina. Pude escolher a forma do conserto.

— E escolheu demência? — perguntou Libby, duvidando.

— Escolhi algumas variações de "vai se foder você e essa sua atitude arrogante", então sim, mais ou menos — respondeu Belen. — A investigação federal foi a cereja do bolo.

— Ah. — *Ah*. Como se isso pudesse abranger a coisa toda, ou qualquer parte dela. — E os... há... crimes de guerra?

— São só uma questão de perspectiva — disse Belen. Então ficou quieta outra vez, como se talvez não planejasse dizer mais nada, até dizer: — O poder não é algo que se possa encontrar por aí — comentou consigo mesma. — É preciso tirá-lo de alguém. Você vive com o custo.

O olhar dela encontrou o de Libby por um momento. Libby pigarreou.

— Certo.

Elas ficaram em silêncio de novo, passos ecoando no fim do corredor e então voltando.

— Talvez eu possa consertar — sugeriu Libby depois de um momento. — É o mínimo que devo a você.

— Consertar o quê? Minha vida? Minha morte? Que gentileza a sua. — Era espantoso que a voz de Belen tivesse envelhecido tanto e ainda assim continuasse tão rancorosa e mesquinha. Belen riu baixinho, como se pensasse a mesma coisa. — Desculpe. Estou velha, Libby. Não sabia.

— Você não está velha. Só está... — Um dar de ombros. — Mais velha.

— Velha o bastante para deixar antigas mágoas de lado, é o que dizem. Mas quer saber? Gosto delas — disse Belen. — Me fazem companhia. Me mantêm aquecida.

Libby se deu conta de que Belen provavelmente não a queria ali, e que visitá-la tinha sido outro ato de egoísmo. Não havia muito que pudesse fazer, uma vez que já estava lá. Ou talvez não. Ela se levantou, pensando em partir, mas se deteve.

— Você veio em busca de absolvição? — perguntou Belen. — De perdão?

A favor de Belen, pode-se dizer que nunca foi maldosa de propósito, ou pelo menos não o suficiente para Libby sentir que precisava mentir.

— Quer dizer, eu aceitaria, se você oferecesse — admitiu. As duas trocaram uma careta que era próxima o bastante de uma risada. — Mas não — acrescentou, com um suspiro. — Acho que eu só precisava te ver. Para ter um desfecho, acho.

— Ah, um desfecho. Amo finais — disse Belen.

Libby procurou por amargura. Diferente da habitual, pelo menos. Não sabia se o tom de Belen deveria ser avaliado como um sinal de inimizade ou alguma outra decepção sarcástica com o que restava de sua vida.

— Tem certeza de que não posso...?

— Escolhi ver isto como um tipo de situação gilgul — respondeu Belen, dando de ombros.

Libby franziu a testa.

— Gilgul?

— É, uma espécie de reencarnação esotérica. A alma tendo três chances de se aperfeiçoar. — Belen hesitou. — Escolhi acreditar que esta foi a minha primeira tentativa.

Sem saída, Libby riu. Era sempre muito fácil rir com Belen, que sorria agora, sempre se divertindo consigo mesma.

— Belen, você é católica.

— E daí? Você me largou e explodiu uma bomba. Os jovens falariam que é uma forma extrema de dar um *ghosting* em alguém, sabia? Então é basicamente o sujo falando do imundo.

— Mal lavado.

— Eu disse o que disse. Enfim, a questão é que tenho mais duas chances de acertar, então não estou com raiva de verdade. Bem... — prosseguiu Belen, pensando melhor. — Não com *tanta* raiva, pelo menos.

Libby se recostou de novo na cadeira. A conversa não parecia... completamente indesejada.

E, como sempre, a presença de Belen era uma melhoria na ausência de Libby. Por mais impraticável que essa conclusão pudesse ser, não havia como voltar atrás. Não havia como consertar as coisas.

— Você parece bem lúcida — observou Libby. — Saudável, até.

— É, bem, você me conhece — concordou Belen. — Lúcida até demais.

— Como seria, exatamente? — Libby não pôde deixar de perguntar. — O que você faria de diferente na segunda tentativa da sua alma?

— Imagino que você queira saber se eu ainda te escolheria se pudesse fazer de novo — refraseou Belen, sem rodeios.

— Mais ou menos. Acho que sim, é.

Não havia motivo para negar a essa altura. Libby, era óbvio, fizera coisa pior do que buscar uma expiação narcisista.

— Bem, eu queria poder dizer que aconselharia meu eu anterior a te evitar, mas entendo minhas tendências anarquistas bem o bastante para saber que eu não me daria ouvidos. — Belen a observou em silêncio por um bom tempo. — E quanto ao resto... eu ainda tentaria melhorar as coisas. E — acrescentou — alguns daqueles supostos crimes de guerra tiveram efeitos extremamente ligeiros, e assim por diante. Não pareço muito arrependida, o que, como você pode imaginar, não deixou meu defensor público muito feliz. Não há antidepressivo suficiente no mundo para esse tipo de merda.

— Então... você não faria nada de diferente? — resumiu Libby.

— Nada muito substancial, não. Acho que não. Acho que eu só... — Um breve movimento da mão. — Aproveitaria mais.

— Os crimes de guerra? — perguntou Libby, sarcástica.

— E o sexo.

O sorriso de Belen era plácido, mas não raivoso.

— Certo.

Houve um som atrás delas, uma batida na porta, e Libby se virou.

— Hora da sua medicação da tarde, dra. Araña. — A enfermeira lançou um olhar cauteloso para Libby, e então para Belen. — Devo voltar daqui a cinco minutos?

— Sim, por favor.

A enfermeira assentiu e saiu do quarto.

— Dra. Araña? — perguntou Libby.

— É. Ao contrário de você, sou professora de verdade, e faço os funcionários aqui me chamarem assim porque também sou meio babaca. — O sorriso de Belen estava mais caloroso. — Enfim, se você ainda está buscando redenção, tem mais cinco minutos. Melhor fazer valer a pena.

— Justo. Então... — Libby cutucou as cutículas. — Acho que posso continuar os crimes de guerra por você, se quiser. Ajudar a manter seu legado.

— Eu ia adorar — respondeu Belen, parecendo entender a piada.

Libby sorriu e continuou:

— Mas, sério, se quiser que eu tente consertar isto, ou se quiser que eu volte e...

— Não. — Belen negou com a cabeça. — Só... faça alguém delirantemente feliz por mim e estaremos quites. Dê a uma jovem queer seu primeiro orgasmo, por mim. — Uma pausa. — Eu quis dizer como uma forma de brinde, a propósito. Tipo, *salud*.

— Entendi. — Libby não conseguiu evitar a risada. — Bem generoso da sua parte.

— Na verdade, não — rebateu Belen. — Eu meio que te odeio pra cacete, mas escolhi fazer isso com elegância.

Certo.

— É óbvio. — Libby se levantou. — Bem, não é redenção.

— E sobraram três minutos — respondeu Belen, imitando o tilintar de uma taça de champanhe.

Libby sentiu uma dor inesperada com a despedida dessa vez. Ela também percebeu que, tecnicamente, não tinha conseguido o que queria, embora tivesse conseguido muitas outras coisas.

— Belen, eu...

— Você ainda é jovem — interrompeu Belen, sem esperar pelo resto da frase. — Você tem muitos anos para sentir dor e arrependimento. Tente não arranjar todo o seu trauma nos primeiros anos.

— Mas eu... — começou Libby, e hesitou, porque não sabia como colocar em palavras o que viera dizer. — Machuquei alguém — admitiu. — E agora...

Ela parou.

— Foi o gostoso britânico? — perguntou Belen, e Libby segurou uma risada dolorosa.

— Não. Ele me largou, mais ou menos. Mas pelo que eu saiba ele está bem. — Uma pequena respiração instável. — Foi... outra pessoa. Alguém que talvez fosse minha outra metade. Se é que isso existe.

— Você poderia ter evitado? — perguntou Belen. — Machucar essa pessoa.

Libby não respondeu.

Em sua cabeça, no entanto, ela desenrolou a conversa, crucificando-se na dor de hipóteses não ditas. *Eu poderia ter ficado e passado a vida com você. Eu poderia ter me sacrificado por ele e deixado que ele tivesse uma vida ao lado de outra pessoa.*

Por que você não fez isso?, perguntou uma versão imaginária de Belen.

Porque eu queria saber como era vencer, respondeu uma Libby imaginária. *Porque escolhi grandeza em vez de bondade. Porque fazer o contrário seria como provar tudo que já pensei a meu respeito.*

A Belen imaginária era paciente, perspicaz, jornalística.

Que é?

Que não sou suficiente.

— Ah — disse a Belen real, se ajeitando o quanto podia na cama. — Bem. Você não tem uma metade — informou a Libby, dura, com um ar de quem desiste da crítica não porque era indevida, mas porque era inútil. — Você se entrega a várias pessoas ao longo do tempo. Cria muitas fraturas e as deixa para trás conforme a vida avança. O que não é uma tentativa de diminuir sua culpa, porque até onde sei, Libby Rhodes, você tem o potencial de machucar muitas pessoas durante o que poderia ser uma vida muito egoísta e perigosa. — Uma longa pausa. — Mas se está preocupada de jamais sentir algo outra vez, então saiba que é, bem... — outro movimento da mão de Belen, dispensando aquele pensamento — ... besteira.

Outra batidinha na porta atrás de Libby.

A enfermeira de novo.

— Senhorita? — chamou, dirigindo-se a Libby, que deu uma última olhada em Belen.

— Obrigada — disse ela, imaginando que isso era melhor e menos insultante que *me desculpe*.

— De nada — respondeu Belen, que era como *eu te perdoo*, mas também *cai fora.*

. . .

Libby parou na FRAMLA ao sair da cidade. O prédio principal era o mesmo, embora o campus tivesse se espalhado pela paisagem central de Los Angeles como uma alergia gentrificante. O dormitório no qual ela tinha morado se transformara em um alojamento estudantil luxuoso. A antiga cafeteria que ela costumava frequentar dera lugar a uma popular barraca vegana de limonada.

Ela entrou de imediato e se misturou aos estudantes. Eles se moviam com o mesmo ritmo, os mesmos sons, os elevadores em forma de ninho de pássaro ainda subindo e descendo em movimentos incessantes. Ela esbarrou em alguém e se desculpou, só depois percebendo que era o professor Maxwell T. Mortimer, o antigo garoto-homem conhecido como Mort.

As calças, desconfortáveis e apertadas já nos anos 1990, continuavam as mesmas. Ainda se aconchegavam sem piedade ao redor de sua cintura, embora menos cor de salmão. Ele estudou Libby por um segundo, tentando identificá-la. Então perdeu o interesse, desviando o olhar e correndo para o estacionamento da faculdade. Para seu carro caro e sua esposa infeliz, presumiu Libby.

Ela observou os elevadores por mais algumas horas, o sol californiano passando alegre pelas claraboias de um lado a outro do prédio como um aceno de despedida pontuado por covinhas.

Então, finalmente, ela se levantou e deixou tudo para trás.

A rua residencial ainda estava escura e silenciosa quando Libby estacionou o carro alugado, então ela desligou os faróis e parou na entrada da garagem, sem querer perturbar os moradores da casa. Foi até a porta recém-pintada e viu o costumeiro esconderijo da chave no canteiro de rosas murchas.

Tinha usado aquela chave tantas vezes, pescando-a da boca do sapinho esquisito todas as tardes quando os pais estavam no hospital com Katherine. Todo dia, a mesma rotina. Voltar para casa. Boca do sapo. Comer fosse lá qual lanche a mãe deixara preparado e fazer o dever de casa depressa, mas em silêncio, cuidando das anotações extras que estivera mantendo para Katherine e então esperando do lado de fora até que o vizinho a buscasse. Três horas por dia ao lado do leito de Katherine, onde às vezes a irmã estava acordada, mas geralmente dormindo. Em alguns dias, Libby fazia mais dever de casa ou lia um livro e então ia embora com os pais, indo dormir sem ter trocado uma palavra sequer com Katherine. Por fim, os dias eram todos iguais.

Libby destrancou a porta de sua casa de infância e entrou na ponta dos pés, tirando os sapatos e subindo os degraus acarpetados. A sala de estar estava igual desde a última vez que a vira, o que não fazia muito mais que dois anos.

Ainda assim, parecia ter sido em outra vida. Ela pulou o degrau rangente no patamar do meio e subiu o restante das escadas do jeito que Katherine sempre fazia. Katherine era leve, uma dançarina. Também muito mais experiente do que Libby em entrar ou sair escondida de casa.

O quarto de Libby ficava mais perto da escada. O de Katherine ficava no fim do corredor, sendo os dois conectados pelo banheiro. Libby parou ao lado da porta de seu quarto, que estava aberta, mas seguiu até a de Katherine, que estava fechada. Girou a maçaneta devagar e entrou, já esperando não encontrar o menor vestígio de poeira. A mãe limpava continuamente aquele quarto desde que Libby conseguia se lembrar. Mas, para sua surpresa, havia uma pequena pilha de bugigangas na mesa, como se algo novo tivesse sido descoberto.

Ah, sim, Libby se lembrava. Algo sobre o encanamento do andar de cima. A mãe lhe contara isso havia mais de um ano, quando Libby estava no meio de um quebra-cabeça de buracos de minhoca com Nico, então não tinha prestado muita atenção. Havia uma nova camada de tinta na parede, ao redor de uma abertura que Katherine devia ter usado para armazenar suas coisas em segredo.

Na mesa, Libby encontrou um pequeno diário, a capa irregular com manchas de água; dois vidrinhos de esmalte preto seco, que a mãe havia desaprovado até decidir parar de importunar Katherine em relação à cor das unhas; um piercing de nariz falso. Céus, verdade. Libby o colocou, se inspecionando no espelho. Ela não parecia nem um pouco descolada como Reina, mas um piercing no nariz não tornava uma garota descolada.

Libby tirou o piercing e pegou o diário, abrindo em uma página aleatória. Não tinha datas — só nerds fariam isso, ela imaginou Katherine dizer —, mas com base nos eventos descritos por Katherine, ela devia ter quinze anos, então Libby tinha onze ou doze. Katherine já estaria doente, mas não tanto quanto ficaria depois.

... que fofoqueirinha do inferno juro por deus ahhhhhhhh eu odeio aqui, sério. Não vejo a hora de dar o fora dessa casa...

Libby parou e fechou o diário com força, soltando o ar.

Depois inspirou.

E o pegou outra vez, continuando a ler.

... sinto falta de ir para a escola. Dá para acreditar? ESCOLA.

Libby virou algumas páginas, dando uma olhada rápida em algumas coisas aqui e ali sobre as amigas de Katherine que estavam indo a festas sem ela, sobre um garoto do qual Libby mal se lembrava. Josh. Ela ainda conhecia um Josh? Começou a imaginar se Josh estaria casado, quem quer que ele fosse. Se tinha filhos com alguém que não era Katherine. Ela se perguntou se Josh tinha conseguido seguir em frente.

Então parou em outra página, vendo o próprio nome. Engoliu a vergonha, percebendo que tinha sido a última briga entre as duas. Libby havia flagrado Katherine na varanda dos fundos com uma garrafa de cerveja e um garoto, que devia ser Josh, com as mãos dentro da camisa dela. Libby se lembrou de repente, com um raio de clareza, que ele tinha um brinco e o que ela pensou ser uma tatuagem, mas não passava de um rabisco de canetinha. Libby contara à mãe e Katherine berrara até desmaiar, e Libby apenas pensara, viu só, estou apenas protegendo você. Viu? Estou apenas tentando mantê-la saudável, mantê-la bem.

... mas, tipo, de que adianta viver se eu não posso tomar UMA cerveja e ser beijada com tanta força que chego a ficar tonta? Nossa, ela é tão irritante...

Libby desviou o olhar e pigarreou, os dedos prontos para virar a página, pular a dor.

Mas o masoquismo de Tristan devia ser contagioso, porque ela continuou lendo.

... mas eu amo ela. Ela se esforça tanto. É fofo, patético e triste ao mesmo tempo. Eu queria que ela se acalmasse e percebesse que eu preferiria morrer fazendo algo incrível a passar os próximos sei lá quantos meses só deitada na minha cama idiota. Minha mãe não quer que eu fale de morte porque tem medo que Libby se assuste ou algo assim mas oi??? É assustador e isso é BOM. O que aparentemente não é uma boa desculpa para colocar um piercing na língua mesmo eu tendo dito a ela que foi ideia minha e não do Josh.

Nico teria amado Katherine. Céus, pensou Libby, com nojo, Nico *com certeza* teria tentado dormir com Katherine. Ela engoliu uma explosão de algo horrível e fez uma careta, retomando a leitura, e passou um dedo pela página, lamentando suas perdas. Traçando as formas das letras de Katherine enquanto virava a última página do diário.

Me sinto mal de escrever coisas ruins sobre a Libby porque ela é só um bebê e não sabe de nada. E minha mãe está ocupada demais se preocupando comigo, então ninguém está prestando atenção se Libby vai crescer e virar uma babaca. Caramba, dá para imaginar?

Restavam apenas algumas linhas de Katherine antes que o diário acabasse. Libby respirou fundo, trêmula, querendo economizar, saborear aquelas palavras de alguma forma. Deixar que fosse um adeus, como virar uma esquina em um sonho e apenas... parar. Deixar Katherine desaparecer. Deixá-la ir.

Você não tem uma metade, disse Libby a si mesma, permitindo que isso significasse paz. Ela soltou o ar, pronta para a mensagem de despedida da irmã.

Tá, mas é sério, eu amo ela. Ela só quer que tudo seja bom, mesmo que isso seja impossível. Um dia ela vai entender. Enquanto isso, vou ser legal. Mais legal, pelo menos. Tão legal quanto posso ser, por mais que isso faça minha cabeça doer. Ah, e juro que é A ÚLTIMA COISA RUIM PROMETO mas sério.

A franja dela é tão feia.

No silêncio do quarto de sua irmã, Libby Rhodes riu até chorar.

· PARISA ·

Depois que acabou, ela ainda permaneceu na mansão. À espera de algo. Não sabia ao certo do quê. Um empurrão, supôs. O desejo de estar em outro lugar, ou, ainda, a necessidade compulsiva de fugir. Ela não conhecia uma vida sem um ou outro, mas seus instintos costumeiros de migração haviam falhado com ela. Parisa sempre tinha sido fosse lá qual versão de si mesma viesse a seguir, pairando em sua evolução subsequente, que era, imaginava, só mais do mesmo. O que ela faria agora? Suas próprias respostas retornaram — gastar dinheiro, transar, morrer um dia. Deprimente, e ela já tinha muito com que se preocupar. Era uma sorte, presumia, que não houvesse uma cota para a tristeza humana, como um balde com limite de conteúdo. Se o amor não era finito, a dor também não era, nem a tristeza. Ela sempre podia invocar mais disso, e de ressentimento também, pois a vida não fizera nada além de ensinar a ela como sofrer e seguir em frente.

Ela começou a perceber coisas sobre a casa. A cozinha que precisava ser reabastecida. A biblioteca que precisava ser limpa. Os quartos que precisavam ser esvaziados e renovados, as coisas que tinham sido deixadas para trás e que deveriam ser guardadas para quem viesse depois. Ela sabia, em parte, que Nothazai chegaria a qualquer momento, que os cômodos que os seis haviam ocupado seriam substituídos. Que as coisas andavam, que a vida continuava, que as pessoas sempre continuariam sangrando pela ganância de outrem, que sofreriam em nome do deus de outra pessoa. O conhecimento sempre seria cobiçado, o poder sempre tomado e os direitos sempre roubados. A casa continuaria seu trabalho de drenar seus habitantes para sua própria simbiose, para reforçar sua própria consciência, tornando-se respostas que viviam e respiravam porque os ocupantes tinham perguntas que haviam feito com toda a alma.

Variações do primeiro pensamento de Callum quando soube que Atlas Blakely tinha morrido: *então é isso?*

Como em: *o homem a quem atribuí todo esse poder foi capaz de morrer sem meu conhecimento, como se nunca tivesse existido?*

Como em: *o Guardião da Sociedade, um homem com a chave dos segredos infinitos do mundo, é apenas um homem com limitações normais?*

Como em: *o jogo acabou agora?*

Como em: *depois de tudo, só tem isso?*

Como em: *se Atlas Blakely não pode desaparecer sem deixar rastros, o que me resta?*

Ótimas perguntas. Impossíveis de responder, como acontece com todas as boas perguntas. Parisa havia desistido de tentar reunir a energia para responder, até para si. Lembrou-se da Bola 8 Mágica que Gideon sonhara para ela, a arma que lhe oferecera em seu momento de necessidade, e relembrou a mistura de coisas dentro de si ao segurá-la nas mãos, aquela coisa preciosa. Aquela semente inestimável.

Melhor não te contar agora.

Ela encontrou as redes sociais da irmã, Mehr, olhou as fotos de bebê de suas sobrinhas, seu novo sobrinho. Cogitou mandar uma mensagem para ela e então pensou, tá, mas por quê? *Melhor não te contar agora.* Deu uma olhada no irmão, Amin, que estava sendo investigado por agressão. Ela se perguntou o que aconteceria. *Melhor não te contar agora.* Leu o obituário de Nasser. Filho amado, marido querido. Não era completamente falso, mesmo que não fosse de todo verdadeiro. *Melhor não te contar agora.* Pesquisou a mãe de Atlas Blakely, o pai, viu os meios-irmãos, puxou os arquivos de todos os outros em seu grupo da Sociedade. Eles eram tão adoráveis, tão vibrantes, tão jovens. O que mais poderiam ter conquistado, o que mais poderiam ter sido? *Melhor não te contar agora.*

Leu as anotações de Dalton em sua letra meticulosa antes que se tornasse maníaca; a caligrafia cuidadosa de um completo sociopata que amava seu ofício sem a menor discrição. Na mesa de Atlas, encontrou um frasco de pílulas, com apenas dois ou três comprimidos. Com exatamente quanta dor o Guardião deles vivia? No quarto de Callum, encontrou uma garrafa vazia atrás da cabeceira. No de Nico, uma bola de meias que não combinavam. No de Reina, um livro infantil de contos de fadas. *Melhor não te contar agora.*

Parisa não se perguntou o que estava esperando. Apenas leu livros, reorganizou os cômodos, caminhou pelos jardins, tomou chá sozinha. Muitas das coisas de Tristan ainda estavam lá, e as de Libby também, embora Parisa não tivesse mandado mensagem para nenhum deles para perguntar se voltariam, porque ela não vivia mais em um mundo onde as respostas importavam.

Sharon lhe enviou uma selfie com a filha por e-mail, as duas em uma viagem à Disneylândia de Paris. Parisa pensou em fazer crochê ou talvez tricô.

Por capricho, ela finalmente arrancou os cabelos grisalhos.

Dois dias se passaram. Três. Uma semana.

À noite, Parisa sonhava. Acordava sem lembranças de onde estivera. Na maior parte do tempo, não tinha memórias para reviver, não tinha pesadelos para atormentá-la, embora soubesse que estava sempre segurando algo, um pequeno peso na mão direita. Uma vez, acordou com música nos ouvidos, certa de que ouvia a risada característica de Nico de Varona. Outra vez, acordou com uma mensagem. *Acho que posso te ajudar a usar isto, se quiser.*

Quero, pensou ela, quero. Mas não necessariamente para o bem.

Eu também nem sempre uso para o bem, respondeu o sonhador em sua cabeça.

Mais um ou dois dias se passaram antes que a casa lhe dissesse que havia outra pessoa lá dentro. Parisa estava nos jardins quando sentiu o suspiro de alívio, cedendo diante da presença de outra pessoa. Ah, pensou ela com um momento de irritação, uma epifania que parecia mais uma coceira. Então não tinha ficado na casa à espera de *algo*, e sim de *alguém*.

Ela viu Reina saindo da casa e pensou, tá, este é o final que eu estava esperando, sério?

E, em sua mente, uma mensagenzinha fluorescente brilhou, insolente.

Melhor não te contar agora.

· REINA ·

Então Atlas Blakely não lhe daria qualquer significado, no fim das contas, e Nico de Varona não lhe daria redenção. Dalton Ellery partira, assim como qualquer esperança de criação espontânea.

Uma a uma, Reina se viu roubada de oportunidades quanto mais Parisa falava. Cada vislumbre de possibilidade desapareceu, arrancado de seus dedos como fios de significado. Reina deixou que caíssem de suas mãos, mesmo sem saber o perigo. Mesmo sem tentar segurá-lo.

Não poderia dizer exatamente quando Parisa parou de falar. As palavras já tinham perdido o significado antes que a voz dela falhasse, antes que diminuísse ao som dos gritos vindos de algum lugar ali perto. Os cornisos farfalharam suas condolências, folhas individuais de grama que murcharam sob os pés de Reina. Ela se sentiu cansada de repente, tão cansada, com um zumbido nos ouvidos.

É um dom ou um talento?, perguntou Atlas em sua mente.

Uma maldição. Como amar e perder. Viver era testemunhar algo morrer.

Reina percebeu que o som em sua cabeça, o grito, vinha dela. Raiva ou angústia, tristeza ou luto, tudo isso. Sentiu a maciez da terra sob as mãos e percebeu que estava de joelhos, canalizando a dor para a compaixão do solo encharcado. Sentiu algo batendo com leveza em seus antebraços, deslizando de suas palmas. Como videiras; como fios de consequência.

De que adiantava? Qual era o propósito de lutar contra essa coisa que ela nascera para ser? O mundo sempre tomaria e tomaria e tomaria dela. O pouco que devolvia também seria, cedo ou tarde, tomado. Talvez não houvesse significado. Talvez o significado pessoal dela não fosse mais importante que qualquer folha de grama. Fora apenas arrogância pensar que havia recebido um destino, e não a mesma inevitabilidade de todos, de todo o resto? Ela se rendeu à insignificância com um impulso de energia, uma explosão de submissão. *Pegue, então, eu não preciso disso. Eu não mereço isso.*

Não sei como consertar. Apenas pegue tudo.

O chão tremeu sob ela. O sol foi engolido, eclipsado, morto, desaparecido. A terra fresca era mais escura, mais preta, como feridas recentes. Ela sentiu o estalar das raízes abaixo dos joelhos, vinhas que se partiam sob suas palmas.

Espinhos e flores, galhos e agulhas, o chão se dividindo sob ela como lábios se abrindo para rir. Ela sangrou por ele, arfou por ele. Um fino fio de água borbulhava sob seus joelhos.

Reina Mori, pelo que você estaria disposta a se afogar?

Estava escuro, um tom noturno de quietude, o meio-dia engolido por sua noite pessoal enquanto a fenda abaixo dela se tornava um fio d'água, depois um riacho. Uma copa de árvore se aglomerava no alto, com galhos espessos, tornando impossível ver o céu ou ouvir o tamborilar da chuva. O chão estava coberto de musgo sob o círculo de carvalhos em cascata, raízes protegendo bolsões de fungos; faias instáveis subiam pelos lados opostos da margem do rio recém-nascido, o tronco pálido iluminado por líquens. O crescimento mais novo — as lágrimas silenciosas — formavam ondulações de jacintos, lírios-do-vale que cresciam em anéis de fadas. Samambaias se enrolavam nas pontas de suas línguas como pequenos gestos do destino. Reina estava ligada a isso, a elas. Todas retornariam à terra um dia. Folhas caíam como rajadas de neve, manchas amareladas flutuando no chão. Entregar-se era fácil, tão fácil de repente, e quando começava, ela não conseguia parar. *Pegue.* Aliviou um pouco a dor. *Pegue tudo.*

Algo a levantou com um puxão no braço, e ela escorregou, tropeçando em pedras irregulares e no emaranhado de raízes nas margens do riacho que passara a dividir o terreno da casa. O queixo dela se chocou contra uma rocha quando tropeçou para fora da água, caindo nos braços da floresta que havia criado como uma gaiola ao seu redor, enclausurando-a como se nada mais importasse lá fora. Outro aperto em seu braço, dois braços ao redor de sua cintura, puxando-a para trás e para cima. Reina cambaleou para o lado e, em seu rastro, uma jovem mudinha brotou. Um bebê, uma criança.

Reina. A voz de Parisa em sua cabeça. *Reina, você tem que parar antes que entregue tudo.*

— Não quero — declarou Reina através da dor em seu peito, rasgando-o, como se espremesse uma gota de sangue de um furo. — Não quero. Outra pessoa deve pegar, alguém deve ficar com isso, eu não posso...

Ela parou, o cheiro de jasmim a rodeando, a sufocando.

Não, não a sufocando. Abraçando-a.

Um par de braços cuidadosos.

A verdade saiu dela como um suspiro.

— Desperdicei tanto minha vida. — A voz dela estava diminuta, como o som do vaso de figo idiota, aquele que amava apenas luz do sol e fofoca e Reina, inexplicavelmente Reina. — Desperdicei tanto. — Formou bolhas em seu peito, rompendo-se como um crescimento de suas costelas. — Preciso oferecer tudo, preciso...

— Você não tem que entregar tudo hoje. — A voz de Parisa estava baixa e firme no ouvido dela. — Você ainda tem o amanhã. Isso tem que servir de algo. — Parisa ficou quieta por um momento, a bochecha pressionada contra a de Reina, uma tranquilidade fria em seu toque. O cheiro de jasmim e sal, como se Reina não fosse a única que chorava. — Isso precisa significar algo.

— Não ficou sabendo? Ainda estamos sendo caçados. — Reina conseguiu rir, pensando no estranho no cemitério. Alguns assassinos eram decentes, mas mesmo assim ela não tinha um futuro. Mal tinha um presente. — Posso morrer amanhã.

— Está bem, então seus riscos são os mesmos de todos — observou Parisa, acrescentando em um murmúrio: — Isso que dá ser uma deusa.

Reina soltou um muxoxo que mais pareceu um soluço.

— E enfim — prosseguiu Parisa —, pode ser que você *não* morra amanhã. Então nós podemos muito bem tornar isso um problema de todo mundo.

Primeiro, Reina pensou em discutir.

Em vez disso, perguntou:

— Nós?

Parisa se afastou, aos poucos se desprendendo. Reina cambaleou um pouco, mas ficou de pé sozinha. Na escuridão da copa de árvores recém-construídas, era difícil ver o rosto de Parisa, mas Reina sabia que era lindo. Sempre fora lindo, mas nunca mais do que naquele momento.

— Sim — respondeu Parisa —, nós.

Ela não tocou a bochecha de Reina. E Reina não a beijou. Uma brisa sussurrou pela floresta, como o roçar de dois dedos na pele nua, mas mais suave. Menos fugaz.

— Está bem — disse Reina.

Mães, sussurrou a mudinha de planta.

Então a vida devolveu um pouco.

A SOCIEDADE DE EZRA

CINCO

James

O CEO da Corporação Wessex observou a cena do monitor de segurança de seu escritório com uma dúvida descomunal. O mesmo não poderia ser dito de seu recém-promovido vice-presidente de Operações, que estava sentado, inútil e imóvel, à mesa na qual tinham, até dois minutos antes, feito a revisão trimestral das finanças. Mas a verdade era que Rupesh Abkari não tinha sido escolhido por seus colhões.

O homem no monitor de segurança usava um par espalhafatoso de óculos de sol estilo aviador — chamativos, cromáticos e caros, uma declaração fashion que parecia começar e terminar com um *vai à merda*. O sujeito não tirou os óculos escuros enquanto desabilitava os alarmes de segurança no saguão da torre, valsando pela guarita de segurança e mostrando o dedo do meio para o guarda ao passar. Com um leve pigarro (abafado mas ainda evidente), atravessou a multidão que aguardava o elevador e logo passou pelas portas, apertando o botão para o último andar e assobiando baixinho ao subir pela sede da Corporação Wessex em Londres. Pareceu notar os vários feitiços que impediam sua entrada, reorganizando-os a seu bel-prazer. Como balões de animais em uma feira.

Pode ficar com a minha dívida, a voz da sereia dissera através de um sorriso sibilante e sirênico, as palavras de despedida dela voltando a James Wessex enquanto, nas imagens das câmeras de segurança, o elevador ascendia. *Aproveite, tem um preço. Você tem sua própria dívida agora. Algum dia seu fim há de chegar, e você não terá o benefício da ignorância. Saberá que está a caminho e será incapaz de detê-lo.*

Além disso, acrescentou ela, com um beijo, *agora seu pau está amaldiçoado.*

Os ângulos do monitor mudaram para acompanhar o progresso do homem, que saiu do elevador no último andar. Ele parou o coração dos guardas de vigia, congelando-os como uma garrafa de champanhe em um balde de gelo que seria revisitada mais tarde. Sem abrir a boca, disse ao scanner de retina para cuidar da própria vida e abriu as portas de vidro do escritório onde James o esperava, ignorando o grito assustado de Rupesh.

Então, com uma mudança abrupta de ideia, voltou até Rupesh e lhe entregou os óculos de sol.

— James — disse Tristan Caine, o homem que tinha sido seu empregado, que por coincidência tinha sido seu genro. — Vejo que você redecorou a sala.

James estava atrás da mesa, com a mão sobre um botão de emergência que invocaria qualquer variedade de guardas mortais e medeianos. Já o tinha apertado, óbvio, mas, considerando o conteúdo a que assistira na gravação das câmeras, não tinha funcionado porque Tristan não quisera que funcionasse.

— Pegue — continuou Tristan, jogando algo na direção de James, que se agitou e pegou por reflexo, embora quase tenha deixado cair. — Isso é seu, imagino?

James examinou a pistola com o pequeno W gravado, esperando que o movimento de seus olhos do gatilho para a cabeça de Tristan não fosse tão aparente quanto imaginava.

— Não está carregada — informou Tristan, então ele não teria essa sorte. — Cautela nunca é demais esses dias, como me aconselharam recentemente. Mas — acrescentou, com um sorriso que não tinha quando trabalhou ali — fique à vontade para atirar em mim e ver o que acontece.

Uma pena que as coisas entre sua filha e Tristan não tivessem dado certo. Uma pena, mesmo, que ele não pôde transformar Tristan Caine no homem certo para os negócios. James sempre teve um bom olho para o talento, um sexto sentido para o tipo certo de ambição. Eden pensou que estava se rebelando contra o pai ao escolher Tristan, mas, na verdade, James ficara satisfeito. Tristan Caine era um diamante bruto, à espera de ser lapidado, e James sabia disso. Não era de se admirar que Atlas Blakely também soubesse.

— Tristan. — A voz de James ainda tinha seu costumeiro tom calmo de autoridade. Sabia que o homem mais poderoso na sala não deveria gritar. — Você sabe, imagino, que há uma recompensa e tanto por sua cabeça.

— O engraçado é que *sei* mesmo — confirmou Tristan, se sentando com tranquilidade na cadeira que momentos antes fora ocupada por Rupesh. — Eu estava pensando que talvez seja interessante para você tirar essa sua recompensazinha idiota.

James já imaginava que isso estava por vir. Mas, se Tristan Caine não estava disposto a trabalhar para ele, era melhor que não trabalhasse contra ele. James não precisava entender os pormenores da magia de Tristan para saber que não queria que ela afetasse o império que havia construído com tanto cuidado e esmero.

— Receio não ter o poder de impedir o que já está em movimento — respondeu James, se recostando na cadeira. — Há várias peças em jogo, Tristan. O governo dos Estados Unidos, o serviço secreto chinês...

— Bem, James, estou te ouvindo — observou Tristan, calmo, apoiando os cotovelos nos braços da cadeira, a atenção se desviando do trigésimo terceiro andar e indo para o Tâmisa lá embaixo. — Vejo que você está em uma posição muito delicada, embora, sinceramente, eu não me importe. — Ele se voltou para James, acrescentando no mesmo tom: — Então. Sua resposta final é não?

James reconhecia um problema quando via um.

— Se está aqui para fazer ameaças, Tristan, vá em frente.

Tristan suspirou, voltando a contemplar a vista.

— Sabe, isso não precisava se tornar algo violento. Poderia ter sido tão simples. — Então lançou um sorriso para Rupesh e se voltou para James. — Mas parece que alguns homens não querem ser razoáveis, o que é uma pena.

Em um instante, o cômodo escapou do controle de James Wessex e foi para o de Tristan. Não sabia como explicar — apenas sabia. Sentia. Algo mudara; algo que tinha sido real, mas não era mais, como se a coisa toda só tivesse existido na imaginação. O conteúdo do sonho de outra pessoa.

As mãos de James estavam vazias. No único plano de realidade que restava, a arma estava na palma de Tristan, com o dedo dele no gatilho. James sentiu a repentina sensação intangível de que não era nada além de um grão de areia, um grão de poeira. Um homem cujos filhos eram uma decepção; cujo legado se deterioraria no momento em que partisse. Um homem amaldiçoado além da conta, um fato que ele passou toda a carreira tentando esconder. Um homem que era pouco mais do que uma coleção compacta de matéria que, àquela altura, era mantida unida pela vontade de Tristan Caine.

— Retire — ameaçou Tristan com o dedo no gatilho da pistola que James projetara — ou você não terá nada. Acha que sua fortuna é o quê, além de números imaginários em uma tela? Se isto é o que posso fazer no seu escritório, imagine o que posso fazer com o seu dinheiro. Imagine o que posso fazer nessa sua vidinha tão confortável.

James não conseguia falar, claro, sendo apenas um espectro de existência. Fosse lá o que Tristan fizera com a sala, paralisando-a no tempo ou colocando-a com delicadeza no vazio da não existência, não tinha espaço suficiente para discussão. Com um piscar de olhos de Tristan, percebeu ele, a coisa toda poderia desmoronar, e então de que importariam as origens de James Wessex ou tudo que havia construído? Esse era o segredo, pensou James, e a razão pela qual a vida não era uma linha de chegada, nem uma corrida. Era uma conflagração muito delicada de átomos e estatísticas, e a qualquer minuto o experimento poderia chegar ao fim.

Com outro piscar de olhos, Tristan havia devolvido o escritório à sua configuração habitual. James ainda estava em sua cadeira; Rupesh, ainda pronto para urinar em si mesmo perto da porta. A única diferença entre aquela e suas posições anteriores era que Tristan continuava com a arma.

— Me preocupa que você ainda se considere poderoso sem qualquer evidência do contrário — comentou Tristan em resposta ao olhar cauteloso de James para o cano da arma. — É bem possível que esteja confuso sobre nossas respectivas posições de autoridade para presumir incorretamente que eu estar aqui sem uma arma seria o mesmo que enfrentar você desarmado.

Tristan desativou a trava de segurança, ergueu o cano. Pousou o dedo no gatilho.

— Você não tinha dito que estava sem munição? — perguntou James.

— Eu digo muitas coisas — respondeu Tristan. — Sou filho de um bandido e sempre fui mentiroso.

Sim. Isso era verdade. E James quase ignorara isso, apesar de saber que Tristan era e sempre seria um impostor, um camaleão fantasiado mal e porcamente com as armadilhas ociosas da burguesia. Mesmo com a lapidação que James estivera disposto a dar a Tristan ao longo do tempo, nenhuma herança teria tornado o trabalho da vida de James legitimamente de Tristan. Decepcionante. A maldição continuava inabalável, então. Por enquanto.

— Está bem.

Nem toda posição valia a pena ser tomada, mesmo que outras pessoas vissem sua aquiescência como uma fraqueza. Negócios envolviam apostas, contabilidade, uma questão ocasional de perda. Uma marca vermelha no livro-razão dele não seria o fim.

O que você quer do lugar com as proteções de sangue, repetiu a voz da sereia, *nunca terá. Mas isso não faz parte da maldição.* Um sorriso fraco. *É só um fato.*

James pegou o telefone e discou. Tocou uma vez, duas, antes que Pérez atendesse.

— James falando. Retire as recompensas alexandrinas, é desperdício do meu tempo e dinheiro. — Ele observou o rosto impassível de Tristan, adicionando: — Quanto mais isso segue, mais óbvio fica que o acesso deles não vale a pena.

Houve uma pausa, depois uma resposta rápida. Tristan se inclinou para colocar o telefone no viva-voz, apertando o botão com a ponta da pistola.

— ... zai sumiu do mapa. Hassan com certeza deu no pé — comentou Pérez. — A China perdeu o interesse. Disse que, de alguma forma, algum telepata acabou com metade da operação deles enquanto dormiam. Não estavam nem no mesmo país na época.

Ao que parecia, então, a visita de Tristan não traria nada que já não teria acontecido por conta própria. James se sentiu um pouco triunfante com isso.

Aproveite, disse a sereia na cabeça dele. *Tem um preço.*

— Você está fora — concluiu Pérez —, não sobraram recursos.

— Então estamos de acordo — respondeu James, ainda olhando para Tristan. — Terminamos?

Ele podia ouvir a dor de cabeça burocrática na voz do executivo.

— Sim, sim. Vou limpar os arquivos. Só não faça alarde por aí. — Uma pausa. — E os arquivos?

James olhou para Tristan, que deu de ombros.

O que você quer do lugar com as proteções de sangue, nunca terá.

— Encontraremos outra forma de entrar — respondeu James.

— Certo.

Pérez desligou sem mais delongas, e James se recostou na cadeira, olhando para Tristan. A pergunta implícita era evidente, claro.

Entende agora como você é insignificante?

Ele esperou que Tristan expressasse indignação, que fizesse algum tipo de discurso arrogante, já que era tão óbvio que sua vinda ali tinha sido infrutífera. Em vez disso, ele se virou, indo em direção à porta.

— É isso? — chamou James, se divertindo, apesar de tudo. — Não vai tomar a empresa? Não finja que não ia gostar disso. De ficar sentado no meu lugar. Fazer ligações que podem salvar uma vida ou acabar com ela.

Tristan parou, como James sabia que faria.

— Sei do que você é feito, Tristan. Admiro, de verdade. Essa fome. Essa vontade. Mas você jamais teria chegado a este escritório sem minha ajuda, sabe. Você é imprudente demais. Não tem visão. Quer tudo para ontem. Você não tem a paciência necessária para passar fome enquanto espera a hora certa.

James tinha percebido isso quando Tristan se afastou de Eden. Quando aceitou a oferta de Atlas Blakely, abandonando tudo que havia reunido com tanta astúcia, mas ainda não havia construído com sucesso.

Tristan botou o dedo no gatilho, ainda virado para a porta enquanto James continuava:

— Esse é o verdadeiro poder, entende? Construído ao longo do tempo. É assim que se constrói um império, Tristan, não um reinozinho assassino como aquele que seu pai tem. Ah, sim — confirmou quando Tristan fez a menor menção de se virar. — Eu sei quem você é. *O que* você é. Já sabia quando Eden me apresentou a você. Já sabia quando o promovi, quando deixei que você colocasse uma aliança no dedo da minha filha. Eu gostei dos seus colhões. Achei que significava que você tinha potencial. Tinha *visão*.

Algum dia seu fim há de chegar, e você não terá o benefício da ignorância. James podia sentir a amargura crescendo, sua frieza habitual dando lugar a outra coisa, alguma percepção sombria de que, se Tristan fosse embora, estaria acabado. *Saberá que está a caminho e será incapaz de detê-lo.*

O que você quer do lugar com as proteções de sangue. Nunca terá.

Estava tudo acabado, e ele não teria nada, porque todo o dinheiro do mundo ainda não parecia poder diante do segredo de James Wessex. Um coração cansado.

— Você nunca será poderoso de verdade, Tristan Caine — disse a voz calma de James Wessex, cujos quatro filhos não tinham uma mísera molécula de magia sequer. Nem uma célula. Nem mesmo uma faísca para mantê-los aquecidos. — Sei que você sabe, e eu também sei — continuou James, que tinha feito de tudo para esconder suas inadequações, ocultando cada uma delas com qualquer magia que pudesse comprar, ciente de que isso não poderia comprar a retidão. Não poderia dissipar um final.

James tinha passado anos procurando por algo, qualquer coisa — um animador para manter sua alma viva, um viajante para trancá-lo em um plano astral qualquer, uma biblioteca para manter seu poder naquele plano de existência, a salvo dos horrores da mortalidade e do tempo —, mas o dinheiro não podia comprar isso para ele, então não podia comprar nada. James Wessex podia se transformar em multipotência, mais teia do que homem. O Contador, com seu livro-razão todo-poderoso; o titereiro, suas cordas de consequência expansivas o bastante para rivalizar com o próprio destino. Mas ele não podia desfazer uma maldição.

Comprar o status de medeiana de sua filha Eden não a tornou querida a seus olhos. Nem a tornou forte o suficiente para carregar o império Wessex nas costas.

— Sempre haverá alguém mais inteligente que você — destilou James a Tristan Caine como o veneno que era, porque, pelo menos, era verdade. — Sempre haverá alguém mais forte, alguém melhor, e um dia, Tristan, quando você se der conta de que não é capaz de mais nada além de alguns truques de charlatão, o mesmo truque bajulador...

James sentiu naquele momento. Tristan tirando a magia dele. A fala foi interrompida como se o executivo tivesse engolido algo, um nó na garganta ou uma dor de cabeça repentina.

(E era exatamente isso, em termos técnicos. Um pequeno bloqueio em seu cérebro, como religar uma bomba. Uma pressão mínima no nervo errado. Um neurocirurgião poderia consertar, talvez, mas a que custo? Vai saber se eles conseguiriam ver algo tão pequeno. Uma mudança no quantum para reescrever o código de um homem.)

(O que era poder? Parecia-se muito com Tristan Caine.)

— Não, não, pode continuar — incentivou Tristan, em meio ao silêncio de James. — Rupesh parece estar prestando atenção.

Tristan enfiou a arma no peito de Rupesh para enfatizar, pegando seus óculos escuros de volta e colocando-os enquanto o rapaz se atrapalhava com a pistola, sofrendo como se tivesse sido atingido.

Um clarão de luz, como o tremeluzir de um isqueiro, causou um momento de distração. Dos monitores pelos quais James tinha visto Tristan Caine violar as proteções do prédio, um vislumbre de loiro platinado piscou diante das câmeras.

Então, um por um, os monitores de segurança de Wessex foram desligados, a imagem ficando preta como uma contagem regressiva iminente até que tudo que restou foi a marca de um queixo erguido; um dedo do meio presunçoso.

— Bem — disse Tristan, com pequenos traços de um sorriso. — Acho que está feito, então.

Parecia exatamente como James havia imaginado que seria. Tornando-se comum. Tornando-se normal. Como morrer, só que pior. Como morrer, só que mais vazio. Talvez fosse melhor assim, morrer ainda vivo. Avaliar os frutos de seu império sem medo das cinzas que viriam.

— *Vene, vidi, vici* — sussurrou James, com a voz áspera. *Vim, vi, venci.*

Tristan deu uma risada.

— É, isso deu muito certo para César.

Então saiu devagar do escritório, assoviando.

· GIDEON ·

Sem mais frascos para mantê-lo acordado, Gideon mais uma vez se viu diante das opções narcolepsia (familiar, irritante) ou cocaína (veneno, um pouco desagradável). Tinha ido embora da mansão da Sociedade sem terminar o contrato — completando apenas seis meses do ano que deveria ficar — e decidido, *bem, foda-se, acho,* escolhendo os reinos em vez da realidade. Escolhendo os sonhos em vez da vida pela primeira vez.

Ele fazia visitas a Parisa quando sentia vontade de cutucar a ferida da nostalgia, uma forma generosa e, portanto, defensável de automutilação. De vez em quando, Max se juntava a ele, como sempre. No entanto, Max tinha uma vida agora. Talvez porque Nico e depois Gideon tivessem ficado ausentes por mais de dois anos, Max fora forçado a escolher novos hobbies, que incluíam uma namorada que era mesmo muito legal. Ela preparou um jantar no apartamento deles em Manhattan certa noite, e Gideon compareceu grogue por tempo suficiente para testemunhar a prova de que Max, pelo menos, estava feliz. Estava triste, óbvio, mas também estava bem, e em outro ato de generosidade masoquista, Gideon percebeu que Max tinha coisas melhores para fazer do que vagar sem rumo com seu amigo mais triste. Algum dia, talvez, Max decidiria organizar uma revolução ou montar uma banda, e então ele poderia ficar à vontade para acordar Gideon, se quisesse.

Até lá, Gideon estava contente em permanecer adormecido.

Sabia que Nico não aprovaria esse comportamento. Ou talvez sim? Nico sempre quis que Gideon ficasse, abre aspas, *seguro,* então talvez isso chegasse perto. A identidade de Gideon parecia segura o bastante. Nunca mais ouviu falar do suposto Contador. A mãe dele não era mais uma ameaça. A Sociedade não parecia ter interesse em persegui-lo. Nada estava atrás dele, nada o perseguia, ninguém estava à sua espera. Ele parecia deprimido com isso, bem, e daí? Muitas pessoas eram deprimidas. A dor não tornava Gideon especial. Nunca havia tornado.

Ele estava vagando pelos reinos como de costume, caminhando pela praia de outra pessoa, observando o bocejo da maré. Provavelmente, ele seria um vulto no sonho de alguém. Uma invenção da imaginação, reunida pela racionalidade da mente e esquecida com o despertar. Era um sonho bom, relaxante. Gideon nunca tinha ido à praia na vida real, não assim. Só frequentara a cidadezinha atrasada em que foi criado e as ilusões da consciência de outras pessoas. Não sabia ao certo como era sentir as ondas batendo em seus tornozelos, mas imaginava que seria agradável. Amigável. Como a covinha em um sorriso destemido.

Então ele piscou, percebendo que estava encarando por tanto tempo que devia ter conjurado uma miragem. Uma sombra surgiu sobre ele na areia, a ponta emplumada da asa de um falcão, e Gideon olhou para cima, sentindo o coração martelar primeiro com descrença, então rendição gradual.

Nico se sentou ao lado dele com um suspiro, chutando a areia.

— Isso é muito estranho da sua parte, Sandman — comentou Nico, com um bocejo, estreitando os olhos para o horizonte. — Onde estamos? Parece a casa da minha *abuela*.

Não havia como Gideon ter noção disso. Nunca tinha ido a Cuba, nem na vida real nem em sonhos. O coração dele bateu mais rápido, rápido demais. Foi uma luta para encontrar a própria voz.

— *Nicolás. Cómo estás?*

— *Ah, bien, más o menos. Ça va?*

— *Oui, ça va.*

A boca de Gideon estava seca, e Nico contorcia a dele com expectativa, como se ainda estivesse esperando a piada. Gideon tentou avaliar que versão de Nico essa poderia ser, que tipo de sonho devia estar tendo. Esse era o jovem Nico, de quando se conheceram? O cabelo dele estava mais comprido, como na última vez em que Gideon o vira em vida, então talvez, possivelmente, esse Nico fosse aquele dos últimos meses — por acaso seria a versão de Nico que já conhecia o interior cauteloso do coração estúpido de Gideon?

— *Tu me manques* — sussurrou Gideon, sem saber com quem falava ou se Nico reagiria.

Se aquilo era uma memória, então Nico apenas responderia como sempre respondia, com uma despreocupação que machucaria Gideon com a mesma intensidade que o curaria. *Sinto sua falta, também sinto sua falta,* simples assim. Não uma questão de devoção. Apenas um fato simples e descomplicado.

O sorriso de Nico aumentou.

— É o mínimo, porra — disse, o que não foi esperado nem totalmente irritante, e então ele se levantou, estendendo a mão para Gideon. — O que você acha? Devemos nadar?

Os dois nunca tinham entrado no oceano juntos. Não em qualquer sonho de que Gideon se lembrava. Não em qualquer vida que ele tivesse mesmo vivido.

491

— Nicky. — Gideon engoliu em seco. — Isto é...?
— Real? — Nico deu de ombros. — Não sei. Nunca fiz um talismã, e você?
— Não. — *Você sempre foi meu talismã.* — Mas poderia ser real? Dalton disse...
Gideon deixou as palavras morrerem, pensativo. Alguém matara Dalton — Gideon tinha visto o corpo —, então aquilo não poderia ser obra dele, não poderia ter trazido Nico de volta à vida. A não ser que...
A própria Sociedade declarara abertamente que rastreava a magia de seus membros. Dalton dissera que a biblioteca poderia recriá-los, fabricar alguma qualidade regenerativa de suas almas. Mas isso era verdade? Era possível ou...
Era apenas um sonho?
— Não dá para saber — disse Nico, com aquele brilho que ele exalava.
A hiperatividade que Gideon invejava e adorava. A necessidade irresponsável de passar para a coisa seguinte o mais rápido que desse, como se Nico sempre soubesse que estava ficando sem tempo.
— Isso é mesmo possível? — perguntou Gideon.
Nico fez uma careta que significava *talvez, sei lá, estou entediado.*
— Importa?
Uma pergunta muito válida. Ou sim, importava muito, ou não, não importava nem um pouco, e também nada importava de verdade, e quem poderia dizer o que era real além da batida do coração dele no peito?
O que era a realidade para um homem que fazia o impossível — que era a impossibilidade em si?
— Pense grande, Gideon, pense infinito — aconselhou Nico, com uma piscadela, parecendo convencido.
Como se tivesse apresentado um argumento convincente, o que, na mente de Nico, provavelmente tinha mesmo acontecido.
Mas não, não. Ter e perder. Doeria bem mais assim. Seria bem mais precioso, tudo bem, mas a dor seria o preço de ter amado.
— O infinito não existe — argumentou Gideon, com a voz rouca. Nico dissera isso uma vez. *O infinito é falso, é um conceito falso.* O que é a realidade, Sandman, comparada a nós? — Poderíamos contar os grãos de areia se realmente quiséssemos.
— Tá, então vamos contar. A menos que você esteja ocupado com outra coisa?
Nico arqueou a sobrancelha, insinuante, e Gideon, miserável e desamparado — Gideon, o filho da mãe que era, um verdadeiro príncipe idiota —, não

queria nada mais do que cair de joelhos e beijar os pés de Nico. Queria fazer as compras de Nico, escrever poesias para Nico, cantar para Nico as canções de seu povo em um espanhol terrível e um francês passável. Queria madrugadas no Brooklyn, tardes douradas em uma cozinha, café com creme. Ele queria esperar para sempre e também queria fazer tudo o quanto antes, naquele exato momento, porque quem sabia quando o sonho acabaria, ou se aquela não era a morte de *Gideon*, ou se a coisa toda sempre tivesse sido o sonho de Gideon, ou se alguma coisa tinha sido real? A realidade não era nada. Ele queria construir uma estátua para Nico na areia, esculpir seu nome idiota nas árvores.

Mas ele se conteve, porque Nico jamais o deixaria esquecer isso, nunca. Não neste mundo nem no seguinte. Então, em vez disso, Gideon disse:

— Estou com fome.

E Nico respondeu:

— Eu cozinho.

E, bem assim, tudo estava perfeito, ou talvez fosse falso, mas quem poderia dizer a diferença? Eles não tinham provas e estava tarde demais para criar alguma. Isso, percebeu Gideon, era o resultado da procrastinação crônica. Um final idiota para o garoto mais idiota da escola.

Mas a essa altura a carne estava assando, o latido distante de um chihuahua flutuava de fora de suas quatro paredes e, sonolento, Gideon pensou: a areia pode ser contada. O que não significa que você tenha que fazer isso.

Mas também não significa que não pode.

A SOCIEDADE DE EZRA

SEIS

Nothazai

Edwin Sanjrani foi um milagre mesmo antes de nascer. Os pais dele (um diplomata e uma cantora de ópera aposentada que se tornou esposa da alta sociedade) estavam ficando velhos, e a mãe já tivera vários abortos e natimortos e sido submetida a muitos procedimentos desconfortáveis. Por fim, Katya Kosarek-Sanjrani foi diagnosticada com câncer de tireoide, momento em que os Sanjrani foram aconselhados a parar. Parar de tentar ter um filho. Parar de viajar tanto. Parar de viver com tanta liberdade e, em vez disso, ficar em casa, ou pelo menos ficar perto de um hospital. Parar de provar comida, parar de deixar o cabelo crescer, parar de se ver como capaz ou mesmo moderadamente hábil.

Mas então, claro, como a vida às vezes faz, a semente que seria Edwin Sanjrani já estava plantada, e era tarde demais para Katya ou seu marido Edwin Pai deterem as dores irreversíveis do destino.

A gravidez era uma coisa estranha. O parto, como um todo. O processo do corpo se tornando hospedeiro de uma criatura um tanto parasitária (uma bênção!) significava que todas as funções do tal corpo parariam de funcionar como antes. O corpo que dá à luz se torna um mártir, ou, numa versão alternativa, um flat com serviço de quarto. Os hormônios mudam. As prioridades mudam. A produção de células cerebrais da mãe diminui para acomodar o novo amor do corpo: o crescente aglomerado de células que cedo ou tarde se tornará um bebê. Às vezes, claro, o corpo que dá à luz decide que o código está incompleto, que o aglomerado de células é inviável, interrompendo a produção para que a fábrica possa recomeçar, tentar outra hora, mas com melhorias. Em outros casos, o corpo que dá à luz espia o crescimento maligno começando a manchar as paredes da fábrica e diz hum, sabe de uma coisa? Nós deveríamos mesmo controlar isso, é ruim para o amado aglomerado de células.

Fora do funcionamento da mãe-máquina, as células cancerígenas de Katya pararam de se multiplicar. O tumor foi removido e, estranhamente, restaram apenas as células boas. Quando as células que se tornariam Edwin Sanjrani e as várias partes que integrariam a equação de Edwin Sanjrani (ser destro, gostar de temperos, detestar a cor laranja, ter um senso de humor um pouco mórbido e uma tendência a explicar demais as coisas) já eram vistos por sua mãe e pai como uma razão para deixar de lado sua diretriz de parar em favor de simplesmente continuar. O câncer crescente de Katya foi curado e não retornou, e então a família Sanjrani deu seguimento a seus papéis diplomáticos até que Edwin nasceu na Nova Zelândia como um cidadão do Reino Unido, já amado. Já condenado a falhar.

O que não era como Edwin via, claro. Seu sobrenome não era Astley ou Courtenay, e sua vida em vários internatos ao redor do mundo não era, portanto, livre de desconfortos. Também era difícil ser um milagre, porque ele não era apenas o milagre de Katya. Já nasceu sabendo como olhar para um corpo e ver seus pequenos defeitos, as várias falhas nas paredes da fábrica. Conhecer o problema não era a mesma coisa que conhecer a solução, mas às vezes os dois andavam de mãos dadas. Às vezes, Edwin conseguia ver um tumor, diagnosticando uma dor de cabeça como algo pior, bem a tempo de desarmar a bomba. Às vezes, conseguia ver um coágulo que poderia se tornar uma implosão ou fragmento de estilhaço celular que, de outra forma, precisaria ser removido. Conseguia ver a infecção e, portanto, a possibilidade de que algo pudesse dar muito errado em breve.

Ter a resposta muitas vezes implicava certa responsabilidade pela pergunta, e isso era penoso, como todas as vocações são. Quando Edwin tinha dezesseis anos, tornou-se seu trabalho deixar o pai mais confortável. Quando tinha vinte e quatro, foi a vez da mãe. Apesar de mortes relativamente precoces, não foi difícil para nenhum dos Sanjrani acreditar que tinham cumprido seu dever na Terra, porque como alguém pode ficar decepcionado consigo mesmo quando criou um milagre? Edwin continuaria vivo depois que eles partissem, e Edwin faria o bem. Esse era o significado de um legado. Era assim que o corpo sobrevivia.

Edwin era obviamente medeiano e escolheu a *alma mater* de seu pai, a Escola de Magia de Londres, que se tornara pioneira enquanto o mundo abria caminho para as tecnologias mágicas — para um mundo onde a magia poderia ser a solução para todos os problemas, até mesmo aqueles que a própria magia havia causado. Em seus primeiros dias na universidade, Edwin treinou como um biomante de diagnóstico, esperando se tornar um praticante, o que era, verdade seja dita, menos lisonjeiro do que outras coisas que ele poderia ter sido. Era quase como querer ser advogado quando já se era um duque — qual seria o sentido? Mas Edwin levava muito a sério a ajuda à humanidade, a bondade que havia nela. Sentava-se ao lado dos leitos, segurava as mãos entrelaçadas. Como o milagre que era desde o nascimento, dedicava-se ao trabalho.

E foi assim que Edwin conheceu uma doença que percebeu que não conseguia interromper. Nem sabia como chamá-la. Desinformação? Alguma forma tóxica de ódio? Doenças sem nome eram difíceis de diagnosticar — era mais uma questão de saber quando via. Com o tempo, se manifestaria de diferentes formas. Movimentos antivacina. Fanatismo religioso que fazia com que algumas pessoas se recusassem a ser tratadas. Intolerância que fazia com que algumas pessoas não fossem tratadas *especificamente por ele*. Edwin já estava bem avançado em seus estudos quando soube de técnicas avançadas de biomancia que consistiam em alterar o código genético de um paciente, o que era muito parecido com o que Edwin podia fazer, exceto que desarmava a bomba antes mesmo que ele pudesse vê-la. Desarmava até mesmo a possibilidade de uma bomba. Obviamente, havia usos impróprios — ou menos adequados, de qualquer forma, em que um medeiano com meios suficientes poderia eliminar uma alergia a pólen ou solicitar que sua prole não fosse tão exigente com texturas de alimentos ou tivesse plena capacidade de concentração.

Era um pouco parecido com adivinhação, projetar estatisticamente a possibilidade de que algo pudesse dar errado e, portanto, sim, talvez houvesse usos impróprios no horizonte. O trabalho de Edwin era caro, seus pacientes eram os mais privilegiados e também os mais arrogantes, um fator que contribuía para a questão da ética, o que até era justo. Mas a situação começou a se voltar contra Edwin e a rumar para algum "estado de natureza" absurdo; alguma crença no que era "natural" que começava com os ricos hipócritas e gotejava para os facilmente manipulados, que eram, por coincidência, os mais necessitados. Um paradoxo existencial, apegado à crença de que os humanos eram bons quando a humanidade como um todo era um lixo. Quanto mais a biomancia avançava, mais as pessoas pareciam ver Edwin Sanjrani como um demônio ou um terrorista. (Não estava claro o quanto isso estava relacionado à sua identidade ou ao seu ofício. No entanto, era inseparável.)

Tudo isso era extracurricular, claro. No âmbito curricular, Edwin era uma estrela em ascensão e, no âmbito adjacente, ele era popular entre seus colegas de classe porque era — apesar de outras pequenas excentricidades como seu nome ou rosto — rico e otimista e viajado o suficiente para ser sofisticado de uma forma aceitável. (Ele *era* sofisticado, na verdade, mas dizer isso feria o propósito.) Estava entre os poucos e raros a serem convidados a uma das sociedades secretas da Escola de Londres, os Bispos, onde ele descobriu a existência de um segredo mais urgente: os alexandrinos. Era pouco mais que um boato, claro, essa Sociedade específica, porque Edwin levara uma vida confortável o bastante para saber que o que era um boato para alguns costumava ser algo verdadeiro e acessível para outros.

Ele não foi recrutado. Chegou aos trinta e sua chance veio e passou. De novo, era por conta de seu nome, seu rosto? Talvez. A essa altura, sua visão a respeito da humanidade havia se tornado irreversivelmente sombria. Estava começando a ver cada vez menos o que salvar.

Mas a raiva justificada tem o dom de motivar até mesmo os mais frustrados e, quando o Fórum veio em busca de um biomante de diagnóstico como testemunha especialista em uma de suas Causas (o homem chamado Nothazai usaria essa palavra sem ironia mais tarde na vida, embora na época Edwin só pudesse pensar nisso com um pequeno revirar de olhos), ele começou a ver as possibilidades de desmantelar o sistema que o impedia de avançar, a estrutura invisível que apenas a Sociedade Alexandrina e um punhado de seus colegas aristocráticos conseguiam ver adequadamente. Edwin nasceu em um lar confortável, mas não na nobreza. Contava com uma educação clássica e um olhar aguçado para observação, mas não sabia intrinsecamente o que era ou não era grosseiro. Tinha visto muito do mundo antes dos cinco anos para achar que ele era pequeno — Edwin sempre soube que o mundo não começava e terminava com uma pequena ilha na costa da Europa continental, por exemplo —, mas algo tão fácil de conquistar não deveria ter sido um quebra-cabeça. O problema com o mundo permaneceu, para Edwin, completamente vago, seus sintomas por vezes indecifráveis demais para serem diagnosticados.

Por fim, Edwin deixou de ser Edwin. O nome era comum demais, lhe dava a impressão de um faz de conta, e ele não aspirava ser comum. Ele vestiu Nothazai como uma capa, deixando que isso lhe trouxesse uma aura de mistério, a sensação de que talvez pudesse ser algo além de um ser humano normal e, portanto, empurrando-o cada vez mais para perto do milagre que ele tinha sido ao nascer. Ouviu falar de um homem chamado Atlas Blakely, obviamente nascido em berço de ouro, e, quanto mais a tristeza de Nothazai se distorcia — quanto mais casos de injustiça ele não conseguia resolver, quanto mais presunções aristocráticas ele não conseguia derrubar, quanto mais as pessoas falavam sobre "seu" país (como se nunca tivesse sido também o dele, como se ele não tivesse nascido a serviço do próprio país pelo qual "eles" pouco ou nada fizeram, expelindo catarro dos pulmões comprometidos que ele tanto se esforçara para salvar) —, mais Nothazai se afundava na retidão, na soberba. Na certeza de que onde outros falharam, *ele* não falharia. Onde outros estavam falhando, eram apenas falhas de outros. Ele, Nothazai, sabia identificar a corrupção e, como fizera uma vez pelo corpo no qual sua grandeza havia sido gerada, ele, Nothazai, seria o único a sugar o veneno.

Em termos práticos, claro, o dia a dia era bem desinteressante. Memorandos jurídicos foram escritos. Assim como páginas e páginas de briefings de imprensa, seu apelido repetido todos os dias em declarações oficiais do Fórum, em reformulações críticas de sites. Simpósios foram dados sobre diversidade no local de trabalho. Ficar na vanguarda das evoluções em tecnomancia significava muitos artigos chatos que ele lia enquanto caía no sono em sua mesa. Algoritmos, governo livre e transparente, organizações trabalhistas, provas a serem apresentadas no tribunal. Senhor, onde gostaria que eu colocasse essa pilha de documentos que precisa assinar? Senhor, Carla está de licença-maternidade, ela está dando à luz algum outro aglomerado de milagres futuros que decerto o ultrapassarão neste ritmo glacial e ingrato.

Nothazai tinha ficado feliz, de verdade, quando Ezra Fowler desenterrou a coisa que ele fizera para participar dos Bispos, o pequeno trote que deu muitíssimo errado. (Ele sabia que Spencer tinha um coração fraco, mas como poderia saber quanta heroína o pobre órgão poderia aguentar? Spencer ficara fora de si, completamente transtornado.) Todo mundo cometia erros, e não era como se o mundo tivesse perdido muito, apenas outro filho de fulano de tal que era primo de Vossa Graça ou Vossa Alteza de alguém ou algo assim, e, de qualquer forma, Nothazai já tinha feito as pazes com o assunto a essa altura. Ele salvou inúmeras vidas, conquistou inúmeros avanços na tecnologia biomante, e a culpa nem tinha sido dele, para começo de conversa — afinal, Spencer tomava as próprias decisões.

Mas a biblioteca era real, e isso era importante. Os alexandrinos estavam espalhados por aí, e Ezra Fowler lhe entregara a chave para sua câmara de eco pessoal. Para o conhecimento que Nothazai sempre tivera, de que ele poderia e *iria* refazer o mundo — não o mundo que Ezra queria tanto salvar, porque quem poderia saber o que o futuro distante reservava —, mas o mundo em que o próprio Nothazai vivia, que estivera morrendo aos poucos desde o começo.

Quem sabia onde os problemas realmente começavam? Religião institucional? Imperialismo? A invenção da prensa ou da máquina a vapor, ou seria a irrigação? Por que se preocupar em voltar tanto? A questão era a biblioteca, os recursos dentro dela, que Nothazai deveria acessar e aproveitar. Ele nascera para isso, para salvar a humanidade, e se tivesse acesso aos arquivos, seria o salvador que enfim devolveria esse conhecimento a ela.

Ou.

("*Ele* não", rosnou uma voz feminina. "Não tem outra pessoa?")

Ou.

("Temos que tomar nosso país de volta!")

Ou talvez não valesse a pena, na verdade, colocar esse tipo de informação nas mãos de capitalistas como James Wessex, que usou sua confirmação dos arquivos da biblioteca para construir armas de explosão de consciência. Com certeza não pertencia às mãos do governo dos Estados Unidos ou do serviço secreto chinês — como se qualquer um dos países precisasse de autorização para poluir ainda mais os oceanos e, cedo ou tarde, destruir o sol. Pertencia aos acadêmicos, entre os quais se encontrava sua velha amiga dra. Araña, mas ela tinha ficado completamente desequilibrada nos últimos meses e, embora Nothazai não pudesse argumentar que a metodologia dela era eficaz, havia certas regras que diziam quais líderes despóticos poderiam ou não ser depostos. (Mais uma vez, veja os Estados Unidos. Só porque algumas coisas eram objetivamente um pesadelo não significava que alguém tinha permissão para interferir.)

Nothazai de certa forma entendia que algumas pessoas não podiam ser salvas. Algumas pessoas podiam testemunhar um milagre em primeira mão e mesmo assim reclamar que a pele dele era marrom demais. O mundo era assim, sempre fora, e, quando recebeu a oferta para assumir a Sociedade, já conhecia a presença da oportunidade. Enquanto estava na mansão ornamentada, já sabia a verdade sobre o que poderia ser feito. Escrito na pulsação de seu peito estava o conhecimento de que ele poderia enfim fazer acontecer — poderia acabar com o segredo, a tirania dos poucos escolhidos, a oligarquia da academia e da riqueza que poderia mudar a trajetória do mundo, reescrevê-lo. Poderia forçar os alexandrinos a virem à luz, revelando seus segredos feios, suas falhas institucionais. Seus defeitos herdados. Suas fraquezas reais e as conhecidas.

Mas o desejo o abandonou aos poucos, esvaiu-se dele lentamente, como os vestígios de luz nas janelas serpenteantes, as fendas elevadas que santificavam os corredores da casa sagrada. Nothazai passou pelos retratos, pelos bustos vitorianos, pelas colunas neoclássicas, e tudo isso desapareceu nas rachaduras de um coração cansado, nas sombras da exaustão de Nothazai. Ele sabia, profundamente, como o câncer que sabia ter herdado. O fim que um dia o encontraria. O futuro que ele já podia prever.

A humanidade não queria mudar. Não merecia.

Ele tratou de aceitar a realidade, sabendo que era uma porta da qual não poderia voltar. Uma verdade que não poderia ignorar.

No momento em que deu as costas para um milagre, Nothazai abriu as portas da sala de leitura e a encontrou já ocupada. Uma jovem estava ali, talvez na casa dos vinte e poucos anos, cabelo castanho preso em um rabo de cavalo, uma saia simples combinada com sapatos comuns. Ela tinha pés chatos, um problema de alinhamento na coluna. Nothazai não viu sinais de desgraça em nenhum lugar específico de seu corpo, mas isso não significava que não estivesse lá. A postura era muito importante.

— Ah — disse ela, um pouco assustada. — Oi. Você é...?

— O novo Guardião — respondeu Nothazai, estendendo a mão, educado.

Sotaque dos Estados Unidos. Ah, sim, aquela era Elizabeth Rhodes, uma das físicas de estimação de Atlas Blakely. Nothazai lera o arquivo dela. Muito impressionante, embora ela fosse o exato problema, na visão dele. Todo aquele poder. Todas as pessoas que ela poderia salvar. E em vez disso ela criara uma arma, uma reação de fusão perfeita e inédita, apenas para detonar uma bomba. Ele poderia julgá-la por traição se ainda estivesse à frente do Fórum, embora fosse apenas um tribunal internacional simbólico para violações de direitos humanos e, portanto, a condenação seria mais uma reprimenda. Um balançar de dedo. *Nada bom.*

Em todo caso, ele já não fazia mais parte do Fórum. Ótimo. Estava cansado das pessoas, de sua falta de gratidão. Cansado das pessoas criticando qualquer coisa boa que ele tentasse fazer. Talvez Elizabeth Rhodes estivesse certa em incendiar tudo e seu único erro tivesse sido deixar tudo quase intacto.

Ela apertou a mão dele com cautela.

— Você é a nova pesquisadora? — perguntou Nothazai, porque já lhe tinham dito que ele teria uma, o que era bom.

Ele não planejava cumprir seu mandato em meio a mais tédio. Não quando havia um antigo e onisciente conjunto de arquivos para explorar.

— Eu...

Ela mordeu o lábio, o que lhe pareceu um tique irritante. Nothazai esperava que não fosse um gesto frequente. Não ouviu toda a resposta dela, pois não tinha ido até ali para bater papo ou ouvir o falatório de uma garota com metade de sua idade. Ela disse algo sobre esperar por um livro, o que era maravilhoso. Naquele dia mesmo ele estabeleceria parâmetros mais rígidos sobre quem poderia usar os arquivos.

Nothazai encarou os tubos pneumáticos com ansiedade. Tinha feito uma longa lista, que, após um trabalho meticuloso, reduzira a alguns títulos selecionados, alguns dos quais estavam perdidos na Antiguidade e outros que eram meras curiosidades — textos medicinais árabes que complementariam suas teorias. Hipócrates. Galeno. Bogar. Shennong. Ibn Sina. Al-Zahrawi. Nothazai não praticava muita biomancia nos últimos tempos; por hábito, escolhia não praticar, porque os resultados eram sempre irritantes. Processos, muitas vezes. Uma série quase inevitável de reclamações, críticas de que, embora vidas tivessem sido salvas e feridas tivessem sido curadas, ele não tinha agido com perfeição suficiente. Nada havia corrompido tanto a opinião de Nothazai sobre a humanidade como curar os doentes, e, embora tivesse feito isso nos últimos tempos — como parte do acordo que o levara até ali, com a telepata que provavelmente precisaria de uma mastectomia antes de seu quadragésimo aniversário, o que sem dúvida afetaria sua vaidade, mas salvaria sua vida, uma decisão da qual Nothazai não gostaria de participar —, ele sabia que boas ações nunca ficavam impunes. A garotinha que ele salvou, o câncer que removeu dela, voltaria algum dia. As doenças eram infinitas. A vida era difícil. Um dia ela buscaria sua ajuda outra vez e ele negaria e ela o chamaria de egoísta, mas o que era a vida sem um pouco de egoísmo? O único diagnóstico para a vida era a morte, a menos que aquela biblioteca sugerisse o contrário, claro. Nesse caso, Nothazai não iria desperdiçar o pouco tempo que enfim teria.

O sistema de tubos era bem simples. Ele e Elizabeth Rhodes permaneceram lado a lado em um silêncio constrangedor mas tranquilo. Havia algo mais ali dentro, percebeu. Alguma outra doença genética, algum aspecto degenerativo, que ainda não se sabia se afetaria a garota ou apenas sua progênie ao longo do tempo. Não fazia sentido compartilhar esse tipo de informação. O que se pode dizer a alguém que carrega uma pequena morte? Todas as pessoas eram veículos para a mortalidade, algumas mais imprudentes do que outras. Por uma questão de autopreservação, tentar era abjeto e impraticável.

Quanto a Nothazai, ele havia conseguido exatamente o que queria. A Sociedade Alexandrina estava sob seus cuidados. Talvez ele vazasse algumas de suas descobertas — as menos críticas, as palatáveis, de que a humanidade poderia gostar. Imagens dos jardins suspensos da Babilônia que mais tarde alguém alegaria serem falsas. Os segredos de beleza de Cleópatra, que seriam no mesmo segundo condenados por seus crimes contra o feminismo. *Rá*, pensou Nothazai, com um ar sombrio. Esse era o verdadeiro problema do mundo. As pessoas olhavam para um milagre e pensavam uau, pena que não é outra coisa.

O homem chamado Nothazai estava certo a respeito disso, claro.

Olhando mais de perto, no entanto, ele também estava muito errado.

O que Nothazai não poderia saber no momento em que ele e Libby Rhodes receberam suas respectivas respostas dos arquivos era que ela sabia exatamente quem ele era, e estava batalhando contra aquele conhecimento. Nos últimos tempos, ela havia sido a pessoa que se dispusera a consertar todos os defeitos do mundo e, no entanto, lá estava outro problema. Outro par de mãos sujas.

Libby Rhodes *não* saberia, claro, que, quando Nothazai viu Parisa Kamali pela última vez, a telepata já havia entendido algo importante sobre os arquivos que ela não havia compartilhado com mais ninguém, muito menos com ele. (Parisa Kamali não era uma pessoa honesta. Em geral, não lhe convinha contar a verdade.)

Libby não conseguiu evitar um olhar de esguelha para Nothazai. Especificamente, para o que os arquivos haviam respondido ao pedido dele. Enquanto Libby se considerava furtiva, Nothazai detectava o que acreditava ser um brilho de riso sardônico em seus olhos, embora talvez fosse apenas a luz baixa. Em vez de continuar a conversa, ele sairia às pressas da sala de leitura, não parando até chegar ao corredor, o papel se desenrolando em sua mão com a suavidade de uma pétala, e Edwin Sanjrani, nascido um milagre, o receberia como uma punhalada de ironia — o golpe condenatório de um martelo cósmico.

Libby Rhodes conhecia bem a sensação, porque já havia recebido a mesma mensagem antes. Várias vezes, na verdade. *Pedido negado.* Ela veria o pequeno pedaço de papel nas mãos dele e reconheceria a prisão que Nothazai havia construído para si próprio; a mesma em que Libby havia entrado de bom grado, e aquela que tinha sido o fim inevitável de Atlas Blakely. A biblioteca tinha senso de humor, o que Libby Rhodes sabia com certeza — por um fato miserável e absoluto. Porque dessa vez, ao contrário de todas as outras, os arquivos enfim concederiam seu desejo.

Eu poderia ter salvado minha irmã?

(Quantas pessoas ela havia traído em busca de uma resposta?)

Tome, disseram os arquivos, em uma espécie de sussurro sibilante, a tentação cada vez mais latente.

Abra o livro e descubra.

· FIM ·

Você entende, claro, que tudo o que saiu da boca de Atlas Blakely na época de sua morte é o testemunho de um homem moribundo. A ode à pessoa que ele poderia ter sido. Perdoe o narcisismo, mas se um homem não consegue se transformar em rapsódia em um momento de condenação certa, quando é que pode? Ele apresenta a questão da traição porque já sabe que é um traidor. E postula que somente você pode entender sua história porque, francamente, ele já sabe que pode mesmo. Quando você nasceu, o mundo já estava acabando. Na verdade, já acabou.

Agora, só restam você e Atlas.

Nos últimos momentos de Atlas Blakely, ele não vê a vida passar diante dos olhos. Não vê todas as versões de vidas não vividas, os muitos caminhos que não trilhou. Os mundos que se comprometeu a criar e que nunca verá; os resultados que se comprometeu a buscar e nunca entenderá de verdade. Não importa. Se a mente humana é boa em algo — e Atlas conhece a mente humana —, é em projetar realidades alternativas, aquilo que algumas pessoas chamam de arrependimento e outras, de imaginação. Aquilo que qualquer um que já olhou para as estrelas passou a observar. A psique de Atlas é muito humana e, portanto, de certas maneiras está fragmentada de um jeito impossível de reparar e de outras está regenerada com perfeição. Se as pessoas são boas ou ruins, Atlas Blakely não sabe. Ele é e sempre foi as duas coisas.

É difícil dizer se Atlas ainda está buscando uma tentativa desesperada de redenção. Há muita coisa em jogo, com a natureza incognoscível da consciência e de como seria piscar e desaparecer por completo, como se nunca tivesse existido. Ele tem uma série de neurônios falhos e pode ouvir sua opinião sobre ele com tanta exatidão quanto se você a pregasse na porta, então as circunstâncias para a confissão dele não são exatamente ideais. Por outro lado, não se pode escolher seu público. Não se pode escolher como fazer sua reverência final.

Ele poderia ter feito algo diferente? Sim, provavelmente, talvez. Não está claro o quanto importam as rotas alternativas. Talvez elas não sejam tomadas por um motivo. Talvez estejamos todos apenas nadando na mente de um gigante ou em uma simulação de computador. Talvez aquilo que enxergamos como humanidade seja apenas estatística em ação, reconhecimento de padrões em um loop temporal que nenhum de nós pode de fato controlar. Talvez os arquivos tenham sonhado com por pura diversão. Talvez essas não sejam as perguntas que deveria estar se perguntando. Talvez você devesse deixar de lado essas questões e se acalmar, chega.

Antes de morrer, Alexis Lai diz a Atlas Blakely *não desperdice*. Mas antes disso, ela diz outra coisa. Não em voz alta, porque as coisas que dizemos em voz alta atravessam vários filtros para chegar lá (geralmente). Mas, em sua cabeça, Alexis planta uma semente que dá frutos que somente Atlas pode ver. Mas ele não a compreende, claro, em uma espécie de teimosia intencional que é seu calcanhar de Aquiles ou apenas, sabe, um problema cotidiano e não profético, mas ele carrega a semente por tempo suficiente para mantê-la aqui em sua cabeça — uma gota de doçura para derreter fortuitamente em sua língua. É semelhante ao que Ezra Fowler pensa nos momentos que antecedem sua morte. Em certo ponto, o melhor é desistir da questão da existência. Tudo começa a se afunilar para dentro, cada vez mais apertado, até que a única coisa em que você consegue pensar é: hum, será que vai doer?

Logo antes disso, no entanto, há uma pequena bolha de clareza que, para Alexis, é o súbito desejo por Xiaolongbao. É uma comida de rua de que ela gosta porque a lembra de um dia perfeito cheio de escolhas perfeitas, como Xiaolongbao e sapatos confortáveis e não se esquecer de levar a capa de chuva, só por precaução. Para Ezra, é a nota de uma música que sua mãe gostava de cantar, algo que ela cantarolava sozinha enquanto lavava a louça. Pop chiclete, porque a vida é muito curta para ser descolado demais para não apreciar música disco. Imprevisível demais para não cantar junto com as serenatas de boy bands.

Para Atlas, é a leve viscosidade de algo perdido entre os monumentos em ruínas do gênio fraturado de sua mãe. Ele tinha acabado de sair de uma palestra na universidade. Bem, mais precisamente, tinha acabado de sair do trabalho, mas antes disso foi à palestra, logo após terminar com a namorada cujo novo namorado mais tarde a trairá até que ela anseie por aquilo que viveu com Atlas, o que Atlas nunca saberá, claro. Na palestra, Atlas se sentou e escutou, fazendo aquele lance de telepata, em que escuta as coisas que as pessoas decidem não dizer e as considera mais importantes, mesmo que a escolha seja o ponto crucial. O que sai da sua língua é o que você de fato controla. Então ele observa os pensamentos do professor, que são, merda, aquele rapaz na última fileira se parece comigo, que estranho, acho que sinto mesmo falta da fulana não-sei-das-quantas, antes de se dissolver na frivolidade de um homem revivendo o sexo vulgar na mesa com uma aluna sem rosto depois do expediente. Anos passarão, a possibilidade de novos mundos florescerá sem que ele saiba, e o homem chamado professor Blakely nunca descobrirá que a única lição que seu filho aprenderá ao conhecê-lo é que a vida não tem sentido e as pessoas são horríveis.

Até Atlas voltar para casa e encontrar a mãe desmaiada, claro.

Até, especificamente, ele encontrar o cartão de visita da Sociedade Alexandrina esperando ao lado da lixeira, paciente.

Então, é assim que termina. Uma mistura de gim e esperança.

Você gostaria de pensar que é mais romântico, não é? Vida e morte, significado e existência, propósito e poder, o peso do mundo. Somos poeira de estrelas na Terra, somos seres impossíveis. A moral da história não deveria girar em torno dos comportamentos de uma camisinha ou da decisão que um homem toma de comprar uma arma e expressar seu ódio. E ainda assim acontece, porque o que mais pode importar?

O mundo que você acredita existir não é real. O mundo não é uma ideia, algo a ser feito, exaltado ou salvo. É um ecossistema da dor de outras pessoas, um coro de comidas de rua de outras pessoas, a variedade de magia que as pessoas podem fazer com o mesmo conjunto de acordes. O mundo é bem simples, no fim das contas. As pessoas são más. As pessoas são boas. Inevitavelmente haverá pessoas, algumas vão te decepcionar, outras vão te definir, te desvendar, te inspirar. Esses são fatos. Em toda cultura existe pão, e ele é bom.

Há poder a ser tomado, se você quiser buscá-lo. Conhecimento a ser adquirido, se você quiser mesmo saber. Mas é importante que saiba, porém, seja lá o que mais absorva disto, que conhecimento sempre é carnificina. Poder é um canto de sereia, manchado de sangue e acumulado com avareza. Perdão não é algo dado. Redenção não é um direito. O conhecimento corrói. O preço a ser pago é caro, e terá que suportá-lo sozinho. Por tudo que você deixou de lado pela glória, que prêmio poderia ser o suficiente?

O que não quer dizer que deve parar de buscar. O que não quer dizer que deve parar de aprender. Torne o mundo seguinte melhor. Dê o passo seguinte certo.

Embora, como uma questão de cortesia profissional, um último aviso de um homem moribundo: o poder que você tem nunca será o bastante comparado ao poder que sempre lhe faltará.
Você entendeu? Está ouvindo?

Largue o livro, srta. Rhodes. Você não vai encontrar o que busca nele.

AGRADECIMENTOS

A verdade é que escrevi esta trilogia com raiva. Quando comecei a trabalhar em *A sociedade de Atlas*, o quadragésimo quinto presidente ainda estava no cargo e qualquer resquício de estado de direito — ou decência humana — parecia ter desaparecido por completo. Na época, a causa mais comum de morte infantil nos Estados Unidos era, e continua a ser, violência armada. Um relatório publicado recentemente sugeriu que tínhamos uma década ou menos para evitar cenários climáticos descritos como "catastróficos". Enquanto eu escrevia a trilogia, a lei *Roe v. Wade* foi anulada e, pela primeira vez, nos vimos com menos direitos do que as mulheres das gerações anteriores. Em vez de resolver a fome no mundo, o homem mais rico do mundo comprou um site de rede social e o levou à falência. Em vez de lutar pelo planeta — em vez de prevenir os cenários climáticos catastróficos já mencionados —, uma quantidade surpreendente de políticos do meu país mobilizou toda a força de seu capital político contra um grupo demográfico tão vulnerável que representa menos de um por cento da população total.

Eu queria um bebê por motivos relacionados ao meu profundo amor por meu parceiro e algumas revoltas hormonais bobas da minha gaiola corporal muito cruel, mas como eu poderia justificar isso — trazer uma vida a um mundo onde eu não poderia prometer autonomia corporal, segurança básica, ou mesmo a vida útil confortável que eu provavelmente terei?

O que importa, eu me perguntei, exasperada, se o mundo está acabando? E por que deveríamos nos dar ao trabalho de continuar?

A resposta, claro — a resposta que levei três livros para escrever —, é que o mundo não está acabando. *O mundo* vai sobreviver. Nós nos mitificamos, é o que fazemos enquanto humanos, mas, no fim das contas, somos descartáveis. Nós, e nosso conforto pessoal, não somos a razão pela qual este planeta produz comida e água. Não somos a única espécie que conta — na melhor das hipóteses, somos apenas os guardiões. O que importa, então, é como tratamos uns aos outros. O que importa é quem somos uns para os outros e quais escolhas fazemos com os recursos que nos são dados.

Então pensei: tá, vou escrever um livro em que a história se resume a... seis pessoas. As relações entre elas serão o enredo, porque isso é tudo que importa. Isso é tudo que podemos levar conosco. A única coisa verdadeira que deixamos para trás. Eu já sabia que exigiria uma execução não convencional, escrever o que era essencialmente uma história de vida em um cenário fantástico, cujo escopo eu planejava expandir a cada livro. Eu sabia que seria difícil de explicar — a maneira como não era um romance e, ao mesmo tempo, era profunda e inteiramente romântico. A maneira como cada personagem seria seu próprio narrador não confiável, porque, como na vida, as mentiras que contamos a nós mesmos são tão importantes quanto a verdade. Eu sabia que exigiria um público específico, que estivesse disposto a acompanhar uma história que era parte suspense, parte ruminação filosófica prolongada; como experiência de leitura, exigiria simpatias fluidas e mutáveis e submissão total a uma rede rechonchuda de desamparados éticos disfarçados de nerds mágicos.

Impossível, pensei, e, com alegria, autopubliquei.

Mas então — a reviravolta inesperada! Você leu. Na verdade, *tantos de vocês* leram que agora, surpreendentemente, o livro está nas suas mãos com elogios com que eu nunca teria sonhado, contando uma história sobre raiva e desilusão de forma tão honesta e resiliente quanto me foi possível fazer.

(Ou seja, através da boca de seis mentirosos, porque não tenho nada contra um pouquinho de exageros.)

Preciso agradecer mais uma vez à minha agente, Amelia Appel, e à minha editora, Lindsey Hall, por tudo que fizeram para me ajudar a dar vida a esta história. Graças a vocês duas, tenho a chance inacreditável e extremamente improvável de contar mais histórias, o que mesmo nos melhores dias é tudo que realmente consigo fazer. Obrigada, Molly McGhee, por me ajudar a acreditar que esta, em particular, era uma história que valia a pena ser contada. E obrigada, Aislyn Fredsall, e/ou desculpa, por ter sido designada de forma um pouco menos voluntária à grande série de ruminações por vir.

Um agradecimento enorme aos tradutores e editores que levaram este livro para o resto do mundo nos muitos, muitos idiomas que não falo: obrigada infinitamente por viverem em minhas palavras e por contarem minha história por mim.

Agradeço ao dr. Uwe Stender e ao resto da equipe da Triada. Agradeço a Katie Graves e Jen Schuster, na Amazon Studios, e a Tanya Seghatchian e John Woodward, da Brighstar, por serem meus parceiros criativos.

Agradeço à minha família — minha mãe que me apoia tanto, minhas irmãs que sempre foram fãs, minha *ninang* que não lê meus livros porque sabe que não é a praia dela (ela está certa, e é mesmo melhor que não leia). Obrigada aos bebês Andi e Eve por se juntarem ao culto, e a todos os meninos que tanto amo: Theo, Eli, Miles, Ollie, Clayton, Harry e seus pais (que eu também amo). Obrigada a Zac mais uma vez por emprestar seu nome a Gideon. Obrigada a David, meu melhor amigo. A Nacho, que fez tudo isso acontecer ou simplesmente sabia muito bem que aconteceria, e Ana. Obrigada a Stacie. A Angela. Aos amigos que fiz ao longo do caminho, aos muitos autores talentosos que me consideraram uma colega mesmo quando eu teria beijado seus pés sem pensar duas vezes. A Julia: você sabe por quê.

Agradeço aos bons cidadãos das redes sociais e às comunidades literárias que tive o prazer de conhecer na internet e na vida real: eu sou o sr. Knightley no chão. Muitos de vocês dedicaram tempo e esforço para dizer a alguém, a todo mundo, *leia este livro*, e só estamos aqui hoje graças a isso. Não tenho palavras para expressar o quanto sou grata, o quanto fico honrada e desajeitada e permanentemente *emoji de olhos suplicantes* graças a cada um de vocês. Sinceramente, espero que as milhares de palavras anteriores sejam suficientes, porque coloquei muito da minha alma lá. Façam o que quiserem com elas, pois agora pertencem a vocês.

Quero agradecer a Garrett, meu amor, e a Henry, meu querido. Vocês são o que importa. Vocês são minhas respostas. Sou muito grata por saber disso além de qualquer dúvida.

Por fim, quero agradecer a você, Leitor, por estar aqui, por me acompanhar até aqui e me ouvir por tanto tempo. Entendo que escrever um livro enraizado na raiva política tecnicamente não resolveu nenhum dos problemas que mencionei antes. Há algo a ser dito, no entanto, sobre inspirar e tentar colocar palavras na consciência coletiva quando tivermos a chance. Espero que, ao ler este livro, você tenha pensado em alguma coisa, sobre a natureza da ética e da culpabilidade, sobre a melhor maneira de honrar nossas relações uns com os outros, ou apenas sobre como seria o passo seguinte, para estarmos prontos quando ele aparecer. Espero que você tenha sentido algo, seja algo novo ou apenas um jeito de nomear a coisa que bate em seu peito, e por que ela bate. No entanto, se nenhuma dessas coisas aconteceu, espero que você tenha aproveitado algumas horas divertidas, porque viver o mais deliciosamente possível é um dos melhores luxos que nos são permitidos.

Com amor e admiração, mas também traição e vingança,

Olivie

Este livro é resultado do talento e da dedicação das minhas incomparáveis equipes editoriais dos Estados Unidos e do Reino Unido. Eu me sinto muito honrada de ter trabalhado com cada uma dessas pessoas, e todas merecem o devido reconhecimento pela competência sem igual e pelas incontáveis horas empenhadas para dar vida a essa trilogia. Sem as pessoas abaixo, este livro simplesmente não existiria:

Lindsey Hall, Amelia Appel, Aislyn Fredsall, Devi Pillai, Claire Eddy, Will Hinton, Lucille Rettino, Desirae Friesen, Sarah Reidy, Eileen Lawrence, Emily Mlynek, Gertrude King, Rachel Taylor, Little Chmura, Jamie Stafford-Hill, Heather Saunders, Dakota Griffin, Rafal Gibek, Jim Kapp, Michelle Foytek, Alex Cameron, Rebecca Naimon, Lizzy Hosty, Chris Scheina, Christine Jaeger, Steve Wagner, James Cronin, Siho Ellsmore, Munirih Grace, Daniel Henning, Andy Ingalls, Caitlin Kelly, Damian Lynch, David Monteith, Samara Naeymi, Steve West.

Tor Reino Unido: Bella Pagan, Sophie Robinson, Georgia Summers, Grace Barber, Claire Evans, Jamie Forrest, Becky Lushey, Eleanor Bailey, Lucy Grainger, Andy Joannou, Hannah Corbett, Jamie-Lee Nardone, Stephen Haskins, Holly Sheldrake, Sian Chilvers, Rebecca Needes, Neil Lang, Stuart Dwyer, Richard Green, Rory O'Brien, Leanne Williams, Joanna Dawkins, Poppy Morris, Beth Wentworth, Kadie McGinley, Rebecca Lloyd, Nick Griffiths, Molly Robinson, Carol-Anne Royer, Emma Oulton, Chris Josephs.

LEITURAS RELACIONADAS

Uma lista incompleta, se você tiver interesse — incompleta porque eu não achei que alguém se interessaria na época em que publiquei o primeiro livro e, portanto, não fiz registros detalhados apropriados —, de livros que li enquanto contemplava assuntos e temas para a série *A sociedade de Atlas*:

Helgoland: Making Sense of the Quantum Revolution, de Carlo Rovelli
The Order of Time, de Carlo Rovelli
The Tao of Physics, de Fritjof Capra
Genesis: The Story of How Everything Began, de Guido Tonelli
"Death Comes (and Comes and Comes) to the Quantum Physicist", de Rivka Ricky Galchen, em *The Believer* (disponível on-line em thebeliever.net)
Under a White Sky: The Nature of the Future, de Elizabeth Kolbert
O homem e seus símbolos, de Carl G. Jung
The Blind Watchmaker, de Richard Dawkins
The Book of Immortality: The Science, Belief, and Magic Behind Living Forever, de Adam Leith Gollner
On Liberty, de John Stuart Mill
A República, de Platão
Zeno's Paradox: Unraveling the Ancient Mystery Behind the Science of Space and Time, de Joseph Mazur
The Dawn of Everything: A New History of Humanity, de David Graeber e David Wengrow
At the Existentialist Caf.: Freedom, Being, and Apricot Cocktails, de Sarah Bakewell
Myths from Mesopotamia: Creation, The Flood, Gilgamesh, and Others, em edição traduzida por Stephanie Dalley
What Does It All Mean? A Very Short Introduction to Philosophy, de Thomas Nagel
Greek Thought, Arabic Culture: The Graeco-Arabic Translation Movement in Baghdad and Early 'Abbāsid Society (2nd–4th/8th–10th Centuries), de Dimitri Gutas

1ª edição	DEZEMBRO DE 2024
impressão	LIS GRÁFICA
papel de miolo	LUX CREAM 60 G/M²
papel de capa	CARTÃO SUPREMO ALTA ALVURA 250 G/M²
tipografia	ADOBE GARAMOND PRO